龍床

明六帝纪

【修订版】

李洁非——著

李洁非明史书系

人民文学出版社

图书在版编目(CIP)数据

龙床：明六帝纪 / 李洁非著. -- 修订版. -- 北京：人民文学出版社，2025(2025.3重印). --(李洁非明史书系). -- ISBN 978-7-02-019156-7

Ⅰ. K827=48

中国国家版本馆CIP数据核字第2025XB5963号

选题策划　刘　稚
责任编辑　黄彦博
责任印制　苏文强

出版发行　人民文学出版社
社　　址　北京市朝内大街166号
邮政编码　100705

印　　刷　北京盛通印刷股份有限公司
经　　销　全国新华书店等

字　　数　428千字
开　　本　710毫米×1000毫米　1/16
印　　张　30.5　插页13
印　　数　1001—4000
版　　次　2013年1月北京第1版
印　　次　2025年3月第2次印刷

书　　号　978-7-02-019156-7
定　　价　118.00元

《清明上河图》（明） 仇英 作

目 录

草莽之雄

这个明朝缔造者，以冷血和严重的暴力，把自己形象推向极度的黑暗。一提起他，人们油然想到“暴君”，他的名字也与嗜杀、酷刑、狠毒、野蛮紧紧绑在一起。就此言，他是极权体制推出的标准“独夫”。然而，如果我们习惯性地以“独夫民贼”相称，却发现有一半对不上号——他无疑是“独夫”，却并非“民贼”。这很少见，我们由此也格外注意起他的独特性。

中华自三代以降，文明光灿，环列皆蛮昧未化民族，虽时有袭扰，以至国裂土分，但说到举国沦亡的情形，却还不曾有过。直到十三世纪，蒙古高原崛起一个民族，尚武剽悍，仗着马肥人强，拉出一支前所未有的强大铁骑，摧枯拉朽从东打到西，从北打到南，差不多征服了整个欧亚大陆。

全中国第一次真正地亡了。但那蒙古人，虽仗着骑兵厉害，武力之强自古所无，终究是草原上粗野少文、散漫任性的民族，以为不单可以马上得天下，也可以马上治天下，非但不向中原文明学习，以求洗心革面，却让自己的蛮昧习性一仍其旧，不足百年便告终结。蒙古人被赶回北方大漠，重新过上四处劫掠、逐草而居的游牧生活。

代之行天的，便是大明王朝。那开国的君上，唤做"太祖开天行道肇纪立极大圣至神仁文义武俊德成功高皇帝"，偌长一串头衔，除却头两个字，剩下的皆系虚谀之辞，谁也记不住的，所以历来大家都只管他叫"明太祖"。

说起这位太祖皇帝，那也真是迄来从无的一等人物，出于赤贫，十七岁那年父母继殁，孤无所依，不得已竟入寺为僧混口饭吃，未久，寺院亦败，他便只身一人"游食"四方——所谓"游食"，无非乞讨为生。但偏偏这么一人，当着天下大乱之际，投身暴众，由士卒而头领，由头领而元帅，最后遍灭群雄、逐斥元室、一统中华，成就二百数十年之基业。自古以来，舍汉高祖刘邦外，中国并无第二个起于平民的皇帝，但那刘邦，好歹曾身为亭长，谓之平民略嫌勉强，真正从底层"登天"的，上下五千年，唯有太祖元璋。

说凤阳，道凤阳

平常，从南山坡望去，旷野无际，野草萋萋。宽大的山坡几乎一直很平缓地向北延伸着，只偶有起伏，间或点缀着几株孤零零的树。一条清亮的河流绕着山坡，静静流淌，阳光下就像条白绸带。

此河名濠，小，长数十里。源有二，一自横涧山，一自定远城北，在濠州之南合流，蜿蜒东北而入淮水。小固小，却非无来历。很早以前，庄子常留连于此。濠水以澄澈出名，是“临渊羡鱼”的佳处，当年，庄子偕惠子同来赏鱼，留下一段“子非鱼”的巧辩典故。上千年过去了，平静的濠水好像再没有新奇故事发生，只是默淌。

至正[1]十二年，大旱令素常清亮的濠水全无往日风采，就像从少女红唇一夜之间变成老妇槁唇；鱼儿无影无踪，河床随处呈现网状裂缝；少量幸存的河水，薄薄的，奄奄一息，在河中央最凹处反射出光来，几乎看不出它在流动。

一条死水，犹如濠州的人心。

不过，此地人民对这情形倒也并不新鲜。八年前，一场更其凶烈的旱蝗之灾，旬日之间夺走成千上万条性命。那一年，单单是孤庄村朱五四老汉一家，五口人便死了三口，四月初六朱老汉头一个撒手人寰，三天后，轮着大儿子重四毙命，又十余日，朱家妈妈陈二娘丢下老二重六和老幺重八，也追着老伴和大儿子去了阴曹地府；可怜那重八年方十六，竟眼睁睁十来天的工夫连丧父母和长兄。好些年后，孤庄村父老说起此事，还都直摇头叹气，直道：“惨哩……”

如今，当年人烟寥落、鸡犬声稀的景象，又在孤庄村重现。落日下，极目而眺，偌大的平野全然空旷，生生看不到一个人影，甚至不见鸟儿飞过，那份静详简直是一种透着忧伤的美，可是久处其中，却令人不免可怖。

就在南坡，一株老榆树下，有一小土堆微微隆起，没有什么特征，上面光秃秃地只长些荒草，而且经年风吹水刷，土包越来越平，眼看着就要流失了。但是绕着转过来，猛然却见一条大汉仰躺在

[1]元顺帝年号。

凤阳龙兴寺。

前身即朱元璋充小沙弥之皇觉寺，洪武初迁至现址，赐名“大龙兴寺”。

朱元璋孝陵神道。

孝陵，位于南京钟山。朱棣篡位迁都北京，其后诸帝皆葬北京十三陵，只剩下朱元璋孤零零在此。身后的冷清，最为形象地说明了朱元璋在皇权问题上自相矛盾所导致的失败。

土包旁，冷不丁吓你一跳！那汉身长八尺，黝黑精瘦；穿一条污烂污烂的直缀，敞着胸怀，夕阳洒落处，肋骨历历可数；破帽儿遮脸，肚皮一起一伏——竟是睡着了。

“八哥，醒醒，醒醒……”

汉子猛一惊，睁眼看时，是打小一处厮混的周家小三子。但见他背负布包，神色匆忙，似要出远门的样子。

“小三子，你这是要去哪儿？”

“说不得，八哥，出事了。那封书信被人知道了，想告发官家讨赏哩。我寻思还是投汤二哥的好，咱一起走吧？”

汉子眼珠骨碌转了转：“真的么？”

“我还讹你不成？”周三儿顿足道。

汉子笑了：“兄弟，怎就改不掉你那急脾气？要不，你先行一步，哥哥我随后就来。”

“也罢。”周三儿拱手道，“八哥，那我就和汤二哥在濠州等着你。”

“一路珍重，兄弟。”汉子在周三儿肩头用力拍了拍。

目送周家小三子渐行渐远的身影，暮色下，汉子忽然感觉到一丝凉意。一群昏鸦飞了来，落在老榆树上，“啊，啊啊”的叫声送出，令本极辽旷的四野，更显冷清。

汉子悲从心起，掉头冲着小土堆翻身便拜：

“爹，娘！二老在世，教儿本分为人，儿原不想投汤二哥，如今村里人死的死，逃的逃，庙里和尚也散去大半，儿没了着落……儿今二十有五，实不甘再像八年前那般游食为生……爹啊娘啊，儿当如何，替儿拿个主意吧！”

言毕，就兜内摸出一面小铜牌，那还是自己刚生下来时，吃不得奶，爹上庙里拜菩萨时请回来的护身符。铜牌一面刻着观音像，汉子拿在手里，默想：“观音像若冲上则去，冲下则留。”于是开口道：“爹娘在上，且助重八则个！”

铜牌抛起，落在土坡草间，拨开一看，观音像冲上。再扔，如此；第三次又抛，仍如此。

汉子站起身，目光渐渐清澈，原本就有些凶悍的脸此时又蒙上了层刚毅之色。只见他头也不回地大步走了，直走到西下的夕阳血似的惨红里去……

——以上多系虚构，是当年读吴晗《朱元璋传》后，我在怀想明太祖朱元璋如何奋起于草莽之际，自己心里描画出来的一幅“复原图”。1978—1982年念大学期间，每年的寒暑假，我在合肥与上海之间这条铁路线上来来回回要穿行四次；每一次，列车行经临淮关—蚌埠这区间，我望着窗外的山川，脑中都止不住去浮想与朱元璋有关的旧事和画面。

虽是虚构，但人物和大的情节皆有所本。其中，那个周家小三子，是周德兴；汤二哥，就是汤和。这两个人，还有徐达，都是朱元璋（小名重八）打小一起的玩伴儿，后俱为明朝开国元勋。至正十二年郭子兴在濠州聚众反，汤和先行投了郭军，很快积功做到千户，此时他捎信给朱元璋，催促也来入伙；元璋初意未决，求之于卦，才赶到濠州，由汤和介绍加入义军。读史至此，不免慨然：一座小小的孤庄村，蹇伏浩野，无凭无依，却突如其来聚现了一个豪杰群体。历史的脉络，确非可以常理解释者。

此草寇，非彼草寇

时势造英雄，这话既对，也不对。很多时候，似乎具有必然趋向的时势，最终却并没有造就英雄，只造就了伪英雄。这类伪英雄也曾一时叱咤风云，露出王者风范，但就在几乎走上其命运巅峰的关头，不堪辕轭，被最后一根稻草压得轰然倒地——“大顺帝”李自成、“天王”洪秀全，此之谓也。还有的时候，时势貌似造就了英雄，然而不可一世的“英雄”却辜负了时势的造就，不可思议地败给绝非为时势所看好所钟意的弱者、配角或二流人物，项羽之于刘邦如此，袁绍之于曹操如此，张士诚、陈友谅之于朱元璋亦如此。

张士诚，盐贩出身。元至正十三年起于泰州，至正十六年得据吴地，进而再得浙西，拥江南富庶之地，于是心满意足，惟知自守。至正二十年，陈友谅起大军来取应天（南京），约士诚合而攻之。士诚竟以其“一亩三分田”为自足，不予呼应。其于元室同样以苟且求存，降了反，反了又降，极尽讨价还价之能事，终不脱小贩本性。苟且至至正二十七年，业已击败陈友谅的朱元璋，腾出手收拾张士诚；是年九月，徐达破平江（苏州），士诚自缢死。

陈友谅，渔夫出身。原为徐寿辉部下，至正二十年以阴谋发动兵变，挟寿辉，而自立汉王；不久，在采石矶（马鞍山）以铁挝击杀徐寿辉。时诸强中，友谅广有江西、湖广之地，兵强马壮，不可一世，骄横万分，锐意扩张，即兴兵东犯。旌旗蔽日，舳舻拥江，顺流扬威而至，志在必得，然而却被朱元璋用诱敌深入之计，大败于南京城外。两年后，双方再大战于鄱阳湖；此番，友谅尽出其精锐之师——当时天下无出其右的巨型舰队，“兵号六十万，联巨舟为阵，楼橹高十余丈，绵亘数十里，旌旗戈盾，望之如山”。朱元璋水军极弱，双方实力悬殊。但陈友谅一味恃强，朱元璋再次用计，以火攻大破陈氏巨型舰队，战局逆转，八月，友谅中流矢毙命。

张、陈二人，一个当时最富，一个当时最强。以势来论，元室衰微之际，他们谁都比朱元璋更有资格成就霸业，一统天下。但士诚其人，永远只看得见眼前利益，一个地地道道的守财奴，本性如此，毫无办法。陈友谅骄狠雄猜，心黑手辣，倒是贪得无厌之徒，怎奈量小气狭、器局逼仄——仅从一件事上即可知其胸襟：鄱阳之战，友谅势蹙之际，居然“尽杀所获将士”以泄忿，“而太祖则悉还所俘”——同样也是本性如此，毫无办法。

在两个膀大气粗的邻居面前，朱元璋尽处下风，当初陈友谅搞扩张，先对朱元璋下手，多少也是捏软柿子的意思。但是后来他肯定发现搞错了人，至于鄱阳湖决战他“矢贯其颅及睛而死”之际，只怕会感到平生最为后悔的一桩事，就是没有弄清朱元璋是怎样一个角色之前，即贸然对其出手。

而朱元璋，不管其他方面作何评价，我们得承认，他是古来“草寇”之另类。于是，脱颖而出，做成了古来“草寇”都想做而最后都做不成的事。其中，关键的关键，是朱元璋高度重视并解决好了知识分子问题。将领善战、主公明睿，是打天下的保证，但不足以得天下。匹夫起事，先天不足在文化上。人说战争是政治的继续，其实，政治也是战争的终点。没有人为战争而战争，打仗的目的在政权，而政权虽靠战争赢得，却无法靠打仗治理。从打天下到得天下，必须由知识分子队伍建设来衔接。朱元璋最不可思议之处就是，以一个地道的泥腿子，而能深入理解“文治”的意义。

解缙谈及此，说：

帝性神武明达……始渡江时，首兵群雄多淫湎肆傲，自夸为骄。帝独克己下人，旁求贤士，尊以宾礼，听受其言，昼夜忘倦。[1]

《翦胜野闻》载：

太祖在军中甚喜阅经史，后遂能操笔成文章。尝谓侍臣曰：“朕本田家子，未尝从师指授，然读书成文，释然开悟，岂非天生圣天子耶？”[2]

每克一地，朱元璋都不忘招贤求士。有名的一例，就是下徽州后召耆儒朱升问时政，而得到“高筑墙，广积粮，缓称王”的建议。他在采石访得儒士陶安，很急切地征询政见。陶说：现今群雄并起，他们所欲都“不过子女玉帛”，建议朱元璋“反群雄之志，不杀人，不掳掠，不烧房屋”，“首取金陵以图王业”。朱元璋大受启发。[3]《明通鉴》也记有与儒士唐仲实的类似谈话。胡大海打太平府时找到一个叫许瑗的儒士，派人送来见朱元璋，“太祖喜曰：‘我取天下，正要读书人！’”[4]

至正二十年，朱元璋的事业有了历史性的转折，标志是，这年三月，他成功地将刘基、宋濂、章溢和叶琛延入阵营。这四人声望素著，才智、文章、学问，皆一时泰斗。他们连同早些时候在滁州加入的李善长，组成了超一流的智囊团。以这些人为中坚的知识精英，不单在战争中为朱元璋运筹帷幄，更从法律、政制、礼仪、财税等诸多方面为未来明帝国设计一整套的秩序。明代的后世批评家回顾说：

[1]解缙《天潢玉牒》。此书原不著撰者名氏，但明《纪录汇编》、清《胜朝遗事》收编此书时，题为解缙撰。按：《天潢玉牒》系朱棣篡位后出于涂改历史需要，钦命编写的出版物之一，解缙作为当时主要文臣，主持它的编写，是有可能的。

[2]无名氏《翦胜野闻》。

[3]《国初事迹》。

[4]同上。

> 汉高祖谓:“吾能用三杰[1],所以有天下。”……我明聿兴,公侯爵赏数倍汉朝:李韩公[2]之勋烈无异萧何,徐魏公[3]之将略逾于韩信,刘诚意[4]之智计埒于张良……我朝开国元功,视汉高尤有光矣,大业之成,岂偶然哉![5]

的确说到了点子上。

孟森先生论述明之立国,讲了三条:第一,“匹夫起事,无凭藉威柄之嫌”;第二,“为民除暴,无预窥神器之意”;第三,“一切准古酌今,扫除更始”。这第三条就是讲,明之立国,得益于文化上巨大成功,以大量制度创新,开启历史新阶段——“清无制作,尽守明之制作”,“(清人)除武力别有根柢外,所必与明立异者,不过章服小节,其余国计民生,官方吏治,不过能师其万历以前之规模”[6]。仅以“黄册”、“鱼鳞册”两大制度创新,即可窥其一斑。“鱼鳞册为经,土田之讼质焉;黄册为纬,赋役之法定焉。”[7]由设“黄册”,明初有了完全的人口普查,建起真正意义上的户籍制。从社会,它解决了流移人口问题并解放了往昔在贵族和地主豪强强迫下为奴的人民;从经济,它理顺和保障了国家赋役的征调;从政治,它使集权统治更彻底,影响跨越数百年而至如今。“鱼鳞册”又称鱼鳞图册,是特别编定的全国土地总登记簿。明初决定对最基本生产资料——土地实行丈量和登记,“厉行检查大小地主所隐匿的大量土地,以打击豪强诡寄田亩、逃避课税的行为……豪强地主被迫吐出他们过去大量隐匿的土地,就使朝廷掌握担承税粮义务的耕地面积大为增加”[8],孟森评论道:“明于开国之初,即遍遣士人周行天下,大举为之,魄力之伟大无过于此,经界由此正,产权由此定,奸巧无所用其影射之术,此即科学之行于民政者也。”[9]

《明史》说:

[1]“三杰”,指萧何、韩信、张良。
[2]李善长,封韩国公。
[3]徐达,封魏国公。
[4]刘基(伯温),封诚意伯。
[5]邓士龙辑《国朝典故》,野记一。
[6]孟森《明清史讲义》。
[7]《明史》志第五十三,食货一。
[8]韦庆远《明代黄册制度》。
[9]孟森《明清史讲义》。

终明之世，右文左武。[1]

“右文”，就是优先重视文化建设和文臣，这是明代政治突出特色，朱元璋一开始即抱此旨：

(太祖)响意右文，诸勋臣不平。上语以故曰：“世乱则用武，世治宜用文，非偏也。”[2]

洪武元年九月的《求贤诏》说：“朕惟天下之广，非一人所能治，必得天下之贤共成之。向以干戈扰攘，疆宇彼此，致贤养民之道，未之深讲，虽赖一时辅佐，匡定大业，而怀材抱德之士，尚多隐于岩穴，岂政令靡常而人无所守欤？抑朕寡昧，事不师古而致然欤？不然贤大夫，幼学壮行，思欲尧舜君民者，岂固没没而已哉？今天下甫定，日与诸儒讲明治道，其敢不以古先哲王是期？岩穴之士，有能以贤辅政，我得以济民者，当不吾弃。”[3]过去教科书将朱元璋从农民起义首领变为皇帝，解释为“变质”。这其实很对，朱元璋的确“变质”了，《求贤诏》就是“变质”的明证。

如果“不变质”，又如何？晚朱元璋二百来年，有那样的例子，可为镜鉴。

赵士锦是崇祯十年进士，在甲申之变中，羁刘宗敏营约二十日。脱身回到江南后，他把自己闻见写成《甲申纪事》——刘宗敏身为大将，进城后惟知敛财，日夜拷掠百官，勒其银两，“有完银多而反夹，完银少而反不夹者；有已完银而仍夹者，有不完银而终不受刑者，识者以为前世之报焉。”“自十八日起，每日金银酒器细疋衣服辇载到刘宗敏所。予见其厅内段疋堆积如山，金银两处收贮，大牛车装载衣服高与屋齐。”刘宗敏所为，李自成非不知，而竟无力辖制：

初七日，李自成至宗敏寓议事，见庭中三院，夹着几百人，有垂毙者，不忍听闻。问宗敏得银若干，宗敏以数对。自成曰：“天象不

[1]《明史》志第四十六，选举二。
[2]黄溥《闲中今古录》。
[3]无名氏《皇明本纪》。

吉，宋军师言应省刑，此辈宜放之。”宗敏唯唯。每日早将已死者用竹筐抬出，每筐三两人，以绳束之，至是五六日矣。

按“阶级斗争”眼光，“苦大仇深”的刘宗敏，胜利后痛打劣绅、分其浮财，是勇于夺回属于自己的劳动果实，他以对阶级敌人的毫不手软，证明自己不忘阶级苦、血泪仇，亦即没有“变质”。

反观朱元璋，虽也“苦大仇深”，胜利后却将阶级爱憎抛到九霄云外，下《求贤诏》、搞什么礼贤下士，把压迫自己的人奉为座上宾，与其沆瀣一气，这不是忘本是什么？不是变质是什么？

苦皇帝

朱元璋既然黄袍加身，肯定发生了“变质”。然而，这种“变质”，为古往今来造反者所共想，如未实现，亦属“非不欲，是不能”。始皇游会稽，车队驶过，项羽躲在人丛里暗暗发狠：“彼可取而代也。”[1]这句话，陈友谅、张士诚、李自成、洪秀全脑海肯定都浮现过。问题是怎么变，往哪儿变，以及变成什么样儿。史上不乏接近成功的造反者，最后不虎头蛇尾的却只有朱元璋。为什么？看看闯军打下北京后的表现，或洪秀全在天京王宫里做了些什么，大概不难明白。以那些也想“变质”却不成功者为参照，我们发现，实际上朱元璋除了有所变，更有所不变。单论从造反者转为统治者，他可谓摇身一变。但换个角度，看看在两个身份中的表现，印象相反，朱元璋是他同类中变化最小、最少的一个。

野史有些故事，说他忌提旧事，一听“秃”、“光”、“贼”这样的字眼抑或哪怕是同音字，就不高兴，就杀人。然而，也有记载显示，他并不讳言贫寒出身和悲惨的少年经历。濠州祖陵竣工后，词臣奉撰《皇陵碑记》，朱元璋阅后很不满意，称“皆儒臣粉饰之文”，他揽镜自观，“但见苍颜皓首，忽思往日之艰辛”，觉得以这种粉饰之文垂后，“恐不足为后世子孙

[1]《史记·项羽本纪》。

戒”，决心亲自提笔，“特述艰难”，如实记述自己的出身、家境和遭遇，“俾世代见之”——这就是洪武十一年的《御制皇陵碑》。

平常，他尤不吝于以其身世和人生体验训导诸皇子，使他们勿忘家本。做吴王时，一日，朱元璋率世子朱标祭祀山川，仪式结束，特地叫过朱标，指着身边将士们说：“人情，贵则必骄。”“今将士中夜而起，扈从至此，皆未食。汝可步归，庶谙劳逸，他日不致骄惰。”圜丘告成，朱元璋带着朱标前去视察，归途中，专门命随从引导世子绕道农家，观其居处饮食器用；俟其归，则召而诲之：现在，你知道农民多么辛劳了吧？

夫农勤四体，务五谷，身不离畎亩，手不释耒耜，终岁勤动，不得休息。其所居不过茅茨草榻，所服不过练裳布衣，所饮食不过菜羹粝饭，而国家经费，皆其所出。故令汝知之。凡一居处服用之间，必念农之劳，取之有制，用之有节，使之不至于饥寒，方尽为上之道。

据说，为使诸子习于勤劳，不滋骄惰之性，曾命内侍特制草鞋分发给他们，并规定，只要出城走稍微远一点的路，皇子们只能乘马行三分之二路程，另外三分之一必须穿上草鞋步行。他定期打发诸子回老家谒祖陵，接受“革命传统教育”，说：“使汝等于旁近郡县，游览山川，经历田野。因道涂之险易，以知鞍马之勤劳；观小民之生业，以知衣食之艰难；察民情之好恶，以知风俗之美恶。即祖宗陵墓之所，访求故老，问吾起兵渡江时事，识之于心，以知吾创业之不易也。”人一阔，脸就变，这似乎是经验之谈；所以，穷光蛋们揭竿而起之际每每要互相叮嘱一句：“苟富贵，毋相忘！”实际上，往往忘性都比较大，不单自己患了遗忘症，倘若别人来提醒，他还恼怒，以为羞辱。

到朱元璋这儿，终于破了一回例。他真的不曾忌其微贱之时，不因做了“万岁”，而掩却来历出身。他曾在一份蠲免两浙秋粮的诏书里径称：“朕本农夫，深知稼穑艰难。”似乎对此身份甚感光荣，与臣下交谈也不惮表露其“小农心态”，曾经说：“吾昔在军中乏粮，空腹出战，归得一食，虽甚粗粝，食之甚甘。”饥饿的童年记忆，让这位皇帝对粮食和农事有一种几乎病态的敬畏。据说凡是空闲的土地，他都下令种上庄稼，而且还提出一种极其独特的“种植理论”：“我于花木结实可食用者种之，无实者不用。”总之，不能用来填饱肚皮的，就无用。他曾颁旨严禁种糯，因为这种作物主要是用来造酒，而被视为“糜费”。平时在宫中跟太监宫女言“不离稼穑组纵”，后宫墙上门上，也到处画着“耕织图”。浙江金华出产一种香米，百姓“拣择圆净者用黄绢布袋盛贮，封护进呈”，年贡约三十石。朱元璋得知详情后，下令中止此贡，改由内侍在宫苑内垦种数十亩，“计所入，亦足供用”。这办法后来似乎还加以推广了，以致宫中闲地都成了农田。某日退朝，朱元璋专门领着太子诸王去参观他这一得意之作，指着菜地说：“此非不可起亭馆台榭为游观之所，今但令内使种蔬，诚不忍伤民之财，劳民之力耳。”其实他借鉴魏武而发扬光大军屯制，起因也是防止夺食于民；说：“兵食一出于民，所谓农夫百养战士一，疲民力以供闲卒，非长策也。古人有以兵屯田者，无事则耕，有事则战，兵得所养，而民力不劳。”

不过，这个“泥腿子”对农事的重视，似乎有点过头。比如，有人建议开矿生财，被他训斥一通，认为只要偏离农本，便是追逐奸利；司天监（掌天文历法的机构）进献一款元代水晶刻漏——中设二木偶，备极机巧，“能按时自击钲鼓”，或许是最早的自鸣钟——也被朱元璋一通臭骂，说“废万机之务，而用心于此，所谓作无益而害有益也”。竟下令把它砸碎毁掉……看来，眼里只有粮食、庄稼和农活，并不总是好事。

一次，出游钟山，回城时，从独龙冈徒步一直到淳化门，才肯上马。他感慨地对侍臣说：“朕久不历农亩，适见田者，冒暑而耘甚苦，因悯其劳，徒步不觉至此。”话锋一转，他问这些近臣：农为国本，百需皆其所出，所以他们才辛苦成这个样子，你们这些当官的，心里曾经感念和体悯过农民吗？接着，他讲了一句让人震惊的话：“且均为人耳，身处富贵，而不知贫贱之艰难，古人常以为戒。”

“均为人耳”。并非朱元璋已有“平等思想”，而是“万岁”之后未忘贫贱往昔，使他能够将心比心、推己及人。

又某年隆冬，朱元璋视察城濠疏浚工地，见一民工光着身体，在渠水里摸索着什么，命人问之，原来是蛮横的督工官员把他锄子远远扔到水中，民工只好自己下河找寻。朱元璋听说是这样，马上派人将民工叫上岸，另外发了一把锄子给民工。他生气地说："农夫供役，手足皲裂，亦甚劳矣，尚忍加害乎？"令侍从将那个恶官抓来痛加杖责，一面气犹未平，回头对随行的丞相说："今日衣重（读chóng）裘，体犹觉寒，况役夫贫困无衣，其苦何可胜道？"随即传旨役民收工。

对朱元璋，人们谈得较多是他屡兴大狱、滥刑重典，我一度因此将他归于"大暴君"行列。后从孟森先生《明清史讲义》，读到这样一句话：

> 太祖之好用峻法，于约束勋贵官吏极严，实未尝滥及平民，且多惟恐虐民。

一时振聋发聩。朱元璋有嗜杀之名，但过去只注意到杀人多，却不曾留心所杀的主要是什么人。经孟森点拨，再去查证史著，果然。汗颜的同时，从中领悟到，读史确不宜粗。

除了嗜杀，他还有一个嗜好：嗜俭。在中国，政治家节俭，往往是道学面孔的一部分，公开示人以俭，公众视线之外，其实颇为侈费。朱元璋不是这样，他的节俭，不是为"垂范天下"做做样子，是穷惯了，是"积习难改"。

炎夏之日他在东阁临朝，天气太热衣裳汗湿，几次更衣，群臣发现这些衣服都是洗了再洗以致褪色的旧衣。南京宫室初建，负责官员将设计草图呈见，朱元璋"见有雕琢奇丽者，即去之"，理论是"宫室但取其完固而已，何必过为雕斲？"宫殿盖得差不多了，照例应在梁壁施彩绘画，还有人建议采用"瑞州文石"（贵重石材）铺地，统统被他制止，而命儒士熊鼎"编类古人行事可为鉴戒者"以及《大学衍义》等儒经，"书于壁间"。对于自己这一创意，他很得意，说："前代宫室多施绘画，予用此以备朝夕观览，岂不愈于丹青乎？"

洪武三年六月，天久不雨，朱元璋亲率皇室全体人员到山川坛求雨，一律穿草鞋徒步而至，以草垫为席，露天而坐，白昼承受曝晒，夜晚衣不解带即席卧于地；用餐由马皇后率众妃亲手煮制，完全是粗粮做成的"昔日农家之食"，一连三日，才回銮宫中。这种举动，假使没有从小吃苦的底子，纵然有诚心恐怕也顶不下来的。

在朱元璋，"不知奢侈"，未必是觉悟和境界较别的皇帝有多高，可能确因苦出身。打下浙西,朱元璋曾对降军发表演讲:“吾所用诸将,多濠、泗、汝、颍诸州之人,勤苦俭约,不知奢侈,非比浙江富庶,耽于逸乐。”说得很实在。然而跟他出身相类者,毕竟以容易腐化为多,而且腐化的速度和程度往往也最惊人。所以对朱元璋的不腐化,我们还是得“有成分而不唯成分论”,更多看到他出乎其类、拔乎其萃的一面。太子和公主宫中重新装饰,需一种叫“青绿”的涂料,工部奏请采办,朱元璋坚决不答应,说在库藏里搜罗搜罗,凑合着用就行了,“岂可以粉饰之故而重扰民乎?”一次,在奉天门附近他看见某散骑舍人“衣极鲜丽”,叫过来,问这身衣服花了多少钱,回答说“五百贯”,朱元璋听罢大为恼火,斥道:农夫如何艰辛,食惟粗粝,衣惟垢敝,而你游手好闲,不过仗着“父兄之庇”,如此骄奢,“一衣制及五百贯,此农民数口之家一岁之资也!”刘姥姥在大观园里说过,贾府一顿饭花的钱,够乡下人过一年的。朱皇帝看到京城阔少的衣着,反应和换算方式竟与刘姥姥一般无二,也真是千古奇闻了。

这“刘姥姥的视角”,让他有时会冒出对皇帝来说显得古怪精灵的念头。南京宫殿新成之际,朱元璋忽然把中书省大臣们找去,说多年战争令军中许多兵士负伤致残,失去工作能力,现在新宫建成,他打算在宫墙周围的空地建上房屋,让这些军中致残者居住,“昼则治生,夜则巡警”,国家拨一定口粮,以这种方式把他们养起来。后来,他又专门降旨,指出所有战场上牺牲者,其妻、子或老人一律由官方“月给衣粮赈赡之”,而老迈兵卒则“听令于应天府近便居止……所给衣粮,悉如其旧”。洪武十九年,河南大饥,不少人家卖儿鬻女;朱元璋得到报告以后,不仅下令赈饥,而且决定所有被出卖的孩子一律由官府出资赎回。同年六月,他进而颁行两项可能当时整个世界上都很少有的福利政策:一、所有年届八十以上的穷人,官方“月给米五斗,酒三斗,肉五斤”,年九十以上者,在此基础上每人每年“加帛一匹,絮一斤”;二、“鳏寡孤独不能自存者,岁给米六石”。他这样阐释他的政策:“为君者欲求事天,必先恤民。恤民者,事天之实也。”说起来,精神高度似乎并没有超出儒家“民本”那一套,但实际做法是他的独创。

晚年朱元璋,面对诸皇子,曾就自己是怎样一个皇帝,亲口做出如下自我鉴定:

吾持身谨行，汝辈所亲见。吾平日无优伶瞽近之狎，无酣歌夜饮之娱，正宫无自纵之权，妃嫔无宠幸之昵。或有浮词之妇，察其言非，即加诘责，故各自修饬，无有妒忌。至若朝廷政事，稽于众议，参决可否，惟善是从。若燕闲之际，一人之言，尤加审察。故言无偏听，政无阿私。每旦，星存而出，日入而休，虑患防危，如履渊冰，苟非有疾，不敢怠惰，以此自持，犹恐不及。故与尔等言之，使知持守之道。

这份自我鉴定书，中间一段即“稽于众议……惟善是从”云云，我们或有异议，但一头一尾，则可说确无夸饰之处。在位三十一年，朱元璋不玩、不溺，夙兴视朝，日高始退，至午复出，迨暮而回；白天所决事务，退朝后还要默坐审思，如感觉有不当者，虽中夜而不寐，必筹虑停当方肯就寝，日复一日，年复一年。要说此人的为人，几无一点闲情逸致，过去是苦孩子，当了皇帝也是个苦皇帝。

一朝权在手

然而世间之事，有一利必有一弊。我们素日常见到看门人最珍视手中那点权力，也最善于把那点权力用到极致。我们也屡屡感到，权力越到底层，就看得越紧、用得越狠，绝不容人觊觎。这并不难解。对权力的过度珍惜，是与身处底层所得来和形成的更大的人身恐惧互为因果的。这种恐惧，令人一旦攫取了权力便会以近乎病态的方式捍卫之死守之。试想，当一个备受欺凌与屈辱的孤儿，一步登天成为皇帝的时候，能意味着什么？

有关中国古代帝权，之所以在明代——主要是通过朱元璋之手——达到登峰造极的地步，历史学家和历史哲学家自会有他们种种理论和逻辑上的条分缕析，拿出种种所谓“必然”的论述来。对此，我这里不置一词，只想说说个人因素起到的作用。

吴晗《朱元璋传》讲了朱元璋幼年和少年时的两个故事。

第一个故事发生在朱元璋很小的时候：“替田主看牛放羊，最会出主意闹着玩，别的同年纪甚至大几岁的孩子都听他使唤。最常玩的游戏是装皇帝，你看，虽然光着脚，一身蓝布短衣裤全是窟窿补丁，破烂不堪，他却会把棕榈叶子撕成丝丝，扎在嘴上作胡须，找一块破水车板顶在头上算是平天冠，土堆上一坐，让孩子们一行行，一排排，必恭必敬，整整齐齐三跪九叩头，同声喊万岁。”

第二个故事，讲的是成为孤儿后的他，在皇觉寺中的遭遇：“（寺里）个个都是长辈，是主人，就数他小、贱，他得低声下气，成天赔笑脸侍候。就连打水煮饭的长工，也还比小行童高一头，当他做二把手，支使着做这做那。这样一来，元璋不单是高彬长老一家子的小厮，还带着做全寺僧众的杂役，根本就是长工、打杂了。事情多，闲报也就多，日子长了，塞满一肚子冤枉气，时刻要发作，却使劲按住，为的是吃饭要紧……对活人发作不了，有气无处出，只好对泥菩萨发作了。有一天，扫佛殿扫累了，扫到伽蓝殿，已是满肚子的气，不留神绊着伽蓝神的石座，跌了一大跤，气忿之极，顺手就用笤帚使劲打了伽蓝神一顿。又一天，大殿上供的大红蜡烛给老鼠啃坏了，长老数说了元璋一顿。元璋想伽蓝神是管殿宇的，当看家菩萨的不管老鼠，却害行童挨骂，新仇旧恨，越想越气，向师兄讨了管笔，在伽蓝神背上写了‘发配三千里’，罚菩萨到三千里外充军。”

虽是两个小故事，还是见出了朱元璋的个性和内心。一是他很有暴力倾向。二是他如果有怨气，喜欢发泄也非发泄不可，对活人发作不了，就拿泥菩萨出气。三是他那小小脑袋所想出的报复手段，居然已是充军、流放这类方式。

看过朱元璋画像[1]的人，恐怕很难忘记那张脸。《明史·本纪第一》形容是“姿貌雄杰，奇骨贯顶”。文人虚浮，丑怪骇人到了他们嘴里竟能转变成这些词。实际上，这张脸长得崎岖不平，形状活似一只长歪的山芋；黑而粗糙的皮肤散着几粒麻子，额头和太阳穴高高隆起，颧骨突出，大鼻、大耳、粗眉毛，两睛鼓凸，发出冷酷的光；尤为奇崛的是他的下巴——从宽大有力的颌骨处开始向前突着，一再延伸，直到远远超出额头之外，从侧面看浑如一头狠霸的大猩猩。这只罕见的下巴，再度提示了人来于动物的遥远往事；它象征着健壮的咀嚼力和贪婪旺硕的食欲，令人联想起兽界一切善于撕咬吞噬的凶猛捕食者。

[1] 朱元璋画像最著名的有两幅，一存于北京故宫博物院，一悬于南京明孝陵享殿内；前者系宫廷画工美化修饰的结果，后者才接近朱元璋真容，现在中学课本上的朱元璋像所依据的就是这一幅。

同时不可忽视的是，这张“卡西莫多式”丑脸跟一个身为皇帝的人相结合，在心理上所必然引起的冲突。这并非出于无稽的相面学。据说先后有两位替朱元璋造像的画师，因为只知摹形绘影不解粉饰遮掩而掉了脑袋，直到第三个画师，才仰体圣心，把他画得慈祥仁爱。这是人之常情。对朱元璋来说，那崎岖不平的相貌固然“雄杰”，但无疑也镌刻着他卑低坎坷的出身、遭际，尽管贵为人君，岁月的无情虽可从宫庭画师笔下抹去，却无法从自己脸上和内心世界抹去。

前文提到孟森先生关于朱元璋“峻法”的评论，说他“约束勋贵官吏极严，实未尝滥及平民”。这是孟先生的敏锐细腻之处。展开下文以前，我重申孟先生的这个观点，再次强调不宜以“暴君”视朱元璋。暴君根本标志是虐世害民，只有与人民为敌者，才配此称号。而朱元璋，不论在权力斗争中多么残忍，整体来说他不是祸害人民的皇帝，相反，历来新朝新君喜欢挂在嘴上、口惠而实不至的“与民休息”，在朱元璋那里却是其治政的切实出发点。洪武年间清丈土地，兴修水利，奖励农耕，减免赋税，杀减贪风，改良吏治，老百姓都得利受惠。我觉得他尤其应被称道的，是不好大喜功、不靡耗国力、不浪费民财，无意于什么雄才大略、丰功伟绩、万邦膜拜等虚荣。这些对中国那些所谓“有作为帝王”，从来是无法抵挡的诱惑，然而终洪武朝三十一年，在朱元璋的身上，我们丝毫未见这种自我膨胀，尽管作为“光复中华”的帝王，他似乎很有理由膨胀一番。他牢牢把握一点：不扰民、让百姓安稳地生活。所以，当我们回味洪武时代，会惊讶于它非常平淡——没有奇迹壮举，没有伟大工程，没有征伐，没有任何波澜壮阔的事情。与许多开国君主相比，他简直是过于安静的皇帝。

但对官吏而言，朱元璋搞的真是不折不扣的酷政、暴政。可能中国哪个朝代，做官皆不曾像在洪武朝那样提心吊胆。这位穷山恶水生养出来的贫民皇帝，把他那个阶层的野性、狠劲充分发挥在吏治上，惨无人道地对待贪官污吏，剥皮、断手、钩肠、阉割……全是最骇人听闻的酷刑，而且五花八门、种类繁多。另外我们还知道，几乎整个古代，中国普通百姓是无权告官的，或者，凡告官者先打一顿杀威棒；然而洪武年间居然宣布，凡是贪赃害民之官，百姓人人皆可将其直接扭送京师。有时候我不禁怀疑，朱元璋如此严厉打压官吏，多大程度上是出于肃清吏治目的，又多大程度上是一种“疯狂的阶级报复”？因他的做法里头，许多地方

中山王徐达。

徐达，明开国武臣第一，有古大将之风。他的死也很蹊跷，据说死于朱元璋赐膳之后。此当然不载于正史。

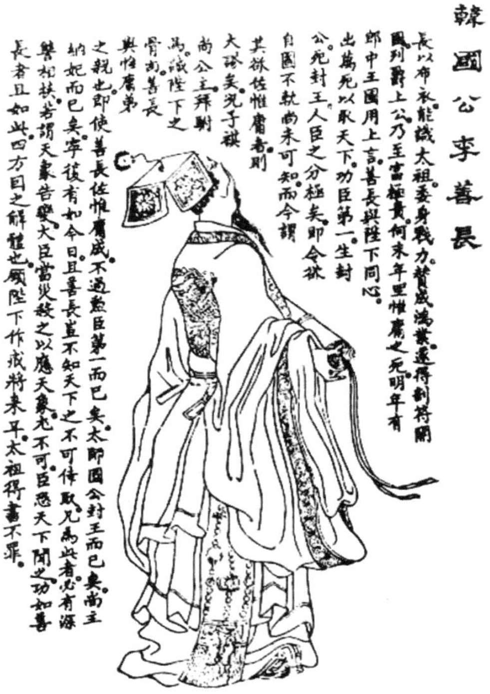

韩国公李善长。

明建国功臣第一，明代制度制定者，朱元璋曾将他比为汉之萧何。七十七岁牵胡惟庸案,处死。

令人感到是非理性的、宣泄的，夹杂着强烈个人情绪，是恨，以及伴着毒意的快感。他不是心宽易忘的人，洪武十一年，当忆及父母双亡、无地可葬的凄惨时刻时，他亲笔描画了使他深受伤害的一幕："田主德不我顾，呼叱昂昂，既不与地，邻里惆怅……"这记忆，暗中怎样左右着朱皇帝的心神，如何影响了他为政？

当然，还有比记忆和心理更重要的因素。

揪出与打倒

他通过对官吏保持高压，坐收一石数鸟之效：第一，澄清吏风；第二，发泄旧怨；第三，收聚民心；第四，抬升帝威；第五，杀鸡儆猴。这里面，既有直接目的，更有他深谋远虑的筹划。如果朱元璋的打击对象只有渎职枉法的狗官，事情另当别论，但我们发现并非如此。在一些著名的大案里，惩治污吏或不法之臣只是由头，被朱元璋借题发挥，搞扩大化，辗转牵扯，最后挖出来一个又一个"反朱元璋集团"，其中，胡惟庸、蓝玉两案分别都连引至数万人。

整个明代只有过四位丞相：李善长、徐达、汪广洋、胡惟庸。胡案后，朱元璋废相，古老的相制就此终结（清代官制基本照抄明代，也未设相位）。而仅有的这四位丞相，除徐达外，另三位居然全在胡案中一网打尽，可知此案之巨，亘古未有。

胡惟庸得罪的直接原由，据说是洪武十二年九月，占城（今属越南）使者来贡，胡惟庸自行接见而未奏闻。然而，占城贡使却被一个太监遇见了，朱元璋由是知此事，大怒，敕责。胡惟庸等惶恐之下将责任推诿于礼部，说是他们处理不当，礼部岂甘做冤大头，反过来坚诉与己无关。推来推去，惹朱元璋益怒，一股脑儿将中书省、礼部诸臣统统下狱，审讯谁是主使。很快，首先将汪广洋（时汪为右丞相，胡为左丞相）赐死。汪死之时，其妾陈氏自愿从死。朱元璋听说此事，命查陈氏来历，得报告说陈氏乃是某罪臣之女，没官后充汪妾，朱元璋再次发作，说："没官之女，止给功臣家，文臣何以得给？"竟以这个理由判胡惟庸及部臣等"咸当坐罪"。恰在此时，有两个与胡惟庸过从甚密的官员告发胡阴结武臣谋反，胡当然被诛。

然而，胡案奇就奇在，事情并不因胡惟庸死而结束，从洪武十三年诛胡，到洪武二十三年，胡案就像一座储量巨大的富矿，一再被深掘潜采，猛料迭爆，不断有"新发现"。先后查出胡惟庸与东瀛倭国和逃到沙漠的旧元君臣相交通，是个"里通外国"的汉奸、特务、卖国贼。洪武十八年，胡案再挖出一条"毒蛇"——李善长之弟李存义，这李存义与胡惟庸是亲家，其子李佑娶胡女为妻，举报者说李存义参与了胡惟庸的谋反计划，奇怪的是，李存义不仅没有被处死，而且得到的只是流放崇明岛这样简直应该说很轻微的处罚。这种反常的处置似乎意味着什么；果不其然，又过五年，到洪武二十三年，最后、最关键、最大的首要分子被揪出来了，那就是位列开国元勋头把交椅的李善长。李善长的揪出，真正宣告了胡惟庸"反皇叛国集团"的彻底覆灭：李家"并其妻女弟侄家口七十余人"被杀，同时有九位侯爵被打成共谋不轨的"逆党"。至此，胡案迁延十载，最终以李善长的倒台及三万余人被杀落下帷幕。

李善长，定远人，朱元璋初起时他在滁县加入朱军，从此成为朱元璋的头号智囊，"军机进退，赏罚章程，多决于善长"。明建国，李善长更是国家体制、法律、礼仪的主要制定者。洪武三年大封功臣，一共只封了六人为公爵，李善长是文臣中唯一被封者，且排第一，位居徐达、常遇春等赫赫名将之前，朱元璋在所颁制词里将李直接比做汉相萧何。后为示恩宠，又将临安公主许配善长之子李祺。一时间，李善长荣耀达到顶峰，史书上说"光宠赫奕，时人艳之"[1]。

然而，这位"明代萧何"终于在他七十七岁、没几天活头的时候，被朱元璋以意欲辅佐胡惟庸谋取皇位为由除掉。李被杀的第二年，一个低级官员王国用上书朱元璋，就此事提出质疑，说："善长与陛下同心，出万死以取天下，勋臣第一，生封公，死封王，男尚公主，亲戚拜官，人臣之分极矣。"如果说李本人有想当皇帝的念头，事情还另当别论，"而今谓其欲佐胡惟庸者，则大谬不然。""使善长佐惟庸成，不过勋臣第一而已矣，太师国公封王而已矣，尚主纳妃而已矣，宁复有加于今日？"[2]这个推理十分有力，没有犯罪动机，何来犯罪行为？这是朱元璋无法回答的。极为蹊跷的是，狠狠将了朱

[1]《明史》列传第十五。
[2]同上。

元璋一军的王国用居然平安无事,朱元璋给他来了个既不作答也不加罪——莫非朱元璋有意以此方式默认某种事实?回顾胡案十年,我们发现整个过程充满了偶然性和巧为布置的痕迹,几乎每一次重大关节、演化,都由微细琐事而逐渐被放大,所谓风起于青蘋之末,一个看似不起眼的由头,生拉硬扯,顺藤摸瓜,株连蔓引,直至搞到李善长那里方才罢休。也许存在胡惟庸试图谋反的事实,但这案情绝对被朱元璋利用了,可能胡案事发之日,朱元璋便意识到此乃翦除李善长及其势力的良机;他以惊人的耐心,不慌不忙用十年时间完成了这件钝刀杀人的杰作。

李善长被杀后三年,另一大案爆发,主人公是蓝玉。两个接踵而至的大案放在一起看,特别有意思。一个是文臣,一个是武将;一个是“老一辈政治家代表人物”,一个是“晚生代军界精英”;一个被前后花了十年工夫慢慢扳倒,一个却被速战速决、突然发力瞬间击倒……

蓝玉崭露头角是在明建国后。洪武四年、五年,他先后作为老元戎傅友德、徐达的副手,征定西南、北漠,迅速显示其军事奇才。十一年,他和另一位新生代领军人物沐英联袂出击西北,“拓地数千里”,班师封侯。十四年,以征南左副将军从傅友德出师云南,“滇地悉平,玉功为多”。此后声誉鹊起,二十年,终于取代老一辈的冯胜“拜为大将军”,总领军事。蓝玉虽非开国元勋,但对明建国后武力扩张和靖宁四远居功至伟,从南到北,川滇、陕甘、塞北……明帝国最后版图的确立,与蓝玉有直接关系。《明史》说其“中山、开平既没,数总大军”。徐达、常遇春之后,军方头号人物无疑就是蓝玉。

取代冯胜为大将军后到洪武二十六年被处死,是蓝玉军旅生涯最辉煌的五年,其间他率十数万大军,于捕鱼儿海大败元军,捕获元主次子、公主、诸王、平章及以下官属三千人,男女七万七千余人,马驼牛羊十五万余;讨平施南、忠建宣抚司、都匀安抚司、散毛诸洞等部(今贵州一带)叛乱;坐镇西部,略西番、罕东之地(今甘肃、新疆一带),击退土酋,降服其众。

就像任何能征惯战的军人一样,雄心万丈的蓝玉有些收不住手。但他没有料到,当他奏请“籍民为兵”、计划扩充军力,前去征讨朵甘、百夷(今青藏、滇西北一带)时,朱元璋却下达命令:班师回朝!蓝玉闷闷不乐地回到京师。朱元璋似乎有意在刺激他，二年前原拟晋封蓝玉梁国公，却临时改封凉国公；西征还京后，蓝玉自忖按功他可加为太子太师，但朱元璋只给了他次一等的太子太傅衔；在朝奏事，他的意见也几乎不被采纳。这边血气方刚，正怏怏不快，那边偏偏一而再、再而三地撩其情绪，骄傲的将军终于被弄得举止浮躁，这时，专事侦探大臣的锦衣卫恰到好处地向皇帝提出蓝玉有谋反企图的指控——洪武二十六年二月，蓝玉突然被逮下狱，且迅速结案：蓝玉灭族，“坐党夷灭者不可胜数”，案涉“一公、十三侯、二伯”，一万五千人被杀，《明史》评曰：“于是元功宿将相继尽矣。”

洪武二十三年解决了一个“反朱元璋政治集团”，二十六年解决了一个“反朱元璋军事集团”——此距朱元璋辞世仅仅五年，相信这会使他阖上双目时比较踏实。蓝玉一案的内幕究竟怎样，无人得知，他要谋反的说法来源于朱元璋御用特务机构，定罪过程也处在封闭、秘密的刑讯状态之中，但后人显然存有疑问，例如由清代官方修定的《明史》便只把胡惟庸列入《奸臣传》，没有把蓝玉列在其中，从而以这种方式表达了一种看法。

我曾在明中叶王锜所撰笔记《寓圃杂记》中，读到对蓝玉其人的间接描述，似乎婉转地为蓝玉鸣冤。

作者回忆他祖上在洪武年间认识的一个叫王行的狷介文人，此人特立独行，为人勇义。当时，他决心去京城（南京）闯荡，有友人因“时太祖造邦，法制严峻”而“坚阻之”，“行大声曰：‘虎穴中好歇息。’”到南京后他教书为业，住处与蓝府相邻，所收学生中因此就有蓝府仆人的子弟。蓝玉很关心这些孩子，经常检查他们的功课，对他们老师的教学水平大加称赞，主动提出要见这位老师。当朝大将军、贵为公爵的蓝玉，肯结交一个教书先生，这令王行非常吃惊。见面后两人纵论韬略，神飞兴逸，十分过瘾。蓝玉敬重王行才具，有相见恨晚之慨，于是将王请入府中居住，以师礼事之。不久，蓝玉事发被捕，有人就劝王行速逃，免受牵连，王断然答道：“临难无苟免。”留下来等死。在狱中，面对审问者，王行昂首承曰：“王本一介书生，蒙大将军礼遇甚厚，今将举事，焉敢不从？”竟故作愤世语，以请死姿态来抗议蓝玉蒙冤，义无反顾地加入了那一万五千被杀者的行列。

作为“本朝子民”，王锜在《寓圃杂记》里岂敢直指蓝案是冤假错案？但他却用蓝玉、王行交往的故事，描绘两人展现出的正派形象，曲笔潜意，昭然若揭。从王行,我们可间接地想象与之引为知己的蓝玉的个性,也必是骄傲而磊落。以这性情,招致朱元璋之忌,势所难免。但祸根绝不在于蓝玉的个性,即使他善于抑己顺从又能怎样?朱元璋的心腹之患,是蓝玉在军中的威望和巨大影响力,是他长年征战带兵所自然而然形成的地位和统系;朱元璋势必要在死前除此隐患,以保子孙皇位不受威胁。

冤魂缥缈

我们发现,朱元璋死的时候,明初精英居然几乎一个不剩!

这是朱元璋为子孙计,算尽机关,巧为施行的结果。当初追随朱元璋起兵诸将,及为其征召的文耆谋臣,除少数如常遇春、邓愈、胡大海、沐英死于军中,其余要么罹于狱祸,要么被赐自尽,要么疑为朱元璋毒死,得善终者似仅汤和一人。《明史》汤和传说:"和晚年益为恭慎,入闻国论,一语不敢外泄……当时公侯、诸宿将坐奸党,先后丽法,稀得免者,而和独享寿考,以功名终。"做人做到这地步,才保了平安。实际上,低调做人只是汤和"独享寿考"的部分原因;洪武二十三年起,他"感疾失音",形同废人,朱元璋曾召见之,"与叙里闬故旧及兵兴艰难事","和不能对,稽首而已"——人到了这地步,连话都不会说,只会叩头,自然也就可以让他自己老死,不必除掉他了。

其他的人,则不能不是另一种命运。

徐达不仅是明初最伟大的将军,且公忠持谨,无私、识大体,追随朱元璋三十年,功勋盖世,但从不居功自傲,堪称职业军人的典范。朱元璋屡加试探,用各种小花招窥视徐达内心,每一次都不过进一步证明了徐达的高风亮节。但朱元璋绝不会因此释疑。洪武十七年徐达患病,开始,病情看上去很重,像是不起的样子,朱元璋表现得很积极,几次亲往探疾,积极调集医生治疗。治了很久,徐达居然出现了好转的迹象。就在此时,朱元璋忽然派使者赐膳,徐达一见,当即泪如雨下,在内使的注视下吃了送来的东西;待内使走后,徐达密令给他治疗的医生赶快各自逃命。果然,不久徐达就死去,年仅五十四岁。朱元璋闻徐达已死,"蓬跳担纸钱，道哭至第”，下令抓捕所有曾为徐达看病的医生，全部杀掉。[1]此不载于正史，然细节精彩、情理皆然：从朱元璋起初得知徐达沉疴而暗喜，到表演对“布衣兄弟”情深义重的伪善一幕，徐达病情转好令他始料不及，而痛下杀手、毒飨徐达，再到假装悲恸、以惩处庸医为由卸责灭口，笔笔入木三分，画活了朱元璋，我宁肯采信于它。

值得采信的根据，亦因投毒这事朱元璋至少还干过一回。李文忠，位列“功臣榜”第四的大将、曹国公；他是朱元璋姐姐之子，也是除朱元璋后代外朱家唯一骨血，但他并非仗着这层亲戚关系登上高位。史载李文忠作战异常勇敢，“临阵踔厉风发，遇大敌益壮”，屡建奇功；更兼不但能武，而且能文，好读书、长诗文、有思想，以儒将鸣于当世。然而，恐怕就是有思想这一点害了他。建国后他被释去兵权，居家与高士儒者交，忧国忧民，屡屡将所讨论的意见谏达上聪，如劝朱元璋“少诛戮”，对东征日本的计划表示异议，批评宫中宦官太多，等等。一来二去，朱元璋早就不爽。洪武十六年冬，李文忠病，朱元璋也是亲往探视，也专门派人护其医药，翌年三月，正当英年的李文忠不治而故。这次，朱元璋主动指责李文忠是被毒死的，负责治疗的“诸医并妻子皆斩”——滑稽的是，医生们与李文忠素无仇隙，他们为何要冒死毒害一个身为皇戚的大人物呢？——总之，证据消失了。

还有一位也被毒死，那便是被誉为“张良再世”的传奇人物、明初智慧象征刘基（伯温）。刘辅佐朱元璋得天下之事，人尽知之，我们要讲的是天下大定之后的刘朱关系。明建国后，朱元璋累次提出进其爵秩，刘基均坚辞，只接受了远低于其贡献的伯爵封号。要他当宰相，亦不受命。洪武四年，刘基早早引退，回到家乡做老百姓。所以如此，只是出于文人的狷介。问题是，朱元璋为罗致天下人才效力，曾明令：“寰中士大夫不为君用，是自外其教者，诛其身而没其教。”[2]刘基的做法，等于带头违抗此令。如果明哲保身，刘基应该改变态度，但史传说他“性刚嫉恶，与物多忤”，“慷慨有大节”，“义形于色”，他佐朱元璋得天下，乃为苍生，功成身退则是为了自我人格的完整，他在拒绝出任宰相时没有虚与委蛇，寻找借口，而是直截了当表示不喜欢、不想干：“臣疾恶太甚，又不耐繁剧。”对此，朱元璋衔之颇深，几年后还借故暗示刘“忠

[1]《翦胜野闻》。
[2]《大诰三编》。

濠梁观鱼：子非鱼，安知鱼之乐。

凤阳古称“濠”，以濠水得名。庄子常留连于此。偕惠子“临渊羡鱼”，留下一段“子非鱼”的典故。

明太祖朱元璋。

朱元璋的真容，很难从绘像上见到，都经过了美化。据说先后有两位画师替他造像，因偏于写实而被杀。

锦衣卫袍服。

锦衣卫创于朱元璋，一度逾于法外，后期“诏内外狱毋得上锦衣卫，诸大小咸径法曹。终高皇帝世，锦衣卫不复与典狱”。

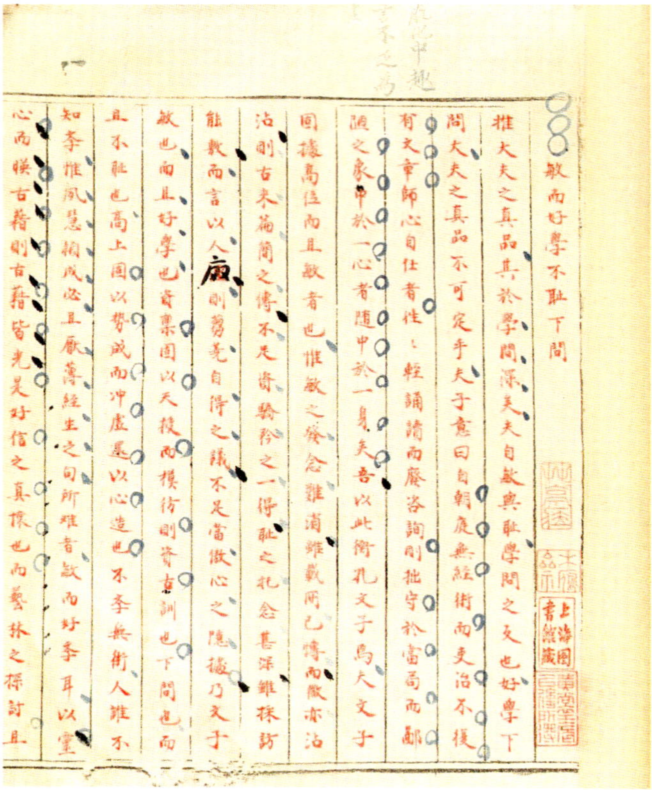

明代科举乡试朱卷。

科举为中国古代国家干部用人考试制度，对中国成熟的文官政治起到重大作用，但渐渐也成为束缚知识分子精神思想的工具。

耆旧中独享寿考的信国公汤和。

汤和是朱元璋打小的玩伴，在功臣耆旧中独享寿考。之能如此，一因汤和特别谨慎，“入闻国论，一语不敢外泄”，二是他“感疾失音”、形同废人。

诚意伯刘基。

刘基，朱元璋最重要的谋臣，在民间以“刘伯温”传为神奇。建国后，执意隐退，令朱元璋不快。他的死很神秘。

臣去国,不洁其名”。

刘基执意退休后,胡惟庸被任命为左丞相。这是一个典型的政治小人,刘基曾再三劝阻朱元璋不要拜其为相,不听。现在,胡正好寻隙报复,而且他揣摩过这一定会得到朱元璋的支持。胡支使人检举刘基替自己相中一处墓地,称此地“踞山面海,有王气”。朱元璋“颇为所动”,亲笔致信刘基,“历言古之君子保身之福,作孽之祸,及君臣相待之义,词甚详;末言念卿功,姑夺其禄而存其爵。”[1]这是严重的警告。刘基得书,照例诣阙“谢恩”,“乃留京,不敢归”。留京期间,像是对胡惟庸的鼓励和奖赏,又像是专做给刘基看,朱元璋将胡惟庸“转正”、升为右丞相;刘基闻知此讯,“大感”曰:假如当时是我说错了(指对朱元璋力阻胡惟庸为相),那就是苍生之福啊!于是,“忧愤疾作”,就此病倒。在这时,我们见到了《明史》中惊人的一笔:刘病重,朱元璋偏偏派刘基最反感——反过来同样也对刘基心怀怨恨的胡惟庸为代表,来探望刘基(“久之基病,帝遣惟庸挟医视”)。正是在这次以皇帝名义进行的探视过程中,胡惟庸拿出一种药,让刘基服用。刘用后“有物积腹中如拳石”。随后,朱元璋放刘基还乡,至家“居一月而卒”。与徐达、李文忠之死不同,这次朱元璋没有亲自施毒,利用两个政敌之间的恩怨,假人手行之。几年后,胡惟庸事发,有人揭发刘基是被胡毒死,使胡罪状上重重加上一条,而胡惟庸只好咎由自取,他显然不能辩称自己其实是揣摸上意、替君除忧。

胡惟庸的下场,是有“前车之鉴”的。作为朱元璋的前水军司令,德庆侯廖永忠立有两项大功:一是鄱阳湖朱陈大战时,廖在最紧急关头,击退张定边[2],救了朱元璋一命;一是至正二十六年朱元璋派他迎韩林儿[3]归应天,途中制造翻船事故,淹死韩林儿,从而为朱元璋称帝扫清障碍。这两项功绩,对朱元璋皆同再造,但廖永忠干掉韩林儿后,朱元璋却声明与己无关,是廖自作主张。洪武三年大封功臣时,朱元璋再次做秀,将廖“止封侯而不公”,并指责廖害死韩林儿是“窥朕意、徼封爵”。廖永忠便永远背上这口黑锅。洪武八

[1]《国朝典故》野记一。

[2]陈友谅的头号大将,曾在鄱阳湖一役中险些活捉朱元璋。

[3]为红巾军创始人刘福通奉为主,称帝,建国号“宋”,纪元龙凤。朱元璋一直尚奉其号;韩林儿死后第二年,改称吴元年,又明年改国号“明”,改元洪武。

年，朱元璋又以某种借口将廖永忠“赐死”。胡惟庸其实就是“廖永忠第二”，两人故事如出一辙。

洪武二十五年，江夏侯周德兴——那个与朱元璋“少相得”的小伙伴——“以其子骥乱宫，并坐诛死”。二十七年，汤和病殁。加上十年前被毒死的徐达，朱元璋共患难的“同里弟兄”全部死光。

蓝玉案后，受封公爵者（亦即明建国的顶级功臣）中的最后两人，颍国公傅友德和宋国公冯胜，先后赐死。二十六年蓝玉死，二十七年傅友德死，二十八年冯胜死。连续三年，一年除掉一位公爵。

朱元璋可以高枕无忧了。洪武三十一年，他放心地死去，留给太孙朱允炆一个他认为十分“安全”的皇位。

集权？极权？

如仅限于屠戮功臣，朱元璋不过是“狡兔死走狗烹，飞鸟尽良弓藏”这古老帝王术的热情摹仿者，尽管也许下手最狠、做得最绝，但终归无所创造。

不，他当然有所创造。

他提供了这样的认识：帝权危机，要从体制上解决。否则，除掉一茬人还会有第二茬、第三茬人冒出来。这是他按照老办法，杀了又杀之后所悟出的道理。由此中国的帝权，更上层楼。我们来看有哪些具体表现：

（一）夺政权于丞相。洪武十三年诛胡惟庸，朱元璋颁诏，正式废除相制，“设五府、六部、都察院、通政司、大理寺等衙门，分理天下庶务，事皆朝廷总之。”以后，在此基础上发展出内阁制；内阁除照旨票拟外，有建议权，无决策权，一切决策皆出中旨。此为亘古以来之所无。

（二）夺军权于将领。“征伐则命将充总兵官，调卫所军领之，既旋则将上所佩印，官军各回卫所。”所有军队直属皇帝，一兵一卒只有皇帝可以调动；将领与部队脱钩，接受军事任务后才派至所部行使临时指挥权，战事毕，将领交还绶印、部队各回卫所。这是对唐宋经验的继承和发展，唐宋两朝，军权收归中央，“然其职官，内而枢密，外而阃帅州军，犹文武参用”[1]，文职重臣外出领军，为全权性质，可直接带兵，亦即文臣临时变身将军，故曰“文武参用”。而明代进一步设计出文武“截然不相出入”的兵制：

> 文臣之督抚，虽与军事而专任节制，与兵士离而不属。是故涖军者不得计饷，计饷者不得涖军；节制者不得操兵，操兵者不得节制。方自以犬牙交制，使其势不可叛。[2]

（三）册封亲王，屏藩帝室。夺政权于丞相、夺军权于将领，一切军政大权皆归皇帝，这过于集中的权力势必伴随管理上的难题，而朱元璋想到的解决办法，就是让血亲诸王充当中间环节，“上卫国家，下安生民”，在他看来只要权力不落在朱姓之外就靠得住。因此，他准许诸王有自己的武装，甚至，“如本国是要塞之地，遇有警急，其守镇兵、护卫兵并从王调遣。”朱元璋认为，绝对的帝权加上有力的藩屏，可为皇图永固的基础。

（四）恐怖统治。密探横行、鹰犬遍布，是极权政治的典型症候。朱元璋首创一种特务机关——锦衣卫，《明史》评其曰“不丽于法”。在法律的框架内，明代司法机构本来已经完备：刑部掌天下刑名，为最高司法机关；都察院负责纠查弹劾官吏；大理寺主管冤错案的平反——以上所谓“三法司”之外，再加上通政司，接纳四方陈言、申诉冤滞或告不法等事。然而，出于极权政治需要，朱元璋另外设立了凌驾于法律之外、纯粹听命于皇帝并由皇帝本人掌握的特务组织锦衣卫。这是由皇家豢养的鹰犬，专事刺探、侦缉、告密，并且可以绕开法律直接抓人、秘密刑讯直至将人处死。洪武二十年，朱元璋发现锦衣卫“多非法凌虐”的弊端，有害于国家正常法制，命罢锦衣卫。但是，这种东西其实与极权政治与生俱来，是罢不掉的。所以到了篡权者朱棣手中，极权的渴望与恐惧愈益增长，乃父开创的恐怖统治思路也就更加发扬光大，不单锦衣卫被恢复，又从中分出北镇抚司，另新设由内监执掌的东厂；以后，成化朝再增西厂，正德朝再增内厂——于是，特务机关叠床架屋，逻卒刺事四方，专

[1]《黄宗羲全集》第一册，浙江古籍出版社，1985，第34页。
[2]同上。

以酷虐钳中外，朝野相顾不自保，告密之风未尝息也，明代中国成了不折不扣的“警察国家”。

曩往论明代政治体制，沿用“中央集权”术语，相当不确切。就其涵义，“中央集权”当与“地方分权”互为对应；中国从东周“礼崩乐坏”至战国“诸侯并立”，再至秦一统天下，灭六国而代以郡县制，这结局可以表为“中央集权”。嬴政自命“始皇帝”，意思就是帝权——一种新型权力——自他手上而得创始；它有别于周代的王权，取消了相对独立的地方权力，而将“天下”完全纳入中央政权秩序。秦制，汉承继之，并加以完善。所以，自秦汉以来中国进入了帝权制，抑或中央集权制——这两个说法乃同一回事。然而，这种体制到朱元璋时代分明达到了一个新层次，如果仍用中央集权来表述，不仅不准确，简直也抹煞了历史颇具实质性的变异。只要我们仔细分辨，就应认识到对明帝国而言，更合适的字眼不是“中央集权”，而是“君主极权”；前者意味着“一切权力归中央”，后者意味着“一切权力归君主”，显非可同日而语者。

文字狱背后的心态

自家卧榻之旁，岂容他人安睡？君主专忌，满脑子“权力斗争”，原是正常的心态和思维方式，不独朱元璋如此。虽然也许风格不同，不一定采取“残酷斗争，无情打击”的方式。比如宋太祖赵匡胤，就比较偏爱耍心眼儿、旁敲侧击的办法，众所周知他所上演的令手下大将石守信等“杯酒释兵权”的好戏，我还从邵雍之子邵伯温所撰《邵氏闻见录》读到如下故事：

> 太祖即位，诸藩镇皆罢归，多居京师，待遇甚厚。一日从幸金明池，置酒舟中，道旧甚欢。帝指其坐曰：“此位有天命者得之。朕偶为人推戴至此，汝辈欲为者，朕当避席。”诸节度皆伏地汗下，不敢起。帝命近臣掖之，欢饮如初。

这场面很生动,完全是赵匡胤一流的行事做派,朱元璋学不来。朱元璋擅长的是狠刻毒辣。然而,风格不同,手法各异,目的与动机却没有分别——都在于制权。

仅就这一层而论,某种意义上,朱元璋再血腥、再不择手段,也都是权力这玩意的题中之旨。固然有人愿意打抱不平,说忠臣见戮如何有失公道,但换个角度想又大可不必;说到底在权力场混,就是一件你死我活的事,你要朱元璋讲"仁义道德"他怎么讲得了?历史上许多谋篡的事例摆在那里,许多由于"心慈手软"而败亡的事例也摆在那里,权力之争、权力之防的本质就是《红楼梦》那句话,"乌眼鸡似的,恨不得你吃了我,我吃了你",怎么讲"仁义道德"呢?

因此朱元璋绞灭元宿勋臣,手法凶狠了些,但对专制统治而言,又算不上什么新东西。他的暴政,真正富有"个人特色"的,其实在文字狱方面。

文字狱当然亦属古已有之,孔子做鲁国司寇时诛少正卯,汉武帝为李陵事腐司马迁,嵇康以"每非汤武,而薄周孔"罪名被司马氏集团所杀,都是有名的例子,历代朝臣因言获罪、被贬被谪更屡见不鲜。

那么,为什么还说文字狱是有朱元璋特色的暴政?第一,明初文字狱之惨烈,之集中,前所未见。过去虽然也有文字狱,但从来没有哪个皇帝像朱元璋这样频频兴起,三天两头就搞一次,简直像是着了迷似的。第二,以往文字狱虽然同属以言获罪,但都有重大思想、政见分歧为由头为背景,而借专政压平之;到了朱元璋这儿,相当多的文字狱,竟然谈不上任何思想、政见的分歧,纯粹变成了一种捕风捉影的文字游戏,只因秉政者对某句话乃至某个字眼生出异想天开的想象与猜忌,就丧心病狂地施以杀戮。

前面说到朱元璋的成功处,是较诸元末乱世诸豪强他能礼贤下士,吸纳和信用读书人,比较好地解决了知识分子问题。这是他英明处,到底他是一个识大体的人,知道知识分子不用不行,不用不能成大事。然而,这仅是他同知识分子关系的一个侧面,而完整地看,他对知识分子的态度是:一方面为我所用,另一方面深为防范,甚至怀有天生的疑惧。

这就又说到他作为皇帝的那个特殊性:泥腿子皇帝。由赤贫一跃登上大宝,贵之已极,但社会身份和地位的这种天翻地覆,并未将先前低微的文化身份和地位同时抹去。他虽一直很努力，恶补文化，从目不识丁到能写能读，已相当不易，不过与幼读诗书的知识分子比，他对文化的掌握仅属皮毛，“门外汉”的感觉大约是难免的。他对打仗很在行，对权力斗争也很在行，这两方面他有充分自信，且不惧任何人；可一旦遇到文化、语言一类事，他就发怵，觉得里面道道太多，曲里拐弯，稍不留神就会中招儿。事实上，在这一点上朱元璋曾吃过不少亏，有的还近乎耻辱——其中自有故事。

焦竑《玉堂丛语》载：

> 国初，郊祝文有“予”、“我”字，上怒，将罪作者。桂彦良进曰：“汤祀天曰：‘予小子履武’；祭天曰：‘我将我飨’。儒生泥古不通，烦上谴呵。”众得释。[1]

同一事，《明史》亦有记载：

> 七年冬至，词臣撰南郊祝文用“予”、“我”字。帝以为不敬。彦良曰：“成汤祭上帝曰‘予小子履’；武王祀文王之诗曰‘我将我享’。古有此言。”帝色霁曰：“正字(桂彦良的官职是太子正字)言是也。”[2]

那时，每岁都要专门日子里在圜丘举行祭天地大典，其间有祝文，而这种文字是由文臣负责起草，因为祭典的主角是皇帝，祝文自然要依皇帝的口吻来写。结果朱元璋发现，祝文里面居然有“予”、“我”这样的称呼，而不用皇帝自称时专用的“朕”，这岂非大不敬？于是大怒，就要降罪祝文起草人。这时，他的文字秘书桂彦良赶紧过来悄悄解释：作者这么写，系用古典……原来，朱元璋这个大老粗，丝毫不知皇帝称“朕”，迟至秦始皇时代才发明，而最早在汤武时代，古王也是以“予”“我”自称的。他白白闹了笑话，却又发作不得，一定很窝囊，好在有人及时提醒、遮掩，总算没有当众露怯。

另一件事则更令他蒙羞。

黄溥《闲中今古录》载，洪武初年，

[1]《玉堂丛语》言语。
[2]《明史》列传第二十五。

朱元璋决定以后政策向知识分子倾斜，并说“世乱则用武，世治则用文”；这自是高明之见，但却引起那些跟他打天下的武人的不满：

> 诸勋臣不平，上语以故曰：“世乱则用武，世治则用文。”诸勋进曰：“此固然，但此辈善讥讪，初不自觉。且如张九四原礼文儒，及请其名，则曰士诚。”上曰：“此名甚美。”答曰：“孟子有‘士诚小人也’句，彼安知之？”上由是览天下所进表笺，而祸起矣。

这回，他当着别人面，结结实实地出了一个大洋相。内中，“张九四”即张士诚，当年朱元璋的死对头。此人出身我们前面说过，也是起于底层的鄙夫，原来连个大名儿都没有，发迹后专门请文化人替他新起的，而改叫“张士诚”。眼下，那位进谗者吃准了朱皇帝文化素养有限，料定他不知道《孟子》里有“士，诚小人也”这么一句，故意下了一个套。朱元璋果然冒冒失失脱口赞道“此名甚美”，结果对方早等着呢，将这名字出处和盘托出，还加上一句“彼安知之”。这个“彼”明里指张士诚，暗中讽刺的岂不正是朱元璋？朱元璋这个跟头栽得可不轻，他原来在文化上就自卑，此刻本来以为简简单单的“士诚”两字，无甚费解处，不料却寄寓了这样一个典故，而且里面包含了那样“险恶”的用心。自己一头撞上去，热脸贴了个冷屁股。这番羞辱非同小可，足令他记一辈子——看来，读书人肚里弯弯绕确实多，一字一句都可能包藏蛇蝎心肠——所以黄溥叙罢此事，归纳道：“上由是览天下所进表笺，而祸起矣。”

这段情节虽只见于稗史笔记，但我倒觉得和人物、历史都特别丝丝入扣。首先，那件事出在别人身上也就罢了，出在张士诚身上，尤易使朱元璋有“物伤其类”之感，他们虽是对头，可一旦摆到文化人面前，却一样是苦出身，一样会因肚皮里没墨水儿而随便受人戏耍——这一定是他最强烈的感受。其次，这件事绝就绝在它的方式上，文化人靠什么暗算了张士诚呢？语言和文字。透过此事，朱元璋明明白白认识到，千百年来由一代代文化人共同打造的话语体系，是一座隐喻和象征的迷宫。你看，孟子那句话，可以句读为“士，诚小人也”，但稍改变一下，却被句读成“士诚，小人也”，来达到他们损人牙眼的目的。可见语言和文字，确是一柄杀人而不见血的刀!

这故事的可靠,在于朱元璋一生屡兴文字狱,一多半建立在咬文嚼字、胡乱猜谜的基础上,都是抠字眼抠出来的文祸。他变得对文字高度警觉,疑神疑鬼,以致到神经质的地步。《朝野异闻录》载:

当时以嫌疑见法者,浙江府学教授林元亮为海门卫作《谢增俸表》,以表内有“作则垂宪”句诛。北平府学训导赵伯宁为都司作《长寿表》,以表内有“垂子孙而作则”句诛。福州府学训导林伯璟为按察使作《贺冬表》,以表内有“仪则天下”句诛。桂林府学训导蒋质为布按作《正旦贺表》,以表内有“建中作则”句诛。常州府学训导蒋镇为本府作《正旦贺表》,以表内有“睿性生知”句诛。澧州学正孟清为本府作《贺冬表》,以表内有“圣德作则”句诛。陈州府学训导周冕为本州作《万寿表》,以表内有“寿域千秋”句诛。怀庆府学训导吕睿为本府作《谢赐马表》,以表内有“遥瞻帝扉”句诛。祥符县教谕贾翥为本县作《正旦贺表》,以表内有“取法象魏”句诛。台州训导林云为本府作《谢东宫赐宴笺》,以笺内有“体乾法坤,藻饰太平”句诛。德安府学训导吴宪为本府作《贺立太孙表》,以表内有“永绍亿年,天下有道,望拜青门”句诛。盖以“则”音嫌于“贼”也,“生知”嫌于“僧智”也,“帝扉”嫌于“帝非”也,“法坤”嫌于“发髡”也,“有道”嫌于“有盗”也,“式君父”嫌亍“弑君父”也,“藻饰太平”嫌于“早失太平”也。

几个未作解释的,我们依朱元璋的心理去揣测:“寿域”是否有嫌于“兽欲”?“取法”是否有嫌于“去发”?总之,不出此类意思。

《闲中古今录》亦载:

杭州教授徐一夔撰贺表有“光天之下,天生圣人,为世作则”等语。帝览之大怒曰:“‘生’者,僧也,以我尝为僧也,‘光’则薙发也,‘则’字音近贼也。”遂斩之。

这些都毫无道理，就像当今市俗之辈以“四”意会“死”、以“八”意会“发”一样，其实正好暴露了朱元璋无知少文的素质。不巧的是，这样一个人恰好是皇帝，就活该当时的读书人倒霉。读书人墨水儿喝得多，就喜欢“转词儿”；平常“转词儿”是雅事，这个节骨眼儿上偏偏就转出大祸来。而且什么时候得罪，预先根本无法料知，因为那位特定的读者，完全非理性，天晓得他脑子里对一个语词会生出何种联想！

应该说，朱元璋在教育子孙时，并不讳言自己出身穷苦、早年生活窘迫这些事实，某种程度上甚至流露出一种自豪。但以上文人所犯之忌，恰恰又全是由于朱元璋认为他们在影射他的过去。这似乎是很矛盾的现象。换言之，那些往事，他自己说得，别人说不得；由他自己道来是一种滋味，而经文化人道来就是另一种滋味。看来，最终还要归结到他在文化上的自卑心理，这心理转而导致他对知识分子怀有根深蒂固的猜忌，觉得这类人总是居心叵测，话里有话，专门借语言占便宜、使绊子。抽象地说，朱元璋实际上患了语言恐惧症。

人就是如此被生活不可抗拒地书写。尽管他现在君临天下、广有四海、统驭万民，但生活经历还是把他某一方面的自我感受定格在从前，使他到死在这个方面都高大不起来，而永远卑微。他的每一次文字狱，他每一次疑神疑鬼，都在诉说着这可怜而弱小的自我。

虽然专制乃极权与生俱来和普遍之禀赋，而透过朱元璋，我们却进一步发现，如果这制度的意志由一个文化身份低微者来掌握，那么，它反理性的特质甚至可以越过政治、思想、伦理这些显性的一般社会内容，而直抵隐喻的世界；亦即，不光人们明确表达出来的思想将被限制，即便抽象的精神趣味，比如对语言的修辞、使用和选择怎样的字眼这类最低限度的个体精神自由，亦在干涉之列——它们必须适合独裁者的知识水平和理解能力，一旦跨出这限度，后者就毫不犹豫地用暴力加以制止。

顺此逻辑，朱元璋的猜忌对象“合理”地从表笺一类公文扩散到文学创作，从个别字词的“不敬语”扩散到一篇诗文的主题与立意，从修辞的技巧层面扩散到作者的思想倾向和意识形态。

《国初事迹》载：

佥事陈养浩作诗云："城南有嫠妇（寡妇），夜夜哭征夫。"太祖知之，以其伤时。取到湖广，投之于水。

旷夫怨妇，历来的传统主题，不知被诗人吟咏了多少年，这个陈养浩无非蹈故袭常，居然被扔到水里淹死。

有两个和尚，一个叫守仁，一个叫德祥，喜欢作诗，也惹祸上身：

一初（守仁的表字）题翡翠（这里是鸟名）云："见说炎州进翠衣，网罗一日遍东西。羽毛亦足为身累，那得秋林好处栖。"止庵（德祥的表字）有夏日西园诗："新筑西园小草堂，热时无处可乘凉。池塘六月由来浅，林木三年未得长。欲净身心频扫地，爱开窗户不烧香。晚风只有溪南柳，又畏蝉声闹夕阳。"皆为太祖见之，谓守仁曰："汝不欲仕我，谓我法网密耶？"谓德祥曰："汝诗热时无处乘凉，以我刑法太严耶？又谓六月由浅，三年未长，谓我立国规模浅而不能兴礼乐耶？频扫地，不烧香，是言我恐人议而肆杀，却不肯为善耶？"皆罪之而不善终。[1]

其实稍解诗趣的人都看得出，守仁诗是要说一种禅意，德祥诗表达的却是对自己心性修行未纯的省思；经朱元璋一读，则全部读成政治。

某寺庙壁间不知何人一时兴起，题诗其上，被朱元璋看到，竟将全寺僧人杀光：

太祖私游一寺，见壁间有题布袋佛诗曰："大千世界浩茫茫，收拾都将一袋藏。毕竟有收还有放，放宽些子也何妨！"因尽诛寺僧。[2]

布袋佛，即那位笑口常开、大肚能容天下事的弥勒佛，几乎每座中国佛庙都能见着他那令人忘忧舒朗的形象，深合中

[1] 郎瑛《七修类稿》卷三十四。
[2] 郎瑛《七修类稿》卷三十七。

国人对于达观哲学的追求，但到朱元璋这里，也变成时政的讥刺。

最奇的，是高僧来复的遭遇。这位江西和尚，应召入京建法会。其间朱元璋赐宴，来复也是多事，席间呈诗一首作为谢恩。诗云："金盘苏合来殊域，玉碗醍醐出上方；稠迭滥承上天赐，自惭无德颂陶唐。"这诗不献还罢，一献，小命丢掉了：

帝曰："汝用'殊'字，是谓我'歹朱'也。又言'无德颂陶唐'，是谓我无德，虽欲以陶唐颂我而不能也。"遂斩之。[1]

这可真是冤哉冤哉！来复和尚明明拍马屁，说朱元璋赐以异国上天的美食玉液，款待自己这么一个"无德之人"，他只有倾心献上对圣明君上的歌颂之辞……这些意思，倘他不用诗的形式来说，断不会招祸，千不该万不该，不该酸溜溜地写成诗，那朱元璋已经习惯成自然，一见你来"雅"的，他就犯嘀咕——这狗娘养的大概又绕着弯儿骂我哩，"遂斩之"。

有时，引用古诗，竟然也丢性命。洪武二十六年的状元张信，被朱元璋任命为皇家教师。教学内容自然包括习字。这天，张信从杜甫诗集中取四句，书成字帖，命学生临摹。老杜史称"诗圣"，他的句式历来认为最讲究、最精炼，也最工整，这四句是：

舍下笋穿壁，庭中藤刺檐。地晴丝冉冉，江白草纤纤。

对仗极工，意象独绝，兼得瘦劲与空灵之妙，诗家评为"语不接而意接"。张信对此诗的喜欢，一定是唯美的，但杜甫诗中往往有些"忧患"的滋味，这也是他所以被称"诗圣"（试体会与李白称"诗仙"的区别），此时，张信虽然疏忽了，朱元璋却足够敏感，一下嗅出杜诗中的苦难气息：

太祖大怒曰："堂堂天朝，何讥诮如此？"腰斩以徇经生（儒

[1] 赵翼《二十二史劄记》卷三十二。

生)。[1]

张信并非唯一死于腰斩这酷刑之下的文人,还有一个受害者,名气远比他大,此人就是明初文坛"四杰"之一高启。《明史》记其事曰:

> 启尝赋诗,有所讽刺,帝嗛之未发也。及归,居青丘,授书自给。知府魏观为移其家郡中,旦夕延见,甚欢。观以改修府治,获谴。帝见启所作《上梁文》,因发怒,腰斩于市,年三十有九。[2]

"观以改修府治,获谴",指苏州知府魏观以原张士诚王宫旧址重建"市府大厦",这行为本身就有引火烧身之意,很愚蠢,偏偏高启凑热闹写了一篇《上梁文》(盖房子上屋梁的祝文),内有"龙蟠虎踞"之语。这还了得?除了真命天子,什么人可称"龙蟠虎踞"?朱元璋大怒,断定魏观和高启"有异图",置于"极典"——据说,高启所受腰斩还不是一斩了之,而是"被截为八段"[3]。高启被杀的直接原因,好像是政治问题,其实不然。《明史》说得甚明:"启尝赋诗,有所讽刺,帝嗛之未发也。"换言之,对这个大诗人,朱皇帝早已心怀不满,但不知何故暂时隐忍未发。史家多认为,"有所讽刺"而令朱元璋"嗛之未发"的诗作,是高启的一首《题宫女图》。诗云:

> 女奴扶醉踏苍苔,明月西园侍宴回。小犬隔花空吠影,夜深宫禁有谁来?

此诗写了后宫某妃嫔的剪影,叙其被君王召去侍宴,宴毕由女仆扶醉而归,候至深夜、唯闻犬声的孤寂情怀。这类诗是所谓"宫怨诗",唐以来不计其数,若论写得哀伤、凄绝的,较之为甚者比比皆是,如白居易、元稹、顾况等,却从不曾听说谁掉过一根汗毛。高启只能怪自己不幸生在朱元璋时代,竟因一首"老生常

[1]皇甫录《皇明纪略》七。
[2]《明史》列传第一百七十三文苑一。
[3]祝允明《野记》。

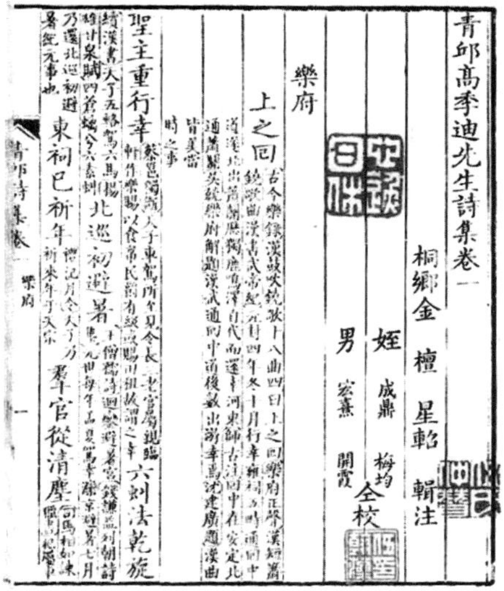
青邱高季迪先生詩集卷一

桐鄉金檀星軺輯注

姪 成鼎 梅均

男 宏熹 開霞 仝校

樂府

上之回

聖主重行幸，六飛法乾旋。

北巡初避暑，東祠已祈年。

羣官從清塵

青邱詩集卷一 樂府 一

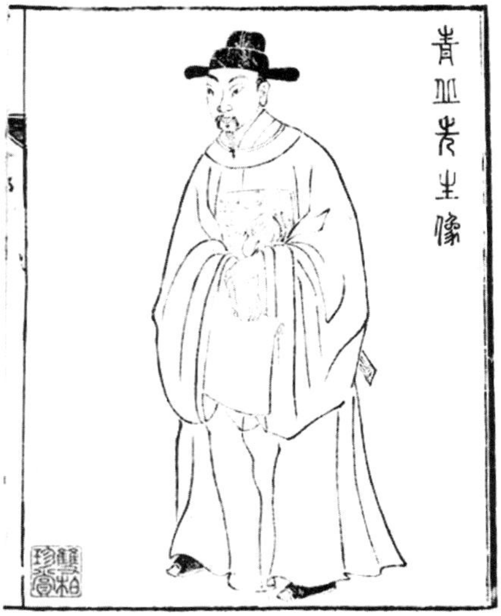

被腰斩的诗人高启

高启，明初诗人，“吴中四杰”之一。毛泽东曾手书其诗《梅花》，并称之“明朝最伟大的诗人”。

儒家亚圣孟子。

孟子的民本思想，含有强烈的君主批判意识。朱元璋删其轻君言论，规定经过删节的《孟子》即《孟子节文》，才是科举考试的依据。

谈”式的宫怨诗，“触高帝（朱元璋）之怒，假手于魏守（魏观）之狱。”[1]清人朱彝尊《静志居诗话》甚至考证说，《题宫女图》是讥讽元顺帝的，与明初宫掖毫不相干——倘如此，高启就简直“冤大发”了。

高启之外，又有名叫张尚礼的监察御史，同样因宫怨诗得罪。跟《题宫女图》比，张尚礼这首诗写得颇有些“直奔主题”：

庭院深深昼漏清，闭门春草共愁生。梦中正得君王宠，却被黄鹂叫一声。

显然化用了金昌绪的《春怨》：“打起黄莺儿，莫教枝上啼。啼时惊妾梦，不得到辽西。”只是情境更为露骨，尤其不能忽视的是，如此春情难捺的并非民间少妇，而是宫中某个寂寞的女人。据说，朱元璋读此诗后，深感这位作者“能摹图宫阃心事”，也就是说，写得实在太逼真了，就像钻到宫女心腹里去一般——对这种人，朱元璋做出的安排是：“下蚕室死。”[2]所谓“蚕室”，宫刑、腐刑之别称；盖受宫刑者，创口极易感染中风，若要苟全一命，须在蚕室似的密处，百日不遇风，方能愈合。显然，张尚礼下了“蚕室”后，没能挺过去，伤口感染而死。

“你不是操心宫女的性生活么？我就阉了你！”这，就是朱元璋给一位宫怨诗作者的答复。旧文人赋诗为文，无非是要么谈谈政治，要么谈谈风月，谈不成政治就谈风月——这宫怨诗，其实就是风月的一种，之所以代代不绝地延传着写下来，对于士子们来说并不是抱有“妇女解放”的宏大志向，甚至连给皇帝“添堵”的想法也没有，实在只是借此玩一点小感伤，扮一扮“怜香惜玉”态。这酸溜溜的小风雅、小情调、小卖弄，大家从来心知肚明，也从来没被看得太重。唯独到朱元璋这儿，作宫怨诗就会换来腰斩、割生殖器的恶果，搞得剑拔弩张，一点没有趣味和幽默感。

这里，姑且不谈专制不专制，朱元璋的反应和处置方式，确实表明他是历来帝王中少有的一个对文人文化、文人传统一无所知的粗鄙之辈。像宫怨诗这种历史悠久的创作题材，早已失去任何

[1] 钱谦益《列朝诗集》甲集高太史启。
[2] 徐釚《本事诗》。

现实意义,而只是文人的一种习惯性写作,一种自我陶醉而已。朱元璋对这种心态全然陌生,竟对本来近乎无病呻吟的东西认了真,动用国家机器,大刑伺候。双方文化心理上的错位,让人哭笑不得。估计明初的文人雅士们惊愕之余,还不免一头雾水:政治固然可以不谈,但怎么风月也谈不得了呢?

一直说到这儿,我发现大兴文字狱的朱元璋与历史上其他钳制言论、烧书罪文的专制暴君,有一个本质不同:他没有自己的意识形态,他的所作所为不是为着推行自己的思想权威,让读书人都遵循"朱元璋主义"来思考和说话。在思想和意识形态方面,他毫无建树,完全仰仗儒家政治伦理。他之所以杀那么多人,跟许多推行文化专制的统治者意在搞他自己的"一言堂",还是有所不同。

朱的滥杀,主要出于自卑。表面上,他杀人,他是强者;潜入深层看,倒是他处于弱势。这弱势的实质是,由于特殊出身他尽管做了皇帝,却完全不掌握话语权——他没有自己的意识形态,他所做的那个"皇帝",是由儒家意识形态来定义的,可对这套话语他恰恰全然陌生,解释权握在士大夫手中。他们有一整套的语汇、语法、暗语、转义、借典、反讽、潜喻、异趣……不一而足;他们运用自如,如鱼得水。而朱元璋倒很可怜,稍不留意即碰一鼻子灰,时常对不上话、接不上碴儿。他恼怒、羞愤、着急,怎么办?杀人。这是他唯一可以保持强者姿态、摆平自己的方式,就像一条狗,叫得越凶、情态越躁,越表明它陷于恐惧之中。我们不妨比较一下朱元璋和曹操,这两个人都以多疑滥杀著称,但显然地,曹操的多疑来自于自负才高、"宁我负天下人,不教天下人负我"的强悍,朱元璋的多疑却来自于自己的文化弱势地位,随时在担心被文化人戏耍和瞒辱;所以,为曹操所杀者,俱为性情狷介、恃才傲物之名士,而朱元璋所杀文人,死得都有些莫名其妙——他们当中很多人都是小心翼翼的士吏,例如那些撰写表笺的地方府学教官们。

不过,有一件事情,朱元璋却真正是在不折不扣地搞文化专制主义。这件事情的进攻目标和打击对象,不是别人,正是"孔孟之道"的另一半、高居儒家"亚圣"的孟子。

朱元璋恨孟子,大有道理——但这倒不是当年孟子那句"士,诚小人也",曾让他出过大洋相。

孟子是为暴君发明"独夫民贼"这种称呼的人,他也第一个将人民视为国家主体——民贵君轻，君主被放到次要位置。他这样评论人民推翻大暴君商纣王这件事："闻诛一夫纣矣，未闻弑君也。"[1]说，我只听说过人民起来诛灭了一个名叫纣的独夫，从来不知道有什么弑君的事情。谋逆杀死君主曰"弑"，"弑君"一词本身就明确包括道德犯罪的指责，但孟子在纣王灭亡这件事上，根本不承认这个词。他认为汤放桀、武王伐纣这类事都是诛独夫不是弑君，可以作为正义而永远加以效仿。他还讲到，正直的政治家事君无非两点："君有大过则谏，反复之而不听，则易位。君有过则谏，反复之而不听，则去。"[2]如果君主有重大的劣迹，一定要加以批评纠正，反复多次他不接受，就让他下台；如果君主只有一般的劣迹，也一定要加以批评纠正，反复多次他不接受，大臣就应该辞职离开他。

朱元璋是什么人呢？我们对他，虽不简单地称为暴君，但他却是把君权推到无以复加的极致的人，本来就独尊独大的中国式君主霸权（试比较一下欧洲古代君权，就能看出中国古代君权是多么彻底；在欧洲，且不说还有教权与君权分庭抗礼，即便贵族骑士阶层也能在君权之下保持某种荣誉上的独立性），在他手中发展到垄断一切的最高阶段。这样一个人，与孟子的政治学说可以说是天生对立的。反过来看，孟子力倡反对"独夫"，不也正戳在朱元璋的痛处么？

以孟子"民贵君轻"的观点论，他千百年来居然被专制君主们尊为圣人，里头实有大虚伪。在专制君主那里，他理该是不受欢迎的人，他的思想理该是不受欢迎的思想。李兆忠先生在《暧昧的日本人》里说，日本虽然学习中国文化和儒家思想，对孟子却坚决排斥，因为孟子对君主轻视与不敬。其实，这才是正常的。而中国的君主们，虽然一定很讨厌孟子，却还是假惺惺地赞美他的思想。至少在这一点上，朱元璋比较坦诚，不那么虚伪。他是唯一不加掩饰、大大方方将对孟子的嫌恶表达出来的皇帝。全祖望《鲒埼亭集》载：

> 上读《孟子》，怪其对君不逊，怒曰："使此老在今日宁得免耶！"时将丁祭（每年的仲春和仲秋上旬之丁日，各有一次祭孔，称为"丁祭"），遂命罢配享（旧以孔子门徒及其他儒家先哲附属于孔子者一并受祭，称"配享"）。明日，司天奏："文星暗。"上

[1]《孟子·梁惠王下》。
[2]《孟子·万章下》。

曰："殆孟子故耶？"命复之。[1]

朱元璋话意甚明：倘这孟老儿活在当今，一条老命就算交待了！也许，腰斩都不足以释恨，非将其凌迟抽肠不可！恼恨之下，又无人可杀，只好以将孟子牌位从孔庙撤掉作为惩罚。但那些儒生马上使了个坏，第二天就上报说文星黯淡、天象异常；他们知道，当皇帝的都迷信天命，敢得罪孟子，却不敢得罪上天——这是当年董仲舒成功灌输给他们的一种思想，天道合一，"天不变，道亦不变"，天有变就说明道失常，皇帝最为害怕了。朱元璋一听天象异常，自己也就疑神疑鬼："莫非因为孟老儿的缘故？"只好重新恢复了孟子牌位。

想杀人，人早死了，没得杀；撤牌位，上天又不乐意，给你来个星光惨淡。朱元璋的这个文字狱，搞得最不爽。但他自不肯善罢甘休。怎么办？还有个办法，说起来是老套子了：删书！对孟子实行书报检查！洪武二十七年，朱元璋正式把这任务交给翰林学士刘三吾。经检查认定，《孟子》存在"谬论"的凡八十五段，这些统统删去，几占全书三分之一。

这大抵是另一种酷刑——思想的腰斩。斩不了孟子其人，就斩他的言论著述。腰斩对象，包括：不得说君主不仁义、不得说统治者奢欲贪享、不得说批评穷征暴敛、不得反战、不得说暴君可诛、不得说民贵君轻、不得说人民有权温饱"仰足以事父、母，俯足以畜妻、子"……

刘三吾奉旨删孟，编成《孟子节文》[2]；同时，又奉旨作《〈孟子节文〉题辞》一文，其中，除了"批孟"，尤其值得注意宣布了这样一条决定：

> 自今八十五条之内，课士不以命题，科举不以取士，壹以圣贤中正之学为本。

什么意思呢？翻译成今天的话，就是自即日起，所删《孟子》八十五条，从国家教科书中驱除，不得作为教学内容，亦不得作为考试内容；这二项的取舍，一律以所自封为"圣贤中正之学"的版本

[1]全祖望《鲒埼亭集》卷三十五。
[2]《明史》列传第二十五。

——亦即《孟子节文》为本。

这是厉害的一招,“挖根”的一招,远胜于将某某书禁毁了事的一般做法。身为六百年前的皇帝,这样透彻理解了教育的意义,用控制教科书的办法来达到禁止某种思想的传播的目的,见识真的很高明。一旦把教科书管起来,让读书求学的人打小了解的孟子就是经过教科书规范过的孟子,而且代复一代皆如此,则“天下人尽入吾彀中矣”。再者,读书是为什么?做官。怎样才能做官?通过科举考试。那好,我就规定考试内容和范围,必须以《孟子节文》为准,解题、说理也必须循《孟子节文》所暗含的有关孟子言论的认识导向;无形之中,久而久之,本来的孟子、完整的孟子、真实的孟子,自然被人淡忘……这就叫思想的愚弄、精神的壅闭,它岂不比简单禁绝一本书来得深刻?

尽管朱元璋是大老粗,但对于收拾文化人却有独到之处,他挥舞着“雌雄双剑”,一手“文字狱”,一手“八股取士”,把知识分子驯得服服帖帖。尤其是“八股文”,扼住了读书人的命门。因为命题只限于“四书五经”(当然都经过《孟子节文》式的处理),舍此以外读书再多都没用,所以知识分子的思想就被死死地限制在这个令人放心的黑屋子里面。他的这些创造,让取代明朝的清人佩服得五体投地。后者以“外夷”入主中原,更需要思想的禁锢和麻木,所以对朱元璋的两大法宝照单全收,一手“文字狱”,一手“八股取士”,以致到所谓“康乾盛世”,活泼、自由的思想杳无踪迹,书生学人一头扎在考据、章句、版本、目录之学中。

龚自珍有《病梅馆记》,内云:“有以文人画士孤癖之隐明告鬻梅者,斫其正,养其旁条,删其密,夭其稚枝,锄其直,遏其生气,以求重价:而江浙之梅皆病。文人画士之祸之烈至此哉!”堪称专制主义下病态人文精神的绝肖写照,那所谓“文人画士孤癖之隐”,就是朱元璋一类极权君主的“孤癖之隐”,他们用这样的“孤癖之隐”斫修雕琢知识分子,使他们丧失生气、成为病梅,且以此为“美”。

“独夫”与“民贼”

乍看起来,朱元璋打造的君主极权,铁桶一般,百密无一疏;他自己亦感得意，死前三年颁布《祖训条章》，自云“即位以来，劳神焦思，定制立法……开导后世”，“日夜精思，立法垂后”，所创制度“永为不刊之典”，子孙要“世世守之”，“后世敢有言改更祖法者，即以奸臣论无赦。”人到晚年，总想给自己说些盖棺论定的话，特别是那些自以为很伟大的人物，他们临死前，通常会设法让人们记住自己这一辈子干过哪些大事、建立了什么伟业。看来，对朱元璋来说，他最想让人们记住的，就是“立法垂后”；他觉得在这个方面他不仅付出最多心血、下了最大工夫，而且干得相当完美；他甚至对自己的成就产生某种迷信，以为有如此完备的体制在，就算后代无能，也可以轻轻松松当皇帝（“以后子孙，不过遵守成法以安天下”）。

果真如此么？

独裁者总是自信——不，过度自信——以至于虚妄。就在朱元璋自信之中，危机已经潜生，而他浑然不觉。

最深的危机，竟来自他自身的两重性。

暴君和仁主，一身而二任。既向往仁爱，又加倍以暴政维护其极权。这是他作为皇帝的独特处。很奇怪的，他一面扮演着血腥的、对酷刑着迷的屠夫，一面却延请纯正的儒师，把皇位继承者培养成仁柔之人。阅其史料，对此矛盾每感格格不入、无所适从。

他自己也疑团满腹。当意识到太子朱标性格过于慈善，他曾试图拗矫。有一次，专门叫人将满载尸骨的大车拉到朱标面前，故意刺激他。洪武十三年，儒学大师、身为太子傅的宋濂得罪，朱元璋逮宋濂二子下狱，复传旨御史，准备把宋濂杀头抄家。朱标闻讯，赶到御前泣谏：“臣愚戆无他师，幸陛下哀矜裁其死。”朱元璋怒斥道：“俟汝为天子而宥之！”朱标悲绝无门，竟投金水河自杀，幸被救起。朱元璋听说，哭笑不得地骂道：“痴儿子，我杀人，何与汝也！”

朱标其实是朱元璋内心矛盾的镜子。是他把朱标教育成这样，这种教育不光见于朱标，也在太孙朱允炆身上延续。

朱标于洪武二十五年病故，后来朱元璋死时，继承皇位的是朱允炆。朱元璋遗诏宣布这个决定时，特意提到继任人有“仁明孝友”的品质。确实，朱允炆的仁厚比朱标似更胜一筹。父亲死后，三个弟弟尚年幼，朱允炆悉心关爱，日则同食，夜则同眠。朱元璋看了,既感动又欣慰。洪武二十九年朱允炆被立为皇太孙后,朱元璋即让其“省决奏章”,锻炼考察他的执政能力。年轻的皇太孙立刻显示出与祖父的区别,“于刑狱多所减省……尝请于太祖,遍考礼经,参之历朝刑法,改定洪武《律》畸重者七十三条,天下莫不颂德焉。”《明史》评价朱允炆“天资仁厚”、“亲贤好学”,说他当皇帝短短四年中的施政“皆惠民之大者”。

似乎,朱元璋以自己,以及对朱标、朱允炆的教育,做着实验,欲证明极权与贤君结合是可能的。他一手打造着可以放手为恶的体制,一手却把太子、太孙培养成仁柔之君,还指望他们驾驭得了这体制,真是异想天开。极权固有之恶,不但无法与贤君兼容,假如有什么贤君,也必为极权之恶所吞噬,几年后,暴虐鸷狠颇得朱元璋衣钵的朱棣,起兵夺权,轻松胜出,情理两然。极权天然是为这种人物预备的。

在通往极权的道路上,朱元璋大开杀戒,无论同起草莽、忠心耿耿的元勋,还是计定乾坤、辅国佐君的良臣,或者能征惯战、勇冠三军的宿将,一一被他除尽。等到建文帝——他的仁柔太孙继承大统时,除了一张高高置于金銮殿上的龙床,朱允炆身边竟无英才,要么是方孝孺[1]那样刚正有余、韬略不足的正人君子,要么是李景隆[2]那样的纨绔子弟。当朱棣听到李景隆被任命为大将军,统兵五十万杀来时,哈哈大笑,说出如下一番评语:“(李景隆)智疏而谋寡,色厉而中馁,骄矜而少威,忌剋而自用。未尝习兵,不见大战。”朱允炆的前敌总司令居然“未尝习兵”!那么,熟知军机的人哪儿去了?都被杀光了!设若蓝玉还在,朱棣还能笑得出来么?[3]可怜朱允炆从小被当做一个贤君培养,一肚皮墨水儿和圣人之道;而在他的对面,那个燕王叔父,反而因为被委以“屏藩帝室”的重任、长年戍边练兵,是个娴于兵马的沙场老手。朱元璋机关算尽,唯独没有算到祸起萧墙之内,借以羽翼皇室的保护网,末了恰恰向他钦定的皇位继承人收紧、收紧,将其扼死其中……

倘若身后有知,朱元璋在孝陵地宫

[1]建文名臣,朱棣破南京后被执,宁死不屈,被夷“十族”。

[2]李文忠之子,朱棣发动“靖难之役”后,朱允炆任其为大将军迎敌,屡屡大败。《明史》评曰:“贵公子,不知兵,惟自尊大。”朱棣军迫都城之际,李景隆伙同谷王橞开门迎降。

[3]事实上,蓝玉在世时就曾第一个发出燕王心怀不轨的警告。他北征纳哈出归来,以自己的观察进言太子朱标:“臣观燕王在国,阴有不臣心。”而私史记载,蓝玉事发,也正与朱棣的挑拨有关。

里注视这一切,大概会反省:不该遵循圣王之道来培养朱允炆;不该把以“极权”为内蕴的皇位交给太孙,却又让他仁义为君。

朱元璋的深刻矛盾,并不难解释。确切说,这不是他的矛盾,是中国历史的矛盾。春秋战国五百年大转型,中国生成了两种东西:儒者和皇帝。它们一道主导了以后两千年历史。这二者关系颇为微妙,有相结相伴、相倚相重的一面,又有制约、抗衡和批判的另一面。“君父”观念,是前者的表现;“君轻民贵”,是后者的表现。而在朱元璋身上,两者各领一军,展开争夺。有时,他是独大的君王,有时是儒者教益的领受者。他以“君父”意识死死看护权力,但对如何运用权力却愿意接受儒者路线。这既是他自我的斗争,也是中国历史的斗争。

我们经常笼而统之地说“独夫民贼”,多数情况下没有例外,因为极权无远弗届的作恶空间,令各位“独夫”很难拒绝成为“民贼”的诱惑。但例外可以有。在朱元璋身上,我们就看到“独夫”和“民贼”的角色相分离的情形。这个明朝缔造者,以冷血和严重的暴力,把自己形象推向极度的黑暗。一提起他,人们油然想到“暴君”,他的名字也与嗜杀、酷刑、狠毒、野蛮紧紧绑在一起。就此言,他是极权体制推出的标准“独夫”。然而,如果我们习惯性地以“独夫民贼”相称,却发现有一半对不上号——他无疑是“独夫”,却并非“民贼”。这很少见,我们由此也格外注意起他的独特性。

他非但不是“民贼”,毋宁还相反。从大的方面,我们可谈三点:

一、他是民族解放者,终结了中国第一次整体亡国的屈辱历史。他不单单办了这样的事情,更是第一个明确表达民族解放意识的国家领袖。他提出了“驱逐胡虏,恢复中华”[1]的口号,五百年后,这口号仅以一字之差,算是原封不动用于辛亥革命。他将元大都命名、改称“北平”,以此字眼,重新定义这城市,使它在历史上新生;以后,该城历史便在“北平”、“北京”(朱棣首创)名称之间交替。

二、如果“恢复中华”的伟业,使他有理由被视为国家英雄和历史英雄,那么更令人为之起敬的,则是他并不以此而骄狂、而膨胀。南面为君之后,秉持善待人民、体恤民生的诚意,以惜民之心和务实态度决定内外大计,不矜躁、不折腾、不胡来。于国于民,真正“息事宁

[1]《明太祖实录》卷二六。

人”。终其在位三十一年,天下无扰,四海晏然。

三、他做皇帝,谨终慎始、敬事不暇,无半日之闲,而待己甚苛,自奉极俭。他投向自己“皇帝”身份的目光,非常职业,和真正的手艺人一样一丝不苟地对待手中的活计,从无被巨大权力诱往放纵和享乐方向的迹象。我们憎其刻狠,但在品质方面,实在挑出不他的毛病。“无优伶瞽近之狎,无酣歌夜饮之娱,正宫无自纵之权,妃嫔无宠幸之昵”,有几个皇帝敢这么说?在他手下,未出现一个奸佞,贪黩绝迹。日后明朝最大顽症——阉祸也无踪无影,此辈洪武间个个循规蹈矩。故而,论到他的自律,真是史所罕见。而如此高度的自律性,非心中有其敬诚、热情、理想和使命感,必不能至。要不是内秉坚孤、黾勉自持,他想懈怠,别人既约束不了,也帮不到他。在本可恣其所欲的条件下,将不玩不怠,贯穿始终,只能归之于超强的人格与信念。

作为“独夫”的朱元璋,世人皆知;而他并非“民贼”这一点,则很少被谈到。为此,本文结束前特地突出这一点。这不光涉及对他的完整认识,也因其中情形很有思考的意义。他是春秋战国以来中国历史一对基本矛盾相争夺的产物。他是这种历史特别直观的表现者。

最终,他给了这样的启示:个人自律,根本无法克服制度之恶。从个体看,独夫未必民贼。然而,独夫开创的政体,或造就着独夫的政体,到底还是要祸害人民。朱元璋虽使“独夫”与“民贼”在自己身上分离,但很明显地,在他之后,明代诸帝几乎无一不是“独夫”加“民贼”。

原因太简单了:绝对的权力,必然邪恶。古往今来,哪有例外?

伪君子

他给自己搭的牌坊巍峨壮丽，高耸入云。倘并不了解此人一生所为，只读史书所记述的他的言论，你简直会相信这是上下五千年屈指可数的贤君之一，那样忧民爱民，那样敬仰天命，那样理性澄明，那样好德乐道。

危机，并非巧合

专制政体第一脆弱处，是权力继承环节。此环节尤在作为政权创立者的第一代君主死亡以后，与作为继承人的第二代君主确立之间，普遍演变为严重危机。稽诸历史，自极权体制以来，中国所有大朝代无一例外在这时发生剧烈动荡。

帝权体制始作俑者秦，公元前210年，始皇帝死于巡幸途中，丞相李斯相信如果太子扶苏继位，将对己大不利，乃与宦官赵高合谋，伪造遗诏，杀扶苏及大将蒙恬，拥立嬴政第十八子胡亥为秦二世。

第二个大朝代汉，同样在此关头出事；高祖刘邦死，新君惠帝即为吕后所挟，七年后惠帝抑郁死，吕氏径直临朝。

第三个大朝代唐，高祖李渊次子李世民，未等父皇晏驾，先下手为强，杀太子李建成和弟弟李元吉，逼李渊交出皇位、做太上皇。

第四个大朝代宋，太祖赵匡胤壮年猝死，时年五十，传位其弟赵匡义，是为太宗。这件事很奇怪，因为中国王位继承制在商代逐步由父传子、兄传弟并举过渡到父传子制以后，基本原则一直是父死子继（先嫡后庶，先长后幼），如果无子，则兄终弟及——而赵匡胤共有四子，除长子、三子早亡，次子赵德昭、四子赵德芳均健在，皇位不传子而由弟继，大悖礼法，此事遂成千古之谜。被控制的官史竭力掩饰真相，并构造“金匮之盟”[1]的故事，给赵匡义继位提供合法性，稗

[1] 故事大致说，杜太后病危时，召见赵匡胤，命其传位于赵匡义，再传赵廷美（赵匡胤四弟），三传赵德昭（赵匡胤子），理由是“能立长君，社稷之福也”（避免皇帝年龄太小）。赵匡胤依母命，并写下誓书，放在金匮之中密存。事见《宋史》列传第一后妃上、《宋史》列传第三宗室一。

史却普遍怀疑赵匡胤死于谋篡，最无争议的事实则是，赵匡义得位后，并未践"金匮"之约，而由其子孙继位，直至北宋亡。

末路皇朝清代，稍有差异。第一个正式在紫禁城当皇帝的顺治死后，第二任皇帝康熙顺利接班，没有出事。不过与历代开国皇帝比，顺治的情况非常特殊，他既非朝代创立者(为满人打下天下的皇太极死于明朝灭亡的前一年1643年)，且登极时年仅八岁，在位头七年，由孝庄太后监朝、多尔衮摄政，亲政不过十年便死去，像是匆匆过客。实际上，在清朝第二任君主康熙的身上，才找到历来开国皇帝的气象与感觉。如注重实质而不拘泥数字的话，那么应该说康熙才是清代政治真正的奠基人。一旦以康熙为界，我们发现则危机复至，前述规律再次起作用——康熙死前对此似已深有预感，他有子三十五人，长大成人者二十人，接班人问题是他一生唯一焦头烂额却始终未能妥善解决的问题，储位两度废立，竟不了而了之。最终，皇四子胤禛在混乱和疑云中取得继承权，随后兄弟相残、血雨腥风，雍正以后又走上了正轨，乾隆、嘉庆、道光、同治……从此顺顺当当起来。

五大皇朝无一例外都在这节骨眼儿上出事，当然不是什么巧合。朝代更迭之际，巨大的君权还来不及找到稳定的运行方式，第一代君主的过世往往意味着可怕的权力真空，不管死去的君主看上去是否曾经牢牢地控制着局面，事实上各种潜伏的势力早已悄悄等候着他一命呜呼的时刻的到来，以便随时把垂落的权杖抓在自己手中。

令帝权很难避免这种规律性动荡的，至少有三个原因：第一，王朝虽已更迭，但尘埃远未落定，在推翻旧王朝和建立新王朝过程中积聚的各种能量没有完全释放开，诸种势力之间的较量必在第一任君主身后有所解决。第二，尘埃落定之前，野心家、阴谋家最为高产，抢班夺权意愿最为强烈，以此为背景，极易滋生阴谋集团，向立足未稳的秩序发起有力挑战，而当格局既定之后即便有这类人物，却往往孤掌难鸣，不能成其事。第三，极权体制自身有种种致命病症，尤其是权力高度集中而隐含的绝对排他性，致使政治游戏参与者之间只能是你死我活的关系，攫取这样的权力就可决定别人命运，反之则被别人所决定，屈抑一方为此不惜铤而走险，放手一搏。

公元1398年，明朝立国者朱元璋死。历史规律没有放过这个机会，危机如期而至，并以壮阔、宏伟的方式加以演绎，成为历史上所有此类危机中一个完美、淋漓尽致的范例。

殷红的血

虽然自秦起，帝权是同一性质，但朝代之建立，则各有不同。秦帝国的诞生是列国长期争霸、强者胜出的结果。晋、隋、唐、宋属于另一种模式，由旧政权内部的大贵族、军阀等强力人物，以政变或反叛方式夺得权力。元、清帝国则是外部强大军事入侵致使中原汉族政权解体（“亡国”），而形成的异族统治。除此以外，只有汉、明两朝是经过农民起义的长期战争亦即由“匹夫起事”造就的国家。

汉、明这种政权有两大鲜明特征：第一，“起事”之前没有一个明确的权力认同，新政权完全是赤手空拳打下来，无人先窃威柄，其领袖人物的地位是在“起事”过程中逐渐地历史地形成的，不像其余各代统治集团内部领导权归属早已确定——比如，秦始皇灭六国是商鞅变法后六十年间秦国强大的结果，晋皇族司马氏早自曹魏时期的司马懿起已形成威权，隋文帝灭周前已在朝中总揽大权、成为实际的统治者，唐高祖、宋太祖都是军阀，早就自成一统，推翻旧朝不过是水到渠成之事，而分别灭宋灭明的元清两朝，更是以完整、独立的异族政权取代中原汉族政权。第二，汉、明两代天下未定之际，群雄并起，英才辈出，“起事”者共同组成一个豪强集团，虽然内部有主从之分（后来演变为君臣关系），但并不是集团领袖一人独享威望，相反，许多成员都兼有英雄般声誉、重大功勋、军事实力以及政治资本，所谓“功高震主”者大有人在；具体地说，无论刘邦还是朱元璋，他们一方面固然是那个豪强集团的领袖，另一方面，某种意义上又可以说不过是集团之一员，他们与集团其他成员的关系微妙地介乎主/从、兄/弟之间，这种“君臣＋伙伴”的关系，对于领袖的绝对权威始终构成潜在的挑战意味。

不单刘邦集团和朱元璋集团，我们在历史上另外两个类似的却功败垂成的集团——李自成集团和洪秀全集团中，同样发现上述特征。并且，李、洪集团最后的覆灭，根本正是这两大特征发作所致。

以汉、明模式建立起来的政权，打天下的任务一旦结束，马上都面临豪强集团内部的权力斗争，即如何使权力集中并将它真正巩固起来。首先必须渡过这个危机，才谈得上其他，否则就会迅速崩溃。所以我们看到，唯有汉、明两代初期发生了大肆杀灭功臣的情形，别的朝代却不必如此。刘邦用几年时间，一一除去韩信、彭越、英布等强大的异姓王，韩信死前说出了那段名言："狡兔死，走狗烹；高鸟尽，良弓藏；敌国破，谋臣亡。"朱元璋做得还要高明些，像外科手术一般精确，稳扎稳打、有条不紊地逐个消灭李善长、刘基、徐达等所有一同"起事"的文武重臣，直到临死前解决掉最后一个危险人物蓝玉。

韩信很可笑，大不必发那样的感慨。这并非情感和道德问题，是权力本质使然。一遇权力，忠义一类道德的诗情画意就烟消云散，无人信，也不能信。试问，面对手下一群战功赫赫、足智多谋的能人，朱元璋能躺在兄弟情义上高枕无忧吗？就算他愿意古道热肠，对方也难保不动点什么心思；毕竟那么巨大的权力，诱惑力也同样巨大，谁都挺不住，除非已经超凡入圣。而且，越是像刘邦、朱元璋这样大家同起于布衣的豪强集团，日后越可能手足相残，将所谓"兄弟情义"碎尸万段，因为称兄道弟意味着彼此彼此、平起平坐，这是极危险的关系，当着患难之际它是事业有力的纽带，可一旦到了"有福同享"的阶段，它马上就变成对绝对权威的巨大威胁，势必引发血流成河的清洗。就这一层言，倒是一开始主从关系就很明确的曹操、李渊或赵匡胤集团，来得比较简单，也比较相安无事。

帝权本质是家族统治，是一个家族统治天下所有家族。它对权力的认识，不基于公信，而基于血液。血管里流着同样的血，才可分享权力。所以，"异姓王"必为刘邦所灭，徐达等势不见容于朱元璋；不管他们共同经历着怎样的患难，又曾如何以兄弟相称。血液质地决定一切，就像治疗白血病的血清，倘非来自直系亲属，必然排异。

解决之道仍是血。一是让别人的血流尽，杀光可能威胁家族统治的人。一是尽力将权力笼在自家血亲之人的手里。

然而，想真正解决问题，并不容易。帝权不会放弃其"家天下"的诉求，但妥善稳当的办法在哪里却不知道。秦汉以来，历代王朝始终在建藩/削藩、实封/虚封之间摇摆不定。分封诸王的目的，是倚为屏障，使帝室不孤。但这目的，却建于一个幼稚前提之下，即诸王永无个人野心。为防这一层，又引出实封还是虚封的分歧。所谓实封，指亲王有领地，甚至有军队，实实在在拥有一个小王国；虚封却只予名号、俸级、庄园，享有地位而不享有实权。

建藩/削藩、实封/虚封这两个争论，贯穿各朝，一直回避不了，也一直未有定论。它们各自的利弊，一样彰著，都表现得很充分。典型如魏晋之间。魏以西汉为鉴。西汉初年实行建藩和实封，刘邦一面消灭异姓王，一面封其子肥为齐王、长为淮南王、建为燕王、如意为赵王、恢为梁王、恒为代王、友为淮阳王，以及其弟刘交为楚王、侄刘濞为吴王，这些王国基本独立，朝廷只派任王傅、丞相二官，其他军政大权都在国王自己掌握中，景帝时终于发生七国叛乱，幸亏得以敉平，随后改定王国制度，使其分土不治民。魏继汉立国，对两汉一些前车之鉴印象深刻，一是坚决杜绝宦官外戚干政（东汉的主要问题），一是要防止藩王割据，这样，确定以士族（官僚）为核心的政治。但正所谓水里葫芦，摁下这个，又浮起那个——魏确实不曾在藩王、宦官、外戚问题上吃苦头，却养大了一个官僚家族，此即司马氏。从司马懿起，然后司马师、司马昭，司马家一直把持朝政，连皇帝废立也是他们做主，到司马昭之子司马炎，终于逼曹家以禅让方式交出政权，建立晋朝。摇身一变成为晋武帝的司马炎，自认为把曹家灭亡的原因搞清楚了，那就是魏国“禁锢诸王，帝室孤立”，致使皇帝轻易被人操纵直到把江山拱手相让。他既形成此种认识，便一反汉景帝以来虚封王侯的政策，于公元265年，大封皇族二十七人为国王，且不久即令诸王之国，每王有民五千户至二万户不等，有军队千五百人至五千人不等，由此种下祸根。结果不到四十年，爆发“八王之乱”，势力强劲的藩王为争权和控制皇帝，彼此攻杀，导致西晋完蛋。

“八王之乱”的惨重教训，似给建藩实封盖棺论定，以后历朝都不敢采取这办法。但却又被朱元璋捡起来。

朱元璋不是不知它的危险和害处，所以捡起来，一是无奈，二来太过自信。

无奈，是指他既然想定所有声望隆著之开国元勋必须除尽，则不得不以建藩巩固基业，寄希望于诸子同心协力，拱卫帝室；他以为，骨肉之亲将自然达成一种对共同利益的认识，结成紧密集团，而排斥一切试图对此利益加以觊觎的异姓势力或集团。

关于自信，则不能不提及朱元璋的性格与心理。此人不单自视为有史以来最勤勉、最努力、最负责任的君主（关于这一点，他无数次对子女和臣下自夸，很为骄傲），而且自视为天底下最善教子治家的严父。在史料中，我们一再发现朱元璋酷爱以伟大父亲自居，在这方面留下的记载比比皆是。从严于教育而论，确实没有几个皇帝比朱元璋动了更多脑筋，费了更多精力，想了更多办法。

他不仅以最纯、最正宗的儒家思想为教育内容，而且为诸皇子择师亦慎之又慎，皆为学问、人品俱佳的一时之选。《明史》说："明初，特重师傅。既命宋濂教太子，而诸王傅亦慎其选。"[1]这些教师笃诚职守，原则性很强，诸皇子若不听教训，不仅会加责备，甚至敢于体罚。其中有个叫李希颜的教师，就以"规范严峻"著称，诸皇子顽劣不学的，"或击其额"——不是一般地打打掌心，竟敲其脑袋，未免有犯皇家尊严，朱元璋起初都难以接受，不过，他最终尚能理解李希颜目的在于严教，反升了他职位。[2]

诸皇子除从书本和老师那里接受正统儒家教育，朱元璋还以多种形式培养他们"正确世界观和人生观"，读相关记载时每每觉得，朱元璋别出心裁所搞的办法，当代人所能想到的——如"开门办学""革命传统教育"之类——似乎也不过如此。他经常命诸皇子穿上草鞋，出城下乡，接触农村生活，规定路途中骑马行二程，徒步行一程。那情形，很像我这代人小学时光常常搞的"军事拉练"，背上背包，到城外行军一二十里，目的是培养"两不怕"（一不怕苦、二不怕死）的革命精神，每次脚板都磨出血泡。最远时，诸皇子要从南京一直行至老家临濠（今安徽凤阳）。1376年，在送别诸皇子时朱元璋说：

> 今使汝等于旁近郡县，游览山川，经历田野（到农村去！到基层去！）。因道途之险易，知鞍马之勤劳（锻炼吃苦耐劳品质）；观小民之生业，以知衣食之艰难（访贫问苦）；察民情之好恶，以知风俗之美恶（认识现实）。即祖宗陵墓之所，访求父老，问吾起兵渡江时事（接受"历史和传统教育"），识之于心，以知吾创业之不易也

[1]《明史》列传第二十五。
[2]同上。

（忆苦思甜，不忘本）。[1]

我所作夹注，着意摹为当代语，也都说得通，当代中国五十岁以上公民，睹之当会心一笑。可见，朱元璋对于子女的“反腐防变”不惟抓得紧，放在今天也还不落伍。他曾经亲领世子走访农家，察看农民居住饮食条件和日常生活[2]；在大内辟地种菜，召来诸皇子进行现场教育，告诉他们“此非不可起亭馆台榭为游观之所，今但令内使种蔬，诚不忍伤民之财，劳民之力耳”。[3]一次外出，路见一小僮，小小年纪供人役使，奔来走去，汗流不止，就领进宫，把诸皇子都叫来指着这孩子说：“此小僮与尔等年相若，已能奔走服役。尔曹不可恃年幼，怠惰不学。”[4]……类似故事比比皆是。

中国大大小小几十个王朝，这样来搞皇家教育，只有朱元璋。虽然他不曾亲口说过，但我揣测关于如何使“皇图永固”，朱元璋经过思考有两点结论：第一、必须不惜一切扫除任何可能令江山易手的因素。这一层不是揣测，是付诸实际的行动。包括功臣杀光、废相、军队指挥权收归皇帝、严禁内官干政等做法和手段，皆为此而生。第二、权力彻底集中到皇帝手里，虽然最大限度抑制了各种威胁，但帝室究竟也变得颇为孤单，缺少屏障，缺少帮衬，怎么填补这个空虚？就是建藩。

虽然建藩在历史上副作用极大，甚至屡酿巨祸，但朱元璋认准两条：其一，帝室和藩王说到底是一家人，同祖同宗，血管里流一样的血，在根本利益和重大关头，大家一损俱损、一荣俱荣，终归较任何外人可靠；其二，他觉得过去建藩结果之所以大坏，不在建藩本身，关键在教育失败、家法不严，或转过来说，只要他这个“老祖宗”抓好子女教育、厘清规范，防弊在先，建藩之举必定能收良效，成为帝权的真正保障。

朱元璋这个人，有强烈的道德优越感，虽然留下了不少专忌暴戾的记载，但他始终确信自己是“根红苗正”、艰苦朴素、勤政爱民的伟大君主；这种道德优越感，使他对道德、个人品质的意义产生迷信，以为只要将人打造出好的道

[1]《太祖实录》吴元年十月。
[2]《明史纪事本末》卷十四。
[3]《太祖实录》洪武元年四月。
[4]《太祖实录》洪武二年五月。

德、好的品质，提高思想觉悟，就可以抵制各种邪恶欲念的侵蚀。在这种道德乌托邦的幻想之下，他拒不认识极权体制本身的内在法则，抑或索性认为思想品德教育对后者足以战而胜之。所以我们看到，建国后迄于死前，他的政治方针一直在两条线上齐头并进，一条线不断将权力集中和牢牢控制在君主手中，另一条线就是高度重视对诸皇子的道德品质教育、反腐防变、把他们培养成合格的接班人。他无疑觉得这是相辅相成、万无一失的完美方案，甚至历来帝权不稳的死结，到他这儿终于彻底解开。

不能说朱元璋毫无成效。他的教育方针在太子朱标和太孙朱允炆身上，可算修成正果。可惜，未待继位，朱标过早走至生命尽头。倘非如此，洪武之后大明王朝的历史或许上演另一番故事也未可知。但根本具有讽刺意味的是，除了太子一支，朱元璋的教育在其他诸皇子那里一概不灵，“尔等受封朔土，藩屏朝廷”，只是他自负而且想当然的一厢情愿，当第四子朱棣统率大军攻入南京时，他那个基于血亲的狭隘的有关权力基础的设想，被证明愚不可及。

这个骄傲的、至死都以为自己非常成功的父亲，被儿子无情地欺骗了。他们顺从、匍匐在他权威之下，将他每一句话尊为真理，俱是一副孝子贤孙的模样儿……朱元璋陶醉在“伟大父亲”的权威中，对儿子们的忠孝丝毫不疑，说：“天下之大，必建藩屏，上卫国家，下安生民”，此必“为久安长治之计”。[1]临死前不久，在给朱棣一封信里他还这么说：“秦、晋(指皇二子秦王朱樉、皇三子晋王朱棡)已薨，汝实为长，攘外安内，非汝而谁？……尔其总率诸王，相机度势，周防边患，乂安黎民，以答上天之心，以副吾付托之意。”[2]全然你办事我放心的口吻，殊不知，诸王背地里早就勾心斗角，潜蓄异志者大有人在，而头号危险人物正是这个皇四子燕王朱棣。朱元璋非但浑然不觉，反以无限信任致“托付之意”，望其“总率诸王”、“攘外安内”，岂非与虎谋皮？

早在洪武九年，一个普通知识分子就预言了“靖难之役”一类动乱必然发生。那年因为“星变”(天文异象)，照例下谕求直言，山西平遥“儒学训导”(教育局长)叶伯巨应诏上书，内容直指朱元璋“封建诸子，为国藩屏”的政治路线。他很不客气地挑战“骨肉论”：

[1]《太祖实录》洪武三年四月。
[2]《太祖实录》洪武三十一年五月。

> 议者曰，诸王皆天子骨肉，分地虽广，立法虽侈，岂有抗衡之理？臣窃以为不然，何不观于汉晋之事乎？

汉、晋曾因分封诸王引起大乱，随后历数其故事，说："援古证今，昭昭然矣！"这且不算，叶氏索性直截了当就现实做出预言："臣恐数世之后，尾大不掉，然后削其地而夺之权，则必生觖望（怨望；觖，不满），甚者缘间而起，防之无及矣。"[1]

反对"骨肉论"，只是问题的一方面；叶伯巨还指出，朱元璋依赖私亲的立场根本就是错的，国家政治的希望还是在于"用士"，要依靠"忠臣义士"。

这恰恰击中了要害。朱元璋读后气急败坏，大叫："小子间吾骨肉，速逮来，吾手射之！"后来叶伯巨总算未遭朱元璋亲手射杀，而是瘐死狱中。祸从口出，是古今知识分子不改的命运，毕竟读书多，又以独立思考为乐，一旦自己觉得胸中有真知灼见，就如鲠在喉，不吐不快。据说叶伯巨上书之前曾对友人说："今天下惟三事可患耳，其二事易见而患迟，其一事难见而患速。纵无明诏，吾犹将言之，况求言乎。"说有三大隐患，其中两种容易发现但担心发现太晚，一种则难以发现却担心它来得太快。"一事难见而患速"指的正是建藩之害。他完全可以闭嘴不说，但就是忍不住，自取灭亡。但他恐怕并不后悔。他上书时的洪武九年，"诸王止建藩号，未曾裂土（实封），不尽如伯巨所言"，但他却预先窥见如不及时抑止，将来趋势定会重演"汉晋之事"，因为自信绝对正确，或因见天下所未见而自喜，就连性命也不在乎了，非说出来不可。这就是知识分子可笑和可爱之处。史家这样评论叶伯巨："燕王……后因削夺称兵，遂有天下，人乃以伯巨为先见云。"[2]有这句评价，叶氏地下也可欣慰了。

"骨肉论"，跟中国四百年后搞的"血统论"、"出身论"、"成分论"一样，明显荒谬。朱元璋所以笃信不疑，当有人指其荒谬时他还暴跳如雷，究其原因是被自己所蒙蔽。

他太崇拜自己，太迷信自己的榜样、感召力、权威和精心规划的蓝图，他以为自己已然做到尽善尽美，一切尽在

[1]《明史》列传第二十七。
[2]同上。

掌握中,"以后子孙,不过遵守成法以安天下",别人没有理由也不可能照他的安排行事,孙猴子本领再大也跳不出如来佛手心。完全主观,无视客观——自视甚伟者,常犯这毛病。

朱元璋希望,流他人的血来缔造朱家王朝的安全,而靠血管同一来源的血来维系"大明"的稳定。他从错误起点出发,来解决他的难题;结果,难题非但未曾解决,反倒成为一个死结,一种轮回——他死后短短一二年,难题很快重新回到起点。

公元1399年,血,殷红的血,再次成为大明王朝鲜明的主题。只不过,这一次流淌、飞溅着的,不是异姓功臣的鲜血,而是朱氏家族自己血管里的鲜血。血光迸发之际,朱元璋的"骨肉论"彻底破产了。

燕王登基

1399年,对西方人来说是新世纪来临之前的一年。而在东方,在古老的中华帝国,这一年,当今皇帝的亲叔父,那个强悍的燕王朱棣,以"靖难"为名从北平发动战争,似乎也试图宣告他将迎来一个新的世纪。

此时,距朱元璋"龙驭上宾"不过一年零二个月。

"靖难"的意思,通俗易解讲即是"平定乱事"。朱元璋死前,不是曾致信朱棣,"攘外安内,非汝而谁"么?这句话正好派上用场。泥腿子皇帝朱元璋终归还是在语言问题上吃了亏,他没有想到,同样一句话,他自己说的是一种意思,经别人解释就会是另一种意思。他还犯有一个错误,即他以为,对从他这位成功伟大父亲嘴里说出来的话,儿子们必将奉为神意、顶礼膜拜,不敢半点违拗,更不用说妄加曲解。但事实给了他一记大嘴巴——他充分信任、委以重托的皇四子朱棣,这个因为几个长兄皆已亡故、现居宗族之长的朱家老大,带头随心所欲对待"祖训",将其玩于股掌之间。"攘外安内",明明是让他尽忠扶保侄子朱允炆,现在,却变成了起兵造反的依据。

撇开朱棣歪曲、利用朱元璋嘱托不论,"靖难之役"的祸根却的确是朱元璋一手种下的。朱元璋打造帝权的办法，犹如中国古代用“内外城”建造皇城的思路；比如北京，单有一座宫墙将皇宫围护起来，犹觉不安全，还要在整个城市周遭再高高筑一道城墙作为屏障，古时候管这道墙叫“郛郭”。如果说，朱元璋对朝中军政权力的调整相当于筑内城，则他的建藩措施就是意在收到加筑外城之效。他想象，在这样“内外城”双重保障之下，朱家皇权应该是固若金汤、无人可撼了。可是他偏偏忽视一点，坚固的城墙固然可以成为安全保障，然而在某些时候它未必不会变成对自己的禁锢和围困，变成插翅难逃的深渊。那城墙，愈造得高大、牢不可破，这种相反的恐惧感亦愈甚。

朱元璋留给长孙朱允炆的政治遗产当中，最令后者不堪其重的，就是有一座过于强大的“郛郭”——他的诸位拥有重兵、不可一世的亲王叔父们。朱元璋两腿一蹬，满意放心地死去，可朱允炆却从此生活在焦虑之中。倘仍用“内外城”打比方，当时的情形是，外城过于高大强壮，内城却显得卑卑弱抑，似乎随时可被前者所压垮。这一点，朱元璋在世时显不出来，紫禁城端坐着一位威仪照人的开国皇帝，他就像一根定海神针，有他在，一切风平浪静，世界匍匐在他的脚下。然而眼下紫禁城已经易主，新皇帝年仅二十二岁，所有的亲王都比他长一辈，而且各自在封国都积累了丰富的政治经验，其中燕王、宁王这几个重要的藩王，更在长期边防生涯中受到军事锻炼，能征惯战；相比之下，朱允炆虽然洪武后期由朱元璋安排，接手处理一些政务，但仅限于审阅奏章等案头工作，或就修改法律提出建议等这样一些很狭小的范围，对复杂而实际的政治他并无体验，朱元璋也从来没有委派他出外带兵打仗，在实践中培养他的领袖气质、自信心、才干和威望。同时，多年正统的儒式教育，把朱允炆造就成一个仁柔、文雅、理想主义、书生意气的人，这样一个君主，在他的人民看来是可爱可敬的，但在野心家眼里，却正好是良善可欺之辈。

一边是缺乏经验、文质彬彬、年轻望浅的“侄儿皇帝”，一边是历练已久、强悍不驯、兵强马壮的叔父们。这情形，想不出事儿都难。

朱元璋未死以前，即露出端倪。别的不说，我现就援引朱棣的御用文人撰写的《奉天靖难记》为证。在这本替朱棣涂脂抹粉的书里，为了诟污朱标、朱允炆父子，作者讲述所谓朱元璋在世时朱标与晋王朱棡勾结陷害朱棣的一段事，说有

“异谋”的实际上是朱棡，而朱标却包庇后者，嫁祸于朱棣。关于朱棡图谋不轨，它写道：

> 时晋王闻太子失太祖意，私有储位之望，间语人曰：“异日大位，次当及我。”遂僭乘舆法物，藏于五台山。及事渐露，乃遣人纵火，并所藏室焚之。[1]

这段记述，本意是丑化对手，但无形中恰好说明朱允炆继位后的削藩之举，理所应当。

为给自己篡国夺权找理由，《奉天靖难记》全然不惜一派胡言，任意编造。如这一段：

> 初，懿文太子（即朱标）所为多失道，忤太祖意。太祖尝督过之，退辄有怨言，常于宫中行呪诅，忽有声震响，灯烛尽灭，略无所惧。又擅募勇士三千，东宫执兵卫。太祖闻之，语孝慈高皇后曰：“朕与尔同起艰难，以成帝业，今长子所为如此，将为社稷忧，奈何？”皇后曰：“天下事重，妾不敢与知，惟陛下审之。”太祖曰：“诸子无如燕王，最仁孝，且有文武才，能抚国家，吾所属意。皇后慎勿言，恐泄而祸之也。”[2]

此节文字，堪称集厚黑、厚颜之大成。它极尽颠倒黑白之能事，不单信口开河，置基本事实于不顾，把众所周知品行端正、性情柔和的太子朱标描绘成魔鬼样人物，不单拼命往自己脸上贴金，毫不害臊地自吹自擂；尤可耻者，是公然编造朱元璋“属意”于己、早已暗中决定将来应该由皇四子继位，还把这说成朱元璋和马皇后的一致意见。

又一处说：

> 上（朱棣）容貌奇伟，美髭髯，举动不凡。有善相者见上，私谓人言：“龙颜天表，凤资日章，重瞳隆

[1] 无名氏《奉天靖难记》一。稿成于永乐年间，撰者佚名，然当为朱棣指使下结撰，因后之《太宗实录》卷一至卷九即在其基础上增改而成。

[2] 无名氏《奉天靖难记》一。

准，真太平天子也。[1]

当朱允炆削藩之举搞到自己头上，他朱棣不是一脸冤屈，大呼“朝无正臣、内有奸恶”，摆出“义与奸邪不共戴天”[2]、誓还自己清白的姿态，起兵“靖难”的么？那么，他又怎么解释在这个地方鼓吹自己天生一副真命天子之相？一面怨别人诬陷他、骂别人是“奸恶”，并以此为借口发动军事叛变，一面又赞美自己骨子里就该当皇帝、皇帝宝座早就该是他的，岂非自唾其面？

以上朱棣所做类似事，所说类似话，以及所开动的对自己的类似宣传，我们不免觉得熟识，似曾相见。确实，这种事情不但古代中国有，当今世界上也多的是。

“靖难之役”的结果，又一次把“正义必将战胜邪恶”这句口号变成鬼话。正义，诚然有战胜邪恶的时候；然若加上“必将”二字，把它变成屡试不爽的规律，却是不折不扣的鬼话。朱允炆与朱棣这对叔侄，同为帝王家人，同是专制体制的代言人，本来不必以他们来区分什么正邪。但仅就这两个人之间比较而言，朱允炆确比朱棣多一些“正义”，朱棣则比朱允炆多一些“邪恶”。

朱允炆甫即位，就推出一系列新政，举其特出者：

一、诏“兴州、营州、开平诸卫军，全家在伍者免一人。天下卫军，单丁者放为民”。按：明代兵制，一旦在军，全家世代为兵，可谓变相徒役；建文此举，不仅仅是裁军、解放生产力，也明证他无意于穷兵黩武。

二、赐明年全国田租减半，释放所有充军者及囚徒还归乡里。史家评为“不易得之仁政”[3]。

三、取消朱元璋为报复江浙人民支持张士诚而制定的对两地加倍征收田赋，以及禁止隶籍两地者在户部任职的政策，使其田赋水平与全国相平均，江南人民得以喘息（朱棣上台后，又恢复了洪武旧政）。

四、宽刑律，改革洪武时期“重典治国”之弊，朱允炆认为大明律“较前代律往往加重”，“齐民以刑不若以礼”，强调今后国家的政策是“务崇礼教，赦疑狱，

[1] 无名氏《奉天靖难记》一。
[2] 无名氏《奉天靖难记》一。
[3] 孟森《明清史讲义》。

嘉与万方,共享和平之福"[1]。时人记曰:"(新政实行后)罪至死者,多全活之。于是刑部、都察院论囚,视往岁减三之二。"[2]

五、精简机构,裁汰冗员,减州并县,四年中撤州九个、撤县三十九个、撤各种税收机构(巡检司、税课局等)四百余个,力度之大史所罕见,抑制或缓解了"民残于多牧,禄糜于冗员"[3]的政治腐败,足证建文确有意于减轻人民负担。

所以,朱允炆当政虽只四载,但历来评价很好。正史称他诸多措施,"皆惠民之大者","天下莫不颂德焉"[4]。民间和知识分子更不吝赞美,如:"四载宽政解严霜"[5];"父老尝言,建文四年之中……治化几等于'三代'","家给人足,外户不阖,有得遗钞于地置屋檐而去者。"[6]"闻之故老言,洪武纪年之末庚辰前后,人间道不拾遗。有见遗钞于途,拾起一视,恐污践,更置阶圮高洁地,直不取也。"[7]所谓"洪武纪年之末庚辰前后",即指建文年间,因朱棣篡位后,革除了建文年号,将建文这四年并入洪武年号,故有此说。直到近代,史学工作者仍于调访中发现,"大理民家仍有以惠帝为鼻祖者"[8]。

然而,朱允炆"正义"来"正义"去,管什么用?他不光让"不正义"的朱棣战胜了,而且是轻而易举地战胜的,全无还手之力,根本不堪一击。这原因实在很简单:朱允炆空有"正义",却没有富于战斗力的军队;空有"仁政",却没有狠鸷毒辣的政治意志和手腕;空有方孝孺那样的正派儒臣,却没有姚广孝那样的阴谋家,以及以宦官为代表的为着私利而叛卖而投机的一大群形形色色小人。

对朱允炆削藩,历史家多以为不明智,就连我素仰的孟森先生也略有微词。《明清史讲义》这样讲:

削藩一事,古有明鉴。正学先生(即方孝孺,其书斋号"正学",人称"方正学")以学问名世,何竟不能以古为鉴,避其覆辙!汉初强宗,与明初同,贾谊痛哭而谈,未见用于文帝,至景帝时,晁错建议削

[1]朱鹭《建文书法拟》前编,叶四下。
[2]宋端仪《立斋闲录》卷一。
[3]《建文书法拟》前编,叶九下。
[4]《明史》本纪第四,恭闵帝。
[5]《建文书法拟》附编上,叶二十四,过金陵吊方正学诸臣。
[6]顾起元《客座赘语》卷一,革除。
[7]《野记》二。
[8]王崇武《明靖难史事考证稿》。

藩，遂有吴、楚七国之变，以师武臣力，仅而克之，天下已被涂炭，且祸本未拔。至武帝时，用主父偃推恩之策，诸王之国，不削自削。

孟先生虽未直斥朱允炆，但借批评其师方孝孺，间接批评了建文削藩决策。意谓：古有前鉴，汉初削藩，削出“七王之叛”；后来武帝变换方法，不用武力，通过策术阴去藩王势力，反而“不削自削”。

可实际上，汉代若非景帝削藩在前、重创诸藩，武帝时代主父偃的推恩之策能否收效，本就可疑。况且，汉、明之初的态势，看似相类，细察却很难等量齐观。汉初诸藩势力远不能与明初相比，内中更无危险强大且野心勃勃如朱棣者。

朱棣之叛，迟早而已。远在朱元璋在世时，他的种种迹象即已不掩，即使他篡位后不遗余力销毁、焚埋各种证据，我们仍可从幸存下来的稗史里看到不少这类记述。如，朱允炆被朱元璋正式宣布为皇位继承人后，朱棣有次见到朱允炆，竟然手抚其背戏谑道：“不意儿乃有今日！”[1]

有这样一位枭雄叔父，朱允炆削藩，他是削亦反、不削亦反。但凡读读《奉天靖难记》，便不会怀疑朱允炆被推翻的一天迟早到来：

今上皇帝（朱棣）初生，云气满室，光彩五色，照映宫闼，连日不散。

他这样以“真命天子”自居，朱允炆削与不削，结果有何不同？或许不主动削藩，朱允炆可在皇位略微多呆三五年，等朱棣觉着时机成熟时将他推翻？

等待、忍耐不能救朱允炆，削藩，虽无胜算，却总有一点机会。

这机会一开始不单出现过，而且显得很大。倘若燕世子朱高炽及其两个弟弟高煦、高燧不被纵还北平，倘若朝廷布控更严密些，任用于北平的文武官员处事更果、能力更强，倘若事先早做周密准备，而能在朱棣起事之初立将其扑灭……历史都可能改写。

总之，削藩非不可为之事，是没做好。朱允炆没有政治经验，禀性里又

[1]《建文年谱》卷一。

欠缺狠辣元素，更兼所信赖的大臣俱书生之辈，并无一个能撑得局面[1]，而当朱棣叛帜既树，朝廷派去讨剿的将领又极低能（本事大的将领早在朱元璋生前被一一除掉）。显而易见，凡实际而重要的方面，朱允炆比之朱棣皆落下风。

建文元年（1399）七月初四，朱棣起兵，至建文四年六月十三日攻入南京，时仅四年。这四年，燕军如何节节胜利，王师如何节节败退，都是老套子，不说也罢。唯有一件，所谓"战争中胜利者总是正义一方"，所谓"顺民心者得天下"，在朱棣、朱允炆叔侄间，似乎这一回给出的是别样结论。朱棣篡位后，极力封杀言述，致后人难窥当时真实景况。不过民间口口相传，终于还是留下了蛛丝马迹。一直到1628年的晚明，顾起元在其《客座赘语》里，仍记述了故乡"父老"间一种代代相传的深刻记忆：

> 及燕师至日，哭声震天，而诸臣或死或遁，几空朝署。[2]

从1402年至1628年，时间已流逝二百余年，上述传说仍旧不泯，仍旧为"父老"（代指民间）津津乐道，足见1402年的改朝换代，绝非"战争中胜利者总是正义一方"，绝非"顺民心者得天下"。也难怪顾起元在引述"父老"所传之后，发了这样的慨叹："盖自古不幸失国之君，未有得臣民之心若此者矣！"

"诸臣或死或遁，几空朝署"一语，可由《建文皇帝遗迹》《革除逸史》《革除遗事》《致身录》《姜氏秘史》所述得到佐证。南京未破之前，在抗击、抵御燕军的四年中死难的守臣便已不少，尤可瞩目的是，朱棣既下南京、建文下落不明以后，不降、不合作直至慨然赴死的例子比比皆是。

朱棣大开杀戒前，何尝不欲以怀柔之术揽归人心？却一再碰钉子。从方孝孺、黄子澄、齐泰这三位近臣，到铁铉、陈彦回、姚善、郑恕等，凡是当初坚定反对朱棣的，被执逮后，虽经劝诱，竟无一人肯降。如兵部尚书铁铉，"太宗践祚，用计擒至，正言不屈。令其一顾，终不

[1] 对此，李贽《续藏书》卷五有评语极好："然在建文，但可谓能长养死难之人材，而不可谓能长养辅弼之人材也。"方孝孺等一身正气，但作为政治家却都不甚高明。

[2] 顾起元《客座赘语》卷一，革除。

可得,去其耳鼻,亦不顾,乃碎分其体。至死,骂方已。”[1]甚至朱棣刚刚兵临南京城下,户科给事中龚泰就当众从城上跳下自尽以为抗议,“燕王闻泰死,大怒,命剉其尸。”朱棣破城后,官员投水、自刎、自经、自焚的消息,从各处纷至沓来,举家死难者也不少见。其余,或弃官,或消失,“变易姓名、隐迹山谷者,不可胜纪。”[2]这样的故事,虽经朱棣全力掩埋,但有名有姓流传下来的,至今仍存数十件,但当时实际所发生的,实远不止此数。

天启年间,徐焞兴偶然发现当年史仲彬所著《致身录》(约写于永乐初年),读后写下这样几句话:“顾文皇讳禁森严,当时隐秘不传之事何限?即吾郡叶给事福,守金川门,首犯燕锋,死之。林御史英,闻国祚已移,遂自经死,而妻宋氏亦自经死——吾郡传之,而革除诸史所不及载,始知逊国之时,就死地者如骛,而名湮没不称者多矣。”[3]

六月十三日南京城破,朱允炆下落不明[4],但大局为朱棣所控已无疑矣。此后数日,开始上演安排好的劝进好戏。城破翌日也即六月十四日,诸王及朝中文武官员纷纷以个人名义上表,请求朱棣即位;六月十五日,仍是上表劝进日,但采取行动的人,齐刷刷地换成朱棣手下随征的北平诸将;六月十六日更有趣,前两天分别上表的两拨人,携起手来,将劝进变作同心协力的大合唱。

这就是所谓“三推让”。被劝的一方坚持推辞,劝的一方则要坚持劝,非凑足三个回合,前者方才依允,以示他是出于万般无奈而被迫接受了大家的拥戴。尽管这早已是程式化的游戏,朱棣的玩法却仍然过于虚伪,令人作呕。

“三推让”游戏一结束,六月十七日,朱棣就迫不及待地以新君身份进城了。他起了个大早,虽然几乎一夜未眠,却毫无倦容,亢奋不已。一切皆布置停当,他将率众将士,在文武百官的夹道拜迎下,正式入城,登上那个已属于他的帝座。指令发出后,征服者的队伍浩浩荡荡向城门进发。

这时,发生了一件意想不到的事情:路旁迎迓的人群中,站出一人来,拦住队伍请求面见燕王。此人姓杨名子荣,当时官居翰林编修。他被带到朱棣马前,只问了一句:“殿下先谒陵乎?先

[1]黄佐《革除遗事》一。
[2]朱睦㮮《革除逸事》卷二。
[3]史仲彬撰、徐焞兴抄《致身录》。
[4]两种说法,一说朱允炆城破后宫中纵火自焚,一说乘乱出宫流亡。

即位乎?”这一问不要紧,朱棣倒出了一身冷汗,意识到自己演了几天谦抑辞谢的戏,险些在最后时刻露出马脚——由于践祚心切,竟然把应该首先前往太祖寝陵告祭之事忘在脑后,一旦这么不告不请,直通通地奔皇位而去,先前作秀岂不全成笑柄?然而朱棣原是做假做惯了的人,此时一经杨子荣提醒,心内吃惊,脸上并不动声色,反而顺水推舟道:“此去正为谒陵。”当即拨转马头,往朱元璋墓地孝陵而去。杨子荣因关键时刻立此一功,而受重用,引入内阁充当宰辅,并由朱棣亲自为之更名为“杨荣”,与杨士奇、杨溥一道并为永乐、洪熙年间有名的“三杨”。

在最后的小插曲之后,当日,建文四年六月十七日,朱棣在南京即皇帝位,明年改元为“永乐”——永乐皇帝诞生了。

尽管从史料来看,朱允炆在历来君主中,身上负面的东西不太多,但说到底,明朝帝座上坐着的究竟是谁,这件事本身并非我们所关心的。朱允炆坐得,朱棣坐坐又何妨?谁坐那个位子,都是朱家的皇帝,都无改乎那权力的本质,旁人犯不着拥护一个,反对另一个。

就此论,朱棣撵走朱允炆、夺了金銮殿,本无所谓对与错,只要这种改变对国家、人民和历史不带来损害,就没有讨论的必要。

然而事实并不如此。

撇开朱允炆这人具有一般帝王身上某些不多见的积极面不论,他的被推翻,也反映极权制度已发展到令人悲绝的地步。如前所述,“靖难事件”可以说是朱元璋一手造成,是其咎由自取;而进一步看,则是中国古代帝权这种国家权力形式,到朱元璋手中完完全全发展成“家天下”之后,所必然要有的恶果。

虽然“天子”这丑陋的事物在中国已经存在了许多许多年,虽然社会权力一直越来越远离“公”的范畴而向“私”的范畴集中,但是,权力变成彻头彻尾“大私无公”的东西,确确实实是在朱元璋手中完成的。他完全视权力为自家私有之物,不容他人稍稍分享。为着这极端自私的权力观,他尽戮功臣、裁撤中书省、使军队与将领相脱离、用诸王子为藩镇……这些措施,固可以让他所视为一己之私的权力杜绝被社会或他人分享,然而恰恰也造就了朱棣那样的野心家,以及自家骨肉相残的局面。

我们当然不去为朱允炆被亲叔父所推翻而叹息,但不能不为这样一种极端自私的权力观,及在此基础上形成的制度而扼腕。朱棣篡权这件事之所以罪恶,实质不在于叔父干掉侄子、自己去当皇帝,而在于它宣示了极权制度必将鼓励、煽动人性中最坏的那些东西,诸如贪婪、残暴、迫害、奴役和独裁。

明朝一亡,黄宗羲即写下中国思想史上的不朽之作《原君》。非有明代的近三百年历史,出不了这种文章。汉唐不能出现,甚至宋人也还写不出,必经明朝历史之后,才能达成像黄宗羲这样痛切的认识。文章所探讨的,是权力这事物如何从远古的"天下为公",异化到当下的"家天下"。它掊击君权的理念:

> 以为天下利害之权皆出于我,我以天下之利尽归于己,以天下之害尽归于人,亦无不可。使天下之人,不敢自私,不敢自利,以我之大私为天下之公。始而惭焉,久而安焉,视天下为莫大之产业,传之子孙,受享无穷。[1]

又有"岂天地之大,于兆人万姓之中,独私一人一姓乎!"等语,直指君主极权"以我之大私为天下之公",以普天民众为仇雠,置自己为"独夫"。而断言,独占、独吞、独霸,结果极度危险。"一人智力,不能胜天下欲得之者之众","远者数世,近者及身,其血肉之崩溃在其子孙矣"。

也许写这些话时,黄宗羲脑海里就曾想到过朱允炆的悲剧。

朱允炆的悲剧,是制度的悲剧。他所继承的权力,既过于诱人,又非他这种性情的人所能掌控。朱允炆与祖父朱元璋交给他的权力之间,天然存在一种矛盾——一个缺乏"独夫"素质的人,被安排到了"独夫"的位子上。这非但可悲,且亦荒唐。于是,另一个人杀了出来——他迟早会杀出来——这就是朱棣。那"独夫"式极权,令他垂涎三尺,其实也是专为他这种人而打造。

帝制的明代形态,设计于朱元璋,而发展、完善于朱棣。朱元璋庙号"太祖",朱棣起初庙号"太宗",后来嘉靖皇帝改为"成祖",大有道理。到了嘉靖时可能才真正看清楚,明朝的制度和统治,朱元璋是创始者但非完成者,它真正竣工,是在朱棣手上。所以,嘉靖皇帝认为朱棣不仅与朱元璋并为二祖,而且应该用一个"成"字,专门揭示他的贡献。

[1] 黄宗羲《明夷待访录》,原君。

成就的“成”，成功的“成”。

成就是什么？成功在何处？

当然不仅仅是一路以摧枯拉朽之势直捣南京，将侄子朱允炆赶下龙床。毋宁说，当他终于一屁股坐在宝座上时，一切不过刚刚开始。

“合法性”的梦魇

虽然事实证明，朱棣才是朱元璋构建的体制的合格继承人，但有讽刺意味的是，他却要以不合法方式来得到似乎天然属于他——抑或他才真正与之相配——的权力。同时，他的权力越是来得不合法，他就越发想尽一切办法来巩固和强化这权力，结果，他的这种努力与那种权力的本质，二者反倒相得益彰，彼此生发，将各自真谛发挥得淋漓尽致。

朱棣以武力推翻建文帝，虽非不费吹灰之力，但着实颇为顺利，一如两个不同重量级的拳手之间的较量，没有悬念。

他称帝的真正障碍，不是朱允炆，而是“合法性”。当把守金川门的谷王朱橞和李景隆为他打开城门之时，战争结束了，然而朱棣却意识到，现在他才面临真正严峻的考验。作为胜利者，他享受到的不是欢迎、拥戴和臣服。他赢得了战争，却没有赢得人心。史料为我们揭示出朱棣进入南京城时所遭遇的尴尬局面：迎降的朝臣不过百十号人，而“遁去者，达四百六十三人”[1]，这还不包括自尽者、被捕者。假如换置为现代民调的表述方式，朱棣的支持率不足百分之二十。

为什么？

朱允炆良好的声誉是一个原因。万历年间，李贽于《续藏书》借评述方孝孺其人之机，极大胆地在同洪武严政相对照的意义上，称赞建文的四年之治：“盖(洪武年间)霜雪之用多，而摧残之意亦甚不少。建文继之，专一煦以阳春。”比朱元璋为严冬，而把朱允炆比做阳春，乃至说他“专一”只把温暖带给民间。

[1] 谈迁《国榷》卷十二，惠宗建文四年壬午。另据《续藏书》“逊国名臣”条目之下，单单有名姓者即近二百人，尚有四百余人没有留下姓名。

传说建文帝逃走后出家为僧。

但也只是传说。其他传说包括逃往南洋。总之，侄儿的真实下落令朱棣很是烦恼。

北京紫禁城。

由朱棣仿南京紫禁城在北京修建，完全是新建，并非在金、元旧宫基础上扩建翻新。明初，大约三四十年时间内，中国居然造了两座这样伟大的宫城；当然，每个铜板都来自黎民百姓。

这个说法应不过分。明代史学家朱鹭在诗《过金陵吊方正学诸臣》里写:“四年宽政解严霜,天命虽新故忍忘?”严霜,指朱元璋;天命虽新,指朱棣上台。诗句中对朱允炆怀念之意甚浓。

不过,这是较次要的原因。虽然古代因为“人治”的习见,对贤君心向往之,但朱棣取朱允炆代之的问题,并不简单地是只与他们叔侄个人品质有关。

士大夫,或者说儒家官僚,有自己的政治理性。它反映在若干原则上,例如君臣之义、宗法关系、王朝继嗣制度等。这些原则,基于儒家对心目中政治秩序的诉求,关乎它所理解的国家根本和大体,是不可破坏的,具有超乎道德之上的地位,也是优先于道德标准的最高标准。

孔子在世时,即有意识地致力于建立这秩序,他在七十岁左右的高龄,完成毕生最后一部著作《春秋》。“《春秋》之义行,则天下乱臣贼子惧焉。”[1]此书之作,即为正名分、立褒贬,司马迁评曰“以绳当世”[2],近人则称“儒家政治思想,以《春秋》为最高标准”[3]。孔子自己有一句话:“后世知丘者以《春秋》,而罪丘者亦以《春秋》。”对此,经学家刘熙解释是:“知者,行尧舜之道者也。罪者,在王公之位,见贬绝者。”意即《春秋》树立了一个标杆,明确应该怎么做和不可以做什么。究竟是什么样的标杆呢?说到底,就是制度,是任何情形下不能被侵犯和破坏的国家政治秩序,当时用词是“礼法”。“礼法”包含道德,但比道德更高。比如暴君被杀,依《春秋》的书法,只能用“弑”字,不能称“杀”。《春秋》襄公三十一年记:“莒人弑其君密州”。这件事,实际上是莒国国君为其人民所共弃,对这正义之举,《春秋》仍坚持书“弑”,因“弑”字有以下犯上的意思,这层意思在孔子看来必须申明,哪怕莒君已到“国人皆曰可杀”的地步,但身份仍是国君,虽因恶被杀,国人所为仍为非礼,故必须明书曰“弑”。这便是“《春秋》笔法”,借历史的书写,表达和构建一套任何情形下不动摇的政治伦理。所以,吴、楚两国国君已经称王,《春秋》仍尊周天子所予封号,只对他们以“子”相称。前631年,晋文公以霸主身份将周襄王召至河阳、践土(今晋豫一带)接受诸侯朝拜,这是严重违反礼法的举动,《春秋》于是记为“天王狩于河阳”,因为“‘以臣召君,不可以训’,故

[1]《史记》孔子世家第十七。
[2]同上。
[3]范文澜《中国通史》第一册,176页。

书曰'狩'。"[1]鲁惠公死后，嫡子（后来的鲁桓公）年幼，因此由继室庶出之子暂摄君位，是为鲁隐公；《春秋》对此事隐而不提，只用"元年，春"一语，一方面表示发生了执政者的交替，一方面回避直接谈论有新君即位——虽然确实发生了这种事情。总之，用非常严格、不苟的表述，来坚持伦理正确。

这政治伦理，经一千多年来从汉儒到宋儒的深入阐释，在士大夫心目中已根深蒂固、不容移易，构成他们对于政治合法性的基本理念。

明代最典型的事件，是嘉靖初年那场极激烈的"大礼议"。当时正德皇帝朱厚照死去，无子，由兴献王世子朱厚熜入继，成为嘉靖皇帝。他在当皇帝的第五天就下令讨论生父兴献王的尊号问题，亦即想给父亲追加皇帝名义，一下子引起非常复杂的伦理问题。根据礼法，作为入继者，朱厚熜继承皇位的同时，便自动以孝宗朱祐樘为父（朱厚熜与朱厚照同辈），现在提出给本生父上皇帝尊号，实际上就成为"继统不继嗣"。以我们今人眼光，可能觉得这种问题无关痛痒，而在当时，却事关皇帝权力由来是否合法的大节。于是首辅杨廷和带头，满朝士大夫奋起抗争，双方僵持三年之久，最后演变成"左顺门事件"。嘉靖三年七月十五日，自尚书、侍郎至员外郎、主事、司务等二百二十位官员，以相当于现代静坐示威的方式，跪伏左顺门外，务求皇帝纳谏，几次传旨令退去，皆不听，仍跪伏喧呼。嘉靖帝大怒，出手镇压，除当即逮捕一百四十二人外，命四品以上八十六人待罪听候处理；七月十七日，命所有参与此事的四品以上官员夺去俸禄，五品以下俱处以廷杖，受廷杖者人数达一百八十余人，其中，死于杖下竟达十七人。

由"大礼议"可见，明代一般儒家官僚心中，对于"合法性"，怎样持着绝不圆融的态度。朱厚熜是名正言顺做皇帝的，他无非想捎带着把亲生父亲也引入皇帝行列，尚且招致士大夫阶层一致抵制。那么，身为颠覆者，凭仗武力推翻合法君主、夺取帝位的朱棣，将面临怎样困难，更可想而知。

南京被燕兵控制以后，少数士大夫曾在各地武装抵抗，很快都被扑灭。多数人选择弃官和逃亡，以此拒绝与篡权者合作，如果跟崇祯皇帝自尽后明士大夫对清廷比较激烈的抵抗相比，似乎显得

[1] 杜预疏、孔颖达注《春秋左传正义》卷十六。

平淡。不过其中情形并不相同，明末抵抗是基于亡国之痛，而朱棣篡政说到底是朱姓王朝的“家事”，不合法归不合法，江山终究没有易手。对此，孔子早就说过：“邦有道，则仕；邦无道，则可卷而怀之。”[1]“天下有道则见，无道则隐。”[2]“邦无道，富且贵焉，耻也。”[3]眼下的情况，就很符合“无道”的定义。所以，跑掉，不合作，躲起来不做官，足以表明对时事的态度。

此种局面，朱棣事先也应有所预料，但恐怕未曾料到抵制的人如此多。除了皇室亲贵——朱允炆削藩，早就得罪了这批人——迎降队伍中头面人物寥寥无几，部长级（尚书衔）只有一个茹瑺，副部级（侍郎）四位。反观朱棣先后两次开列的“奸臣榜”（支持朱允炆的官员），吏、户、兵、刑、工、礼部尚书和太常卿、大理卿俱在其内，加上一堆侍郎，外带皇帝首席顾问、知识分子领袖方孝孺，人心向背，一望而知。他更没想到，大局已定之后，这些人绝大多数还坚持死硬立场，甚至当他做足姿态、给足面子，他们仍不买账。这时，他开始明白，撵走朱允炆、自己黄袍加身是一码事，找到“合法性”完全是另一码事。

有迹象表明，最初，朱棣是渴望“合法性”的。他希望事情尽快步入正轨，摆脱篡位者的阴影。

那个替他策划了整个叛乱夺权计划的智囊人物道衍和尚（姚广孝）早就深谋远虑地忠告：进入南京后，当务之急是搞定方孝孺。道理不言自喻：如方孝孺可为所用，以他在士林中的声望，令儒家官僚集团接受既成事实，难度可降低不少。朱棣亦深知其意义，捉住方孝孺后，依姚广孝之言，亟假辞色，结果大失所望，进而恼羞成怒。《明史》对这一段的描写，细腻可观，如小说一般：

> 先是，成祖发北平，姚广孝以孝孺为托，曰：“城下之日，彼必不降，幸勿杀之。杀孝孺，天下读书种子绝矣。”成祖颔之。
>
> 至是欲使（方孝孺）草诏。召至，悲恸声彻殿陛。
>
> 成祖降榻，劳曰：“先生毋自苦，予欲法周公辅成王耳。”
>
> 孝孺曰：“‘成王’安在？”
>
> 成祖曰：“彼自焚死。”

[1]《论语·卫灵公》。
[2]《论语·泰伯》。
[3]同上。

> 孝孺曰:“何不立‘成王’之子?”
>
> 成祖曰:“国赖长君(指建文之子年幼不足立)。”
>
> 孝孺曰:“何不立‘成王’之弟?”
>
> 成祖曰:“此朕家事。”顾左右授笔札,曰:“诏天下,非先生草不可。”
>
> 孝孺投笔于地,且哭且骂曰:“死即死耳,诏不可草。”
>
> 成祖怒,命磔诸市。[1]

朱棣摆出礼贤下士姿态,“降榻”亲迎,口称“先生”,很像一位贤君。但方孝孺不吃这套,一意剥掉他的伪装。朱棣因对方是大儒,投其所好,顺带也自我表现一下,说起了“周公辅成王”的故事。但他实不该说这个;一说,让方孝孺逮个正着。方抓住此话,就合法性问题向朱棣连连进攻,招招不离后脑勺,朱棣初还勉强抵挡,随即左支右绌,终于辞穷,扔出一句“此朕家事”,放弃讲理。

这场抢白,方孝孺不但明白地告诉朱棣:“你的所作所为,全都非法。”而且连提三问,每一问,都把朱棣逼到死角,让那伪君子的面目大白于众。本来,朱棣希望“转化”方孝孺这么一个士林领袖,以度过“合法性危机”。他让方孝孺“草诏”,方若接受,等于承认他皇帝身份合法,这或比所草之诏意义更大。然而,方孝孺不但拒绝,反就合法性问题穷追不舍。

方孝孺的态度,让朱棣山穷水尽。他已然认清,自己的行为不可能指望正统儒家官僚阶层接受与认可。于是,一方面,难免恼怒至极而丧心病狂,另一方面,他确也只剩下一种选择:运用暴力,去强化到手的权柄。

“磔”,是一种将犯人割肉离骨、断肢体,再割断咽喉的极刑。朱棣这样处死一个读书人,除了发泄极度仇恨外,还包含冷血的意思,即通过恫吓,令正统儒士胆寒。

这层目的,更由他的进一步措施得到验证——

方孝孺自己被杀(时年四十六)不算,朱棣复诏“诛其九族”,说是“五服之亲,尽皆灭戮”。[2]将方孝孺血缘相近的亲族全部杀光,朱棣犹“怒不已”,闻所未闻地“必欲诛十族”。

[1]《明史》列传第二十九。

[2]大岳山人《建文皇帝遗迹》。

所谓“九族”，典出《尚书·尧典》“以亲九族”。历来经学家有不同解释，一派认为是父族四、母族三、妻族二；一派认为是从自己算起，上至高祖，下至玄孙。明清刑律服制图则规定，直系亲属上推至四世高祖、下推至四世玄孙，另外再在旁系亲属中横推至三从兄弟的范围。不管怎样界定，九族尽诛，一个人既有亲属基本一网打尽，杀无可杀。饶是这样，朱棣意犹未平，怎么办？他就破天荒地“将其朋友代为一族诛之”[1]，这样凑成“十族”。

方孝孺一案总共杀掉多少人？黄佐《革除遗事》记作八百四十七人。李贽《续藏书》记作八百七十三人，略有差别，或因万历年间（李贽生活于此时）研究者对罹难者又有新发现，而使总数增加二十九人。除直接死难者，受牵连而发配、充军的，又有千余人。一百多年后，万历十三年三月，当方孝孺案彻底赦免时，所统计的各地流放者，人数为一千三百余人。[2]

方孝孺以一人之“罪”，致上千人陪死、落难，说明了三点：第一，与乃父一样，朱棣也流淌着嗜杀之血。第二，如此滥杀，远远超出了报复之需要，其主要的目的，是对暴力、权威的炫耀；朱棣既不能以“德”拢人，索性露出血腥面目——他一直有这两副面孔，前者其表，后者其里。

整个永乐元年，都是在血腥中度过。方孝孺案仅为大屠杀的开端。除方孝孺外，被灭族灭门的，还有太常寺卿黄子澄、兵部尚书齐泰、大理寺卿胡闰、御史大夫景清、太常寺少卿卢原质、礼部右侍中黄观、监察御史高翔等多人。每案均杀数百人。如黄子澄案，据在《明史》中主撰“成祖本纪”的朱彝尊说，“坐累死者，族子六十五人，外戚三百八十人。”[3]胡闰案，据《鄱阳郡志》所载，“其族弃市者二百十七人”，而累计连坐而死的人数，惊人地达到“数千人”。《明史》亦说：“胡闰之狱，所籍者数百家，号冤声彻天。”[4]遭灭门之祸的总数，已难确知，但仅永乐初年著名大酷吏陈瑛，经其一人之手，就“灭建文朝忠臣数十族”[5]。

这种暴力，甚至于可以毫无尺度。方孝孺被诛“十族”，虽已闻所未闻，但遭牵连者，究与方家有这样那样沾亲带故名义。后来，发展到纯粹伤及无辜的地步。景清一案，“磔死，族之。籍其

[1] 大岳山人《建文皇帝遗迹》。
[2]《明史》列传第二十九。
[3] 朱彝尊《明诗综诗话》（《静志居诗话》）。
[4]《明史》列传第一百九十六，奸臣。
[5] 孟森《明清史讲义》。

乡，转相攀染，谓之'瓜蔓抄'，村里为墟。"[1]就是说，景清乡邻全部遭殃，"转相攀染"四字，黑暗之至，"村里为墟"说明该村最后弄成"无人村"。另一个被族灭者高翔，除了满门杀光，还被挖了祖坟。这且不说，朱棣先把高家产业分给他人，再宣布，凡分得高氏产业者，全部课以重税。为什么？"曰：'令世世骂翔也。'"[2]

灭族者之外，还有许多人，处决其本人后，家属或被宣布为奴，或辱其妻女，使嫁最贱之人。直到二十二年后，这批人才被特赦为"民"，"还其田土"[3]。

中国历史上向来不乏杀虐，但以往多为战争、族群冲突、暴乱、饥荒所致。纯粹的政治迫害，像朱棣报复建文忠臣如此大规模的事件，杀戮之狠、株连之广，历史上还是第一次。朱元璋一生也搞过几次大的政治迫害，但分散于三十年统治的不同时期。单论一次性的集中迫害，永乐元年恐怕创了历史之最。

但其中情形又颇怪异。朱棣的血腥杀戮，本意是树立威权、降服人心，可是杀人越多，也益发凸显了他权力基础的薄弱；每杀一个人，都等于向世人宣告："又出现了一个反对者——虽然被我干掉了。"另一面，不断有人慷慨赴死，恰恰不断在证明被推翻的建文政权更合人心，或在人们心目中是更具法律或道德合法性的政权。在朱棣的酷刑面前宁死不屈、坚持立场的例子，比比皆是，大家翻翻《明史》，列传第二十九到第三十一，即卷141—143之间，记述了大大小小这样的故事一百来个，个个精彩，令人肃然。其中最奇的，有人原不在所谓"逆臣"之列，但为着正义，竟然送上门去——方孝孺处死弃市，开国名将廖永忠之孙廖镛、廖铭兄弟二人，明知危险，也不避斧钺，挺身而出，将支离破碎的遗骨收捡起来，葬于聚宝门外山上；事后，镛、铭果然被捕处死，他们另一个兄弟廖钺及从叔父廖昇也同时受牵连而充军戍边。

许多年后，李贽在总结这段历史时说了一番话："故建文之时，死难之臣，若此其盛者，以有孝孺风之，连茹拔之，而建文复以春温煦之耳。"[4]意思是，之所以当时那么多士大夫在淫威前宁死不屈，是因为一有方孝孺做榜样，二来整个儒士阶层为操守而同声相应、同气相求，还有建文四载清明政治所给予大家

[1]《明史》列传第二十九。
[2]同上。
[3]《明史》本纪第八，仁宗。
[4]《续藏书》卷五。

的感动。现实如此,朱棣怎么办?也应该设身处地替他想想:当时若不大开杀戒,势难压平局面。然而,屠刀高举的结果,却又更彰明地暴露了他失道寡助的处境。左也不好,右也不是,“猪八戒照镜子——里外不是人”。

自打朱棣将朝思暮想的平天冠[1]戴到自家脑袋上,“合法性”问题,也就像驱不散的梦魇,始终追随着他。

这是他非正义攫取政权所须付出的代价。只可叹,历史、社会和人性,也不得不为这成为永乐皇帝的人的贪婪和权力欲而付出沉重的代价。什么代价?只消看看朱棣在此后一生当中,怎样竭尽所能,为维持其从来源处即沾染了洗不掉的巨大污点的统治,做下哪些事,便一目了然。

难得心安

佛家以因果看人生。凡事,有因即有果,什么因得什么果,一切的果皆可到它的因上去求解。所以劝人行善,不为恶。一旦作了恶,事情就会自动生成一种惯性来,让人越来越恶,即便想超拔也身不由己。

有人以为,恶人是注定的,其实不。有一时一事作恶的人,但没有永生永世情愿做恶人的人。人之所以作恶,说到底是受一种赌徒心理支配,对寻常、本分的生存不满也不甘,希望比别人少费几十倍的气力或突然间暴得这样那样的大利益,于是,打破常规,去做平常人、规矩人不肯做或不敢做的事,这多半是孤注一掷,抛开通常的人性准则(道德、法律、内心良知等)用整个人生来赌一把。这种念想本身就是恶的,一旦把它付诸实行,则必做下这样那样的恶事。因为大家都在有一分耕耘、得一分收获,凭什么你少付出那么多却得到很大利益?你这么做了,势要侵害、损害他人,这不是恶是什么呢?但天底下恶人其实还有一个心理,即当他占了大便宜后,还

[1]平天冠,原系古代冕冠一种,用于祭礼时着装,上至天子下至士族均可用之,主要以旒(冠前后所缀的串以珠玉的垂饰)数量多少为别。后渐渐变作帝王(包括神话传说中的玉帝、冥王一类人物)所特用,成为帝权的象征,即中国式的皇冠。洪迈《容斋随笔》:“俗呼为‘平天冠’,盖指言至尊乃得用。”民国初年,袁世凯复辟帝制,所预备的东西里面就有玉玺、龙袍和平天冠。

愿意安心过日子，过比别人更好的日子。没有一个作恶之人，目的是毁掉自己。相反，他作了恶以后，还想享受作恶得来的成果。比方说，贪污的官人一定会想着弄到大笔的钱后，平平安安，人不知鬼不觉，做一个体面人——这些人可恨之处，正在于此，损害了社会和他人，还期求不遭报应——不过，我们这里暂不去诅咒他们的无耻，而着重了解他们的心理：原来，他们也并不愿意一直充当恶人，他们作恶的起因是想靠偷赖、走捷径或撇下大家都遵守的准则替自己谋幸福；亦即，作恶也是为了追求幸福。从追求幸福角度说，作恶之人与常人无有不同。这一点上他们极不讲理，凭什么你作恶了还想得到幸福？不过，他们的逻辑就是这样。只可惜，人类社会和历史的公信不支持这种逻辑，否则，天下只好一片混乱。由于人类社会和历史的公信不支持，作恶之人的动机与结果之间，就永远发生不可调和的矛盾。正义认为：恶人必须得到报应。这绝非徒然给好人无谓慰藉的宿命论，而是社会的自我保护机制；若非这机制，人类无法存在和发展到今天。怎么报应？现实中许多善良守法的人往往很不平地指出，作恶之人干了坏事，却有权有势、花天酒地，好处全都归了他们。的确如此，我们常常看到丑恶的人似乎比谁活得都好。但是大家却不曾注意过，没有一个坏人能够终止作恶，捞一把然后安享所得、过一种从外在到内心都是体面人的生活，相反，他们要不断作恶，一天都不能停歇，用新的作恶来维持他们不正当得来的一切。这实际上是违背他们最初愿望的。作恶之后，人最想要的是安全。比方说，一个入室窃贼，被人发现，如有可以安全逃窜的机会，他一定选择逃窜；但往往得不到这样的机会，遭窃的事主或出于本能，或出于气愤，总会想阻止他逃掉，这时，窃贼极可能作下更大的恶，例如杀掉事主——他为什么这样呢？分析一下，结论是很可以吃惊的：他是为了安全，为了掩盖自己的罪恶！一个入室窃贼如此，一个拦路抢劫者，或实施强奸者，或一个贪墨弄权者，莫不如此。所以，作恶有自己的连锁效应，如滚雪团。大多数作恶之人，开始都想得很好，一旦得逞，就罢手不干，带着作恶的成果悄悄过好日子去。但天底下岂有这等美事？恶无法指望善的荫护的羽翼，恶只能寻求恶的保护。人一旦作下恶，就只好加大作恶的力度来保全自己，用大恶来化解小恶的危险。受贿一百万的人，一定会继续收贿并且同时变成行贿者，收更多的钱，来买通跟他一样的同类，巴不得身边的人都变得跟他一样坏,这样他就安全了;于是,三百万、五百万、一千万……越陷越深,越走越远,唯如此他才能将那最初一百万带给自己的危险处境对付过去。很多人以为这是这些作恶之人欲壑难填,实则他们更多倒是自有苦衷,身不由己。一个人只要作了恶,就会永受这种惩罚,罚他们不得停歇地把恶一直作下去,最初的恐惧无限放大,一辈子活在惶惶不可终日的感受中。不管表面上看去怎样作威作福,他们心里却清楚得很:这不是人过的日子。今天那些贪黩的大官,被挖出来后,当着摄像机镜头一个个痛哭流涕、悔不当初,很多人觉得是做戏,我却认为是他们内心的真切流露,因为那确不是人过的日子;人类社会为了能够有序健康地延续下去,终究不会,也不能给这种人好日子过。

眼下,永乐大帝朱棣先生,也活在作恶后的恐惧中,也不能耐受梦魇般的纠缠。他也跟每个成功得手的歹徒一样,特别希望"从良",回到社会公信的尺度中来,做个名誉的人,让他的非法所得被人看成正当的、他理该得到的一份。

一些事,袒露了他内心的不自信——或者,也是屈服。

先焚毁历史,然后伪造历史。朱彝尊讲过一句话:"盖革除年事,多不足信。"[1]为什么?禁毁甚严,又大加舛改,致使真相大多湮没。《明史》"王艮传"提及,"后成祖出建文时群臣封事千余通,令缙等遍阅,事涉兵农钱谷者留之,诸言语干犯及他,一切皆焚毁。"[2]"封事"就是奏折。"缙"即建文旧臣解缙,他归附朱棣后受到重用。就是说,朱棣向那些归附他的建文旧臣出示这一千多件奏折,除议论国防、农业和财政的以外,统统烧掉。他是极伪诈的人,表面上用这一手来释放那些归附者的不安,实际目的却是彻底消灭一切不利于自己的言论和材料,一石二鸟。他以为,把过去留下来的一切这类关于他的议论,抹除干净,就可以给自己只树立一个正面形象,堂堂皇皇享受所窃据的位子。

这样的"形象工程"还包括:严禁民间自由谈论或书写建文朝这段历史——他的说法是"怀疑怨谤",犯此罪者,"事发族灭"[3],将处以最高的惩治。这可不是说着玩吓唬人的。有个叫叶惠仲的文人,就受到了这种惩治,"永乐元年,坐直书'靖难'事,族诛。"[4]

[1]朱彝尊《曝书亭集》史馆上,总裁第四书。
[2]《明史》列传第三十一。
[3]谈迁《国榷》卷十三,成祖永乐元年癸未至三年乙酉。
[4]《明史》列传第三十一。

将真相加以禁止以后，还需要再编造假话。永乐年间重修《太祖实录》，只修一次不够，又修了第二次，才算比较满意。明代诸帝实录，均由继任者负责修定前任的事迹，朱允炆已经修过《太祖实录》，但朱允炆搞的东西，自然靠不住，必须重来。目的有两个，一是把有利于朱允炆的记述删减干净，一是添加直至杜撰对自己涂脂抹粉的内容。当然还有一点，由他朱棣来修《太祖实录》，等于否认朱允炆是朱元璋的合法继承人。两次重修后的《太祖实录》，朱允炆要么被批判为数典忘祖、奸恶浊乱；实在不能丑化的，例如建文时代良好的政绩，就讳莫如深，只字不提，让它们蒸发掉，好像压根儿没发生过。而一切涉及朱棣自己的地方，不止是丰功伟绩、高大完美，也不止是凭空吹嘘(如《奉天靖难记》所谓朱棣出生时“云气满室，光彩五色，照映宫闼，连日不散”这样的鬼话)，尤有甚者，不惜在自己亲生母亲是谁的问题上也撒下弥天大谎。

关于朱棣的生母，《明史》成祖本纪写道：“太祖第四子也，母孝慈高皇后。”这说法，首先由朱棣授意在《奉天靖难记》提出来，再写入篡改后的《太祖实录》；清朝初年，官方修编《明史》，不顾历来的许多疑问，将《实录》的这套说法全盘接受。殊不知，历史的本质是透明的，天王老子也难一手遮天，就算一时勉强遮住，其实也不过是纸糊的灯笼，终究会露出窟窿。其中一个比较靠得住的窟窿，是《南京太常寺志》中记载，在南京旧太庙，供奉着一位碽妃的神主(牌位)，上面明确写着是她生了第四子朱棣。[1]这曾由明代的一位野史作者潘柽章在其《国史考异》中披露。《南京太常寺志》是一份官方文件，现在虽已亡佚，在明代却不止潘柽章一个人见过，至少还有一个人，即万历至崇祯年间的名士何乔远也见过，他很谨慎地写道：“臣于南京见《太常寺志》，云帝为妃所生，而《玉牒》(指《天潢玉牒》，成文于永乐年间，载述朱氏皇族谱系)则为高后第四子。《玉牒》出当日史臣所纂，既无可疑。南太常职掌相沿，又未知其据。臣谨备载之，以俟后人博考。”何乔远话虽说得含蓄，《天潢玉牒》大拍特拍朱棣马屁，臭名昭著——此书居然声称懿文太子朱标“为诸妃所生”，只有朱棣和周王二人的生母是马皇后，所以，连清代《钦定四库全书总目》都斥之多“当时谀妄之词”、“与史实不符”——他

[1] 另说称明军攻克北京后，得元顺帝某妃，朱元璋纳之，而朱棣即此蒙古女人所出。一般认为该说荒谬，盖因朱棣出生之年，远在攻下北京之前。

提出应该允许《南京太常寺志》之说存在，“以俟后人博考”，明显倾向认为后者真实可信。

不过，无论潘柽章还是何乔远，都只是从《南京太常寺志》读到相关记载，本人毕竟无缘亲见硕妃神主，所以向来大家也不便轻信。

但到了弘光朝，终于有直接的目击者，他们是礼部尚书钱谦益、大理寺左丞李清。他们都读过《南京太常寺志》，但事实究竟如何，连以博闻著称的钱谦益“亦不能决”。但在弘光元年元旦这一天，以祭祀之机，终于开启孝陵寝殿，发现硕妃神主确在，且一切均如《南京太常寺志》之所云——李清的原话是：“及入视，果然。”[1]《三垣笔记》清代一直被禁，清末才重见天日；它的证词让史家大为兴奋，孟森先生称，朱棣身世“以前为疑案，《明史》中纪传自相矛盾。自《三垣笔记》出而证明《南太常志》之文”。

不过，我在读张岱的《陶庵梦忆》时，意外发现，早在钱谦益、李清之前，就有目击者，而且时间早两年，发生在崇祯十五年七月。目击人一个是张岱本人，另一个是当时主掌南京太常寺的朱兆宣。朱主持祭典时，张岱随观，得以见之；他写道：

> 壬午（1642年，即崇祯十五年）七月，朱兆宣簿太常，中元祭期，岱观之。飨殿深穆……近阁下一座，稍前，为硕妃，是成祖生母。成祖生，孝慈皇后（高皇后）妊为己子（对外宣称自己所生），事甚秘。[2]

不知为何，这条记载孟森先生不曾注意到。

关于朱棣这样干的目的，孟森先生的分析是透彻的：

> 明初名教，嫡长之分甚尊。懿文太子以长子得立，既死则应立嫡孙，故建文之嗣为一定之理。燕王既篡，无以表示应得国之道，乃自称为马皇后所生，与太子及秦、晋二王为同母，明太子及秦、晋皆已故，则己为嫡长，伦序无以易之矣。[3]

[1] 李清《三垣笔记》附志二条。
[2] 张岱《陶庵梦忆》卷一，钟山。
[3] 孟森《明清史讲义》。

说来说去，还是心中有鬼。

这“鬼”，就是自知干了见不得人的事，又无勇气独自在黑暗中去挣扎，还想把黑洗白，仍然回到光明的世界，做一个见得人的人。

平生不做亏心事，夜半不怕鬼敲门。世上当然没有鬼，敲门者不是鬼，是自己的内心，或者说，人间的公信力。再不可一世的人，也没法与它抗衡，也难当其一击。如朱棣者，为一袭黄袍加诸己身，就让几十万人赔上性命，半个中国遭兵燹之祸。这可不是一般的枭雄，是所谓“干大事”的人。但只一条，他所干的事，没有一丁点儿正义性，而是完全违背，结果虽然大获成功，却没有因此高大起来，反而在内心渺小下去，从豪气走向小偷小摸，连生母也不敢认。他手忙脚乱地掩盖真相，编造假话，指望靠“瞒”和“骗”，重新混到“好人”的行列里来。可哪有这种好事？恶只能拔除，不能洗涮；作了恶，只能老老实实去纠正，正义才可放过之，倘若想的是掩人耳目，用“瞒”和“骗”糊弄过去，便又陷于新的恶。人间的事情，就是这样环环相扣。

对于作恶之人来说，朱棣是有关这类人必受惩罚的上佳例子。对于天下善良的人来说，朱棣一生走过的路，也适足给他们以做“好人”的信念。从富且贵角度看，朱棣已极人寰，但又怎样呢？一辈子说着谎话，心惊肉跳受着偷来的东西，视给了自己生命的母亲为羞辱——这样的人，何尝有片刻安宁？

据说，永乐年间南京最大工程“大报恩寺”，即朱棣为抚平内心不安而下旨兴建的。工程极浩大，动用人力十万，自永乐十年（1412）开工，直到二十二年（1424）朱棣死时仍未竣。规格也高得很破例，朱棣明确批示大报恩寺“梵宇皆准大内式”，就是说，这个佛教建筑群被准许采取皇宫的标准与规制。显然，它对朱棣有特殊意义，并非什么宗教建筑。当时，对外美其名曰，此寺之建，是为报答太祖和马皇后养育之恩，但世间历来相信朱棣建这个东西，系出于对生母碽妃不孝的赎罪心理，在当地，该寺大雄宝殿不叫大雄宝殿，一直称之“碽妃殿”。[1]

对朱棣，孟森先生有个概括：“盖篡弑之为大恶，欲济其恶，必有倒行逆施之事。”[2]欲济其恶四个字，是要害。恶，也是一种活泼泼、有生命的东西，就像病毒一样，既顽强，又有惊人可怕的自

[1]何孝荣《明代南京寺院研究》第二章，兴废和分布。
[2]孟森《明清史讲义》。

我复制之能力。一旦激活，它就疯狂地藩衍生长，胃口越来越大，显示出吞噬一切的难以满足感。欲济其恶，讲的就是恶的那样一种难以满足感，或者说一种不可遏止的惯性，一种对能量充分释放的需求。

西方中古的浮士德传说，用一个宗教故事告诫于人，千万不能被"魔鬼"诱惑、和它签约，否则即永世沉沦——所谓"魔鬼"，其实是人内心的恶。对于朱棣来说，他不单受了"魔鬼"的诱惑，并且在协议书上签字画押，所以，是无法摆脱它的纠缠了。

恶之花一：精神戕害

古代中国人文精神，遭受过两次严重戕害。一次是秦始皇灭六国、建立第一个皇朝秦帝国。一次就是朱棣篡权、自立为帝。

秦灭六国，害怕各国人民怀念自己的文化历史，或者干脆是为了强行统一思想舆论，就下令烧书，只留下实用技术类的书籍，其余一概搜出烧掉。为防止没有搜到而漏网的情形，又明令严申，绝对禁止。这样，秦以前各国史书，除了秦自己的官方史，统统被毁灭了；学术方面也一样，除秦官方的博士官所掌图书，凡是私人收藏的诸子书一概上交官府烧毁，下令三十天内不上交者，罚筑长城四年（肯定会送命死掉）；聚谈诗书者斩首，是古（六国）非今（秦王朝）者灭族；不准许民间办学（私学），孔子以来形成的教育普及的好局面生生地被禁止，历史倒退了好几百年；人民求学以吏为师，换言之，教育以服务政治为目的，与自由的思想和学术绝缘……这些极端的文化专制措施，终结了此前何等灿烂多姿的中国历史上最伟大的"百家争鸣"时代，而它自身造成的后果，更是接近于葬送文明——秦灭亡后，面临着经典旷无的局面，许多年后，主要自汉武帝时代起，才靠着从废墟中发现当初有人冒生命危险匿存下来的少量典籍，复经许多学者艰辛整理、疏证，一点一滴、丝丝缕缕地重新续上文明之脉。汉代经学所以那样发达，起因就在于秦对文明的毁灭。整个两汉对于中国历史，实有不亚于西方文艺复兴的意义；伟大的学者从司马迁、刘向到郑玄，对中国文化实有再造之恩。饶是如此，中国历史和文明虽万幸未致湮灭,后遗症却也相当严重。经学上的“今文派”和“古文派”,打得一塌糊涂,直到清代仍脱不得身。

顺带说一下,秦朝其他政治经济措施,如车同轨、通水路、去险阻(平毁各地要塞)、划一币制器具、以秦篆统一文字等,客观上利于国家大一统,其主观出发点,也是压制人民、消解各种隐患。

秦的许多举措尽管具有反文明的性质,但毕竟尚可促进中国民族、政治的统一,所以历来对秦代的评价,褒贬分歧很大,有认为其善不足以抵其恶的,也有认为其恶远不能掩其善的。这样的分歧,各依尺度不同,谁也说服不了谁。然而,朱棣篡位,却谈不上有什么积极面。

他篡位以前,中国已处在稳定的统一的局面中,倒是他的叛乱,将中国抛入战祸中,让惊魂甫定的百姓,又品尝离乱滋味。

他篡位之后,政治不是变得清明,相反,恢复了许多被朱允炆所改革、连朱元璋晚年亦自我否定掉的苛政,为了刻意与建文时期反道而行,他将朱允炆实施的各种从士大夫至平民广泛好评、认为利国惠民的政策,予以推翻、否定。就连他好大喜功的对蒙战略,以及征越南这一类似乎可以炫耀一下的“武功”,史家也是疑问多于首肯,因为它们大大违背了朱元璋对明帝国的周边战略设想,而后者却比较合乎明帝国的实际。

表面上看,朱棣没有造成嬴政那样严重的后果,也没有轰轰烈烈地搞“焚书坑儒”那样的运动。其实,朱棣干的不比嬴政少,对打击目标的决绝狠酷,更不稍逊。不过有一点,相较嬴政,朱棣深通伪善,事办得更狡猾,手法也阴柔。

以他们都做过的杀士这件事来比较。“焚书坑儒”动静闹得那么大,名声那么坏,实际上杀了多少人呢?只有四百六十多人,主要还是孟子学派的儒生(东汉赵岐说)。可永乐元年,单单方孝孺一案,就杀掉八百七十三人,而且“诛十族”这一创新,所特地加上的第十族,就是专门针对知识分子的——方的朋友和门生,多为读书人无疑。别的惨案,受害主体也是读书人。杀方孝孺,连姚广孝也反对,反对理由就是应替天下留存“读书种子”。嬴政杀掉四百多个儒生,背上千古骂名;而数倍乃至十几倍这样干的朱棣,却好像没有挨过什么骂。嬴政很冤,他应该从棺材里跳出来,要求平反。

朱棣非但没有挨骂，还因为那部据说是当时世界上最大类书的《永乐大典》，被不明就里或生性喜欢“伟业”的人，视为文化的保护神。这就是朱棣的狡猾处。一面对读书人大杀大砍，锢言禁说；一面搞历史上最大的“文化形象工程”，来炫耀文治。实际上，《永乐大典》鸿篇巨制不假，对文明发展的实际影响近乎于零。它卷帙过于浩繁，22937卷，11095册，约3.7亿字，难以刻印（恐怕一开始就没想过刻印成书），即便再抄一套也非易事，足足过了一百年，嘉靖皇帝才痛下决心录一个副本，但工程之大，嘉靖竟没能活着看到抄写完成，直到继任者隆庆皇帝登基，副本才算抄完。而副本抄缮完毕不久，正本又奇怪地下落不明。总之，这套今天说起来大家不胜景仰的《永乐大典》，修成之后即锁深宫，与尘土为伴，几乎不被阅读，且一直保持这“特色”，直到那套副本在清代被内贼外寇盗抢而散失殆尽。

书籍，唯当被读、被传播，方产生文明价值。倘若根本不进入阅读领域，又有什么意义？《永乐大典》，修之前就明摆着不以供人阅读为目的，修成后放在皇家库房里，大门一锁，与世隔绝。但它有一点却牛得不行，那就是足够巨大、足够辉煌、足够叹为观止，尽管大家全无眼福，可谁提起来都啧啧称奇。难怪政治家往往喜欢搞“形象工程”，《永乐大典》即以奇效垂范于他们。

一提起“永乐大帝”，必想到“永乐大典”。有这座“文化昆仑山”挡在那里，朱棣所干的坏事可就全都离开人们视野，或者被视而不见了。何谓“一俊遮百丑”！更何况，所谓俊也是中看不中用的花架子。

在我看来，朱棣行径中，比血腥杀戮影响更恶劣的还有许多。他是中国有史以来最大的历史造假者。建文朝史事“千钩百索，只字不留”[1]，在他鼓励和授意下，当时“文学柄用之臣”置良知和道义于不顾，“自饰其非”，“为史（指对建文朝的书写），肆以丑言诋之”[2]，致建文朝“政令阙而不传”（建文时期采取了哪些政策措施，已不可知），过了好些年，一个叫杨守陈的礼部尚书实在不能接受这种状况，向弘治皇帝上书，批评“靖难后不记建文君事，使其数年内朝廷政事及当时忠于所事者皆湮没无传”，委婉提出重写历史、恢复原貌的要求：“即今采录，尚可备国史之缺”[3]。朱棣的做法，不单等于给历史开了“天窗”，还填加进去

[1] 朱国桢《皇明史概·大政记》卷七。
[2] 张朝瑞《忠节录》卷六，考误。
[3] 朱鹭《建文书法拟》卷首，述公议。

许多谎话，给后来肆意篡改历史的人，树立了榜样。

不但史实在他手上歪曲了，他还极大摧残了中国史学十分可贵的传统——“良史”的操守和气节。“良史”精神，自周代就形成。虽然史官为政府所设，但史官对政府乃至君王却允许保持独立性，直面事实、忠实职务，是史官本分，如遇政治强权干涉，不惜杀身殉职。这就是“良史”精神。鲁襄公二十五年，齐大夫崔杼杀齐君，太史毫不妥协，当庭记下“崔杼弑其君”。崔杼怒，杀太史。太史被杀，他的两个兄弟坚持写同一句话，又被杀。这个良史家族的最后成员还写那句话，崔杼不敢再杀。南史氏听说太史一家将被杀光，就拿着竹简赶来，准备替他们继续写这句话，途中听说已写成，才打道回府。所以，不要以为中国人一开始就有编造历史的习惯，中国史学精神，本来是非常正直的。可是这光荣的传统，慢慢却被朱棣们断送了。他可不是那个崔杼可以比得。崔杼杀了几个人，看见史官不肯屈服，就不敢杀了。朱棣对于杀人，十分彻底，只要敢不奉他的旨意，有多少杀多少。能不能正确对待历史，是国家清明与否的标志之一。历史不单单是一个叙事问题，更是一个关系正义与伦理的问题。古人很早就意识到“以史为鉴”的道理，视历史为一面客观的、是非曲直一目了然的镜子，国家必须从真实、不被歪曲的历史中得到对益害、利弊的如实认识，才能把现实和未来的路走好。

朱棣不仅仅是造了假，他还强奸了中国人文的健康精神。这个影响最坏。永乐年间给整个知识分子阶层的心态，蒙上长久的阴影。朱棣上台后所屠杀的知识分子，都属忠正一路。这些人，富贵不能淫，威武不能屈，是知识分子中品质较好的一部分。朱棣的逻辑是，你不肯低头，我就把你的头砍掉了事。然而，被斫伤的不仅是千百受难者的生命，还有他们秉持传承的人格。正气下降，邪气自然上升。有诗咏当时风气之坏：“后来奸佞儒，巧言自粉饰。叩头乞余生，无乃非直笔。”[1]不愿同流合污的正人君子，则选择明哲保身之路，退出公共领域，出现“亘古所无”的现象：“上自宰辅，下逮儒绅”，“深山穷谷中往往有佣贩自活、禅寂自居者”。[2]

朱元璋搞了那么多文字狱，也没把“士”气搞到这样的地步。洪武时期的文字狱，虽然野蛮而荒唐，却并不针对

[1] 郑晓《今言》卷之一。
[2] 张燧《千百年眼》卷十二，革除死难之多。

整个知识分子阶层及其基本价值观。朱元璋这个人，无知狭隘，但对儒家正统精神还是肯定和鼓励的(除开孟子思想中“非君”那一部分)。朱棣却不同。朱棣打击的，恰恰是从儒家伦理根源上来的理念和气节。明初，这些理念和气节，随着外族异质文化统治的结束，正处于蓬勃向上的状态，我们从洪武时期以宋濂为首的皇家教师团的大儒们身上，从以方孝孺为代表的建文殉难忠臣身上，清楚看到中国知识分子正统价值观和自信心呈现强劲复苏的趋势，然而“靖难之役”后残酷镇压，又将它重挫。

如何对待建文朝这段历史，始终是明代意识形态难以隐去的痛。恢复原貌、回到真相的意志，也顽强地生存在人们的良心中，丝毫未因时间流淌、记忆远离而褪色。威权可压制正义于一时，却不能左右真相于永远。朱棣死去以后，主张为朱允炆本人和以方孝孺为代表的建文忠臣恢复名誉的呼声逐渐抬头，到了中晚明，更演变为中国有史以来最大的一次“重写历史”运动。当代学者杨艳秋对此有专论《明代建文史籍的编撰》[1]，其中指出：

> 关于明代建文史籍的数目，无人做过具体的统计，《明史·艺文志》史部杂史类著录了二十种作者姓名可考的建文史籍，其中杂史类十四种，传记类六种；清人陈田编辑的《明诗记事》乙籤中提到了四十一种。若除去其中郑晓《吾学编》、何乔远《名山藏》、吴士奇《皇明副书》、伊守衡《史窃》、朱国桢《史概》等五部综合性的历史著述，单记建文朝事的史籍也有三十六部；黄虞稷的《千顷堂书目》中，建文史籍则多达五十九种，当然，这个数字远远不能囊括明代所有的建文史籍，但数目已相当可观。

并次第细述了正德至嘉靖、万历和万历以后三个时期针对建文朝的“重写历史”运动的情形。

这个运动，首先是民间的，自发的；既然官史不尊重事实，强行歪曲历史，民间话语便以自行叙事亦即所谓“野史”的方式，做出反弹。明代“野史”或者说私人的非正式历史写作之高度发达，与

[1] 杨艳秋《明代建文史籍的编撰》，《炎黄文化研究》2004年第1期。

建文事件的刺激是分不开的。另一方面,大量野史的出现,又推动了正史改革的意愿;越来越多的人呼吁官史应当担负起阐明历史真实情况的责任,如陈继儒批评正史对建文朝史实“灭曲直不载,不若直陈其状而征示以无可加也;斥野史为尽讹,不如互述其异同,而明见其不必尽情也。”[1]朱鹭则借野史的发达,指出这明显表示正史陷于一种困境,进而提出恢复史臣的“史权”,即史臣有改正历史错误和叙写历史真实情况的操笔之权,回复其“天子有所不能制”的特质,以保障历史书写的严肃性,他说:“且夫史官而禁之书,能必野史之不书邪?与其为野史书,传疑述伪,逐影寻响,夸张其说而矫诬其事,宁正之今日乎?秉史笔者尤得以弥缝讳饰其间而不至于滋万世之惑也,若是,而史臣之权可不用邪?”[2]到万历年间,“重写历史”运动已经成为朝臣奏事时的公开议题。礼科给事中孙羽侯和杨天民、御史牛应元和史官焦竑,都先后上书主张在正史中给建文时期以“本纪”地位。万历皇帝对于这些建议未敢完全允准,但他一面命将建文朝事迹仍附于洪武朝后,一方面同意直书建文年号。这是一个重大突破,因为朱棣时代发明“革除年”一词,就是基于取消建文年号、在政治上不承认这段历史。时隔百余年,被抹去的“建文”字眼,终于又合法地重返历史话语(所以才有了《建文朝野汇编》和《建文书法拟》这样的书名)。[3]

虽然朱棣所为,颇有“青山遮不住,毕竟东流去”的可笑,但毕竟历史为此走了很长很大的弯路。简简单单、客观存在的事实,却费了那么大的气力来纠正、复原,不必说空耗精力纯属多余,正气低迴更是可怕的内伤。只因朱棣的一己之私,整个国家和民族就付出这样沉重的代价。

恶之花二:倚用宦官

太监[4],是中国特产。由太监而

[1]《建文朝野汇编》,陈继儒序,《四库全书存目丛书》本。

[2]《建文书法拟》卷末,拥絜迂谈。

[3]更详尽的情况,可径阅杨艳秋文。

[4]对这种净身后在宫中充役者,历史上有各种称法,如寺人、宦官、黄门、中官、中使、中涓、内官、内臣、内侍等,如今一般习惯通称以“太监”。但需要说明,“太监”这词本身,是在辽代作为宦官的一个级别而出现的。在明代,太监也是宦官中的一个官职,内廷二十四衙门负责人才称太监。太监固然是宦官,但只有一小部分宦官才属于太监这个级别。太监成为宦官通称,是清代以后,民间慢慢有了“大太监”、“小太监”的叫法,而从前,太监必是高级宦官。我们现在沿用清以来的称法,但也应该了解以往的区别。

起的误国殃政的弊端,也是中国古代史的特产,太监乃刑余之辈,所以通常把这种政治灾难称为“阉祸”。而历朝历代,阉祸最甚的当数汉、唐、明。进而又须交代,明代阉祸本来是可以也应该避免的,之未避免,反而发展到成为导致明代亡国的主因之一的地步,就是拜永乐皇帝朱棣之所赐。

以上数语,算是把本节所谈,大致说清。

李自成攻破北京之前,一个叫曹参芳的学者正忙于编撰他的一部历史著作《逊国正气纪》。“逊国”,指建文帝朱允炆被朱棣推翻事;后世替朱棣找台阶下,回避他篡位的事实,用朱允炆“逊国”即主动让位的说法来遮掩。等到这本书写成之时——“崇祯甲申中秋前一日”——崇祯皇帝已吊死煤山。作者的本意,是借这本书探讨国家救亡之道——当时明要亡的迹象,实在比较清楚了——所谓对“正气”的重申与呼唤。可惜,没等到他写出来,明先已经亡掉了。但他对可以视为明亡国之因的一些总结,仍值得一观。内中有一段写道:

> 寺人祸国,其来久矣。我高皇帝有鉴于是,虽设中贵,止供撒扫。而衔不兼文武,政不侵外廷,衣冠不同臣僚——外之也,故三十年宫府谧如。虽让皇帝纷更祖制,此独尊之加严焉,以故遗恨内臣,密谋通燕。文皇之始,不能不有所私是。故俨保之谮行而抚监岌岌矣,监军之势张而马骐以交趾予敌矣。延至逆振,举万乘之尊轻掷蛮夷,丧中原锐气多矣。而吉祥辈复积骄成怨,积怨成逆。汪直之启衅,缧绁盈朝,积骨盈边,可胜悼哉?正德间,八虎横一豹吼,逆瑾惨烈,祸延宗社……继以魏珰,狐豕满朝,忠良膏野,上公称而庙貌祀,窃号窃名,古今惨变……[1]

列阉祸为明代乱政且逐步导向衰亡的主要根源,而且,对这种趋势与过程叙述得相当简洁,一目了然,普通读者透过这区区两百来字,已可周详了解明代阉祸的由来和发展:第一,在朱元璋时代,宦官是被严格控制使用的对象,严格程度甚至历来没有,“止供撒扫”,让他们只是纯属清洁工性质的服务人员,所以没有发生阉祸。第二,朱允炆继位后发起不少

[1] 曹参芳《逊国正气纪》卷二,何州、周恕。

对洪武政治的改革，唯独这一条不改，且严上加严，所以也没有发生阉祸，但导致一部分宦官暗心衔恨，里通燕王，帮助朱棣推翻朱允炆。第三，朱棣篡权阴谋既已得逞，为着多重目的(稍后述)，彻底改变由朱元璋制订、朱允炆坚持的排斥宦官干政的政策，把宦官当作心腹耳目加以利用，由此开启明代深重阉祸之门。第四，祸门既启，坏例已立，以后历代阉祸愈演愈烈，作恶巨珰层出不穷，作者列举了王振、曹吉祥、汪直、刘瑾、魏忠贤等，这些大太监都曾甚嚣尘上，像魏忠贤，搞到忠良见戮、百官争相当其走狗、甚至活着的时候享受专祠奉祀，而正统年间的王振，竟活活断送英宗皇帝，让他做了蒙古人的俘虏。

曹参芳履历天启、崇祯两朝，对于魏忠贤如何把国家搞得乌七八糟，满朝歪风邪气，亲有体会，知道阉祸危害非同小可，追根溯源，想到一切起自永乐年代，所以才深切怀念“逊国正气”的吧？

阉宦的起源颇早，可能商代就出现了，至少可确知周代是有的，《周礼·天官冢宰》有“奄”之称，郑玄对此注曰：“奄，精气闭藏者，今谓之宦人。”不过那个时候，宦官用于宫庭普遍不普遍、是否制度化了，难考。从制度化角度看，还是认为宦官阶层形成于秦代(含秦国)比较稳妥。因为中国君主专制这种思想萌芽于秦国，中国的第一个帝制王朝也由秦建立，它是制度的创立者。太监(宦官)的本质意义，即是体现、从属和服务于君主专制的意志，成为君主专制下一种特殊的组织化建构，亦即宫禁制度的一部分。

那么，这个群体在历史上发挥过什么好作用吗？没有。不要说好作用，二千多年来，他们只要安分守己，就可以说表现良好了。

我们所知此类中最早出名的人物嫪毐，就是一个为非作歹的家伙。他是秦国大宦官，侍奉嬴政(当时的秦王，后来的秦始皇)之母，深受宠信，封长信侯，挥霍无度、势力巨大，门下家僮数千，宾客千余，俨然国中一支重要政治力量，能与丞相吕不韦抗衡。直到有人告发他其实是个假阉人，阳具不仅健在，而且甚是了得，正靠它才博得太后欢心(那太后原本就是风流女子，当年是艳都邯郸的一名歌妓，后被吕不韦买下，并在被吕不韦腹内留种的情况下送给秦国公子子楚，所生此子即后来当了中国第一个皇帝的嬴政)，这才惹怒嬴政，下兵收捕，岂知嫪毐居然武装反抗，两军战于咸阳，嫪毐兵败被杀。

嫪毐之事，可以说已开启了所谓阉祸的典型。一是这种人一旦发达，往往势可倾国；二是这种人一旦作乱就非同小可，干得秘密些是致使宫掖生变，如果追求惊天动地，则能够直接在京城跟皇帝干仗。

以后兴风作浪的宦官不胜枚举，如赵高那样把持朝政、指鹿为马者有之；如汉"十常侍"那样导致一个朝代崩解者有之；如宪宗被杀、穆宗得立之后晚唐皇帝基本皆由宦官废立者亦有之。许多中国人受旧小说旧戏的影响，以为中国的事，都坏在曹操、高俅那样一些涂着大白脸的奸臣手中，然而如果翻翻历史书就知道，内廷权阉的危害，远在外廷奸臣之上。

这样的惨痛经验，已积累太多，到朱元璋的时候，并不需要很高智慧也可以认识到，必须严防太监干政。所以他说："此曹善者千百中不一二，恶者常千百。若用为耳目，即耳目蔽；用为心腹，即心腹病。驭之之道，在使之畏法，不可使有功。畏法则检束，有功则骄恣。"[1]曾定制：内侍毋许识字；洪武十七年更铸铁牌："内臣不得干预政事，犯者斩"，置宫门中。

扼制太监，不使他们参与政治，很对。不过，朱元璋将太监的危害归诸他们的人品天生较别者为劣，却毫无道理。太监同样一个脑瓜、一副身子，并非三头六臂、恶魔投胎。如果说"此曹善者千百中不一二，恶者常千百"，有这种情况，那也是制度使然，是君主专制因为对自己的极权严防死守，信不过外廷大臣，将太监们倚为心腹而导致的结果。皇帝和朝臣的君臣关系，一面是上下关系，一面却又是互相尊重、互相制约的关系。但皇帝和太监之间，则无这样一层"礼法"的约束，完全是主子和家奴的关系，可以随意呵斥、打骂甚至取他们的性命，这让皇帝觉着很放心，更堪掌握，久之无形中也对后者产生依赖，而感到他们亲近，不可托于大臣的事，托于他们，甚至私密之事也让他们与闻。但当皇帝的只知其一不知其二，看到太监俯首帖耳、任其驱驭的一面，看不到后者因"亲炙天颜"而被赋予巨大权势的另一面，至于过于倚重而致尾大不掉、反仆为主的情形，更是始料不及。总之，太监辈"善者千百中不一二，恶者常千百"的根子，就在皇帝自己。

朱元璋当然不会承认这一点，不过从汲取历史教训角度出发，他要与太监们保持相当距离的决心，还是蛮大的。

[1]《明史》志第五十，职官三。

明白表示，绝不能用为耳目心腹，也不能给他们立功的机会。这是朱元璋“干部政策”中很重要的一条，甚至可以说是“铁的纪律”。他立下规矩：内侍毋许识字；洪武十七年更铸铁牌：“内臣不得干预政事，犯者斩”，置宫门中。不识字，便阻断了太监参政的途径；万一还有人不自觉，居然敢于干政，那就杀头。

朱元璋基本践行着自己制订的上述政策，朱允炆则更严格。所以从洪武到建文，明初太监没有飞扬跋扈的例子，而且应该说日子很不好过。

朱棣夺位，太监很出了一把力。嘉靖间大名士王世贞说过这样一件事，当年朱棣起兵以后，与政府军作战，费了很大劲三年所得也无非北平、永平、保定三府，这时，“有中官约为内应，谓须直捣南京，天下可定，文皇深然之。”[1]亦即，有太监主动与朱棣联络，建议不要一座城池一座城池地打，径取南京，而太监们将与之里应外合。孟森先生的《明清史讲义》颇然此说：“靖难兵起，久而无成，因建文驭宦官极严，而叛而私以虚实报燕（指朱棣），遂敢于不顾中原，直趋京邑。”此事如属实，则建文宫中的太监对朱棣最终成事，可谓功莫大焉。

《明史》关于朱棣信用太监这样说：“文皇以为忠于己，而狗儿辈复以军功得幸，即位后遂多所委任。”[2]言下“有论功行赏”的意思。我们不排除可能存在这层因素，但归根到底，朱棣之倚宦官，应该不是出于欠了这些人的情，而要对他们有所回馈，“滴水之恩当涌泉相报”，朱棣不是这样的人。此人唯我独尊，一切皆以自己为出发点和旨归，可负天下，不可天下负我。他为了树立形象和诋毁朱允炆（因为朱允炆当政时期充当了一个改革者），就假惺惺地把自己打扮成“祖制”（朱元璋政策）的维护者，但在不容太监干政这样一个重要问题上，他不仅不坚持祖制，反而从根本上破坏了它，并给后来明的亡国种下祸根。为什么？就因为他极端利己的本性。朱元璋不准太监干政，这规矩很清楚，斩钉截铁，理由也说得挺透，朱棣不可能不知道，也不可能不明白。然而有两个因素使他顾不上这些，明知有那样的祖制，明知自己的做法极其危险，也执意去做。

一个因素，是他从篡权的经过尝到了甜头，或受到很大启发，即太监这群人很可以被利用来执行某些特殊任务，机密事、不道德的事或不可告人的事，交给他们去办最合适不过，只要时不时扔

[1] 王世贞《弇州史料》前集，卷十二。
[2]《明史》列传第一百九十二，宦官一。

给他们几根骨头，他们就会跑前跑后替自己效命。这取决于太监这群体的特点。他们一般在尚未成人前，净身入宫，脱离社会，也脱离一般人伦和道德，脑子里只有家奴意识。他们虽然也是人，但却是被外化于社会的特殊人群；除了实利主义，基本上再无信仰和原则，在有骨头可啃的前提下，保持着单一的对主子的忠诚，可以完全顺从主子意志，心中谈不上什么礼义廉耻，也没有什么美丑观念，只要得到指令，是不惮于干任何事或者说无论做什么都不大有心理障碍的。朱棣需要这种人，也喜欢这种人，而且自信能驾驭好这种人——重要的是，他已经获得了成功的经验，现在只须继续运用、不断放大这经验即可。

第二个因素，又不能不触及朱棣非法取得皇位这块伤疤，设若当初从朱元璋那里堂而皇之继承皇位的，不是别人，是他朱棣，很可能他也并不会倚重“狗儿辈”。现在不一样。凭借武力，算是将印把子抢到手了；一通血洗，也算是把公开忠于朱允炆的势力镇压下去了。但印把子究竟攥得紧不紧，是不是还有暗藏的“阶级敌人”，还有多少？朱棣心里没底。况且，朱允炆下落不明，是死是活？是远遁还是匿身近处？如果还活着，他会不会东山再起？谜团很多。还有，老百姓服不服，背地里怎么看又如何谈论“革除”这件事？是不是有什么穷途末路的家伙会利用民心煽动造反、起义？这都需要勘察，而且是秘密的勘察，或者，索性派出亲信去监视那些人的一举一动。所有这一切，我们可称之为“非法夺取政权后遗症”。对朱棣来说，他不单患着这后遗症，而且很严重。而同所有没有自信、生活在随时可能失去权力的恐惧之中的统治者一样，他也只有两个办法，一是推行铁腕统治、用严刑峻法（国家恐怖主义）来强行压服；一是搞特务政治，盯梢、刺探、打小报告、听墙根，都是逾于法度之外见不得人的勾当，用这办法使人人自危，钳口无言。

那么，甚等样人最适合替朱棣干那些见不得人的勾当？宦官辈当然是首选。他们是家奴，最令人放心，而且除了听命于主子，毫无道德感，什么事都肯做，都做得来。

一方迫切需要这种人，另一方还最堪胜任这种用途。天作之合。这就是朱棣一改“祖制”、重用太监的真正原因。

《明史》中有一段叙述，简明列出了朱棣重用太监的“大事年表”：

永乐元年，内官监李兴奉敕往劳暹罗国王。三年，遣太监郑和帅舟师下西洋。八年，都督谭青营有内官王安等。又命马靖镇甘肃，马骐镇交阯。十八年置东厂，令刺事。盖明世宦官出使、专征、监军、分镇、刺臣民隐事诸大权，皆自永乐间始。[1]

注意最后那句话："盖明世宦官出使、专征、监军、分镇、刺臣民隐事诸大权，皆自永乐间始。"这是对整个明代史一个重大问题的总结。朱棣不仅仅是破坏了朱元璋视为铁条的"内官不得干政"的干部纪律，而且经他一人之手，就开启了宦官干政的所有主要途径与方式。如果说阉祸是明亡国的主因之一，则朱棣即应对此负全责。

分别解释一下朱棣给予太监的这几项大权。

出使：作为皇帝代表出访外国，虽然未必有今天"特命全权大使"的身份，但所涉为国与国的交往，其政治含义和规格相当高。

专征：由太监充当统帅，独立带兵出征。郑和出洋的历史意义另当别论，而朱棣做出的这种安排，从当时政治格局说，意味着承认和赋予太监以军事指挥权，无疑有动摇国本的性质。

监军：安插太监到军队中，代替皇帝监视和干预将领的工作，这不单单明确表示了对于将领的不信任，尤其造成令出多门、决策混乱等军事大忌，加之太监之流往往狐假虎威、挟私刁难，从而带来灾难性后果，明代官军战斗力之弱，与此有极大关系。

分镇：派驻太监到各省和重要城市，赋予他们多种使命，从官员纪检到搜集民情，实际上就是各地特务头子，功能类似于纳粹的党卫军。这些镇守太监，很少不为害一方，吃拿卡要、索贿逼敛、扰乱地治，明代地方上很多危机即由他们而起，包括著名的"倭患"。

刺臣民隐事：专指东厂之设。东厂是明代建立的第一个由太监掌管的皇家特务机构，此后还出现过西厂、内厂

[1]《明史》列传第一百九十二，宦官一。

等。与分镇各地的太监不同,东厂这类机构是直属中央的特务组织,其侦察权不受地域限制,也不受侦察对象的社会地位限制,不论什么人,从平头百姓到九卿三公乃至皇亲国戚,都可以成为他们的怀疑对象、调查对象,侦察手段也没有禁区,不受法律制约,只要有助于达到目的,一律可以采用,比方说如果当时有窃听技术,以东厂的职权是完全没有忌讳,可以尽情实施的,不必担心万一破露会成为丑闻;此外,更可怕的是,他们享有处置权,探得消息,不须请示皇帝,而直接处置,捕人、刑讯甚至致人毙命也没关系。东厂设于永乐十八年,但亲信太监承担类似的功能,应该远远早于此,只不过专设了这样一个机构,使其功能并轨到国家机器之内,而更加可怕。

朱棣开了一个"好头",他的子孙们也不尽是坐享其成,无所创造。比如他的孙子、明宣宗宣德皇帝朱瞻基,便又向前迈出重要一步:设"内书堂",教太监读书识字。这也是朱元璋明令禁止的。首先破例的也是朱棣,他曾安排范弘、王瑾、阮安、阮浪四名太监去读书,使他们能通经史。不过,朱棣当时还是偷偷地做,范围也不算广。朱瞻基则将太监识字读书公开化和制度化,专门为太监在宫内办了一所学校,请的老师还都是学士、大学士级别的高级知识分子。太监由不识字到识字,由没文化到有文化,很便于他们更深地参与政治。后来渐渐有皇帝贪懒,让太监根据自己的口授,代拟旨意;再后来,内阁呈上来的"票拟"也让太监代为批复。这就不得了,等于直接把国家决策权交给太监。

到这一步,王振、刘瑾、魏忠贤等超级大珰没法不应运而生;攫得国家最高权力的他们,纵想安分守己,只怕也难。

恶之花三:国家恐怖主义

人类的暴力现象,从远古绵延今代,没有断绝,恐怕也不会消失。

暴力的表现有两种:非理性的和理性的。

先说非理性。非理性暴力,起源于报复的本能,当受了伤害及严重威胁,而一旦从伤害和威胁中脱险,并反过来对对方取得支配地位时,原先积聚起来的由仇恨和恐惧组成的巨大能量，就会寻求某种释放与宣泄的途径，这时候就产生各种非理性暴力的表现。如屠城、杀降、烧掠、奸淫、虐俘，如形形色色的酷刑。这些行为虽然目的也是给对方以惩罚，但采取的手段远远超出其目的所需，而包含巨大快感，是对自己心理的额外补偿。这种快感与心理，以暴力本身为满足对象，或者有意渲染和推崇暴力，以至于最后暴力自己就成为目的。这时，暴力是一种邪恶。

但也存在并不邪恶的暴力，即理性的暴力。理性的暴力有两个特征：第一、起自于维系社会正义平衡的需要；第二、不含宣泄、渲染暴力的成分，相反它的施行还有意降低暴力对人的恐怖心理作用。从本质上说，国家机器都具有暴力的内涵，它在防止动乱、打击犯罪和惩罚其他破坏法律之行为时，必然使用暴力。但如果它立于理性，则其使用一定是有序、中肯和收敛的。例如在理性暴力意识下，许多现代国家废止了死刑，即便不能废止的，也尽力削弱死刑中超出惩罚目的之外的炫耀恐怖的因素，中国近年渐以药物注射代替枪决的死刑执行方式，就是基于对国家暴力的理性化认识。

朱棣上台后所大规模使用暴力的情形，完全失却理性。他的残酷镇压，本极过分，而于疯狂杀戮之中所挑选和采用的方式，更超出了消灭和打击异己的实利需要，纯粹演变成制造恐怖气氛和对暴力的宣扬。对不肯降附的建文忠臣，朱棣不以仅夺其生命为满足，往往用野蛮虐杀达到其快意宣泄的诉求。如暴昭之死：

> 刑部尚书暴昭被执，抗骂不屈，文皇大怒，先去其齿，次断手足，骂声犹不绝，至断颈乃死。[1]

司中之死：

> 佥都御史司中召见不屈，命以铁帚扫其肤肉，至尽而死。[2]

[1]《明史纪事本末》卷十八。
[2]同上。

铁铉之死：

> 文皇乃令舁大镬至，投铉尸，顷刻成煤炭。[1]

对建文忠臣女眷，竟公然让人轮奸：

> 永乐十一年正月十一日，本司右绍舞邓诚等于右顺门里口奏："有奸恶齐泰的姐并两个外甥媳妇，又有黄子澄妹四个妇人，每一日一夜，由二十条汉子守着。年小的都怀身孕，除夕生了个小龟子，又有个三岁的女儿。"奉钦依："由他。小的长到大，便是摇钱树儿。"[2]

这些行为，泄愤之外，目的主要在于恫吓。残忍地对待这些曾经反对他的人，侮辱其家属，都具有一种展示"下场"的作用；既满足了朱棣自己的报复心理，又作为威胁以警诫所有对他以武力推翻合法君主感到不满的人。

尽管实施了大规模屠杀、血腥酷刑以及极其歹毒的身心摧残，但朱棣知道，单靠这些远不足以平弭朝野上下的非议。这种声音可能随处皆在，却藏匿于他所不知道的地方，如不加控制，也许会慢慢汇聚起来，变成一股比声音更实际更有力的力量。此即王世贞于万历年间所分析的："既由藩国起，以师胁僭大位，内不能毋自疑人人异心，有所寄耳目。"[3]说朱棣当时到了怀疑"人人异心"的地步，对每个人都不放心——"平生不做亏心事，夜半不怕鬼敲门"，没办法，自己心中有鬼嘛——那么，怎么办？只有实行一整套国家恐怖主义统治：密织侦缉网，豢养大量鹰犬，提高特务组织地位，张大其权力，培植酷吏，在全社会鼓励告密，以言治罪、禁止民间谈论政治……总之，要造成人人自危、噤若寒蝉的局面。

即位之后，他指示军方遵循以下精神发布公告：

> 今为众所推戴，嗣承大统，罪

[1]《明史纪事本末》卷十八。
[2]袁䌹《奉天刑赏录》引《教坊录》。
[3]《弇州史料》前集卷十七。

> 人皆已伏诛，嘉与万方，同乐至治。比闻在京军民犹有未喻朕心者，谓有复行诛戮之意，转相扇惑，何其愚也！
>
> 吾为天下君，则天下之民皆吾赤子，岂有害之之心？且帝王刑法岂当滥及无罪？尔兵部亟出榜晓谕，令各安心乐业，勿怀疑惧，敢复有妄言惑众，许诸人首告，犯人处死，家产给赏告人。知而不告，与犯人同罪。[1]

其中可见先前一系列的屠杀造成了巨大恐慌，恐慌的同时也引起民间极大不满，朱棣所谓"妄言"，当包括上述二者。这条指示的精神，安民爱民只是表面文章，道貌岸然的语词背后，是一副冷酷的铁腕形象——他指出，面对阴云密布、血迹斑斑的现实，人民连"疑惧"的心理反应也不能有，也是罪过，更不得将这种内心感受吐露和表达出来，凡所语及，即为"妄言"（如当代所谓"反动言论"），就是死罪。为了彻底扑灭人民的不满情绪，他很卑鄙地利用人的求生本能，"许诸人首告"，意即，曾一起议论"国是"的人当中，谁首先起来检举揭发别人，此人即可免罪，而且会得到其他所有被处死者的家产作为奖励，相反，"知而不告，与犯人同罪"。这是一道诱导鲜廉寡耻、弃信忘义之风盛行社会的旨令。

于是，永乐年间流行一种罪名：诽谤罪。"诽谤"的意思并不复杂，就是捏造坏话来诋毁和破坏他人名誉；诽是背地议论，谤是公开指责。这字眼，今天无甚特别之处，任何人觉着自己被人用言语侮辱了名声，都可以告之以诽谤。但永乐年间对诽谤的指控，却非普通人所享权利，而是朱棣单独享有对任何人加以指控的权利；在这里，诽谤罪专指一切针对朱棣及其统治的议论，只要这议论是负面的、批评的和表示怀疑态度的，不论对错，不论有无事实依据，通通算诽谤，所谓"诽谤时政"。说白了，人民除了歌功颂德、感恩戴德，不允许对政治发表任何公开或私下的意见。因此我们不妨把永乐年间的"诽谤罪"，理解成禁言令——禁止民间一切有关政治的自由言论。

虽然中国古代社会并非民主社会，但中国古代政治思想有一个很突出的传统，认为应该倾听民众的声音，还认

[1]《太宗实录》洪武三十五年秋七月。

为企图用封堵的办法来扼杀民意，不仅做不到，而且根本就很愚蠢。孟子曾经引《尚书》中的一句话说："天视自我民视，天听自我民听。"老天都以人民的耳目为耳目，何况人君？他还告诫那些为君者："国人皆曰不可，然后察之。"什么事情，如果老百姓都说不应该，就一定要加以审视。这也是强调执政者必须倾听人民声音。更有名的，是子产讲的那句话："防民之口甚于防川。"把老百姓的嘴巴堵起来，比堵住洪水可要难多了！要多蠢有多蠢！所以子产不毁乡校，保留它，给老百姓一个随便谈论国是的地方。后来的统治者，多对知识分子的思想有所控制，如秦始皇烧书、司马昭杀嵇康等，像这样针对普通民众在全国设立一项以言论管制为目的的"诽谤罪"，是不同寻常的。

这本来就是一种莫须有式的罪名，自然鼓励了那些刁横蛮霸、卖身求荣以及为了飞黄腾达而不择手段、陷害别人的丑类，他们可以没有任何根据，两张嘴皮碰一碰，就把无辜者送入监狱。

曾有一个军痞带领手下去安庆采木，沿途强取民财，民将诉于官，此人便"诬民为诽谤，缚送刑部，具狱以闻"[1]。修建南京报恩寺期间，有小人贪功冒赏，制造传闻，说被征役夫"谤讪"，且"恐有变"，幸亏负责调查此事的监察御史郑辰不轻信，查明："无实，无一得罪者"，上万人才保住性命[2]。永乐四年九月，有个浙西人举报诽谤，把人抓来后对质，结果被诬陷者相互根本就不认识，朱棣也很没面子，将举报人"弃市"。[3]由上数例可见，当时告密之风盛行，成为恶人陷害良善很好的手段，也是一帮利欲熏心之徒升官发财的捷径，为此甚至捕风捉影、铤而走险，不计后果以求一逞。

也确有得逞者，最典型一例，是丁钰因告乡邻诽谤罪而一步登天。这丁钰，原是山阳县普通农民，因见朝廷"严诽谤之禁"，略略琢磨，认定发迹的机会到了，便于永乐五年六月密告同乡数十人涉嫌诽谤，结果一告一个准，那几十位乡邻全部被杀，丁钰却被认为其才可用，"上才之，授刑科给事中"[4]——这不是一般的破格，史书上写得很清楚，丁钰原来的身份是"民"，连生员都不是，完全没有做官的资格，"刑科给事中"属于科道官，惯例只有中了进士的人方做得，至少也得是

[1]《续文献通考》刑考二。
[2]《明史》列传第四十五。
[3]《国榷》卷十四，成祖永乐四年丙戌至七年己丑。
[4]同上。

监生[1]。丁钰尝到甜头，一发不可收，任职期间专以打小报告、揭发、告密为能事，“阴伺百僚，有小过辄以闻，举朝侧目”，直到最后因为“贪黩”遭到弹劾而被发配充军为止。[2]

因为设了这个诽谤罪，告密、诬陷之风，终朱棣之世从未停歇，甚至他死了以后，还时有发生。朱高炽继位，因见这种风气实在太坏，搞得人心惶惶，而奸恶之徒则屡屡加以利用，痛下决心，宣布正式取消“诽谤罪”：

> 上谕刑部尚书金纯……曰：“往者法司无公平宽厚之意，尚罗织为功能。稍有片言涉及国事，辄论诽谤，中外相师成风。奸民欲嫁祸良善者，辄饰造诬谤，以诽谤为说。墨名于此，身家破灭，莫复辩理。今数日间觉此风又萌……卿等宜体朕心，自今告诽谤者悉勿治。”[3]

连朱棣自己亲生的儿子都说，诽谤罪之设，令国家法律“无公平宽厚之意”，鼓励“罗织”，奸人称快，屈抑良善，而一旦被诬以此罪，必定“身家破灭”，而且根本没有说理的机会。朱高炽所总结的这几句用来否定“诽谤罪”的理由，足使我们想象出永乐年间民众生活在怎样担惊受怕的气氛中。

《续文献通考》记有这样的案件：某日，锦衣卫特务在北京街头逮捕了一个市民，说他里通外国（“与外国使人交通罪”）。朱棣很重视，亲自提审。一问，市民回答说，那个外国人看上了他的毡衫，有意买下，彼此因为讨价还价，“交语甚久”，没想到就这样被抓起来。朱棣一听，也哭笑不得。

这个事例显示，当时至少在北京，遍布密探，老百姓一举一动都受到监视。我们知道，“警察国家”是一种近代产物，在社会化程度远不能与现代相比的五百年前，国家机器组织得这么严密，不但十分罕见，事实上也毫无必要。但在朱棣当政以后，十五世纪明王朝的中国却很有“警察国家”的风范了。

说到这里，就不能不表一表明王朝

[1] 明代入国子监学习的，通称监生。监生大体有四类：生员入监读书的称贡监，官僚子弟入监的称荫监，举人入监的称举监，捐资入监的称例监。监生可以直接做官。特别是明初，以监生直接做官的相当多。成祖以后，监生直接做官的机会渐少，却可以参加乡试，通过科举做官。

[2]《明通鉴》卷十五。

[3]《仁庙圣政记》卷上。

国家机器中的重要组成部分——锦衣卫。

锦衣卫起源于军队。明代军队建制，自京师至各郡县，都设卫所，故各部队常以某“卫”相称，像“玉林卫”、“宣府三卫”、“大同左卫”等。锦衣卫原来就是所谓“上十二卫”中的一卫，其前身最早是朱元璋当吴王时所设拱卫司，到洪武十五年，改称锦衣卫。这是明朝国家军队中的特殊一支，直接由皇帝本人控制，实即皇家私人卫队，或者说明代的中央警卫部队。虽然它很重要，但起初所承担的任务基本是礼仪性的，站岗、守卫以及在重大外出活动时充当仪仗队（所谓“具卤簿仪仗”）。但是不久，朱元璋出于他清洗功臣和潜缉不法官吏的需要，扩大锦衣卫职权，使其向秘密警察组织过渡，赋予它对“盗贼奸宄，街途沟洫，密缉而时省之”[1]的功能，并将它凌驾于司法部门之上，“取诏行，得毋径法曹”[2]，依皇帝旨意行事即可，不必经过司法程序。

锦衣卫校尉因为地位特殊，待遇好，机动性强，出则鲜衣怒马，威风八面，所以当时有一别名，唤作“缇骑”。

创建锦衣卫的功劳属于朱元璋，公平起见，我们不把这笔账算在朱棣身上。但朱元璋在朱允炆劝说下，后期已明令取消锦衣卫的刑侦职能，洪武二十六年，“诏内外狱毋得上锦衣卫，诸大小咸径法曹。终高皇帝世，锦衣卫不复典狱”。[3]朱允炆时代，当然也如此。重新起用锦衣卫，恢复其上述职能，并大张其势的，是朱棣。

朱元璋时代，锦衣卫“恩荫寄禄无常员”——由于经常照顾性地录用特权阶层子弟，所以编无定制——但人数只有数千人[4]；朱棣再度起用锦衣卫后，其人数急遽膨胀，到明世宗嘉靖皇帝朱厚熜是多少人呢？已达六万多人！我们之所以知道这个数目，是因为朱厚熜即位之初，为表示新君新气象，一次裁汰锦衣卫近三万二千人，而《明史·刑法志三》称，这仅为锦衣卫全部人数的十分之五。

上面讲的六万多人，是锦衣卫正式在编人员，亦即所谓“旗校”，这并不包括不在编的但与锦衣卫关系密切、靠给锦衣卫提供情报为其收入来源的眼线、

[1]《明史》职官五。
[2]王世贞《锦衣志》。
[3]《弇州史料》前集卷十七。
[4]《明史》职官五。

临时雇佣人员、地痞无赖等辈，如果算上这些人，依王世贞之说，“仰度支者凡十五六万人”！[1]

十五六万人，而当时中国总人口，根据《明史·食货志一》，从洪武到万历一直徘徊在五六千万之间[2]。以五六千万人口，秘密警察人数达十五六万，这是什么概念？假如换算成今天中国的人口数，大家概念也许就比较清楚——从那时到现在，中国人口增长了二十倍，那么相应地，意味着在保持同样比例下，相当于如果当时中国有十三亿人口，则这国家就配备了三百多万人的正式或非正式的秘密警察！

朱棣不单使锦衣卫变成庞然大物，还把它变成无法无天的杀人机器。

——这就是所谓“诏狱”。“古者狱讼掌于司寇而已。”[3]刑事案件处理，本来是司法部门的工作。汉武帝首创“诏狱”，开君主直接插手的先例。朱元璋时期，锦衣卫越过司法机构，得任刑侦之事，已有诏狱之实；不过，那时锦衣卫虽有抓捕权、审讯权，却不能定罪，最后仍须将人犯移交司法部门，这就是《明史》所说：“送法司拟罪，未尝具狱词。”[4]朱棣再度起用锦衣卫后，“寻增北镇抚司，专治诏狱。”[5]这个“北镇抚司”由朱棣添设之后，从此与明朝相始终，因而诏狱也常被称为“镇抚司狱”。以前锦衣卫虽然治理诏狱，但带有临时性质，类乎非常时期的非常措施，事实上朱元璋也只用了它十年不到的时间，随即取消。朱棣在锦衣卫中特设北镇抚司，等于使诏狱永久化，正式规定治理诏狱是锦衣卫的部门职能。正因为掌管诏狱，北镇抚司庙虽小，地位非同寻常，“镇抚职卑而其权日重”[6]，不必说政府司法部分，渐渐，连锦衣卫长官都无权节制，直接听命于皇帝本人，而且它可以随意给人犯定罪，甚至不经过任何法律程序直接处死人犯。

单单用草菅人命、惨不忍睹这类词描述镇抚司狱，过于抽象；其间的恐怖，超乎想象。我们还是借目击者的眼睛，实际地看看它是怎样一座活地狱：

[1]《弇州史料》前集卷十七。

[2]原文：“户口之数，增减不一，其可考者，洪武二十六年，天下户一千六十五万二千八百七十，口六千五十四万五千八百十二。弘治四年，户九百十一万三千四百四十六，口五千三百二十八万一千一百五十八。万历六年，户一千六十二万一千四百三十六，口六千六十九万二千八百五十六。”

[3]《明史》刑法三。

[4]同上。

[5]《明史》职官五。

[6]《明史》刑法三。

镇抚司狱……其室卑入地，其墙厚数仞，即隔壁嗥呼，悄不闻声。每市一物入内，必经数处验查，饮食之属，十不能得一。又不能自举火，虽严寒，不过啖冷炙，披冷衲而已。家人辈不但不得随入，亦不许相面，惟拷问之期，得于堂下遥相望见。[1]

由这段文字，大致可知镇抚司狱样貌：它一半建在地下，终年不见天日，以营造森严恐怖气氛；另外，显然是为着动用酷刑时，犯人惨叫之声不致传得太远，墙也修造得奇厚，完全隔音，就算你纵声哭嚎，隔壁也悄不闻声。绝对戒备森严，从外面买来任何一物，要经好几道检查才可入内。人的进出就更如此，犯人家属从不被允许入内，哪怕远远看一上眼也不可以；但是，拷问犯人的时候，倒会特意把家属找来，让他们在很远处看见拷问的情形。

镇抚司狱的刑讯，别说以身亲试，在旁边看一眼亦足魂飞魄散。它一套完整的刑具，共十八种；其中一种称"拶"，将犯人十指夹于刑具，然后拉紧。此刑之施，与一般猜想不同，颇有奇特之处，据说"紧拶则肉虽去而骨不伤，稍宽则十指俱折"。这尚是十八套酷刑中最轻的，"若他刑尽法，即一二可死，何待十八件尽用哉"[2]。清初方苞名篇《左忠毅公逸事》里，写到史可法设法进入镇抚司狱，探望他的恩师、天启年间反阉名臣左光斗，亲见严刑拷打之后的左光斗：

席地面墙而坐，面额焦烂不可辨，左膝以下，筋骨尽脱矣。

此时左光斗还活着，死后，人们发现他竟被折磨得体无完肤。透过这个真实的例子，可以想见镇抚司狱即便阴间阎罗殿比之亦有不及。难怪有人这样说："一属缇骑，即下镇抚，魂飞汤火，惨毒难言，苟得一送法司，便不啻天堂之乐矣。"[3]刑部大狱较诸镇抚司狱，居然有如天堂，痛哉斯言！

这样一座人间活地狱会造就什么？当然是人间恶魔。这是他们的绝好舞台；舞台搭好了，恶魔们岂能不大显身手？

[1]《万历野获编》卷二十一。
[2]同上。
[3]《瞿宣忠公集》卷一。

上若好之，下必甚焉。历史上倘有大暴君，身边多半就伴随着大酷吏。明代酷吏现象，以永乐时期最突出，最著名，也最“出色”。

其中一个叫陈瑛，永乐元年任都察院左都御史。明代司法机构分而为三：刑部、都察院和大理寺。刑部受理天下案件，都察院负纠察之责，大理寺是对各种案件加以审核的机构；这三个部分习惯称“三法司”。都察院的“纠察”之责，绝大部分是针对官吏的，“凡大臣奸邪、小人构党、作威作福乱政者，劾。凡百官猥茸贪冒坏官纪者，劾。凡学术不正、上书陈言变乱成宪希进者，劾。”[1]因此，朱棣一上台，把陈瑛放到这样一个位置上，寄意甚明。陈瑛当然心领神会，于屠戮建文忠臣一事，竭尽所能，大逞其凶。《明史》送给他如下评语：“天性残忍，受帝宠任，益务深刻，专以搏击为能。”[2]把这位大酷吏形成的原因说得很清楚，一是他自己天性残忍，一是“受帝宠任”——由朱棣在背后撑腰、放任，自然，还不乏赞赏。他邀宠的办法是，朱棣让他害一个人，他就添油加醋让十个人倒楣；其实，历来的大酷吏都这么干，认准错杀一千比放过一个好，所以才有无尽的冤案，才有扩大化。建文忠臣，几乎全都死在陈瑛手中，那些动辄成百成百杀人的灭族惨剧，也都是他的杰作。《明史》说：“胡闰之狱，所籍数百家，号冤声彻天。两列御史皆掩泣，瑛亦色惨，谓人曰：‘不以叛逆处此辈，则吾等为无名。’于是诸忠臣无遗种矣。”[3]这里“色惨”，非谓陈瑛有不忍之意，是杀戮太惨，以致大魔王自己也不禁有些害怕。但他说得很对，只有彻底冷血，他这号人才有安身立命之地。

陈瑛等于朱棣树立的一个“先进典型”，有他做出榜样，并倍享恩荣，则效尤者竞起。《明史》谈到陈瑛的意义时这样说：“帝以篡得天下，御下多用重典。瑛首承风旨，倾诬排陷者无算。一时臣工多效其所为，如纪纲、马麟、丁珏、秦政学、赵纬、李芳，皆以倾险闻。”[4]这些后起者中间，纪纲“出乎其类，拔乎其萃”，大有后来居上、掩却陈瑛“锋芒”之势。此人擅长察言观色，最会看人说话，当年主动投效造反的燕王朱棣，初次见面，即博得朱棣“大爱幸”。朱棣登极后，重振锦衣卫，把这重要机关交给了他所视为心腹的纪纲，“擢锦衣卫指挥使，令典亲军，

[1]《明史》职官二。
[2]《明史》列传第一百九十六。
[3]同上。
[4]同上。

司诏狱”。[1]

这是在锦衣卫领导任上第一位出名人物，同样，他也让锦衣卫在历史上出了大名，正像希姆莱之于党卫军。纪纲干得很称职，是天生的制造恐怖和掌管恐怖机器的高手。他为锦衣卫建立了一整套严密组织，培养了一批得力人材，使之高效率地运转。“广布校尉，日摘臣民阴事”，深得朱棣之心，所有“深文诬诋”之事，“悉下纲治”，“帝以为忠，亲之若肺腑”[2]。

他们之间的默契，达到无言而心领神会的地步。

解缙，是朱棣破南京后，主动归附的官员之一，因为才干颇受朱棣青睐，内阁初设，他成为明史上第一届内阁成员之一，后在重修（意在篡改）《太祖实录》和编撰《永乐大典》中总裁其事，可谓永乐功臣、名臣和重臣。永乐八年，因介入储位之争，被朱棣所忌，由纪纲投入诏狱，“拷掠备至”，一关就是六年。永乐十三年，纪纲照例将羁系狱中囚犯名录呈交朱棣过目，朱棣看见解缙名字时，只轻轻说了一句：“缙犹在耶？”这话问得不明不白，可以作忘怀解，可以作念旧解，也可以作诧异、不悦、不耐烦解。但“善钩人意”的纪纲自不会理解错。他从朱棣处退下，回到锦衣卫，“遂醉缙酒，埋积雪中，立死。”[3]把解缙灌醉，埋在雪中，活活冻死。这种处死的方式，是有讲究的。朱棣明知故问，然无一字及于“死”字，是欲避免杀害对己有如此大功之臣而致寡恩薄情的坏名声。纪纲洞若观火，知道朱棣想要解缙死，却第一不得以他的名义处死之，第二亦不得处以正式的死刑，而要解缙看上去像是自己死掉，类乎“瘐死狱中”——于是纪纲想出了这么个办法：醉死。他的处理，果然极称旨。解缙丢了性命，朱棣那边无声无息，没有任何记载表明曾就纪纲妄杀大臣而加严谴，哪怕作为工作“失误”装装样子应该给予的处分也没有。

纪纲最后死于谋逆。他帮朱棣干了许多类似上面那样心腹之事，有恃无恐，自我膨胀得厉害，横行霸道不说，终于发展到对主子意欲取而代之的地步，但他究竟害人太多、仇家遍地都是，结果在尚未准备停当之际，被一个与之有私怨的太监告发，朱棣大怒，用剐刑将这条他昔日的“爱犬”送上西天。早其五年，

[1]《明史》列传第一百九十五。
[2]同上。
[3]《明史》列传第三十五。

另一条“爱犬”陈瑛也以得罪而处死。事实上，在走狗与主子之间，很难避免这样的结局。一是走狗咬人咬太多，咬红了眼，最后可能会咬到主子身上。一是主子对这种嗜血成性的走狗，也爱惧交加，一旦有必要，将他们踢出来当替罪羊，是一举两得的佳选。

明代后期，有人痛陈国弊曰：“自锦衣镇抚之官专理诏狱，而法司几成虚设……罗织于告密之门，锻炼于诏狱之手，旨从内降，大臣初不与知，为圣政累非浅。”[1]法律已非公器，政府司法部门和工作人员被撇在一边，皇帝想怎么办就怎么办，鼓励告密，纵容刑逼，这样的社会、这样的国家怎能不乱？

这批评的确击中要害。不过，又好像是在跟窃贼讲“不告而取不对”的道理。

如果朱棣尊重法律，那么他不单不该搞东厂、锦衣卫、诏狱，不该设诽谤罪、捕风捉影，不该倚任陈瑛、纪纲等大大小小的酷吏——他索性就不该登上那个皇位！一个从根子上就践踏法律的人，如何可能崇隆法律？他要的就是乱，乱中取胜，乱中得利。制度清明有序，搞不成国家恐怖主义；要搞国家恐怖主义，一定不讲秩序，一定要抛弃法律，然后可以随意抓人、随意用刑、随意杀人。

厂卫相倚，织成一张恐怖统治的大网。到处是特务、密探，缇骑四出；逮捕、刑讯、处决概不经司法部门，法律为虚设，此皆朱棣始作俑，是他留给自己子孙最大的政治遗产。明亡国之后，有遗民剀切总结说：“明不亡于流寇，而亡于厂卫。”[2]这个认识很深刻，因为“厂卫”象征着什么？象征着国家基础完全建立在污泥浊水之上。

功欤？过欤？

朱棣这个人，很幸运。一生颇多倒行逆施，也足够残暴，但留下来的声誉，却似乎不曾坏到那个地步，甚至一般国人提起永乐皇帝，印象非但谈不上坏，乃至还引起一点“光荣与梦想”的情愫。

在我眼中，中国历来的暴君，朱棣其实可以排在秦始皇前头。秦始皇干

[1]《明史》列传第八十。
[2]《静志居诗话》卷二十二。

过什么？最坏的事情，莫过于“焚书”和“坑儒”。以“坑儒”之有名，却只杀掉了四百多个知识分子，比之朱棣，小巫见大巫。杀了四百人的秦始皇恶名远播，人至今切齿，杀人比他多几倍、十几倍的朱棣，事情却几乎被淡忘。秦始皇真正严重的罪行，是“焚书”，险些断送中华文明根脉，这一点，不可饶恕。其他如修长城、造阿房宫，劳民伤财，天下苦之，无疑是罪恶。但一方面，其中的长城究非无用之物，在冷兵器时代，它对中国的屏障作用还是明显的，直到明代，抵挡塞外游虏的侵扰，仍采取老办法，重修长城。另一方面，就祸害民众论，修长城、造阿房宫这两件事，比之朱棣一生好大喜功的种种“壮举”，远远愧而不如。

然而，人人知秦始皇是暴君，很少知道永乐是暴君，相反，现在大多数人心目中的朱棣，还是“有为的君主”。为什么？首先的原因是民众一般少有自己直接去读史的，如果读一读明史，这层误会当不会发生。但我们很难也不应该指望普通民众都有暇抱着厚厚的史书来读。所以，更为实际的原因是对这段历史的转述（或曰宣传）有问题，而问题的产生自然与朱棣一生几件“惊天动地”的“功绩”有关。一是修《永乐大典》，一是郑和下西洋，一是移都北京，一是对外用兵。古时做皇帝的，倘不甘平庸，都想在“文治武功”上有所作为。朱棣以篡得位，更急于有所表现，装点门面。他做这几件事虽然各有具体目的，但从根子上说，最终都是为了改变形象，为自己树碑立传。而后世的看法，居然很遂他这心愿。比方有一种流行的评价，认为虽然明代诸帝大多不成样子，如扶不起来的阿斗，但“二祖”却在例外。“二祖”，即太祖朱元璋和成祖朱棣。那么，朱棣究竟是靠什么被抬到这样一个可与朱元璋比肩的位置呢？细数之，无非上述四件事。

其实，关于这几件事，恩格斯有一句话可帮助我们取得较周全的认识：

> 由于文明时代的基础是一个阶级对另一个阶级的剥削，所以它的全部发展都是在经常的矛盾中进行的。生产的每一进步，同时也就是被压迫阶级即大多数人的生活状况的一个退步。[1]

[1] 恩格斯《家庭、私有制和国家的起源》，《马克思恩格斯选集》第四卷。

今人称颂“四大功绩”，是因这些事有个共同特点——都以宏大的特性表述了中国历史的某种“光荣”——《永乐大典》是当时世界上最大的类书；郑和下西洋被视为睥睨哥伦布的壮举；迁都北京以及紫禁城的营造，催生了世界上最大的宫殿；而南定交阯、北出塞外，似乎一扫盛唐以降中国始终被动挨打的颓势，颇能重振华夏雄风。

这当中潜藏的宏伟话语因素，很堪为迫切希望找回历史荣誉感的民族心态所利用，于是自然地，朱棣和他的时代就被当做称颂对象。然而，正如恩格斯所指出的那样，对历史永远不可以只站在今天的或我们自己的角度，脱离历史实际，人为地夸大或拔高历史现象与历史事件的意义，尤其是无视当时人们切身遭际来评价历史。

《永乐大典》

四件“大功”中，编《永乐大典》一事，先前简略谈过。现在不妨再把我们对此事的观点明确一下：第一，《永乐大典》编成之后，唯手抄一部，秘存大内，罕为人见，未能流播宇内而对文化发展有实际推动作用；至嘉靖年间方复誊第二份，同样秘存大内，直至散佚。第二，这套巨书的起因，虽然纯属朱棣为刻意表现其“文治”而搞的形象工程，但对古代文籍究竟有保存之功，倘传之今日，无疑是瑰宝——但可惜没有。总起来说，《永乐大典》声名虽赫，但实际于我们近乎只有“传说”的意义，当时、后来以及现在，很少有人享受它的好处；这固然当问外寇抢掠之罪，然而造此物者本无意使之发挥任何现实作用，这一点我们亦绝不应为之饰言。当时若果有此心，以明代印刷技术的成熟和发达，以朱棣一贯大手大脚花钱的风格，非不能将其变成出版物、供人阅读，而必深锁其于禁中、至终不见天日。[1]今天的人们都很明白“知识共享”的意义，只有进入共享领域，知识才发挥其效用，这是从公共图书馆到互联网整个人类文明进步的方向；反之，垄断起来，再好的知识也毫无价值。

[1] 当时确有人提出过将《永乐大典》付梓的建议，但被朱棣以费用浩大为由拒绝。

《永乐大典》后世影印本。

《永乐大典》虽然修成，但卷帙过于浩繁，难以刻印，哪怕再抄一套也非易事。嘉靖皇帝痛下决心录一个副本，但工程之大，嘉靖竟没能活着看到副本抄竣。

郑和墓。

位于南京牛首山。他率领的船队，取得了了不起的成就。然而，对于船队远洋仅发生在永乐年间并戛然而止这一点，人们历来谈论得很不够。

郑和下西洋

郑和七下西洋，显示了当时中国造船及航海技术在世界上的优越，这没有问题。郑和本人，尤其船队中的船工，堪称当时举世最好的航海家，他们的经历极富传奇性，这也没有问题。

除了以上两点不可动摇的事实，自郑和七下西洋六百年来，围绕着这一历史事件的，更多是叙事话语的变化。

《明史·郑和传》体现的是世界全球化体系到来之前，中国以自己的眼光对此事的认识和评价。《郑和传》凡九百五十四字，兹略去有关具体经历的叙述，撮其议论部分如下：

> 郑和，云南人，世所谓三保太监者也。初事燕王于藩邸，从起兵有功。累擢太监。成祖疑惠帝亡海外，欲踪迹之，且欲耀兵异域，示中国富强。永乐三年六月，命和及其侪王景弘等通使西洋……宣天子诏，因给赐其君长，不服则以武慑之。
>
> 自宣德以还，远方时有至者，要不如永乐时，而和亦老且死。自和后，凡将命海表者，莫不盛称和以夸外番，故俗传三保太监下西洋，为明初盛事云。
>
> 当成祖时，锐意通四夷，奉使多用中贵。西洋则和、景弘，西域则李达，迤北则海童，而西番则率使侯显。[1]

里面讲得很清楚，朱棣派遣郑和船队的目的有两个，一是寻找建文帝朱允炆的下落，一是“耀兵异域，示中国富强”。而其结果，第一个目的没有达到，建文帝下落仍然不明，第二个目的则取得奇效，终永乐之朝，“外番”前来上表进贡者逶迤不绝，成为“明初盛事”，持续到宣德时，热潮方渐退，但以后余威犹存，明王朝在跟海外诸国打交道时（“凡将命海表者”），总要提起郑和之事以自我夸耀和慑服“外番”。此外，《明史》这段话还有一点很重要，即郑和下西洋并非朱棣对于中国之海上发展有专门的认识和单独的设想，而只是“锐意通四夷”——全面威服四方——海陆并举，在郑和被派往西洋的

[1]《明史》列传第一百九十二。

同时,另外几个太监则从陆路被派往西北、西南和北方执行相同使命;因此,就其本意来说,郑和下西洋实际上是“普天之下,莫非王土;率土之滨,莫非王臣”这种传统的中华帝权中心主义的延伸或翻版,所不同者,无非过去发生于陆上,而郑和事件则发生于海域而已。

历史本身也印证着《明史》的这种解读。郑和事件是孤立的,也是特定的。过去未曾有过,此后也从不再发生,它既未激起连锁反应,而且基本也仅见于朱棣时代(七次下西洋,有六次在永乐间,只最后一次在宣德年间)——总的来说,它只跟两个人有关,一是朱棣,一是郑和,彼二人谢世之后,此类事件便无影无踪。因此,《明史》有关郑和事件的叙事话语,跟近代以来渐渐形成的另一种叙事话语有很大差别,除了这件事本身的直接起因与动机外,它没有额外强调和挖掘更多的含义。而且,从郑和事件发生到清代初年修撰《明史》以及鸦片战争之前,没有别的叙事话语,对此事意义的认识一直仅限于《明史·郑和传》所代表的那种评论。

对郑和事件的叙事话语的变化,发生于近代西方资本主义文明东渐之后。全球化趋势的到来、全球化意识的形成以及在此人文背景下中国民族意识的觉醒,使郑和事件突然被“发现”或被赋予近代意义,并用近代话语作新的解读。首先是“新民论”的发轫者梁启超撰出《祖国大航海家郑和》,以全新视角重估郑和事件的意义;继之,民族复兴的象征和领袖孙中山也在《建国方略》中以相近的观点伸扬郑和精神,将郑和下西洋称作“中国超前轶后之奇举”。以后,郑和事件不断被置于种种“现代性”叙事话语之下重新观照:郑和开始成为中国远洋外交的先驱,郑和下西洋被视为与闭关锁国态度相对立、一种体现“开放”精神的历史资源,近年更有诸多文章把郑和事件与由哥伦布、达·伽马、麦哲伦等完成的欧洲地理大发现相提并论。

任何历史都是“当代史”;历史学的本质其实是解释学。若就此言,围绕郑和事件的叙事话语的变化,也无足怪。当然还可以有另外的态度,对历史采取比较朴实的态度,这更多的是一种学术性的态度——在这种态度下,会倾向于原原本本地看郑和下西洋这件事。

郑和下西洋直接或初始的起因,是“踪迹建文”,亦即查缉失踪的朱允炆。朱允炆下落不明，是朱棣一大心病。为此，他派人四处暗访达一二十年之久。其中一个主要的密探是户部给事中胡濙。《明史·胡濙传》：

> 惠帝之崩于火，或言遁去，诸旧臣多从者，帝疑之。五年遣濙颁御制诸书，并访仙人张邋遢（一说张邋遢或即张三丰），遍行天下州郡乡邑，隐察建文帝安在。濙以故在外最久，至十四年乃还。所至，亦间以民隐闻。母丧乞归，不许，擢礼部左侍郎。十七年复出巡江浙、湖、湘诸府。二十一年还朝，驰谒帝于宣府。帝已就寝，闻濙至，急起召入。濙悉以所闻对，漏下四鼓乃出。先，濙未至，传言建文帝蹈海去，帝分遣内臣郑和数辈浮海下西洋——至是疑始释。[1]

从永乐五年起，胡濙衔命在外奔波竟达十六年，到永乐二十一年似乎终于查实了朱允炆的下落。当时朱棣在宣府，胡星夜前来汇报，赶到时朱棣已睡下，但左右还是叫醒了他，他也就"急起召入"，可见重视之至。胡将其掌握的情况一直汇报到凌晨——究竟说了什么，除了胡濙和朱棣这两个人，谁都不知道，《明史》的编修者们也不知道。但《胡濙传》很明确地指出，朱棣多年来的疑虑，是在这一天打消的。《胡濙传》也再次重复了《郑和传》的说法：朱棣派郑和下西洋，是为了寻找建文帝。显然，这一点是作为官方史的《明史》所认定的事实。同样，当时朝鲜的官方史《李朝实录》留下的记载，也证明朱棣确实严重怀疑建文君臣流亡到了外国，并不遗余力地加以追捕；永乐元年二月，朱棣这样指示赴朝鲜的使臣：

> 建文手里有逃散的人，也多有逃去别处的，有些走在你那里，你对他每（们）说知道，回去对国王说，一介介都送将来。[2]

据此很容易得出结论，郑和下西洋的起因，根本和"航海探险"无关，绝非堪与

[1]《明史》列传第五十七。

[2]吴晗编《朝鲜李朝实录中的中国史料》上编卷二。

导致地理大发现的哥伦布、达·伽马、麦哲伦航海同日而语者。永乐年间的下西洋进行了六次，最后一次为永乐十九年正月出发，时间恰位于永乐二十一年二月胡濙夤夜驰至宣府汇报之前，而在这以后，朱棣果然停止了对郑和船队的派遣——这就是《胡濙传》所谓"至是疑始释"，暗示胡濙提供的情报让朱棣认为下西洋的行动已失去意义。

——郑和下西洋非关"航海探险"，此第一辨也。

除"踪迹建文"，郑和下西洋的第二目的，如《明史》所说在于"耀兵异域，示中国富强"。可能这两个目的在七次下西洋过程当中，主次有所易位。开始时，"踪迹建文"是主要的，但后来"踪迹建文"明显无望，于是"耀兵异域，示中国富强"转而成为主要目的。

史书上只笼统提到郑和船队共计二万七千八百余人，但可想象除了官员、海员以及杂役等众，绝大多数为士兵。如果每次航行都保持这样的人数，则郑和船队自非哥伦布、达·伽马、麦哲伦那种小型冒险家组织，实际上是一支庞大的远征海军（水师）。而这样的规模，远超乎捉拿建文君臣这区区流亡者的需要，非"耀兵异域"不足以解释。在七次下西洋的主要区域内，诸海国多为"蛮夷小邦""蕞尔之国"，而近二万八千人的郑和舰队，休说当时那样一些国家全然不能抵挡，即在现代亦足称大兵压境。

因此，朱棣轻而易举地达到了他的目的，长达二十年的过程中，郑和舰队只有三次诉诸武力，其余所到之处，都是兵不血刃而令其臣服，那些"蛮王"之使纷至沓来，到北京朝圣献贡，朱棣虚骄之心得到极大满足。时人这样颂扬他的荣耀："天之所载，地之所覆，贡献臣服，三世五世，不过是矣。"[1]吹捧朱棣可同三皇五帝相埒，很是肉麻。朱棣自己更飘飘然而有世界领袖之感，永乐十七年他在劝诫暹罗国王不得侵扰满剌加国时，俨然一副救世主兼地球总管的口吻，而视该二国皆为"朝廷"臣属，说："满剌加国王现已内属，则为朝廷之臣。彼如有过，当申理朝廷，不务出此而辄加兵，是不有朝廷矣。"虽然我们不必苛求朱棣在那时能够具备"国家不分大小一律平等"的意识，却宜予指出，郑和下西洋大大助长了他好大喜功、"欲远方万国无

[1] 费信《星槎胜览序》。

不臣服”[1]的心态，这从根本上违背了朱元璋制订的“勿勤远”、不扩张、与民休息、注重本国民生的国策。

——此其第二辨也。

随后应辨析，郑和下西洋是否表示“开放”姿态，是否代表永乐时代并不闭关锁国？

在目前中学的历史课教学里，讲到郑和下西洋，常常拿来与清代闭关锁国政策相对照，似乎前者体现了一种与闭关锁国相反的意识。例如运用相当广泛的北师大版初中教材《中国历史》下册之第23课，标题即闪烁其辞地写成《从郑和下西洋到闭关锁国》，其中还说：“清朝的闭关政策对西方殖民者的侵略活动起过一定的自卫作用，但对中国产生了严重的后果，使中国在世界上逐渐落伍了。”言下之意，闭关锁国乃是清朝以后的情形。

暂且不论郑和下西洋的含义如何，仅就该教科书所提供给学生的闭关锁国乃清朝以后的情形这一认识，已大有误人子弟之嫌。中国文化的锁国心态，根深蒂固，由来已久，绝非清代后才形成。其原因相当复杂，跟中国的地理环境、政治体制、社会伦理、经济发展水平乃至周边民族与国家的文明程度，都有一定关系；若极而言之，庶几可认为华/夷论的历史有多久，锁国意识便有多久。纵观历代，唯一真正扬弃锁国意识的，仅唐代而已。

不过这种意识所造成的问题与困难，明代以前都不很明显，也不很迫切，尚未成为中国社会的一个较为主要的矛盾。随着中古世纪接近终结，世界明显加快了不同文明间的融合的脚步，也带来越来越多的冲突，此后，由来已久的锁国意识渐渐成为中国的沉重精神负担和最突出的问题，而清代中期后演变成危机。

此一过程，实即从明代开始。明代中国与外部世界的矛盾冲突，除传统的先进农业文明与原始游牧文明的冲突外，又加入一新的因素，并且愈益突出，亦即由对外商贸而引发的冲突。其最引人注目者，当为东南沿海的“倭祸”——日本早自隋唐便与中国交往密切，但“倭祸”却是典型的明代危机。此时，日本列岛已非隋唐时蒙昧初开之状，其社会固有

[1]《明史》列传第二百二十。

结构，正催生它延至今日的极度依赖海外贸易的特点，于是，借“朝贡”为名，频频前来中国东南沿海交易，但日人之需求，偏与中国自给自足的经济形态相抵触——中国一方，因为不感觉与外贸易的需要而宁愿置海防安全于优先考虑位置，乃颁行“海禁”政策，日人一方则与中国货殖的欲望越来越强烈——两相矛盾，间以若干其他原因（海盗的勾结、官府的腐败等），遂频频作乱，与北面建州（女真）问题并为两大心腹之患。

所谓“海禁”，是对沿海或海外的对外贸易的禁止。这项政策前代未有，由明代首创，而清代袭之。前代未见，似不宜顺势理解为过去国门就大开，而是以往这问题并不迫切。明清两代面临的世界，跟宋元以前很不相同了。附近的日本，已处在骚动之中。遥远而尚基本不为中国所知的欧洲也告别了黯昧的中世纪，发生巨变，逐渐将触角伸向东方；及至晚明，传教士开始登陆中国——中西方互动这一现代主要矛盾，正萌发于明代。所以，“海禁”政策不迟不早，偏随明代而生，并非偶然，亦不可尽诿之于明太祖朱元璋个人的小农意识。

朱元璋不过是在新形势下，顺从中国惯有的思维方式，做出他自然会做出的反应与决策。在他看来，中国物产丰富，一切应有尽有，物质文明和精神文明都远优越于“蛮夷”——在当时，这倒确为事实——绝不有求于外；一切贸易中国皆无利可图，徒利他国；而且无利可图之外，还不免承受种种骚扰和麻烦。特别是胡惟庸案发生后，据查后面有日本人的背景，令他深受刺激。

他所能想到的办法，就是“堵”。洪武七年罢市舶司，厉行海禁，既不许私人出海，亦不派官船出海贸易，更不许外商船只来华。《大明律》规定：“擅造二桅以上违式大船，将带违禁货物下海，前往番国买卖，潜通海贼，同谋结聚，及为向导劫掠良民者，正犯比照谋叛已行律处斩，仍枭首示众，全家发边卫充军。”凡将牛、马、军需、铁货、铜钱、缎匹、绸绢、丝棉私出外境，货卖及下海者，杖一百；将人口、军器出境下海者处死。

那么朱棣时代又如何呢？许多人认为“海禁”政策在朱棣时代有所松动，根据是永乐初年朱棣恢复了被朱元璋关闭的浙江、福建、广东三路市舶司，并开设了接待洋商的“四夷馆”。

其实，中国传统海贸分贡舶贸易和商舶贸易两种形式。后者为商业性质，前

明成祖朱棣。

朱元璋皇四子。他有一半朝鲜血统，母亲是朱元璋的朝鲜妃子。朱元璋临死前，曾寄望他“总率诸王”扶保朱允炆。

建文帝朱允炆。

画中形象，乃后人想象，只能说“据说是朱允炆”。因为朱棣早已把与朱允炆有关的一切真相，抹得干干净净。

方孝孺像。

方孝孺既是宋濂的学生，也继承了其地位，成为宋濂之后明初知识界泰斗，所以，连朱棣的高参姚广孝都称他为“天下读书种子”。

解缙朝服像。

解缙，永乐名臣，明史上第一届内阁成员之一，在重修《太祖实录》和编撰《永乐大典》中总裁其事。最后，朱棣却把他交给了纪纲。

漕运一角。

漕运是明代百姓的沉重负担，更是巨大的消耗和贪腐的沃土。如果京师未曾北迁，王朝本可避免这一弊端。

者则具有浓厚政治色彩，是“天朝上国”羁縻海外诸国、确立宗藩从属关系的手段。外国以臣服姿态来华“进贡”，“朝廷”则以“赏赐”之名对“诸夷”的进贡货物给予丰厚回馈，以示皇恩浩荡。朱棣恢复市舶司、开设“四夷馆”，纯粹出于这个需要。单单“四夷馆”这个名称，便可知事情的实质是什么。市舶司只受理合乎规定、发给“勘合”[1]的外国贡船；贡船贸易中的外国商人也从未被当做商人看待，而称“番使”，是携礼物来向中国皇帝请安问好的使节。永乐间除贡船贸易外，所有海外商贸均加禁止，民间的自由贸易更绝对不许。朱棣甚至刚上台就在即位诏书中强调，洪武间的“海禁”政策将继续奉行，没有任何改变：

> 缘(沿)海军民人等，近年以来，往往私自下番，交通外国，今后不许。所司一遵洪武事例禁治。[2]

为贯彻“海禁”，朱棣还责令“禁止民间海船”，“原有海船者悉改为‘平头船’，所在有司防其出入”。[3]这些政策和措施，说明朱棣时代“海禁”没有松动，所发生的变化，无非是朱元璋禁止的海外朝贡，被朱棣恢复了，这除了说明他更醉心于“四夷”的尊奉，更乐于此道，就没有别的意义——其动机，与“欲远方万国无不臣服”而派遣郑和船队，可谓一以贯之。

——故郑和下西洋断无一反锁国意识、展示开放态度的含义，此第三辨也。

最后，郑和下西洋对历史文明的贡献究竟如何？欧洲人从地理大发现中享受到的文明成果十分丰硕，玉米、土豆、棉花、烟草、咖啡……这些如今他们生活中须臾不可缺的东西，都是由航海探险家们带回欧洲的。那么，郑和船队给中国带回了什么呢？多是奇花异草、珍禽瑞兽、珠宝香料，所谓“明月之珠，鸦鹘之石，沉南速龙之香，麟狮孔翠之奇，楼脑薇露之珍，珊瑚瑶琨之美”[4]，这些

[1]勘合是明朝为管理贡船贸易而发明的制度。“勘合”即获准朝贡的合法凭证，最早发给暹罗，后及他国。凡来华贡船，每船皆带勘合一道，上填贡使姓名、贡品种类和数量，由中国地方官和市舶司官员核对底簿，鉴定无误后才许入贡。贡船回国时，要将回赠物品也逐一登记在勘合上。

[2]《太宗实录》卷十上。

[3]《太宗实录》卷二十六。

[4]《今言》卷之二。

不知所云的东西，只能满足皇帝贵族猎奇心理，供其把玩，对民生毫无用途，更不曾对中国的物种和经济生产带来重大影响，我们并未听说至今哪一样与生活息息相关的东西，是由郑和下西洋留给我们的。具有讽刺意味的是，在相反的方向上，郑和下西洋对于世界文明发展，倒颇有功绩，被带往各国的物资主要有丝绸、瓷器，此外还有铁制生产工具和生活用品、手工业品、茶叶、货币、历法、衡器、书籍、药材等等，世界从中受益匪浅。然而，这并非有意识推动世界文明的做法，而是朱棣出于“示中国之富强”的动机，阴差阳错、无心插柳的结果，至于他想得到的，同样也绝不是对中国文明有所补益的东西，是他个人的虚荣，是体现这种虚荣的稀奇古怪的贡品。郑和下西洋的效果开始显现后，这类东西就跟随前来觐见的外国使团，源源不断运到京城。在《明实录》中，我们不时可读到这类记述，例如永乐十三年十一月，麻林国等“番国”敬献麒麟、天马、神鹿，朱棣特意在奉天门举行接受仪式，群臣称贺：“陛下圣德远大，被及远夷，故致此祥瑞！”耗费巨赀，近二万八千人规模的庞大船队，送去多少吨“援外物资”，不过是为朱棣换回来这些“祥瑞”！

——郑和下西洋对中国历史文明的进步，并未产生哥伦布、达·伽马、麦哲伦对于欧洲那样的作用，此第四辨也。

另外再提两个关于郑和下西洋的个人观点：

一、这件事的确显示当时中国仍为世界上最先进、最强盛之国家。但是，中国的先进与强盛并无须由这样一件事来证明。即便没有郑和下西洋，中国的先进与强盛——这主要得力于自秦汉以来卓越发达的农业技术与文明、基本维持着的大一统国家形态和当时最富效率和人性化的儒家伦理——中国在中古世纪领先于全世界的地位，同样无人能够抹煞。

二、佩服作为航海家的郑和和他的船队，但不佩服朱棣。荣耀，只归功于勇敢挑战并成功战胜了大自然的实践家们。其次，这荣耀不仅属于中国人，也属于整个人类，如同阿姆斯特朗作为登月第一人，不仅仅属于美国也属于整个人类一样。十五世纪初郑和船队的业绩，是不亚于二十世纪人类征服太空的业绩。只有在这意义上称道郑和下西洋，才真正凸现了它的伟大性。

迁都北京

朱棣所以动心迁都，不外三个原因。

第一，据说他对南京没有什么好印象，进入南京时，臣民对建文帝普遍的忠诚、对他本人的冷淡，令他很不舒服，而此后为威慑人心的一系列屠戮虽将反对、不合作的局面敉平，却进一步败坏了他的声誉。北平，则是他长年就藩的旧国，也是他崛起之地，"群众基础"不错——至少他自己这么觉得。

第二，作为背负篡弑恶名的非法夺取皇位者，朱棣自登基起一直到死，实际上毕生在为恢复名誉而奋斗，他不能做一个平平淡淡、普普通通的"守成之君"，必须创下"丰功伟绩"来证明自己虽然得位不正，却远比理所当然却平庸碌常的合法继承者更雄才大略，国家到了他手里，更辉煌、更有前途，他脑子里一直缠绕着这念头，所做每桩事皆以此为出发点，重建北京，一方面本身就是好大喜功的表现，另一方面更是为了便于筹划和实施后来数次对蒙古人的北征——一句话，他将以北京为基地，干一番平定宇内、拓疆辟地的大事业。

第三，迁都北京，还涉及一个更深密的谋画。当年朱元璋建藩边地、屏翼帝室，结果诸藩拥兵自重，并终于酿成"靖难之乱"，朱棣本人就是这种现实的直接受益人，对"塞王"之弊最清楚不过，现在他自己做了皇帝，势不容悲剧在自己或其子孙身上重演。他想出的办法是，将"塞王"内迁，军事实力最强的宁王（就藩大宁，北京东北方）首当其冲，次则谷王从宣府、辽王从广宁内迁，国家正北防线为之空虚，对策则是"以己寘（填）之"[1]，亲自坐镇北京以应付边患危机。

促使朱棣迁都的这三个原因，它们所占比重分别排一排的话，我的看法是，削弱藩王实力为第一，好大喜功为第二，摆脱在南京的不快为第三。

朱元璋在定都问题上，曾颇费斟酌。他打下金陵（南京）后，在那里当了吴王。后来统一全国，究竟选择何处为京师，暂定南京，考虑来考虑去，考虑过开封、洛阳和长安，十年后（洪武十一年）才正式宣布南京为"京师"。因此，说朱元璋对南京情有独钟，认定明朝都城只

[1]《明清史讲义》。

能建在南京，不是事实。

不过，朱元璋对南京并非情有独钟，不代表他会选择北京。在南京以外的数种考虑中，北京不在其内。朱元璋以光复汉族文明的英雄自居，他身上有着浓厚的民族主义气息，这在当年他以徐达为统帅发军北伐发布的文告中表露无遗："北逐胡虏，拯生民于涂炭，复汉官之威仪……雪中国之耻。"[1]朱元璋提的这些口号，连清末革命党人也还在用。他是以中国被元蒙统治为耻辱的，而元大都则正是这样一个象征，所以在灭元之后，他特意将大都改名"北平"，取其"平定北虏"之意（无独有偶，清亡后，国民政府亦将北京改名"北平"）。基于这样的思想根源，朱元璋断不肯将他的汉族政权中心设于曾经的耻辱之地。同时，他在南京、开封、洛阳、长安之间斟酌，亦是沿怎样才能更好地继承"中华之统"这一思路来做定夺。考虑开封，纯粹因为它是明以前最后一个汉族政权的所在地（南宋的临安只算沦丧之后的偏安之地），但从地理形势和位置考虑，实在不佳，故而放弃。洛阳、长安，则是千年来"中国"最正统的建都之选，朱元璋很想延续这样的历史，但也因种种原因而放弃。

终定于南京，可以说是朱元璋既坚持恢复"中华"又"与时俱进"通盘考虑的结果。除了地理与"王气"这方面的考量（对此，刘基、陶安、叶兑、冯国用等许多人，做过各种论证，说是虎踞龙蟠，兼有长江天堑，相当得天独厚），金陵自三国时代以来，也有多次做国都的历史，而且除了曾被蒙古人统治，大部分时间没有沦于异族之手，"中华"文明传统保存得比较好一些。至于"与时俱进"，实际自唐代以后，中国经济重心乃至文化重心，都已南移，从黄河流域移至长江流域，商周秦汉之际北方的发达与繁盛，已然不再；南方，尤以长三角地带为中心，渐成中国财赋之区和主要物产地，所谓"财赋出于东南，而金陵为其会"[2]。如抱着旧理不放，仍将国都建于长安、洛阳，固然颇能体现"中华"光荣传统，但以古代交通之不便，空耗物力与民力的问题将是严重的。所以，明定都南京，是顺应历史变迁之举，有其必然性。此后，从明、清、民国至当代，国都之选始终在北京、南京两地之间，客观地说明了南京所具有的这层意义。

此外，还有一点。

[1]《太祖实录》卷二十一。

[2]丘濬《大学衍义补》都邑之建。

定都南京，直接反映了朱元璋立国、治国的基本理念。朱元璋虽很愿意以民族复兴英雄自居，却并非一个头脑狂热者，更非好战黩武之徒。他的思想，混和了汉族中心主义的自大与闭疆自守这两种因素，而有趣的是，这两种因素把他推向一个结论：中国——此时“中国”的含义基本是指传统上的汉族国家——应该做的，是关起门来过自己的好日子。汉族中国的扩张，在汉唐两代达到顶峰，此后不仅丧失了这能力，似尤缺乏这样的兴趣。宋代版图是历来统一的中国最小的，也许因无力扩张。但朱元璋终于凭借武力击退不可一世的蒙古人，依势而论，他本极有资格以政治军事强人的姿态，做一番开拓疆土的美梦，但是他却选择了偃武修文。[1]他郑重地在亲自颁布的《祖训》里申明他的考虑，并要求子孙后代遵行不悖。他是这样阐述其理由的：

> 四方诸夷皆限山隔海、僻在一隅，得其地不足以供给，得其民不足以使令。若其不自揣量，来扰我边，则彼为不祥。彼既不为中国患，而我兴兵轻犯，亦不祥也。吾恐后世子孙倚中国富强，贪一时战功，无故兴兵，杀伤人命，切记不可。但胡戎与中国边境密迩，累世战争，必选将练兵，时谨备之。[2]

品味这些话，真是好玩至极——既骄傲自大又相当谨慎保守，既不把别人放在眼里又不免对他们担惊受怕。打个比方，就像被一群既穷而又爱撒野的邻居所包围的富人，心里很不屑，也很不安。通俗地翻译一下无非是：

> 这一带唯独咱们生活富足，家里什么都不缺，我们不需要去抢别人的东西，倒是四邻肯定对我们很眼红。他们如果来偷来抢，是他们自讨苦吃，因为我们有钱又有势，倒楣的必是他们；但倘若我们以富

[1] 中国渐渐变得不“尚武”，是原因非常复杂的现象；其重要一点，当是统治者逐渐注意到要吸取武人拥兵自重、常致权柄不牢、天下大乱的教训。五代以后，两大汉族政权宋明，都在建国之后迅即削弱武人势力，在稳固其统治的同时，不能不以牺牲军队强悍战斗力为代价。例如岳飞的悲剧，实质并非奸臣陷害，而是宋朝体制对军队严加限制的必然结果。明代如出一辙，袁崇焕实在就是岳飞悲剧的重演。这两个朝代，对内镇压“流寇”，对外抵御入侵，都输得一塌糊涂，连勉强支撑亦难如愿。

[2]《皇明祖训》箴戒章。

足之家，去跟这些穷鬼一般见识，惹是生非，也极不明智，属于自寻烦恼。所以，家人必须牢记：关起门，悄悄过自己的好日子，不许生事，不许仗势欺人；但过好日子的同时，也不要掉以轻心，特别对北边姓“胡”的那家人，更应提高警惕。这家人诚非“善茬”，多少次打上门来，将来恐怕也积习难改，咱们得学些武艺，用于防身。

由这思想，朱元璋形成了他的基本战略：人不犯我，我不犯人，低调面世，不搞扩张，对“四夷”奉行和平外交，即便是心腹之患的北部边境，也以防御为主。他下了死命令，列出一系列“不征之国”，从东北的朝鲜、日本直到东南亚和印度支那半岛凡十五国，都在其列，独将当时横亘整个北方、西北方的“鞑虏”排除在外——但这也是以防万一敌人来犯，吾仍保留迎头痛击之权利，而非主动与之开战。

朱元璋的很多重大决策，均与这一基本战略有关。如分封诸皇子，坐镇北部边境；如明朝处理外交关系特有的“朝贡制度”[1]；自然，也包括将首都定于南京。

南北朝以降，北方蛮族数次对中原的大举入侵，都受到长江这天然屏障的阻隔。严格地讲，这种特征在三国时期已凸显出来。正是这样，自那时起，长江已渐成中国地缘政治的一个重要标志，多次实际充当分裂时期中国的分治线，或潜在地被寄予这种期待（直到中华人民共和国成立之前，国际势力也还提出过国共以长江为界分治两边的设想）。作为决心采取守势的君主，朱元璋选定南京为首都是适当的。南京与北部边防之间的巨大缓冲地带，既是他的防御性战略所需，似乎也是一个退避三舍的标志，来昭示他无意扩张、“一心一意搞建设”的治国思路。

朱棣将明朝首都改置北平，姑不论其他，先自根本上动摇和变易了朱元璋的基本国策。要知道，他是打着维护“祖制”的旗号（指责朱允炆当政后实行一系列改革）兴师问罪、夺取权力的，但

[1] 这制度，以“远夷进贡”的形式和名义，而行对周边诸国的安抚、收买或示好之实。进贡者的耗费与其从明朝所得丰厚“赏赐”完全不成比例，以致在很多地方都出现争相进贡的情形，好利贪婪的日本人尤能利用这一点，前文所谈“倭祸”即与此关系极深。

实际所做，恰恰对朱元璋最核心的治国方略加以反动。过去有句话说，打着红旗反红旗，是一切野心家、阴谋家的惯用伎俩——朱棣所为，正此之谓。

朱棣十分清楚这一点，所以从迁都念头萌动到最后实现，他做了无数小动作，掩人耳目、后台操纵、暗渡陈仓、缓慢推进，总之偷偷摸摸、费尽心机，充分展示其伪诈的天性与天赋。

第一个小动作：永乐元年新年刚过，正月十三日，礼部尚书李至刚伙同几个人进言："昔帝王起，或布衣平天下，或繇外藩入承大统，而于肇迹之地皆有升崇。切见北平布政司实皇上承运兴之地，宜遵太祖高皇帝中都之制，立为京都。"[1]这番话前半部分基本生拉胡扯，历史上没有几个皇帝把自己的出生地搞成京都，也就是朱元璋比较自恋，曾以临濠为中都。李至刚等几个马屁精便搬出这一点，请求将北平升格为京都。这李至刚，洪武年间就受过处分，建文时期又因事下狱，做官记录差得很。朱棣上台后，由于"为人敏给""善傅(附)会"，颇得青睐，做到礼部尚书，"既得上心，务为佞谀"，"朝夕在上左右""甚见亲信"——《明史》在一番描述后，特地强调他"首发建都北平议"，作为此人"善附会""务为佞谀"的实绩。[2]综上所述，李至刚的建议可能非出于他本人，而是朱棣亲自授意的结果，甚至极可能安排李至刚做礼部尚书即是为了让他来提这样的建议(这类事由礼部尚书来提，最名正言顺)。李议一上，朱棣便即照准，"制曰：可。其以北平为北京。"[3]于是，朱元璋拟定的"北平"地名，悄然变作"北京"——闻名遐迩的"北京"一词即于该日诞生，而从此明朝变成两京制，南有南京，北有北京，终明一世皆如此。只不过，眼下第一京都和事实京都是南京，到后来则相颠倒，北京变成第一京都和事实京都；朱棣玩的是障眼法，先用两京制遮掩他已经决定定都北京的打算。

第二个小动作：当年五月，朱棣再次在廷议时提出："北京，朕旧封国，有国社国稷，今既为北京，而社稷之礼未有定制，其议以闻。"[4]这是什么意思呢？试探。朱棣欲借修订北京祭祀礼仪，给其以和南京同等规格，来观察群臣的反应。结果，礼部及太常寺两个职能部门专门开联席会议讨论此事，形成的主流

[1]《太宗实录》卷十六。
[2]《明史》列传第三十九。
[3]《太宗实录》卷十六。
[4]《太宗实录》卷二十上。

意见是坚决反对:“考古典之制,别无两京并立太社太稷之礼。”[1]因为是集体讨论,李至刚一个人也无法左右大家的主张。不过,朱棣本亦不曾指望顺利通过,他只想探探虚实,看反对程度究竟如何。事实证明,反对者相当之多。这样,他也就知道应该采取怎样的对策了。

第三个小动作:在动议提升北京祭祀规格碰壁后,朱棣弄明白的是,以合乎礼制和公开的方式推进北京的建都,阻力极大;他决心搁下这些“虚文浮礼”的争论,绕开规范化操作的途径,暂不触及北京的名分问题,采取实干方式,直接营建北京宫殿——既然北京是第二首都,造座宫殿以备“巡狩”,不算过分,没有不合礼法之处。至于规模如何,除了朱棣自己,无人知道;因为先期的准备工作是不事声张的,由朱棣专门委派几个大臣去办,并且与他单线联系。整个计划的实施经过如下:永乐四年八月,由淇国公邱福挑头上奏,“请建北京宫殿,以备巡幸。”[2]又是一位铁杆心腹出面——邱福乃朱棣死党,叛乱起事之时首夺北平九门,后来武将受封,邱列首位——显然又系由朱棣亲自授意。邱奏当即获准,北京建宫殿之事就此“立项”。

第四个小动作:朱棣愉快地接受了邱福的“请求”,却并不着急动工。足够有耐心是此人最大特点。为登上皇位,他忍了几十年,忍到老爸驾鹤归西,然后在朱允炆着手削藩时他又一忍再忍,忍至后者对他失去警惕才突然发难。即以迁都这件事论,从永乐元年他在廷臣那里碰钉子,到今天邱福提出造宫殿,四年过去了——尽管他日思夜想,却足足忍了四年!忍,对他不是难事,相反,他每每在忍中“阴”着把事情做成。此刻,他又祭出这法宝,“阴”着开始了北京新宫殿的营建。为什么要“阴”着?因为有个秘密不可早泄于人:北京新宫殿的规模将远远超出南京。如大张旗鼓地把一切做在明处,群臣马上会意识到,这么一座新宫殿不可能为所谓“巡幸”而建,一定是迁都的信号。因此,事情应该偷偷开展,“悄悄地进村,打枪的不要”,一则争取时间,二则届时万事俱备、给大家来个木已成舟,不接受也得接受。所以,邱福提议之后,表面上没有动静,暗中朱棣却派出几个官员去执行特殊使命——采木,新宫殿需要数量巨大的上等木材。工部尚书宋礼被派往四川,吏部右侍郎师逵被派

[1]《太宗实录》卷二十上。
[2]《太宗实录》卷五十七。

往湖北、湖南，户部左侍郎古朴被派往江西，右副都御史刘观被派往浙江，右佥都御史史仲成被派往山西，“督军民采木”[1]。这几个人在那里一呆就是几年甚至十几年，直到紫禁城开工。

第五个小动作：与此同时，甚至更早一点，朱棣就有计划地增加北京人口。据《明实录》，他至少先后十余次下令从各地移民以充实北京。盖因“靖难”之乱首起于此，头三年燕军与政府军之间的争夺也集中在这一带，人民或因惊惧或因避祸而逃亡甚多。朱棣既然心存以北京为首都之念，就必须增加其人口，使这座城市有相应之规模，并为即将展开的浩大工程建设预备充足的劳力。这些移民中，有普通百姓，也有就地转业的军人，更有相当数量的罪犯。也许因为普通百姓的移民难度较大，而罪犯则可强行安置，甚至罪犯自身也觉被发往北京屯种是意外之喜，所以永乐年间以移民重建北京时就形成这样一个思路，我们一而再，再而三地看到相关的记录：

> 洪武三十五年（实为建文四年，朱棣上台的头一年）九月乙巳，命武康伯徐理等往北平度地，以处民之以罪徙者。[2]

> 永乐元年八月己巳，定罪囚北京为民种田例……今后有犯者，令于彼耕戍，涉历辛苦，顿挫奸顽。[3]

> 永乐元年十一月戊戌，谕世子曰：朕念北京兵变以来，人民流亡，田地荒芜，故法司所论有罪之人，曲垂宽宥，悉发北京境内屯种。意望数年之后，可以助给边储，省馈运之劳，且使有罪者亦得保全。[4]

> （永乐五年十月）己丑，谕刑部尚书吕震，凡戍边，各从南北风土所宜。闻北人苦炎瘴，其改佃北京，全活之。[5]

[1]《太宗实录》卷五十七。
[2]《太宗实录》卷十二下。
[3]《太宗实录》卷二十二。
[4]《太宗实录》卷二十五。
[5]《国榷》卷十四，成祖永乐四年丙戌至七年己丑。

从这些记载来看，北京之于永乐年间的中国，颇类乎澳洲之于十九世纪的大英帝国，是安置罪犯并有赖罪犯而发展起来的土地。当时北京在三四十年内，接连遭遇两次大的战乱（元亡和“靖难之役”），连朱棣都说“北京兵变以来，人民流亡，田地荒芜”，可见凋虚之极。而重建北京，即以罪囚为生力军：先派人去丈量土地，以待发配至此的“罪徙者”；然后制订“罪囚北京为民种田”的正式法规，同时规定经司法部门审定有罪之人，“悉发”北京境内屯种，到永乐五年又以“照顾”的名义指示刑部，将以往流放在南方的所有北方籍罪犯，统统转来北京开荒。虽然我们无从得到罪囚移民的官方数字，但从以上谕旨来看，这一政策既是全局性的，又是持续性的，可以猜想这个过去叫“大都”、“北平”，而重建后叫“北京”的地方，其人口来源，罪囚恐占相当比例。这做法的实际好处显而易见——这部分人，身处人生绝境，将他们输移北京、由囚转民，确如朱棣所料他们会有因朝廷降恩“得保全”、“全活之”的感戴心理，正堪驱策，在即将开始的巨大工程中充当苦力。

第六个小动作：朱棣利用巡狩、北征等名义，开始用更多的时间在北京居住，有意冷落南京，削弱它的政治地位，使权力中心实质性地北移。资料显示，从永乐七年起，至永乐十二年，朱棣的活动中心一直是北京。《寓圃杂记》说：“及上登极，即广旧邸（燕王府）为皇城，频年驻跸。当时群臣不知睿意所向，屡请南还。因出令曰：‘敢有复请者，论以妖言。’”[1]他用这个办法让人们渐渐习惯北京成为一个发号施令的地方。

第七个小动作：永乐五年七月，徐皇后病逝。这同样成为朱棣的一个机会。他毫不犹豫地将未来的皇家陵寝定在北京，以展示终将迁都北上的决心。《太宗实录》载，徐皇后临终之时，留下这样一段最后遗言：

> 近闻皇上将巡狩北京，意愿从行，将请恩泽及之，而吾今不逮矣，尔能体吾心，九泉无恨！[2]

说：“闻知皇上就要去北京视察，本来是想跟着去的，好离皇上近些，如今我是

[1]《寓圃杂记》卷一。
[2]《太宗实录》卷六十九。

不能追随皇上了，倘皇上能念及此意，那就死而瞑目了。”这什么意思呢？简单说，就是徐皇后为了与朱棣寸步不离，要求葬于北京。不是说皇家夫妻就不可以卿卿我我，但朱棣并非其人（朱棣后宫的情形详后）。考虑到他一贯喜欢在历史中造假的癖好，这段本就别扭的情节看上去很像是编造的。那么，替徐皇后编造这样几句“临终遗言”意义何在？盖因皇家陵寝，总在国都附近，以便奉祀。徐皇后之死，意外地提供了一个机会，使朱棣可以通过确定陵址来为将来迁都北京做铺垫。这点心思，明代的观察家已看得很透，例如沈德符说：“永乐五年，仁孝皇后（即徐皇后）崩。文皇圣意，已不欲立封域（陵墓）于南方，故迟迟未葬。至七年幸北京，始得地于昌平县。”[1]他派风水先生廖均卿等直奔北京，得“吉壤”于“黄土山”，而改其名为“万寿山”[2]，此即现在明十三陵所在地。永乐十一年正月，陵寝建成，是为“长陵”，二月十七日，葬徐皇后于此。

朱棣不断搞这样一些小动作，目的很明确：使迁都之事不可逆转。到了永乐十四年，他觉得时机成熟了，重提营建北京问题。论理，“营建北京”十年前就已做出了决定，朱棣为什么要再讨论？不外乎两点：一、统一思想；二、要国库正式拨款。第一点是关键。十年来，他搞了那么多小动作，做足铺垫，除了特别“不识时务”者，群臣岂有不知此事说是要讨论，其实箭在弦上、不得不发；而且，明里是讨论“营建北京”，背后的文章却是迁都。按照《明实录》的记载，这次的讨论，没有反对的声音，朝臣一致拥护皇帝的英明决策，并争先恐后论证建都于北京的种种好处，什么“河山巩固”，什么“水甘土厚”，什么“民风淳朴”，什么“物产丰富”，乃至夸之为“天府之国”，显系溢美之辞；还有一些人，尽管也顺从，也拣好听的说，比之前者却较为实在：

> 陛下重于劳民延缓至今，臣等切惟宗社大计正陛下当为之时，况今漕运已通、储蓄充溢、材用具备、军民一心。营建之辰，天实启之。伏乞早赐圣断，敕所司择日兴工，以成国家悠久之计，以副臣民之望。[3]

言语中不免有一点这样的含意：“既然

---

[1]《万历野获编》卷三宫闱，母后先祔庙。

[2]《太宗实录》卷九十二。

[3]《太宗实录》卷一百八十二。

皇上准备了那么久，万事俱备，臣等还能说什么呢？”似乎这次廷议没有一丁点反对的声音，只有几个傻乎乎不明就里的地方官——河南的左、右布政使周文褒、王文振和参议陈祚——联名上疏，强烈反对迁都北京，被朱棣直接打发到湖广均州农村当“佃户”[1]，从此再无人出面表示异议。

曲线迂回十年，定都北京之事终得确立。名义上，北京兴建从翌年即永乐十五年六月动工，《明实录》也是这么记载的，实际上这个日期宜理解为北京升格为第一首都的时间，真正动工则早于此，因为先前我们在《明实录》中曾多次看到朱棣就北京工程的负责人任命以及工匠管理等问题，作过指示，说明工程早在进行之中；这一次，不过是在“国务会议”上借讨论之名为批准迁都以及工程开工，走个过场。否则，仅用三年，到永乐十八年即建成规模如此宏大的紫禁城，将是一个无法解释也根本不可能的奇迹。

后世称道朱棣营建北京——这座当今世界大都会的骨架和基础，确由他塑造与奠定——之功，以及对宏伟壮丽的紫禁城啧啧称奇时，却很少有人意识到并且指出这一事实：明代初年，中国居然在三四十年的时间内，先后承受了在南北建造两座都城的巨大负担。要知道，这两座都城中的任何一座，在当时世界上都堪称最为奢费的大城。南京修造了十年，而北京的工程前后耗时二十年。

国家显然为此投入了惊人的物力和人力。我们虽然不知道营造北京究竟耗资多少，因为朱棣不屑于向他的人民公布这样的统计数字；但我们很清楚地知道，每一个铜钱都是从赋税中来，亦即都是由当时的普通百姓来承担。

我们可由紫禁城昂贵的材料来想见它的奢费——当时，三大殿的柱子全部采用巨大的楠木[2]。因为珍稀，这种木材被冠以“金丝”的形容词。它所以昂贵，除生长周期长，更由于生长地点皆处深山之中，砍伐及运输甚是艰难。一根运抵北京的楠木，甚至包含了许多人的生命代价。为给紫禁城置备足够木材，几位采木大臣在从山西、四川、两湖、江西直到浙江的广大区域内，足足滞留了十几年。例如被派往四川的工部尚书宋礼，永乐四年赴任，直到永乐十七年才“自蜀召还”，除了中间短暂地在别处处理一些事情，他在四川的采木延续了十三

[1]《明史》列传第五十。

[2]现在故宫三大殿，已看不到原来的楠木大柱，清朝整修时，全部以拼凑的松木代之。

年之久。

如此浩大的工程，人民为此承受了怎样沉重的赋税，我们虽无由知悉真实的数字，却一定是惊人的。在回避或不屑于记载这些数字时，史书偶尔会提及一些局部性的劳动力使用情况。单两湖一地为采木而投入的人力，即达十万之众[1]；当时共五大采木地，如以规模不等做一平均估算，仅采木一项，征用民伕总数当在四十万上下。至于正式营建北京和紫禁城所投入的人力，不久前，央视在其制作的纪录片《故宫》中指出："据说超过百万之多"。它还举例说，仅保和殿后的一块巨型汉白玉石，"开采就动用了一万多名民工和六千多名士兵，而运往京城则更为艰巨。数万名民工，在运送石料的道路两旁，修路填坑。每隔一里左右掘一口井，在隆冬严寒、滴水成冰的日子，从井里汲水泼成冰道。二万民工一千多头骡子，用了整整二十八天的时间，才运到京城。"[2]虽然我不直接掌握这些数字的来源，但出自作为国家电视台制作并有明史专家参与的作品，大约是可以采信的。

回到恩格斯那句话："生产的每一进步，同时也就是被压迫阶级即大多数人的生活状况的一个退步。"无论如何，在评价历史的时候，我们不能泯灭公正与爱心。关于迁都北京的战略意义，关于重复建设两座首都的必要性——也就是说营建北京算不算"进步"或包含多大"进步"意义——这些争论都可以先放下不说，但当后人称颂北京和故宫的宏伟，并目之为朱棣的一件丰功时，怎样面对当时那一百多万先后为此付出血汗乃至生命的劳工？怎样面对举国为此背负沉重赋税负担、苦不堪言的普通百姓？难道说，只因为营建北京过程中没有诞生一个类似孟姜女式传说，我们对当时人民的苦痛就很难想象？在一些藏头露尾的记载中，其实仍可看到人民因为难忍而至于反抗的事例；如师逵在两湖督办采木，过于"严刻"，激荡民怨，民"多从李法良为乱"，此事被一个监察官员报告到中央，却"以帝所特遣，置不问"。[3]

至于迁都北京的所谓"战略意义"，不仅落空，而且实践证明，朱棣此举所依据的地缘政治认识，全然错误，是不自量力、自我膨胀的表现。黄宗羲在

[1]《明史》列传第三十八。
[2]大型纪录片《故宫》解说词，第一集肇建紫禁城。
[3]《明史》列传第三十八。

《明夷待访录》里称"建都失算，所以不可救也"，对迁都北京的后果，有一段盖棺论定般的全局性评论：

有明都燕不过二百年，而英宗狩于土木，武宗困于阳和，景泰初京城受围，嘉靖二十八年受围，四十三年边人阑入，崇祯间岁岁戒严，上下精神敝于寇至，日以失天下为事，而礼乐政教犹足观乎？江南之民命竭于输挽，太府之金钱靡于河道，皆都燕之为害也。[1]

对外用兵

明朝近三百年历史，大部分时间对外取守势，唯永乐年间主动出击。朱棣在南北两个方向，都发动大的战争。南面战争的对象是安南(今越南北部。当时越南分为两国，北部安南国，南部占城国)，北面则是老对手蒙古人。

秦汉唐三代，安南为中国所统治，宋以后脱离中国的直接统治，变成接受中国皇帝册封的属国。朱元璋时代的政策是尊重安南的独立，他开列过十五个"不征之国"名单，安南就在其中。

朱棣征安南起因于被愚弄。当时安南国内发生弑君自立事件，弑君者为骗取中国承认，诡称自己是前国王陈氏之甥，"为众所推，权理国事"[2]。朱棣信以为真，遣使前往，正式封其为国王。谁知不久前国王之孙成功逃至南京，朱棣方知被骗，特派征南副将军黄中等领五千人马护送该王孙回国继位，弑君者闻讯遂铤而走险，半道上设伏，杀了王孙，甚至连明廷使臣也一并杀掉。

弹丸小国胆敢愚弄、羞辱伟大的永乐大帝，还竟然杀死"天使"，朱棣的震怒可想而知。永乐四年七月，朱棣点起八十万大军，拜成国公朱能为大将军，分别从广西、云南两路进入安南。虽非师至捷闻，但小小安南，终不能当此大军；翌年五月，战争结束，罪魁祸首被生擒，随着南京受俘仪式完成，朱棣证明和恢复了他作为天朝上国君主不容挑战的荣耀。

事情到此为止，都还算理所应

[1]《明夷待访录》建都。
[2]《太宗实录》卷十九。

当。毕竟那个弑君者咎由自取,而且中国对于属国的责任与尊严,也确实应予维护。但接下来的事情,却超出"正义"的范围——一个月后,朱棣以前国王家族尽被篡位者所杀、"无可继者"为由,将安南并入中国,改为交阯布政使司。

为什么这超出了"正义"范围? 照说,历史上这块土地几次并入中国版图,到明代初年为止,脱离中国也只四百来年,朱棣的所为,蛮称得上"有史为证"。

问题在于明朝建国时,朱元璋对尊重安南主权有过正式承诺。洪武元年,他在给安南的诏书中明确说:"中国奠安,四方得所,非有意于臣服也。"[1]

朱元璋作此承诺,既非权宜之计,更不是耍心眼、说漂亮话以换取各国对明政权的拥护。他是通盘考虑方方面面,权衡利弊,而就明朝与周边"蛮夷诸国"的关系得出自己的结论。这结论是:"得其地不足以供给,得其民不足以使令"。洪武四年九月十二日,朱元璋在南京奉天门临朝之际,对中央各部门负责人讲话,其中有这一句[2]。以后,《皇明祖训》里收录朱元璋一段话,意思大致相当,文字则有区别,应该是另一次谈话——但"得其地不足以供给,得其民不足以使令"一句则一字不易,说明这是他经过深思熟虑而固定下来的基本观念。这句话中,"得其地不足以供给"有鄙薄他人之嫌,但"得其民不足以使令"的认识,却很清醒;他意识到,就算征服别国,由于民族心理与文化的不同,也势必使管理和统治极其费力,最终"徒慕虚名,自弊中土",相当不明智。作为帝王,朱元璋有此认识,已属难能可贵。所以他在诏书中给予安南国的"非有意于臣服"的承诺,绝非权宜之计。

有承诺而背弃,就很有点理亏了。

本来,朱棣替安南平乱,干得比较漂亮,但关键时候他好大喜功的癖性却忍不住发作。就算王族陈氏的确全被杀光,也不能以此为借口吞并其国。

不出两年,安南人便为了复国而起来造反。镇压下去,再反,然后再镇压……如此反反复复,直到朱棣死,安南就不曾平静过。二十年中,安南人充分显示其特有的顽强、桀黠。一如数百年后的法军和美军,明军在安南亦陷于泥淖之中难以自拔:撤兵,面子不允许;不撤,又无法扑灭反抗。遂疲于奔命,焦头烂额。

[1]《太祖实录》卷三十七。
[2]《太祖实录》卷六十八。

不过，这样的局面势必要等到政策制订者本人亡故，才得解消；朱棣在世时，哪怕再难支撑，被派往安南的明朝士兵也只能硬着头皮顶下去。到了宣宗朱瞻基继位（中间仁宗朱高炽在位仅一年而崩），面子问题终于不是障碍，苦苦支撑再无必要，于是从安南脱身之事迅速提上议事日程。

此事在朱瞻基心中必酝酿已久，以致刚刚上台，就在与杨士奇、杨荣两位亲信大臣的密谈中，透露“三二年内，朕必行之”。[1]然而，未待朱瞻基设计好体面收场的办法，宣德二年九月，驻安南的明军即遭受毁灭性打击，“官军大溃，聚被执……七万人皆没。”[2]明军统帅成山侯王通被迫与安南军队签订退兵盟约，而安南方面则适当照顾明廷面子，上表以示恭顺。消息传到北京，朱瞻基召开御前会议讨论如何应对。前明军统帅、英国公张辅以及吏部尚书蹇义、户部尚书夏原吉，竭力反对，主张增兵安南。而二年前即知朱瞻基心事的二杨，不失时机地提出罢兵，说：“兵兴以来，天下无宁岁，今疮痍未起，而复勤之兵，臣不忍闻……今请抚而建之，以息吾民。”这实际上就是朱瞻基本人的观点，他立即表示：“卿二人言极是。”[3]持续二十年之久的安南战争，终于就此落幕。虽然收场方式不够体面，但朱瞻基在正确与错误之间，还是做出了勇敢的选择，这比他的祖父强很多。

征安南这件事，跟朱棣办的其他事还不太一样。既有合乎情理的一面，又有蛮不讲理的另一面。最初，出兵也算应安南合法君主之后的请求，尽宗主国的义务，在当时总的来说是正义的。可是戡乱的责任尽到之后，朱棣却起了贪心，吞并其国，这完全是野心家本性的发作。这一点，一比较就很清楚——在他之前的朱元璋，和在他之后的朱瞻基，都不具备这性情，所采取的立场也都比他理性。

其次，对这件事哪怕我们宁愿从极端民族主义逻辑出发，不以为他不讲信义，反而称道他雄才大略、勇于拓疆——即便如此，二十年里国内百姓所承受的痛苦，和国家大量财力的抛掷，也是无法漠视的。征安南之首役，中国一次即动用八十万大军，超过后来北征鞑靼的规模，庶几举国兴兵，耗费之巨可想而知。钱从哪儿来？还不是从老百姓锅里口里搜刮？这且不说，然后在安南一拖二十年，明

[1]《宣宗实录》卷十一。
[2]《明史纪事本末》卷二二，安南叛服。
[3]同上。

明深陷泥潭,却为了个人面子死不抽身,而让国家背此沉重负担。永乐名臣解缙一度任交阯参议,比较了解安南实际情况,他曾对朱棣“力言”,安南“得其地不足郡县”,只宜当作羁縻之国,与它建立“宾贡”的关系,但“文皇不悦”,听不进去。但最后结果证明解缙是对的,谷应泰评论道:“至是(指中国撤兵)言始验。”[1]朱瞻基做出撤出安南决定的理由是“息兵养民”,等于公开承认朱棣二十年的安南政策“兴兵害民”。专制君主的个人英雄主义,往往以民生艰敝为代价。

单单安南事件支出的军费已极庞大,再加上营建北京、造南京报恩寺及大琉璃宝塔——耗资二百五十万两、投入十万夫役,历二十年才完工——等巨型工程,以及郑和六下西洋这样的“壮举”,不可能不伴以横征暴敛。朱棣在位时,没人敢说真话;他死后,宣宗朱瞻基下诏求言,这时才有人敢讲真话。湖广左参政黄泽上了一道很长的折子,全面抨击永乐朝政,称“今丁男疲于力役,妇女困于耕耘(按:耕耘本男子之事,此谓男子悉充丁役,田间普遍要靠女人耕种);富者怨征敛之繁,贫者罹冻馁之苦。”进而,就永乐之弊提出以下具体批评:

> 向也,南征北讨,出师连年,辎重牛马,耗散钜万。又江北困于营造,江南疲于转输……向也,料差日繁,饥者弗食,土木屡作,劳者弗休。养官马者或鬻子以偿驹,佃官田者或典妻以纳税。[2]

显然,黄泽所奏是有目共睹的事实,所以朱瞻基没有生气,而是“嘉纳之”,承认他言之有理。

就是在这情形下,朱棣居然双线作战,深陷安南泥潭的同时,又在北方连续发动五次对两大蒙古部落鞑靼和瓦剌的亲征。五次北征分别是:永乐八年征鞑靼,永乐十二年征瓦剌,永乐二十年征鞑靼,永乐二十一年征鞑靼,永乐二十二年征鞑靼。

连续对蒙古部落亲征有无必要?肯定地说,有必要——如果确实收获了有人所称颂的“妖氛残孽,荡焉廓清,几无孑遗”[3]的成果。因为明代大部分时

[1]《明史纪事本末》卷二二,安南叛服。
[2]《宣宗实录》卷十。
[3]陈子龙等选辑《明经世文编》卷二七一,袁永之集(袁袠)。

间来自蒙古部落的威胁和骚扰,证明了这必要性。然而“张皇师徒,穷追遐讨,深入漠北,以靖胡虏”,明显没有达到目的,否则绝不应该仅隔二十年就发生“土木之变”、英宗朱祁镇被瓦剌军队生俘的如此严重的危机。

五次北征,被很有气势地形容为“五出漠北,三犁虏庭”,像犁地一样把蒙古人地盘连根翻了个底朝天。单看这些形容词,我们会以为朱棣给予敌人以何其具毁灭性的打击,但细看随驾亲征的官员所做记录,则令人满腹狐疑。

翰林检讨金幼孜,跟随朱棣参加了永乐八年、十二年两次北征,其间,逐日记录经过,后成书《北征录》(亦称《北征前录》)和《北征后录》,是这方面最直接的第一手资料。

永乐八年第一次北征,二月十日师出北京,一路游山玩水、狩猎赏景,所获者野马、狡兔、黄羊耳,金幼孜能够记录下来的朱棣谈话,也无非“汝等观此,方知塞外风景。”“汝等观此,四望空阔,又与每日所见者异。”一类品鉴风光之语。在路上行了整整三个月,未遇蒙古部落一兵一卒,直到五月八日,才报第一次军情:某胡骑都指挥使“获虏一人至”。第二天,五月九日,再获“胡寇数人及羊马辎重”。之后,敌又无踪影。直到六月九日,总算见到一小股比较整齐的敌人“列阵以待”,“上麾宿卫即摧败之,虏势披靡,追奔不十余里”。这“十余里”的追逐,竟然就是朱棣惊天动地第一次北征之最大战役。后面,偶遇“游虏”而已。六月十四在一河边发现“游虏”,“虏怆惶渡河,我骑乘之,生擒数人,余皆死。虏由是遂绝。”[1]七月十七日,朱棣率大军回到北京,第一次北征结束。

“获虏一人”、“追奔不十余里”、“生擒数人”……这就是永乐大帝从二月十日到七月十七日、历时长达五月有余、用兵五十万,如此波澜壮阔的北征,所取得的“自古所无有也”[2]的辉煌战果么?而且最奇的是,“虏由是遂绝”——只抓了几个俘虏,怎么会“绝”呢?又怎么“绝”得了呢?

跟第一次比,永乐十二年第二次北征,战果堪称“巨大”,但也不过“毙贼数百人”[3],且是以“五十万之众”对“可三万余人”[4]极悬殊的兵力,所取得的。

以后三次,就近于搞笑了。

永乐二十年的北征,三十万大军未

[1]《国朝典故》卷之十六,北征录。

[2]《明经世文编》卷一三,荣国恭靖公集(姚广孝)。

[3]《太宗实录》《皇明世法录》《弇州史料》均如此记载。

[4]宋端仪《立斋闲录》卷三。

至,鞑靼首领阿鲁台率部望风而逃,朱棣完全扑空。即便一贯极尽粉饰之能事的《太宗实录》,在添油加醋编造"杀首贼数十人,斩馘其余党无算"之余,也还是闪烁其辞透露了实情:"丑虏阿鲁台闻风震慑,弃其辎重牛羊马驼逃命远遁。"[1]既称"远遁",当然连影子都见不着了,何来"首贼"可杀,且至"数十人"?彼此矛盾,其说不攻自破。真实情况如何呢?此次北征系因阿鲁台的鞑靼部寇兴和(今属内蒙)、杀明朝守将王焕而起,可是阿鲁台听说朱棣亲统大军来伐,就溜之大吉,朱棣根本没有跟他所欲"惩罚"的鞑靼人交上手。没找着鞑靼人,他就拿另一部落即东部蒙古的兀良哈人出气,所杀数百人亦属该部落,而且多为老弱平民。时任礼部郎中的孙原贞随军参战,他描述说,蒙古人在明军将至之前,"各先远避,保其种类,是以天兵如入无人之境。直至黑松林以北,但俘其老弱,并获其马牛羊以归。"[2]如入无人之境,杀俘老弱平民,这也算"盖世奇功"?

第四次即永乐二十一年的北征,如出一辙,阿鲁台又使用"敌进我退"这一手,朱棣则再次扑空,再次"如入无人之境"。正懊丧之际——《明史》的说法是"帝方耻无功"[3]——另一蒙古部落首领前来归附,朱棣总算可以搪塞一把,就像前一次杀俘兀良哈部老弱以充战果那样。

永乐二十二年最后一次北征,索性空手而回,连可以冒充的"战果"也没有。整个过程从头到尾,"弥望荒尘野草,虏只影不见,车辄(应为辙字之误,抄者所误)马迹皆漫灭,疑其遁已人(应为久字之误)。""英国公张辅等分索山谷,周回三百余里,无一人一骑之迹。"[4]无奈之下,朱棣只好"班师",行至榆木川(今内蒙多伦)一命西归。

如雷贯耳的"五出漠北,三犁虏庭",实情原来如此。

每次北征,均出动二三十万至五十万不等的人马,声势这么浩大,但遭遇的敌人往往仅千百,最多一次"可三万余人"。这就好比动用每秒运算十亿次的超级计算机,解一道一元二次方程式。明显多余,明显不上算。朱棣不会不知道,但为什么还这样做?

我替他分析,有四个原因。

第一,是老话题了——作为非法的

[1]《太宗实录》卷二百五十。
[2]张萱《西园闻见录》卷五五,兵部四,边防后下,北虏。
[3]《明史》列传第四十四。
[4]《太宗实录》卷二百七十二。

篡位者,他亟需以种种“不世”之伟业,来为自己正名,树立威信。我们看,即位以来他就不断折腾,而且全是极大的动静,几乎没有一天停歇过,最后连死都死在实施“壮举”的过程中,可见其心理压力之大。说实话,这也真够难为他的了。

第二,他是个很虚荣,又很在乎表面文章的人,一心想干惊天动地的大事,以厕身于历史上的伟大君主行列;或者说,他所理解的伟大君主,应当是轰轰烈烈的,气吞山河的,建立丰功伟绩的。这一点,跟他父亲颇不相同。朱元璋将蒙古人赶回沙漠,是史上光复中华的第一人,原很有理由自视甚高,然而他反倒相当谨慎,一生很少追求大而无当的虚荣,治国的基本思路是务实——国家一旦统一,立即集中精力于国内建设和民生问题;国防思想注重构建牢靠的防御体系,对外政策是“人不犯我,我不犯人”;除了修建南京,没搞过什么太兴师动众、劳民伤财的事。朱棣则是另一极端;试看从燕王到驾崩榆木川这二十来年时间里,他先后发动一场全面的国内战争(“靖难之役”)、六次大规模对外战争(一次对安南,五次对蒙古诸部落),决定并实施迁都和对北京的营造,六次派超大舰队远航,此外还有完整地重新疏通大运河、修建大报恩寺等一系列巨型工程……洪武时代的三十年,好不容易从战乱中恢复并重建的经济,就被他如此没完没了的好大喜功挥霍掉。因为什么呢?就是因为他很在乎自己能不能成为“伟人”。他的大臣们都懂他这心思,所以在每次明明华而不实的北征之后,纷纷献上如此的赞歌:“威德所加,不远过汉高哉?”[1]“乘舆所至,盖汉武唐宗所不到者。”[2]“圣德神功,巍然焕然,直与天地准。”“万世不拔之功业”,[3]“自古所无有也”,“神功烈烈,圣德巍巍,与天齐兮!”[4]别人歌功颂德不算,朱棣自己北征途中,所到之处,也迫不及待留名,树碑立传,制铭刻石,大书“一扫胡尘,永清沙漠”、“于铄六师,用歼丑虏”[5]之类豪言壮语。

第三,或许有点以“小人”之心度“君子”之腹了——我疑心朱棣五次兴致勃勃北征,除展现其“雄伟抱负”外,也兼带有游山玩水之打算。其实,这样揣想朱棣并不见得过分,喜欢游山玩水,向来是帝王们的传统,那些性情不安分、爱折腾或自以为胸怀宽广的帝王,尤其在皇宫和京城呆不住。秦始皇是个例子,隋炀帝是个例子,朱棣的六世孙正德皇

[1]高岱《鸿猷录》卷八。
[2]袁袠《北征录序》。
[3]《明经世文编》卷一七,杨文敏公文集(杨荣)。
[4]同上,卷一三,荣国恭靖公集(姚广孝)。
[5]《太宗实录》卷一百〇三。

帝朱厚照是个例子,以后的康熙、乾隆也是个例子。这几个人性情都比较“恢宏”,不能做到安安静静,故而喜欢饱览祖国大好河山。也有相反的例子,单说明朝皇帝,就是安静的居多。朱元璋定都南京后,很少离开;弘治、嘉靖、万历、天启、崇祯这几个皇帝,也都缺乏旅行的兴致,其中嘉靖皇帝最奇绝,过于安静,以致躲到西苑里不出来,钻研他的道教,许多大臣多年欲见其一面而不能。朱棣肯定跟他们不一样,当燕王时就带着兵到处跑,做了皇帝更闲不住,让他憋在京城和宫里,估计八成会得病。你看他在位二十多年,不论南京或后来的北京,正经呆在那里的时间极有限。从他北征途中见着塞外风光而发的感慨,分明可以感到,除了是“御驾亲征”的天子,他也很有一番旅游者的意识,到处勒石留言,跟今天每每在景点歪歪斜斜刻下“某某到此一游”的游客似乎没有多大分别;此外,对朱棣来说,塞外也算故地重游了,年轻时作为燕王他曾统军来到此地,所以不能排除他现在以当了皇帝的心情,到此旧梦重温,别样地体验往昔的荣光——人都是怀旧而自恋的,朱棣恐怕尤如此,他在给金幼孜等指点塞外风光时,言谈话语间很有“而今迈步从头越”的炫示感。

第四,朱棣的北征,是他缜密谋划的某个庞大计划的一部分。这个计划,涉及迁都北京、削藩这两件对巩固其到手的权力至关重要的大事;换言之,为着达到这两个目的,他必须走出北征这招棋。思考不妨从这里开始:御驾亲征究竟有何必要?实际上看不出任何必要性。洪武二十三年,朱元璋也搞过一次北征,但是他没有也不必亲自出马,而由燕王朱棣和晋王朱棡担任统帅。历史上,皇帝向不可轻动,如想表示重视,派亲王或至多太子以皇帝名义出征,规格就足够了。征安南的时候,作为军事行动,其规模尚在北征之上,朱棣更有理由重视,但他却未自己挂帅。何以单单对北征如此热衷,每次皆躬亲其事?还有,从前面所述可知,五次北征隆重上演,实际上是小题大做,甚至所谓敌情也纯属子虚乌有,这不能不令人疑其另有文章。可以留意,在时间上,北征恰恰是随着营建北京的准备工作紧锣密鼓展开,以及工程开工日近而发生的。我们当还记得,永乐五年徐皇后病故,朱棣借机把皇家陵寝迁至北京,派官员和命理家择“吉壤”,永乐七年结果出来了,朱棣去北京验收,竟就此留下不走,而第二年,他便发动第一次北征。这绝非时间上的巧合,明显是紧凑弈出的有连贯性的两手——陵址安置在昌平,显示了他迁都北京的决心；而以北京为基地采取大规模军事行动，则意在增加北京的政治军事分量，同时使他得在相当一段时间里以北京为中心，来削弱南京的意义。又如我前面讲过的，迁都北京还不是他的底牌，迁都隐含了另一个处心积虑的目的，即改变洪武时代以几大"塞王"负责北部边防的布局，将后者迁往内地，然后自己来填补塞王内迁所造成的边防空虚，此系旨在释塞王兵权、消除权力隐患的苦心的一手。而为了显示塞王内迁不会对国家安全构成损伤，他必须大张旗鼓地一次又一次搞"御驾亲征"，宣传其"战果"，以证明其决策的正确。朱棣"五出漠北，三犁虏庭"，从其过程看，明显不必要，并带有刻意而为的痕迹；换成今天的话来讲，基本属于为迁都北京和削藩这两大目的而服务的政治"作秀"。

他这一作秀不要紧，银子可就花得如流水一般。兹以永乐二十年第三次北征为例，我在《太宗实录》里找到它所动用人力物力的一项统计数字：

> 共用驴三十四万头，车十一万七千五百七十三辆，挽车民丁二十三万五千一百四十六人，运粮凡三十七万石从之。[1]

这远非整个此次北征使用的人力物力，甚至也非全部后勤使用的人力物力，而仅仅是后勤中运粮这一项所使用的人力物力，却已到令人咋舌的地步。想象一下，三十多万头驴、十多万车、二十多万民伕、三十多万石粮食的付出，末了只换来数百名战俘（多半还是老弱平民），这桩买卖是否太亏了？朱棣当然不会心疼，因为花的是百姓的钱，受苦受难的也是百姓，而他却收获了"万世不拔"的称颂，何乐而不为？

一次北征即如此，总共却搞了五次！还要加上征安南、造北京、下西洋……国无宁日。

难怪在他死后，那个叫黄泽的湖广官员，不避斧钺，公然抨击永乐时代"丁男疲于力役，妇女困于耕耘；富者怨征敛之繁，贫者罹冻馁之苦"。

可几百年后，颇有人既不研究历史，也不把屁股坐在人民一边，只是看见朱棣"尚武"、"勇于拓疆"，就慷慨地

[1]《太宗实录》卷二百四十六。

送他一顶“有作为君主”的高帽子。

其实，朱棣没给中国增加一寸土地。不仅如此，与他那些唬人的御驾亲征所乔装打扮出来的民族英雄、爱国者形象刚好相反，他为了一己之私，从根本上瓦解了朱元璋构建的北疆防御体系，给以后的国家安全埋下严重隐患。

那还须从他发动叛乱时说起。朱棣乃心思细密之人，起兵之际瞻前顾后，不仅对造反的决断周详考量，甚至虑及南下与政府军作战之后北平作为其后方是否会为人所趁。当时，封于大宁的宁王朱权握有重兵，实力仅次于己。万一朱权阴怀“鹬蚌相持，渔翁得利”之心，则腹背受敌。朱棣左思右想，想出一条狠计，不单教朱权无法从背后捅刀子，还进而使大宁之兵为己所用，那将大大提高自己的军事实力，此所谓“一石二鸟”——为达此目的，朱棣与大宁所属兀良哈三卫构成密约，借后者之六千蒙古骑兵胁持朱权入关。

那么，朱棣是以怎样优厚的条件，使兀良哈部落同意与他合作的呢？《明史》白纸黑字，记之甚明：“徙宁王南昌，徙行都司于保定，遂尽割大宁界三卫，以偿前劳。”[1]即：将宁王封地改为南昌，将大宁行都司所在地迁往关内的保定，将原来大宁所辖之地全部割让于兀良哈三卫。这三个“报偿”，朱棣即位之后，果然一一兑现。

引狼入室、割地求荣，这样的事件若搁在近代，朱棣必落得个“汉奸”、“卖国贼”的骂名。他所以侥倖逃此骂名，甚至一般人很少知道他有这样污点，只是因为兀良哈部落比较弱小，并非劲敌，倘若兀良哈与宋代时的辽国或明末的女真人相似，朱棣则注定臭名远扬。

但朱棣所为的恶劣之处，一是尽管兀良哈不足构成中国大患，但此事性质与历来的“卖国”没什么区别；二是朱棣纯属出于个人夺权需要，而出卖国家利益；三是迁徙宁王于南昌、迁徙大宁行都司于保定，把大宁三卫拱手让与异族，在北京正北至东北防线撕开一个大口子，后患无穷。

顾炎武所撰巨著《天下郡国利病书》，对明史研究是极重要的著作。其对兵要地理，尤有深考，凡各地形势、险要、卫所、城堡、关寨、岛礁、烽堠、民兵、巡司、马政、草场、兵力配备、粮草供应、屯田等，无不详述。在谈到大宁对明朝东北边防意义时，它这样说：

[1]《明史》列传第二百一十六。

大宁，居遵化之北一百里，沿山海以逮独石（即长城独石口，在今河北赤城县北，是宣府镇明长城之重要关口），一墙之外皆其地。独石、山海离京师皆七百里，与大宁正相等。国初（指明朝初年）建谷、宁、辽三王……以屏藩东北，其为计深矣。[1]

大宁的军事地理重要性体现在，可以同时扼制蒙古、女真两部，而朱棣将大宁行都司后撤，不啻乎使大明国从正面完全暴露，外寇随时可以长驱南下侵扰。因此，“正统己巳、嘉靖庚戌，诸敌犯内，皆从此至。”[2]不单明代中期时受蒙古部落侵扰与此有关，尤为惨痛的是，明代晚期东北建州女真人崛起，直至导致明亡国，与这一带防卫的空虚，关系也很直接。明亡后，痛定思痛，有人矛头直指朱棣：

抚今追昔，宁无叹慨？而况于数千里严疆，一旦波沉陆海，则明季边臣之偷玩，有不忍言者。而迹其始境，宁不罪有所归哉！[3]

朱棣有没有意识到割弃大宁的潜在危险？绝对意识到了。华而不实的五次北征，恐即为掩盖割弃大宁造成边防空虚的事实而设，仿佛拍胸口说：有朕亲自坐镇北京，不时加以征讨，区区“胡虏”不足忧虑。

也可能在他脑中，真正心腹大患乃是身边像宁王那种拥有重兵的潜在挑战者，至于寒伧“诸夷”，只要不时搞一搞“御驾亲征”，即足压制。

道德化暴君

前面把朱棣归在暴君之列，而他一生作为，也确当得起这称号，所以我们并不打算收回这样的评价。

但其实这并不是他的真正特色；仅

[1]《天下郡国利病书》卷九，旧大宁论。
[2]同上。
[3]傅维鳞《明书》卷四三，边关。

仅给他这样的评价，有点委屈他了，抑或把他过于简单化了。

暴君屡见不鲜，朱棣却只有一个。

一般暴君，自有一腔桀骜之气，唯我可负天下，为所欲为，把恶做到淋漓尽致；他们对于自己的暴虐从不掩饰，一览无余；固然令人切齿，却也不失直爽。这种暴君，包括夏桀、商纣、秦皇、隋炀和北朝后赵的石虎[1]之流。

按我们通常的经验，暴君不屑于讲仁义道德。而朱棣作为暴君，残暴虽不逊于同类，却具有其他暴君都没有的特点：满口仁义道德。这是他在古往今来暴君中岐嶷不凡之处，也是一种真正的明代特色。

明代已是帝制社会晚期。这概念，一面意味着趋于老迈和衰落，一面也意味着进入稳固和成熟，早期的野朴和中期的蓬勃都渐渐化于循规蹈矩的凝重。界限出现在宋代。宋及以后，倘将短暂插足而未肯融入中原文明的元代除外，则可看到这七八百年的历史，秦汉的霸气，魏晋的放荡，隋唐的开阔，俱往矣；代之而来的，是缜密和刻板。这也是二千年帝制中儒家伦理真正树立起权威的时候。其间，明代尤具承上启下之作用，它一面将宋儒所开辟的理学从元蒙之搁弃中恢复，一面加以发扬光大，结合到本朝的政治法律制度、文化建设和世俗生活准则之中；后世称“宋明理学”，若单论创言立说和对学理的贡献，明不如宋，然而把“知”转化为“行”，实践地把理学原理深入融于体制和社会生活规范，明又超过了宋。正是明代所起的中间作用，才有按照儒家尺度最平稳运行的典范般的清代——它在制度上悉遵明制，却能够吸取明代的若干教训，从而在十九世纪之前，把儒家伦理的政治能量发挥到极致。[2]

野蛮的冲动虽然仍有，却面临业已不可动摇的儒家道德权威的巨大压力，

[1] 石虎暴政：仅公元345年一年中，因不情愿入宫而被杀的美女，达三千余人。为容纳美女，又分别在邺城、长安、洛阳兴建宫殿，用人力四十万。苛捐杂税铺天盖地，迫使缺衣少食的农民卖儿卖女，卖完后仍然凑不够，只好全家自缢而死，道路两侧树上悬挂的尸体，前后衔接。在其长子石宣发动政变失败后，石虎将石宣绑到台下，先拔掉头发，再拔掉舌头，砍断手脚，剜去眼睛，扔进柴堆活活烧死；石宣所有的妻妾儿女，全都处斩。石宣幼子方五岁，拉着祖父的衣带不肯放松，连衣琏都被拉断，也被硬拖出去杀死。太子宫的官吏差役数千人，全被车裂。

[2] 儒家伦理这架机器，并非如现在许多人以为的，唐后即失去效率。相反，它真正发挥效率始于宋代，而迄于清代康雍乾三世。在此过程中间，它从制度、经济和文化方面，把中国打造成世界上唯一长期繁荣的国家。如果制作一张似证券交易的K线图，很明显，从十一世纪起，这曲线都保持上升态势，直到十八世纪末“见顶”，然后“破位下行”。

而不得不有所自我抑制。朱元璋很典型，他天性之中明显有强烈的暴力倾向，并在具体事件和局部行为上时有流露，但总体上他却能够了解接受儒家仁爱为君理念的意义。还有起自蛮荒的满人，起初他们的表现，跟以往一入中原唯知杀戮与蹂躏的其他蛮族没有两样，然而当天下既定、切实实行统治的时候，却意识到收敛野性、洗心革面的必要，转而成为有史以来在中原执掌政权的最理性之异族。总之，无所顾忌、赤裸裸、将破坏性宣泄殆尽的暴政，宋、明、清三代并不存在。

唯一有潜力发展成“暗黑破坏神”式暴君的，便是朱棣。从他做下的一些事，完全可以看出他在这一方面的罕见禀赋。永乐十九年，仅仅为着一个宠妃之死，朱棣即悍然在后宫实施一次惨绝人寰的大屠杀。事因朝鲜进贡的权妃而起，这权氏进宫后很受朱棣喜欢，渐教她掌管六宫之事，难免为别的妃嫔所嫉。永乐八年一天，权妃突然死了，但当时并未引出什么事。到了永乐十二年，忽然抖露出权妃当时是被另一朝鲜宫人吕美人下毒害死的说法——其实这纯属后宫龃龉导致的诬陷——朱棣怒极，兽性大发，命人将被冤枉的吕美人用烙铁足足烙了一个月，方才处死，另外还处死宫女数百人；又坚持要求朝鲜国王杀吕氏满门；与此同时，为了泄忿，“将赴征时逃军及从军士之妻妾奸他夫者”，共计一百多人，全部杀掉，每天杀人时他都亲临现场观看。事情并未到此为止。不久，诬告吕美人的宫人吕氏（也姓吕，不过是中国人），还有另一宫人鱼氏，曾因难耐寂寞而与宦官私通，朱棣似有觉察，吕、鱼感到事情败露，双双自尽；吕、鱼之死，令当年权氏旧案复发，朱棣大行拷掠，宫婢不堪受刑往往信口胡言以求暂解，结果刑逼之下，生出所谓宫中存在谋杀朱棣阴谋之说，一旦如此，进而辗转攀连，牵及宫女二千八百人——这二千八百名宫女全被杀光，而且个个以剐刑处死，每剐一人朱棣均亲自监刑。据说，有宫女受剐刑之时，破口大骂朱棣：“自家衰阳，故私年少寺人（与年轻宦官私通），何咎之有？”[1]看来以“尚武”闻名的永乐大帝，作为男人其实并不值得骄傲，难怪他如此丧心病狂。

累计起来，从永乐十二年起，至永乐十九年止，因为权氏之死而引起的这件惨剧，朱棣前后杀人逾三千。

[1] 以上叙述，详吴晗辑《朝鲜李朝实录中的中国史料（一）》卷三太宗二（第261—262页），卷四世宗一（第319—321页）。

此事足以证明，朱棣其人的残暴，不在后赵皇帝石虎之下。但是，类似这样的行径，我们在《太宗实录》里却找不到一点踪迹，全部被掩盖起来。这场后宫大屠杀，所以为后世知晓，仅仅由于当时宫中有个名唤金黑的朝鲜籍乳娘，她在朱棣死后，得返朝鲜，将全部经过对朝鲜国王做了汇报，然后载于《李朝实录》。

金黑还报告说，朱棣死后，共有三十余名妃嫔，被强令殉葬；从金黑所提及的人名看，多为朱棣生前所宠爱的女人。这些女人被领入一间大殿，事先已有许多小床放在那里，她们被扶上小床，将脖颈伸入绳套，随即撤去小床……金黑描述说，朱棣的宠姬韩氏，这位与之母女相称的朝鲜美人，临死之际哭叫道："娘，吾去！娘，吾去……""语未竟，旁有宦者去床"[1]，其状甚惨。殉葬的旨意，究系朱棣早有吩咐，还是出于其子仁宗朱高炽，不明。但细察此事的风格，兼以朱棣一贯的为人、性格、心理来推测，十有八九是朱棣的安排。汉代以来，殉葬在中国已经废止，以宫人殉大行皇帝之事鲜有所闻；一般做法是遣散或在宫中养起来，"白头宫女在，闲坐说玄宗"是比较典型的情形。朱棣能在十五世纪有此倒行逆施，一是强烈而可怕的独占心和嫉妒心作祟，再有，只能说此人过于毒刻，天良丧尽。

幸赖外国史志，这些本已淹埋的史实多少年后才重见天日。由此不禁令人深疑，朱棣一生究竟还有哪些暴行已经石沉大海，被官方史志抹煞得一干二净？

这恶贯满盈的统治者，若询之今人，恐怕却没有几人认为他是大暴君。原因何在？除了他本人和明代官方竭力消灭那些罪恶证据，除了他搞过很多迷惑后人的"形象工程"，还有一个重要原因，即他曾用大量言论把自己打扮成道德高尚的贤明君主。但更可悲的是，今天许许多多、泛滥成灾、不负责任的通俗化帝王传记作品，对朱棣这些漂亮话居然连最基本的"听其言，观其行"的意识都没有，一味采信，把它们用作刻画朱棣形象的材料，影响相当坏。

就在他血洗后宫过程中，永乐十九年四月八日，紫禁城三大殿忽为雷所击中，引燃天火，新皇宫这耗费巨大人力物力的最主要建筑，落成仅三个月，即化为灰烬，直到正统年间才由英宗朱祁镇修复。三大殿毁于雷火，曾给未及被杀的人们带来一丝希望："宫内皆喜，以为帝必惧天变，止诛戮。"[2]朱棣的确于第二

[1] 吴晗辑《朝鲜李朝实录中的中国史料(一)》卷三太宗二，卷四世宗一。

[2] 同上。

天就下了一道罪己诏，里面说对于三殿之灾“朕心惶惧，莫知所措”，随后在内外政及自我道德修养等所有方面，反躬自问；又极诚恳地表示：“尔文武群臣受朕委任，休戚与共，朕所行果有不当，宜条陈无隐，庶图悛改，以回天意。”[1]可实际上呢？《李朝实录》指出：“帝不以为戒，恣行诛戮，无异平日。”这正是朱棣一贯的风格：好话说尽，坏事做绝。公开说的是一套，实际做的是另一套。他可以一面下罪己诏，满是悔过之意，一面依旧屠杀不辍，“无异平日”。

这才是真实的朱棣。

朱棣之生也晚。以他的禀质，早生数百年，当不失为历来暴君头把交椅的有力竞争者。但，前面所说帝制晚期特色限制了他，使之不能尽情发挥。

过去，讲到宋以来礼教（道学）对人的束缚，多注意的是读书人和士绅所受的影响，小说家也以此为题材，加以渲染，留下很多精彩故事，所以现在一谈起礼教的虚伪，我们脑中浮现的尽是严贡生一类形象。

其实皇帝也一样。到了明代，做皇帝愈来愈不“自由”，道学的各种清规戒律如影随形，令他们不胜烦恼，却无可奈何。终明之世，几乎每个皇帝都不得不以自己的方式去回答道学的提问。有朱元璋的方式，朱允炆的方式，朱祐樘（明孝宗）的方式，也有朱棣的方式，也有朱厚照（明武宗）的方式，朱厚熜（明世宗）的方式。各不相同，但都必须和道学打交道，做出回应，表明态度，而无法置之不理，其情形则无奇不有。像朱厚照，生性与道学相左，又不惯隐忍，索性破罐子破摔，以沦为市井无赖的方式来达到反叛目的。朱厚熜也很有意思，早期他极在意道学，他承祧武宗得为皇帝后，首先想到的一件事，就是为自己生身父母正名，为其上帝后尊号，他这行为正好触动了礼教自相矛盾之处，礼教凡事以孝为先，朱厚熜所争正因他笃行孝道，不愿当了皇帝而成为别人的后代，但礼教对于名分偏又抠得很死，从名分上说朱厚熜必须以孝宗朱祐樘之子的身份继承皇位才算合法——一边是孝道，一边是名分道统，朱厚熜为此与群臣往来相斗，双方引经据典，各不遑让，搞到后来终归皇帝力量大，朱厚熜如愿以偿，但也真可谓焦头烂额——此即有名的嘉靖“大礼议”事件，完全由如何正确解释道学理论而起。经此恶战，朱厚熜身心俱疲，加上其他

[1]《太宗实录》卷二百三十六。

一些事如“宫婢之变”的影响，态度来了个一百八十度大转弯，中年后完全转向仙学道术的钻研，关起门，沉浸在虚无的神仙世界里。

朱棣却有自己的应对方式，那就是阳奉阴违。他既不像朱允炆那样“中毒”颇深，对道学诚心信奉，一言一行都比照“圣王之道”；也绝不像朱厚照那样不管三七二十一，什么圣人之言，通通给我滚一边去！朱棣的方式是，该怎么做就怎么做，毫不手软、毫不顾忌，然而在言语上，他却是比谁都正宗纯正的道学大师。

说来，他实在是个深刻的矛盾体。他并无“仁柔”心性，可又在意名声，希望跻身“正派”君主行列，甚至是古往今来难得一见的伟大皇帝，而不愿意与荒淫无道的坏皇帝为伍。但朱棣并不为自身矛盾的夹击所苦，他倒是在矛盾中练就了独门功夫，其形正类乎金庸写到的“左右互搏术”，干出的事大多很“小人”，说出的话却大多很“君子”。

奇怪的是，他自己对此竟然心知肚明。当皇帝后，有次与翰林侍读胡广等人闲聊，他吐露了这样的心声：“为学不可不知《易》，只‘内君子，外小人’一语，人君用之，功效不小。”[1]此语出《易》“泰(卦十一)”：“内阳而外阴，内健而外顺，内君子而外小人，君子道长，小人道消也。”原意是讲事物应该刚柔互为表里。但朱棣之用于自况，却显然是在替他的表里不一作辩解。甚至他能想到用这句话自解，也真是让人钦佩不已——双手沾满鲜血的独夫不止他一个，但没有哪个做了N多坏事以后，还找到如此漂亮的借口。

他给自己搭的牌坊巍峨壮丽，高耸入云。倘并不了解此人一生所为，只读史书上记述的他的言论，你简直会相信这是上下五千年屈指可数的贤君之一，那样忧民爱民，那样敬仰天命，那样理性澄明，那样好德乐道。所有这一切，都集中在永乐七年他撰写并颁布的《圣学心法序》[2]里。

《圣学心法》，据说是朱棣亲自编纂的一部“采辑圣贤格言切于修身、齐家、治国平天下之要者”，专供其子孙学习之用的一本“德育教材”——这恐怕不可信，他老人家大约没这份闲工夫充当一名编辑家，当系臣下“代劳”，而用了他的名义发表。不过，那篇序言应该是他自己捉刀，理由是文字并不高妙，观点也保存着他一贯言不由衷的特色。

[1]《太宗实录》卷五十七。
[2]《太宗实录》卷九十二，以下引文皆出此。

读读《圣学心法序》，很容易知道朱棣给自己搭了究竟怎样一座美轮美奂的牌坊。我从中撷取五段话，分别与他一生为人和行事的五个重要方面相关。以这些话，质诸他的实际做法，对照起来读，会非常有趣。

第一段，谈"仁义为君"、"以德治国"：

道德仁义，教化之源。善治天下者，以道德为郛郭，以仁义而为干橹。陶民于仁义，纳民于道德，不动声色，而天下化如流水之赴壑，沛然莫之能御也。虽然，王者下之表，上以是帅之，下以是应之，故笃行躬饯（当系"践"字之误），渐摩人心，此德化之实也。

第二段，谈"以民为本"：

民者，国之根本也。根本欲其安固，不可使其凋敝。是故圣王之于百姓也，恒保之如赤子，未食则先思其饥也，未衣则先思其寒也。民心欲其生也，我则有以遂之；民情恶劳也，我则有以逸之。

第三段，谈"慎刑少杀"：

明刑以弼教。终也，刑，期于无刑。先王之敬用五刑也，一则曰钦（恭敬，不玩不亵），二则曰慎，以见用刑之不敢以轻。故天下无滥狱过杀，而民罔不协于中，所以久安极治也。至若秦隋之君，用法惨酷，倚苛暴之吏，执深刻之文，法外加法，刑外施刑，曾何有忠爱恻怛之意？死人之血漂流愈多而奸愈作，狱愈烦而天下愈乱矣，失四海之心，招百姓之怨。

第四段，谈"富民之利，扰民之害"：

经国家者，以财用为本。然生财必有其道。财有余，则用不乏。所谓生财者，非必取之于民也。爱养生息，使民之力有余；品节（衡量、鉴定）制度，使物之用不竭。下有余,则上何患于不足?下不足,则上何可以有余?故曰:财聚则民散,财散则民聚……人君富有天下,亦必量入为出,守之以节俭,而戒慎于奢靡……若夫衰世之主,极财用之费,穷耳目之好,朘民膏血,暴殄天物,民怨于下而不恤,天怒于上而不惧,欲国不亡,乌乎可得!

第五段,谈“不穷兵黩武”:

驭夷狄有道,谨边备是也……毋先事以启衅,毋贪利以徼功。起衅徼功,损财耗力,中国罢(通“疲”)弊。

“善治天下者,以道德为郛郭,以仁义而为干橹。”“圣王之于百姓也,恒保之如赤子。”“终也,刑,期于无刑。”“死人之血漂流愈多而奸愈作,狱愈烦而天下愈乱矣。”“民怨于下而不恤,天怒于上而不惧,欲国不亡,乌乎可得!”“起衅徼功,损财耗力,中国罢弊。”……这些话字字珠玑,说得是何等好啊,天下还有比这更正大光明、高尚动听的至理嘉言么?

可是请注意,朱棣写下这些句子时,是永乐七年五月。

那时,他早已屡兴大狱、滥杀无辜、恢复锦衣卫、任用大酷吏。

那时,征服和吞并安南已然三载,正在填无底洞般地消耗着国家和人民的巨大财力。

那时,他已经四遣大臣、征调大量民伕在各地采木,紧锣密鼓地准备再建一座京都。

那时,以“耀兵异域”、宾服四方为目的,靡费无算的郑和远航,已进行过两次(永乐三年和永乐五年),马上就要搞第三次(永乐七年十月)。

就在写下“毋贪利以徼功”这句话的当年,墨渖未干,朱棣北上抵达北京,着手调集兵马粮草,强迫数十万农民离开田地、家乡和亲人,即将发动对蒙古部落的第一次北征……

以许许多多这样的事实,与《圣学心法序》的大哉煌言相对照,我们作何感觉?

"向也,南征北讨,出师连年,辎重牛马,耗散钜万。又江北困于营造,江南疲于转输……向也,料差日繁,饥者弗食,土木屡作,劳者弗休。养官马者或鬻子以偿驹,佃官田者或典妻以纳税。"此时,复以黄泽奏折所提出的指控,与《圣学心法序》的自我标榜相对照,你无法不惊讶于两者间的反差,是如此悬殊和刺目。

你心底将浮现出一个字眼——只能是这个字眼:伪君子。

十足的坏蛋,至少比十足的伪君子要好些。至少,十足的坏蛋并不在祸害人间的同时,还额外索取名誉。

一不留神当了皇帝

此人一生，上演了绝大的喜剧，其中固然有极权的作用，却显非仅仅以此所可解释者；他的个性，他内心世界的不均衡性、破损性，他人格发育上的障碍，他理想与现实、禀性与角色之间的冲突……都大大超出政治层面之外，而极宜加以人文的剖视。

历史上那么多皇帝，还有无数想当皇帝而当不成的人；而坐在皇帝位子上感到不耐烦、千方百计想逃开的，好像只有他。简单地说，他本来应该做一个无拘无束的野小子，现实却把他绑在厚重的龙床上——就是这么简单的一对矛盾。

明武宗朱厚照。

二千年帝制史上最生动、最富个性的皇帝，一生想了很多办法，来逃避、颠覆皇帝角色。

朱厚照是谁

西历1491年。在中国，是明朝的弘治四年。

到弘治皇帝朱祐樘，明朝龙床上已经轮换过九位天子的屁股。[1]

九月二十四日申时，紫禁城忽传喜讯：二十一岁的弘治皇帝刚刚当上了爸爸——皇后张氏顺利产下一子。不知是事情过于突然以至于年轻的父亲有些手足无措，还是好不容易才诞生了这么一位“皇嫡长子”[2]必须格外郑重的缘故——依惯例，凡生皇子，百日后即当命名——这回却有些例外，小皇子出生都快二百天了，翌年三月十三日，举行册立皇太子大典之后的第五天，皇帝才发表赐名敕书，为他起名“朱厚照”。

关于这名字的由来，要略说几句。

三个字中，身为父亲的朱祐樘所能决定的只是最后那个“照”字。第一个字就不必解释了，除非他们打算放弃自己的姓氏。至于第二个字，一百多年前老祖宗朱元璋就已经替后代们想好。当时，朱元璋给诸皇子各选了二十个字作为将来他们子孙的排辈用字。皇四子朱棣这一支得到的二十个字是：“高瞻祁见祐，厚载翊常由，慈和怡伯仲，简靖迪先猷”。为什么是二十个字，而不是三十个、四十个？没人知道。或许朱元璋心里想的是，朱家江山并不可能真的“传诸万世”，传上二十多代就很不错了。事实上，就是这二十个字也仅用到一

[1] 太祖、建文帝、太宗、仁宗、宣宗、英宗、代宗、宪宗和孝宗（弘治本人）。

[2] 所谓“皇嫡长子”，必须在皇诸子中居长，同时必须是正宫皇后所出。从明开国的1368年到朱厚照出生的1491年，一百二十三年间，总共仅出现过两位“皇嫡长子”，一位是朱元璋与马皇后所生的太子朱标，一位便是朱厚照。而朱标早死，只做过太子，没做皇帝。因此，朱厚照是明立国以来第一位以“皇嫡长子”身份继承皇位者。

半,明朝便告终结[1]。

总之,弘治皇帝朱祐樘自己是“祐”字辈,及至他的孩子出生,就该用“厚”字了。究竟挑什么字来配这个“厚”才好,这是朱祐樘唯一可以煞费苦心的。

一番思量后,朱祐樘把它确定为“照”字。他在赐名敕书中很有学问地指出:“照”之意,取诸《周易》“大人以继明照于四方”及《尚书》中“光被四表”一句。引申开来,以之赐予命中注定要当皇帝的小太子,是祝福他“四海虽广,兆民虽众,无不在于照临之下”。[2]

可以想象,给小太子想出这么一个很有内涵的名字,弘治皇帝心中是颇为得意和极有成就感的:看!一轮万众仰头的小太阳,发散着浑厚而广大的光芒,升起于人间;他将温暖着百姓,而百姓也将感恩于他的照临……

多好的名字。

自古以来,中国人对世间万物的敬畏,集中在取名、风水、吉祥数字一类鸡毛蒜皮的小事上。以至于贪官、歹徒之流,常以为但凡名字取得好、在风水宝地造屋建茔,或与某些吉数沾上边,即可平平安安地作恶。这样的心理,即便今天也还一样。我就辗转听说,有一位女士,找测字先生测了一把以后,执意把名字当中的一个字换掉了,否则,据说不能平安。

朱厚照,将来肯定不会面临改名字的必要。他的名字,经过了最正宗的神秘主义命名学的严格审视。当他被赐予这样一个名字的时候,尽管连拉屎撒尿都还不能自理,却已经注定拥有光明的人生前景。

不仅如此。比那个吉利的名字更足以保佑他的,是朱厚照有一个激动人心的非凡的生辰八字。

中国古历用天干地支来编排年号和日期。天干共十个字,排列顺序是:甲、乙、丙、丁、戊、己、庚、辛、壬、癸。地支共有十二个字,排列顺序是:子、丑、寅、卯、辰、巳、午、未、申、酉、戌、亥。历法上用天干地支组合编排年号或日期,即甲子、乙丑、丙寅……因为天干十个字和地支十二个字的最小公倍数是六十,所以用天干地支组合编排年号(或日期)六十年后(或六十天后)又要回头一次。

[1] 明朝最后一位皇帝思宗,亦即崇祯帝,名朱由检,排辈用字正好是第十个“由”字。

[2]《孝宗实录》卷六十一。

在中国人眼中，这轮回包藏着神秘的天机，施之于人，则蕴寓和象征着诸多命运上的必然。这自然而然地被术数家们大做文章，煞有介事地归纳出若干大吉或大凶之命。

当他们运用这套“学说”研判朱厚照的生辰时，意外地发现其支辰呈现出一种非常奇妙的排列；这个排列是：辛**亥**年（弘治四年）、甲**戌**月（九月）、丁**酉**日（二十四日）、**申**时——发现了吗？亥、戌、酉、申正是地支由尾顺序逆读的后四个字。

这是一个顶级的生辰排列。大贵。算命家形容之为“贯如联珠”。

我不懂命理，只懂麻将。麻将里面有“天和”和“地和”，在我看来，朱厚照摊上这么一个生辰，幸运度大略相当于麻将桌上的“地和”——倘若子、丑、寅、卯的排列才算“天和”的话。

这小子刚把脚伸到人间，就闹了把“地和”，难怪朝中马屁精们如获至宝，大做文章。他们称颂说：本朝也就太祖高皇帝有类似的生辰，而小太子命数居然堪与伟大的洪武爷比美，端的是神圣之极、睿智天授，其大有作为而朝序清宁、祚运盛远，良可期也。[1]

万事开头难。国人最迷信开头。做官之道，有一条叫做“新官上任三把火”，只要烧过这三把火，后面便尽可以懈怠、平庸甚至堕落。做生意讲究“开业大吉”，比如餐馆初张，都有隆重的仪式，菜肴和服务品质也必处其最佳状态，引得食客如云，可要不了多久，多半走下坡路，直至“歇菜”。普通百姓特重婚事的大操大办，往往不量其力，极尽排场，以后的日子怎么过且不论，图的就是露个好头好脸。

要不然，怎么早就有“靡不有初，鲜克有终”这句话？

从万事开头难的角度看，朱厚照再牛气不过。明代一十六位正牌皇帝的登场亮相，哪一个都不如他出彩儿。别的皇帝，要么没有皇嫡长子的纯正身份，就算有，又哪里弄得来他那种“贯如联珠”的大贵八字？此人之降生，简直占尽天时、地利、人和。凭这运气，倘若他在今天去买彩票，少不得也是一位中大奖的主儿。

既然弘治皇帝吉星高照，生了这么一位“天之骄子”，是不是意味着紫禁城这户姓朱的开始走下坡路的人家，也摸了个头彩，一夜之间时来运转了呢？

[1]《武宗实录》卷一。

祖宗们

到朱厚照出生的时候，明王朝已经存在一百二十三年，连同朱祐樘在内，共历九位皇帝——里面包括建文帝、景帝这两位先后被废黜的皇帝。

朱元璋、朱棣的故事，我们都已浓墨重彩地讲过；朱允炆的故事不曾专门讲，但在朱棣部分也顺带说了不少。剩下还有六位“前辈”，在朱厚照之前治理过这个国家。为方便大家知道历史怎样一步一步延续到朱厚照这儿，我们还是或略或详地表一表他们的生平。

朱棣死后，传位其子朱高炽，即明仁宗。不过在位仅一年即驾崩，不说也罢，说也没什么好说的。

然后是宣宗，名叫朱瞻基，年号宣德，款制独创、工艺精湛的香炉“宣德炉”即产此朝，大家或许听说过它。宣德朝自然不只产一个“宣德炉”，似乎可以这么说，朱棣的曾经做过皇帝的十几个后代里，朱瞻基算是最争气的，虽然时间不长，只享国十年，但国家治理得还算井井有条。特别是，明初由朱元璋奠定的，原来不错但被好大喜功、穷兵黩武的朱棣搞伤的经济基础，在朱瞻基手中有所恢复。

宣德帝所应得到的称赞，也就到此为止了；而且我们对他的称赞，完全基于与朱棣以来其他十几位皇帝相比较的意义上——在这些人中，他这个皇帝还算有一些积极的性质，还没有坏到令人切齿的地步。

可是，朱瞻基在一件事上却起到很坏的作用，即宦官干政。

重用宦官自朱棣始，但宦官在永乐年间，虽得其用，却基本是被当作走狗、鹰犬，政治地位不高。是朱瞻基真正抬高了太监的地位，使他们可以和朝臣分庭抗礼，形成了内阁—司礼监相制衡的二元朝政结构。

朱瞻基做出了两个极危险的在整个明代恶果连连的决定：一、打破朱元璋禁令，设立内书堂，教内监识字，为他们参与政治铺平道路；二、命司礼监秉笔太监代替皇帝批答内阁票拟本章，也就是给予宦官“批硃权”。

明代废除相制，国务由内阁官员拟出意见，奏呈皇帝，再由皇帝亲自批复，做出决策。因为皇帝批复以朱笔书写，所以又称“批硃权”。这项权力，实为国家最高权力。正是朱瞻基,居然让太监分享这一权力。因此宣德以后,表面上内阁和内监是彼此制衡的关系,实际上,内监处在高一级的位置,而有"朝廷政令,不由朝臣,皆出自司礼监"之说。掌握了最高权力的宦官集团,一跃而为国家政治核心,其将如何恣意妄为,致使国无宁日,无不可想而知。

朱瞻基此举,乃不折不扣的授人以"柄"——不是普通的"把柄",是"国柄",国家之印把子。很久以后,痛定思痛的明代批评家终于说出了这样的话:"一代弊政,实宣庙(朱瞻基庙号宣宗)启之也。"1435年,三十七岁的朱瞻基翘了辫子,留下年仅九岁的太子朱祁镇,还给他留下一扇通往太监擅权的大门,就此言,无论是做皇帝还是做老爸,朱瞻基都相当不负责任。

明英宗朱祁镇九岁践祚,屁事不懂,但据说太皇太后张氏(朱瞻基之母)很贤明,有她抚帝听政,兼倚宣德朝声望素著的老臣"三杨"[1]、夏原吉、蹇义等,所以头十年无事。慢慢地,张氏及"三杨"等或亡故或告老,朱祁镇也长大成人,知道做事自己拿主意了——这灾难也就开始降临。

于是,明代宦官丑类之中天皇巨星之一的王振开始唱起了主角。其实王振的登台很早,朱祁镇继位的当年,就任命王振掌司礼监;只是太皇太后在世之日,一直打压此阉,令其郁郁不得志。老太后一死,朱祁镇及王振皆感欢欣鼓舞,而得放手胡为,其间恶行不尽一一。总之,到了正统十四年这年,王振先是构衅于瓦剌(蒙古人的一支)也先部落,后再怂帝起兵五十万亲征,大败,在怀来附近的土木堡被包围;朱祁镇拥数十万大军,却可笑地被活捉而去,王振则为乱兵所杀。

由朱棣开先河,而经朱瞻基大力弘扬的信用宦官之道,到朱祁镇这儿顺理成章地迎来了第一个"硕果":皇帝被擒、国几覆亡。但就像狗改不了吃屎一样,独裁君主对太监的偏爱,实在是"家天下"的题内之旨。因在皇帝眼中,内竖无论怎样为非作歹,吃亏的只是老百姓;再坏也是家奴,心眼儿无疑向着主子的。

那朱祁镇陷于"番邦",所幸者,也先不曾杀他,后来还把他送还明朝。于是,1457年他上演了一幕"夺门"复辟,从弟弟朱祁钰屁股底下抢回皇位,杀掉当年救明朝于危难之中的于谦。复辟的朱祁镇,终于又有机会"吃屎",乃捧出王振第二——大权阉曹吉祥。

[1]即杨溥、杨荣和杨士奇,他们是宣德年间内阁的主要辅臣。

曹吉祥自我膨胀得比王振还厉害，据说他的过继之子曹钦专门向门客打听："自古有宦官子弟为天子者乎？"回答是"有"，而且名头大大的——"君家魏武[1]，其人也。"曹氏父子深受鼓舞。到天顺（朱祁镇复辟后的年号）五年，曹氏终于发动了叛乱，攻打紫禁城，但有个叫马亮的曹党事先告发，朱祁镇有所准备，总算没有第二次沦为阶下囚。史书上说："英宗始任王振，继任吉祥，凡两致祸乱。"[2]都弄到几乎国亡身败的地步，然而他丝毫没有悔意。不但如此，奇怪的是，王振害他丢了皇位、性命也几不保，而他竟然还是对王振充满缅怀之情，复辟后"赐振祭，招魂以葬，祀之智化寺，赐祠曰'精忠'"。杀于谦，而旌表王振"精忠"，此人头脑，非"弱智"不足以形容。

这种"弱智"，在朱棣子孙里几乎是有规律性的，朱祁镇无非刚刚开了一个头而已。

现在，轮着正德的爷爷、成化皇帝明宪宗朱见深露脸了。朱见深即位时十八岁。十八岁，多好的年华，正当人生奋发向上、青春焕发之际，然而人生的这类通常的轨迹，不知怎的在皇帝们那儿却要走形和变味儿。成化登基第一年就做了让人瞠目的事：七月立皇后吴氏，八月，废之。从结婚到"离婚"，有如闪电，不要说在古代，即便婚姻自由、开放的现代，像这样短命的婚姻也不是很多见的。

为什么呢？为了另一个女人——某种意义上应该说一个"老"女人。此女姓万，小字"贞儿"。"贞儿"这名字倒挺可爱，可以给人一些妙想；但实际上，成化元年这位"贞儿"年已三十五，相对于十八岁的朱见深，是不折不扣的老女人，并且单就性魅力来说她也丝毫没有纤妙之处，《罪惟录》作者查继佐描述她"貌雄声巨，类男子"，成化之母周太后亦曾大惑不解地问儿子："彼有何美，而承恩多？"[3]

连老妈周太后都想不通，年轻的新婚燕尔的吴皇后就更想不通了。年方十九的吴氏，据说聪明知书、多才多艺，又正值妙龄，怎么着也该比不男不女的半老"贞儿"有吸引力吧？估计她自己就是这么想的。谁知入得宫来竟遇上万氏这么一位拦路虎，无才无貌却擅宠宫中，位仅嫔妃，却胆敢对母仪天下的正宫皇后倨傲无礼。年轻气盛的吴"美媚"如何咽得下这口气？"恶之，数加诘责。"[4]——有的记载更其火爆，说皇后把万氏叫来，

[1] 指魏武帝曹操。曹操本姓夏侯，其父嵩为汉桓帝时大宦官曹腾收为养子，改姓曹。
[2]《明史》宦官一。
[3]《罪惟录》列传卷二，皇后列传。
[4] 同上。

一怒之下"摘其过,杖之"。[1]大棍伺候这还了得?打在万氏身上,疼在成化心头,于是发生了那桩少见的"皇家闪电离婚案"。

有人说吴氏属于因妒惹祸,其实不是。后宫当中姿色相当的女人之间争风吃醋,可以叫做妒嫉;至于吴氏,不过是依正常人的正常头脑的正常逻辑,推论男人应该喜欢她、站在她这边而已——结果偏偏错了!但怎么会错了呢?她或许初来乍到,有所不知:这万氏乃宣德时宫人,朱见深二岁被立为太子时起被派来做贴身侍女,此后直到十八岁,朱见深经历着一个男孩的童年、少年和青年,而所有这一切,里面都有万氏——一个成熟的女人,一个处在十九岁到三十五岁之间的女人,一个除了她所照顾的这个小男人身边再没有别的男人的女人。这女人将教给朱见深什么呢?吃饭、穿衣、说话,也应该还有别的……

想想贾宝玉身边的袭人吧,《红楼梦》第六回写贾宝玉梦中与秦可卿缱绻之后,"迷迷惑惑,若有所失,遂起身解怀整衣,袭人过来给他系裤带时,刚伸手至大腿处,只觉冰冷粘湿的一片,吓的忙褪回手来,问:'是怎么了?'宝玉红了脸,把他的手一捻,袭人本是个聪明女子,年纪又比宝玉大两岁,近来也渐省人事,今见宝玉如此光景,心中便觉察了一半,不觉把个粉脸羞的飞红……"袭人与宝玉尚且有这种故事,何况万氏跟小她十八九岁的朱见深之间?前面说到周太后因不解而质询朱见深,据说朱见深这么答的:"臣有痞疾,非妃抚摩不安。"[2]话已很露骨了,他对万氏明显有一种旁人所不可代替的"肌肤之恋",至于后者如何做到这一点,则"不足与外人道也",猜想起来,肯定不止当"痞疾"发作时罢!

多好的小说素材,可惜还没人利用。

成化喜欢半老女人、为恋母情结所困,虽然心理或人格上略有障碍,但说到底是他的私事,本亦无可厚非。麻烦在于他是皇帝——皇帝的事,能是私事么?

成化二年,朱见深当爸爸了!这头一个孩子居然是一个男孩儿,而这男孩儿的母亲居然是万氏!天晓得,"贞儿"还真鸿运当头;刚刚除掉吴皇后,自己就生了皇长子,有这资本,再加上皇帝几乎注定不衰的恩宠,将来夺取皇后位子岂非易如反掌?果然,朱见深立刻晋封万氏为贵妃。

可是,老天却跟他们开了一个委实

[1]《明史》列传第一,后妃。
[2]《罪惟录》。

有些刻毒的玩笑。成化的长子正月出生，连名字都没来得及取，到当年十一月竟然病夭了。报应么？天谴么？不知道。总之，“贞儿”的美梦就这么破灭了。年近四十，生育力式微已成定局，何况皇帝身边还有那么一大批“当打之年”的生力军！设想一下，美女如云的后宫之中，一个既无青春又无姿色、几乎没有再次生子机会、彻底绝望的半老女人，内心会怎么样呢？变态，是必然的。

她从此变成了一个杀手，一个专门谋害胎儿或婴儿的超级杀手。史称：“掖廷御幸有身，饮药伤坠者无数。”[1]这可是明确记在正史里的。“无数”，意味着所有成化种下的种子都被她逐一拔了根苗，而且必定不止是男胎，因为只要密探来报某某宫人受了孕，她就一律投之以毒药。这实在是太过恐怖的一幕。只有一次，万氏失手了：又一个宫女被宠幸后，传出怀孕消息，万氏照例下药，但中间环节却发生了一些为她不知的情节，这孩子终于被秘密在别宫养活——此人非他，正是正德之父、日后的弘治皇帝。关于这桩惊险故事，稍后再作详叙。

万贵妃对失子之痛所发起的疯狂自我补偿，并不仅仅限于搞死成化与别的女人弄出来的胎儿。她开始让自己的亲属大捞特捞，她的三个兄弟喜、通、达，贪黩无厌，仗着姐姐，直把国库当做自家银行。他们不断从各地弄来奇巧之物卖与宫庭——所谓卖只是形式而已，因为那些东西的价值与其价钱完全不相称，“取值至千百倍”[2]。更荒唐的是有时他们干脆做的是无本生意，从成化那里讨来盐引，把盐卖了钱，再买成玩物回卖与宫庭，“车载银钱，自内帑出，道路络绎不绝，见者骇叹”[3]，府库几为之掏空。

如只搞钱也还罢了，但搞钱的人很难不搞权，因为极权体制下钱和权两个东西总是结伴而行，搞钱是因为有权，有权就会搞钱。万贵妃就很好地演示了这种关系。她搞权搞得远远超出宫掖争宠的需要，触角进而延伸到整个朝政。她是一个女人，女人是做不了官的；其次，她虽然擅宠于成化，惜乎名分仅为贵妃，且明摆着已失去做皇太后的前途，所以吕后、武则天模式也与之无缘。不过不要紧，她可以找代理人。上哪儿找？很简单，到太监里找。太监中万氏死党甚多，钱能、梁芳、覃勤、韦兴都是有名的靠结欢万氏而作威作福的大太监，这里

[1]《明史》列传第一，后妃。
[2]《宪宗实录》卷二二五。
[3]同上。

着重说说汪直。

汪直可说是万氏嫡系，从小在万氏昭德宫当差，做事很称万氏之心，成化则爱屋及乌，让汪直先升御马监，再掌西厂，终于"威势倾天下"，跻身明代巨阉之列。

我们知道，明朝特务机构过去只有锦衣卫和东厂，现在却横刺里冒出来一个西厂，它是成化皇帝专为汪直设的。这西厂有万贵妃撑腰，来头之大可想而知。据说西厂捕人，根本不用奏知皇帝，完全自作主张，想抓就抓。汪直出行，随从甚众，前呼后拥，"公卿皆避道"，国防部长（兵部尚书）项忠以为可以不吃这一套，结果被当街狠狠羞辱一番。史家评曰"权焰出东厂之上"——自西厂汪直一出，原先不可一世的东厂就算不了什么了。

汪直这样折腾了大半年，搞得人心疑畏，朝臣按捺不住，终由首辅商辂率群僚弹劾汪直，指控汪直用事以来"卿大夫不安于位，商贾不安于途，庶民不安于业"。成化阅疏大怒，派人至内阁问罪："用一内竖，何遽危天下？谁主此奏者？"但商辂们似乎豁出去了，居然答道：大家同心一意为天下除害，没有主次先后；满朝臣官上上下下，皇上如果觉得有罪，尽管全部逮起来好了——俨然有"罢朝"不干的意思。与此同时，那位曾当街为汪直所辱的兵部尚书项忠又在发起新一轮的弹劾，倡议所有部长级高官联名倒汪。成化大约没料到朝臣如此团结一致，不得已暂罢西厂，让汪直回御马监任事。然根据"正不压邪"的规律，可以预见朝臣们这无非得逞于一时罢了。

汪直避了避风头，暂时退场，成化对他的宠信可是一点亦未尝衰减，仍时秘遣汪"出外刺事"……汪就这样静候邪恶必定战胜正义的规律发生作用。果然规律起效了，只是来得之快恐连汪直自己亦不曾料到。仅隔一月，倒汪大将项忠即废为民。原因是朝臣中一部分"聪明人"经过观察，迅速得出结论：皇帝在汪直这一边；于是审时度势，掉转枪口，对准汪直的反对派。项忠首先被诬构除掉，首辅商辂见状也称病引退，随之而去的辞免的大臣多至数十人。屡试不爽的邪恶必定战胜正义规律再次奏凯，不仅西厂复设，且汪直其人从小丑一跃而为伟人，满朝尽传拍马谀颂之声。一位名叫戴缙的御史甚至说："大臣群臣皆无裨于政，独有太监汪直摘发，允协公论，足以警服众人。"此君二年间连升五品，做到了都御史；士大夫乃竞起效尤，什么“西厂摘伏发奸，不惟可行之今日，实足为万世法”一类媚词不绝于耳，士风坏到了极致。

这种结果完全合情合理。中国帝权政治体制内，皇帝和朝臣之间有一种天然的离心力；朝臣越看不顺眼、越加排斥的人，皇帝反而愈信赖愈为倚靠，比如太监就是这样。太监是什么人？家奴也。朝臣却是一帮跟皇帝挑刺儿找碴儿、让皇帝闹心憋气的家伙。所以商辂、项忠想要扳倒汪直，简直是开国际玩笑！

最后汪直究竟怎么失宠的呢？还是他的同类立的功。几年后，大约汪直太过势焰熏天让别的太监心理不平衡，一次宫中演戏，不知是谁支使小太监阿丑排演了一出调侃小品，饰成醉汉在那里骂人，旁有曰：“圣驾到。”不理，谩如故，再曰：“汪太监到。”阿丑赶紧爬起来逃走，一边逃一边说：“今人但知汪太监也。”成化看了很不是滋味，史书的形容是“稍稍悟”，实际上“悟”字应该代以“怒”，并且也一定不是“稍稍”，未尽形于色而已。应该并非巧合——就在观剧后不久，执领东厂的大太监尚铭就跑到成化那里秘密揭发汪直，说他如何侦得汪直私下里说过什么什么“秘语”，以及汪直做过哪些哪些“不法事”——详情究竟若何，史书语焉不详，总之，成化就此疏远了汪直。到成化十七年，汪直被打发到大同做镇守，不让回京；很快又发至南京御马监，西厂同时第二次撤废；再后来，降汪职，究办其党王越、戴缙、吴绶等，不过汪本人却得善终于南京。

总结汪的倒掉，有两点：一，完全得力于太监内部的争风吃醋，东厂尚铭正是西厂汪直权场崛起的最大受损者，这证明了突破口总是来自同一营垒里面，更证明邪恶很难被正义所击败，却往往要由另一股邪恶来战胜；在这一点上，汪直也预演了正德朝刘瑾的下场。二，以汪直那样的罪愆而得善终，在明朝这个量级的权阉中是独一份，何也？我推想还是因万贵妃之故。汪成化十七年失势，万氏则直到二十三年才死去，倘非如此，汪直要想有比刘瑾、魏忠贤更好的命，恐怕不可能。[1]

朱棣以后，明朝历代皇帝的颟顸、下作、昏智，明显呈逐代上升之势，到成化皇帝朱见深，算又创了一个新高。

过去人们抨击帝权统治，多从大事着眼，比如暴君如何虐民、昏君如何误国等；但我读明史最深的感触却是，对

[1] 以上参阅《明史》宦官传一、《宪宗实录》、《万历野获编》等。

其中很多皇帝来说,问题根本不在他们作为国家领袖的素质、才能如何,而是作为一个人,一个极普通的有正常心智的人,是否合格的问题。

像这位成化皇帝,其脑瓜子究竟装了些什么东西,无可揣度,纯然是不可思议的。偏爱半老女人、沉湎房中术、迷信妖僧……这些情节虽然荒唐,然揆诸人性,都算情有可原。可是,设若钜万之家硬是被家贼盗得一干二净,主人还无动于衷,就实在让人不明所以了。朱见深恰就是这样一个大呆瓜。

梁芳、韦兴,这两个和万氏兄弟里外勾结的"硕鼠型"太监,终被揭发;朱见深前去视察国库,发现国家历朝积存下来的七座藏金窖已经空空如也("帝视内帑,见累朝金七窖俱尽。")。史载朱见深见此骇人之状,只淡淡说了两句话。一句是:"糜费帑藏,实由汝二人。"另一句是:"吾不汝瑕,后之人将与汝计矣。"[1]头一句等于废话,事情明摆着这样,何用说?第二句除了明确表示他不会追究此事,似乎还在为自己死后两位宫庭巨盗的命运担忧——这像人话么?像正常人做的事么?这样的人,斥之为"弱智"毫不为过吧?

太祖手下名臣刘基,有文《卖柑者言》。其中说道:"今夫佩虎符、坐皋比者,洸洸乎干城之具也,果能授孙、吴之略耶?峨大冠、拖长绅者,昂昂乎庙堂之器也,果能建伊、皋之业耶?盗起而不知御,民困而不知救,吏奸而不知禁,法斁而不知理,坐糜廪粟而不知耻。观其坐高堂、骑大马、醉醇醴而饫肥鲜者,孰不巍巍乎可畏,赫赫乎可象也!又何往而不金玉其外、败絮其中也哉!"伯温先生作此文之时,恐未料到它将来全然就是一幅本朝诸多帝王毫发不爽的写真图。

成化帝唯可自豪的是,他的陋劣与不可理喻并非登峰造极;等他嫡亲的孙子朱厚照登上皇位,立即在同样禀赋上后来居上、大放异彩,青出于蓝而胜于蓝。

所以说:好戏还在后头。

身世之谜与窝囊爸爸

朱厚照出生后不久,便发生一桩在整个明代都数得着的惊天大案,时称

[1]《明史》宦官传一。

“郑旺妖言案”。

案子主人公郑旺，是北京最底层社会的一员，住在京城东北角的郑村镇，家里世世代代当兵。

明朝制度：一入军籍，“世世不改”；“兵之子弟为余丁，既为出缺时充补，又为正兵及官调发时或勤操时执耕稼之事。”[1]郑旺正是这么一个“军余”，用今天话说，相当于预备役士兵。

这郑旺虽然讨了老婆，还生了一个女儿，可他实在太穷了，所以像这种人家通常有的情形一样，女儿养到十二岁就被卖到富贵人家，一来换点钱，二来也是给女儿找条活路。

最初是被卖到贵族焦礼的伯爵府，后听说又被转卖给一姓沈的通政[2]当婢女。这郑旺，自把女儿卖掉以后，就再未将她放在心上，直到有一年，约摸弘治十六年前后的时候，邻村发生的一桩事却忽然让他想起了已被卖掉多年的女儿——“后，旺传闻驼子庄郑安家有女在内，将为皇亲。旺疑其女也。”[3]听说附近驼子庄有户郑姓人家的女儿入了宫，此事令郑旺忽发奇想，不知怎的觉得那是自己女儿进了皇宫；倘若果真如此，他郑旺不就做了皇亲么？穷疯了的郑旺于是展开他的“皇宫寻女行动”；他有没有循序先到伯爵和通政府邸打听金莲下落，史无记载，我们所了解的是他径直奔皇宫而去，仿佛认准了人就在那儿。

谁都知道北京人长于结交，再没能耐的人保不准也认识几个场面上“说得上话”的朋友。显然，五百年前北京便已是这种情形，连郑旺这号人，居然也有两个锦衣卫“舍余”的铁哥儿们——所谓“舍余”，亦即锦衣卫人员的家属子弟——一个叫妥刚，一个叫妥洪，是兄弟俩。

由于锦衣卫是皇家鹰犬，跟内廷多有往来，所以郑旺就托妥氏兄弟走走太监的路子。妥氏兄弟果然替他联系上了乾清宫太监刘山[4]，过了一段时间，刘山传递消息，竟然说郑旺女儿找到了，确在宫中：“其女今名郑金莲，现在圣慈仁寿太皇太后周氏宫中，实东宫生母也。”[5]据说刘山不光说了这些话，同时还交给郑旺不少诸如衣物、布绢之类

[1] 孟森《明清史讲义》。

[2] 按：沈通政极可能就是沈禄，此人交结中贵李广，贿以求腾达。李广垮台后被搜出一帙纳贿簿，沈禄之名赫然在列。事见陈洪谟《治世余闻》。另有写作“高通政”的。

[3] 《孝宗实录》卷二一九。

[4] 《治世余闻》作“刘林”。

[5] 沈德符《万历野获编》卷三，宫闱，郑旺妖言。

的东西，称系郑金莲对其父的赏赐。这郑旺本意恐怕也并非寻女，他没有提出见女儿的要求，而是拿了这些东西回去就四处显摆，张扬自己是"皇亲"。这下可不得了，郑村镇出了一个"郑皇亲"的消息不胫而走，轰动京城，远近攀附者蜂拥而至，抢着送礼、巴结。而另一个后果，则自然而然引起有关朱厚照并非皇后所出的议论，这种怀疑民间原本一直就有，现在因了郑旺事件便好像坐实了似的。

不久，"郑皇亲传奇"终于传到弘治帝耳中，龙颜大怒，当即开动专政机器，将郑旺、刘山一干人等下狱，定为"妖"案——转换成现代语，案件性质约摸相当于"现行反革命"。

该案疑点突出。皇家档案藏头露尾，稗史间则出入极大，故其真相无可明。据我推断，郑旺其人实不值一哂，无非是一个明代市井"碰瓷"者，就像今日胡同里专门制造事端、讹人钱财的无赖，穷极无聊而冒险，不计后果以求一逞。

但朱厚照身世之疑却不因郑旺的无稽而消融。

疑一：弘治十七年"妖言案"结案，《罪惟录》载，这年秋天，"奸人刘山伏诛。"[1]只杀了刘山，没有郑旺。据说弘治皇帝对此案有如下批示："刘林(即刘山)使依律决了……郑旺且监着。"[2]"且监着"就是关在牢里，既不杀也不放。为什么？当时，有人就提出"若果妖言，旺乃罪魁，不即加刑"，从犯刘山反而被处死，个中情节"尤为可疑"[3]。弘治不欲郑旺死，此实可玩味。杀刘山，理由很充分；家奴逆主，何时何地皆当杀之，所以把刘山杀掉，总是不会错的。郑旺呢？可以杀，也可不杀；关键系于弘治未来打算怎样做。杀掉郑旺，就意味着封死了有关朱厚照生母的议论，让事情到此为止；不杀郑旺，弘治皇帝显然给自己留了后门——一扇通往为朱厚照生母正名的后门。不过，这扇后门弘治并未来得及用。他料不到，翌年，年仅三十六岁的自己竟会撒手西去。老天爷给他的时间不足以去打开这扇从现实到情感都颇为沉重的后门。弘治这番苦心，聪明人是不难体会的。他死后，朱厚照继位，照例大赦天下，主办"妖言案"的刑部尚书闵珪乘机便将郑旺释放，有人提出此等大案主犯之赦免是否

[1]《罪惟录》帝纪卷十，孝宗纪。
[2]《治世余闻》下篇卷之四。
[3]同上。

当请示今上，闵珪则打马虎眼，说凡大赦令没有明确列出不准释放者，可以不请示（“诏书不载者，即宜释放”）。闵珪的处置很聪明；一来他明显对先帝当初的心迹深有颖悟，二来如今先帝已逝，把郑旺杀掉吧，有违先帝本意，继续关下去则既无了断的可能，也许还徒增今上烦恼，所以只能放，不声不响地放！然而，那郑旺却是一块“泼皮牛二”式滚刀肉，捡了条命非但不叫声“惭愧”，反倒再次搅事。可能他也不傻，也从弘治的蹊跷处置上猜出朱厚照非皇后所亲生的传言绝非空穴来风，因此“舍得一身剐，敢把皇帝拉下马”。穷到他那份儿上，赌就赌了，赌赢闹个国丈当当，赌输就“砍头不过碗大的疤”。正德二年十月，他除了再次散布自己女儿是皇上生母的说法，还冲击紫禁城，道是前来上访，面奏皇上“国母见幽之状”——自然被拿下，二度投入刑部大狱。这次他就没那么幸运了，已是正德皇帝的朱厚照二话不说，结果了他的小命。正德杀郑旺跟弘治不杀郑旺一样有道理。首先，正德刚接班做皇帝，稳定压倒一切；其次，新帝践祚，正要借重太后，用沈德符的说法：“时孝康（张后谥号）与武宗母子恩深，岂有更改之理？”[1]这郑旺不是瞎捣乱吗？再次，子不言父过，弘治倘若亲自正本清源是一回事，由朱厚照来翻这个案子就是另一回事，就是往先帝脸上抹黑，就是不孝。再再次，这有关朱厚照的出身、血统，他不是明朝开国以来唯一的“皇嫡长子”么，如果生母从张后换成别人，就不仅失去这身份，且势必沦为毫无名分的“宫人之子”。所以这个郑旺弘治虽不曾杀，但落到正德手里，后者一定要对他说：“你死定了，而且会死得很难看。”

疑二：《治世余闻》记述，编修王瓒当时奉命在大内司礼监教书，一日教完书出来，经过左顺门时看见有人被严实地裹在“红毡衫”（厚毛所织大氅之类）里，由两名太监押出。不见其面，但从露出的两只小脚可辨出此系一妇人。有人尾随而去，见妇人被送往浣衣局（明朝发落宫人之处，“凡宫人年老及罢退废者，发此局居住”）[2]，浣衣局官员一见此女来到，“俱起立迎入，待之异常”，似乎她身份非同一般。王瓒事后对几个同僚描述了上述情景，结果没几天，就传来“郑旺妖言案”开审的消息。这宫女是谁？跟朱厚照生母传闻有何关系？被如此诡秘地送往浣衣局的宫女，有记载说名叫

[1]《万历野获编》卷三，宫闱，郑旺妖言。

[2]《明史》志第五十，职官三。

"黄女儿",也有记载说名叫"王女儿",可能因口口相传之故,黄王音近,所以记有不同。总之不姓郑。是否可以假设,郑旺所谓太子系其女郑金莲所生固然是胡说八道,但太子非张后所生、其生母另有其人却是一个真实而被掩盖起来的秘密?总之,明代作者普遍认为这个裹得严严实实悄悄送往浣衣局的宫女,与几天后开审的"妖言案"之间,一定是有干系的。

这谜团,单在旁人心头挥之不去便罢,设若朱厚照自己心头也是如此,事情就严重了。这正是这桩表面看来只是"皇家花边故事"值得细说之处。正德一生,荒唐至极,性情举止乖戾不常,每令人匪夷所思。史家论此,多以君道衡之,加以批判。这固然是对的,然在我眼里,正德除去脑袋上戴着顶皇冠,也是一个由生到死、长着嘴来吃饭长着鼻孔来出气的人;他的一生不要说做皇帝完全做砸了,单讲做人也做得极其失败,我们看得很分明,这个人内心有很多变态的地方,从人格上看基本不能算一个正常人。因此,比他为君失道更根本的,是他为人是否病态的问题。

幸福的家庭总是相似的,不幸的家庭各有各的不幸。当意识到我们是在讨论一个病人而非一个皇帝,那么,他的成长史,他的隐私,他的内心秘密,就是一些最重要的方面。同时,普通用来衡量人是否幸福的那些参照物,对他也完全适用。比如说,由父母身份的疑问而造成人自我肯定上的障碍以及对其社会角色确认的困难,这在私生子身上普遍表现很强烈,如果正德对真正的生母存有疑问,他实际上就处于一种相似的心理状态。比如说,亲生母亲不明或者曾经明了却突然间失去这指归,一般会置人于对世界的冷漠,令他们性格发生玩世甚至反社会的倾向。又比如说,缺乏母爱或自感没有母爱,有时让一个人的成年过程缩短,少年老成世故;有时刚好相反,变得特别漫长而艰难。在正德身上,体现出的是后者,神经质、自控性差、责任感缺失、沉溺于游戏意识、行为幼稚而不自知。还有一点,一个心理严重受挫的人,其行事往往会以某种偏执方式寻求自我补偿,愈是郁郁寡欢愈追求无度的欢愉,愈是脆弱怯懦愈急于营造及表现一种刚强勇敢的表象,如此等等,一俟条件具备,此等心理能量便会如汪洋溃堤般轰然涌出,一发不可收——在继位当了皇帝的正德身上,这很典型。

有趣的是,正德生在明代宫廷史上一个看上去最幸福的家庭里。为什么这么说呢？因为至少在公开的意义上，他父亲弘治皇帝生活中没有其他女人，“上平生别无幸与，后张氏相得甚欢。”[1]这在古来动辄三宫六院、三千宠爱的皇帝中间，近乎奇闻。好几次，臣子们做出忧国状，以传宗接代为由，上书要求弘治选妃，弘治居然概不领情。弘治元年，一个太监就跪求皇帝，“选女子于宫中”“以待上服阙”。二年七月，有礼科右给事韩鼎者呈上奏章，搬出典故说，古代天子一娶就是十二个女人，“以广储嗣”，这可是国家大事啊，皇上您千万别耽误了自己！三年，又有人出言相劝，敦请弘治“博选良家女”，这回是宗室荆王。四年，人们仍然喋喋不休，一个叫丁谳的无足轻重的家伙(吏部听选监生)恳切上疏，热盼皇上选妃设嫔……年年如此，活现了“皇帝不急太监急”那句话。大抵，他们清楚这拍的是最万无一失的马屁，好色之心人皆有之，更不必说皇帝了——历史上有几个皇帝是不好色的呢？然而这回情形偏偏例外，弘治不为所动，每年有人为此动本，他总是温旨推辞。古人也讲“从一而终”，那是给女人讲的。一个男人，而且是有法定权利拥有众多女人的皇帝，居然做到了从一而终，难怪有人要惊呼：“上自青宫[2]婚后，未几登大位。无论鱼贯承恩，即寻常三宫亦不曾备，以至于上仙。真千古所无之事！”[3]其他当皇帝的，所御女子有鱼贯而入之势，弘治倒好，一直到死为止连最起码的三宫也不搞，可以风流而坚决不风流，让任何男人看，确乎是千古所无之事。这究竟怎么一回事？照今人的观念，想必弘治特别特别爱张后，否则绝难至此。所以，有位弘治传记作者就说：“他俩的爱情很专一，与民间夫妻相似。”[4]提到了“爱情”这样的高度，且评为“专一”——再说下去，不会引出一个举案齐眉式的佳话吧？问题是，如果弘治夫妇果真两情融洽、恩爱无比，如此幸福家庭，却造就出朱厚照那样一个有畸态人格的后代，儿童心理学的原理岂不只能改写？

其实，对史料加以分析，我们却发现弘治与张后“相得甚欢”的背后有着诸多难言之隐，或者说，弘治的“专一”乃是一种无奈的现实。

问题出在弘治自己身上。

我们应该不会忘记，前面述及弘治父亲成化皇帝时，出现过的那个超级妒

[1] 徐学聚《国朝兴汇》卷九，朝端大政九，后妃。
[2] “青宫”即东宫，太子居东宫，中国旧以五色中的青色代东方，故称东宫为青宫。
[3] 《万历野获编》卷三，谢韩二公论选妃。
[4] 郭厚安《弘治皇帝大传》。

明孝宗朱祐樘。

朱厚照之父，明代诸帝中性格比较温和的一位，据说他只爱皇后这一个女人，但不知为何，有关皇太子的生母却传出那么大的流言。

京剧《法门寺》刘瑾造型。

京剧中太监人物，一般以丑角充之。在《法门寺》中，刘瑾却以花脸应工，实际上，太监的喉咙是发不出那般雄壮的声音的。同样，头上也不可能顶着王冠。这都是合理的夸张。因为刘瑾虽非王爵，却人称“九千岁”，阉人的嗓音无从表现他的权势。

妇万贵妃。这女人为了补偿自己的失子之痛，一跃而为成化骨血的连环杀手，而弘治则是第一个从其手中奇迹般逃生的婴儿。

弘治生母姓纪，普通宫女。成化在宫中偶然遇见，宠幸了一把，于是怀上弘治。万贵妃耳目甚众，消息自然首先传到她耳内。好几年了，凡有这种事情，万氏总是一视同仁的。她随即派某婢前去下药，或者弘治命大，或者中药不像西药十拿九稳，结果药到根未除，而那位婢女终于也觉不忍，就没有将实情回禀万氏，只说纪氏本人病得一塌糊涂快要死了，万氏轻信未疑。等到弘治生下来，消息再次传到万氏那里，万氏大怒，改派太监张敏去把婴儿淹死。弘治再次命大，张敏寻思："上未有子，奈何弃之？"也背叛万氏，密为安排，将弘治母子隐匿在宫中某不为人知处所，暗中给予食物，令其母子得以活命。这故事发生在成化六年，张敏的保密工作做得相当不错，上下一直被瞒着，直到成化十一年某日，张敏为成化梳头时，成化对镜叹曰："老之将至而无子！"听到这话，张敏突然伏地奏道："死罪，万岁已有子也！"成化目瞪口呆，忙问子在何处。张敏再奏道：这事说出来奴才就死定了，只是恳请皇上千万为皇子做主！

下面的情节，《明史》写来甚是凄惨：

> 帝大喜，即日幸西内，遣使往迎皇子。使至，妃抱皇子泣曰："儿去，吾不得生。儿见黄袍有须者，即儿父也。"衣以小绯袍，乘小舆，拥至阶下，发披地，走投帝怀。帝置之膝，抚视久之，悲喜泣下曰："我子也，类我。"

"发披地"，是因弘治出生以来，为防泄露行迹头发都不敢剪，那样子完全是个小野人，如今长到六岁，终见天日，并且随即被立为皇太子。据说万贵妃闻知成化父子相见的消息后，"日夜怨泣"。皇太子她总算不敢加害了，纪氏和太监张敏则难逃厄运；当年六月，纪氏突然"暴薨"，张敏出于恐惧也吞金自尽，一场真实的"狸猫换太子"式宫庭传奇以此收场。

说起来，弘治真够可怜的，经历着如此可怕的童年。在母亲腹中，即因万氏下药致其生下以后头顶有寸许处根本不生毛发；本已先天不足，以后又藏匿暗室，苟且偷生，营养严重不足。身体孱弱可想而知，而担惊受怕投在心理上的阴影，更非可以消除者。虽赖张敏保全住了性命并终见天日，恐惧却未随之远去；数月以后，生母不明不白地死去，明明忠心耿耿、立有大功的张敏也畏而自尽，说明环境依旧险恶。母亲死后，弘治被祖母周太后置其宫中所养，幸如此才得保全，但余悸实际上一直缠绕着他。一次，万贵妃召弘治去，说请他吃饭；临行，老太后特意叮嘱："儿去，无食。"到了那里，万氏先赐饭，弘治答道："已饱。"再送上汤羹，弘治不知如何回绝，竟把真话说出来了："疑有毒。"一个不过几岁的小孩子，心里面始终装着被人下毒的疑惧，该是怎样阴暗的体验！

这使他在肉体和性格两方面都成为一个非常柔弱的人。

这柔弱，加上不幸的童年，意外地带来一个不太坏的皇帝。政治上，弘治是明代诸帝中作恶较少的一位。由于身体不行，此人欲望不强，甚至偏于寡淡，他在女人和性的问题上表现比较超脱或曰"高尚"，实由此来。他父亲成化皇帝时代，有个大臣叫万安，以进房中术和拍万贵妃马屁，爬到了大学士高位上。弘治登基，万安相信以房中术邀宠必当屡试不爽，于是照样给弘治来了这么一手，将他多年对房中术的心得写成奏疏，封在小盒子密呈弘治，弘治见后即命太监怀恩拿着小盒子到内阁办公处，当众斥问万安："这像一个大臣做的事吗？"搞得万安无地自容[1]。这故事历来都被当成弘治锐意澄清吏治的例子，不过，倘允许我们以"小人之心"另做揣度，恐怕万安也搞错了对象。综合各种史料来看，弘治实在没法儿热衷于实践什么房中术；以他的身子骨，不要说搞女人，寿命的维持已很吃力，最终只活了区区三十六岁。

至于其与张后的关系，似应从两方面来看。首先不必排除起初他在感情上对张氏确实比较依赖，盖因自幼遭际太苦，六岁甫离苦海又遽丧生母，忠仆自尽，过几年老祖母也弃之而去，凡是他以为爱着他的人，皆不在人世，当是时也，足可想见弘治与张氏成婚意味着什么。极度的孤独令他一度视张氏为最大慰藉，而不济的身体客观上又使他对广纳嫔妃毫无兴趣，事情无非如此。

其次就是他懦弱的性格在起作用了。弘治与张后感情究竟怎样？我研究的结论，是早先不错，后来很差。因为张氏实在不是一个可爱的女子，即便不提正德身世这桩悬案里面的种种纠葛，单

[1]《明史》列传第五十六。

看张氏的为人，弘治也不可能从她那里感觉到多么幸福。张氏两个亲弟弟鹤龄和延龄，在她的纵容下无恶不作，是明代外戚里数一数二的流氓；他们的母亲金夫人也是丑类，利用女儿的地位，吃贿吞赂。张家兄弟素日里欺压良善的不法之事就不提了，单看他们在宫中所为便可知他们嚣张到何等地步。某年大约是元宵节吧，二张入宫与弘治、张后等共饮观灯，中间弘治起身如厕，将皇冠除下交给一旁伺候的内侍；弘治刚走，二张便上前把皇冠夺过来，当众顶在自己脑袋上，以为戏耍，简直是狗胆包天。据说那个张延龄甚至曾经借酒奸污过宫女。[1]诸如此类根本属于太岁头上动土、羞辱和挑战帝权的行径，二张都做得出来，没有张后的纵容是无法想象的，由此亦可窥出张后对老公实在很不尊重，民间夫妻尚知彼此维护，而张后对弘治却只有蔑视。弘治虽弱，却不傻，以上情节他事后均有所闻，他难道不觉得奇辱？难道不知二张所为症结是在张后的纵容？难道看不出自己在张后内心占据着何等可怜的地位？

所以在与张氏的生活之中，弘治非但不可能"相得甚欢"，至少是憋着一肚子气。这股鸟气搁在别的皇帝身上，早就发作了，但弘治性情太弱，从小习惯逆来顺受。他采取的办法是很没有阳刚之气的，有几件事的处理可见一斑。

一次，张后突然提出做珍珠袍，并指名让弘治差太监王礼去广东采办珍珠。弘治大约早有经验，一听就知有猫腻。他审得实在，果然是王礼用几千两银子贿赂张母金夫人讨这差事，借机到地方上大捞一把。弘治先让人到内府找来足够的珍珠应付了张后，然后背地里把王礼叫来痛责一顿："这遭且将就罢，今后再敢来说，必剥皮示众！"[2]

再一次，张家兄弟麾其家奴在外侵夺民田，之后又操纵司法，受害者有冤难伸。事情传到弘治耳中，他派太监萧敬调查后得知事情属实，依律办了张氏家奴。萧敬回宫复命时，正赶上帝后二人用膳。张氏当即柳眉倒竖，骂萧敬道：外庭那些官员跟我们为难也就罢了，你这狗奴也学他们的样儿！张氏一骂，弘治居然也跟着把萧敬臭骂一通；过了一会儿，张后离去，弘治忙把萧敬叫到近旁，道歉说："适所言，非我本意。"还拿出白金五十两赏赐萧敬，说什么：刚才自己与皇后偶然拌了几句嘴，所以迁怒于你，你

[1] 两事并见《万历野获编》卷六，内监，何文鼎。
[2]《治世余闻》上篇卷之一。

不要当真，这些钱是给你压惊的。（“偶与后有怒，言特戏耳。恐尔等惊怖，以此压惊。”[1]）

又一次，在皇家别墅，也是家族内部的聚会，弘治、张后、太子朱厚照、金夫人以及张家兄弟聚饮。这时，二张在外面已经闹得极其不像话，屡屡引起朝臣弹劾。酒及半，张后、金夫人与朱厚照入内更衣，趁这工夫，弘治装作出外游赏，招呼二张同行，走得稍远，弘治把张鹤龄单独叫到一边，不知说了什么，“左右莫得闻，遥见鹤龄免冠首触地，自是稍敛迹。”[2]应该是讲了一些很重的话。

以上几件事过程中，弘治如出一辙，表达真实看法，全部偷偷摸摸背着张后，亏他还是皇帝，连男人都不像！但这也怪不得他，偃潜偷生的童年记忆令他生来就以弱者自居，凡事隐忍、隐忍、再隐忍，窝囊惯了。我们所要明白的只是，在他与张氏表面上相安无事的背后，埋伏着激烈的内心冲突，这冲突关系到利益、权力直至个人尊严，最终，自然关系到彼此感情。故而所谓的他们“相得甚欢”，要么是假象，要么只是某一阶段的特定情形。总体上来说，这个1487年至1505年之间中国的第一家庭绝不是幸福的。

此类情景，太子朱厚照岂能不看在眼里？外人为假象所蔽，朱厚照当不至于——毕竟那都是眼皮子底下发生的事。懦弱的父亲和霸道而又冷漠的母亲，会给一个孩子心灵带来什么？他将凭此理解人生，深宫高墙之内，人与人之间本已只有奴役、欺压、争夺和倾轧，岂料双亲之间竟也少爱寡恩。尤其身为母亲的张后，没有予人一丝温柔感觉，处事从不见其宅心的半点爱意，心胸狭隘，唯知利己，周身充满了市井气（她出身于一个小文人家庭，看看她那母亲金夫人和两个兄弟，就可知道这家人鄙俗之至）。不论朱厚照生母悬案真相如何，张后既然在公开场合充当着母亲角色，她至少应该有模有样地履行这身份。但是，我们在史书中找不到哪怕是很简单的一笔她关爱朱厚照的描述，倒是有不少她如何偏向、庇护其娘家人的细节，这虽然也是中国民间根深蒂固的一种伦理意识，却仍然给人这样的印象：张氏对于成为弘治妻子，潜意识里有一种吃亏的感受，她是在用胳膊肘向娘家拐的方式对弘治实行报复，或为自己寻找某种补偿。那么，究竟什么地方令她感到这样吃亏，

[1]《国朝兴汇》卷九，朝端大政九，后妃。

[2]《明史》列传第一百八十八，外戚。

而必欲借别的方面狠狠往回捞呢？对一个女人来说，尤其以弘治的特定情况论，很可能就是性生活太不如意!自然，这纯系猜测，聊备一解。无论如何，这个家庭没有唤起张后的柔情蜜意。我们在史料中看到弘治与太子间尚不乏天伦之乐，朝罢之后，他会陪朱厚照玩耍，有时甚至领着儿子干一点稍微出格的事情，比如夜晚在宫中潜游[1]；然而，未有迹象表明这种富于情趣的举动亦曾发生在张后与朱厚照之间，不仅如此，朱厚照与张后明显只是徒具母子名分，他后来决绝地搬离皇宫、住进豹房的行为，显示了他对象征着他的家庭和成长之地的极端厌恶。而最值得深思的是，多年后他独自死在豹房，情景凄凉；从病重不起到咽下最后一口气，史家没有让我们看到作为母后的张氏守在儿子的身旁。

我们不了解朱厚照何时得知自己生母另有其人这种说法；是从郑旺在正德二年第二次发难时知道的，还是之前即曾耳闻？不论何时知道，也不论朱厚照何种程度上相信这种说法，他内心就此所受到的冲击应该都是剧烈的。一直目睹着父母貌合神离的状态，又突然发现自己身世置于扑朔迷离的疑团之中，加上对自己真实生母悲惨遭际的挥之不去的种种想象，这一定会令他对世界产生相当的厌恶感，对周边貌似衣冠楚楚的正人君子们形成本能的不信任甚至排斥情绪。这一切反应，搁在任何人身上均为必然，正德虽为皇帝，亦同样如此。当人们以后震惊于明代居然有这么一位千奇百怪的变态皇帝时，不要忘记他首先从最本质的人的意义上，经受了情感和心理的非人折磨——也就是说，不要忘记正德其人的病理学基础。

如果天子是少年

有部小说叫《少年天子》，单那名称就能满足我们民族对“皇帝”的埋藏极深、说不清道不明的将敬畏与期待混合在一起的心态。但实际上，“少年”与“天子”的搭配，在九成九情形下，意味

[1] 吕毖《明朝小史》卷十“弘治纪”：“帝尝引青宫夜出宫间行，至六科廊，青宫大声言此何所？帝摇手曰：若无哗，此六科所居。太子曰：六科非上臣乎？帝曰：祖宗设六科，纠君德阙违。脱有闻，纠劾疏立至矣。”按：“青宫”指朱厚照。

着灾难。试想，一个权由天授、人民唯有默默承受的“天子”已经够糟糕了，还赶上心智未熟、半大不小、本身在成长之中，欲望骚然而理性阖弱的“少年”，岂非灾难？寻常人生，少年时代有如花朵，可这花朵一旦被捧到龙床之上，十有八九不是美和香的，而会变得丑陋，散发出一种少见怪异的恶臭。

弘治皇帝双腿一蹬“宾天”而去，他给亿万人民留下了什么呢？留下一个十五岁的“君父”——古时候，事君如事父，皇帝就是普天百姓的父亲；从此，上至耄耋老者下至黄口小儿，中华举国之民的福祉就全交与这位乳臭未干的“父亲”了。

有一个人最清楚这一切意味着什么。

公元1505年即弘治十八年五月初六，乾清宫东暖阁。一大早，司礼监太监戴义奉旨宣召内阁重臣刘健、谢迁、李东阳觐见皇帝陛下。弘治已经病了一周，自知不久于人世，此刻他身着便服，强打精神，端坐御榻正中。首辅刘健等来到御榻前叩头，“上令前者再。既近榻，又曰：‘上来。’于是直叩榻下。”弘治这才开口说道：“朕为祖宗守法度，不敢怠荒。凡天下事，先生每(们)多费心。我知道。”话语恳切、温和，充满感激慰问之意；一边说，一边握住了刘健的手，“若将永诀者”，令人动容。他当众口授遗诏，由太监做了记录。然后，弘治对三大臣讲了最后一番话：“东宫聪明，但年少好逸乐。先生每(们)勤请他出来读些书，辅导他做个好人。”多年后，李东阳把当日君臣对话的全过程，尽量回忆起来，记在他的一篇从政笔记[1]中。

这就是所谓“托孤”吧？到了这种节骨眼儿上，素来的隐讳都不必了。弘治于是亮出儿子在他心目中的真实形象：他无疑是爱他的，一语“聪明”，将这喜爱表露无遗；然而，除去父之于子的天然亲爱，从对祖宗江山的责任感，弘治不能不说出他对朱厚照的忧虑：一、好逸乐；二、厌于读书；三、恐怕不是一个做好人的坯子。

这三条，弘治说得都比较客观，纵然他不说，别人也都看在眼里。当然他还抱着一丝幻想，以为这都是儿子“年少”所致，而非禀性使然，因此他恳求深为倚信的刘谢李三大臣：帮儿子一把，使他最终变成个“好人”。

第二天，弘治单独召见太子本人。

[1] 李东阳《燕对录》。

父子间又说了什么，无考。

就在召见朱厚照的时候，弘治“龙驭上宾”。

毫无疑问，他是在难释忧虑之中合上双眼的。

他把平生之中最后两天都用来做同一件事：安排儿子的未来。

他预感到什么了吗？

弘治两眼一闭，做了“大行皇帝”。太子朱厚照即位，“以明年为正德元年，大赦天下，除弘治十六年以前逋赋。”[1]权力的交接很平静，很顺利，也很老套；自古以来，中国这方面制度稳定而成熟，一切按部就班，极少出乱子——不论继承皇位的是何等样人。朱厚照——从此以后我们得叫他正德皇帝——就这样平静而又顺利、看上去毫无新意地登上了皇位；当时，大明子民谁也不知道，他们迎来的将是有史以来最古怪最搞笑的一位皇帝。

不知道朱厚照对于父皇的辞世有无伤恸之感，从史料来看，父亲的死和自己登上皇位，在他全然是一次彻底的解放，犹如骤然之间烈马松掉了嚼子、小鸟冲出了笼儿。

十五岁，最是不尴不尬的年龄。说大不大，说小不小。身体已经发育，开始有成人的欲望和部分自我意识，但同时自制力差，又仍如孩童一般贪玩；有强烈的自主愿望，却又因理智和情绪不平衡，往往使得这种自主愿望变成对自己的放纵；而且，几乎每个十五岁的人都莫名其妙地陷在反叛意识之中，与社会、家庭、师长以及一切试图束缚他们的人为敌。

任何人在十五岁的时候失去父亲都非常糟糕，更不必说一个十五岁的皇帝！假如早几年遇到这种事，母后张氏尚能以天子年幼而对其行使监护权，朝中重臣也可因顾命之名切实约束新君——就像后来万历初期李太后与张居正联手监管十岁的万历皇帝一样。然而，对于正德而言，他刚好在十五岁这一年继承了皇位；明代宫廷制度，皇帝十五岁即视为成年，标志是举行大婚。正德元年八月，正德与中军都督府同知夏儒之女夏氏行大婚礼，随即又册沈氏为贤妃、册吴氏为德妃。一后两妃，至此，十五岁男孩儿朱厚照办完了向“已婚——成熟男人”过渡的象征性手续，他有资格自己“当

[1]《明史》本纪第十六。

家做主”了——无论是作为男人，还是作为皇帝。

然而，他是怎样自己“当家做主”的呢？

明制，“宫中六局，官有‘尚寝’者，司上寝处事。而文书房内官，每记上幸宿所在，及所幸宫嫔年月，以俟稽考。”[1]也就是说，皇帝理论上可以随意享用后宫每个嫔娥，实际上却并不能为所欲为；一是要事先通知“尚寝”官，由后者做准备，二是召幸了谁、何时何地，须记录在案。这种制度，并非出于道德考虑，而是因为皇帝的性行为关系到皇家骨血的确定问题，来龙去脉含糊不得。不过，客观上这的确是一种限制，令皇帝的私生活毫无秘密可言，同时也给别人——比如太后、皇后之类——的干预留下余地。正德深感不爽。他要的是，想什么时候搞一次就什么时候搞，想搞哪个就搞哪个。堂堂天子，搞个女人居然还要事先申请、事后登记，岂非笑话？于是，他断然地“悉令除却省记注，掣去‘尚寝’诸所司事”，“遂遍游宫中”，首先在宫中替自己实现了“性解放”——当然，这只不过是他毕生“性解放革命”的第一步，以后我们会在他漫长的宫外生涯中看见许许多多更大胆的举动。

“饮食男女，人之大欲存焉。”正德迫不及待废止起居注、罢停“尚寝”的职能，此举虽公然违反祖制，却也不难理解。与此相比，他登基当了皇帝——或者说终于“获得自由”——之后，所纵容自己尽兴去做的另外一些事，却委实令人称奇。

起初，他整日领着一群年龄一般大小的小太监在宫中“为角觝蹋鞠之戏”。角觝，与今之摔跤、相扑相仿。蹋鞠又称“蹴鞠”（鞠与鞠通），古代球类游戏，源于且流行于军中，“蹋鞠，兵执也，所以讲武知有材也。”[2]大约用于训练士兵身体柔韧性，后来成为有闲阶层的一种嗜好，民间乃有专挟此技邀宠于达官贵人者，《水浒》中高俅即赖之得端王（后来的宋徽宗）赏识而发迹；此外，据说国际奥委会已将其认定为足球之起源。正德此人，如果生在当代，送到体校练练摔跤、相扑或者足球，大概是块料子，将来在奥运会上摘金夺银、为国争光抑或成为一代国脚亦未可知，可他偏偏是皇帝！一国元首，丢下偌大国家不闻不问，整天价臭汗淋漓地跟人抱来摔去，或没完没了在绿茵场上大呼小叫、带球过人、拔脚怒射……这情形，怎么想象都教人哭笑不得。

[1] 毛奇龄《武宗外纪》。
[2] 刘向《别录》。

倘仅如此，算不了什么。从大臣们的进谏中我们得知，登基以来，正德“奢靡玩戏，滥赏妄费”，喜好“弹射钓猎，杀生害物”。将“鹰犬狐兔”等形形色色动物圈养于宫内，紫禁城几乎变成一座动物园；又将太监组织成军队，披甲戴胄，执弓挟矢，以宫禁为操演场，真刀真枪地玩“骑马打仗”。[1]

虽然历来威严肃穆的皇宫已被糟踏得不成样子，但这跟后面的事情相比，也还算不了什么。渐渐地，正德觉得光在宫中折腾已不过瘾，他开始四处微服游荡，“随所驻辄饮宿不返”，据说回到宫中呆的天数，一个月也不过四五日。他在外面到底干啥？说起来那可就绝了。除去普通荒淫帝王都可想象到的“弹射钓猎”一类内容，正德确实玩出了个性。他曾让人把一条商业街封锁起来，命内侍从宫中搬来成堆的衣物，摊在每家店铺前面，自己则扮成小贩，“身衣估人衣”，头戴商人的“瓜拉帽”，手里拿着账簿和算盘，“自宝和至宝延凡六店，历与贸易”，跟太监扮成的店家讨价还价，彼此还一定要假戏真做，你来我往，“喧询不相下”，然后让一个事先安排好的人，以市场管理员（“市正”）的身份出面调解。过罢购物和讨价还价的瘾，他会在一群人的簇拥下，闯至由太监掌管的皇家酒铺，那里“筝筑琵琶嘈嘈然，坐当垆妇于其中”，典型的“娱乐场所”格局，一干人等旋风般地在其间周游，“杂出牵衣，蠭簇而入”，“濩茶之顷，周历数家”。发展下去，“凡市戏、跳猿、駵马、斗鸡、逐犬”一类游乐场，正德无所不至；他还把宫女从宫中弄出来，置之于这些场所，充当“小姐”（“扮演侑酒”），“醉即宿其处，如是累日”。[2]

——如果天子是少年。问题就出在这儿。倘只视其为普通孩子，朱厚照上述行为，大多并不如何乖常，虽然年届十五还喜欢玩骑马打仗、过家家一类游戏，或许有点缺心眼儿，但出格与古怪却谈不上。甚至就连他放浪形骸、醉卧花丛的行径，也不过是古往今来任何一个“问题少年”都可能误入的歧途，是好是坏，终究属于他个人的问题。

然而，他不仅仅是一个普通孩子，他是皇帝、天子，是一身系天下、系万民的九五之尊。事情荒唐就荒唐在制度把这样一个孩子放到这样一个位置上。从正面讲，为君者必须恪守君道，儒家伦理所谓“君君、臣臣、父父、子子”，就是说做君王的要守君王的本分与义务，做臣

[1]《武宗实录》卷十四。
[2]《武宗外纪》。

子的要守臣子的本分与义务，做父亲的要守父亲的本分与义务，做儿子的要守儿子的本分与义务，大家都不失名分，社会才有君臣之义，家庭才有父子之伦，君不君则臣不臣，父不父则子不子，那样，天下必然大乱，家国只能不保。从负面讲，既然君主极权体制赋与皇帝至高无上的权力，其个人品质就完全成为国家安危、百姓祸福的唯一决定性因素。赶上有进取心的君主，则国家幸甚；哪怕次一等，只要为君者不太犯浑，虽然庸庸碌碌、无所作为——比如弘治皇帝——黎民也算有造化；一旦这么巨大的权力与某个下流坯捆绑在一起，结果只能是灾难性的。

权力"毁"人不倦，尤其不受约束的权力。现代民主政治以前，没有一种能对君主权力有效制衡的法律制度，但并不等于毫无约束。就中国而言，采取的是道德的办法，即儒家政治伦理。第一个中央集权式的君主专制政权秦帝国出现之后，因为毫无制约，君主自我膨胀、为所欲为，结果短时间呜呼哀哉。这一点后来的统治者都看在眼里，所以继秦而起的汉王朝，一方面接过了秦人中央集权式的君主专制政体，另一方面也为了它自身的利益，而在统治趋于稳固的武帝时代"独尊儒术"，正式承认儒家伦理为君主专制的政治基础。概约地讲，此一政治基础有两个要点，一是君权神授、至高无尚、不容侵犯，一是君主应自觉接受以抽象名义出现的"天"、"道"实即儒家伦理的约束，做"有道明君"。汉武时代所奠定的中国君权的这一政治基础，为以后历朝历代所传承，几无例外，机构之建、职官之设、礼仪之订乃至教育考试的目的与制度，都由此而来。不过，这政治基础虽然不再是一条腿，而是两条腿，但它只是一种"共识"而非契约，非常脆弱，不具强制性，尤其对于君主来说。责任感强的君主，或愿意学习儒家伦理并虚心接纳其约束，倘若碰上禀性陋劣的君主，儒家伦理简直形如废纸；因为享受无边权力的诱惑，确实没几个人可以抵挡，权力之"毁"人，能量无可比拟；所以历来的君主中间，七成以上都是胡作非为、祸国殃民之辈。

纵观朱厚照一生，不得不说这个人生来有些病态的性情，人格发育明显有偏差，但他恰恰在最需要引导的年纪失去父亲，自己却当了皇帝。从心理学可知，对孩子特别是男孩来说，"无父状态"极为致命，那意味着准则、模范、禁忌、秩序乃至理想的一系列缺失。生而不知有父或未成年而遭遇"父亲"符号的空缺，要么会使人的成长失去方向，要么会置人于权威瞬间瓦解、底线突然溃散的境地。

朱厚照不仅面临着这样的局面，更糟糕的是，他同时还被赋予巨大无边的权力，成为“天下老子第一”的皇帝；这对于他原本极富破坏性的人格，不啻是如虎添翼，令所有人束手无策。

儒家伦理这套系统仍在运转，试图发生作用，然而在“少年天子”急欲释放对“无父状态”欢欣鼓舞的心态面前，它简直就是一个笑柄。先帝遗言“东宫聪明，但年少好逸乐。先生每(们)勤请他出来读些书，辅导他做个好人”。几位老臣安敢忘怀？根据祖制，明代的天子终生实行制度性学习，学习的内容为儒家经典、“祖宗”的训诫与箴言以及国家地理等，形式主要有“日讲”和“经筵”两种，前者为日常功课，后者为专题性的较深入的经典讲座。弘治所谓“勤请他出来读些书”，指的就是辅臣应该帮助新君把“日讲”和“经筵”坚持下去。我们从《武宗实录》看到，从朱厚照即位的弘治十八年，到改元后的正德元年、正德二年，围绕着“圣学”之事，朱厚照与大学士刘健、李东阳等人反复拉锯周旋，彼此扯了近二年的皮。一方以先帝嘱托为由，锲而不舍，反复劝学、奏请复讲，一方则想方设法加以拖延推辞。

弘治十八年十月，刘健在奏章中说：先帝去世以来，进讲一直没有恢复；原来考虑到“梓宫在殡，圣孝方殷”，便将此事搁置下来；眼下，丧事全部料理完毕，天气即要转寒，再拖下去，进讲就要等到明年才能恢复(按规定，严寒季节或盛暑之时，皇帝学习可以暂停)，因此，无论如何请求于十一月初三重开日讲。[1]朱厚照勉强同意。但复讲之后，三天打鱼两天晒网，维持不过月余光景，至十二月十四日，即“以天寒暂免”。[2]这一免，就免到了翌年二月。正德元年二月，举行了朱厚照当皇帝后的第一次经筵，由李东阳、谢迁分别讲授《大学》首章和《尚书·尧典》首章。但是到三月份，我们却又看到刘健的这样一个奏章，说今年二月二日肇开经筵，“然自开讲以来，不时传旨暂免”，统计下来，一个多月里“进讲之数才得九日而已”。

想必是被朱厚照折磨得太苦，老首辅这篇奏章忍不住把话说得比较重一些了；他引用孟子一句话“一日暴之，十日寒之”，作为对朱厚照品行的批评；然后又着重反驳了朱厚照用以逃避读书的

[1]《武宗实录》卷六。
[2]《武宗实录》卷十。

几个借口，比如“两宫朝谒”和“择日乘马”——刘健指出“乘马等事似与讲学两不相妨”，为何乘马就不能学习了呢？至于“慈宫问安”，“往来不过顷刻”，益发谈不上会影响学习，而且“以顷刻之问安而废一日之学业，恐非所以慰慈颜承尊意也”。这番话，不光是批驳了，隐约也在揭露正德说谎，并责备他有负父母期望，相当不留情面。

朱厚照却不为所动，依旧我行我素。五月，借口天气“炎热”，将“一日暴之，十日寒之”式的学习，也索性中止，下旨“至八月以闻”。[1]等到八月，却赶上大婚，只好再次推后，迟至九月三日才重开日讲。可是十月间，我们又从李东阳所上奏折里得知：“近日奉旨停免日讲，至明年二月以闻。”屈指算来，从五月借口天热停讲，到九月复讲，总共讲了不过“十一二日”，现在又传旨停讲，而且一直要到明年二月再提此事；也就是说，几乎整整一年当中，朱厚照的学业都是荒废的。李东阳在奏章中苦劝：“冬至节尚远，天未甚寒，停止讲读似乎太早……伏乞收回成命仍旧日讲。”但结果是“不纳”[2]。翌年即正德二年的二月，三起三落的讲学恢复未数日，旋又罢停；三月李东阳上疏，称：“比奉旨罢日讲，伏望特降纶音，仍旧日讲。”未见答复。这也是我们最后一次看见辅臣就学习、读书一事进本督促和恳求朱厚照，双方持续二年的劝学与反劝学的拉锯战，最后以朱厚照的胜利而告终。

整个过程当中，朱厚照把他对读书、对圣贤之道的反感，表达得淋漓尽致；为了躲避读书、躲避责任、躲避圣贤之道，他说谎、搪塞、耍赖、装聋作哑、出尔反尔，使出浑身解数与朝臣们玩“猫捉老鼠”的游戏。刘健、谢迁、李东阳等人虽有弘治遗命在身，名义上又是朱厚照的老师，但这些身份的“合法性”，在一个无知然而身为天子的少年面前，被证明没有任何意义。这场劝学与反劝学斗争的实质，实际上是承认或者拒绝“为君之道”，绝不止是读不读书的问题。从一开始，朱厚照就借这件事，明白表明他断然不肯就范于儒家伦理所规定的“君主”理念。反过来说，刘健等人渐渐也觉察到危机远比日讲、经筵不能恢复或屡被中断严重得多，正德元年六月，刘、谢、李三老联名上疏，用二句话来概括朱厚照登基后的表现：“视朝太迟，免朝太多；奏事渐晚，游戏渐广。”[3]透露出他们的不满已从

[1]《武宗实录》卷十六。
[2]《武宗实录》卷十八。
[3]《武宗实录》卷十四。

蹴鞠。

一种中国游戏，历史据说早至先秦，国际足联将它认作足球始祖。对许多中国人来说，它主要跟一个叫高俅的小说人物联系在一起。眼下我们又知道，明代一位皇帝也喜欢并擅长于此。

番僧。

类似人物常常是朱厚照的座上客。《武宗实录》说："上颇习番教，后乃造新寺于内，群聚诵经，日与之狎昵。"

关良绘京剧《游龙戏凤》。

《游龙戏凤》(又名《梅龙镇》)，老生、花旦应工戏，建国后一度被视为黄色剧目，所演即为朱厚照与刘氏故事。

《南都繁会图》局部。

烟云缭绕的宫阙，豹房的气息也许就是这样。

一群明代武夫。

朱厚照尚武，故而庙号“武宗”。他对身披铠甲、骑马打仗，很是醉心。他利用皇帝权力，给自己弄到“大将军”军衔。他将别人已捉到的俘虏纵还，由自己亲手再捉一遍。他的许多做法，是每个七八岁男童身上所常见的。

西班牙动画片《堂吉诃德》海报。

堂吉诃德是塞万提斯笔下的不朽形象，他好像可以属于不同的时代。在朱厚照身上，我们也能发现堂吉诃德式的风度与浪漫。

读书方面发展到对朱厚照的君德产生质疑。

秦始皇之后，中国大部分时间都维持着大一统格局，其基本缘由之一，在于汉代以来国家治理一直建立在皇权＋文官统治这样一个基础之上。反观中世纪至现代民主政体之前的欧洲，以教会、世俗君主和贵族武士的三足鼎立为基本权力结构，不能实行真正的中央集权，所以时常处于四分五裂之中。中国的大一统，至关重要的是文官系统的环节，也就是通常所说的士大夫阶层。它的基本功能在于作为一个中介，承担君权与民间社会之间的通讯，范仲淹之名句“居庙堂之高，则忧其民；处江湖之远，则忧其君”，再好不过地演绎了这个阶层的特性。

但是，以往在粗疏和大而化之的阶级批判的误导下，中国人对自己历史上的专制统治机器有许多概念化的错误认识，尤其不知道、不了解帝权与文官系统之间的真实关系，以为后者对于帝王一味效忠服从，沆瀣一气。其实，严格地讲，文官系统或曰士大夫集团并非唯皇帝马首是瞻，它有自己的理念、准则和职业操守，那便是儒家伦理。儒家伦理里面的“道”是高于一切的，包括作为具体个人的君王。创始人孔子已经注意区分“国家”与“君主”的概念，将国家置于君主之上，认为君主的正义性(合法性)来自于“国有道”，来自于国民的拥护，所以说：“国有道则民昌，此国家之所以大遂也。”[1]“君以民存，亦以民亡。”[2]“政者，正也。君为正，则百姓从政矣。”[3]亚圣孟子进一步发挥孔子的思想，毫不含糊地提出：“民为贵，社稷次之，君为轻。”[4]亦即，在百姓、国家、君主三大要素里，君主是最次要的。不宁唯是，孟子还彻底认定一旦君权失道，其被推翻是合理合法的：“顺天者存，逆天者亡。”[5]“桀纣之失天下也，失其民也；失其民者，失其心也。”[6]君主制时代，这样的思想不可谓不激进。据说在同是儒教国家的古代日本，正因为如此强烈质疑君权，孟子其人其说一直是被打压的。

不错，士大夫确有“忠君思想”，“君要臣死，臣不得不死”并非虚言。但如把士大夫的“忠君”看作忠于某帝本人，却完全没有搞对。士大夫所忠之“君”，乃是合乎其理念之君，并非某位坐在龙床上睡眼惺忪、打着哈欠的人。当一位

[1]《大戴礼记·千乘》。
[2]《礼记·缁衣》。
[3]《礼记·哀公问》。
[4]《孟子·尽心下》。
[5]《孟子·离娄上》。
[6]同上。

人君是这副德行的时候，真正的士大夫是绝不驯服的，相反，会拼着性命去纠正他。只要君主的所作所为不合圣人之道，士大夫宁可不要脑袋也要尽其批评之责。明代士风尤其如此，抗争极其惨烈，因为不屈而死于廷杖之下者绵绵不绝。这就是所谓“文死谏”；但士大夫为谏而死的时候，与其说为昏君尽忠而死，不如说是为自己心目中有关君主的那种理想而死，这才死而无憾，死得心甘情愿。士大夫里当然也有小人、懦夫直至巨奸大恶之徒，但若论士大夫的纯正之义，则他们之所以在中国古代政治中出现和存在的理由，便是充当维系国家与百姓之间关系的纽带。对于老百姓，他们是国家意志的体现者、行使人和君权的捍卫者；而对于君主，他们却站在国家整体利益——亦即儒家伦理所主张的体现出辩证关系的君、民相互依存的共同利益——立场上，效忠君主的同时，不弃批评、纠谬直至抗争之责。简而言之，士大夫就是中国古代社会的一只平衡器，二千多年的帝制中国能够基本保持大一统、超稳定的生态，这个人群的作用至关重要。

搞清楚士大夫阶层的这种性质，方能对朱厚照同朝臣间冲突不断、愈演愈烈的现象看得比较透彻，进而弄懂他为什么明明知道太监、近倖之流像蛀虫一样几乎把国家整垮，却仍然那样倚信这一类人。

很简单：对朱厚照来说，士大夫是一股异己势力，是处处为难他、制约他，不让他从心所欲、快活度日的捣蛋分子。而宦官亲随等辈，才是可任意驱策的地地道道的家奴。这些人从不会对他说半个“不”字。非但如此，凡自己想做之事、想满足之欲望，这些人无不百般奉承，竭尽全力帮他实现；此外还有一条，或许更重要，那即是，他必须集结和培植属于自己的力量，张大此辈权势，来与朝臣抗衡。至于这些人品质有多坏，在外面又是怎样为非作歹，朱厚照毫不关心——他就关心一点：谁是我的人？

同样的问题，如果换一位有作为的君主，将有截然不同的思考。但只想堕落，且唯恐堕落得不尽兴的朱厚照脑中，唯存一个逻辑：顺我者亲，逆我者仇。众鼠辈吃准了这一点，皇上喜欢什么，他们便给他什么，而且只要给就一定给得很足！朱厚照想要的，无非声色犬马，于是，他们就献鸡犬、戏文、乐舞，导引他出宫游冶花花世界，让他醉生梦死。大臣们觉得这些人明明是在害皇帝，正德自己可不赞成。他觉得他们才爱惜他，体贴他，真正对他好。大臣越是咒骂这些人，他就越发认这些人是知己是依靠。凡是敌人反对的,我们就拥护;凡是敌人拥护的,我们就反对。正德朝路线斗争的主旋律,便这样定型了。

政　变

正德元年九月发生一件事,此事将皇帝与大臣之间的矛盾首度公开化,并为后来那场大政变埋下导火索。

九月二日,正德颁下旨意,委派太监崔杲前往南方督造龙衣。崔杲趁机奏讨一万二千盐引[1],说是作为此番公干的经费。在古代,受产地和运输的限制,盐历来是紧俏甚至具有战略意义的物资,并对国家税收关系重大,故自汉代起即实行国家专卖的制度。盐既由国家垄断经营,势必有人要利用这一点,挖空心思从中牟取黑利。盐引本身已内含巨大差价,更有甚者,往往还会在官盐掩护下夹带私盐,倒卖后将暴利收入囊中,颇类似现代污吏的洗钱术,同时严重扰乱盐市。太祖时代,是严禁宦官出宫的,更不必说承办公事;永乐篡位,多有赖此曹,故从那时起,太监干政之禁不仅解消,且渐倚为心腹,监军、镇守、织造、侦查……凡属皇家私密之事,无不付诸彼手。而对太监们来说,出宫办事就意味着可以大捞一把,索贿的索贿,敲诈的敲诈,不放过任何机会。到成化年间,到江南办理织造的宦官,就打起了盐的主意。本来,织造经费一律由户部拨给,有关太监虽然也可从中尅扣,但拨款终究是死的,可供私吞的也就有限,倘若以盐引取代户部拨款,暗中夹带私货,一趟差事下来,很容易赚个满盆满钵。尽管按照祖制,盐政收入一律作为边防开支,不得挪作他用,但成化心疼家奴,情知彼之所为是中饱私囊,仍准其以盐引代拨款,此例既开,直到弘治初年仍在实行。后来,大臣奏明弊害,弘治乃下令禁止。正德的登极诏书,重申了这一禁令。但实际上,登极之初朱厚照政治上一窍不通,那份诏书

[1] 盐引,通俗地说,就是一种特殊有价凭证,如同现代的粮票布票一样。洪武三年,山西参政杨宪给朱元璋上奏折,提出一个解决边饷及其运输能力问题的办法,即利用政府对食盐的专营权,让各地商人输粮至边境,作为奖励政府则予之一部分盐引,商人拿上盐引,便可去两淮、河东盐池等处换盐,换盐之后再卖,中间差额利润极大。朱元璋采纳了此建议,是为盐引的由来。

系由大臣代拟，表达的都是文官的政见；时隔一年，现在他自然是不认账的。于是，他批准崔杲所请——既作为对内臣的笼络，又等于发出向朝臣挑战的信号。户部尚书韩文按其职责，理所当然对此表示异议，还搬出登极诏书相关条款，请求正德取信于天下。正德主意已决，坚持不改，驳回韩文本章。

天子的决定，令群臣哗然。专司谏言监察之职的六科给事中、十三道御史的奏疏接踵而至，正德不胜其烦。对科道官而言，谏阻不合法度之事，是他们职责所在，一定会坚持到底。而朱厚照也深知，此场争执，牵及他权威的确立，必须咬住不松，否则以后这个皇帝当起来实在"窝囊"。彼此这么僵持不下，数日之后，朱厚照对科道官们下了死命令，称有关盐引的圣旨已下达给崔杲等，君无戏言，所以谁再妄行奏扰，必予严办！

不过，朝臣方面还有一张牌未打。科道官品级较低，皇帝不妨厉旨呵斥，但刘、谢、李三位顾命阁老，却不可以如此对待。于是，这时内阁出面了，三老明确表示，给予崔杲盐引的敕书，内阁不打算拟旨。明代内阁无决策权，只有票拟权（即代皇帝拟旨），但若遇存在疑义之事，内阁倒也有权拒绝拟旨，并请皇帝重新考虑其旨意。三老这一招果然了得，正德无奈其何，一时陷入僵局。

毫不让步，恐怕不行了。朱厚照做出一个小小的变动；他发现这些日子群臣所递本章中攻击最烈的乃是那个崔杲，于是眉头一皱，计上心来——对此次使命的领衔人选进行微调，改派另一太监王瓒为首，崔杲副之。他认为，这一让步，朝臣有了面子和台阶，理应知足。不料，对方的回应竟然完全针锋相对：你让一步，我也退一步，然而对整个事情的原则与是非我们不能退让。经研究，户部做出妥协是，同意将原先奏讨的一万二千盐引，一半支予盐引（即六千盐引），另一半则折成价银。这个方案的意义，一是适当降低太监贪污和国家财政损失数额，而更重要的是它的象征意义：皇帝接受这一方案就等于承认自己有错，而大臣们则达到了证明自身行为合法性的目的。

正德虽然年少，但其身边的蝇营狗苟之辈却足以帮他透彻理解这方案的含义，所以略有犹豫之后，正德方面做出了强硬的回答：必须全部支给盐引！

九月十五日这天，正德在文华殿暖阁召见三大辅臣，展开最后交锋。李东阳《燕对录》记下了君臣间的全部对话，内中朱厚照时而装傻，时而耍横，倒也将其个性表露无遗。如,论及户部“半与价银,半与盐引”,他先问:“既与半价,何不全与盐引?”刘健等答道,户部用意在于节约用度。他马上说:既然是节省用度,户部为何不把折价之银留着,而全部给予王瓒、崔杲等盐引,“岂不两便”?意思是,盐引又不是现钱,把盐引交给太监由他们去折腾,却留下实实在在的钱,户部何乐不为啊?这纯属装疯卖傻,利用年龄小,假作天真,故作未谙世事的模样儿;其实只须一句话即可戳穿正德的面目——如果他真觉得现钱比盐引好,又何必固执地坚持要全部付与盐引呢?当然,刘健等不便这么反问,他们唯有耐心解释说“价银有限,不若盐引之费为多”。正德则继续胡搅,问“何故?”刘健等只得又将盐引可能夹带从而引发私盐壅滞、盐法不行的弊端解释一通。正德口称,如果真有此事,“朝廷自有正法处治也”。刘健等人不能说这些人因有皇帝庇护,根本不会得到“正法处治”;他们只能利用太监的品质做文章,指出“此辈若得明旨,便于船上张揭黄旗,书写‘钦赐皇盐’字样,势焰煊赫,州县驿递官吏稍稍答应不到,便行捆打,只得隐忍承受”。哪里还谈得上“正法处治”?“所以不若禁之于始。”与其指望将来“正法处治”,不如从开始就掐断发生这种事的渠道。话论至此,虽然正德以小卖小,胡搅蛮缠,三老却侃侃以对,有条不紊,正德眼见理论不过,终于抹下脸,“正色道:‘天下事岂只役几个内官坏了?譬如十个人也,只有三四个好,便有六七个坏事的人,先生辈亦自知道。’”“正色”二字,说明他确实急了,不再继续装傻。而且这几句言语十分不讲理,意思是说:何以见得天下事都坏在内官(太监)身上?如果非说十个人中间,只有三四个好人,另外六七个都是坏事的人,那么朝臣里面也一样(“先生辈亦自知道”)。至此,这场君臣对的实质才昭然若揭:盐引之争,争的不是盐引,是皇帝集团与朝臣集团谁是谁非。

召对不欢而散。朱厚照扔下一句:“此事务要全行。”刘健等叩头退下,深感绝望。作为正统的儒家官僚,这种局面之下,他们只剩下最后表达自身职责与操守的选择,就是引咎辞职。达成一致,翌日,三人即递交一本:

自古帝王以从谏为圣,拒谏为失。国家治乱,常必由之。顾(向来)顺旨之言易入,逆耳之言难受(采纳)。故治日常少,乱日常多。臣等每以此说进于陛下,诚欲陛下为圣德之君,天下成至治之世也。今文武公卿台谏,合词伏阙，皆谓盐法不可坏，而圣意坚执排群议而行之……臣等岂不知顺旨者有宠、逆耳者获罪，若贪位恋禄、殃民误国，则不独为陛下之罪人，抑亦为天下之罪人、万世之罪人矣。区区犬马之诚，犹望陛下廓天地之量，开日月之明，俯纳群言，仍从初议，以光圣德，天下幸甚。若以臣等迂愚不能仰承上意，则乞别选贤能以充任使，将臣等放归田里，以免旷职之愆。[1]

虽然自斥无能，但字里行间分明说，唯有皇帝应对此事负责。

也许，朱厚照唯一未尝料到的，便是内阁居然全体请辞。他毕竟年龄尚轻，登基方才年余，政治上毫无经验不说，连在朝臣中物色、培养“自己人”也根本来不及，一旦三老撂挑子，千头万绪自己如何应付得了，更何况以三老的影响，此事的后果将绝不仅仅是他们的离去……我们虽无从知道接到辞呈后正德的内心世界，但想必他经受了一场羞怒交加的感情风暴——因为最终在三辅臣辞职的压力下，他被迫宣布：接受户部方案，半与价银，半与盐引。

危机虽得暂渡，却可以想象正德与他的文官系统从此誓不两立，结了极深的梁子。大臣们的做法固然有例可循，正德却不免感到被要挟的滋味，毕竟他乃新君，立足未稳，在此之际，竟遭内阁以集体辞职逼己就范，也确有身陷绝境之痛。

俗话说“君无戏言”。朱厚照头天还那么强硬地甩下“此事务要全行”的话，第二天便在内阁辞职的威胁下改弦易辙，虽然事后朝臣给他戴“从谏如流”的高帽子，来帮他遮羞，但他内心恐怕只会想到“奇耻大辱”四个字。仅隔一个月，当那场大政变爆发的时候，我们尤其感到，正是崔杲奏讨盐引事件把正德君臣矛盾推向极致，从而点燃了导火索。

在朝臣一方，也许解读有误，以为正德真的“从谏如流”；也许是想趁热打铁，抓住有利时机重创皇帝身边群小；也许两者兼而有之——总之，在赢得盐引这一回合的胜利之后，他们“把斗争引向深入”，矛头所向由事到人，从低级别太监转向正德最倚信的几个核心太监，即有名的“八党”——明代“八人帮”。

所谓“八党”，指环绕在正德身边的八位高级宦官刘瑾、马永成、谷大用、魏彬、张永、邱聚、高凤和罗祥，此八人自

[1]《武宗实录》卷十七。

正德登极以来不单诱其堕落,实际上也渐渐控制了他。朝臣普遍认为,新君即位以来“圣学久旷、正人不亲、直言不闻、下情不达”以及“朝令夕改”“政出多门”[1]诸状,根子就在这八人身上。庆父不死,鲁难未已。应该乘盐引事件之东风,解决“八党”问题,斩草除根。

于是,“健等遂谋去‘八党’,连章请诛之。言官亦交论群阉罪状。”[2]盐引事件结束之后的一个月内,斗争达到白热化。以三辅臣为首,群臣奏章雪片似飞来,攻势甚猛。一时间,朱厚照颇难招架。为缓兵计,他派朝臣并不反感的司礼监太监李荣、陈宽、王岳等,前往内阁说情、讨价还价,先说“朕将改过矣,其为朕曲赦若曹”,遭到拒绝。然后,朱厚照索性祭出“鸵鸟大法”,对大臣奏折“留中不出”。然而,当户部尚书韩文挑头递上由各部大臣签名的奏疏时,朱厚照再也坐不住了。

这个韩文,前面我们已经认识他。在盐引事件里,他领导的户部首当其冲,站在与皇帝和太监斗争的第一线。可能因为是管钱的,对于那些内侔如何糜费、贪污和侵损国家财政,了解更加深切,感受更加强烈;据说他每每奏完事从朝中退下,对僚属们谈及这些事,“辄泣下”[3]。他手下有一个人叫李梦阳,时任户部郎中。说起李梦阳,那可不是等闲之辈,虽然居官不高,却乃当朝有名的大才子,以他为首的“前七子”是明代文学最重要流派之一,所有搞文学的人耳熟能详的“文必秦汉,诗必盛唐”,即他所提出的文学主张。此人做官也是一个“刺儿头”,骨头相当硬;早在弘治年间,即曾因弹劾张后兄弟、“势若翼虎”的张鹤龄而坐牢。当日,三阁老并言官等交相上书猛攻“八党”之际,韩文在户部与一班下属亦备加关注,日日谈论,说至慷慨激昂处,韩文免不了又是涕泗横流——这时,李梦阳在旁冷冷开了腔:“公大臣,义共国休戚,徒泣何为? 谏官疏劾诸奄,执政持甚力。公诚及此时率大臣固争,去‘八虎’易易耳。”一语甫出,激得韩文气血上涌,“捋须昂肩,毅然改容”,赞道:说得好!“纵事勿济,吾年足死矣,不死不足报国。”

一个重大的行动当即酝酿成形:第一步,由韩文领衔、李梦阳执笔、经众同僚讨论修改,草成一疏,在朝中广泛征

[1]《明史》列传第六十九。
[2]同上。
[3]《明史》列传第七十四。

集签名之后，上奏皇上；第二步，上疏后的次日早朝，将由韩文领头，偕九卿、阁员等重臣及百官，伏阙请愿，直至皇上下旨拿办“八党”为止。

想那李梦阳何等人也，由他担纲草疏，分量力度岂是泛泛可比？在《明史》里我们可以读到这件直接导致明代一场大政变的著名奏章，其云：

人主辨奸为明，人臣犯颜为忠。况群小作朋，逼近君侧，安危治乱胥（都；皆）此焉关。

臣等伏睹近岁朝政日非，号令失当。自入秋来，视朝渐晚。仰窥圣容，日渐清削。皆言太监马永成、谷大用、张永、罗祥、魏彬、丘聚、刘瑾、高凤等，造作巧伪，淫荡上心。击球走马，放鹰逐犬；俳优杂剧，错陈于前。至导万乘与外人交易，狎昵媟亵，无复礼体。日游不足，夜以继之，劳耗精神，亏损志德。遂使天道失序，地气靡宁。雷异星变，桃李秋华。考厥（突发状，指上述“异象”）占候，咸非吉征。

此辈细人，惟知蛊惑君上以便己私，而不思赫赫天命、皇皇帝业，在陛下一身。今大婚虽毕，储嗣未建。万一游宴损神，起居失节，虽齑粉若辈，何补于事。高皇帝艰难百战，取有四海。列圣继承，以至陛下。先帝临崩顾命之语，陛下所闻也。奈何姑息群小，置之左右，以累圣德？

窃观前古奄宦误国，为祸尤烈，汉十常侍、唐甘露之变，其明验也。今永成等罪恶既著，若纵不治，将来益无忌惮，必患在社稷。伏望陛下奋乾刚，割私爱，上告两宫，下谕百僚，明正典刑，以回天地之变，泄神人之愤，潜削祸乱之阶，永保灵长之业。

确是大手笔，写得气势很盛，不容辩驳。开篇即以君臣大义立足，正气凛然；随之迅即一一点出“八党”之名，以一连串精炼有力的“四字句”，述尽他们的胡作非为；进而转入对朱厚照的“劝谏”，指出无论从自爱还是仰体祖宗创业之艰、先帝顾命之嘱的角度，“姑息群小，置之左右”都是有违做皇帝的责任和道德的；最后，则鉴之以史，用历史事实说明“奄宦误国，为祸尤烈”，“若纵不治”“必患在社稷”。通观全文，天理、人伦、历史全站在作者一边，正德里外不是人，简直一无是处。但更要命的是,奏章摆出了"清君侧"的架势,正德虽不喜读书,历史上一些"清君侧"的典故还是知道的,而且他的直系祖宗朱棣当年就是打着"清君侧"的旗号把建文帝赶下台,眼下,掂量掂量韩文本章里的用词,年少无助的他难免心惊肉跳。而比写在纸上的言语更令他惊惶的是,满朝官员这次采取了联合行动,伏在宫外请愿,志在必得,一定要将"八党""明正典刑"。

朱厚照再次派王岳等前来谈判,这次开出的条件是,且留"八党"小命,将其发往南京"闲住"。所谓"闲住",是明宫对获罪太监的一种处置方式,相当于流放。朝臣方面坚决不同意,正德就反复派人来磨泡,据说"一日三至";最后一次,刘健忍无可忍,掀了桌子,恸哭道:"先帝临崩,执老臣手,付以大事。今陵土未干,使若辈败坏至此,臣死何面目见先帝!"[1]王岳见状,知群臣此番倒"八党"决心已定,乃与衔旨同来的另两个太监范亨、徐智当场表示,他们赞成阁议,将回去密奏皇上明晨逮捕"八党"。史书上称王岳等"素忠直",未必可信,比较可能的是,王岳等作为"八党"之外的内臣,在权力争夺上与后者素有隙怨,满朝上下齐心合力欲除"八党",本亦正中下怀,刘健的坚定不移,更让他们打消疑虑,乃欲与朝臣里应外合,扳倒"八党"。刘健等意外得此奥援,信心倍增,以为大局已定。

古往今来,历史多次因某个小人而中间改道,此刻复如是。

却说当时在场有一人,姓焦,单讳一个芳字。此人乃一地道小人,《明史》给他如下评语:"粗陋无学识,性阴狠。"[2]正德改元,他靠谀媚做了吏部尚书,犹嫌不足,冀更上爬,加之跟刘健、谢迁不合,久有龃龉,所以虽然迫于时势而在朝臣倒"八党"运动中参与其事,内心却极不愿看到此事最终告成,因为显而易见,事一旦成则刘谢势力必然益发强大稳固。那日,一旁听了刘健与王岳们的计议,焦芳不禁暗中转动着脑筋。他以一个小人的天性以及独到判断,认定从本质上说,世上万事应该是"正不压邪"——只要"邪恶"一方有所防备,"正义"向来输得很惨。他觉得眼下就是这样一个可以押宝的关头,他选择把宝押在"邪恶"一方。就像三百年后的晚辈袁世凯一样,焦芳用来下注的本钱也是告密。他在第一时间把王岳与刘健密谋奏请皇上逮捕"八党"的消息,捅给"八党"。王岳还没来得及去见正德,"八党"一干人早已把正

[1]《明史》列传第六十九。
[2]《明史》列传第一百九十四。

德团团围住，痛哭流涕，并将王岳等如何与外臣交结、合谋翦除异己的情状诉诸正德，其间，少不了添油加醋一番，以使正德形成这样的意识：除"八党"是假，这些人真正的矛头是对着皇上，必欲将其架空，然后任意摆布。

自韩文本章呈上后，正德一直在惴惴不安中度过，对方来势汹汹也若此，年仅十五的他自然又惊又怕，传说被吓得啼哭起来，连饭都不吃[1]。此刻又听到发生内廷、外臣相勾结的事，直有末日临头之感。

王岳支持朝臣的举动，犯了大忌。明制，内官不得与外廷交结，违者死。其实王岳等人实在有些冤，因为原本是正德派他们去内阁协调此事，并非私下暗通。但经"八党"一渲染，好像就变成了王岳背着皇帝伙同刘健另有图谋。

"八党"缠了正德一夜，先是哀求，待知性命无忧后，则转守为攻——告诉正德如何反击，而这恰恰是正德的燃眉之急。其间，刘瑾表现出他在此曹中识见过人的一面，他的分析直捣要害：朝臣为什么敢这么肆无忌惮地哗闹？根本原因是"无人"，是皇上没有在关键位置上安排自己的人！"有则惟上所欲为，谁敢言者！"[2]的确，"八党"虽受宠信，但其职守皆非要害，比如刘瑾，只是钟鼓司掌印太监——除了掌管每日上朝的钟鼓，再就是负责调教乐工、搬演杂戏。

刘瑾一点拨，正德豁然开朗。是啊，一旦在重要位子上都安排自己人，今后哪还会担惊害怕、受制于人？瞬间，心头阴云一扫而空。正德立即颁旨，拘捕王岳、范亨、徐智，由刘瑾取代王岳入掌司礼监[3]兼提督团营，调丘聚提督东厂、谷大用提督西厂，张永等并管京营事务。至此，内廷中枢以及京城主要特务机构和禁卫军，全落"八党"掌中，一场彻底的大政变就这样在夜幕掩护之下悄然发生……

然而，宫掖外，以为稳操胜券的刘健对此木然不觉，他还这样对身边因久候无果而有些焦躁的群僚说：很快便有好消息，大家只须再坚持坚持。（"事且济，公等第坚持。"[4]）

毕竟是书生！

正德元年十月十三日清晨，候在左顺门外的百官终于看见了内使的身影，然而当宣读圣旨时，人们却无法相信自

---

[1]"疏入，上惊泣不食，诸阉大惧。"郑晓《今言》卷四，二百六十六。

[2]同上。

[3]司礼监居明内廷十二监四司八局所谓"二十四衙门"之首，永乐以来，掌司礼监者权力极大，甚至逐渐握有"批硃权"（即朝廷最高决策权），某种意义上，实际权力或在首辅之上。

[4]《明史》列传第六十九。

己的耳朵——旨意宣布，皇帝赦宥刘瑾等八人，并对他们的职务做出新的任命；旨意还强调指出，这是皇帝的最终决断。

天翻地覆的激变！所有人措手不及，呆若木鸡。刚才还信心满满的刘健，惊讶得说不出话来。现场一片寂静，没有激愤，甚至连一点骚动也看不见，因为事情以人们最不可能设想的局面画上句号，就像对弈的时候对方弈出匪夷所思的一招，而这一方根本就没有准备好下一手——棋局戛然而止！刹那间，从刘健到百官，个个像泄了气的皮球，他们脸上布满迷茫的神情，就那样，稀稀落落地各自散去……《武宗实录》简短地记述了当时场景："明早，健及(韩)文等率九卿、科道方伏阙，俄有旨：宥瑾等。遂皆罢散。"[1]

然而与现场的平静截然相反，正德元年十月十三日清晨所发生的，实际上是大明国一场猛烈的政治风暴。《明史》在叙述这个时刻时几次用了"大变"一词，如："顷之，事大变，八人皆宥不问，而瑾掌司礼。"[2]"八人各分据要地，瑾掌司礼，时事遂大变。"[3]这场风暴，彻底扭转了整个正德朝政治航船的方向，它至少直接带来三个后果：第一、久经败坏而好不容易在弘治年间恢复起来的文官政府，重回形同虚设之状态；第二、宦官和近倖势力再度崛起，为以后贯穿整个正德朝的"豹房政治"奠定基础，并构成真正的权力中心；第三、对朱厚照来说，则再也不必"戴着镣铐跳舞"，从此无任何力量能予其约束和制约，从而大可随心所欲展示"个性"，迹近"完美"地完成他古今第一"浪帝"的生涯。

政变中的人物和余绪

政变发生当天，"健等知事不可为，即日疏辞政柄。"[4]

这是继上月盐引事件后，内阁第二次全体请辞。仅隔一个月，朱厚照完全换了个人；他不再被内阁辞职所吓倒，相反，愉快而迅速地批准了这一请求。

惯例，内阁辅臣这样级别的人物提出辞呈，皇帝就算内心十分乐意，也不

[1]《武宗实录》卷十八。
[2]《明史》列传第六十九。
[3]《明史》列传第七十四。
[4]《武宗实录》卷十八。

宜立即应允，至少要来回折腾三四次，以示挽留。但这一次，朱厚照却径直批准——内阁三巨头中，唯一未准退休的是李东阳；这当中以及李东阳其人都有些故事，我们稍后再叙。

尘埃落定，主要当事人此后的遭际各不相同。

刘健：一代名臣，年高德劭。弘治十一年起任内阁首辅，“竭情尽虑，知无不言”，对拨乱反正、奠定弘治朝较为清明的政治，居功至伟。弘治深为倚信，“呼为‘先生’而不名”；临终之际，执手托孤，情殷意切。武宗嗣位以来，刘健继续其厘剔弊政的努力，同时竭其所能保护弘治以来政治改革的成果不受伤害，《明史》赞曰：“其事业光明俊伟，明世辅臣鲜有比者。”[1]评价相当高。这样一位功高老臣，一夜之间就下了台，连半句慰留的言语亦未曾听到，实际上是被赶出了京城。次年，在刘瑾一手炮制且由正德诏示天下的“奸党榜”上，更名列榜首；再过二年，被削籍为民，追夺诰命。所幸他德高望重，品行无可诟病，刘瑾等虽深衔之，亦不敢置之死地。于是得以善终，二十年后嘉靖五年卒，享年九十四岁。

谢迁：内阁二号人物，退休后享受待遇与刘健同，但所受骚扰却远胜之。概因除刘瑾外，新权势人物焦芳也与其积怨甚深，此刻正好多方报复。先是罢其弟兵部主事谢迪的官，斥其子编修谢丕为民；正德四年二月，又借口浙江举贤周礼等四人皆谢同乡，“必徇私援引”，将此四人逮入诏狱逼供，欲将谢迁牵连进来，治罪抄家，只因李东阳力阻而未果，但周礼等人未予放过，全部流放，同时发布禁令：“诏自今余姚人毋选京官，著为令。”让家乡读书人，全体替谢迁受过。其余骚扰如“奸党榜”、夺诰、罚米等，不一而足。谢最后死于嘉靖十年，活了八十三岁。

韩文：“倒八”干将，运动失败后未效刘健、谢迁之所为，但刘瑾“恨文甚”，岂能轻饶？每天派密探监视韩文，想揪辫子；过了一个多月，探子来报，说国库发现有“伪银”输入，刘瑾如获至宝，以此问责，对韩文做出降一级勒令退休的处理——早知如此，韩文还不如当初主动辞职。事情并未到此为止。韩文丢官返乡途中，刘瑾令侦卒始终暗相尾随，一旦掌握任何有不利于韩文的证据，即拿回京城问罪，“文知之，止乘一骡宿野店而归，逻卒无所得。”[2]不过，韩终未逃过牢狱之灾；刘瑾还是借户部文件丢失之

[1]《明史》列传第六十九。

[2]《继世纪闻》卷一。

事，将韩及侍郎张缙下诏狱，关了几个月，因罪不至死放出，但判罚他向边镇大同仓输送军粮，先后两次计1500石，相当于韩十年俸禄之总和——史书上说，这以后，韩文“家业荡然”[1]。不过，韩老爷子也如刘、谢二人一样硬朗，挺过了刘瑾倒台，挺过了正德驾崩，直到嘉靖五年，八十有六高龄的时候与刘健同年谢世。

李梦阳：执笔“倒八”奏疏，字字见血，状若飞刀；但这酣畅淋漓的檄文也注定了他此后的命运。收拾韩文后，刘瑾即拿他开刀，先谪贬到山西，随即勒令退休，不久，又制造事端将其逮于狱中，准备杀掉。这时发生了一件戏剧性故事，当时另外有位大文豪叫康海的，与李梦阳并称“十才子”。康海文名既高，又与刘瑾同乡，刘瑾大概觉得与这样一位闻名海内的同乡交好，很有面子，所以有意罗致；然同一事自康海看来，却很没面子，一直敬谢不敏。再说康李二人，同为当世文苑重镇，不免有些“文人相轻”的意气，“各自负不相下”。及梦阳下狱，将死；这时有人告诉他，唯康海可救之。无奈，梦阳以片纸，仅书数字致康海，曰：“对山救我。”（对山，康海之号）再无他言。康海见书，二话不说就去刘府求见；刘瑾得讯大喜，“焚香迎海，延置上座”，而“海不少逊”。坐定，康海劈头便问刘瑾知道唐玄宗命高力士为李白脱靴的故事否，刘瑾以为他是以李白自居，忙道：“瑾即请为先生脱之。”不料，康海却说：“李梦阳高于李白数倍，而海固万不及一者也。”刘瑾这才知其来意，不能不给面子。“海遂解带，与之痛饮。梦阳遂得释归。”但五年后，刘瑾败，康海却因与之结交故，“罹清议”，坐其党而被免职。[2]事颇豪迈，令人荡气回肠。梦阳虽免一死，却从此坎坷，越十余年即死，年仅五十七。

焦芳：那个以告密扭转乾坤的小人。人生能得几回搏？他这一搏，搏进内阁，“以本官兼文渊阁大学士，入阁辅政”[3]，入阁拜相的同时，还保住了吏部尚书的位子，以后又“累加少师、华盖殿大学士”，尽得风流，并证明“恶有恶报”的说法从来只是善良之辈的一厢自慰。明代士风的特征在于两面性突出；士大夫中硬骨头非常多，历朝少有俦匹，而同时也频频出现极端无耻下作、堕落腐烂的例子，焦芳便是后一情形的代表之一。有子名曰黄中，一如其父，不学无

[1]《明史》列传第七十四。
[2]这里采用明人笔记《智品》（樊玉冲编撰，於伦增补）的叙事，亦见于谷应泰《明史纪事本末》卷四十三，刘瑾用事，与《明史》略不同。《明史》称康李素相“倡和”，关系不错；但《本末》和《智品》所述，似更见人物性情。
[3]《明史》列传第一百九十四。

术，却偏偏要在廷试中被内定为状元，李东阳觉得说不过去，拟其为二甲头名，已很过分，焦芳却由此衔恨李，数次于刘瑾面前谗詈。一日刘亲自以诗试其子，事后将焦芳叫来训道："黄中昨在我家试石榴诗，甚拙，顾恨李耶？"连基本可以说没文化的刘瑾都觉得焦黄中所做之诗"甚拙"，其不学无术的程度可想而知。后来，焦芳与另一刘党张彩（一作綵）争宠不利，失势，"乃乞归"；刘瑾事败，与张彩同被处死刑，焦芳却幸免于外，据说刘瑾死前发牢骚说："今彩与我处极刑，而芳独晏然，岂非冤哉。"焦一生卖官无数、广受贿赂，赚得满盆满钵，"居第宏丽，治作劳数郡。"意思是，他的宅第极豪华宏大，筑建时动用数郡之力。起义者曾攻下彼乡泌阳，入其府，"发窖多得其藏金"。这样一个作恶多端的无良小人，最终一生平安，难怪《明史》亦不禁惊叹："芳父子竟良死！"

李东阳：弘治顾命三大臣的幸存者。参与了"倒八"运动全过程，并在失败后与刘谢联名请辞，独被留任，且在以后刘瑾罗织的"奸党榜"里不见其名。对此，有人认为正德不便将父亲嘱托的顾命大臣"一锅端"，而手下留情。但《继世纪闻》提出了如下指控："（刘）瑾素与李阁老东阳有旧，重其诗文。密以韩文等所劾（指"倒八"奏章）询之东阳，得其大略，瑾等惊觉……"这个指控相当严重，倘果有其事，则李东阳所为不逊于焦芳。但此记载不见于别书，仅为孤证不可轻信，官史《明史》未予采纳。不过，当正人君子纷纷见逐、罹祸之际，李独超然无恙，实为奇事。《明史·李东阳传》对这位"不倒翁"的描述，用词讲究，大有深意，很堪玩味。有这样两个场景：场景1——当时与刘、谢共同疏劾"八党"，刘、谢持议欲诛瑾，词甚厉，"惟东阳少缓"；场景2——刘、谢辞职获准离京时，李来饯行，"泣下"，刘健嘲讽道："哭什么呢？当初阁下如果也坚决抗争，现在自然就能够和我们一道被恩准辞职了。"史家写道，闻此语"东阳默然"。从这些细节来看，李虽未必屈膝附恶，但大节大义之前，他选择明哲保身是无疑的。以后，在整个刘瑾当政时期，他的表现基本可以概括成三点，一是忍辱负重、"委蛇避祸"；二是在力所能及的情况下保护一些清正之士；三是为刘瑾的胡作非为擦屁股，"凡瑾所为乱政，东阳弥缝其间，亦多所补救。"令国家不致崩溃。因此当时对李东阳有截然相反两种反应，有认为"其潜移默夺，保全善类，天下阴受其庇"。然而相反地，"气节之士多非之。"他的一位门生、礼部侍郎罗玘，上书劝其从污泥浊水中早早抽身而退，否则自己深感耻为东阳门生，“请削门生籍”[1]。我一直想找到这封信，多年搜阅，最后在《玉堂丛语》里发现了它，照录于下：

生（罗玘自称）违教下，屡更变故，虽常贡书（晚辈给尊长写信，谦辞），然不敢频频者，恐彼此无益也。今则天下皆知，忠赤竭矣，大事亦无所措手矣。《易》曰：“不俟终日。”此言非欤？彼朝夕献谄以为常依依者，皆为其身谋也。不知乃公身集百垢，百岁之后，史册书之，万世传之，不知此辈亦能救之乎？白首老生（指自己，罗玘虽为学生辈，年龄却并不轻），受恩居多，致有今日，然病亦垂死，此而不言，谁复言之？伏望痛割旧志，勇而从之，不然，请先削生门墙之籍（逐出师门之意），然后公言于众，大加诛伐，以彰叛恩之罪，生亦甘心焉。生蓄诚积直有日矣，临槭（通“缄”）不觉狂悖干冒之至。[2]

读此信，方知是时罗玘病重，将不久人世，而以此谏语为诀别，诚感人也。还有一个读书人，献给李东阳这样一首诗：

文名应与斗山齐，伴食中书日已西。回首湘江春草绿，鹧鸪啼罢子规啼。[3]

讥以“行不得也哥哥”、“不如归去”之意。刘瑾倒台后，御史张芹即对李东阳提出弹劾，指责“当瑾擅权乱政之时，东阳礼貌过于卑屈，词旨极其称赞，贪位慕禄，不顾名节”。这都是确实的。其实李东阳这一类政治家也算中国历史的特产，从古到今都不鲜见。他们都聪明过人（李幼时即是神童，为天子召见，过门槛时太监笑道：“神童腿短。”小东阳随口对以“天子门高”），身在官场，当政治极黑暗之际，他们八面玲珑、委曲求全，同时折冲尊俎、周旋揖让；从某种角度看，他们像中流砥柱，是乱世中仅存的良知；但换一个角度，他们也实在难免同流合污之嫌。这种政治家所起的作用，究竟是避免国家和人民陷入更深的苦痛，还是客观上

[1] 印鸾章《明鉴纲目》卷八，武宗毅皇帝。
[2] 焦竑《玉堂丛语》卷之七，规讽。
[3]《继世纪闻》卷之一。

助纣为虐、令暴政维持得更久更稳固？刘瑾专权之下，朝政是因有李东阳而幸，抑或反之？诚一言难尽。连同他们的人品，也无法一概而论。正德三年发生针对刘瑾的“匿名书事件”，刘瑾一口气将三百余名官员投入大狱，是李东阳力救得免。这样的事情他做得很多，刘健、谢迁、韩文、刘大夏等一批正派“老干部”以及像杨一清这样的能臣，所以没掉脑袋，或者还能继续在政坛发挥作用，均与李东阳的拯救和保护有关。但既与黑暗同行、做“伴食政治家”，他们无可避免地在自己身上留下这样那样的污点，被人所诟病与不齿。如李东阳，政变后“八党”鸡犬升天，人人祖上受荫封迁坟，而所有祭文“皆李东阳撰”；刘瑾在朝阳门外创玄真观时，李东阳又为之撰碑文，“极称颂”。[1]——此等作为，在古代士林属最丑之事。不单对刘瑾和“八党”，就是走卒焦芳、张彩之流，李东阳也加以巴结。[2]刘瑾败后，李上疏罪己，内云“委曲匡持，期于少济，而因循隐忍”。此数语，可作为古今此类政治家所共有的贴切、绝妙之写照。虽然活得很累，也饱受争议，但不管怎么说，李东阳立朝五十年而不倒，生前身后都荣显非常，七十岁那年去世，“赠太师，谥文正”。

整个事变，到翌年三月公布“奸党榜”，才算尘埃落定。“奸党榜”的意思相当于后世的“反党集团”。中国自汉、宋两代，政治上有了一种罪名，即所谓“党祸”；过去臣下或黜或诛，只是个人罪名，而“党祸”则开创了用有组织有纲领的所谓“结党营私”的小集团罪名打击某种政见的形式，并且从此成为在政治上处理统治层内部不同政见的主要思路。从明代来看，除了贪污、渎职等行政犯罪，只要涉及政见分歧，基本都被定性为“奸党”。这一思路对后世中国政治影响颇深，一旦发生政治见解的冲突，似乎便非要揪出某某集团方才作罢，而且不如此似乎也就不足以彻底搞倒搞臭政治见解相左者。

正德二年由胜利者宣布的“奸党”名单，共计五十六人。其中，宰相级二人，尚书四人，宦官三人，科道官四十一人，其他部员六人。这些人全部勒令致仕、免职或被发配，其中一些人不同程度地面临死亡威胁却最终化险为夷，只有两名宦官王岳、范亨在解送途中被秘密处

[1]《明史纪事本末》卷四十三。

[2]《明史·列传第六十九》：“东阳奉命编《通鉴纂要》。既成，瑾令人摘笔画小疵，除誊录官数人名，欲因以及东阳。东阳大窘，属芳与张彩为解，乃已。”

死。解读这份名单，清楚地看到政变所带来的政治格局的两大变化。首先是朝廷人事的剧烈动荡；内阁成员三去其二，各部首长六去其四，内廷核心位置易人——可以说国家权力高层发生了一次大清洗、大换血。其次，名单中科道官（六科给事中、十三道御史）比例之高，逾七成以上，意味着司职监察、纠劾和言论的朝臣是朱厚照及其近倖势力重点打击的对象，也意味着政治由此转向一个言路不畅、更有利于专制独裁的局面。

豹房秘史

今人往故宫观光，由天安门入，行至巍峨的午门，向右看为东华门，由此径东可达繁华的街市王府井，向左看则是西华门。出西华门一直前行，穿过南长街，便是中南海。

中南海，连同今之北海，在明代原系一体，统称“太液池”，全是皇家园林西苑的组成部分。历史兴替，慢慢模糊了明代皇城的格局。在当时，今之故宫到中南海整个的广大区域，同属“大内”，所以西苑又称“西内”，其间并无百姓杂居，北长街、南长街也尽是宫殿和皇家各种办事机构。天启年间太监刘若愚《酌中志》在“大内规制纪略”中，叙说详尽。

现在游故宫，打从西华门出来，折往中南海，沿途所见已是商厦林立的现代化景象。而在当年，这一带全属禁地，虽未必有“五步一楼、十步一阁”、“盘盘焉、囷囷焉”[1]之盛，但的确宫阙连绵，气象森宏。

五百年前——公元1507年——正德皇帝朱厚照又在此大兴土木，耗巨资修造宫庭史上独一无二的怪胎、完全为他个人专用的宫殿群“豹房公廨”。

所谓“豹房”，是宫廷豢养观赏动物的场所，此外如虎房、象房、马房、虫蚁房等。至今，不少北京地名犹存遗影，如“虎坊（房）桥”、“报（豹）房胡同”、昌平区的“象房村”等。珍禽异兽，自古为中国皇帝所好，这爱好兼有几重意义：一是珍禽异兽往往被视为“祥瑞”，一是它们作

[1] 杜牧《阿房宫赋》。

为狄夷属国的“贡物”，象征“天朝上国”的威势，当然，更是宫中皇族消遣娱乐的对象。历代宫庭均有驯兽师，调教动物，作兽戏以愉君王，更有不甘寂寞之君如正德者，喜欢亲自下场与兽角力[1]——好像他的老前辈商纣王也很乐于此道。

由于不断有臣子进献、属国朝贡，加上历朝皇帝自行搜罗，豢养珍禽异兽之费实际已成朝廷一大负担。成化间，内官梁芳“进白水牛一只，每岁支费千余金”[2]。《治世余闻》有条记载，说正德之父弘治皇帝继位后，因见“蓄养四方所贡各色鸟兽甚多”，而首次提出将其放纵，“以减浪费”，但又怕“所司白虎豹之属，放即害物”，于是下旨：“但绝其食，令自毙可也。”不知是否真正如此实行，总之，皇家养兽玩兽之风之盛可想而知，单单豹房就不止一处二处，笔者所知，现东单的“报(豹)房胡同”是其中之一，亚运村以北大屯一带，还有一处地名叫“豹房”——但它们皆非以正德而闻名的那个“豹房”。后者地点在西华门内外，即紫禁城与西苑之间。

这里原系诸多皇家豹房中的一座，正德二年，1507年，朱厚照开始对其大加改建、扩建，工程浩大，一直持续七年。我们从《武宗实录》上得知，正德七年十月，工部就豹房工程提交一份报告，称从开工以来“五年所费价银已二十四万余两”，而且新近又将“添修房屋二百余间”，“国乏民贫，何从措办”？有关职官深感无奈，请求立即停止该工程，“或减其半”；然而，朱厚照的表现是“不听”。[3]

正德七年，豹房工程添上这二百余间房屋后，是竣止了，还是以后仍有续建？不得而知。但从史家的记述可约略窥见，它不单颇具规模、“勾连栉列”，配制也可称齐备；有宫殿、有密室、有寺观，甚至还有船坞和供军事操演的教场，人员方面完全比照“大内”，各色执事太监轮班值日，而见幸者如伶官、僧侣、边帅、女人、斗兽士等“皆集于此”。

于是，它有了一个正式而又怪异的名称：豹房公廨[4]。

公廨者，古时官署通称也。既然是行政办公所在，却又以一个彻头彻尾的游乐场所为中心或者说以此为基础兴建起来，这种不伦不类的意味，带有典型的朱厚照性格特征。

“豹房公廨”因朱厚照兴，又因朱厚

[1]《武宗实录》卷一一六。
[2]《万历野获编》卷一，列朝。
[3]《武宗实录》卷九十三。
[4]《武宗实录》卷二十九。

照衰；是他一手打造，亦唯有他自己方才使用过。豹房之于朱厚照，朱厚照之于豹房，实可谓互为表里的一双绝配。

可惜，“豹房公廨”在朱厚照死后即被取缔，不单活跃其间的五花八门人物作鸟兽散，连同那些建筑、器物亦很快地废弛、颓朽以至于消失，最终无迹可寻；否则，保存下来，倒不失为极具魅惑与遐想力的吊古的去处。

朱厚照之能修建“豹房公廨”，还是要追溯到那场政变。倘若没有那场政变，倘若刘健、谢迁、韩文等这些“眼中钉”未被拔除，倘若朝臣方面的力量和权威不曾因此遭受沉重打击，庶几可以断言，“豹房公廨”这种事物永不可能出现。朱厚照救下“八党”的同时，也得到了自己最渴望的东西——“豹房公廨”。

仅仅在政变的第二年，他就迫不及待地开始营造“豹房公廨”并迁往此处居住，起初，是白天在里面鬼混，很快发展到夜宿不归[1]，“朝夕处此，不复入大内矣。”[2]此话怎讲？即是说，打正德二年有了“豹房公廨”起，朱厚照便彻底从紫禁城搬出，不在宫中居住，最后连死也死在豹房，不再回去。

去过故宫的人，都知道位居故宫中心有座大殿，叫乾清宫。自明永乐迄清初，这里是中国所有皇帝的寝宫（雍正后，皇帝移居养心殿，但日常还是在此处理政务），也即泱泱九州NO.1的宅邸。它作为皇帝安放其卧榻之处的意义倒在其次，尤为重要的，乾清宫乃是帝权的象征，皇帝在此居住不仅是个人意愿的问题，更是一种义务和责任。通常来说，一个皇帝只有当被赶下皇位时才会离开那里，比如辛亥革命后末代皇帝溥仪之被迫离宫。唯有朱厚照，竟敢于置皇统于不顾，主动而决然地辞别乾清宫，至死不回。他此一行为，既是空前之创举，基本上亦属绝后之奇例。在他开了先例之后，只有他的继位者嘉靖皇帝，从中晚年起效仿这一做法，迁居西内。

正德搬往豹房，不仅仅是为自己重新选择了住所。他这么做的含意在于，逃离或放弃了一种角色，逃离或放弃了礼法所加诸这种角色之上的所有信条、戒律、义务与规约；此外毫无疑问，也借此彻底摆脱和跳出于祖宗、父母、家庭以及既往整个个人历史之外。当置身乾清宫时，他是一个君王、一个儿子，也是一个丈夫，是活在这些躯壳之下而又并不

[1]《武宗外纪》。
[2]《武宗实录》卷二十九。

如意的压抑的魂灵，而一俟别宫而去，他就不再是上述角色中的任何一个，他仿佛灵魂出窍、羽化而飞升，一了百了，胜利大逃亡。

回过头再来看正德与群臣的对抗，再来看那场政变，在正邪、善恶这类通常的历史尺度之外，我们忽然发觉其间还存在着一点正德自己的小秘密，亦即他自个儿性情上的好恶与追求。那是什么样的好恶与追求呢？简单一句话，他实在不堪、也不喜欢扮演皇帝这角色。刘健等反复敦请于他的，无非就是像一个合乎制度的皇帝那样行事，但他感到最不可能也最不愿意做到的，恰恰即此。做皇帝，实非他自己选择的结果，而是生下来就命中注定的；他高兴也罢，不高兴也罢，满朝官员还有天下黎民不由分说就拿皇帝应该承担的一大堆责任、义务硬往他身上套，对他提出这样那样的冀望、要求和限制。对此，他简直烦透了。他想要怎样呢？他想要的是，自由自在、随心所欲、由着自个儿的性子去生活，爱好什么就干什么，想吃就吃，想睡就睡，想上哪儿就上哪儿，想搞什么女人就搞什么女人……从种种迹象来看，此人若生于寻常人家，不妨说倒是一位性情中人。可是，偏偏一不留神，他却做了皇帝。皇帝这角色，讲起来顶天立地，其实满不是那么回事；大家只须看看正德的老祖宗朱元璋的一生，就知道要把这角色对付得略像点样子，真的大不易。

说白了，朱厚照全非做皇帝的料。虽然在皇帝位子上混事的，历来不少。不过，到帝制晚期，皇帝却是越来越不好混了，因为这种制度愈来愈严密，也愈来愈刻板。比照秦汉至明清中国历代君主的处境，我们明显看见帝权在走向高度集中的同时，所受到的掣肘也远为深刻，表面上看帝权益发伟岸，实则做皇帝者的个人空间反倒愈见局促——事情就是这么奇妙。明代皇帝，除开太祖、成祖、仁宗、宣宗这四位，其余没有不受“欺侮”的——要么深受重臣抑沮，要么为宦官近倖所挟持。再来看代明掌国的清代，都道有史以来清朝皇帝最累，有的握发吐哺、宵衣旰食，有的忍辱负重、终生气郁难舒……撇开外因不谈，儒家伦理对君主的道义压力比以往任何时候更大，乃不争的事实。总之，在明清两代，留给像先前的汉成帝、汉元帝、隋炀帝这类艳世风流皇帝或像唐明皇、南唐后主李煜、宋徽宗这类春花秋月皇帝的空间，是大为萎缩了。皇帝与其自身体制之间的矛盾，反而加强和扩大。隋炀帝尽可以在皇帝位子上鬼混，不必考虑搬出宫去以换取“自由”，但朱厚照则不行；祖制、祖训和家法这些无形大棒，暗中高悬在乾清宫宝座上方，随时会被辅臣、言官、太后或别的什么人祭出，加以利用——就算别人不抡，自己想想亦有心理障碍。

从公然弃乾清宫出走，并至死也不肯回来这一率性行为论，朱厚照的表现颇像“性情中人”，跟终于在大观园呆不下去而出走的贾宝玉，有相似处。但我们应该不加耽搁地立即指出，朱厚照所拒绝或急欲摆脱的，乃是做皇帝的义务、责任和规约，绝不是皇帝的地位、权力和享受。他建造豹房，并以此将紫禁城取而代之，归根结底就出于一个目的：挣脱来自体制的对一个皇帝的种种束缚，然后彻底地丝毫不受约束地享受皇帝所拥有的至高无上的权力。

他竟能想出这样的点子，足见其禀性顽劣自古无匹。

实际上，他是用一定程度上的自贬自贱来实现其恣意享乐的目的，用名誉和尊严上的一定牺牲来换取在污泥浊水中撒欢打滚的快乐。这就让人不得不想到他祖上的叫花子出身，并怀疑这种遗传和血液质地在起作用。儒教中国极讲究“正名”，“名不正则言不顺”；每个人都各有其名分，失去名分或使名分淆乱，都将自取其辱、自败其身。朱厚照对此则根本不在乎，以为狗屁不如。呆在乾清宫（也只有呆在乾清宫），他是皇帝名分，然他却宁可带着他那群下流坯，搬到“豹房公廨”这么一个不伦不类的地方住下；按理，“公廨”本是皇帝臣属的官署，身为帝王放着皇宫不住，却呆在一个“公廨”里，这算哪门子事呢？朱厚照可不管这个；后来，他为了更进一步胡来，又运用同样思路把自己降格为“公爵”“大将军”，上演一幕又一幕荒唐闹剧。

他不待别人轻视他，自己先作践自己。你士大夫不是老跟我提什么祖训、什么“君君臣臣”么？我不要这“劳什子”、脚底抹油溜出宫去、再给自己封个“镇国公”“总督军务威武大将军总兵官”的官职，成不成？不成，我再给自己改个名儿，我不用爹妈起的名字“朱厚照”，我管自己叫“朱寿”，成不成？——既然我不是皇帝、我是“镇国公”“总督军务威武大将军总兵官”，我都不是朱厚照、我都改名朱寿了，你们还跟我絮絮叨叨什么呢？

这么匪夷所思的损招，没人想到只有朱厚照想到，不是他多么高明，无非是谁都不曾像他这般惫赖罢了。

但他绝非真的不要当皇帝了。推开了皇帝的名儿,却把皇帝的实一点也不放松地牢牢抓在手里。这才是他最最无赖之处。

先皇三位顾命大臣,三个被撵跑二个,剩下那个基本只有唯唯诺诺的份儿。朝廷所养专事挑刺儿的科道官,也在“奸党榜”打击之下惨遭重创。至于母后张氏,自弘治驾崩之后似乎就从历史记载中销声匿迹了,朱厚照身世悬案虽然再也不曾沉渣泛起,但显然这对母子之间只是维持着相安无事的状态,张氏大约只能在慈宁宫安享晚年,而绝不可能对正德皇帝行使什么母后的威仪。此外还有何人?那个可怜的年轻的夏皇后和沈、吴二妃?说实话,朱厚照不理她们,她们就该知足。

因此,就算大逆不道,谁又能拿他朱厚照怎样?

三十六计,走为上。咱不在乾清宫玩儿了。老祖宗,拜拜;孔夫子老东西,拜拜;那张硌得人屁股疼的硬龙床,拜拜。

瞧他替自己选的地方:既出了紫禁城以外,又与它紧紧挨着。咫尺之间。若即若离。似是而非。他大概是历史上第一个参透“边缘化”的好处与妙处之人。

他管它叫“新宅”[1],译作今语便是“新家”。一个“新”字,尽显他喜获重生的欣悦;而以此为“家”,适足反映他对紫禁城的不认同,以及在这里才找到自在与安全之感的内心。毫无疑问,迁出乾清宫、搬入豹房,对于朱厚照来说,具有一种打碎锁链、翻身解放的“伟大意义”。

一个十七岁少年,没有父兄管束,却拥有无边权力和取之不尽的钱财,法律对他不起作用,道德和舆论也悄悄躲到一边……试想这样一番情形,休说朱厚照,不拘什么人,哪有不堕落的?人性本恶;人类的向善意志,起因在社会。由于社会的形成,人类发现如果任凭每个人按其本性自由行事,只能不可收拾,而必须立出一些准则彼此共同遵守,于是始有禁忌,进而发展成宗教、道德、伦常、规约、法律和制度,这就是所谓“文化”。其间虽然也存在公平问题,但出发点则的确在于克服人的恶的本性,寻求社会和谐。可以说,人类之建立自己的文化乃是出于被迫,不如此,人必定形同禽兽;而自有文化以来,人类就沿着理性亦即善的方向一直前行,不断改进自己的文

[1]《武宗外纪》。

化，更多地抑制恶，更趋近于理想的善。此即人类及其文明之向善意志的由来。但在文明各阶段，社会制度总有疏漏与缺陷，不能将恶杜绝，甚至局部会有对恶的纵容和鼓励。朱厚照就面临着这样的纵容和鼓励，尤其当原本用以防范的机制和环节出现问题、失效的时候，制度中所保留的恶便借着这位十七岁的少年兼皇帝的朱厚照，大摇大摆地满足了自己。

朱厚照的豹房生涯，充满暧昧、晦涩的色调。

每当我想象豹房的时候，脑海里浮出的是这样的画面：那应该是一处密室，昏暗、朦胧而幽深，屋子不小，却约摸只开设着一扇窗棂，天光从那里穿透进来，成为一道浑浊的光柱投射在地面；而时间，似乎永远停留在清晨时刻，在那光柱投下的地方，一个衣着华丽、满脸倦容的少年胡乱地躺在地上，他的头枕在另一个男人的怀中，此人年约三十，身体强健，却长着一副贪婪的嘴脸，即便在睡梦之中也仍能看出这一点；随着眼睛适应了屋内的昏暗，稍稍移动视线，我们很快发现，四周横七竖八还躺着很多人，都是随地而卧，毫不顾忌自己的姿式，就好像瞬间被人施了魔法而突然沉入梦乡，在他们身边到处散落着酒罐、酒杯，有的倾倒在那里，有的则摔成了碎片，果品也从案上滚落于地，一直滚到墙角方才止住……镜头再往上摇，我们会看到屋内摆放的一些奇特的木雕和悬挂着的绢画，甚至直接绘在墙上的彩绘，那些雕像带着明显的密宗风格，绢画和彩绘几乎无一例外是春宫内容，满目惟见男女赤裸交缠的肢体。尤其令人吃惊的是有一幅彩绘，上面的女裸体一望而知并非中土人物，画法亦出自域外，那沉甸甸的乳房，纤细、坚实而又富于生命力的腰肢，丰硕的臀，粗壮和充满欲望的大腿，以及似乎疯狂扭动的躯体，加上立体透视笔触营造出的极度写实的效果，足以让任何生活在十六世纪的中国人魂不守舍！

虽然这些场景系出笔者想象，却句句有来历。在史家并不完整然而不乏细节的描述中，豹房出入着诸如番僧、阿拉伯舞姬、高丽美女、江湖艺人、皮条客这样一些极具另类和异国情调的人，豹房的生活不仅是非正统的，尤其当理学完全统治着明代意识形态、一般社会道德趋于有史以来最保守状态的情形底下，豹房里的生活方式绝对具有颓废的、世纪末的、骇人的性质。朱厚照在豹房的所作所为，与当今及时行乐、追求感官刺激的嬉皮士式人物一般无二，只是彼时尚无摇头丸、大麻、海洛因、可卡因，否则，我绝不怀疑这位年轻的“问题皇帝”，将欣然加入“嗨客”一族行列，成为瘾君子。

上文提到豹房的那个三十岁左右的男子，名叫钱宁，后被恩赐国姓而叫朱宁。此人通过巴结刘瑾，引荐给朱厚照，跻身御前红人之列，且大有后来居上之势，让引路人刘瑾都有些黯然失色。他最后做到左都督，执掌著名的锦衣卫和诏狱，成为国家秘密警察头子，就像纳粹党卫军首领希姆莱。能武，是他得宠的一个重要原因，因为朱厚照一生都对征伐冲杀之事抱有白日梦一般的理想，钱宁据说射术骄人，会左右开弓。但恐怕这并不是他在豹房大红大紫的根本原因。

对他们之间的关系，《明史》语意幽长，读起来总感到有些弦外之音。其中说，豹房之建，便出自钱宁的创意：“请于禁内建豹房、新寺，恣声伎为乐，复诱帝微行。”[1]当其提出这建议时，究竟是如何向朱厚照描画豹房的享乐主义气息的，其细节很有遐想的余地。从上述一句，显然可以读出钱宁作为朱厚照豹房生涯的纵欲象征这个形象。随后又有一句：“帝在豹房，常醉枕宁卧。百官候朝，至晡莫得帝起居，密伺宁，宁来，则知驾将出矣。”说两人在豹房睡在一起，且非偶尔为之，是经常如此；以至于百官都掌握了这样一个规律，每天早上只要看见钱宁的身影，就可以知道朱厚照已经起床。两个男人，行迹如此亲昵，一般人不单做不到，恐怕根本就难以忍受。个中隐秘是什么，史无明言，却又老在暗示着什么。当时有个叫王注的锦衣千户，活活将人鞭挞致死后逃匿，刑部于是发出紧急通缉令；钱宁却把王注藏在自己家，同时让东厂借故找刑部的麻烦，刑部尚书张子麟得知王注有此背景，赶紧亲自登门找钱宁解释，并立即将王案一笔勾销，事情才得平息。那么，钱宁缘何要如此保全这个王注？史家只说出寥寥四字：“注与宁昵。”昵者，亲也，近也。一般友情不足以称“昵”，哪怕好到两肋插刀的地步，也不宜以“昵”字形容——特别是两个男人之间。

不单是这个钱宁，豹房前后几代红人，跟朱厚照的“关系”都很可疑。后期豹房佞幸的代表人物、边帅江彬（也曾被赐国姓而叫“朱彬”），经过权力斗争，不单取代了钱宁的地位，也填补后者与朱厚照的那种“特殊关系”。《明史》和《罪惟录》都明载，江与朱厚照“同卧起”[2]，

[1]《明史》列传第一百九十五。下同。
[2]同上。

“帝宿豹房，彬同卧起。”[1]《明史纪事本末》用词最有趣，写作：“上御豹房，与江彬等同卧起。”[2]这个“御”字，有多解，其中，用在生活起居方面的时候，与男人的性行为有关。谷应泰是曲笔暗示什么吗？中国古代帝王“好男风”是有传统的，更不必说朱厚照这样一个喜欢猎奇、毫无禁忌的人。

豹房原本就是一个无所禁忌的空间，所有正统的通常的道德标准，在这里完全失效、荡然无存。不管朱厚照有何离奇嗜好，不管他想做怎样的人生冒险，都可以不受阻拦地去实行，并且绝对不会感到任何精神压力。从史料来看，朱厚照在豹房所表现和为自己选择的兴趣爱好，确实都带有某种异常的色彩。

史料屡屡提及，豹房建筑很重要的内容，一是状若迷宫、宜行暧昧之事的密室（“造密室于两厢，勾连栉列”[3]），一是寺院。后者乍看起来有些奇怪，难道享乐主义者朱厚照同时竟会是虔诚教徒？某种意义上是的，但他对于宗教的目的，不是清心寡欲，毋宁说恰恰相反。朱厚照对执戒甚严的中土佛教毫无兴趣，他为之着迷的乃是藏传佛教，时谓之“番教”。而“番教”的诱惑力在于“有道术”、“能知三生”等浓厚的原始神秘主义色彩，尤其是它将性行为和过程视为修炼手段之一，颇有秘诀用于研习，这最合朱厚照胃口。

《武宗实录》描述说：“上颇习番教，后乃造新寺于内，群聚诵经，日与之狎昵。”[4]这样的宗教场合究竟是什么气氛，一目了然。他迷得很深，在豹房“延住番僧，日与亲处”[5]，“常被服如番僧，演法内厂”[6]，直到自封“大庆法王”，还指示礼部，往后“大庆法王与圣旨并”[7]。《罪惟录》的描述是：“时西内创立大善殿，番僧出入其中。金银铸像，彝鬼淫亵之状，钜细不下千百余。金函玉匣所藏贮，名为佛骨、佛头、佛牙之类，枯朽摧裂，奇丽傀儡，亦不下千百片。”[8]想象一下这图景，既淫荡又恐怖刺激，也是古往今来精神空虚者的一致诉求。时下美国社会里的另类青年，不也热衷于稀奇古怪的邪教，来表示他们奇异的追求么？所以换个角度看，朱厚照倒很可说是现代颓废派的先驱，玩的就是心跳。

近幸群小了解皇上兴趣所在，自然

[1]《罪惟录》帝纪卷十一。
[2]《明史纪事本末》卷四十九。
[3]《武宗外纪》。
[4]《武宗实录》卷二十四。
[5]《武宗实录》卷一一七。
[6]《武宗实录》卷一二一。
[7]《明史》列传第七十二。
[8]《罪惟录》帝纪卷十一。

百方觅奇,以便邀宠。

有人就探得消息,锦衣卫有个叫于永的色目人,通晓一种有助性欲的"阴道秘术"。所谓"色目人",是元代出现的对中亚、西亚及欧洲诸多种族的统称,其中"回回人"即信仰伊斯兰教的占多数。十三世纪,随着蒙古大军西征,荡平今之土耳其、伊朗在内的中东、东欧一带,大量色目人被蒙军裹挟,内中一部分后来辗转到中国,并与蒙人一道,居于元代统治阶层。元败亡之后,明朝对色目人实行严格政策,迫其汉化,所有色目人皆须放弃本名,而改汉名。下西洋的三宝太监郑和即色目人,他的姓名是朱棣亲自为其所取。眼下说到的这个"于永",显然也是后起的汉名。

却说朱厚照听说于永有此"奇才",甚喜,即召见之,"与语大悦",想必确实从对方口中学到了"宝贵知识"。除此之外,于永还"进言回回女晳润而瑳粲,远胜中土"。晳润,就是白嫩的意思;瑳粲,形容光彩夺目、光彩照人,疑指其金发碧眼之貌。于永指出,在这两点上,中国女人差得太远,根本没法比。那时朱厚照大约还不曾尝过白种妇人的滋味,少不得被于永说得心痒难熬。于永既出此言,当然准备好了下文——他透露说,锦衣卫官员吕佐也是色目人,他家中蓄养了许多西域美女,都擅长跳异国风味的舞蹈。朱厚照一听,哪里还坐得住?立命吕佐进献十二名"回回"舞女,"歌舞达昼夜"。尽兴之余,朱厚照深感于永所言毫不夸张,"回回女"之白嫩媚人,确非中国"黄脸婆"可比。醉心之下,对区区十二名舞女很快生出"犹以为不足"之感,觉得不敷己用,诏令"诸侯伯家中故色目籍家妇人入内",然后"择其美者","驾言教舞(以教舞为幌子),留之不令出。"这么一搞,京城较有姿色的"白回回女"全被洗掠到豹房,大家都很愤愤不平,就迁怒于于永,因为是他告密才夺了自己所爱。有人就给于永下套。一日,于永正陪着皇上饮酒观赏回回舞女大跳艳舞之际,有人附耳密奏:这些女人都算不了什么,于永有个女儿,那才是"殊色"。朱厚照闻言,"呼永,使即家召其女来。"于永有个女儿是真的,是否"殊色"不好说,但"殊色"也罢,"乏色"也罢,亲生女儿总不能拿来让朱厚照糟踏。他诺诺退下,回到家中把女儿藏起来,"饰邻人'白回子'女,充名以入。"朱厚照浑然不知,对冒牌货还挺满意,"悦之"。于永情知得罪很多人,不敢再在豹房混,称病固辞而去。

豹房里的淫靡，外臣早有耳闻，但他们无可奈何。皇帝有此嗜好，从来是天经地义的，不这么搞，反倒“不正常”——譬如朱厚照他爸弘治皇帝。不过，正德十一年，外臣们却有些不安了，起因是一个姓马的女人。

当时有一武夫，名叫马昂。我们最早见到这名字，是在正德二年。那年年底，《武宗实录》留下一条记载：“升指挥使马昂为署都指挥佥事，充大同游击将军。”这项任命没有别的背景，但我们要记住“大同”这个地名，以便弄清马昂后来是怎么跟朱厚照搞到一起去的。马昂做了几年大同游击将军，升为延绥总兵官，不多久却丢官，原因是“骄横奸贪”。丢官的马昂，在家好不郁闷，却忽地想起一位人来。你道是谁？恰是那个在豹房大红大紫的江彬。原来，江彬领兵应旨调来京城以前，官职就是接替马昂而任的大同游击将军。此时，江彬正随驾北巡离宫至宣府，马昂赶了去，走“老战友”的后门，在皇帝面前求情复职。

以下的情节并非出自史书，但我们依逻辑想象应该如此——见了面，马昂道明来意，江彬故作为难地说：“马兄，这个忙我可以帮，但总得对皇上有所表示，让他高兴才好。”马昂便问，皇上最喜欢什么。江彬淫猥地笑了：“这还用问吗？马兄家里现就藏着皇上最想得到的东西。”原来，马昂有一妹，天生尤物，江彬本来就垂涎于她，眼下马昂找上门来，他心念一动，料定如将此女献与正德，必宠无疑，自己也会在功劳簿上好好添上一笔。马昂得知“皇上最想要的东西”，是他妹子，倒也并不踌躇，回家稍做安排，搞通妹妹思想，便将人献了上去。

知朱厚照者，江彬也。马昂之妹进入豹房，立即受宠；不是一般受宠，《明史》用词为“大宠”。此女虽系汉人，却懂“外国音乐”（“解胡乐”）、掌握外国语（“能道鞑语”），还“善骑射”，是个高品位、“外向型”佳丽。在正德如获至宝，而马昂所得，则远不止是官复原职——他一跃而被擢升为右都督；另外两个兄弟马炅、马昶，“并赐蟒袍”，即使最有权势的“大珰”也都谄媚地称他们为“国舅”，朱厚照还特地在京城太平仓赐予府邸，安顿这一家子。

故事叙至此，还没出什么“彩儿”，假使仅仅如此，确也稀松平常。然而且慢，大家有所不知，那个女人——史书上都管她叫“马姬”——事实上已经嫁人，有老公，并且被送入豹房的时候正怀着身孕！

马姬的老公，我们只知道名唤毕春，也是一名军官，官职“指挥”，级别不高。

自己怀着孕的老婆被献与皇帝,他作何反应,史书只字未提,亦不见他有沾光升迁的记录。此人的遭遇有点类似林冲林教头,只不过对手远非高衙内、高太尉那种级别,恐怕他连反抗的可能性都没有;当然,他老婆看来亦非林娘子,后者誓死不从,马姬在豹房伴驾却很称旨。

关键是这次江彬并没有像以前于永那样,对马姬的身份瞒天过海。朱厚照清楚她有老公,也完全清楚此时她是孕妇。作为一个可以绝对保障其对处女"初夜权"的皇帝,朱厚照对马姬"二锅头"的身份毫不在乎,与其说难能可贵,不如说显示了他性取向的多样性。他对马姬并非睡睡、玩玩就扔到一边(以前的女人都如此),从马昂兄弟所获"殊荣"以及"大珰皆呼为舅"这种待遇来看,马姬在豹房实际已有"国母"之尊。

马姬之能这么稳固地据有朱厚照的爱恋,摆在桌面上的原因,一是她作为女人显然极美、极有魅力,一是她会外语、解胡乐,比较新潮前卫——不要忘记,朱厚照自己就偏爱番教、胡女、豹房等这类边缘与非正统事物,也是新潮前卫人物。

除此以外,有没有未被摆到桌面的原因呢?应该有。比如说,马姬可能床上功夫十分了得;因为对于朱厚照这样一个研习过"阴道秘术",性经历极丰富极复杂,历年所阅春色从宫内到民间、从国产美人到"白回回"舞女应有尽有的人来说,倘若马姬在性事上无过人之处,势难令他如此欢心。还比如说,是否恰恰是马姬身为孕妇这一点,让朱厚照格外感到刺激?在畸态的性滥者中间,确实有人存在对孕妇尤其是他人孕妇的癖好,这种人通常有强烈的生殖冲动,却偏偏在现实中受阻与不利,矛盾冲突之下,遂使其发展出喜欢与孕妇交媾的病态情结,在此行为中,他既能感受到与非孕妇交媾所不同的快乐,似乎同时也抚慰了自身心灵兼对致使该孕妇受孕者(即显示强劲生殖能力者)实施了报复。考虑到武宗皇帝御女无数却毕生无一子嗣的事实,他理应存在深刻的生殖焦虑。最后一种可能:马姬之恋折射了朱厚照身世之谜所留下的心灵创伤、人格创伤。生母悬案明显给朱厚照一生及人格蒙上了阴影,迁居豹房之举,明白表示他对幼时成长之地缺乏"家"的认同,似乎毫无情感记忆与联系,且必欲弃之而后快;他与张后彼此之疏远和冷漠,全非正常母子间所应有,登极以后除了礼仪性交往,双方不问不闻,最后时刻,朱厚照独自死在豹房,身边只一二太监而已,其景凄凉。所以,他对一孕妇的狂热迷恋，很可能是受挫的恋母情结之移情，那突起的腹部内，蜷身于温暖子宫之胎儿，于他很可能具有重大的情感象征意义。

当然，最有可能的是，只有把这一切统合起来，才能解释为什么朱厚照专注和倾力爱恋的头一个女人，乃一孕妇。

朱厚照荒淫度日由来已久，很少见朝臣吱声，可是这一回却不同，起劲地进谏。给事中吕经与同僚集体上书，御史徐文华、张淮等递上本章，就连副都南京的言官们也大老远地动本剀谏，一时间，马姬事件仿佛演变成了举国关切的政治危机。

何以至此呢？皆因皇上这次搞了个孕妇。

道德上，群臣对正德早不抱期待，一般性胡搞人们已然麻木，但皇上此次所为远超乎普通“生活作风问题”范围，而成为可能动摇国本具有严重隐患的事件。

最早人们听到传闻时，还不大相信，但拔擢马昂为右都督的旨意发表，则完全坐实了此事。满朝上下为之哗然。那些熟读经史的士大夫，几乎人人都条件反射式地想起吕不韦以“有身之姬”进秦国公子子楚（即后之秦襄庄王）的典故。《史记·吕不韦列传》：“吕不韦取邯郸诸姬绝好善舞者与居，知有身。子楚从不韦饮，见而说之……吕不韦欲以钓奇，乃遂献其姬。姬自匿有身，至大期（临盆）时，生子政。子楚遂立姬为夫人。”这个叫“政”的孩子，便是后来的大暴君秦始皇，可叹秦室就这么稀里马虎地把江山转易他人之子！前车之鉴就摆在那儿，皇上怎么可以还干这种事？马姬一旦生产，究竟是谁的孩子能说得清么？就算说得清，又怎见得皇上千秋之后乱臣贼子不会利用此事制造混乱、图谋不轨？兹事体大，关系国家存亡，皇上务必圣睿明断……

任凭群臣口干舌燥，朱厚照充耳不闻。

羊毛出在羊身上，解铃还须系铃人。此事的了断，最后还是由朱厚照、马昂自行促成。数月之后，朱厚照驾幸他亲自赏赐马昂的太平仓府邸宴饮。其实他是有备而来。马昂有一杜姓小妾，姿色不俗，亦不知哪个善嚼舌头的曾对朱厚照提起——故此之来也，喝酒是虚，要人是实。“饮酣，召昂妾。昂以妾病辞，上怒起。”[1]一怒之下，摆驾回宫了。这

[1]《武宗外纪》。

绝对是马昂的不是。亲妹子都拱手献上了，区区一个“二奶”反倒舍不得？而且你现今居住、接驾之处，亦拜人家正德所赐，你竟在这里驳回人家一点小小的要求，太不给面子了嘛！据说这件事后，马氏便即“宠衰”。《明史》则多叙了两笔，道那马昂一时小器，旋又悟出大事不妙，“复结太监张忠进其妾杜氏”，朱厚照美人儿到手，意气稍舒，“昂喜过望，又进美女四人谢恩。”[1]才暂时将事情摆平。不过，终究拂逆了圣心，这疙瘩是不可能解开的。慢慢地，对马姬淡了下去。

其实，就算马昂一路谨慎，不去惹恼皇上，马姬“宠衰”也是迟早的事。以朱厚照那浪蜂荡蝶的性情，不可能对某一个女人维持持久的兴趣。从他的恋爱史来看，马姬居然吸引他达数月之久，已为翘楚。大部分时间，朱厚照走马灯似的追求着女人。马姬之后，朱厚照在绥德视察工作期间，“幸总兵官戴钦第，纳其女，还。”[2]这位戴将军之女，更加可怜，史书上留此一笔，然后下落不明。朱厚照在倚江彬为其心腹之后，由后者引导，开始大肆出游，足迹遍及塞内江南，所到之处，头等大事便是搜罗女人，弄得各地鸡犬不宁，内中故事稍后再叙。

这里单讲一个姓刘的女人。北京以北至西北，沿长城一线，是明代抵御蒙古人的正面防线，称“塞下”。正德在其统治的中晚期，多次由这条线“北狩”，打的旗号是视边，实际则是找乐为主。当时说塞下有“三绝”：宣府教场、蔚州城墙、大同婆娘。[3]“三绝”中，令朱厚照最为心仪者，自然是后一绝。正德十三年他由大同然后榆林，然后西安，然后偏头关，然后太原，一路上“掠良家女数十车，日载以随”，到了太原，又“大征女乐”[4]——也就是官妓。“偶于众妓中，遥见色姣而善讴者。援取之，询其籍，本乐户刘良之女、晋府乐工杨腾之妻也。赐之与饮，试其技，大悦……遂载以归。”[5]也有记为此女名叫“刘良女”，《明史》则只简称“刘氏”。另外，朱厚照与之相遇的地点，有稗史说是在大同，而非太原。但不管她叫什么，朱厚照又是在哪里把她找到，总之，有个妓女在朱厚照生命的最后一二年间大放硕采，这件事情本身是确实的。

这究竟是怎样一个女人？笔者对此一直很是好奇。史家只是把她视为朱厚照诸多女嬖中的一个，除了告诉我们她非常受宠，对其本人情况则不屑于

[1]《明史》列传第一百九十五。
[2]同上。
[3]宋起凤《稗说》，卷一。
[4]《明史》列传第一百九十五。
[5]《武宗外纪》。

多费笔墨。而且，想当然地以为这不过是朱厚照享乐主义色情生涯的又一次简单重复而已——“试其技，大悦”——无他，唯技熟耳。但细读故事，从字里行间却品得出朱厚照之于此女，态度大迥异乎过往异性，包括那个曾令朱厚照交织着复杂情感的马姬。

《武宗实录》记述说，刘氏进入豹房后，朱厚照对她的依赖程度，达“饮食起居，必与偕”的地步。“左右或触上怒，阴求之，辄一笑而解。”可见这妇人独具一种罕见之力，不仅令朱厚照在生活中须臾缺她不得，更从一贯的喜怒无常而忽然变得温驯豁达，甚至有些可爱。刘氏则赖此在豹房建立了很高威信，“江彬诸近幸，皆母呼之，曰‘刘娘’云。”[1]这与先前马姬得宠，兄弟被“大珰皆呼为舅”似不完全相同，趋炎附势之外，好像还多一层敬惧。盖因朱厚照对刘氏，确非徒以玩物视之，实际上倒与她夫妻相待，甚至公开给她这种名分。正德十四年，朱厚照南巡，携刘氏同往。所到之处，凡遇名刹古寺，好佛的朱厚照必然造访，访问时，朱厚照都要“赐幡幢”，就像普通香客一定要烧香许愿一样；而“凡寺观钦赐幡幢，皆书‘总督军务威武大将军、总兵官、太师、后军都督府镇国公朱寿，同夫人刘氏’，并列名于上。”[2]前已提到，“朱寿”及其一串头衔，乃朱厚照欲避免皇帝身份的烦扰而使“金蝉脱壳”之计，为自己虚拟的名讳与官职。现在，当着众人，他等于明白无误地宣布，在“朱寿”名义下，自己的妻子乃是这歌妓出身的刘氏，而非在紫禁城坐守空房的那三位尊贵后妃。

真正把刘氏在朱厚照心中分量彰显出来的，是这样一个近乎爱情小说般的情节：自有刘氏以来，朱厚照便随身藏着一件多情的信物——一支刘氏送给他的簪子。这簪子，他永远带在身边，不拘在何处，见之如睹刘氏本人；舍此以外，它还额外具有一种凭据的功能。他俩曾约定，如他欲召唤于她，来人必须同时携有此簪，如若不然，任凭来人是皇上多么亲近的近臣，任凭来人身赍多么确凿的旨意，也都不足为信——此簪胜于一切，是他们私人情意的见证，连圣旨亦不能代！朱厚照启程南巡时，刘氏并未随行。也许朱厚照最初低估了他对刘氏的依恋，以为暂别旬月亦无不可。但分离不过数日，刚刚行至临清（河北山东交界处），朱厚照就意识到自己完全错了，对

[1]《武宗实录》卷一六九。
[2]《万历野获编》卷二十一。

刘氏的思念是如此强烈，以致他相信整个南巡不能没有她的陪伴。庞大的车驾突然在临清驻跸不前，地方官根本弄不清发生了什么。而行在之内，朱厚照早已打发人回豹房迎请刘氏来此聚合，但却遭到拒绝——原因正在那簪子上。原来，出京之时朱厚照兴高采烈，纵马狂奔，“过卢沟（桥），因驰马失之。大索数日，犹未得。及至临清，遣人召刘。刘以非信，辞不至。”[1]当朱厚照从碰了一鼻子灰的“天使”口中得知刘氏的回答，这个二十多岁、以往只有喜剧色彩的浪荡皇帝，做出了他一生中最有激情、充满荣誉感、也最挚诚的一个骑士般举动：他没有为刘氏的“忤旨”而恼怒，他承认与刘氏的约定有效并认为她有权拒绝自己；为了弥补自己不慎将信物丢失的过错，他二话不说，根本未作任何交代，自己轻装简从，带零星数人，由运河“乘舸晨夜疾归”，亲自迎取刘氏。这种狂热和对盟约的遵守，感动了刘氏，她于是从通州下运河，赶来相会，两人终于在潞河（天津以北的运河河段，称潞河）见面，携手南来。令人喷饭的是，朱厚照不宣而去之后，大队人马茫然不知皇帝下落，次日好不容易探得其实，“侍卫官军纷纷北去”，但地方官始终不明就里，“询之”，随驾人员怎能据实相告？乃打马虎眼诳之：皇上想念太后她老人家，所以北归。山东巡按熊相居然一本正经地就此上疏，说：“陛下远念慈宫，中夜而返，不假名号，故无知者。仰惟陛下以万乘之尊，只挟三五亲倖及一二小舟，宵行野宿，万一不虞，如太后何？如宗社何？”[2]倘若他们得知，皇帝如此冲动，乃为一风尘红粉，全无太后什么事，会不会大呼“狂犟”？

“一骑红尘妃子笑，无人知是荔枝来。”古来人们对明皇贵妃事，津津乐道。岂知明皇之爱杨氏，远不好与正德对刘氏的情意比。前者为博杨氏一笑，命人千里兼程将岭南鲜荔送达长安，固然夸张，但平心而论，李隆基所需做的只不过是动动唇舌而已；怎比得朱厚照驾一小舟，夤夜疾驶，亲迎心上人于数百里之外？

正德和刘氏的故事，虽然不曾像明皇贵妃故事那样，引得骚人墨客铺陈穿凿，在诗坛曲苑留下诸多名篇（《长恨歌》、《长生殿》等），但仍旧刺激了民间的想象力，捏造出不少传说来。到了清初，宋起凤便在其《稗说》里搜记了如下传说：

[1]《武宗实录》卷一七八。
[2]故事并见《武宗实录》卷一七八，《万历野获编》卷二十一。

此时承平久，物力甚盛，边塞金钱充牣（盈满、充塞），邸肆饶庶，四方商贾与豪贵少年游国中者云集。故上频幸私邸，人第目为军官游闲辈，概不物色（注目）也。惟姬某侍上久，私窃异之而未敢发，但曲意承顺而已。稍稍事闻，外廷言官密疏谏止。上意亦倦，乃明遣中贵具嫔礼迎姬某入内，居今之蕉园。宦寺皆称为黑娘娘殿云。自上纳妃后，代王大惊，疏谢向不知状。乃下有司，饰妃故居，朱其扉。边人至今骄话曰：我代邸乐籍（代王府艺人），故尝动上眷也，非一日矣。[1]

大意是说，当年朱厚照扮做青年军官，私游大同，于勾栏间遇刘氏，缠绵多日；后来以皇家礼仪，正式迎刘氏于大内，纳之为妃，至此，就藩于大同的代王方知其事，大惊上表谢罪，本地百姓则颇以皇上瞧上此间红尘女子为荣云云。这传说的基本情节，后为京戏所用，编成有名的须生唱工戏《游龙戏凤》（又名《梅龙镇》），马连良、杨宝森等皆擅此剧，只不过将刘氏易名李凤姐，将俩人相遇地点改作酒肆而已。上世纪六十年代起，《游龙戏凤》被当做黄色剧目遭禁，“文革”后始得复演。

由朱厚照昏头昏脑的举动和素日里待刘氏的态度，看得出他这一回是有些普通人恋爱的意思了。而前此的表现却都谈不上，包括对于马姬，虽然爱她，但仍未曾卸下皇帝的面具。试看他在刘氏跟前的情形，与一般被爱意烧得忘乎所以的普通人有何两样？尤其是，与刘氏相处，他明显在寻找与要求着“家”的感觉：起居必偕、夫妻相称；这种吸引，一定大大超乎单纯情欲之上的。所以我们实在忍不住要问，这刘氏究竟何等样人？她是怎么让这个多年来对女人只有动物式要求的人，突然之间生出世俗温情的？答案只能在刘氏身上，因为朱厚照还是那个朱厚照，他自己不可能一夜之间变做另一个人。但史籍却不给我们答案，刘氏在它们笔下，仍旧是以“技”取胜。值得注意的是，与刘氏的热恋，发生在朱厚照生命最后时刻；从南方巡幸回来不久，他就死去。难道“人之将死，其言也善”，朱厚照在生命将到终点之际，有浪子回头、厌倦了过去的肆纵生涯转而渴望温暖真挚亲情的迹象？这也是悬疑。实

[1]《稗说》卷一。

际上，朱厚照最后是孤独死在豹房，身边没有亲人——至少史籍没有提到刘氏曾经陪伴于他。刘氏何在？这故事的结局究竟怎样？不知道。

朱厚照崩后，太后张氏和内阁旋即解散豹房，"放豹房番僧及教坊司乐人……还四方所献妇女"[1]。如果把朱厚照一生分为做储君与做皇帝的前后两半，则其后一半，差不多都与豹房紧密相连。十余年来，豹房出演了一幕又一幕的喜剧、闹剧、荒诞剧，以及形形色色的三级片——当然，偶尔也有言情片。不过，归根结底，豹房上演的是一出悲剧。为何这么说？我们只须想想，朱厚照入住豹房时，不过十七岁，春天一般的年龄，死时刚过三十岁。如此美好的年华，正该是勃勃向上、奋发健行的人生。可他却匿身密室，在阴暗幽晦之中醉生梦死，耽于各种感官皮肉刺激而无以自拔。他是这样损耗着自己的身体和生命，让它早早地衰老、烂去和朽掉。倘若他不是身不由己、糊里糊涂做了皇帝——他实在不适于做皇帝，哪怕从最无廉耻的善于享乐的角度说，他也不是做皇帝的料——而是像天下大多数普通少年一样地成长，他的一生想必不至于这么糟糕。

这悲剧，说到底是制度的悲剧。只要命中注定，不问什么货色，都把他弄到皇帝位子上。既害人民、国家，其实也害他自身。朱厚照这人，我是觉得他对自己的皇帝血统和出身，骨子里面有一种仇恨——尽管他同任何人一样，屁股一旦坐在那位子上，也禁不住它的纵容和诱惑，去施各种各样的淫威。但他还是有一种恨，潜意识的、无可奈何的恨。

将这种恨楬橥出来的，是正德九年正月的乾清宫大火。这场因朱厚照放灯而起的罕见的大火，彻底烧毁了作为帝权象征的乾清宫。《武宗实录》纪其经过如下：

> 正德九年正月庚辰。上自即位以来，每岁张灯为乐，所费以致万计。库贮黄白蜡不足，复令所司买补之。及是宁王宸濠（即后来那个叛乱者朱宸濠）别为奇巧以献，遂令所遣人入宫悬挂。传闻皆附着柱壁，辉煌如昼。上复于宫廷中，依檐设毡幙而贮火药于中，偶弗戒，遂延境宫殿，自二鼓至明，俱尽。火势炽盛时，上犹往豹房省视，回顾光焰烛天，戏谓左右曰："是好一棚大烟火也！"[2]

[1]《明史》本纪第十六。
[2]《武宗实录》卷一〇八。

——“是好一棚大烟火也！”细味当时情景，正德此言，碍难仅得以“没心没肺”视之，里面分明含着一丝怨毒，更透着大欢乐、大欣幸，仿佛这是大快人心之火，仿佛烧毁的不是他自己的寝宫，也不是他世代的祖居，而是一座樊笼。这跟贾宝玉梦游太虚境，闻歌：“落了片白茫茫大地真干净！”语意何其相似？

为着这朦胧莫名的恨，朱厚照逃往豹房，但其实无处可逃。“皇帝”这个语词所固有的恶，不因他迁变居所而泯灭。它追逐着他，并且与豹房独有的病态相结合，更恣肆更彻底地毒害了他。

光荣与梦想

朱厚照死后，继任者费尽思量，总算给他择定庙号“武宗”，史称明武宗。

说起这庙号的由来，就不得不提到除情色之外，他的另一爱好。

此人自幼喜动不喜静。读书思索非其所好，专爱舞枪弄棍。民间说：三岁看大。一个人的性情，往往有其先天性；是粗是细，是智是鲁，长大后是咬文嚼字还是吃体力饭，从很小的时候便见端倪。如果禀性太强，则无论后天家庭、社会如何影响与努力，也不能见效，挡都挡不住。

眼下朱厚照就是一个明证。童年时父亲弘治皇帝强迫他读书，无奈只好读，而且他并非长着一颗不宜读书的脑瓜，据说小时候读书的成绩还挺不错，被夸“天性聪明”[1]。可是他注定与书本、文化有仇，一捧书本，内心就毫无快乐可言，直如受刑一般。那么，在什么事情上他才由衷地愉悦呢？就是当摔摔打打、砍砍杀杀的时候。“骑马打仗”，是他最爱扮玩的游戏，还有射箭、摔跤、踢球（蹴鞠）……这么说吧，举凡可令身体臭汗淋漓的事，他无不欢欣受用，而需要用心用脑子的事，却统统不胜其烦。这一点上，他跟明朝第二任皇帝、谥号“惠文”的朱允炆，刚好颠倒过来。

关于朱厚照的童年，《明史》只用六个字来概括：“性聪颖，好骑射。”[2]可

[1]《武宗实录》卷一九七。
[2]《明史》本纪第十六。

见基本上是在游乐中度过。对此，嘉靖年所修《武宗实录》，少不得要替刚刚谢世的前代皇帝掩饰一番，说："为学之暇，或闻其颇好骑射，以为克诘（治）戎兵、张皇六师，亦安不忘危之意。弗之禁也。"[1]意思是，弘治皇帝觉得太子"颇好骑射"，将来有利于国防，终究是有用的，所以并不阻止。但有一条，朱厚照对骑射的耽迷，绝非"为学之暇"；其次，弘治对儿子的表现恐怕也根本不是这样安然的，否则他不会在托命内阁三臣时留下遗言："东宫聪明，但年少好逸乐。先生每（们）勤请他出来读些书，辅导他做个好人。"特地强调太子不肯读书乃是自己的大忧虑，而且，"好骑射"在他看来也不是什么"克诘戎兵、张皇六师，亦安不忘危之意"了，而指出实质乃是"好逸乐"。这是李东阳亲笔记下的弘治的原话，每个字都很可靠。

朱厚照究竟长什么样儿，史家未描绘过其具体相貌。只见过他身着龙袍在宝座上的一幅坐像，看起来五短身材，还算精悍，但绝非孔武有力的样子。不知道出于对自己身体不满意，还是非常自信，他特别爱在孔武有力方面表现自己、证明自己。他所以建豹房，迁居该处，固然主要出于躲避宫中限制的目的，但与爱和猛兽嬉戏也不无关系，就像一个拳击家不愿意离开拳房一样。在豹房，他经常亲自"手搏虎豹"，虽然豹房里的猛兽想必都事先经过调教，并不真正生猛野性，但正德九年朱厚照还是在搏虎中为虎所伤。[2]又一次，也是赤手搏虎，老虎把朱厚照压在地上，"召（钱）宁，宁缩不前……（江）彬趋扑乃解。帝戏曰：'吾自足办，安用尔。'"[3]据说，这件事直接影响了钱宁、江彬两大近幸此后在豹房的地位。从朱厚照热衷于跟大型动物角斗，特别是他所说那句话看，此人非常在意自己在肉体这一层面是否足够有力，以及这一方面的能力是否被人尊重；亦即，他在这方面对虚荣有强烈需求。明明被老虎打败、压在地上，亏得别人解救，爬起来却说：我自己足以对付，哪用得着你帮忙？

物以类聚，人以群分。古时候，"楚王好细腰，宫中有饿人。"眼下，在朱厚照身边，在豹房，汇聚的也都是和皇上本人一样的赳赳武夫。所用太监，俱雄健强壮，能武，或至少身体条件适合习武者。朱厚照死后，在遣散人员中我们发

[1]《武宗实录》卷一。
[2]《武宗实录》卷一一六。
[3]《明史》本纪第十六。

现专门提及了“少林寺和尚”[1]。连搞女人，朱厚照似乎都偏爱物色“武人家眷”——马姬是前总兵官马昂的妹妹，戴氏则是另一个总兵官戴钦的女儿。前期豹房和后期豹房两大巨头钱宁和江彬，都是“武功超群”的人。钱臂力惊人，射术精良。江更不必说了，职业军人出身，边塞骁将，朱厚照第一次见到他，亲自检视其箭伤伤痕，竟然大呼小叫：“彬健能尔耶！”[2]（江彬这么强健和能干啊！）前面所述朱厚照为虎所迫，钱宁畏缩不前而江彬解之一事，让朱厚照“心德彬而嗛宁”，暗中偏向江彬而瞧不起钱宁，因为江彬更像勇士。此外，江彬人高马大，“貌魁硕有力”，对五短身材的朱厚照来说，大概也更代表理想。遍觅豹房，我们看不到一个知识分子，看不到一个脑力劳动者，全是靠“身体”吃饭之流（女人以“色”，男人以“力”或兼以“色”），这真是一个亘古少有的“团队组合”。江彬掌事以后，豹房更进一步演变成彻头彻尾的“军阀俱乐部”，他次第引来万全都指挥李琮、陕西都指挥神周，加上原在豹房的都督同知许泰，这四镇边将号称“外四家”，共同把持了后期豹房。

弘治一死，朱厚照袭位为君，得以大弄。在禁内辟出教场，于太监中择出勇健者，编为“内操军”，日夜操演。或分成敌对两拨，对峙冲杀，自己更披坚执锐，亲临“战阵”。“晨夕驰逐，甲光照宫苑，呼噪声达九门。”[3]整座京城被他搅得一团糟，很不成体统。所以时任吏部尚书的杨一清上疏抗议道：“视朝听政，经筵日讲，帝皇常规，国家旧典也。陛下月不过一二朝，当讲辄罢。而窃闻留御豹房，练兵花苑。鼓炮之声，震骇城市。甚非所以示中外、训来世也。”[4]说他不仅丢了国家的脸，也给将来君主做了坏榜样。

每个人都有人生理想，朱厚照亦不例外。杨一清不了解这一点，故而所提意见朱厚照不会听，甚至也毫不在乎。对于是否有损国家威严、将来皇帝会不会有谁起而效尤，他不会关心；对他来说，弄武、将兵，乐在其中，而且事关荣誉和抱负，事关自我价值的实现。别人眼中，他是皇帝，须守皇帝规矩，如皇帝那般行事；然在其自己心中，他只想痛快淋漓地打打杀杀。甲胄闪耀、昂坐马上、身后是浩浩荡荡的大军，而敌人却丢盔弃甲、落荒而逃……这情形是他为之激动

[1]《武宗实录》卷一九七。
[2]《明史》列传第一百九十五。
[3]同上。
[4]《罪惟录》帝纪卷之十一。

的，能让他自觉高大，是“英雄”，合乎人生理想——就像后来晚他两辈的天启皇帝，最高理想乃是当一木匠一样，谁能责之以不是？

要说荒诞，只能说君主制荒诞。许多人，明明适合干别的，只因生在帝王家，就硬派他世袭了君主，搞得里外不是人，国家也跟着倒楣。例如：李煜如果简简单单做个诗人，再好不过；赵佶如果集中精力搞他的书法绘画，绝对是人尽其才；朱厚熜（嘉靖）不如去干道士，或能成一代宗师；朱翊钧（万历）做皇帝很差劲，倘然做会计的话，账一定可以把得很严……像朱厚照，最好是给他一条破枪、一面烂盾、一匹瘸马，领着一群乌合之众，东讨西征，虽然免不了老吃败仗，但也强似在金銮殿胡闹。

有人可能会联想起堂吉诃德。没错，某种意义上我们确可把朱厚照称作十六世纪中国的堂吉诃德。

作为小说人物，堂吉诃德诞生只比朱厚照略晚；如果塞万提斯1605年出版他的《堂吉诃德》第一部之前，能来中国一游，说不定会对这人物的塑造另有一番欣喜的发现。虽然朱厚照身上，“嫉恶如仇、总是正面向他的‘敌人’发起不屈不挠的冲锋”的骑士精神是一点也没有的，不过，就一生生活在梦幻里、不切实际、自以为是和用想象代替自身现实的理想家这些方面论，他们实在可以说是一对难兄难弟。堂吉诃德先生五十岁以后在家呆不住，立志出门冒险、打遍天下；朱厚照二十来岁起也向往于传奇的生涯，屡屡一身戎装，仅以数骑随，摸出宫去，“巡视三边，督理兵政，冀除虏患”，甚至顶风冒雪、备历艰险，骑行千余里，“亲征”胡虏。堂吉诃德先生把风车当做传说中的巨人与之搏斗来表示勇敢，朱厚照则跟驯化过的虎豹搏斗来表示勇敢。堂吉诃德先生路遇阿尔及利亚总督进献给皇上、载于笼车的狮子，坚持要将狮子放出，让他亲手降服；朱厚照则当叛王朱宸濠明明已被南赣巡抚王守仁俘获后，非要将朱宸濠重新纵放于鄱阳湖，然后由他亲自捉拿。就连他们虚构自己的思路也如出一辙：堂吉诃德开始游侠生涯之前，想了八天，决定自称“堂吉诃德”（“堂”字，为贵族专用），自授骑士封号；朱厚照四处东征西讨之前，也重新取名“朱寿”，自封公爵（镇国公）、五星上将（威武大将军）、军区司令员（总兵官）一连串头衔。评论家把堂吉诃德一生浓缩成这样一段话：“他终于完全失去了理性。他要去做个游侠骑士，披上盔甲，拿起兵器，骑马漫游世界，到各处去猎奇冒险。书里那些游侠骑士的行事他一一照办，要消灭一切暴行，承当种种艰险。将来功成业就，他就可以名传千古。”对朱厚照来说，他基本上可把这段话照单全收。

朱厚照向“东方堂吉诃德”的转化，大约始于正德七年。以前，他“耀武扬威”的范围，以宫苑之内为限，只是在“内教场”组织一群太监搞军事演习，其性质跟他指挥的“士兵”独特的生理情形一样，有一种阉割过的意味，聊胜于无，充其量做做游戏而已。皇帝的“远征”，也顶多是到京郊打猎，收获几只野兔、野鸡作为战利品。但正德五年到七年之间，发生一场浩大的民间暴动，波及河北、河南、山东、山西、四川、安徽和湖北，内中以直隶霸州的刘六、刘七暴动，能量最巨，威胁最大。暴动发展迅速，官军不能制。到正德六年，由兵部侍郎陆完动议，开始征调边军参与剿讨。所谓“边军”，指明代专门驻镇北部长城诸要塞，防御“鞑虏”的部队，其职责专在国防，不介入国内平叛剿乱之事。可是立国百余年后，日甚一日的腐败，已使身膺对内镇压功能的京军毫无战斗力；此时，对各处“流贼”屡战屡北，京师数危。尚具一定战斗力的，亦只有边军。为应急之需，朱厚照乃将祖制撇在一边，在本朝史上第一次征调边军参与戡乱。于是，得与许泰、江彬等边帅相遇。

一旦接交，彼此都有相见恨晚之慨。史记：“（江彬）谈兵帝前，帝大说。”[1]从小迷上打仗的朱厚照，现在才算亲睹野战将军的风采。从江彬口中，听到多少“饥餐胡虏肉，渴饮匈奴血”的雄壮故事；抚睇江彬累累伤痕，胸中鼓荡着壮夫、英雄的豪情！还有韬略、兵策——一位野战指挥官所滔滔不绝谈论着的这些内容，该何等令人大开眼界？想想自己在“内教场”玩的那些东西，纯粹是小儿科！

江彬立即接手朱厚照那支“太监部队”的训练，用正规手法将其从“银样镴枪头”打造成大战数百回合不倒的钢枪。“帝戎服临之，与彬联骑出，铠甲相错，几不可辨。”[2]也许，与这员“虎将”并骑而立的一瞬间，朱厚照才感觉到自己像一个真正的武士？他仿佛有一种新生之感，从他隆重地为这支“新军”更换的服饰即可看出这一点：“诸营悉衣黄罩甲，（许）泰、（李）琮、（神）周等冠遮阳帽，帽植天鹅翎，贵者三翎，次二翎。”[3]何谓“衣黄罩甲”？指的是“虽金绯锦绮，亦必加

[1]《明史》列传第一百九十五。
[2]同上。
[3]同上。

罩甲于上”,也就是说,穿得再好,也非要在外面套上一件甲衣,才神气,才美。因为这是皇上所欣赏的服饰美,一时间,“市井细民,莫不效其制,号曰‘时世装’。”[1]换成今之用语,“衣黄罩甲”便是十六世纪一十年代中国的头号时装。这种以军饰为美的时尚,大抵很像笔者小时候“文革”中间人们对于军帽、军装、军挎包、军用皮带(俗称“武装带”)的推崇。那时,武斗遗风犹存,加之又掀起“全国人民学解放军”热潮,一切具武装色彩之用具,无不走俏,极难获致,幸而得之者则饱受他人羡慕,而抢劫犯首选的目标,竟然也不是手表和钱包,恰恰就是军帽等物——此为题外话也,但两者之间确极为相像。《明史》提到,当时兵部尚书王琼“得赐一翎,自喜甚”[2],前面说“贵者三翎,次二翎”,堂堂国防部长仅被赐一翎,却把自己高兴坏了,足见这由朱厚照而起的“军事拜物教”是怎样地风靡!

江彬一面调教御林军、努力帮助朱厚照找到职业军人感觉,一面适时地以诸多诱饵,鼓励朱厚照出外冒险。“数言宣府乐工多美妇人,且可观边衅,瞬息驰千里,何郁郁居大内,为廷臣所制?”[3]在江彬,这可以让朱厚照远离豹房大佬钱宁,为己所控;在朱厚照,则其向“东方堂吉诃德”转化的主客观条件已具备,所以江彬之言深获其心(“帝然之”)。

朱厚照跃跃欲试。但这位大明皇帝,究非西班牙乡间的一介普通绅士,不便立即大张旗鼓地将自己的抱负付诸行动,却须首先投石问路。根据给事中石天柱等人的奏折,至迟于正德九年起,朱厚照就经常以秘密出行的方式,来试探群臣的反应,“数离深宫,驱驰于外,有时侍卫之臣不知所在”[4]。

此一伎俩终于在正德十二年升级为实质性行动。他着手做正式的准备,“大造刀铳甲箭,将游幸焉”[5]。八月初一清晨,朱厚照“微服,从德胜门出,幸昌平”。这次行动是如此秘密,瞒过了朝中所有人。大臣早朝不见皇帝踪影,苦苦守候到下午,才辗转听说圣驾一大早就去了教场,然后转而前往天寿山(在十三陵附近)游幸。第二天,内阁三相梁储、蒋冕和毛纪追至沙河(今回龙观以北十公里),失去线索,徒劳而返。而据专门司职看管京畿北大门的巡关御史张钦所得情报,所谓皇上巡幸天寿山,其实

[1]《武宗外纪》。
[2]《明史》列传第一百九十五。
[3]同上。
[4]《罪惟录》帝纪卷之十一。
[5]同上。

是个幌子，真实意图是“欲出居庸关巡宣（府）”。张钦立命守关人员严加戒备和稽查，勿将可疑者放出关去，同时上疏朱厚照，称：“天子举动，所系不小。或欲亲征虏寇，宜先下诏大廷共议。必不得已而出，亦宜戒期（择定吉日）、清道、百官扈从。今者皆不闻，而轻骑潜行，万一奸人假窃陛下名号欲过关，诱引胡人以危社稷者，何以防之？臣职守关，陛下即欲出，臣万死不敢奉诏。”[1]

计划未能得逞，朱厚照悻悻之余，并不急于回銮。他索性在昌平御马房住下，然后转通州、南海子，足足玩了十三天才回到豹房，以迷惑群臣。此行虽然失败，不过基本目的却已达到，那便是侦察火力。借这次的试探，朱厚照搞清楚了偷渡出关的主要障碍在哪里，也总结了失败的原因。

牛刀小试之下，仅隔十天，八月二十三日，朱厚照再次行动。路线完全相同，出德胜门，赴居庸关；不过，行动细节却做出若干重要的调整。首先，动身时间提前，趁张钦等尚未察觉，“夜出德胜门，潜越居庸”[2]。其次，一旦得手，当即派太监谷大用接管居庸关，令“无纵出者”[3]，务必在此阻止任何试图追还圣驾的大臣。这二招棋果然奏效，朱厚照就此冲出北京，扬长而去，开始其“东方堂吉诃德”的荣耀之旅，直至三年后走到人生尽头。

这位“东方堂吉诃德”，将自己的诞生地选在宣府。对此他早有预谋。据《罪惟录》，早在一年多前亦即正德十一年二三月间，他就已经决定“作离宫于宣府，备临幸”[4]。现在，这由江彬督建、被他称为“家里”[5]的府第已然告竣，冲出北京群臣的封锁、一身戎服、焕然一新的他，兴高采烈地入住，并将其命名为“镇国府”。这名称意味着，一个当世头号英雄从天而降，突然出现在世人面前——他，就是镇国府主人，镇国公、总督军务威武大将军总兵官朱寿。朱厚照以敕书的形式将这项任命正式通知吏部，并且给“朱寿”颁发了印信，明确指出“朱寿”的行政待遇是“支禄米五千石”。[6]

生活在公元1517年前后的中国明朝官僚，显然无缘拜读塞万提斯的长篇小说，因此对眼前遇到的离奇一幕无从理解，张皇失措。当接到皇上旨意，“特命总督军务威武大将军总兵官朱寿统

[1]《武宗实录》卷一五二。
[2]《罪惟录》帝纪卷之十一。
[3]《武宗实录》卷一五二。
[4]《罪惟录》帝纪卷之十一。
[5]《武宗外纪》。
[6]《罪惟录》帝纪卷之十一。

承六师，出边攻守”时，完全不知如何应对。首辅梁储唯有哭谏道：“是以臣名君，死不奉诏。”意谓，我只效忠皇帝本人，对这种以臣子取代君主的命令，杀了我也不敢服从。但朱厚照并不需要朝臣认可，那只不过是走走形式而已。他不仅继续坚持“朱寿”的封号与职务，又特意“造镇国公牙牌、诰券（委任状）”。在“朱寿”与堂吉诃德先生之间，实实在在的区别只有这一项：后者的骑士、贵族身份完全出于僭盗，是不合法的，而前者虽然同属捏造，但每一个头衔都货真价实、绝对合法。就此论，“西班牙原装堂吉诃德”比之于“东方堂吉诃德”，自有甘拜下风之不如。

“东方堂吉诃德”在宣府安顿下来不久，便迫不及待出马，去建功立业了。

明朝虽为清国所灭，但其二百来年历史中的外患，大部分时间仍来自旧敌蒙古人。自从朱元璋把元顺帝撵回大漠之后，这个曾经创建横跨欧亚大陆、有史以来最大国家的民族，似乎一夜之间被打回原形，重新变作“马背上的民族”，东游西窜，除了放牧，便以骚扰、劫掠为生，不复有稳定的政权和疆域。他们似乎变得很古怪：一方面，其富于传统的骑兵战斗力依然很强，完全可以胜任攻城拔寨的使命，另一方面，却又显得对此毫无兴趣，每次行动打了就跑，抢了就知足，从来不曾显示对明朝有“收复失地”的壮志。有时，蒙古人明明可以轻松拿下北京，却让人很费解地收手不为，自行遁去。特别是正统年间的“土木之变”（1449年），英宗朱祁镇竟然被蒙古瓦剌部落所生擒，随即兵临北京城下，此时北京被围，完全是孤城，哪怕围而不打，也势难坚持；结果，瓦剌军队却只是提出索取金帛财物的要求，被拒绝后，攻城只五天，便失去耐心、兴味索然，于城外大肆掳掠一番即行撤退，一年后，更将英宗白白放归，并不以为奇货可居——其无“大志”，一至如斯！

以为经江彬一番培训而于兵戎之事已然学成，且自封“威武大将军”的朱厚照，眼下正沿城塞一线四处寻找蒙古人，以便与此强敌过招，来证明一个盖世英雄的存在。令人着恼的是，蒙古骑兵完全采取“流寇主义”，刚有情报说某处发现他们踪影，赶到时却踪迹已杳。正德十二年九十月间，朱厚照率着人马从宣府赶到顺圣川西城（今河北阳原，在冀晋交界处），再向西折往大同、阳和卫（今山西阳高）等，处处扑空，不免令急欲一逞的朱厚照感到大煞风景。

十月中旬，终于在应州（今山西应县）一带发现大量蒙古军队。十八、十九、二十日，连续三天与蒙军遭遇，但略一接触，蒙军便脱离战斗，不知去向。当时有人分析，蒙军“其众甚多，却乃藏形匿影，外示寡弱”，告诫朱厚照“是诚不可忽略”，“不可轻出”[1]。这番话，显然有对症下药之意。因为朱厚照多日来寻敌无果，屡被对方溜掉，正在心痒难熬中，而蒙军则似乎有意以此挑逗于他。应州遭遇战打响之际，朱厚照还在一百多公里外的阳和卫，得到战报，被吊了近一个月胃口的他，想必如相声《钓鱼》主人公一般，颇有“我可等到这拨儿啦”之感，哪里顾得“不可轻出”的告诫，立即率领他的太监近卫军及其首脑江彬、张永、魏彬、张忠等人火速赶来会合。在应州城外，为蒙军阻拦，“众殊死战”，一直折腾到天色将晚，“虏稍却，诸军乃合”。[2]喘息未定，天刚亮，蒙军即来攻。朱厚照亲自督阵，与敌大战，由辰时（早间）至酉时（傍晚），足足斗了百余回合。天色既晚，各自收兵。朱厚照正在兴头上，第二天开城搦战，却发现蒙军不知何时拔寨离去，又不玩了。朱厚照大恼，差人探得蒙军引兵西去，当即点起人马：“追！”好不容易在应州以西百公里的朔州（今山西朔县）附近追上。安营扎寨，准备来日大破之。谁知天公也不作美，忽然刮起沙尘暴，“黑雾昼晦”，大白天什么都看不见。估计沙尘暴过去之后，蒙军又销声匿迹，而明军自身其实也被拖得疲惫不堪，追到何处是头？追上也未必打得过。朱厚照掂量掂量，不如见好就收。“乃还”，同时立刻指示以大同“军区司令员”（总兵官）王勋等的名义，“以捷闻于廷”。[3]

既然称“捷”，我们不妨看看《武宗实录》所留下的一份战报：这次双方参与战斗的部队，明军调集了宣府、大同、辽东、延绥四镇人马，加上朱厚照的“太监近卫军”，总兵力在六万左右；蒙古人方面兵数不详，据战前情报称玉林卫发现有五万余蒙古骑兵集结，唯不知此五万之敌是否俱投入了应州之战——姑折其半，以不足三万计。如是，则双方兵力对比为二比一。以这样我众敌寡的军力，战斗结束之后的统计是：“斩虏首十六级，而我军亡者五十二人，重伤者五百六十三人。”明军战死者超过蒙军三倍；虽然蒙军重伤人数未报，但根据这一比例，当不足二百人。尤其严重的是，《实录》随后还记有一句：“乘舆几陷。”即，朱厚照差点被捉。[4]

[1]《武宗实录》卷一五四。
[2]同上。
[3]同上。
[4]同上。

这是怎样一场“胜利”啊！朱厚照居然有脸“以捷闻于朝廷”。莫非他终于不曾成为朱祁镇第二，就算值得自豪的胜利？旁人看，也许阿Q得可以，但朱厚照仍然很自豪。这个自封的“威武大将军”，怀揣“大丈夫志在沙场”的抱负，出外闯荡，如今创下斩虏十六（且不论是否伤敌三千，损我一万）的伟业，可以衣锦荣归了。为着功归“威武大将军朱寿”，而非皇帝——朱厚照坚持区分这一点——特命出城迎接凯旋者的大臣们，赶制并身着一种由他设计的临时礼服，称为“曳撒大帽鸾带服色”，那究竟是何奇怪款式，现在无从知晓，总之，换上这种服装，就意味着迎接者不是前来为皇帝歌功颂德，而是拜倒在“威武大将军朱寿”的赫赫武功之下。

正德十三年正月初六，还是新春佳节期间，北京德胜门外搭起数十座彩篷，到处彩旗招展、标语飞舞：“上意（指示）具彩帐数十，彩联（旗帜和标语）数千，皆金织字。序词惟称‘威武大将军’，不敢及尊号（皇帝名号）。”[1]标语上写着什么呢？以我们今天所能想象的，词意大抵不外乎“威武大将军万寿无疆！”“战无不胜的威武大将军万岁！”之类。群臣特意准备呈见的“红梵夹子”（名帖），也都不敢称“臣”。大家牵着羊，捧着酒、白金、彩币，穿着“曳撒大帽鸾带服色”的奇装异服，排于道左（不敢居右）恭候。整个现场看起来既喜庆又滑稽。当日甚冷，阴沉沉的天空，虽无凌厉之风，但寒意透骨，一些老迈龙钟的大臣，瑟瑟发抖，被冻得喘而又咳，白胡子一翘一翘，煞是好玩。守候到暮色降临，朱厚照还是不见人影。也不知等到什么时辰，天完全黑了，忽见前方“火毬起，戈矛前烟气直上，乃知驾至”，群臣赶紧趴下磕头。但见“上戎装、乘赤马、佩剑而来，边骑簇拥”。来到欢迎仪式的主帐篷前，朱厚照下马坐定，大学士杨廷和等献上美酒、果品、金花等，以示祝贺。朱厚照饮毕，说了一句话：“朕在榆河亲斩虏首一级，亦知之乎？”杨廷和等只好对以：“皇上圣武，臣民不胜庆幸。”扔下这句豪言壮语，朱厚照“遂驰马，由东华门入，宿于豹房”。这时已是深夜，外面早纷纷扬扬下起漫天的大雪来，浩大的迎驾队伍散开，拖拖拉拉各自往城里走，因路途难行，加之身着那种令行动极不便的奇怪服装，以致“仆马相失，曳走泥淖中，衣尽沾湿。夜半后，仅得入城。有几殆（垮掉）者”。[2]

[1]《武宗实录》卷一五八。
[2]《武宗实录》卷一五八；《武宗外纪》。

“你们可看见过杀头么?”从城里回来、见过革命的阿Q,这样问未庄的乡亲们。“朕在榆河亲斩虏首一级,亦知之乎?”以“威武大将军”之名在外闯荡的朱厚照,回到京师则这样问他的大臣们。如果这对相隔四百年的冤家能够聚首,搞一篇对话录,我想是会有一些可观之处的。

当然,我们还是尽可能把他看成“东方堂吉诃德”,毕竟阿Q是没有贵族头衔的。

这位大明国最伟大的武士,似乎从他第一次历险中尝到了甜头。回到北京只呆了十来天,便又一次去宣府,本拟开展更大规模的西北远征,不巧的是,他的祖母太皇太后老人家偏偏这个时候死了,他只能回来奔丧。

皇家丧事手续极其繁复,到最后发殡需数月之久。二月,太皇太后刚死,朱厚照就回到北京。倘要他一直等到出殡完毕都呆在豹房不动窝,他会郁闷坏的。不能远行,则就近游历。所以三月份,他借名去皇家陵区(即现在的十三陵,当时陵墓尚未达“十三”之数)谒祖,再次出行。这次足迹所至,方向是京师东北长城一线,包括密云、遵化、蓟州镇(今河北三屯营),历时一个多月。其重头戏据说是将在要塞大喜峰口“召朵颜卫夷人至关宴劳”[1],享受对他的个人崇拜。然而巡抚蓟州都御史臧凤,剥夺了他的所期待的荣耀时刻。臧凤泼凉水说:“此夷……豺狼之性难驯。今屈万乘之重以临之,彼怀谲诈未必肯从,纵使率其部落而来,恐无以塞无厌之求。请早回銮,垂拱大廷,四夷自来王矣。”[2]臧说得婉转,但真实意思是:您想见人家,人家还未必赏脸;陛下真希望得到“四夷”尊崇,那就呆在皇宫里,比哪儿都强。朱厚照很扫兴,但自认为不如臧凤了解“野蛮人”的习性,只好作罢。

由这件事可见朱厚照内心的虚荣。这颗心,他是放不下了的。太皇太后丧事终于完全打发毕,那个曾被搁置的雄伟计划可以摆上日程——经过一番准备,这年七月初,朱厚照发布了远征令:

近年以来,虏首犯顺,屡害地方。且承平日久,诚恐四方兵戎废弛。其辽东、宣府、大同、延绥、陕

[1]《武宗实录》卷一六二。
[2]同上。

西、宁夏、甘肃尤为要甚。

今特命总督军务威武大将军总兵官朱寿统率六军，随带人马，或攻或守。即写各地方制敕(允许调动和指挥军队的命令书)与之，使其必扫清腥膻，靖安民物。至于河南、山东、山西、南北直隶，倘有小寇，亦各给予敕书，使率各路人马剪削。[1]

这道圣旨好玩至极。它的好玩处，并不是自己委任自己这套旧把戏，那对我们已无新鲜感；而是其中透露出的“气吞山河”的壮丽想象。此种想象全非任何具正常理智之人所能有，越出现实界限之外，成为十足的妄想狂表现，兼有自我强迫综合症。在这想象中，朱厚照指认朱寿——也就是他本人——将统率六军、或攻或守，靖平从辽东到甘肃这样一个广大区域内的全部“虏寇”；不惟如是，连中原腹地，河北、河南、山东、山西一直到两江一带，“倘有小寇”，他也将不惮其烦，亲自领兵一一荡除。

在此，朱厚照之堂吉诃德化，已登峰造极。且不说他要将先前百余年从未止歇的边患独自消弭，且不说他发誓连一切“小寇”都不放过、让他们统统在他手下扫平——单说从辽东到甘肃、从北京到南京这样一个幅员辽阔的范围，全部跑下来，已很够他呛。

但陶醉在自我崇高里的朱厚照，显然不曾考虑其难度。七月九日，远征军出发了。

独裁者的个人英雄主义，总是以糜费国财、空耗民物为前提，为代价，为保障的。堂吉诃德外出历险，只带桑丘一人。朱厚照的远征军却达一万七千余众，而且特发赏银每人三两，单此一项即耗去五万二千余两。这还是小头，如将军粮支出、运输，其他给养的补充，军队减员后随时增调新兵力所需费用，庞大的随侍队伍日常用度，以及朱厚照一个人沿途玩乐挥霍掉的钱财等等这一切加起来，无论如何是一个天文数字。

从正德十三年七月到正德十四年二月，“东方堂吉诃德”此次西征壮举，历时长达七个月。这超大型的官费旅

[1]《武宗实录》卷一六四。

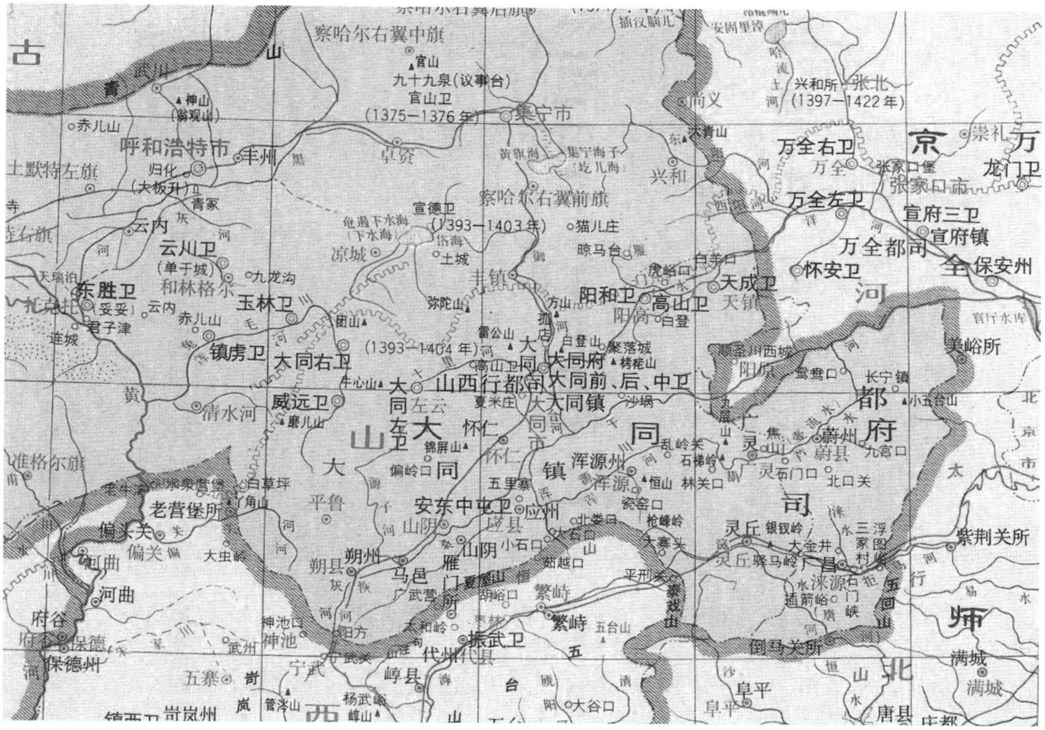

明代山西行都司地图局部。“威武大将军朱寿”即在这一带与蒙古人大战，斩虏十六，但自己却也“乘舆几陷”。

山西应县木塔。

“天下奇观”四个大字，乃朱厚照亲笔。中间一行小字“武宗毅皇帝御题”，是万历四十一年追加的。

游团，沿长城一线，历经河北、山西和陕西，最远到达延绥镇榆林卫（今陕西榆林）。一路之上，并无报道曾与“胡虏”动过一刀一枪。十一月，在榆林，朱厚照得到巡抚陕西监察御史樊继祖的报告，称入秋以来甘肃宁夏一带屡遭蒙古骑兵侵犯，“大肆杀掠”，“虏所屯聚，不下二千余里”，且近来闻知其中叫作“亦卜剌”的一支，“已离西海（即今青海湖）渐徙而来”[1]。这个报告的用意有点奇怪，似乎是在吓唬朱厚照。无独有偶，不几日，朝中内阁大学士杨廷和等也有信来，名义是“问安”，内容却挺让朱厚照“添堵”。信中先是指责朱厚照“陛下但知驰骤鞍马、纵情弋猎，以取快于一时”，然后与樊继祖报告如出一辙，极力渲染陕甘宁一带“虏情”：“北虏屯牧黄河套内，不下二三十万，自西而东一带，边墙（长城）外无处无之，日夜窥伺，欲骋奸谋。万一堕彼奸计，智勇俱困，将何以处？”[2]我很疑心这是中央官员与地方官串通一气，吓退皇帝，阻止其继续冒险。按照公布的野心勃勃的计划，朱厚照的目的地应该是到达祁连山以北、位于今天甘肃张掖的甘肃镇，榆林距此尚远。也许是被情报吓倒，也许朱厚照已经疲惫不堪，总之，“远征”以榆林为终点，再未西进。十二月，朱厚照已退还大同，嗣后又在宣府那座“镇国府”盘桓月余，于第二年二月回到北京。

有一点必须指出：尽管朱厚照这个雄伟计划最后以虎头蛇尾的喜剧结局收场，尽管未费一枪一弹的“西征”纯属名不副实，但“东方堂吉诃德”还是用一种行为保住了尊严——他在往返数千里的路途上，始终坚持骑马，不坐车辇。“上乘马，腰弓矢，冲风雪，备历险阨。有司具辇以随，亦不御。阉寺从者，多病惫弗支，而上不以为劳也。”[3]至少在这一点上，朱厚照表现得还像一个勇士，并且可以窥见他的内心，确有以“英雄”自诩自任的情结。历史就是这么有意思，一些恶贯满盈的独夫民贼，在某些时候，某些事情上，可能出人意表地显示出值得尊敬、令人感动的品质。当只去宣扬他的这类品质时，人们会觉得他是英雄、伟人。秦始皇、希特勒都有自己的另一面；但是不要忘记，他们同时也在做着祸国殃民的事情。即以眼下朱厚照而论，他长途跋涉中备尝艰辛、拒绝舒适的同时，却在所到之处大肆扰民，花天酒地，“设酒肆，券而不价（强买强卖），索女乐于晋府，

[1]《武宗实录》卷一六八。
[2]同上。
[3]《武宗实录》卷一七〇。

嬖乐人腾妻刘氏。”而他驻跸的宣府“镇国府”里，“辇豹房所贮诸珍玩，及巡游所收妇女贮其中。”[1]

朱厚照对他的“光荣与梦想”的最后一次追求，便是前面提到过的南巡。

当时，整个叛乱已然敉定，叛王朱宸濠被王守仁生擒。朱厚照对此消息，大抵既欣慰又不免有些惆怅。欣慰的是，当年建文帝被推翻的一幕未在自己身上重演；惆怅的是，如此难得的显身扬名的机会，居然旁落他人。不成，他无论如何咽不下这口气。于是，从来不惧荒唐与耍赖的他发出密旨，把叛乱平定、宁王被俘这当世头条新闻压住不予报道，并由一帮太监和江彬等人想出点子，纵放朱宸濠于鄱阳湖，让朱厚照亲手将其捉拿。可惜彼时通讯不发达，既无电报、电话，更没有伊妹儿。这边圣旨发出时，王守仁已押着朱宸濠一行上路来京，两下里错过。王守仁走的是水路，从江西取道浙江，准备经京杭大运河解至北京。朱厚照得知，赶紧派太监张永到杭州截住王守仁，要他把朱宸濠交给皇上。王守仁只得从命。同时朱厚照指示王守仁把捷报改写后重新呈上，务将“威武大将军镇国公朱寿”的功劳写进去——这篇公然造伪的文件，收在《王阳明全集》里，不妨摘来看看[2]：

重上江西捷音疏

十五年七月十七日遵奉大将军钧帖

照得先因宸濠图危宗社，兴兵作乱，已经具奏请兵征剿。间蒙钦差总督军务威武大将军、总兵官、后军都督府太师、镇国公朱（朱厚照自封的所有头衔）钧帖，钦奉制敕，内开：“一遇有警，务要互相传报，彼此通知，设伏剿捕，务俾地方宁靖，军民安堵。”……续蒙钦差总督军务威武大将军、总兵官、后军都督府太师、镇国公朱统率六师，奉天征讨，及统提督等官——司礼监太监魏彬、平虏伯朱彬等，并督理粮饷兵部左侍郎王宪等，亦各继至南京。臣续又节该奉敕：“如或江西别府报有贼情紧急，移文至日，尔

[1]《罪惟录》帝纪卷之十一。

[2]《王阳明全集》（全二册）第433—436页，上海古籍1992版。

要及时遣兵策应，毋得违误，钦此。”俱经钦遵外。

王守仁，这位中国历史上数得着的大哲学家，以心学著称于世的明代大儒，在这里被逼说谎。不知他草疏之际，是如何面对自己“致良知”的学说的？上述文字，想方设法表达一个意思，即：平定叛乱的伟大胜利，完全是在英明统帅朱厚照亲自关怀、亲自部署和亲自指挥下取得的；胜利属于“大将军”，属于“大将军”的正确路线。

将朱宸濠这“战利品”收入囊中，朱厚照便安心在南方游乐，“讨逆”直接转化为虐民，到处搅得鸡飞狗跳。这是他在“温柔富贵乡”扬州时的情形：

经（太监吴经）矫上意，刷（搜觅）处女、寡妇。民间汹汹，有女者一夕皆适人，乘夜争门逃匿不可禁。

……经遍入其家，捽诸妇以出，有匿者破垣毁屋，必得乃已，无一脱者，哭声振远。[1]

而《明史》的记载，除上述情节，还说“许以金赎，贫者多自经”。[2]——如此大弄，当然不是什么“矫上意”，没有朱厚照的旨意，一个太监，借他一个胆儿也不敢。扬州“有女者一夕皆适人”这个经典瞬间，被晚明小说家写入故事《韩秀才乘乱聘娇妻》，此篇收于《初刻拍案惊奇》，其中说：

又过了一年有余，正遇着正德爷爷崩了，遗诏册立兴王。嘉靖爷爷就藩邸召入登基，年方一十五岁。妙选良家子女，充实掖庭。那浙江纷纷的讹传道：“朝廷要到浙江各处点绣女。”那些愚民，一个个信了。一时间嫁女儿的，讨媳妇的，慌慌张张，不成礼体。只便宜了那些卖杂货的店家，吹打的乐人，服侍的喜娘，抬轿的脚夫，赞礼的傧相。还有最可笑的，传说道：“十个绣女要一个寡妇押送。”赶得那

[1]《武宗实录》卷一八一。
[2]《明史》列传第一百九十二。

> 七老八十的，都起身嫁人去了。但见十三四的男儿，讨着二十四五的女子。十二三的女子，嫁着三四十的男儿……

将正德的事按到嘉靖头上，只是小说家避实就虚的小滑头，而这一幕确确实实发生在正德十四年十二月的扬州府。近代诸多戏曲剧种如粤剧、潮州戏、黄梅戏等，都将此情节搬演成戏，名《拉郎配》，香港亦曾出品根据粤剧改编的故事片，近年又有央视制作的电视剧《拉郎配》。如今，"拉郎配"作为荒唐的同义词，在生活中广为运用，但很少人知道它的始作俑者便是这位正德皇帝朱厚照。

在南方朱厚照尽兴玩乐，流连忘返。直到第二年十月下旬，才携着他的"战利品"回到北京。一路之上，"每令宸濠舟与御舟衔尾而行……及至通州，谓左右曰：'吾必决此狱！'"[1]对他来说，这些现已写入自己功劳簿的"战利品"，是一生荣耀的顶峰，他必会大张旗鼓加以张扬，以让世人尽皆拜倒在他的丰功伟绩之下。八月，离开南京之前，就曾专门搞了一个献俘仪式，但他不厌其多，注定会搞第二次——在北京，这个他诞生的地方。他命礼部、鸿胪寺的负责官员，足足用了两个月的时间，来研究和准备北京的献俘仪式。待得一切停当，十二月十日，朱厚照以亲自押送俘虏的形式，正式回归皇城（此前一直驻跸通州）。遥想当日，颇有威尔第歌剧《阿伊达》第二幕终了前奏响《凯旋进行曲》、高歌《光荣啊，埃及》大合唱时的壮观；《武宗实录》描述了当时的场面，为使读者更真切感受其情景起见，今将原文转为现代语如下：

> 皇帝终于回到京城，文武百官整整齐齐地守候在前门外正阳桥的南侧。这一天，军容大耀。皇帝一身戎装，策马而至，到了正阳门下，掉转马头，笔直地坐在马背上，注视着远方。但见那些叛乱者以及他们的家人，有数千人之多，被押着逶迤于道，然后顺序陈列在马路东西两侧示众。所有罪俘脖子后都被插上白旗，上面书写着犯人姓名。已被斩首者的头颅，则被悬吊在竿子上，也插上白旗。

[1]《武宗实录》卷一九四。

一眼望去，数里不见头。皇帝就这样在正阳门下，一动不动，检阅良久。待皇帝回宫，浩大的俘虏队伍又特意被安排经东安门穿越大内而出……这一天，北京城就像被白色所覆盖，举目眺望，四下皆白。

经历了这一时刻，朱厚照的光荣与梦想就走到了尽头。仿佛上天安排好了似的，“威武大将军”朱厚照用这样的场面做他的人生谢幕。重返皇城和献俘仪式后的第三天，朱厚照一病不起，病情延宕了两个月，终在豹房一命呜呼。对于这样一个人来说，能够这样地死去，也就不能算太窝囊。

研究朱厚照的心理，我一直认为他的成长发生了严重的障碍，以至于人格上的“断乳期”迟迟不能结束。虽然已经二三十岁，但行事的态度和方式实质仍是儿童的。细细分辨一下，不难看出他所谓的“尚武”不过是男性幼童对“骑马打仗”的普遍兴趣的延续；想当然、逞性妄为、全然不考虑主客观条件、缺乏计划和目的性……这些表现，与真正的理性的军事行为毫不相干，而只是一个男孩子的娱兴活动。在他眼中，军事从来不是一种科学，需要才智、理论，需要思考与研修。他认为，将军和统帅是想当就可以当的，任何人，随时上马提枪，便可以行征伐之举、打胜仗。最足表明战争于他不过是场游戏的，莫过于南征朱宸濠这件事；他毫不在乎军事过程本身，而欣然接受一种纯粹表演性质的仪式，当他一本正经将别人俘获的敌人当做自己的战利品接受下来，并一再为此举行受降式的时候，整个场景已经完全戏剧化、虚拟化和游戏化，而他身处其间不过是行使一个演员的扮戏的本分，由此来取得快乐。这正是儿童时期人人爱做的“过家家”游戏的别一情节的版本。

人格存在缺陷，这种情形极普通。倘搁在平常人身上，可任由他在社会的磨练、砥砺中，在成长中，自行弥补和改善；抑或求助于医师，慢慢地加以纠正，不是多么可怕的事情。但当它们发生于一个皇帝身上，就变得有些可怕。因为做皇帝者，只要他不乐意，是可以拒绝任何纠正的，无论来自社会还是来自医师，谁都不能给他一点教训，或让他明白与承认自己的缺陷。其次，皇帝一经做了便是终身制，不会像别人那样，做得不好或不合适，就被换掉——他会一直做下去，不论他给国家和人民带来多大不便，后者却只能注定去忍受。专制与独裁的害处就在这里，国家和人民的福祉，只能仰仗皇帝这个人本身没有太大毛病，一旦不能这样，却并没有任何制度可以化解他个人对国家和人民的伤害。于是帝王的性格、性情、爱好以至癖好，就不再仅仅是他个人的私事，却成为国家政治基本面。如果不是皇帝，朱厚照尽可以耽于他各种不切实际的梦想，他心理和人格上迟迟不能摆脱“断乳期”也只是他个人的不幸；然而这一切与皇帝权力捆绑在一起时，整个国家却都在为其支付高昂费用。当意识到朱厚照耗去国家大量物力的所谓“西征”，只不过是一个长不大的“孩子”所玩的一次“超级骑马打仗”游戏，我们心里当是何种滋味？

双“宝”合体

朱厚照怎么死的？说起来也让人哭笑不得；他的死，起因于嬉水。

从南京返程之中，九月初九，一行抵达苏北清江浦。这位贪玩的皇帝，“自泛小舟，渔于积水池。舟覆焉，左右大恐，争入水中，掖之而出。”就是说，落水之前，小舟上只有他自己，而他显然是只旱鸭子，不谙水性，否则一片叫作“积水池”的小水不至于应付不了，而需要别人下水抢救。正因此，他所受惊吓应该不小。同时，这年有闰八月，九月实即平时的农历十月，而农历十月换算成公历应该已是十一月份；虽然并非北国，十一月的苏北却也寒意初上了。冷水一激，加上极度惊吓，心身内外交逼，长期酒色无度以及旅途劳顿诸多因素，也一道发生作用，“自是，遂不豫。”[1]

事情怎么看都有些滑稽。这个三十岁的大男人，很适合给自己上一套“儿童意外伤害”保险。

病情的发展，没有记录。唯一涉及具体病症的一笔，是北京献俘礼后第三天，朱厚照在天坛主持天地大祀，举行第一遍献礼时，“上拜，呕血于地。”[2]“仆于地，斋宫礼不克终。”[3]既然吐血，大约属于肺疾。

[1]《武宗实录》卷一九一。
[2]《武宗实录》卷一九四。
[3]《罪惟录》帝纪卷之十一。

此后便在苟延残喘中，挺过了十二月和正德十六年的一月、二月。

三月十四日，“上崩于豹房。”《武宗实录》对全部过程的记述如下：

先一夕，上大渐。惟太监陈敬、苏进二人在左右。乃谓之曰：“朕疾殆不可为矣。尔等与张锐（东厂提督太监，口碑最坏同时也是朱厚照最信任的宦官之一），可召司礼监官来，以朕意达皇太后（母后张氏）——天下事重，其与内阁辅臣议处。之前此事，皆由朕而误，非汝众人（指众近幸）所能与也。”俄而，上崩。敬、进奔告慈寿皇太后，乃移殡于大内。[1]

这番临终遗言，看上去可疑，每一句都不大像朱厚照可能说的话——比如说，没心没肺之如他，居然对自己一生流露出了忏悔之心。尤其是这些话尽出仅有的两个在场太监之口，全然是不可考辨的孤证。玩其语意，无非两点，一是授权张氏与内阁大臣决定一切大事；一是为阉宦之流开脱，而将错误统统揽于自身。这两层意思，受益人是谁，一目了然，令人极疑其为太后张氏与大太监们据各自利益达成某种妥协的结果。

疑点还在于，朱厚照是从十三日晚间病情加重的，死亡时间大约在次日凌晨（这一点记载不详，更见可疑），其间应该尚有二三个时辰，完全来得及召见重臣或通知张氏等到场，但事实却是“敬、进奔告慈寿皇太后”——亦即一直等到朱厚照已死，才由陈敬、苏进两个太监跑去通知张氏。这个明显存在漏洞的情节，背后有三种可能——第一种可能：有人压下朱厚照病危的情况不报——比如张锐和司礼监首脑，但绝不会是陈、苏这两个较低级别的太监——以便独掌朱厚照最后时刻的秘密。第二种可能：并不是等朱厚照死后，才由陈、苏将消息通报外界；相反，朱厚照死前有人来过，与太监们就若干事宜有所谋议。第三种可能：朱厚照一命亡归之际，身边确实只有陈、苏两人（或者加上张锐、司礼监首脑等其他太监），没有亲人，没有大臣——原因仅仅是，朱厚照早有吩咐，根本不想见后者。

有关第三种可能，我们发现二个月前刑科给事中顾济曾上书朱厚照，隐然指责他疏隔骨肉母子之情：

[1]《武宗实录》卷一九七。

圣体愆和，中外忧惧。且人情之至亲而可恃者，宜莫如子母室家。今孤寄于外，两宫隔绝，至情日疏。陛下所恃以为安者，复何人哉![1]

从这奏章来看，不但朱厚照死时张氏可能不在场，就是他罹病并走向死亡的整个期间，母子都不曾相见。这确实超出人之常情以外，非极深的隔阂不足以解释。在此，我们的思绪不能不又回到故事开始时的“生母之谜”。这件事，虽为历史悬案，但在朱厚照生命之最后时刻，他的作为却仿佛在专门向我们揭示谜底。而逆向推论，正因为如此，从张后这方面说，她必须未雨绸缪，牢牢抓住时机，在朱厚照将死未死之际，控制局势，搞定皇位继承人(朱厚照膝下从无一儿半女)，阻止可能的不利情形发生，以保全自己。她不会傻乎乎地呆在慈宁宫，对这个并非亲生的皇帝儿子掉以轻心；她或许的确从未亲自前去探视朱厚照，但并不意味着她不可以暗中派人随时了解豹房的动静，在第一时间取得情报。事实上，她早已就皇位继承人事宜做出布置，并在朱厚照死亡当天即予宣布。她一手炮制了大行皇帝的“遗旨”：

朕疾弥留，储嗣未建。朕皇考亲弟兴献王长子厚熜年已长成，贤明仁孝，伦序当立。已遵奉《祖训》“兄终弟及”之文，告于宗庙，请于慈寿皇太后，即日遣官迎取来京，嗣皇帝位，奉祀宗庙，君临天下。[2]

“遗旨”大大地实质性地突出了皇太后的权威，暗示此事乃由她来裁定。同时，发布一道张氏本人名义的皇太后懿旨：

皇帝寝疾弥留，已迎取兴献王长子厚熜来京嗣皇帝位。一应事务俱待嗣君至日处分。[3]

反应如此迅速，显示择迎新君的工作早已紧锣密鼓地展开。

[1]《武宗实录》卷一九五。
[2]《武宗实录》卷一九七。
[3]同上。

朱厚照作为一个人，想想他这辈子也够惨的，孤零零来，孤零零走，只活了区区三十一年，死时身边没有任何亲人，走就走了，在这世上再未留下什么。人，寻常时候可以花天酒地、寻欢作乐来麻痹自己，但弥留之际，当突然意识到对这个将要离开的世界，自己竟然无可牵挂和惦念——这样的处境，总是很悲凉的罢？虽然风马牛不相及，我还是想到了《红楼梦》中黛玉死时的情景，一缕孤魂悄然寂灭……不过，似乎黛玉也还比他强一些，黛玉死于孤独，心里却仍然有所惦念，在对宝玉的思念中而死，这样的死，与夜色里豹房深处断气的朱厚照相比，就算并不空虚了。

既然提到了《红楼梦》，这部伟大的清代小说跟朱厚照还真不是一点关系没有。在阅读有关朱厚照的史料时，我脑海里每每晃动着另一个人影，他就是贾宝玉。

曾有红学家穿凿附会说，宝玉这人物影射了清顺治帝福临。然而，如果同样胡说八道，我宁可说宝玉有朱厚照的影子。对各自的家族来说，他们都是叛逆者；对各自的社会属类来说，他们都是另类。他们对所降生之处以及因此被赋与的终身角色，均感极有乖于本人性情。他们对“祖宗之命”，均拂逆不遵。他们对外界硬塞强加的义务与责任，均敬谢不敏。把贾宝玉放到皇宫，他势必要成为朱厚照；把朱厚照放到大观园，他也势必要成为贾宝玉。他们在精神深处的某一点，完全相通，只不过身份、时间、地点不同，一个是皇帝，一个是公子哥儿；一个存在于明代，一个诞生于清代；一个是现实人物，一个是虚构人物——如此而已。

对朱厚照，当把他放到政治、历史概念下，我们不会有任何的恭维以及同情。可是，如果只是把他看做千万普普通通人中的一个，我们则宜更多注意其性格的悲剧。

作为皇帝，他无疑是一个相当糟糕的皇帝，但严格地讲，他并不属于大凶大暴、为害极大的皇帝。不是说朱厚照不可恨，但跟历史上很多后一类皇帝比，他还没有干过对民族对国家对历史太坏的事。他做的坏事，如建豹房、搞女人、在大内操兵演武、信用奸人、游猎巡幸、御驾亲征……其危害和影响尚非全局性的，性质也不是十分恶劣，不像那些大暴君，毁灭文明、穷兵黩武、虐民残民，犯下从根本上反文明、反历史的罪行。

自嬴政首创“皇帝”以来，二千年历史上出现过数以百计的皇帝。这些皇帝，有的有作为，有的贪暴，有的平庸，有的亡国……总之，以各自的方式让人们记住他们。但朱厚照的方式最奇特，他一辈子都在设法逃离皇帝这个角色。从做太子开始，他好像就没有兴趣，假设让他在太子和街头恶少中选择，他没准会选择后者。以他的性情，其实生来就不适于呆在皇宫里，而适于在社会上甚至是下层社会厮混，偷摸抢拿，广结三教九流之辈，过一种毫无规矩的生活——偏偏一不留神，降生在帝王之家，命中注定将来要做皇帝，这对于他，是一生悲剧的开端。弘治一死，皇帝位子传给他，角色心理冲突益发激烈。我们细看他在位十六年的情形，几乎没有认真行使过皇帝的职责，无论是把国家搞好还是搞糟；“八党事变”之后，他等于取得一个“自由身”，从乾清宫搬出去实际上象征着推卸皇帝职责，尽由刘瑾等辈胡来，刘瑾倒台后，朝政则完全由内阁代理。他的原则是：只要你们不来干涉我，让我为所欲为，其他就随便了。他躲到豹房忙自己的，尽兴玩乐，“皇帝”两字于他纯粹只是一个名义。后来，连这名义也不想要了，执意替自己改名、授职授勋，从皇帝自“贬”为大将军、国公、总兵官，臣子以君相待，他还不允许。

历史上那么多皇帝，还有无数想当皇帝而当不成的人；而坐在皇帝位子上感到不耐烦，千方百计想逃开的，好像也就是他朱厚照。

他确实不该当皇帝——这不是指才具，当皇帝不需要什么才具，多少笨蛋白痴照样当皇帝——而是指喜欢不喜欢、上瘾不上瘾。朱厚照对当皇帝，瘾头明显不大；广义地说，他对玩政治，兴趣都不高。如若不然，他完全可以在尽兴玩乐的同时，对权力控制得更牢。实际上他却撒手不管，让别人享受大权。之所以整个明代，除朱棣之外，藩王叛乱的事情只发生在正德年间，而且连续发生两次（正德五年安化王朱寘鐇和正德十四年宁王朱宸濠），与朱厚照疏于权力控制大有关系。对权力如此，对皇帝的义务更是避之唯恐不及了。

某些时候，我们觉得朱厚照是一个活宝，一个笑柄，他做的许多事情出乎情理之外，乃至有弱智之嫌。但换个角度，我们又会感到他是个勇敢反叛者，所有皇帝中的另类——谁曾像他这样把皇帝身份不当回事，蔑视它，甚而拚命作践它？的的确确，朱厚照的行径往往超出了一个“荒淫皇帝”的性质，转而似乎是有意在嘲弄“皇帝”这个概念，把它喜剧化，消解它的神圣性，毫不顾惜，甚至还隐然有一种快感在内。我们说他“没心没肺”，基本体现在他对皇帝身份的态度上。面对乾清宫被大火化为灰烬，他幸灾乐祸的言谈，昭示了一种敌意或仇恨，好像得到报复的满足感。这种敌意或仇恨，其来由可能有身世上的，但更主要的应该起源于个性冲突。当然，不要把他拔高；他丝毫谈不上对帝王制度具有觉醒意义的反对，这种矛盾完全基于性情的不适应。简单地说，他本来应该做一个无拘无束的野小子，现实却把他绑在厚重的龙床上——就是这么简单的一对矛盾。只不过，很少或者说从来没有人被绑在龙床上还想离开，他却一直在挣扎。在这一点上，他是独一份儿，可见他是“野”到骨子里去了。

所谓贾宝玉的“反礼教”，其实也是这个程度。不要把贾宝玉上升到“五四”新青年的高度，他不是在对礼教的愚昧落后的文化实质有所认识的意义上反抗它的，而只是出于自身性情与之不相谐适。换言之，他也和朱厚照一样，对自己身份、角色不认同，在不认同之后还进而不肯屈从。不过，一般人可能感到以朱厚照比贾宝玉，有“损”后者形象，毕竟贾宝玉形象没有那么多负面内容。诚然如此，然而这只是处境不同；其实从贾宝玉那个处境论，他的一些举动，如厌弃经书、读“淫词艳曲”、搞同性恋，其“道德污点”的严重性，已不亚于朱厚照。朱厚照无非是坐在皇帝位子上，客观条件致他可在更大范围、更深程度上放荡不羁，假设把贾宝玉也改为同样处境，他的“出格”表现自然就远远不是在大观园中那样。

朱厚照与贾宝玉的真正区别，在别的层面。这个层面一点即破：贾宝玉其人，没有流氓性；朱厚照的性情却有着极重的流氓性。

流氓性，在此主要指低劣的、沉沦下僚的品质和心性。它有时由出身、经历造就，有时则禀自天生或遗传。像朱厚照，自幼锦衣玉食，接受正规的最好的儒式教育，怎奈根性顽强，市井无赖气质居然无法压抑。可见出身与教育绝非如想象的那样管用。从古至今，无论中外，高等阶级因为居于社会结构金字塔上端，也因为掌握着文化，都很在意身份、血统的高贵，他们会在语言、行为、礼仪、趣味等诸多方面的讲究上，划出自己与下层人的明显界限。过去奥代丽·赫本主演的电影《窈窕淑女》，就是借语言一端来演绎贵族身份，几位老爷刻意将一卖花女收于阁内，矫其口音，饰以华服，然后使之出现在上流社会场合，以试其效。贾宝玉是公爵之后，他的性情为人虽然“惫懒”，但教养、趣味却总是“雅”的。贵族尚且如此，帝王家的讲究更可想而知。朱家祖上赤贫，又出于向来民风刁悍的江淮之间，根性上确有一些顽劣的因子，这在朱元璋身上看得很清楚。不过，到朱厚照这里，朱家当皇帝已有一百多年，与上层文化的融合按理说十分充分了，可我们却仍然发现朱厚照没有什么“雅”的迹象，对所谓身份、血统的高贵也丝毫不在乎。在文雅与粗野这两类事物之间，他绝对喜欢粗野。比方说，他从小书念不进去，却特喜欢跟“小黄门”滚在一起摔跤，“君子动口不动手”，他显然不是“君子”。又比方说，父亲一死失去管束后，他即刻把皇宫变成喧乱的集贸市场，让太监扮成小贩，摆起摊子，自己也换上商人服装，进行交易，唾沫横飞地讨价还价，觉得非常过瘾。须知，中国正统观念自汉代以来崇本抑末，极其看不起商人，经商乃低贱之人所为。东汉末年有个名士叫王烈，不想出来在地方军阀公孙度手下做官，便故意“为商贾以自秽”，公孙度也就不强迫他了。这样的等级观念，朱厚照居然没有，以“至尊”之身操下贱之业，还乐此不疲，真是禀性樗栎。

朱厚照的这一面，贾宝玉比不得，另有一人却比得。此人名讳中也有一个“宝”字，他便是金庸笔下的韦小宝。韦小宝是从市井无赖混出来的贵人，朱厚照则是混在贵人堆里的市井无赖，正好相映成趣。只不过，朱厚照身上的流氓气似乎比韦小宝还要根深蒂固，因为韦小宝在这方面的造诣明显得益于自小在扬州妓院和街头的浸润，而长于深宫的朱厚照却属于无师自通，硬是从礼教束缚极严的环境中顽强地生长出种种卑下的脾性来，令严格的正统教育一败涂地。我们看他一生，“远君子，近小人”简直就是一种本能，一切“名门正派”的事物、人物都被他强烈排斥，而所有下三滥、旁门左道、歪门邪道的人和事，他却都怀有天生的亲近感。他那么宠信太监，除因后者乐于顺从和助长他的不良倾向，恐怕背后也有“物以类聚，人以群分”的规律在起作用；因为阉宦之流，多来自最底层，身上禀持着最严酷生活现实所赋予的种种极端化习性，尤其是由极度的“饥饿记忆”而形成的求生冲动，这种冲动使他们的为人之道处在一种毫无底线的状态，只要能达到目的，一切不择手段。当时，北京、河北一带，至贫之人走投无路，颇有以自宫求富贵者；《万历野获编》载："高皇帝律中，擅阉有厉禁，其下手之人，罪至寸磔。而畿辅之俗，专借以博富贵。为人父者，忍熏腐（阉割）其子，至有兄弟俱阉而无一人选者……朝廷每数年，亦间选二三千人，然仅得什之一耳，聚此数万残形之人于辇毂之侧，他日将有隐忧。"[1]足见风气之盛，亦足见太监群体的来源为何等样人。朱厚照偏与这些人最是气味相投，虽然后者屡屡害他、背叛他，甚至可能会要了他的命——例如刘瑾和钱宁[2]的先后暴露——都不能帮助他远离此曹，想必是彼此之间从言谈举止到价值观念，都极合拍投缘的缘故。太监之外，朱厚照喜欢的人，要么是粗暴的武夫，要么是妓女、戏子和番僧，尽属鄙陋不文、惯走江湖之辈。所以虽身为皇帝，可细瞧他周遭的环境，与自幼野混的韦小宝并无二致，拿他一生事迹去写武侠小说，叙事空间绝对充裕。

这样极具"江湖色彩"的皇帝，恐怕也只有他一个。尽管乃祖朱元璋起于江湖，但做皇帝以后"改邪归正"相当彻底；他却好，明明做着皇帝，却努力从"庙堂之高"挤向"江湖之远"。莫非真的是祖宗血液在顽强发挥作用？也许。如果这算一个原因，还有没有别的原因？

让我们拿韦小宝做面镜子，试它能否鉴照出朱厚照的性格秘密。

韦小宝的性格形成，与他母亲是妓女有极大关系。不是说妓女的儿子生来下贱，但是母亲的妓女身份，一定把一种生存背景和社会歧视揳入韦小宝的自我意识之中。韦小宝自幼日常接触多是婊子、老鸨、龟奴，以至于他人生理想也是开大妓院。他一边为此受歧视，一边却也很难跳出自己的生活现实，而有更高或别样的人生想象。他为母亲的社会地位而羞恼，但也习惯从这种社会地位的眼光阅世阅人，甚至是刻意表现得甘于沉落以获取自我身份的认同，所以他曾愤愤地说："做婊子也没有什么不好，我妈妈在丽春院里赚钱，未必便贱过他妈的木头木脑的沐王府中的郡主。"这是一种非常矛盾的心理，一种在怨恨中寻觅自尊，以致以怨报怨、以毒攻毒的心理。

那么，朱厚照呢？我们知道，朱厚照一生最大的悬案，就是他的生母之谜。设若他的亲生母亲真是那个京郊泼

[1]《万历野获编》卷六。

[2] 钱宁本人虽非太监，却是已故大太监钱能的养子。他在朱宸濠叛乱中，充当内奸。

皮郑旺之女，设若这个所谓的宫庭秘密只是对外界掩盖得极好，而弘治、张后以及朱厚照本人却完全知晓，那么，朱厚照的心理处境与韦小宝就非常非常近似，而矛盾冲突的激烈程度尤有过之。“郑旺妖言案”爆发，刚好在朱厚照懂事之年，而他继位的当年又第二次复发。可以想象，在两个重要人生时刻，被迫面对生母疑问，任何人都不能不遭受身份迷失的打击。这种迷失，关系到一个人的全部社会归属感，也决定着他对亲情、人性的根本认识。我们都还记得，朱厚照出生时是以“皇嫡长子”这一辉煌身份载入史册，并享受臣民的称颂的。如果“妖言案”的结果证实他实际乃“宫人之子”，就不单将“皇嫡长子”的神话完全打碎，而且一落千丈，从最高贵跌至最低贱。这还不是最具毁灭性的打击，“宫人之子”较诸后妃所出虽然卑微，但宫中历来也不少见，他父亲朱祐樘就是“宫人之子”。问题是，朱祐樘这一身份得到了确认，成化帝在听说有宫女为他产下这唯一的儿子后，亲自到其母子匿身处将他们迎回。朱厚照则不同；尽管朱祐樘、张氏和朱厚照三方也许都明白相关事实，但他们却共同把它作为一个秘密掩盖起来。这大概首先是张氏的意志，因为关系到她的地位，朱祐樘则屈从了她的意志。但也不能排除其中部分地体现了朱祐樘自己的意志。朱祐樘本身作为“宫人之子”，自幼命几不保，所遭之罪及内心压抑更难言尽；出于这种恐惧记忆，也出于对儿子的爱，他要掩隐朱厚照低贱出身的愿望，全在情理之中。然而他所忽略的是，这一决定却让朱厚照终生陷于对自己真实身份不能认同的痛苦，并永远发出其真实身份比假定身份低微的暗示。虽然我们可以说毫无证据，但从朱厚照所作所为的心理分析，他的确一直在近乎疯狂地百折不挠地拒绝、逃离以及改变自己的身份，显示了对他公开身份的不耐或难以承受之感受，并用相当程度上的“自贱”“自虐”，来曲折地向“真实身份”回归。

金庸笔下，韦小宝在“妈妈是婊子”的自嘲自虐中，表现出破罐破摔、死猪不怕烫的心态，作为对自卑感的掩饰。朱厚照则置朝臣的诤谏、哭谏、讽谏统统于不顾，任他们说什么，一味“不报”（不搭理），尽情在污泥浊水中撒欢，大有你啰嗦一次我升级一次、你说这样荒唐我就干更荒唐的给你看之势，分明一副“我是流氓我怕谁”的嘴脸。

犯浑耍泼的同时，他俩也同样幻想着一种英雄梦。这是非传统和非正面意义上的英雄，准确的称谓应该是“豪杰”或“好汉”；他们在三教九流的际会与厮混中脱颖而出，占据强势地位，并以受这类人的拥戴或服膺来证明其力量。自古以来，中国的“江湖社会”本质上就是为韦小宝一类体制内失意者和底层人准备的，作为他们志伸意舒、扬眉吐气的一种管道。表面上，朱厚照不是韦小宝那样的“江湖中人”，与江湖社会更分处两个极端；然而，我们不拘泥于概念的话，却发现豹房里的情形和各色人等，很像江湖，体制内的君臣关系业为江湖式的结义关系所取代。朱厚照曾把追随他的钱宁、江彬等统统收为“义子”，仅正德七年九月，一次就收“义子”一百二十七人，内中有阉奴、市井豪滑、军界强人。可以说朱厚照在豹房之为“义父”，与宋公明在水泊梁山做一百单八好汉的“哥哥”，毫无不同；豹房实际上已经演变为一个合法的江湖，而朱厚照则是它的老大。在朱厚照，逃往豹房就是逃往江湖社会，就是在戴着皇帝面具的同时得以自由地到体制外世界闯荡、显身扬名并医治心灵创伤。他在这里收获的全然是另一种体验，是作为皇帝无法品尝到的成功感，是如鱼得水、终于忘却自卑的归属感。正德朝的所有大臣，丝毫不懂他们皇帝的内心，真正吃透他的是江彬（在这方面，刘瑾、钱宁的见识终归有限）；当其他人只晓得把他当皇帝对待时，江彬却有意识地把他打造成一个大头领，帝王史上的造反者、起义领袖和反潮流英雄，让他拉起自己的队伍，啸聚“山林”（不妨把豹房想象为“忠义堂”）、掠州陷府、养“压寨夫人”。这是一个构思惊人的超大型角色扮演类游戏，就像迷失在大型电玩中的现代少年一样，朱厚照对这角色充满激情以致不辨虚实、假戏真做——他在冬日清凉的阳光下，笔直伫立在正阳门外，注视他的“俘虏”从眼前走过，那姿态，说明他完全忘记此乃虚妄的一幕，而如此专注地品尝着其间的英雄况味。

有人说，“（韦小宝）在失父的状态中，度过了自己貌似幸运实为颟顸的人生”。只须把“父”字换成“母”字，此语即可用于朱厚照。对于韦小宝，父亲缺失，受打击的是母亲这个符号，因为其潜层意味即是“父亲”所象征的“社会”蔑视和排斥作为妓女的母亲，进而，这种蔑视与排斥又自然地传递到他这妓女之子身上。对朱厚照正好颠倒过来，母亲缺失，受打击的是父亲这个符号，虽然他完整而明确地拥有父亲的概念，可这个“父亲”却由于不敢正视自己孩子的真正生母，抑或容忍对后者的抹煞，而陷入人格与道德危机，这种危机最终动摇的是朱厚照的人格与道德。这样，说到底朱厚照内心也是一种对“父亲”的怨恨，是间接的或更加曲折的无父状态。

他们殊途同归。"父亲"的缺失或隐退意味着什么？儒家指斥无君无父之人即如禽兽，这说法并非过时的迂腐之论。"父亲"不仅仅是具体的某人，更是一个抽象的概念，是秩序与准则的象征。从人类文化学角度看，对"父亲"的认知，与国家、法制等社会理性的形成同时，是人告别原始和动物性（自然、无序）而走入文明的开端，这一基石至今未变。不单古代，即便今日，世俗生活中的缺父状态，也几乎总是造就反社会、边缘化的个人。韦小宝和朱厚照流氓性格的根源就在于此。

评价朱厚照，有或简或繁的两种角度。

简化的角度，即如官史所做，只把他作为一个皇帝论其功过——这样，结论自然明确而单向，无非"耽乐嬉游，昵近群小"，"冠履之分荡然"，"朝纲紊乱"，"至重后人之訾议"[1]一类，基本是否定的。明白地说，这种评价既合乎事实，也是必要的，朱厚照应当为其作为皇帝犯下的罪愆接受指责。不过，这种评价虽然中肯，却并不表示它很周全。尤其是如果对朱厚照仅仅从这种角度评价，我们明显发现他的特殊性、个异性被抹煞了，只有昏君的共性，成为中国古代层出不穷的老套的众昏君中之一员。其实，他远比普通的昏君复杂有趣。

此人一生，上演了一出绝大的喜剧，乃至闹剧，其中固然有极权的作用，却显非仅仅以此所可解释者；他的个性，他内心世界的不均衡性、破损性，他人格发育上的障碍，他理想与现实、禀性与角色之间的冲突……这些因素都大大超出政治层面之外，而极宜加以人文的剖视。在历史上成堆的帝王中间，朱厚照既不能以英明，亦不能以强力、暴虐引起注意，但放眼望去，他在诸多同类里仍然称得上卓荦不凡、骇世惊俗，唯一的资本便是他那堪称怪诞少见的性情与风格。如果说，金庸以韦小宝写出了武侠小说的反英雄形象，朱厚照则是以一生的行事塑造了皇帝中的反皇帝形象。这个从政治历史角度三言两语就可以搞定的"简单人物"，从文艺眼光看其实却是个相当可爱的家伙，浑身是戏，可惜我们的小说家、编剧家至今还不太懂得像这样一位皇帝，才有很好的表现价值，不知胜于刘彻、李世民、玄烨之流多少倍。所以我们得为他鸣冤叫屈。

[1]《明史》本纪第十六。

万岁，陛下

罕见的运用思想、精神、心理因素，甚至仅仅靠语言来控制权力的专家。他于此道，出神入化，晚年更到了一语成谶的境界，俨然隐语大师。对于维持自己的统治，他不必宵衣旰食，也不必殚精竭虑，只须只言片语，即足令臣工戒慎肃栗。

最终被自己所坚信不移的东西所击倒和戕害，往往是唯我独尊者无法逃脱的命运。嘉靖爱道教，我们也因为他爱道教而爱道教。感谢道教，感谢嘉靖狂热地信仰它，感谢邵元节、陶仲文等所有向嘉靖进献毒药的道士们。否则，世上还真没有其他东西，能让这个海瑞在《治安疏》里骂得狗血淋头的皇帝，略微遭到些许的报应。

引子

有位古人，约四百年后，让北京市副市长兼明史专家吴晗身罹巨祸。

此人便是海瑞。

一九五九年，为配合四月间毛泽东在上海提倡学习海瑞刚正不阿、敢讲真话的讲话精神，吴晗写下以海瑞为素材的一系列作品。首先是六月十六日在《人民日报》发表的《海瑞骂皇帝》（署名刘勉之），随之又有《海瑞》、《清官海瑞》、《海瑞的故事》、《论海瑞》，直到新编历史剧《海瑞罢官》。起初，海瑞连同这些作品，都颇受肯定。一九六二年以后，事情慢慢起变化。到一九六四年，康生明指《海瑞罢官》意在替庐山上被罢官的彭德怀翻案。翌年十一月十日《文汇报》发表姚文元经御笔亲定的“名文”《评新编历史剧〈海瑞罢官〉》。吴晗就此万劫不复。这还不算什么——姚氏大作，实际上掀开了“史无前例的无产阶级文化大革命”的序幕。

海瑞，果然是一位麻烦不断、“到处惹是生非”[1]的人物。不过，眼下提到他却并非有谈论其人之兴趣，是想借其在今天一般中国人心中颇为响亮的名头，引出另一人物的登场。

这便是海瑞当年抬了棺材去“骂”，然后被他罢了官、捉到牢里准备杀掉的嘉靖皇帝。

吴晗在《海瑞骂皇帝》里，对嘉靖为何挨骂，做了这样的介绍：

> 明世宗做皇帝时间长了，懒得管事，不上朝，住在西苑，成天拜神

[1] 黄仁宇《万历十五年》第五章。

作斋醮，上青词。青词是给天神写的信，要写得很讲究，宰相严嵩、徐阶都因为会写青词得宠。政治腐败到极点，朝臣中有人提意见的，不是杀头，便是革职、监禁、充军，吓得官儿没人敢说话。海瑞在嘉靖四十五年(公元1566年)二月上治安疏，针对当时问题，向皇帝提出质问，要求改革。[1]

一幅荒怠皇帝的肖像。

说起荒怠，明世宗——年号“嘉靖”——确有那样的时候，不过这只是他的一个侧面，远非全部。嘉靖的荒怠发生在中晚年，在此以前，他非但不荒怠，简直还干劲十足，做过一些“惊天动地”的事。

这个人的一生故事丰富，个性也极特出，值得细细了解。单论为人的生动有趣，他远胜于自己的批评者海瑞。《万历十五年》称海瑞为“古怪的模范官僚”，说他“当然是极端的廉洁，极端的诚实；然而从另外一个角度来看，也可能就是极端的粗线条”。[2]纯粹从情节叙事看，海瑞这人没有太高价值。如果当年吴晗本意是想写一部引人入胜的好看的戏剧，他应该让嘉靖而不是海瑞来充当主角——当然，我们知道他写作的动机不在戏剧。

好在今天对于历史和古人回到了比较天真的目光，可以抱着有趣无趣、好玩不好玩的心情打量历史人物。正是在这样的目光和心情中，嘉靖显示出了他难得的价值。在整个嘉靖年间，他是全中国唯一曾经淋漓尽致展现自己个性的人物；不仅如此，他在古往今来帝王中间，也以不落俗套的抱负与追求，塑造独特形象。此等人物，怎可埋没？又怎忍其埋没？

从世子到帝君

公元1521年，明武宗正德皇帝朱厚照在豹房一命呜呼。他这一死不要紧，远在二千里之外的湖广安陆州(今湖北钟祥县)，却成了龙飞之地。

那正德放纵一生，在位一十七年，

[1]《人民日报》1959年6月16日。
[2]黄仁宇《万历十五年》第五章。

御女无数，耕耘颇勤，却从未听说有谁受过孕，原因何在不得而知，或许只能归之于滥情过度，天不佑彼。

总之，朱厚照撒手而去，留下一个皇储未建、国位空虚的局面。

根据皇位继承法，在没有子嗣时，将遵循"兄终弟及"的原则。朱厚照的情形相当特殊；他非但没有儿子，自己也是独苗——当年他父亲朱祐樘曾经为他生下过一个弟弟，然而不久即夭折。因此，现在"兄终弟及"原则的引用范围，不得不加以扩大。

内阁首辅杨廷和在向皇太后张氏汇报时指出："兄终弟及，谁能渎焉。兴献王长子，宪宗之孙，孝宗之从子，大行皇帝之从弟，序当立。"[1]

里面提到的几个人，血缘关系如下：宪宗即成化皇帝朱见深，他共生有十四子，老大、老二都早亡，老三即后来即位为弘治皇帝庙号孝宗的朱祐樘，老四则是封国在湖广安陆的兴献王朱祐杬。朱祐杬生子朱厚熜，与朱厚照是堂兄弟关系。

现在，死去的朱厚照无子无弟，只能上推到父亲一辈最近的堂亲中寻找继承人；兴献王朱祐杬在成化皇帝诸子中仅次于朱祐樘，朱厚熜又是兴献王长子，则皇位非他非属——这就是杨廷和所说的"序当立"。

可见朱厚熜的继位，完全依照程序、按部就班，一切合于规范。兴世子的资格没有疑问，根据礼法的排序，继承人只能是他；这同样说明，杨廷和、张太后另一方，也不曾就此事塞入任何人为操纵的因素。

然而唯一的不足，是其中埋伏着一点含混之处：朱厚熜跟朱厚照是堂兄弟，他们各自的父亲则彼此是亲兄弟——那么，"兄终弟及"究竟指朱厚熜以堂弟身份从朱厚照那里继承皇位，还是指朱祐杬继承了朱祐樘？这一点，杨廷和们确实不曾特意地指明。或许，在他们脑中从始至终都认为，兴世子只能是朱厚照的继承人；或许，他们认为这根本是不言自明的，毋庸特别宣陈。

但事实证明，这似乎微小的百密之一疏，犯了想当然的错误，而种下严重危机，日后竟搅扰嘉靖朝十几年不得安宁。

由内阁拟定的武宗《遗诏》，是这样表述的：

[1]《明史》列传第七十八。

> 朕绍承祖宗丕业（丕，伟大、盛大；丕业犹言“伟业”）十有七年，深惟有孤（孤，负也；同“辜”）先帝付托，惟在继统得人，宗社先民有赖。皇考孝宗敬皇帝（即朱祐樘）亲弟兴献王长子，聪明仁孝、德器夙成，伦序当立。遵奉《祖训》“兄终弟及”之文，告于宗庙，请于慈寿皇太后（即张太后），与内外文武群臣合谋同词（取得一致意见），即日遣官迎取来京，嗣皇帝位。[1]

先前思想含混之处，继续留在这份宣布传位于兴献王世子的官方正式文本之中，尤其用“皇考孝宗敬皇帝亲弟兴献王长子”一句，来界定朱厚熜的继承关系，明显有空子可钻。然而，麻烦到来之前，对此谁都不曾意识到。归根到底，那并不是一个注重法理的时代；换作现代，不必说皇帝遗诏这样重要的文件，任何一份有法律效用的文书，都会字斟句酌，杜绝任何歧义的发生。

是时，兴世子年方十五——虚岁，若论足龄，此时还不到十四周岁。两年前，他刚刚失去父亲。没有史料显示，在接到武宗《遗诏》之前，他预先知道自己的命运正在发生根本的改变。事实上，时间决定了他毫无准备。北京最高权力当局在第一时间做出了将由兴献王世子继位的决定，并且立即派遣大臣和内官赶赴安陆州迎接新君。正德皇帝三月十四日驾崩，三月二十六日，由司礼监太监谷大用、内阁大学士梁储、定国公徐先祚、驸马都尉崔元、礼部尚书毛澄组成的使团，就赶到了安陆州。即便兴献王府在京城设有内线并成功探知消息，也不大可能以比这更快的速度赶在天使之前让兴世子知道此事。

考虑到兴世子的年龄，以及事来之突然，我们不能不对这个十五岁少年在随后的处置和应对中显现出来的心计与态度，表示吃惊和佩服。

使团到来后的第六天，四月二日，兴世子辞别父王墓地和母亲蒋氏，踏上北去路程，而与以往的人生揖别。

跟北京使团只用十二天就赶到安陆不同，兴世子花了将近二十天才走完相同的路程。尽管前后已有一个多月国家无主，举国翘盼新君早日莅临，但是，年方十五的兴世子显得相当沉稳。他知道此时不宜表现出任何急切的心情，相反，倒是要拿出不紧不慢的姿态，庄重

[1]《世宗实录》卷一。

地接近那座已经属于他的都城。

他暂时驻跸于城外，静候朝廷出具有关他继位的礼仪细节。

当有关安排呈上时，朱厚熜佛然不悦了：由首辅杨廷和会同礼部商议的方案，兴世子将以“皇太子”身份继位为君。这意味着，在登基之前，朱厚熜须先从崇文门入东华门，居于文华殿，完成成为皇太子的仪式，然后再择日加冕为皇帝。

十五岁的少年以一种与其年龄不相称的政治敏感，立刻表示拒绝。他阅读方案之后，对从安陆跟随而来的王府长史袁宗皋说：“《遗诏》以吾嗣皇帝位，非皇子也。”意即，《遗诏》说得很清楚，我将直接即位为君，丝毫不曾提及需要先立为皇太子之事。《世宗实录》记载甚明，这是兴世子自己提出的疑问，并没有经过任何老奸巨猾的幕僚高参之流的启发。

仅仅十五岁的人，竟如此有政治嗅觉。

这的确是一个节外生枝的要求。杨廷和最初提出兴世子的继承资格，包括起草武宗《遗诏》时，都是基于“兄终弟及”的原则。为什么此刻突然要求兴世子先成为皇太子，然后再即皇帝位？是礼法必须履行的一道相应程序？还是在这二十天当中皇太后张氏经过思虑，额外添上的一笔？后者的可能性相当大。如果仅仅是“兄终弟及”，兴世子可以把自己身份解释为以武宗堂弟而继位，“皇太子”则意味着改变身份，先过继为孝宗之子——同时亦即张太后之子——然后登基。唯一的受益者，显然是张太后。

兴世子思虑细密、锱铢必较的性格，在此立即表现出来。他不想在别人控制和阴影下做皇帝，哪怕只是名义上奉张太后为母亲。他是以藩王入继的身份来到紫禁城，对这座巨大的宫殿，他替自己感到陌生，充满戒备和警惕；他在此无根无柢，某种意义上不得不揣着些许自卑。

可惜，没有人注意这种心理，进而设身处地想想他的感受。张氏急于看到在儿子驾崩之后，新君能够明确表示对她皇太后身份的尊崇，她的地位和自我感觉应该和过去没有什么两样。而杨廷和这样的正统儒家官僚，满脑子原则，于祖训和礼法唯知一丝不苟，办事过分的较真，过分的不通融。而且，北京方面上上下下，“主场”意识确实过于强烈。虽说兴世子是即将即位的皇帝，但这个国家的制度和理论却掌握在他们手里，他们自以为有捍卫这种制度和理论的义务，也希望做到无可挑剔、任何时候都不愧对历史。他们就是在这样的层面上保持着自负，并且视为事关荣誉，不肯稍稍退却和放松——后来，他们在“大礼议”中前仆后继，精神盖出于此。然而，这严重地伤害了从遥远的小地方赶来即皇帝位的兴世子。

跟北京衮衮诸公相比，兴世子有什么呢？许多方面他都处于不利，不过他却牢牢拥有三个优势：一、皇帝的宝座注定属于他，这一点无论如何都不会改变。二、尽管年方十五，却已经形成和显现出成熟的政治素质；三、不要忘记，他来自“九头鸟”之乡，“九头鸟”死缠烂打、百折不回、一拼到底的精神，杨廷和们很快就可以领教。

朱厚熜斩钉截铁地退回礼部呈表，命其重拟。杨廷和出乎意料，但并没放在心上。他率群臣以上疏的方式，敦促朱厚熜接受和履行礼部所拟程式，并重复了其要点：“上如礼部所具仪，由东华门入居文华殿。（群臣）上笺劝进，择日登极。”[1]朱厚熜再次加以断然拒绝。

双方僵持不下。

国家无君一月有余，新君明明已迎奉来京，却迟不即位。这种局面拖不得，拖下去，人心浮动，乱由隙起，不知会发生什么事。

兴世子吃准了这一点。从根本上说，现在是北京方面有求于己，应该让步的也是他们。无形中，他以国家为质，来逼迫对方满足自己的条件。

张太后发话了：

> 天位不可久虚。嗣君已至行殿（城外驻跸之所），内外文武百官可即日上笺劝进。[2]

这道懿旨表明，张太后知道拖不起，打算让步。她让文武百官“即日”上笺劝进，而杨廷和前日还坚持说，要等兴世子由东华门入居文华殿之后，群臣才能上笺劝进。这暗示，张太后可以接受取消具有完成皇太子身份的象征含义的那道程序。

[1]《世宗实录》卷一。
[2]同上。

于是，群臣三进笺表，兴世子头两次推谢，第三次接受下来。这里的两次拒绝没有实质含意，依惯例必须劝进三次，头两次一定推辞，第三次才“勉从所请”——这不过是古代当“非常情形”之下，最高权力实现移交的一种酸臭套路。

不过，“劝进至再，至三”而后“勉从所请”，虽为虚礼，幕后却悄悄进行了一番实质性的讨价还价。

兴世子及其幕僚磋商后，提出新的即位仪注。其要点是，四月二十二日举行登基大典，新君将从正阳门中门入城，经大明门[1]正面入宫；在派遣勋贵官员为代表告于太庙和社稷坛的同时，新君本人将前往武宗“几筵”（即灵前）谒见，然后叩拜张太后；做完这两件事，就直趋奉天殿。奉天殿，即现今太和殿（清顺治年间改称），民间俗谓“金銮殿”是也，为帝王临朝之处。登上奉天殿，就意味着行使帝权。可见，朱厚熜方面设计的仪注，从实质上省却了取得皇太子身份的环节，而直接临朝称制。当然，里面也给朱厚照和张太后留了面子：登基之前，先去两处拜谒。对方固可将此解释为尽皇太子的义务，兴世子却也不妨有他自己的解释——作为皇位继承人，落座之前，跟大行皇帝和皇太后打一声招呼，照照面，这样的礼节总还是要讲的嘛。

张太后以及内阁肯定不喜欢这种安排，但出于无奈也只能同意。这样，朱厚熜拟定的即位程序，就以礼部尚书毛澄的名义加以公布。

风波似乎就这样平息了。四月二十二日，登基大典顺利举行，上自皇太后下至百官，都松了一口气。武宗晏驾以来，事情千头万绪，每个人神经都高度紧张。尤其由旁支入继为君的局面，本朝尚第一次出现[2]，谁也没有经验。虽然出了小小的岔子，但好歹已经应付过去，大家都盼着新君正位之后，万象更始，国家步入正轨，将前朝的弊政逐一纠矫。

至少内阁首辅杨廷和没有把即位礼仪之争放在心上。这位武宗在世之时一直抱负难伸的政府首脑，此时踌躇满志，准备大干一场。在新君到来之前，他已经成功解决掉前豹房近幸、以

[1] 原为明清皇城第一门，清代改称大清门，民国称中华门。原址在今正阳门之北、毛主席纪念堂一带。毁于1954年。

[2] 土木之变后，英宗朱祁镇为瓦剌俘虏，由皇太后指定，郕王朱祁钰奉命监国摄政，后经廷议，即位为君。这属于危难之时为应付紧急情况而发生的事情，并非正常的继承。

江彬将军为首的军人集团，解散了豹房里乌七八糟、三教九流之众，关闭滥设的皇店，封存宣府离宫（所谓“镇国公府”）的财物。接下来，他想办的事情还很多。他在代为起草的即位诏书中指出，正德年间“权奸曲为蒙蔽，潜弄政柄，大播凶威”，亟待拨乱反正之处比比皆是。诏书差不多就是一份改革宣言，里面列出的除弊计划及拟推行的新政，达七十余条。诸如，削弱日益膨胀的宦官权力、恢复文官政治；大幅度裁汰臃肿不堪而又惯于作威作福的锦衣卫旗校；抑制特权阶层，挤压他们得利的空间；查还为皇族勋贵太监者流所侵夺的民田；治理腐败，尤其是冒功、冒职、冒赏等现象；彻查冤假错案，重建法制，案件审理必须合乎程序，以《大明律》为断案唯一依据，废止弘治十三年之后新增的一切条例……

这是一位实干的政治家。他所列出的改革内容，非常具体，并且多属当务之急。他一定特别期盼随着新君即位，国家稳定下来，然后迅速展开对各种问题的治理。

或因此，他对礼仪细节，考审未精未详。有关这方面的疏漏，沈德符曾经评论道：“兄终弟及祖训，盖指同父弟兄，如孝宗之于献王（朱祐杬）是也，若世宗之于武宗，乃同堂伯仲，安得援为亲兄弟？”[1]尽管由于武宗是独子，“兄终弟及”的引用，事实上只能面向旁支，但考虑周全些的话，杨廷和至少可先做一番理论疏证工作，将来免生龃龉。但一来事情紧急，二来想必他主观对这种虚礼确实重视不足，自以为秉忠办事，大方向正确，而思虑则主要放在解决实际问题上。

然而，朱厚熜脑子里想的，却是另一套。如果他也像杨廷和一样，注意力集中在怎样尽快扭转正德朝的种种倒行逆施，让朝政恢复清明和秩序，而不那么在意自己的私利和面子，则会迎来一个君明臣贤的局面。

可惜并非如此。兴世子不仅是一个自尊的人，而且是过于自尊的人。这种禀性，又为其以藩王入继大统这种身份进一步地火上浇油，令他对于面子极为敏感。他始终以一个外省人的眼光，来揣测京城集团，认定后者的诸种安排，都潜含对于他额外的轻蔑。登基大典上，

[1]《万历野获编》卷二，列朝，世室。

有一个细节准确深刻地揭橥了他这种心理：

> 辛巳登极，御袍偶长，上屡俛（通“俯”）而视之，意殊不惬。首揆杨新都（即杨廷和，新都人）进曰：“此陛下垂衣裳而天下治。”天颜顿怡。[1]

无非衣服不甚合体，他毕竟才十五岁，可能个子也偏小，事先准备的御袍长了一些，有关方面考虑不周是有的，但仓猝间未臻善美，对于心胸豁达之人来说，不会放在心上，至少可以谅解。朱厚熜的表现却是，频频弯腰低头打量这不太合体的御袍，脸上极其明显地流露出不快——这套身体语言，说明他小肚鸡肠，不是干大事的人。而且很可能，他内心会把别人这种工作上的疏忽，视为故意，成心让他难堪，或至少对他外藩出身的皇帝不够尊重，糊弄了事。等杨廷和察觉他的不快，急中生智，用《易传·系辞下》里一句颂扬古代圣君黄帝和尧舜的话来开释，朱厚熜才找回心理平衡。

还有一个细节。登基那天，即位诏书发表之前，内阁送呈朱厚熜批准。“帝迟回久之，方报可。”[2]拖了很长时间，才答复同意发表。原因是内中有一句话，让朱厚熜很不受用。这句话是：“奉皇兄遗诏，入奉宗祧。”祧，指祭祀。入奉宗祧，直接的解释是接过祭祀祖宗的职责，而实际的意思是过继给别人、成为别人家香火传递者。兴世子坚持认为，自己继承皇位所循原则是“继统不继嗣”，说白了，只当皇帝，不当孝宗、武宗家的后代。所以“入奉宗祧”这句话，他最见不得。久拖不复，而终于同意，应该是经随来的王府谋士苦劝，告以“小不忍则乱大谋”，暂且隐让的结果。

这样的细节，其实蕴涵着一股很可怕的能量。出身、个性，加上抵京后直至登基大典的种种别扭，已使他对于京城集团形成成见。一旦有了成见，像他这样睚眦必报、心劲甚强、习惯于咬住不放的人，是必要将肚内恶气尽吐之而后快的。

大明王朝刚刚送走一位没脸没皮、胡作非为、根本不要面子的皇帝，又迎来一位超级敏感、超级自尊、超级爱面子的新皇帝。这对堂兄弟之间，一切犹如冰炭水火，分别走到两个极端。历

[1]《万历野获编》卷二，列朝，触忌。
[2]《明史》列传第七十八。

史也真幽默，竟然做出如此安排。朱厚照在位一十六年，以泼皮方式当皇帝，嬉笑怒骂、毁圣非礼；紧接着，就来了一位对礼法死抠字眼、斤斤计较、进而有志开创礼制新时代、欲以伟大的礼学思想家理论家垂名史册的君主——这让人怎么受得了？

“大礼”之议

朱厚熜登基，改年号“嘉靖”，以明年为嘉靖元年。

嘉靖时代开始了。

这年号，是朱厚熜亲自取定。内阁原先奏请以“绍治”为年号，被否决。朱厚熜不喜欢那个“绍”字的“继承”含义，虽然“绍治”无非是将治世发扬光大的意思，也不喜欢，他在心理上讨厌一切暗示他需要“继承”什么的字眼。他所更定的“嘉靖”，语出《尚书》“嘉靖殷邦”，意谓“美好的政治，富足的国度”。

后世，人们对他就以“嘉靖皇帝”相称。

起初，的确很有一番“嘉靖”的气象。除罢前朝弊政的诏旨，一道接着一道。“裁汰锦衣诸卫、内监局旗校工役为数十四万八千七百，减漕粮百五十三万二千余石。其中贵、义子、传升、乞升一切恩幸得官者大半皆斥去。”[1]皇家鹰犬——宦官的势力大为削弱，老百姓的经济负担减轻许多，而拉关系、走后门、靠政治腐败升官发财的人，纷纷失去了职位。“正德中蠹政厘抉且尽”，“中外称新天子‘圣人’”[2]。

其实，这一切跟嘉靖皇帝并无关系，所有举措，都是杨廷和依据他所起草的即位诏书精神，一一加以落实罢了，嘉靖无非签字批准而已。那些在新政中蒙受损失的人，很清楚“罪魁祸首”究竟是谁。他们咬牙切齿，恚恨不已，以致要跟杨廷和白刀子进，红刀子出，“廷和入朝，有挟白刃伺舆旁者”[3]——情形如此危重，以致嘉靖皇帝不得不下令派百人卫队，保护杨廷和出入。

[1]《明史》列传第七十八。
[2]同上。
[3]同上。

这个正统的儒家官僚，过去多年的政治生涯中，饱尝个人理念与现实之间激烈冲突之苦。身为首辅，眼睁睁看着正德皇帝恣意胡为，“未尝不谏，俱不听”，“以是邑邑（悒悒）不自得”，心灰意冷，多次提交退休报告，却又不被批准。现在，终于改朝换代，国家迎来新的君主。这就像注入一剂强心针，杨廷和的政治热情高涨起来，积郁许久的抱负似乎有了施展的机遇。应该说，他对于嘉靖皇帝是寄予很高期待的，“以帝虽冲年，性英敏，自信可辅太平”。复活的热情，对年轻皇帝的期待，使杨廷和特别认真地对待自己的职责，他知无不言，言无不尽，向嘉靖全盘托出自己的政治理想：“敬天戒，法祖训，隆孝道，保圣躬，务民义，勤学问，慎命令，明赏罚，专委任，纳谏诤，亲善人，节财用。”[1]这三十六个字，浓缩了儒家对于“有道明君”的基本认识，果能一一践行，寓涵在“嘉靖”中的愿望，庶几可以变为现实。

嘉靖对杨廷和的除弊举措，均予照准；对杨廷和疏请的三十六字，也“优诏报可”。单就这些迹象看，君臣和睦，嘉靖朝似乎有一个良好开端。但所有这些，或者并未触及朱厚熜个人利益，或者不过是一些空洞的道德承诺，他不难于拿出开明的姿态。

而在新气象的底下，一股暗流已经悄然涌来。

即位刚刚第三天，正德十六年四月二十五日，嘉靖降旨遣员，去安陆迎取母妃蒋氏来京。两天后，四月二十七日，他又发出旨意，同样与自己的父母有关，“命礼部会官议兴献王主祀及封号以闻”[2]。

——此即“大礼议”之肇端。简明通俗地讲，礼，就是王权制度下的等级秩序，是这种秩序对社会成员的关系与差别的规定。因为这次所涉及的是皇家级别的人和事，所以特别加上一个“大”字。其他很多时候也都这样，比如，皇帝结婚称“大婚”，刚刚去世的皇帝叫“大行皇帝”等等。

迎取蒋氏的谕旨这样说：“朕继入大统，虽未敢顾私恩，然母妃远在藩府，朕心实在恋慕。”[3]据说，辞别蒋氏、启程来京之际，朱厚熜“不忍远离”，好一顿哭鼻子，“呜咽涕泣者久之”。论理，十五岁并不算小孩子了，但作为王子，自

[1]《明史》列传第七十八。
[2]《世宗实录》卷一。
[3]同上。

幼娇生惯养，独立性比较差，对母亲仍感依恋，这可以理解。

提出兴献王封号问题，也在情理之中。兴世子现在成为皇帝，作为皇帝本生父，名分如何，和皇帝之间关系又怎样，自当议定。

倘若事情仅只如此，就很寻常。实际却不这么简单。嘉靖这两个连续动作，是继位过程中就礼仪问题与北京当权派所发生的矛盾的延伸——他没有忘掉矛盾，也不打算回避，相反，进一步表明了挑战的姿态。

礼部尚书毛澄承旨，召集会议商讨兴献王封号问题。与会者对这个问题在理学上如何看，没有犹疑；关键是找到“故事”，亦即以往历史上处理此类问题的范例。杨廷和举出两个先例，认为最适合作为处理眼下兴献王地位问题的范本。

一个是汉成帝以定陶王刘欣为皇太子的故事。成帝在位二十余年仍无子嗣，因此在绥和二年决定册立皇侄刘欣为太子；刘欣成为太子的同时，自动过继到成帝一宗。为了解决定陶王一支奉祀乏人的问题，成帝下旨让楚孝王之孙刘景袭爵定陶王。

第二个例子来自宋代。宋仁宗无子，遂于至和二年立濮安王第十三子赵曙为皇太子，此即日后之宋英宗。英宗即位后，从伦理上如何认定身份，当时的大儒名公之间一派混战，欧阳修等人主张英宗可以本生为皇考，而司马光等认为“为人后者为之子，不得顾私亲”，论战持续十八个月，是为宋史上有名的“濮议”事件。结果，英宗强行决定以本生为皇考，司马光等台谏集体请辞作为抗议。英宗虽以权力达到目的，但在道义上却没有赢，因为理学宗师程颐明确站在反对立场，说：“为人后者，谓所后为父母，而谓所生为伯、叔父母，此生人之大伦也。”[1]既然你继承了别人的家业，就理当成为别人的后代，这样的义务是不可以放弃的。正因程颐这样的大宗师持此观点，杨廷和才把宋英宗故事当做能够支持己方立场的例子，加以引用。

两个例子，一个是正确的实践，另一个虽然实践是错的，但理学上却早已形成公认为权威的结论，可以说代表了正反两方面的历史经验，非常好，相信皇帝从这样两个例子当中，自然能够了解眼下关于兴献王封号问题，可取的态度是什么。

[1] 程颐《代彭思永上英宗皇帝论濮王典礼议》，《河南程氏文集》卷五。

大家一致赞同杨廷和的意见，并由毛澄形诸文字，作为奏章上呈嘉靖。奏章叙述了汉代和宋代那两个例子，又引征程颐的观点，最后写道：

> 今兴献王于孝宗为弟，于陛下为本生父，与濮安懿王事正相等。陛下宜称孝宗为皇考，改称兴献王为“皇叔父兴献大王”，妃为“皇叔母兴献王妃”。凡祭告兴献王及上笺于妃，俱自称“侄皇帝”某，则正统、私亲、恩礼兼尽，可以为万世法。[1]

扼要地讲，他们建议，以后嘉靖要称孝宗朱祐樘为父亲，而改称自己亲生父母为叔父、叔母。

朱厚熜见奏，气不打一处来：“父母岂有说换就换的?”发回再议。

五月二十四日，再议的结果出来了：大臣们不单坚持原有意见，还争辩说，本朝历来皇帝对于藩亲，在相应情形下，都只称伯父、叔父，是不能加称“皇”字的，同时自称也径称“皇帝”，后面并不带名讳的；现在，廷议认为皇上对于兴献王可以称“皇叔父大王”，可以在“皇帝”后面加上自己的名讳，明显把兴献王与其他宗藩区别对待，已算格外破例，相当隆重了。争辩同时，还把程颐《代彭思永议濮王礼疏》专门抄了一份，请嘉靖看，隐约有教训的意思。

嘉靖不吃这套，命礼部“博考前代典礼”，“再议以闻”。潜台词是，别拿程颐压我。

毛澄、杨廷和们同样固执。他们的确重新开会研究了，但只是做做样子，上报的意见丝毫未变。

嘉靖一时没有办法，就来个“留中不发”——把问题搁在那里，以表示坚决不同意廷臣的立场。

皇帝与重臣之间争执不下，已二月有余，满城风雨。面对传闻，有个人静观其变，到了七月初，觉得看出了一些眉目，因此决定出手。

此人姓张名璁，浙江永嘉人氏。他前半生功名不顺，从弘治七年起，二十年来，连续七届会试皆落榜。到了第八

[1]《明史》列传第七十九。

次，也就是正德十六年辛巳科，时来运转，终于中了二甲第七十七名进士。此时，他年近五旬，一般而言谈不上有何辉煌前程了。但他并不死心，因为有人曾替他算命，说他不光有中进士的命，还有“骤贵”的命。中进士的预言已然实现，恐怕“骤贵”也不远。他笃信不疑。新皇帝登基以来，他密切关注朝中动向。新皇帝因欲尊崇本生父之故，与朝廷当权派陷于拉锯局面。张璁一面睁大眼睛、竖起耳朵观察，一面用心思考。观察，主要是搞清楚皇帝决心到底有多大；如果陛下本人态度不够坚决，那么以杨廷和在朝中如日中天的威望和势力，他张璁贸然出手，下场一定是逮不着狐狸还惹一身骚。至于思考，则因此事实质在于如何阐释礼学的精神，所以理论上要过硬、站得住，足以和对方抗衡。

嘉靖两次把廷议退回“命再议”，以至搁置廷议不予答复，让张璁确信陛下不达目的绝不罢休。同时，经过一段时间的思考，他自信在理论上也找到了突破口。眼下，满朝上下还无一人敢于站在皇帝这一边，跟杨廷和唱对台戏，张璁却断定僵局迟早打破。四十七岁的新科进士意识到，这是千载难逢的机遇，能否第一个站出来支持皇帝、抢得头功至关重要。建功立业，在此一举。

七月三日，张璁递交了他的《正典礼第一疏》。这是一个转折。此前，以嘉靖为一方，朝臣为另一方，阵线分明。嘉靖几为光杆司令、孤家寡人，除了他从安陆带来的藩邸僚属，没有哪个朝臣敢于附和他的观点。现在，天下第一个吃螃蟹的人终于出现，虽然只是一个微不足道的“礼部观政进士”——类似尚未正式授职、处在实习期的大学毕业生——但毕竟有不同的声音发出。让嘉靖喜出望外的是，这声音还颇有分量，堪比重磅炸弹。

对这么一颗重磅炸弹，我们只能不吝笔墨，全文易为白话，俾令读者知其详尽：

《正典礼第一疏》[1]

臣下我个人认为：孝子的极致，是尊亲；而尊亲的极致，是竭尽一切和所有，加以奉养。

陛下应承天意、顺从人心，继承皇位，立即提出追尊兴献王、更

[1]《明经世文编》卷一七六，张文忠公文集一。

正他的名号,同时派人迎接母亲来京奉养,这完全是发乎内心的孝情的自然流露,是必然的、无法抑止的。

现在,廷议形成了这种意见,说陛下由“小宗”入继“大宗”,应该以孝宗为皇考,改称兴献王夫妇为皇叔父、皇叔母。这种观点,无非是拘泥于汉定陶王、宋濮王两个典故而已,以及程颐所谓“为人后者为人子,不得顾私亲”的说法。对此陛下不能苟同,指出此事在礼学上关系重大,应该广征博考,得到最恰当的结论。我由此深深体会到,陛下具有一颗何等纯孝之心。

从收到的反馈意见来看,都认为廷议是正确的——这恐怕有胶柱鼓瑟之嫌,并不切合实际;其次,也是党同伐异的表现,并不符合圣人之教。对此,至少我是不赞同的。

试问,天下怎有无父无母之国呢?我身处清明的时代,对居然出现这样一种论调深感痛心,不得不出来澄清一些基本原理,为陛下辩护。

最高经典《礼记》说得很清楚:“礼,不是从天而降,也不是从地底下钻出来的,而起自于人的情感。”因此,归根结底,圣人是根据人的情感来创作礼制的,以人的情感来规定亲疏、评判嫌疑、区别异同和明辨是非。也就是说,礼绝不违背人情。

汉哀帝和宋英宗,很早就被汉元帝、宋仁宗立为皇位继承人,养于东宫。这种情形下,“为人后者为人子”是说得通的。现在,武宗作为孝宗继承人,居帝位十七年,他驾崩之后群臣遵照祖训、奉武宗遗诏,迎取陛下入继大统。这是另一种继承关系。

我认真研究过祖训。祖训说:“如果皇帝无子,就实行兄终弟及。”孝宗皇帝是兴献王的兄长,兴献王是孝宗皇帝的亲弟弟,而陛下则是兴献王长子。武宗皇帝没有子嗣,在这种情况下,根据祖训所规定的伦序,实际上就是兴献王以孝宗的亲弟弟取得继承权,从而顺延到陛下这里。所以《遗诏》里面这么说:“兴献王长子,根据伦序应当立为皇帝。”这句话,分毫没有以陛下为孝宗皇帝之后的意思。陛下是按照祖训规定的程序,直接继位为君的,这跟哀帝、英宗预先被立为元帝、仁宗太子而继位,其公私关系有天壤之别。有人或许感念孝宗皇帝恩泽,不忍心他无后,这固然可以理解。然而,倘使兴献王今天仍然健在,那么当他继承皇位时,显然也没有因此变成兄长的后代的道理吧?

退一步说,虽然兴献王不在人世了,陛下称他一声"皇叔父"还不是特别为难的事,但陛下生母仍健在,而且就在迎来北京的途中,今后如以"皇叔母"相称,那么母子就必须以君臣之礼相见,天底下哪有以自己母亲为臣的呢?

依礼,长子不应该成为别人的后代。况且兴献王只生有陛下一个儿子,虽说利于天下而为别人之后蛮高尚,但无论如何也不存在儿子让自己父母绝后的道理吧?

所以我认为,陛下在"继统"武宗的同时继续尊崇自己父母,是可以的;反之,以"继嗣"身份成为孝宗后代而与自己父母绝亲,是不可以的。"统"与"嗣"不是一回事,继统不必循父死而子立的关系,从前,汉文帝以弟弟身份继统于惠帝,宣帝则是以侄孙继统于昭帝,都没有听说需要以放弃与亲生父母的关系为条件。

仍旧那句话,礼的本质是人情,抽掉人情这个根本,礼就走到自身反面,成为非礼。

以我个人孔见,今日之事如此处理为善:应该为兴献王在京师建立单独的奉祀场所,来突出尊亲这一最高孝道;同时本着母以子贵原则,使陛下生母享受和兴献王一样的尊荣。一言以蔽之,就是要突出兴献王作为一位父亲、陛下生母作为一位母亲本来应有的地位。

人,都该当自觉认识生命本于父母这个道理;"礼"的探讨者,也都该当用自己的良心去体会礼学真义。可现在有些人,不去考量古礼的根本出发点,反而拘泥于后代的一些典故;不遵照祖训中的明确思想,反而从史书中翻出陈旧的篇章说事,这是我全然不能理解的。

本来,只有天子才可以谈论"礼"。现在,陛下虚心求言,我才敢就大礼问题发表己见。我坚决反对以廷议为大礼之议的正确意见,它将助长后世的实利主义,亦即为了利益而抛弃天伦,这是大大有害于孝道的。

> 手握威柄的大臣固然可以指点江山，却也不妨碍微不足道的小臣有所献言，这都合乎各自的本分。古训说，遇到什么话违乎你心，一定别忘了考量它是否合于道，遇到什么话与你志趣有异，也要看看它究竟怎样不合于道。有时候，以忠耿的样子说出的话，未必都合于道，同样，好像志趣不高的话，也未必都不合于道。我以上所谈，既不敢献谀陛下而使自己失于忠诚，也不敢为刻意表现自己的什么直鲠而误陛下于不孝。一切，都请陛下明断，在我，只愿做到恳切和服从。

文人就是文人，头头是道，正本清源，直接从根子上打击“继嗣派”；一句“孝子之至，莫大乎尊亲；尊亲之至，莫大乎以天下养”，一句“圣人缘情以制礼”，让嘉靖吃下定心丸。

《明史·张璁传》说，此前嘉靖受阻于廷议，自己又无力反驳，正不知如何是好，“得璁疏大喜，曰：‘此论出，吾父子获全矣。’”立刻批转廷臣讨论。而对方的反应，则“大怪骇”，既意想不到，也很有些慌乱。可见张璁之半路杀出的威力。

为什么？

一来张璁所据理论，确实站得住。儒教纲常，忠孝为本，这是人所皆知的。其次，张璁认为论礼不得悖离人情。“圣人缘情而制礼”，并非他的杜撰，查查《礼记》，这一点是很清楚的——《礼记·丧服四制》明白地写道：“顺人情，故谓之礼。”

其二，张璁的观点不是孤立的，背后有人，还是一股颇为强劲的力量。近世学者欧阳琛指出：“考赞礼诸臣之思想渊源，多为姚江王门高弟，则此一新旧士大夫集团之政争，实与当时新兴王学及正统朱学之对立有关，此又欲明大礼议之思想背景者不可不知也。”[1]

“姚江王门”，指王守仁（王是余姚人）。“大礼议”中，赞助嘉靖的人，往往为阳明弟子，或与之有思想渊源。王氏本人虽未直接介入“大礼议”，但他的理论主张，无疑是跟继嗣派相左的，例如他说：

> 天下古今之人，其情一而已矣。先王制礼，皆因人情而为之节

[1] 欧阳琛《王守仁与大礼议》，《新中华》1949年第12卷第7期。

> 文，是以行之万世而皆准，其或反之吾心而有所未安者，非其传记之讹缺，则必古今风气习俗之异宜者矣。此虽先王未之有，亦可以义起，三王之所以不相袭礼也。若徒拘泥于古，不得于心而冥行焉，是乃非礼之礼，行不著而习不察者矣。[1]

所谓“先王制礼，皆因人情”，显然正是张璁持论的基础。

王学的核心诉求，欲使理学返璞归真，从形式主义回到本义和本心，“天下古今之人，其情一而已矣”，“虽先王所未有，亦可以义起”，认为不论天理或人礼，皆源于良知即内心的真善，否则，“若徒拘泥于古，不得于心而冥行焉，是乃非礼之礼”，走到反面。王氏所要摇撼的，正是宋以来以程朱为正统的理学。黄宗羲评之：“先生悯宋儒之后学者，以知识为知”；他要拨开这迷雾，使人了解“本心之明即知，不欺本心之明即行也”的道理。[2]

这里面的玄学奥思，我们不必深究，只是应该晓得，嘉靖挑起的这场“大礼议”，因了背后有新兴理学崛起的缘故，才如此波澜壮阔。倘若不然，就只是嘉靖的一点私念而已，很难走得那么深，那么远。

一面是嘉靖死命维护个人利益，一面是杨廷和等主流官僚要捍卫正统理学价值观，一面是张璁等反宋儒的新兴力量想在思想和理论上崛起。这三方各执一端，一并搅战，好戏只是刚刚开始。

嘉靖把张璁《正典礼第一疏》交发廷议，杨廷和只说了一句：“书生焉知国体。”毫不客气地将疏文封还。封还，又叫“执奏”，是明代内阁的一项权利，虽然旨意到阁，但如果内阁认为不妥，可以退回请皇帝重新考虑。同样，皇帝如不同意内阁意见，也有一个针锋相对的办法，即“留中”。先前，嘉靖对内阁用过“留中”这招，此番杨廷和投桃报李，回敬一个封还。

张疏被封还之后，嘉靖索性直接以手敕的方式，强迫内阁拟旨。七月十六日，他亲自召见杨廷和、蒋冕、毛纪这几位大学士，当面把一道手敕交给他们，上面写道：

> 卿等所言俱有见，第朕罔极

[1]《明儒学案》卷十，姚江学案。
[2]同上。

（无穷尽的，专指与父母之间的情感）之恩，无由报耳。今尊父为兴献皇帝，母兴献皇后，祖母为康寿皇太后。[1]

既有点可怜兮兮，却也有图穷匕见的味道。谁知，杨廷和等人顽固非常，以“不敢阿谀顺旨”为由，再次封还。顺便说一下，手敕里提到的“祖母”，指朱祐杬生母、成化皇帝的邵贵妃；嘉靖不单要将父母升格为皇帝皇后，也想给九泉之下的老祖母邵氏加上皇太后名分。

男人之间的矛盾闹到这地步，一般就陷于僵局，除非撕破脸面，真刀真枪干仗。嘉靖当然很想对杨廷和们来个一锅端，但此刻尚非其时，自己羽翼还不丰满，腰杆还不硬。因此，必须有另一种人物登场了。

自然是女人。

平素生活中间，一家人和另一家人吵架，纵然男人揎拳裸臂，多半并不济事，真正解决问题的是女人，谁家女人泼辣、耍得开，能够连哭带骂，倒地打滚，拿出“今天老娘跟你们拼了”的狠劲，胜利天平就会朝那一边倾斜。

其实我们发现，国家大事上面往往也如此。

就在杨廷和们坚定不移地坚持着自己立场的时候，通州传来消息，嘉靖的妈咪、兴献王妃蒋氏已经大驾光临。样板戏《沙家浜》里，刁德一先生跟阿庆嫂女士才交谈数句，就连连叹息“这个女人不寻常”；不过倘与蒋氏相比，恐怕阿庆嫂之“不寻常”，犹有不如。因为蒋氏根本不用进城，就已经搞得大家狼狈不堪。

九月底，奉迎蒋氏的船队抵达大运河北端终点。不知她早有所闻，还是到了通州后才了解到儿子数月来与大臣——自然，以她来看，主要还是幕后的武宗之母张太后——之间就大礼问题发生的争论，总之，这个极具楚地风骨的女人双脚刚刚踏上京郊土地，便怒声宣布，兴献王尊号问题一日不解决，本老娘便一日不进北京城！她说到做到，当即赖在通州不走。史书上，留下了她的两句话。一句是：“安得以我之子为人之子！”这话是以一个母亲身份讲的，应该也是讲给另一个母亲听的。另一句是：“尔曹已极荣宠，献王尊号胡犹未定？”[2]这句是以兴献王妃或一个妻子身份讲的，但讲话

[1]《明史纪事本末》卷五十，大礼议。
[2]同上。

对象却是随朱厚熜先期来京的王府人员，这实在有点奇怪。无论如何，那些人对于尊号问题是无能为力的，也根本轮不到他们插嘴。因此，如果说前一句话尚可因母子情深而被人理解，后一句就简直是找碴和胡搅蛮缠了，由此可见她的风格。

有人评价她："母亲蒋氏，也是一个个性顽强的人，一直到她在一五三八年死去为止，对这个少年皇帝影响最大……要不是母后蒋氏为他撑腰，一个顽强而不懂事的少年君主，想不会那样硬干下去的。"[1]

因此，下面一幕给人的感觉更像是做出来的，是母子之间灵犀相通的里应外合：嘉靖皇帝听说母亲因为伤心和愤怒，拒绝进城，留在通州不走了，他"涕泗不止"，跑到张太后那里声称宁愿不干了，"愿避位奉母归"。

这种情形，是谁都不能预见到的。大家的反应，《明史纪事本末》只用四个字来描述："群臣惶惧"。惧是害怕，惶是慌乱、不知所为。仅仅害怕，也还罢了；要命的是，大家被搞得措手不及，方寸大乱。

蒋氏这一手，跟一般泼妇的"坐地炮"是没有什么两样的，比如拆迁纠纷中，不愿被拆的一方往地上一躺，说："有本事，你就把老娘也弄走。"往往就真的弄不走，如强行弄走，是要出人命的。

蒋氏在通州"坐地炮"，她的宝贝儿子则在紫禁城闹辞职，配合极佳。自古以来，皇帝——传说中搞禅让的尧舜不算数，他们并非"皇帝"——除了自己翘辫子和被赶下台，大都是一屁股坐到底，少有主动请辞的。没想到，嘉靖小小年纪，居然要创造这样的历史。

谁想得到呢？想不到，当然就"惶惧"了。

趁众人"惶惧"之际，嘉靖再次召见杨廷和、蒋冕、毛澄一班阁员，重申"父兴献王独生朕一人，既不得承绪，又不得徽称，朕于罔极之恩，何由得安？"张璁也得了风声，赶来火上浇油，递交第二篇攻击内阁的奏疏，说："非天子不议礼，愿奋独断，揭父子大伦，明告中外。"言下之意，议礼乃天子专权，陛下完全不必理会阁臣，自己做出决定。

几经搅和，继嗣派的防线不知不觉已呈颓陷之象。十月初，突然发布了这

[1]（美）苏均炜《大学士严嵩新论》，《明清史国际学术讨论会论文集》第828页。

样一道上谕：

> 卿等累次会议正统之大义、本生之大伦，考据精详，议拟允当，朕已知之。
>
> 钦奉慈寿皇太后（张氏）之命，以朕既承大统，父兴献王宜称兴献帝，母兴献后，宪庙（成化皇帝，庙号宪宗）贵妃邵氏为皇太后。朕辞之再三，不容逊避，特谕卿等知之。[1]

这道上谕，是政治造假术的一个典型文本。首先，它根本不来自嘉靖本人；其次，里面“朕辞之再三”云云，亦纯属子虚乌有；所谓“考据精详，议拟允当”这种对辅臣的称赞之词，更不会合于嘉靖的心意。

只有一处是真实的，即旨意来自张太后。这说明，在蒋氏和嘉靖分别上演了“坐地炮”和“撂挑子”两出闹剧之后，继嗣派顶不住了，脓包了，认𡒄了；尤其说明，弘治夫人张氏不是弟媳蒋氏的对手——也许朝臣与嘉靖之间尚未分出胜负，这两个女人之间无疑却已见出高下。

以谁为皇考的问题，这里仍未解决，然而，对方被迫接受兴献王可以称“帝”——尽管还小气抠门地吝啬了一个“皇”字，只称兴献帝，不称兴献皇帝。但这些其实都不重要，重要的是继嗣派开始退却。《明史纪事本末》叙述这个文件出笼经过时说：“廷和见势不得已，乃草诏下礼部。”从最初以天时、地利、人和而居上风，到相持不下，再到“势不得已”，继嗣派已走上下坡路。对继统派来说，这比眼下取得何种战果更有实质意义。缺口一旦打开，只会越来越大，那是无法阻挡的。

列位看到这里，不免愈来愈困惑，外加好笑：什么“大礼议”，说来道去、你争我夺、伤肝损脾，不就为了几个词儿、几个字眼吗？说实话，在下亦甚感无聊也。然而列位有所不知，先圣孔老先生有句名言：“唯器与名，不可以假人。”[2]名，就是词儿——只不过是一些特殊的、表示权力专属的词儿罢了；器，是用具，这里专指标志着名位、爵号的器物，本质仍

[1]《世宗实录》卷七。
[2]《左传》成公二年。

然是"名"。盖因权力这东西,一方面最实在,最实惠,另一方面也最虚玄,最神经兮兮。搞权力搞到最后,往往就进入一种神秘抽象境界,时常发生幻象,且需要通过幻象来揣摸、猜忌、狐疑、试探、旁敲侧击、察言观色……不一而足,所以,爱护权力非得像爱护眼珠一样,疏忽不得,保护高度的紧张与敏感,以至于细腻到一字之差。譬如轰轰烈烈的"大礼议",到目前为止,双方你来我往咬住不放,我们瞪大眼睛所能发现的,始终是个别字眼的讨价还价。继嗣派这样强调他们的雅量与胸襟:瞧,我们已然同意在"叔父"前头加一个"皇"字,在"王"字前头加一个"大"字,来表示对兴献王的尊崇,你们怎么可以还不满意呢?等到抵挡不住、不得不称兴献王为帝时,却又很仔细地收回了那个"皇"字。而嘉靖及其母亲蒋氏哭天抹泪、寻死觅活要争的,恰恰也无非于此。这都是孔夫子一再强调的那句"唯器与名,不可以假人",在今天,我们觉得很无聊、很神经,当时双方无疑却一致同意"悠悠万事,唯此为大"。这场围绕着几个字眼而不亦乐乎的大论争,不久还进一步升级,直到闹出十几条人命,兼带着把整个政局掀了个底朝天,这似乎就更好笑了。

且说兴献王、妃分别得了帝、后称号,蒋氏颜面有光,乃收起"坐地炮",赏脸入了京城。但是,他们自不会就此消停,仍然念念不忘那个"皇"字,以及更多。

隔了一个月,十二月中,嘉靖两次施放试探。第一次,只提出单给蒋氏的兴献后称号加尊皇字,被杨廷和顶了回去;第二次,御批于兴献帝后尊号上"各加一皇字",又被拒绝。由这两次行为,可以看出背后蒋氏的作用,因为第一次单提出给兴献后加尊皇字,可想见这女人特别在意,也闹得特别起劲,被回绝后,羞恼之下索性提出两个一道加。杨廷和不胜纠缠,表示不能受命,自己唯有引退。表示一出,即有百余官员齐声高叫"老九不能走",上疏皇帝务加挽留。嘉靖一见,做了个顺水人情,"优诏留之"[1]——他本来意在试探,除了试探杨廷和现在态度究竟怎样、反对有多坚决,也想试探杨在朝中受拥护程度如何。现在,这两点他都已清楚。看来,事情暂不能操之过急。

他需要时间,来搬走杨廷和这块大石头。

不光是嘉靖需要时间,别人同样需

[1]《世宗实录》卷九。

要时间——那些希意干进，却还拿不定主意的人。时间将为他们把窥伺之门推得更开一些。不过，开头总免不了有几个去充当替罪羊。

例如一个叫史道的兵科给事中。此人自以为已看出端倪：皇帝与首辅势不两立，杨廷和这棵大树迟早要倒——这一点，他的确搞对了。他不曾搞对的是，跳出来充当弹劾杨廷和的第一人，却不知势必成为嘉靖倒杨行动的祭品。

他上疏质问，正德年间朱厚照荒诞不经地自称“威武大将军”，没有听说杨廷和有所力争，“今于兴献帝一皇字、考字，乃欲以去就争之？实为欺罔。”[1]他说得有道理，但一是持论过苛，难以服众——像武宗那样不可理喻之人，力争又有何用？二来，这番高论其实有犯忌之处，嘉靖看了未必舒服，因为他将兴献尊号问题与朱厚照为自己胡乱加“镇国公”“大将军”“总兵官”头衔相提并论，岂不是嘲笑嘉靖昏乱。三来，他跳出来弹劾杨廷和，是很好的，不过嘉靖却不宜立刻倒屣相迎，相反他一定要表现得很生气，挺身回护廷和，这才便于他将来除掉廷和时得以阐明如下姿态：大家看啊，朕都保护他N次了，实是迫不得已的。所以，史道成为倒楣蛋儿，一道谕旨，他被送入诏狱，而杨廷和因遭弹劾依例提出的退休申请，却不被批准。

紧接着，又一个冤大头跳将出来。御史曹嘉替史道打抱不平，他认为史道弹劾杨廷和，尽其职责，没什么不对；皇帝把史道下诏狱，对廷和则温旨慰留，处置有失公道；又暗指杨廷和及为之辩护的人，有结党营私嫌疑。这个指责很严重，大臣要公忠体国，聚为朋党实为大忌。所以曹嘉此言一出，马上引来轩然大波。显然是协调一致的，从曹嘉上疏第三天起，连续十一天，内阁成员集体留在家中，没有赴阁办事。而后，杨廷和、蒋冕、毛纪三位大学士，以及刑部尚书林俊、兵部尚书彭泽、户部尚书孙交、吏部尚书乔宇，各自提出辞呈，杨廷和和蒋冕连续递交了几次。嘉靖概不批准，三番五次派员至上述诸大臣府第传旨，请他们回阁视事，杨廷和等却称疾坚不出。表面看来，嘉靖仁至义尽，杨廷和们却颇为托大，乃至有要挟之意。其实，曹嘉的说法确实让人吃不消，廷和等人必须讨个说法，在未得到明确说法之前，不可以稀里糊涂地出来工作。而在这十一天里，嘉靖虽对杨廷和们好言相慰，一再重复如何寄

[1]《世宗实录》卷二十一。

予信任，却始终回避曹嘉劾章中的关键之处，即这些重臣之间是否存在朋党关系。以嘉靖这种聪明绝顶之人，早该清楚杨廷和避而不出所为何来；但他偏偏言不及义，尽说一些空洞的劝慰的话，且言语间不时微指杨廷和们只爱惜自己名誉，置大臣之义于不顾。似乎，他有意延长内阁瘫痪的时间，来彰显杨廷和等人的自私负气。直到后来，十三道御史刘廷簠在奏章里点破这一点，“自古去大臣者，以朋党为说。”并举出正德初年刘健、谢迁、韩文被以朋党之名搞掉的例子，嘉靖这才表示：“朝廷清明，岂可辄以朋党之说指斥大臣。”至此，十多天内阁空不见人的局面方告结束。杨廷和们虽然得到了“说法”，但这么多天“擅离职守”或“旷工”，纵事出有因、迫不得已，究竟也造成不好影响，而在道德上付出代价。至于那个曹嘉，在发挥自己作用之后，只落得一个贬谪的下场。唯一的赢家，是皇帝本人。[1]

这时，是嘉靖二年正月。

转眼来到年底。万岁小爷入住紫禁城已然两载，转眼就十八岁。若在现代，十八岁即为成人，从此取得公民权。明代无此一说，但十八岁仍不失为人生一个重大关节，乳臭未干的嘉靖，目下应该喉结突出、颔生黑须，昂然一丈夫了，也终于到梳理羽毛、振翅高飞的时刻。

是年，对于南直隶（今江苏、安徽两省）及浙江来说非常不利，先是大旱，后又大涝。南京户部右侍郎席书递交的报告称，该地人民景况只有三等：“有绝爨枵腹、垂命旦夕者，有贫难已甚、可营一食者；有秋禾全无、尚能举贷者。”[2]就是说，处境最好的也需要告贷维持。

恰在此情势之下，嘉靖拟派遣内官前往南方办理织造。所谓织造，指宫中帝后等人服饰的供给，其本身费用已属奢巨，加之任事的内官往往乘机大捞，扰民极重，正常年景下已令地方不堪，何况又逢大灾之年。所以消息传出，朝臣纷纷上疏谏阻。但嘉靖却如吃了秤砣一般，铁心不变，一再催促内阁拟旨。杨廷和反复申明江南民不聊生，犹处水深火热之中，如逼煎太甚，“各处饥民岂能垂首枵腹，坐以待毙，势必起为盗贼。”嘉靖就是不听，君臣再起争执。前者见无法说服内阁拟旨，竟撇开内阁，直接让人（应

[1]《世宗实录》卷二十二。
[2]《世宗实录》卷三十四。

该是某位近侍）草诏，并付诸执行。

这是一个重要信号，也是公然的排斥。正如杨廷和所说，根据祖制，明朝“诸所批答，俱由内阁拟进”，这是制度，在当时犹如法律，而嘉靖的做法不啻于越过法定程序，性质非常严重。

杨廷和震惊于嘉靖的一意孤行，忍不住质问道：“今臣等言之不听，九卿言之不听，六科十三道言之不听——独二三奸佞之言，听之不疑。陛下独能二三奸佞之臣共治祖宗天下哉！”

末一句深中肯綮，语气未免过重。老首辅忧民心切，激于义愤，一时不能自已，而说出这种近乎顶撞的话来。

其实，嘉靖是用这种举动，宣明对杨廷和内阁的遗弃。杨廷和感觉到了这一点，却又难以置信。他在奏疏中提到一句：“臣等固当引身求避，以明不可则止之义。”这并非正式辞职，而是希望借这样一句话，换来皇帝积极的自我纠谬的回应。

但此番相较以往，判然有别。一贯对杨廷和加以挽留的嘉靖，突然改弦更张。《明史》记载，杨廷和于嘉靖三年一月退休，“帝听之去”，并无片语劝留。这就好像一出戏，推来阻去的一直很热闹，可突然间，一切就戛然而止了，鼎沸的世界瞬时死一般寂静，以致一根针落在地上都能听见。

自正德崩后，一手敉定政局、定策迎立、拨乱反正、旰食宵衣、勤勤恳恳的老首辅，就这样去了。类似杨廷和这种等级的重臣，如果提出辞职，通行的做法是前两次都要予以拒绝，以示挽留，第三次才予批准——哪怕皇帝已极讨厌该人，巴不得他滚蛋，也要做做这种文章。嘉靖不按规矩出牌，尽管杨廷和久有去意、乞休并非假心，但从皇帝方面来说，至三方准，其意不在挽留，而是以示对一个服务多年、做出重要贡献的大臣的尊敬。嘉靖却冷酷地剥夺了这种敬意，尤其一个十八岁的青年，出手如此辛辣果断，充分展示了他意志坚定、恩威莫测的性格。在以后的岁月里，人们还将有更多的机会来认识这一点。

杨廷和走了，不因“大礼议”，而因织造，这总让人感到蹊跷。在大礼问题上，杨那样执拗地与嘉靖作梗，而且多次恳切请辞，嘉靖竟一概不允。他不倒于“大礼议”，却倒于不相干的事情上，实属意料之外，情理之中。明眼人自能看出，嘉靖此计乃借刀杀人。因为“大礼议”本身未见分晓，尚无结论，不可能以此斥退廷和，那么很好，我就利用织造之争把你挤走。织造这件事，有很多刻意的迹象。江南灾情那样严重，嘉靖偏偏要在此时行此事，且当从内阁到各部负责人再到科道官等所有人一致反对的局面下，不管不顾，矢志以行，甚至不惜采取撇开内阁、直接拟旨极反常的举动……这一切，结果势必要将杨廷和推到风口浪尖，并迫使他以辞职来尽最后谏劝之责的地步。这太像一个精心构设的圈套。

嘉靖三年一月，朱厚熜以这样一个行动，宣告杨廷和柄国时代的终结，也宣告了此后自己长达四十年真正“独立自主”的专制的开始。

此时此刻，他必定深深怀念着张璁。

自正德十六年十二月兴献帝后称号以妥协方式解决，暂告一段落以后，张璁就被杨廷和调离北京，他得到了南京刑部主事的任命。杨廷和以为，让此人远离京师，减少他和皇帝接触的机会，庶可少生事端。

事实偏偏不是这样。张璁之去南京，恰好促成了继统派阵营的形成。先前在北京，张璁独力支撑，孤掌难鸣，几乎没有市场，任怎么折腾，只怕也难成大事。在理学观点上，当时南北两京用今天的话来说，一个是正统派天下，一个是新潮派渊薮。因此到南京后，张璁意外邂逅了一批同志。一个叫桂萼，一个叫方献夫，一个叫席书，一个叫霍韬。这几个人同气相求，同忧相救，交往日密，一起就议礼问题充分切磋，遂结成统一战线。

仿佛掐准了似的，杨廷和这只“拦路虎”离去的当月，一道来自南京的重提议礼问题的本章也送达御前。作者是南京刑部主事桂萼，题为《正大礼疏》，明确提出，“皇上速发明诏，循名考实称孝宗曰皇伯考、武宗曰皇兄；兴献帝曰皇考，而别立庙于大内，兴国太后（即蒋氏）曰圣母。”[1]

三年前，正德十六年十二月，“大礼议”首回合，嘉靖如愿以偿给自己父母加尊帝后称号，但同时也以承认孝宗为皇考、张太后为圣母——亦即礼法上的父母——作为交换。眼下，桂萼做的就是这个翻案文章。

它来得正是时候，嘉靖得疏大喜，即批转廷臣讨论。此时，原“大礼议”反对派领袖内阁首辅杨廷和、礼部尚书毛

[1]《世宗实录》卷三十五。

澄均已去职，蒋冕接首辅之位，九卿及各部侍郎以上人物，多数仍为杨内阁时代旧人，北京政治气候仍对嘉靖不利。

桂萼疏文下到礼部，现任尚书汪俊召集七十三位廷臣进行讨论。当年议尊号时，汪俊即与毛澄同一立场“力争”，这次也不出意料，由他汇总的廷议，明确反对桂萼主张；同时还特别指出：“谨集诸章奏，惟进士张璁、主事霍韬、给事中熊浃与萼议同，其他八十余疏二百五十余人，皆如臣等议。”[1]这应当是事实，汪俊不敢瞎编：算上桂萼本人，持那种观点的总共四人，而反对者达二百五十余人，完全不成比例。

没有关系，嘉靖情知事必如此，他早有准备。一面对内阁和礼部施压，一面征召张璁、桂萼、席书、方献夫等人来京。正德末年至嘉靖初年政治格局的更迭，已不可避免。

从嘉靖三年正月至五月，是反对派节节败退的一段时光。由于杨廷和这唯一堪称德高望重的枢臣引退，反对派思想虽仍然统一，但却少了中流砥柱，根本无法制约皇帝。他们先是同意兴献帝后称号中增加原先杨廷和执意不从的那个“皇”字，然后被迫接受兴献皇帝前面再加上“本生皇考”字样。嘉靖却得寸进尺，又提出在皇宫内为父亲设立牌位以便奉祀。

事至此，反对派明白，皇帝陛下必尽伸其志而后已，然以职责所在，他们只能知其不可为而为之，纵然是螳臂，也须挡一挡车轮，求个心安理得而已。

于是，在设兴献神主的问题上，退无可退的汪俊等人，态度突然强硬起来，坚决抗旨。这类似于弈局败势已定情况下，刻意弈出错招，来替自己找个台阶。嘉靖果然大怒，斥汪俊等欺其年轻、藐视纲常。得此重责，汪俊和首辅蒋冕旋即引咎辞职。请求顺利地通过。首辅之位由杨内阁硕果仅存的毛纪接替，而对于“大礼议”至关重要的礼部尚书——某种意义上相当于现代主管国家意识形态、理论思想宣传工作的负责人——嘉靖特批由原南京兵部右侍郎席书担任。

一朝天子一朝臣。政治权力的变化，总是体现于并通过人事变动来实现的。除席书接掌礼部外，五月间，张璁、桂萼、方献夫也分别被任命为翰林学士、侍读学士，为他们将来进入内阁铺平道路。

[1]《明史》列传第七十九。

"大礼议"到了最后决战的时刻。

张、桂等人的言论，和嘉靖的重用，令北京政界普遍把他们视为希意干进、献媚邀宠的小人，一时成为公敌。给事御史李学曾、吉棠参道："璁、萼曲学阿世，圣世所必诛。"刑部尚书赵鉴也敦促皇帝对张、桂等绳之以法，公然对人讲："得俞（谕）旨，便捶杀之。"攻击还来自御史张翀、张本公、段续、陈相等多人。比四面楚歌的舆论环境更严重的是，很多朝臣甚至对进言皇帝惩处此数人不表兴趣，而欲径直饱以老拳；《明史》写道："众汹汹，欲扑杀之。"

桂萼吓得关在家里，张璁也是躲了好几天，直到确信无复性命之忧，才敢上朝。在这期间，嘉靖动用权威，从动本参攻张、桂的人中挑出几个，投入诏狱，又以"朋奸"切责其余人等，方令事态有所缓解。

张、桂定了定神，开始发挥嘉靖调其晋京的作用。他们联名上疏，完全彻底否定朱厚熜继位以来杨廷和内阁有关兴献地位问题的政策，最后落实到一点，即去掉兴献尊号中的"本生"字样，指出："若不亟去'本生'之称，天下后世终以陛下为孝宗之子，堕礼官欺蔽中矣。"[1]

作为现代人，我们对嘉靖君臣数年以来争得不亦乐乎的称号，恐怕早有头晕眼花之感。所以，叙述至此，有必要对称号之争的变化，及其相互是何关系，总括起来作一交代和分辨。

最早，内阁和礼部认为兴献王不能称"帝"，打算以"兴献大王"的称号来解决与一般藩王的区别问题。嘉靖不答应。之后，同意称之为"帝"，但不同意用"皇"字，来保留与曾经真正君临天下的皇帝们的区别。嘉靖仍不满意，于是，兴献又得到"皇帝"称号。在"皇帝"称号解决之后，嘉靖的目标转向"皇考"问题。"皇考"，意即"皇帝之父"。正德十六年十二月，由张太后旨意给予兴献以帝号时，嘉靖接受孝宗为"皇考"并正式诏告天下。这一直是嘉靖的心病。他在挤走杨廷和后着手解决此事，廷臣无力阻止，一番讨价还价之后，于当年三月一日宣布，即日起兴献的完整称号为"本生皇考恭穆献皇帝"。兴献成为"皇考"，但与孝宗比，前面多一"本生"字样；这样，嘉靖同时拥有两位"皇考"，孝宗是政治上的父亲，兴献皇帝是亲生父亲。

[1]《明史》列传第八十四。

——以上是过往围绕兴献称号问题，发生的全部争执及结果。

现在，张璁、桂萼发出最后一击：去掉“本生”字样，让兴献皇帝成为无论血缘或政治上的唯一父亲。他们说，“本生皇考”这样一个称号，表面上是皇帝赢了，实际却中了别人的诡计，“皇上不察，以为亲之之辞也，不知礼官正以此二字为外之之辞也。必亟去二字，继统之义始明。”[1]“愿速发明诏，称孝宗曰‘皇伯考’，兴献帝‘皇考’”[2]，把孝宗降低到伯父地位。

从礼法上说，这不是简单的称呼上的变动，它隐含着嘉靖帝位继承关系和权力由来，脱离于孝宗这层意思，这直接动摇了视统秩、伦序为命脉的中国帝权的法理基础，其大逆不道，不逊于弑君和谋篡。在这样的关头，所有正统士大夫脑子里，都会冒出那样一句话：是可忍，孰不可忍？

谏阻的奏章纷至沓来，一片反对之声。嘉靖一概不予理睬，扣下奏章，表示对于去“本生”决心已定。群臣陷于绝望，一股悲抑气氛在朝中流传。

七月十五日早朝散后，官员们聚在一起议论着。兵部尚书金献民、大理寺左少卿徐文华断言：“皇上把所有奏疏留中不发，说明改孝宗为伯考势在必行，国家的纯正传统将就此中断了。”这道出了所有人对形势的一致判断，众皆默然，不知如何措手。这时，吏部左侍郎何孟春猛然想起一桩往事，说：“有个很好的先例：成化年间，为了慈懿皇太后葬礼问题，百官曾经集合起来，哭伏文华门，最终让宪宗皇帝接受了大家的主张。”此语甫出，杨廷和之子、翰林修撰杨慎大声应道：“国家养士一百五十年，仗义死节，正在今日！”杨慎的呐喊，让大家慷慨激昂，“儒”气勃发；两个年轻的官员当即跑到金水桥南，截住散朝途中的群臣，请他们留步，然后当场发表演说，倡申大义，“万世瞻仰，在此一举”，并激愤地说：“今有不力争者，共击之！”很多人留了下来，现场很快有了广场政治的气氛，人人热血沸腾，情不自禁，骚动不安，被一种共同的义愤所鼓舞；如果说这里以后成为广场政治行为的中心，那么，嘉靖三年七月十五日的这一次，也许就是它的开端。

短暂动员之后，激动的人群拥向宫中，在金献民、何孟春等人带领下，浩浩荡荡来到左顺门外。据统计，参加这次嘉靖朝天安门事件的，上至九卿下至翰林、部、寺、台谏诸臣，达二百余人，规模

[1]《明史纪事本末》卷五十，大礼议。
[2]《明史》列传第八十四。

空前。他们齐伏左顺门外，呼唤着太祖皇帝和孝宗皇帝（相当于现代游行高呼口号），哭声震天（这是士大夫对于皇帝的常用请愿方式）。首辅毛纪和大学士石珤闻讯，也赶来加入，请愿的声势更加浩大。二百多号人，在向来寂谧的紫禁城中齐声呼喊，扯开嗓子痛哭，从来未有，也足够惊天动地。

嘉靖朝罢退居文华殿，正在做他的道教功课——这是他毕生沉溺不已的爱好——忽听左近人声鼎沸，急遣人外出探察，得报乃是群臣"聚众闹事"。此时约可晨间七时，"命司礼监谕退，不去"，直到午时（中午十一时至一时），一再派司礼监充当大喇叭播放"劝离通告"，"群臣仍伏不起"。嘉靖大怒，使出第一招：命司礼监把参与闹事者登记在册，并逮捕积极分子丰熙、张翀等八人。这一招非但没有吓退人群，反而引起更大骚动——杨慎、王元等，扑上前用力捶击宫门，同时大哭，"一时群臣皆哭，声震阙廷"。于是，十八岁的皇帝开始展示与其年龄不相称的铁血风格，调来卫戍部队，一股脑儿拘捕了一百三十四人，传令另外八十六人待罪听候处理。两天后，他宣布了镇压手段——极具明朝特色的"廷杖"，也就是打屁股。共有一百八十多位闹事者被打屁股；虽同为打屁股，跟一般家长责罚逆子时打屁股断然不同，这是往死里打，"与我着实打"，被打官员中，直接打死或事后因为创伤过重而死者，共十九人。[1]

持续业已三载的"大礼议"，以文攻始，以武卫终；以口舌之辩始，以打屁股终。枪杆子里面出政权，大棒底下出真理。嘉靖发现，三年纠缠不清的问题，一顿板子就能立刻得出结论。自信政治正确的士大夫集团，则不得不哀叹"秀才遇见兵，有理说不清"。

翌月，由礼部尚书席书主持，最后议定孝宗"考名"。反对派已噤若寒蝉，只有个别人象征性地嘟囔了几句不同意见，也草草收场。继统派取得彻底胜利，这次的廷议，由张璁、桂萼、席书等人捉刀，做出了改称孝宗为皇伯考的决定。

九月，正式颁布诏书："已告于天地、祖宗、社稷，称孝宗敬皇帝曰'皇伯考'，昭圣皇太后（张氏）曰'皇伯母'；恭穆献皇帝曰'皇考'，章圣皇太后（蒋氏）曰'圣母'。"[2]

[1]《明史纪事本末》卷五十，大礼议。

[2]《世宗实录》卷四十三。

明世宗朱厚熜。

朱元璋后代颟顸者居多，朱厚熜不同。他聪明过人，精于权术，滴水不漏。

兴献皇帝像。

兴献皇帝像。

即兴献王、朱厚熜之父朱祐杬。他能有这张皇帝规格的画像，是儿子替他争取来的。

海瑞像。

明代大臣，也是整个古代清官的化身。由于京剧《海瑞罢官》，对当代人来说，嘉靖皇帝最有名的地方就是被海瑞骂过。

戏剧中的奸臣严嵩脸谱。

奸臣脸谱通常有三个特征：白脸、三角眼、皮笑肉不笑的面部肌肉纹理。白脸的意思，是寓指这种人没有血色、没有温度。

紫禁城左顺门。

今协和门（清代改称）。嘉靖三年七月十五日，群臣即于此门外被打板子。古云“刑不上大夫”，事关国家礼仪和体面，假如对大臣动刑，首先应该将他革职、法办，嘉靖却开创了官职在身而直接打屁股的先例。

徐阶像。

继严嵩之后担任内阁首辅。他是朱厚熜手中的另一枚棋子。他还有一个出名的地方，是发现了张居正。

“大礼议”看点

如果比做一台戏，百分之九十的人会觉得“大礼议”是台臭戏。内容乏味，情节无趣；既无爱情，又缺少传奇色彩，凶杀打斗更谈不上，比任何催眠药更让人昏昏欲睡。

看来，朱厚熜的故事，开场有些失败。本书先前登场的几个主人公，谁都比他来劲、好玩。某种意义上确乎如此。不过，如果变换一下角度，事情也正好颠倒过来。坦率地说，朱元璋、朱棣、朱厚照这几位，虽在各自人生舞台上，各依禀赋，皆有极佳之出演，然他们身为皇帝又并无真正新意，无论哪种情形，都不难在历史上找出相似者——可以说，他们其实倒是颇为类型化的。

嘉靖其人，治国平天下没有骄人业绩，然而在暴政虐民或出乖露丑这类方面，却也不曾显示特别过人之处。但他有一点，却为历来君主皆所不及——可能只有一人勉强可与他一争高低，就是那个“篡汉”的王莽。

王莽是个有趣之极的人，他当上皇帝后，立刻运用到手的权力来推行一系列空想主义的实验。这些实验，不会使任何人（包括他自己）得到实际的利益，而只是为了表达他心目中的某种主义或理想。他以恢复古制为己任，决心重建井田制，重新启用古老的贝壳、龟甲、布帛作为货币，下令刑罚、丧嫁、居家乃至服饰、车辕制式都循周礼，还掀起广泛的改名运动——无论地名、官名、建筑名，能改的全部改成古名……这些古怪做法，部分出自道德热忱，更多的则展示着他内心对于自己的一种期许。他自命为黄帝虞舜后代，幻想是周公再世，他的抱负不在于经济国家，而是希望创造性地继承和发展圣王精神，跻身于其经典作家行列，成为不朽的精神象征。但是，他的这些追求，全都因为形式主义而破产，沦为笑柄。

嘉靖没有王莽的狂热，却有相同的抱负；而且，王莽没有干成的事，嘉靖干成了。

最初嘉靖挑起“大礼议”，只是抱着很实际的目的，为亲生父母捞取帝后地位，以及维护自己的尊严。但随着事情的深入，他开始超越这目的。他越来越相信，自己正在做的，是一件有着重大思想理论意义的工作，这工作将改变和突破礼法理论某些不合理部分。通过“大礼议”，礼教将发展到一个新的阶段，而他本人将因此成为礼教发展史上一个划时代人物。因此，如果说早期嘉靖与杨廷和之间是政治斗争，那么到后来性质完全变了，已经变成意识形态领域的斗争，他嘉靖不再只是狭隘地为父母争名分、为自己正地位，而是向不合理的礼教旧秩序发起挑战，创造新的原理，把礼教发展到一个新的高度、一个新的阶段。他热切期待这样的结果：经过由他亲自发动和领导的礼教改革运动，诞生新思维新制度，“不但创行于今日，实欲垂法于万世，以明人伦，正纪纲”[1]，不论何时何地，人们世世代代都将沐浴在他的思想的万丈光芒之下。

历史上的伟大君主，他们显赫的声名无非来自于开国创代、辟疆拓壤，就算制度上有所更新，也只限于政治、法律、田税这一类与国计民生有关的事情。这些功业固然光耀灿烂，但正所谓“君子之泽，五世而斩”，往往人亡政息，或随朝代更迭而烟消云散，很少能够传诸久远。因此，他们再伟大，也不过是特定时代的世俗主宰者。

嘉靖从“大礼议”看到的，却是另一种前景。他的事业，将越过时间而成为永恒。人伦大礼，天地乾坤；“有天地，然后有万物，有万物，然后有男女，有男女，然后有夫妇，有夫妇，然后有父子，有父子，然后有君臣，有君臣，然后有上下，有上下，然后礼义有所错（安置、安放）。”[2]朝代有更迭有始终，再伟大的君王，其事业身后也终有泯灭的一天，而人伦之义，祖天述地，与日月同存。因此，在礼法上有所建树，才真正不朽。

“大礼议”意外地使嘉靖发现一条超迈过往伟大君主的途径。他恍然大悟：与其做一位特定时代的世俗主宰者留名史册，不如铸造精神范式、架设思想灯塔，做一个可为万世法的精神导师。

他的这种“觉醒”，轨迹甚明。以嘉靖二十一年“宫婢之变”为其帝王生涯分水岭，前二十年“积极进取”的阶段里，嘉靖把全部的热情、精力和想象力，都投于礼教改革，奇思异想接踵而至：“大礼议”之后，更正郊祭；郊祭改易甫毕，又重修孔庙祀典；搞定孔庙祀典，转而厘

[1]《世宗实录》卷七十九。
[2]《易》序卦，传。

正太庙庙制……真可谓乐此不疲，举凡国家礼制之大者，尽被他囊而括之，改而革之。

不特如此，他更于行动之外，隆重推出备载他所领导的礼教斗争伟大胜利及其理论贡献的“不朽文献”。这部文集，历时四年，三编三定；最早，由礼部尚书总其事，于嘉靖四年十二月编成《大礼集议》六卷，过了一年，再命修订并更名《大礼全书》，嘉靖六年八月《大礼全书》呈进，嘉靖阅后以为“未尽其义”，需要“通查详定”，且亲自另拟《明伦大典》之名，发回重编，又经过近一年，七年六月，《明伦大典》告竣，事情终于尘埃落定。

《明伦大典》修成，嘉靖亲自作序，把它“刊布天下”，甚至“颁行中外”。那意思，不仅印成书在国内发行，似乎还作为赐品赏与外夷，好让他的光辉思想成为全世界的行动指南。

帝王喜欢别人臣服和顶礼膜拜，是普遍天性。不过像嘉靖这样陶醉于在思想和意识形态方面扮演伟人，古代却十分罕见。王莽有这倾向，但事情搞砸了，没有成为伟人，反令世以小丑视之。除王莽外，好像再没有第二个例子；不论多么自以为是的君主，他们喜欢别人歌颂自己的，都是多么雄才大略，多么勤政爱民，多么治国有方，是很实际的政治上的业绩，对于充当精神偶像好像没有太大兴趣。

嘉靖却真正把皇帝当出了个性，当出了特色。翻一翻《世宗实录》，前半部分充斥着繁文缛节的叙述，今天主持这个仪式，明天讨论那个礼数。罔论巨细，津津乐道，不厌其烦。

嘉靖以九五之尊，对探究儒家经典理论表现出浓厚的专业的兴趣，是完全超出实际需要的，令人疑心关于此事他是否陷于某种程度的自我强迫症。我们试图认知此事，而有如下解读。

归根到底，时势使然。到明代，儒学和儒教真正形成一种泰山压顶之势，它的整套思想和礼仪制度确实成为笼罩一切的权威。过去，一般以为汉武帝用董仲舒“罢黜百家，独尊儒术”之言后，儒家即居于帝权时代中国思想意识形态的统治地位。但事实与此相差很远。汉代儒学盛极一时，汉以后，三国、两晋、南北朝以降，而迄隋、唐、五代，这漫长时间中儒教和经学不仅谈不上独尊，不少时候还处在释、道之下。这情形，钱穆先生在《朱子学提纲》的“三国两晋至唐五代的儒学流变”一节中，讲述非常清楚。例如他告诉我们，在中国历史上最重要的朝代唐朝，儒家地位其实是很可怜的：

> 下至唐代，虽仍是儒释道三足并峙，而实际上，佛教已成一枝独秀……在唐代人观念中，从事政治，实远不如汉儒所想之崇高而伟大。汉儒一心所尊，曰周公，曰孔子，六经远有崇高之地位。唐代人心之所尊向，非释迦，则禅宗诸祖师。周公孔子，转退属次一等，则经学又何从而获盛。[1]

汉亡之后，越七八百年，儒家、儒学、儒教才在宋代重拾升势。宋是儒学振兴的时代，大师辈出，理论和实践都呈现出高蹈态势，所以有人将宋代喻为“中国的文艺复兴”。而这势头，却旋因蒙古人的入主而受阻。和后来清政权不同，元朝政权不屑于采纳中国正统文化，他们索性连科举亦予停办。不过，蒙人的行状也许正好发生一种激励作用。在将他们逐还北漠之后，胜利者朱元璋颇以民族英雄和中华传统复兴者自居（这种情绪甚至令他在为首都选址时也首先考虑汴梁，唯因其形势无险可守才悻然放弃）。于是，宋儒开创奠基于前，明人踵继于后，儒家伦理真正推而广之，遍及和深入到社会生活和思想学术的方方面面，自此权威牢不可破，其余一概成为异端。

明代士风，是历史上儒化最充分的最彻底者（清代士大夫继承了这个衣钵）。明代的帝王，也是历史上这类人中受儒家伦理约束最重的一群（清代全盘接受明制，因此也延续了这种历史）。先前历代君主，不仅多有崇信佛道者，而且公然用他的个人信仰影响举国的价值取向。反观明代，个人精神世界偏离儒家的帝王原就很少，偶尔出现一二个，如正德惑于番教、嘉靖沉溺道教，最终也把这兴趣限于私人范围内，无法将它扩大成国家风尚，来取代或削弱儒家的思想统治。

所以，明代带有中国帝制晚期阶段的典型特征：价值观、精神生活、思想意识形态趋于定型。它一面表现为僵化，

[1] 钱穆《朱子学提纲》第6—7页。

另一面却也表现为制度化——无人能够超乎或凌驾于这种业已成为政治体制有机组成部分的意识形态之上。

在此背景下来看“大礼议”，我们感到，意外地很有趣味。

你会发现，它根本不可能出现在别的朝代。掰着指头数数，不曾有哪个朝代为着这样一件虚头巴脑的事，倾朝相争，君臣反目，搞到性命交关的地步。虽然杨廷和们引经据典，找了一些例子，当做“故事”，好像这种事件古已有之。其实都有很大区别。

汉成帝以定陶王为太子之事，波澜不兴，平稳过渡，根本没有形成激烈的“路线斗争”。宋英宗故事倒很是热闹（宋代，正是中国帝权晚期形态的开始），朝臣名儒也分做两派。不过比较一下，我们却能找出英宗故事与“大礼议”的重大不同来。前者热闹归热闹，皇帝的处境却并不艰难，英宗并未费太多周折，就把事情轻松搞定。

嘉靖截然不同，自他从安陆启程前来就皇帝位，到嘉靖三年九月最终取得以兴献王为皇考的胜利，耗时整三年，使尽了吃奶的气力。其间，起起伏伏、委曲求全、柳暗花明之状，一言难尽。嘉靖哭过、辞职过，甚至派宦官秘密地造访重臣，走后门、说好话，连他老妈蒋氏也上阵参与，亲自出演一幕市井风味的“坐地炮”。相当多的时间里，嘉靖母子孤掌难鸣，虽然渐渐出现了张璁、桂萼等继统派，但严格说来北京朝中百官几乎一边倒全部站在他的对立面，处境相当孤立，直到最后，还引发“请愿”、“静坐”、“示威”，靠打屁股、搭了十几条人命的暴力镇压手段才摆平局面。

所有这一切，提示明代思想环境、政治环境都发生了重大改变。随着帝权进入晚期形态，整个社会的基本面越来越保守，而制度则在趋于僵化的同时也越来越发展成一种超稳定机制，创造力的空间固然缩小了，但君主的权力空间也同时受到挤压。

嘉靖的遭遇，放到以往帝权环境下考量，似乎都是难以想象的。其实不光他，早在正德身上我们已经看见了来自礼制对于帝权的强大掣肘作用，甚至他们最“雄迈”的二祖朱元璋和朱棣，也不得不钻入儒家伦理做一个“套中人”。明代政治最奇特怪异的情形在于，一方面，从朱元璋起就努力地试图将权力全部集中在君主手中，撤中书省，罢相，令明代成为第一个名义上不设政府首脑的朝代，可另一方面，透视整个明代历史，恰恰正如黄仁宇先生所说："朝廷的主动部分实为百官臣僚之集团而不是君主"[1]，儒家伦理代言人的士大夫阶层，因为掌握了意识形态领导权，从而在相当程度上使君主的意志，笼罩于他们的道德评判之下。

儒家官僚价值体系，在明代社会政治中的权重越来越大，以至于士大夫们俨然以合法性的标尺和捍卫者自居——这是一种明代特色。我们都还记得，当年朱棣以谋篡上台时承受了怎样沉重的压力，遭遇了怎样坚决的道德审判；这审判虽然无声，却更无从回避，让人寝食难安。嘉靖面对的，实际是同一种力量。不错，名义上君主的权力是至高无上的，但"正义"（真理）却掌握在士大夫手中，他们通过对意识形态的控制取得比皇帝更高的话语权。

这就是为什么会发生"大礼议"的深刻原因。双方就几个字眼展开韧性十足的争夺，乍一看无聊而可笑，背后却关联着政治这场游戏在明代的独特玩法。过去，帝制时代的权力角逐，是在门阀、藩镇、宫闱这种层面展开，用武力、杀戮、幽禁、废立之类手段解决；而在"大礼议"中，权力角逐却是在意识形态层面上展开，通过抽象的理论甚至几个语词的争夺来解决。武则天的权威，靠废幽李家人、擢用武家人和宠任来俊臣一类酷吏，即可确立；朱厚熜却不得不去和阁臣、礼部、科道官员咬文嚼字，就礼学原理孰是孰非大费唇舌、互相辩驳。虽然武则天的办法简单得多，想必朱厚熜不是不乐于采用，问题在于他已无能为力。

于是，我们这位可怜的嘉靖皇帝，迫不得已只好卷入一种充满"学术气息"的行为，跟科举出身、饱读经诗的朝臣们进行为时三载的反复的"学术研讨"——一旦从这角度来看，我们会感到"大礼议"的发生，简直有一种让人忍俊不禁的可爱。

格外幽默的是，取得"大礼议"胜利后，嘉靖对于此种"学术"活动，竟有欲罢不能之势。先前，他无端而吃力地——从年龄到"学力"来说都是如此——被拖入深奥枯燥的礼学探讨，而眼下那些迂阔夫子或者卷铺盖滚蛋或者缴械投降，不再有人试图拿圣学经典烦扰于他，他反倒在心中生出寂寥来，以致不断地自行寻找并提出新的"课题"，把相关"研究"

[1]《中国大历史》第200页。

引向深入，全面刷新从祭祖到祭天地、祭孔的国家大典的理论与实践。当他将这些礼仪一一“更正”时，人们惊讶地发现，这个时代最伟大的思想家、理论家，不是任何皓首穷经的名公鸿儒，恰恰是皇帝陛下本人。

似乎“大礼议”硬生生把一位皇帝打造成兴致盎然的学术专家，不过，嘉靖远非被动地适应他的时代以及这个时代皇帝的当法，从他后来对于儒家经典理论问题的沉迷，我们固然看到了迫不得已，但更多的还是发现他有一种因势利导、将计就计的主动。

“大礼议”给这位少年皇帝造成的屈辱，莫过于儒家官僚——广义上也就是那个时代的“知识分子阶层”——运用自己的精神优势、理论资源和对话语权的控制，使自己处于文化领导地位。嘉靖可能发现，在大明朝，皇帝这个职业已经不是想象的那样崇高，在他这位世俗王者的头上，其实另有一位无冕之王——儒家意识形态。后者虽没有强大到欧洲教会与王权分庭抗礼的地步，但道德上的优势却是毋庸置疑的，否则，杨廷和这些人何以会觉得连别人父母是谁，也应该由他们来指定呢？

过去，有很多这样一类故事：穷人因为不识字，被富人坑了骗了。作家柳青的父亲就是因了此种遭遇，节衣缩食，发誓让儿子成为有文化的人。少年朱厚熜初来乍到，被一帮“北京知识分子”利用对于经典理论的造诣所压制，似乎也是相同的处境。这注定他的“翻身”，绝不仅仅是简单地取得“大礼议”的胜利，而一定要以树立起自己在经典理论上比“知识分子”更大的权威为代偿。一言以蔽，当初“知识分子”是在何种方面、何等意义上欺负他的，他最后就必须在同一方面、同一意义上将对方踩于脚下，令后者转而对他报以仰视。

这是一种最简单的恩仇录；它展开于君临天下的皇帝与握有文化领导权的知识分子官僚之间，其焦点是皇帝尝试通过自己禀持的最高政治权力，和运用这种权力，褫夺知识分子官僚的文化领导权。

最初，皇帝的动机也许只是出于复仇、赌优争胜或寻找自我平衡，但在实践中，他发现了更大更深刻的意义。越来越多的胜利和成果，让他意识到，占领精神制高点，成为时代的精神导师，绝不仅止是带来荣誉感的满足；事实上，这本身就导致权力的加强和提升，一个普通的皇帝只是通过谕旨去体现他对于臣下的主导作用,而成功地居于精神制高点,这样的皇帝,将进而从思想上指引着百官,也就是说,对思想意识形态的控制,蕴含着真正不可抗拒的权威。其实,孔子有一句话早就点破了这道理:“天下有道,礼乐征伐自天子出。”嘉靖的所作所为,正是对礼乐自天子出的实践。

当“大礼议”的现实目标达到后,嘉靖非但不消停,反而益发不甘寂寞地逐一更正所有要典,这样的态势表明他的认识的重大转折,那就是追求一种精神领袖地位,已经成为他塑造自我的方式,甚至是他独特的统治术。

他的皇帝生涯明显地分成“勤政”、“倦政”两大阶段。在统治后期,他潜心于道教,除了个别人,群臣二十余年不能见其一面,自然谈不上有何政绩。因此,他所有的“政绩”基本上都集中于早期的“勤政”阶段。而在这阶段,嘉靖究竟做过些什么呢?即位初年对制度、经济、人事方面的一些改革,实际上系由杨廷和擘画实施,嘉靖不过照准而已。其间,真正由他主动采取的行动,可以说几乎全在礼制的更新方面。

古来皇帝里,这近乎绝无仅有。大多数皇帝无所作为,只顾玩乐;少数有作为,办了一些实事。嘉靖不属于两种情形中任何一种——他有作为,却对“办实事”不表兴趣,所谓的“作为”全部集中在思想意识形态或者说虚文浮礼的领域。他在这方面花的工夫和取得的“成就”,超过帝制史上任何一位君主(即秦始皇以来,以前的周文王不在此列)。

嘉靖的努力,不全出于想名留青史一类的虚荣,他其实有很实用的考虑,或者说逐渐发现“务虚”而不“务实”,对于驾驭群臣、抬高自己的权威,好处甚大。纵观整个明代,做皇帝做得最轻松,最游刃有余,数他朱厚熜。

他在三十多岁上退居西苑,到六十一岁死掉,这样漫长的时间,一直不曾亲理朝政,但他居然从来未尝失去对局面的控制。从他本人的行迹来看,他绝对可以算是一个荒嬉的皇帝,可是,居然没有什么人能够钻他的空子,无论内官,还是外廷,都不曾出现奸雄级的人物(包括那个在史家夸大其辞下被说成大权奸的严嵩,关于此人,我们后面将专门谈论他)。这简直称得上一个奇迹。

根本原因,即在嘉靖以心驭人的绝招。这是他经过“大礼议”和更正国典等一系列思想意识形态交锋的锻炼,摸索并总结出来的一种统治术。后期,他表面上过着隐居生活，对朝政撒手不管，也不见人，可实际上这是一种心理战，外面有个风吹草动，从逃不出他的耳目。群臣完全猜不透皇帝在想什么，反而小心翼翼。

他的心术统治法，最典型表现，是“青词”。“青词”，是道教用于祭神的骈俪体表文[1]，以朱笔写在青藤纸上[2]。嘉靖躲在西内崇道，经常设醮，让大臣们为他撰写青词。他对这件事的运用，继续贯彻前期在儒家礼仪问题上的“政教合一”思路，也即，既是宗教问题，也是政治问题。写得好，称旨，就给予政治信任，否则相反。此时几个重要大臣，夏言、严嵩、徐阶，都经常为他写青词，其中严嵩提供的青词——不少出于其子严世蕃之手，世蕃人虽不堪，却是少有的语言奇才——尤能博嘉靖欢心，所以也最受信用。有人于此道不通，写不了，或能写却写得不好，竟削职为民，驸马邬景和、吏部左侍郎程文德等，都如此下场。反过来，嘉靖自己也经常以青词来代替谕旨，语意晦涩，使人如堕五里雾中——他这么做，是故意的，除了借以测验臣下对于他的精神世界（宗教信仰）持何态度，也专门造成一种令人犹疑不定的心理，平添别人的畏惧。

因此，嘉靖是一个罕见的运用思想、精神、心理因素，甚至仅仅靠语言来控制权力的专家。他于此道，出神入化，晚年更是到了一语成谶的境界，俨然隐语大师。对于维持自己的统治，他不必宵衣旰食，也不必殚精竭虑，只须只言片语，即足令臣工人等戒慎肃栗。他从不像太祖、成祖那般日理万机，却同样使局面保持稳定（比如，搞定“倭寇”）；他后期的怠怠，不逊于前面的武宗以及后面的神宗（万历）、熹宗（天启），国家却没有陷于大的祸乱。

他绝对可以算一个独树一帜的皇帝。

嘉靖与明代士风

帝制时代，政治是否清明，跟士风相当有关系。

一般人对明代士风印象多不太好，

[1]《隋书·经籍志》：“凡祈禳祭告，必记醮奏章，称奏章之文曰青词。”

[2]李肇《翰林志》。

觉得他们当中盛行享乐主义，嫖妓、搞同性恋、拿女人三寸金莲的小鞋子行酒，五花八门无奇不有。《金瓶梅》以后，色情文学在明代甚嚣尘上，可以说是历来无有；虽然这些小说前面往往冠冕堂皇地加上一篇劝戒世人当心色魔伤身的序文，却遮掩不住作者对纵欲贪欢的欣赏，每个读过这种作品的人，都难免想象明代士夫的生活方式就是这样。当时流行所谓“名士风度”，也很出了一批这种放浪形骸的名士。除了行为有失检点、不够端正的情形，更糟糕的，是很多士大夫人格低下，卖身求荣、摇尾乞怜、助纣为虐，无所不至。魏忠贤身边就有一批这样的士大夫，他们的无耻，竟到了甘为阉宦儿子、孙子的地步。宗臣的名篇《报刘一丈书》，里面描述了一种朝夕候于权者之门、厚颜巴结显贵的人，这种人在当时显非少数，凡读过此文者，对明代士风都将有一种鄙夷之意油然而生。

有个具体例子，大书家董其昌。此人官做得很高（礼部尚书），艺术成就更冠绝一时，所创“董体”秀美温柔。倘依着“字如其人”的老话去揣想，谁都无从设想现实中他会是比南霸天、周扒皮坏上百倍的恶霸。而事实上，董其昌正是一个不折不扣的老流氓。他退休后在松江乡下，“倚势横行，民不堪命”，劣迹累累，仅因一件小事纵喝豪奴毒打生员陆某，犹未尽意，复将其妻母掳来府中，“大都剥裤捣阴，四字约而概矣。打后大开重门，祖常（其昌子）南坐，对众呼为榜样。复将诸妇，舁入坐化庵中，泥涂满面，上无蔽体之衣，血流至足下，乏掩羞人（疑为“之”字之误）布。观者摩肩，人人发指，咸谓董氏之恶至此极矣。”民众约齐告到官府，不想董其昌早将官府打点，于是民怨益甚，到了第五天，终于激成大乱，十余万松江百姓聚结董府之外，人山人海，骂声如沸，投砖扔石，最后放起火来，大火彻夜不休，董家豪宅付诸一炬。乡里人给了他这样的评语：“吾松豪宦董其昌，海内但闻其虚名之赫奕，而不知其心术之奸邪。交结奄竖已屡摈于朝绅，纳苞苴复见逐于楚士”，“欲壑滋深，惟图积金后嗣；丹青薄技，辄思垄断利津”。[1]

单看这些，明代士风之坏，似乎是不可收拾的。

其实，明代士风本不是这样子。我们虽不能简单以“好”“坏”来形容，却可以蛮有把握地说，跟过去历朝比，明代士风算最端正的。由于儒家思想权威在明代达到前所未有的高度，明代士大夫

[1] 无名氏《民抄董宦事实》。

的精神是历来最正统的，士夫之间，砥砺名节是普遍的风气，对于刚直不阿、勇于任事、杀身成仁这类品格的追求，相当热诚。加上开国时期朱元璋用极严酷手法整饬吏治，明代士大夫很长一段时间里鲜见贪黩之徒。永乐篡位，大杀忠正之士，对于士风虽然有所斫伤，不过根基尚未动摇。所以，我们才得以看见从方孝孺到于谦，以至于正德间刘健、嘉靖初年杨廷和这样一代一代延绵不绝的刚毅清正的士大夫代表人物，他们每个人都不是孤立的，身后都站着一大群秉持同样精神与原则的同事与同志。而相反的，逢迎拍马或明哲保身的情形，非常少有，偶有这种败类，也举朝侧目，使其无地自容，例如成化间的大学士万安。武宗皇帝那样荒淫，但身边的追随者，那些济恶之人，要么是内竖武夫，要么是伶人番僧，没有一个文臣肯与为伍。到严嵩之前，明代士夫中间也不曾出过一位利用职权大肆贪污受贿的大臣，倒不乏韩文那样去职之时行囊空空的例子（韩文丢官返乡途中，刘瑾令侦卒暗相刺探，希能发现不利于韩文的证据拿回问罪，但韩“止乘一骡宿野店而归”，刘终无所得）。其实，即便到士风几乎烂透了的天启年间，明代士夫的深厚传统也仍有极耀眼的表现，在杨涟、左光斗身上，以及魏大中、周顺昌、高攀龙、李应升等许多人身上，硁硁自守、刚劲肃如、忠义自命的风范，较诸方孝孺未尝逊也。

所以，我对明代士风有三个基本的看法：第一，跟历朝相比，它不仅不算差，总的来说还属于更端正一些的；第二，从它自身来看，的确有变化，从比较端正变得比较丑陋；第三，这种变化累积而成，但嘉靖朝无疑是一个转折点——由嘉靖起，士风转向堕落（虽然仍不乏忠介之士），复经万历、天启两朝，而至不可收拾，明朝亦随之败亡。

为何说嘉靖年间是转折点？通览一下明朝历代政坛和士林风气，会明显地看到，正自此时起，正气下降厉害，邪气上升严重，形形色色的“小人”开始层出不穷。以往政局之坏，除去皇帝本人的因素，十之八九都坏在宦官、外戚、特务、近幸这样一些人手里，嘉靖朝则很不一样。以“阉祸”为例，宪宗以来直到明季，几乎代代都有为恶甚巨的大宦官出现，独嘉靖朝是个例外。嘉靖间政局基本上由文官政府掌控。这一时期虽也诞生了自己的反面明星，但他却非汪直、刘瑾、魏忠贤一流，而是一个地地道道的正途出身的士大夫——严嵩。知识分子严嵩能超越一帮“传统坏蛋”脱颖而出，是有象征意义的，意味着士大夫或者说儒家官僚这个集团，已经质变。

然而，主要责任不该由士大夫阶层承担，尤其不该由个人承担（我是指严嵩）。在专制体制下，“一”即为最大数，民众虽广，却兆亿而不能抵其一。这个“一”，就是独坐于权力最顶端的皇帝陛下。如果在民主政体内，他这个“一”至多只是个“一”，与千千万万个“一”相平等；但在专制政体下，却完全颠倒过来，千千万万个“一”加起来，也休想和他这个“一”相等。人民如此，官员其实也一样，再高的官儿，在皇帝面前，还不是一颗随意吹来吹去的尘埃？除非专制统治衰象已现，只要它还稳固，就永远循这条法则：楚王好细腰，宫中有饿人。

嘉靖与宦官的关系，不像明朝大多数皇帝那样迩密，事出有因。

首先，与他出身有关。明代的正式皇帝中，他是仅有的两个以外藩而践祚的人（另一个是以武力篡权的成祖朱棣）。跟通常长于东宫的袭位者不同，嘉靖在紫禁城就像半路出家的和尚，无根无柢，没有打小陪伴长大、可寄心腹、离不开少不了的太监。这是他得以未蹈倚用宦官旧辙的直接原因。

其次，他也用不着。不要忘记，嘉靖的个人权威，是通过与士大夫集团十余年的拉锯战，树立起来的。在这过程中，他专攻士大夫的命门，瓦解其精神优势，颠覆其文化领导地位，从而取得彻底胜利。当他从思想上击溃士大夫阶层之后，后者在他面前已完全缴械投降。因此，驾驭士大夫正是嘉靖最大的成功之处，他可以很好地控制这些家伙，根本没必要去依靠另外一些人，利用别的力量来抵销和抗衡士大夫阶层。

他所须做的，只是使自己的驾驭技巧更加纯熟老到，使游戏的玩法更加游刃有余。

他借“大礼议”，向士大夫明确发出信息：顺我者昌，逆我者亡。几位支持他的干将，张璁、桂萼、方献夫，都飞黄腾达，三人均位列九卿（尚书），均入阁参与机务。而反对派，辞职的辞职，罢免的罢免。这还不算完，七年六月，嘉靖以胜利者姿态发布敕旨，实际相当于一份“奸党榜”，里面开列了主要的反对者名单，数其罪过，并宣布最终处罚。对于“首恶”杨廷和，指责他“怀贪天之功制胁君父。定策国老以自居，门生天子而视朕。”约而言之，就是把自己凌驾于皇帝之上。嘉靖恶狠狠道，杨廷和之罪，“法当戮市”，但他决定宽大处理，革职为民，从统治者阶级中驱逐出去。其他几位大角色毛澄、蒋冕、毛纪等，革职，但保留他们使用原官职冠带的待遇(即所谓“冠带闲住”。毛澄已死，不在此列)。[1]

这对鼓励谀顺的确起到非常好的示范作用，且马上生效。张璁等人的发迹史，对儒家官僚体系的许多边缘人物，构成重要启示：只要揣摩好皇上的心腹之事，满足他的心理，就可以找到升迁捷径。一时之间，此辈竞起邀功。翻阅史料，会很有趣地发现，迎合嘉靖、积极建言的人，几乎咸系下级官员、地方小吏、退休赋闲人员或曾受过处分丢官者，如听选监生、致仕训导、革退儒士、府学教谕等。《万历野获编》为使他们的事迹不被埋没，特地在“嘉靖初议大礼”这一条中“略记于后”。被提到的有：历城县堰头巡检方濬、致仕训导陈云章、革退儒士张少连、教谕王价、原任给事中陈洸、锦衣卫革职百户随全、光禄寺革职录事钱予、致仕县丞欧阳钦、光禄寺厨役王福、锦衣千户陈升、湖广璧山县听选官黄维臣、广平府教授张时亨等。把这份名单从头看到尾，眼前很难不浮现一张“小人物狂欢图”(里面甚至有个厨子也赶来凑热闹)。

上述诸人，有不少在进言之后官复原职，甚至得到提拔。嘉靖的做法，不惟给希意干进之人打开方便之门，更主要的是，等于明白无误地对全体儒生阶层表示，在“君子”与“小人”之间，选择后者会比较有好处。

后来，这努力终于收获一个最极端的“先进典型”。此人名叫丰坊。说起此人，他一家跟“大礼议”有着极不寻常的渊源。当年左顺门请愿事件中，他的父亲、翰林学士丰熙是骨干分子，“率修撰杨慎等诸词臣，于嘉靖二年，痛哭阙下，撼门长跪，力辩考兴献之非”[2]，随后遭受廷杖，“濒死”，捡了条命，下狱，流放。到嘉靖十六年，圣旨特赦当年因抗议而被流放的诸臣，“独丰熙、杨慎等不宥”，同年丰熙死在流放地。丰熙是这样一个精忠之士，丰坊自己在左顺门事件中，曾随父伏门跪哭，也受了廷杖，事后丢官。衡以士大夫的正统道德，他们父子本属一门两代忠义，实乃莫大光荣。但这丰坊，居然在嘉靖十七年上书，“请加尊皇考献皇帝称宗”。“称宗”，只有实际统治过国家、有自己年号的皇帝才可以，如果兴献皇帝称宗，别的不说，单单明朝国家

[1]《世宗实录》卷八十九。
[2]《万历野获编》卷二列朝，献帝称宗。

历史如何叙述就会造成无法解决的难题。因此这件事，丰坊拍马屁倒在其次，而是这马屁拍得实在让人匪夷所思、哭笑不得，就连严嵩那样一个惯来俯首帖耳的老滑头，也感到荒诞不经，小心地奏告嘉靖："称宗则未安。"但嘉靖却不管安不安，"上必欲行坊言"，而且把同样持反对意见的户部侍郎唐胄关到监狱里去，严嵩见势不妙，赶紧改口，奉命，"进献皇为宗"。消息传出，丰坊的行径让所有人震惊不已。他刚刚死了父亲，"距其父殁时，尚未小祥也"；小祥，是三年丁忧期的一个阶段，时间为死者丧后的十三个月。依礼，丁忧之期，即便在职官员，也要去职守孝、不问政治，丰坊却公然献章邀宠，而且所谈是这样一种严重背叛乃父生死以执的政治立场和人格精神的内容，简直等于在亡父脸上狠狠扇了一耳光。为此，沈德符送给他八个字："不忠不孝，勇于为恶"。真是诛心之论。

丰坊以最极端的方式，将朱厚熜对士林风气的摧折凸现出来。

专制帝王喜欢臣下顺从，不喜欢他们违拗，乃是常情。不过，由于帝制社会官方意识形态儒家伦理对君臣关系的独特约定，合格君主应该容纳正直的臣子，而臣子也应该以正直品格来对君主尽忠，所以虽然皇帝骨子里都反感"直臣"，但较"好"的皇帝会装出喜欢的样子，不善伪装者会对"直臣"施以解职、谪贬、夺俸、体罚、治罪直至杀头的惩处，这样的事情很普遍，然而却有一道底线，即：皇帝无论怎样打击"直臣"，他也不可以去鼓励臣子谀上，手中晃动糖果，把他们引上这条路。嘉靖之前，明朝再不堪的皇帝，包括武宗在内，都不曾逾此底线。武宗与大臣间的冲突，较嘉靖有过之无不及，但他的应对，除了斥退、罚俸、打屁股，就是敬而远之，采取"不合作主义"，自己躲得远远的，并未试图将大臣统统变成应声虫。

嘉靖的恶劣，不在廷杖打死若干人，不在将反对派发配戍边，不在张贴"奸党榜"，而在公然表彰阿附。谁站到我这边来，我就赏以官爵，就让他越过一切的常规和考核复职晋职。这种奖励卑微人格的做法，将百余年来明代士林基本保持住的端正风气大为削弱。基本上，杨廷和走后，嘉靖年间的内阁就不再有正人君子，杨一清、张璁、桂萼、方献夫、夏言、徐阶，包括严嵩在内，这些人本质上都不算坏人，有的还是能力颇强的政治家，但他们都认清了一条，对皇上必须逢迎，绝不可以再抱着先师孔孟的教诲不放，在所认为对的事情上坚持己见。嘉靖的确达到了他的目的，无论发生什么，身边再没有大臣敢于作梗，最终他总是能够如愿以偿。然而，士夫的灵魂越来越委琐，心计越来越伪巧，处世越来越油滑。机会主义盛行，厚黑之术发达。这些，他是不在乎的。鼓励阿附，分化瓦解了士大夫。虽然心术不正之人历来就有，但从前在统一的道德准则的强大压力下，那种人是见不得天日的，现在倒好，阿附有功、投机有理，终于“勇于为恶”，不以为耻反以为荣。

另一种摧折士大夫的办法，是让他们歌功颂德。

专制政治，必辅以个人崇拜。这是现代人的经验。质诸中国帝权时代，反倒未必。古代的帝王们，虽无一例外都享受着臣下的歌颂赞美，然而那是仪式化的，是一种“概念崇拜”——被崇拜的是君权这概念本身，极少针对皇帝个人。作为个人崇拜，历史上几乎看不到，纵然很雄伟的君主也都没有去发动针对他本人的歌功颂德，无论嬴政、刘邦、刘彻、曹操、李世民、赵匡胤或者朱元璋。基本上，帝权时代君主固然至高无上，但个人崇拜并不流行。这一点，很多人存在误会。

但嘉靖年间，却出现了古代少有的个人崇拜高潮。当时的观察家这样评价：“古今献诗文颂圣者，史不胜纪，然惟世宗朝最为繁多。”[1]为什么？因为朱厚熜本人大力提倡和推动。“世宗朝，凡呈祥瑞者，必命侍直撰元诸臣及礼卿为贺表，如白龟、白鹿之类。往往以此称旨，蒙异眷，取卿相。”[2]祥瑞，是所谓吉利之物，被人穿凿为并且嘉靖自己也认为是上苍对于国泰民安、形势大好的表彰，是世逢有道明君的佐证。

以此，各种祥瑞纷至沓来，累盈御前；仅嘉靖三十七年，据礼部上报，单单各地献来的灵芝即达一千八百零四株。更有为投其所好，而不惜制假者。陕西有名唤王金的庠生，从太监手里重金盗买宫中各地所献灵芝一百八十一株，粘成所谓“芝山”献上，得到赏赐；不久，王故伎复施，又将一只乌龟背甲分涂五色（古以五色象征东西南北中，至今北京中山公园社稷坛仍存“五色土”），诡称天生“五色龟”，这次效果更佳，嘉靖非但不疑，还下谕礼部称之为“上玄之赐”[3]，告太庙，命百官表贺，并超授王金以太医院御医之职。

[1]《万历野获编》卷二列朝，进献谀诗得罪。
[2]《万历野获编》卷二列朝，贺唁鸟兽文字。
[3]《世宗实录》卷五〇八。

只要有人进呈祥瑞，必命大臣撰写文章，大肆宣扬。越是这样，进呈祥瑞的也越多，不断催生新的歌功颂德的文章，事情就像滚雪团一样越滚越大。

嘉靖十年，郑王朱厚烷献上两只白鹊，朱厚熜大悦，专门举行仪式，献于太庙，特意送往两位太后宫中观看，又"颁示百官"；一见陛下如此隆重对待这两只鸟儿，群臣不敢怠慢，马屁赶紧拍上，"鹊颂、鹊赋、鹊论者盈廷"。

这当中，不时有些始料不及的故事发生。三十七年四月，胡宗宪从浙江献一只白鹿，礼部尚书吴山就此及时上了贺表，很称嘉靖的心意，得到"特赏"。但过不久，这个吴山却被嘉靖勒令"闲住"，原因是最近有一次日食发生，他老先生大约觉得日食不算什么吉祥的事，未上贺表，可皇帝陛下偏偏认为日食也是祥瑞，而吴身为礼卿居然不上贺表，一生气，就让他"闲住"了。

又一次，嘉靖所心爱的一只"狮猫"（不知何样，大约很稀有吧）死掉，"上痛惜之，为制金棺葬之万寿山之麓"，这不算完，又命身边承旨的大臣们都为这畜生写悼文。想那御前诸臣，一律进士出身，个个文章高手，此番却被一只死猫难倒，"俱以题窘不能发挥"。唯独一个叫袁炜的学士，高屋建瓴，提炼出"化狮为龙"的主题，最惬圣意。结果就因此文，袁某"未几即改少宰（古称，指吏部侍郎），升宗伯（古称，指礼部尚书），加一品入内阁"，连续跳升几级，不过半年之内。

袁某的文章一定很狗屁，不过，好就好在很狗屁，其他大臣搜刮枯肠而写不出，亦因他们没能放下架子去做狗屁文章。说穿了，其实也很简单。无非是要像吹捧皇帝本人一样，吹捧那只"狮猫"；参透这一点，"化狮为龙"的主题是不难想到的。

写了狗屁文章的袁某，嘉靖不惜重奖，令其数月间骤贵。可见，除了"勇于为恶"外，他也鼓励士大夫们"勇于狗屁"。有没有效果？当然很有效果。狗屁文章一时满天飞。天台县知县潘渊，煞费苦心制成《嘉靖龙飞颂》献上，此文"内外六十四图，凡五百段，一万二千章，效苏蕙织锦回文体"。织锦回文体是一种文字游戏，顺读逆读皆成文，如"打虎将将虎打"之类，这位潘知县能够以这种文体，搞出五百段、一万二千章，估计头发都掉光了，真够难为他的。

当时还有一副长联，难度也相当不小，也堪称"杰作"：

洛水玄龟初献瑞，阴数九，阳数九，九九八十一数。数通乎道，道合元始天尊，一诚有感，

岐山丹凤两呈祥，雄鸣六，雌鸣六，六六三十六声。声闻于天，天生嘉靖皇帝，万寿无疆。[1]

对得是异常工整，严丝合缝。然而，内容委琐无耻之极，无一字不是屁话。国家取士、养士，却让他们的精力和才华都消耗在这种事情上，可悲可叹！

渐渐，这股风气发展到嘉靖的例行公文乃至随口一句话，都有人赶紧作为文学创作的主题，吮毫染墨，将它们变成诗词歌赋。

某年正月，下了很大的雪，嘉靖对大臣们说：我正想见见大家，老天就下了这么一场好雪（“天赐时玉”）。就冲这句话，时任礼部尚书的夏言，迅即写成《天赐时玉赋》献上，搞得嘉靖“大悦”。

嘉靖二十六年，例行的天下官员朝觐仪式之后，皇帝发表敕谕，这本属官样文章，“旧例套语耳”，却有个叫陈棐的给事中，居然将这篇敕谕“衍作箴诗十章上之”，但这回马屁拍到了马脚上，嘉靖大怒，认为陈某不自量力，胆敢舞文弄墨，自附圣谕：“欲将此上同天语，风示在外臣工，甚为狂僭”，指责他侵犯了皇帝的话语权。陈棐得到的处分是“降调外任”。此人“素善逢君”，认定拍皇帝马屁总应万无一失，不意这一次“求荣反辱”，想必他也只好背地里枉叹一声：真是伴君如伴虎啊！

不光孔孟门徒行此肉麻之举，神职人员也不甘寂寞。嘉靖十三年，朝天宫道士张某，发愤创作，连篇累牍写了一堆的诗。计有《中兴颂诗》二十一首、组诗《金台八景》《武夷九曲》《皇陵八咏》等。此外，但遇瑞露、白鹊、白兔等事，零零散散，“俱有诗上进”，简直是“颂诗专业户”。但张某不合于献诗之后，伸手讨要一篇官方序文，那意思显然是想把这些马屁诗以官方名义结集出版。嘉靖将此事“下部议”，让有关方面鉴定。“有关方面”的结论是，这些诗和它们的作者“猥鄙陈渎，僭逾狂悖，希图进用”。之如此，我的推测，一则张某创作过于“勤奋”，热情过高，“有关方面”早就不胜其扰，二则不

[1]《万历野获编》卷二列朝，嘉靖青词。

能排除“有关方面”的人士心存嫉妒，不肯让他如愿以偿。结果，嘉靖看到鉴定书，也不耐细问，根据上述意见把张某抓到牢里关起来。

在“聪明人”看来，吟诗作赋并非歌功颂德的唯一方式；只要有心，方式无处不在，甚至更令被歌颂者愉快。下面的故事，是一绝佳之例。

嘉靖乃是“孝子”，自他眼中，母亲蒋氏系人间最仁慈、最高尚、最道德的女性。这本来无可厚非。做皇帝后，他进而想在全国推行这个看法，让天下女子都奉蒋氏为典范——这就不讲道理了，但权力在他手里，别人也没办法。为此，他拿出一部手稿交给辅臣，蒋太后所著《女训》，打算全国发行。当时内阁首辅为张璁，次辅桂萼。张璁接到《女训》，“赞美，请上御制跋语于后”，请嘉靖亲自撰写一篇跋附于书后，了事。这应对，尚属得体，不太过分。嘉靖本已同意照张璁意见办理，不料桂萼不肯省油，跳出来大献其谀：

> 《女训》一书，臣拜观详味，有以知天启中兴，将再造宇宙，使圣贤继出，实胚胎于此矣。

这话不译成现代汉语，恐有读者未尽解，试译如下：

> 《女训》这本书，微臣怀着无比崇敬的心情，反复学习、加以体会。由此才明白了大明朝所以承蒙天恩所赐，迎来伟大复兴，以及圣贤相继出世的局面，实在是从这里开始的啊。

“胚胎于此”之语，厚颜已极，不仅颂扬了《女训》这本书，暗中还美化那次“神圣的受孕”。这并非我强加于桂萼的解读，他的的确确有神化嘉靖和蒋氏的意图，因为上述话语之后，他紧跟着就提出了一个不可思议的建议：今后，应该在“中宫”开展“胎教”——而教材就是《女训》！桂萼以“将马屁进行到底”和“把蛋糕做大”的精神，深入展开论证。他建议：一、“中宫”胎教，《女训》之外，还应配备辅导教材，将有关妇德的古诗和“历代女德兴废之事”搜集成篇，并且附上导读；选取女说书人十余人“以备轮值”，担任讲解，并将皇宫后妃居处的图画花草禽鸟等“一切寓目之物”都改为相似内容，以形象地传达后妃之德，供学习者体会和感受。二、谈完“中宫”，他转而对“天下”妇德建设出谋划策。此时，他狮子大开口，提出了令人震惊的构思——他要求政府投资，从中央到地方，全国普遍创办宣传蒋氏妇德思想、接受《女训》教育的女子专科学校：

> 令两京、布政司、府州县，各修官女学。设庙，奉先代女师之神。傍有廊，为习女工之所。中一堂，为听教之堂（课堂）。选行义父老掌其事。每年十月开学，十二月止。其教矇瞽之人以《女训》一书，教令讲解背诵，量与俸给。提学官岁考阅之。又欲选大家有家法之人为媒氏（官方媒人），凡女七岁以上入学，习《女训》者，书其年月名籍，令之收掌。国有大嘉礼（遴选后妃），按籍而取之。则太子必得圣女，诸王及士大夫家亦有士行之女配矣。

这是否历史上中国第一份开建“国立女校”的建议书？谁说我们传统上无视女性受教育的权利？这可是明代一位总理级人物亲自提出的构想。假如撇开拍马屁的性质不论，凭心而言，桂萼在这份建议书中还真展示了他头脑新锐、能够开拓进取的素质。开设妇女学校，借助教育手段培养掌握太后思想的专门人材——这样的思路，在现代也许毫不稀奇，可如果它出现在十六世纪，你就很难不表示惊讶和佩服了。不特如此，建议书甚至连学校的规制、教学内容、考核方式、“毕业生”去向，全部一一考虑停当，看上去完全可行。只可惜，桂萼把这副脑筋用在了歪门邪道上，倘若施之于正经事，其才良可用也。

嘉靖原只想替母亲出一本书，却触发了这么辉煌宏大的马屁变奏曲。桂萼所拍的这个马屁，是我所知道的古今中外最具创意的马屁；其他常见的马屁，写颂诗颂文也好，立生祠搞偶像崇拜也好，刻碑勒石记载丰功伟绩也好……都不如这个有想象力。不过，有一点桂萼不够负责任。真要将这马屁实施，需要国库掏一大笔钱。在他，双唇上下一碰，哇里哇啦一通宏论，不费吹灰之力，嘉靖却拿不出这笔钱来。或因此，“蒋太后思想女子专科学校”终于并未办起来。

可能，这才是桂萼极其无耻之处。他明知吹牛不上税，而放胆把马屁往极致处拍，只赚不赔。时人谓之："欲谀悦而迂诞不经，令人齿冷"；又道："古人云：人之所死，其言也善。验之此公，殆不其然。"[1]拍这马屁是桂萼去世前一年的事，人们诧异于已然没几天好活的了，他为何不能释意宠辱，还干这种丑事。

对此，笔者倒有一解。嘉靖年间歌功颂德的风气，有一些属于投其所好、希图进用，另一些则别有原因。后种情形，尤其发生于官居高位、功成名遂者身上。这些人其实无利可图，如果一定要探究他们图什么，我以为也只是身家性命可保而已。他们太了解皇帝陛下的禀性，对他的顺从、歌颂和崇拜是无止境的，必须达到"造次必于是，颠沛必于是"的地步，这是他们在嘉靖时代混碗饭吃的宿命。否则，不能"爱君"，恐"不能有其身"[2]。

桂萼的马屁拍得是很过分，但显而易见，主要含意都是用心揣摩过嘉靖本人的内心，从中提炼出来的；譬如"天启中兴，圣贤继出"这句话，实际上反映的正是嘉靖的自我评价。有件事明确证明了这一点。蒋太后死后，追其谥号时，嘉靖授意定为"安天诞圣献皇后"。"诞圣"云云，特指蒋氏生产了他这么一个"真龙天子"。耐人寻味的是，嘉靖同时将朱元璋高皇后的谥号也改掉，从"承天顺圣"改作"成天育圣"，这个"育圣"是指高皇后生下了成祖朱棣——这究竟何意？普遍的看法是："盖其时，世宗自谓应运中兴，功同文皇之靖难。"[3]高皇后"育圣"，他母亲蒋氏"诞圣"；他是自比为"再定天下"的朱棣。

所以，桂萼的马屁并非乱拍，那正是嘉靖的痒痒处。当他下颁《女训》于阁臣，明智如桂萼者，一眼瞧出嘉靖此举之"痒"痒在何处，就挠了他个舒舒服服，如此而已。其实大家都这么干。即以改高皇后谥号一事论，原来的谥号，着重表述的是高皇后对朱元璋开国立业的"助赞"之功，嘉靖一改，重点却放到诞育朱棣的层面，其间为私忘公之弊非常明显，假使大臣仍有责任感，无论如何要据理抗争，但当时政府几位显要，李时、夏言、严嵩，都不曾道半个"不"字，"但知逢迎上意，容悦固位而已。宗庙大体，彼岂暇顾哉。"

可是倘若不这样，就要冒屁股被打

[1]《万历野获编》卷二列朝，颁行《女训》。

[2]孔子原话是："古之为政，爱人为大。不能爱人，不能有其身。"（《大戴礼记·哀公问》）意谓，从政以仁爱为上；不懂得爱别人，也就不能保全自身。

[3]《万历野获编》卷二列朝，母后谥号。

烂的危险。嘉靖是很喜欢打人家屁股的。"廷杖"这折辱士夫的刑罚，明代历朝都用，但只有嘉靖间才是家常便饭，而且严重程度往往不止乎屁股被打烂。我们固然能从"杀身以成仁"角度，去鄙薄桂萼抑或夏言、严嵩们，那是他们品行不够高大完美，但这并不足以令我们把他们看成坏蛋。假如皇帝本来不恶，臣子却把他教唆恶了，自然是奸臣，但如果皇帝坏在前头，臣子只是没有胆量阻止他的坏，那么，责任显然不应该由臣子来负的。

嘉靖所奉行的，正是"两条腿"方针：歌功颂德；如若不然，就打屁股。重赏之下，必有勇夫；而动辄打屁股，不好指望有太多的勇夫。

《国榷》作者谈迁，是一位很严谨的史家。他在论述嘉靖统治的历史影响时指出："狡伪成风，吏民相沿，不以为非，亦一代升降之关也。"[1]作为对全部明史做过大量而透彻研究的学者——他"对史事的记述是十分慎重的，取材很广泛，但选择很谨严，择善而从，不凭个人好恶"。[2]——谈迁的意见应该是颇具分量的。其以上所论，清楚点出：世风大坏自嘉靖年始；"狡伪成风"而"不以为非"，且自上而下，从士林一直影响到民间，在明朝二百七十余年历史中是个转折点；对此，嘉靖可以记头功。

自从左顺门事件成功压制知识分子声音之后，朝廷内外基本上处处莺歌燕舞，没有批评，没有敢于或愿意说"不"的人。这样，到了嘉靖末年，突然冒出来一个"骂皇帝"的海瑞，让人稀罕，成为一个事件，乃至五百年后还被演成戏剧。其实正常情形下，海瑞那道"骂皇帝"的本章，算不了什么，单说明朝，先前就不知有多少，而且火力也不知强多少。海瑞所为之构成一个事件，应该说是拜嘉靖之所赐，是他将"犯颜直谏"这历来的寻常之举，变作弥足珍贵的现象。

在收拾臣子、令他们敬畏服顺的方面，嘉靖乃不世出的高手，不单明代诸帝没有手腕可以比得了他的，在二千年整个帝制史上也鲜有堪相颉颃者。南面为君之术，到得他手中，才炉火纯青。他的这一特长，历来认识得很不够，强调得也很不够。可以说，从高超的"政治艺术"角度讲，嘉靖是权术史上一个被埋没了的大人物。

对于士大夫，只来硬的，效果其实

[1]《国榷》卷六十四，世宗嘉靖四十二年癸亥至四十五年丙寅。

[2]吴晗《谈迁与国榷》。

不理想,尤其里面一班"刺儿头"、倔脾气,自以为气节铮铮,你越跟他动硬的,他就益发来劲。过去,曹操很厉害,说杀人说杀人,但碰到祢衡这把硬骨头,也就没有好办法,不过曹孟德还算聪明,知道杀之无益,把祢衡推给刘表,让刘表去承担杀士之名。本朝皇帝数朱元璋、朱棣最有能耐,但在对付士大夫上,手段却也平平,无非是狠与杀,两人在位,都杀了不少,可是士大夫的气节好像并没有因此磨损多少,刘基、宋濂、方孝孺这些大儒,内心仍是不屈的。

朱厚熜并不拒绝狠硬的手段(我们说过他对打屁股的热衷,超过前代),但这只是他收拾士大夫的"外家功"。他内外兼修,全套功夫远非止此一端,要得铁砂掌、通臂拳,也擅长葵花宝典、九阴真经之类。他死后,隆庆年间的一位进士李维桢讲了几句很有味道的话:

> 世宗享国长久,本朝无两。礼乐文章烂焉兴举,斋居数十年,图迥天下于掌上,中外俨然如临。其英主哉![1]

"图",谋划;"迥",在这里作遥远、辽阔讲,不是一般理解的"差别很大"那个意思。合起来,"图迥天下于掌上",是说天下虽大,却尽在他掌握之中。"中外俨然如临",更具体地针对着"斋居数十年",意谓"休看世宗皇帝几十年匿而不出,可大家却觉得没有哪一天他不曾亲自临朝"。"礼乐文章烂焉兴举"则讲他重视、狠抓意识形态,成功控制文化领导权。分析了嘉靖的皇帝经之后,李维桢由衷赞叹了一句:了不起啊!

的确了不起。嘉靖不单享国长久"本朝无两",他的统治术,同样"本朝无两"。

过去历史上,以及明朝本身,都不乏因为荒嬉或沉溺于私趣而"不理朝政"的皇帝,正德、天启两位皇帝就很典型。朱厚熜的行径,乍看跟他们很像,他晚期埋首求道,藏在西内基本不露面,许多臣子甚至二十年不曾睹"天颜"一次。如果就此以为,他也是一个"不理朝政"的皇帝,却大错特错矣。

《世宗实录》论及此,道:"晚年留意

[1]《国榷》卷六十四,世宗嘉靖四十二年癸亥至四十五年丙寅。

于玄道,筑斋宫于西内”,但“宸衷惕然,惓惓以不闻外事为忧。批决顾问,日无停晷,故虽深居渊穆而威柄不移”。[1]什么叫威柄不移?用今天话讲,就是印把子嘉靖始终攥得牢牢的,根本不曾松手。他虽然深居简出,但对一切都保持高度警惕(“惕然”),从来对外面发生的事放心不下,也没有什么能够逃过他的耳朵;不仅如此,他虽然不公开露面,省去所有公务活动,却不曾放弃对文件的批阅,重大决策都由他本人亲自做出,经常召见少数重臣听取他们的工作汇报,直接过问每件事情。

《实录》所述,表面看像是对嘉靖的吹捧,其实倒是真正的“实录”。这里有一个佐证。当时有人在徐阶(嘉靖年最后一任内阁首辅)家中,亲眼见过嘉靖的手谕和所批阅过的奏章。他说道:

> 臣于徐少师阶处,盖捧读世宗谕札及改定旨草。云人尝谓辅臣拟旨,几于擅国柄,乃大不然。见其所拟,帝一一省览窜定……虽全当帝心,亦为更易数字示明断。有不符意则驳使再拟。……故阁臣无不惴惴惧者。……揽朝纲如帝者,几何人哉![2]

徐阶代拟的所有旨意,嘉靖不仅亲自审阅,而且“一一”作过改动——注意,是“一一”,全部如此,无一例外——即便拟得很称他心意,也仍会更动几个字,其认真如此。然而,这不止是认真而已,更主要的,是作为权力归属的标志,作为对大臣的无声的警示和提醒:我是皇帝,权柄在我。这就叫“威柄不移”。本朝太祖、成祖二位皇帝,对权柄都抓得很牢,但那是宵旰忧劳、起早贪黑换来的,何如嘉靖躲在幕后,足不出户,神龙见首不见尾,照旧一切尽在掌握。难怪上述这位嘉靖手迹的目击者,对他佩服得五体投地:这样而将朝纲尽揽怀中的皇帝,能有几个啊!

嘉靖做皇帝,做得聪明,做得心机深刻。作为高明的权术家,他参透了一个本质性的问题:权力稳固与否,与是否勤政爱民根本无关,关键在于控制力。控制力强,哪怕躲到九霄宫静养,照样

[1]《世宗实录》卷五六六。
[2]王维桢《王氏存笥稿》卷十五。

操纵一切；控制力弱，就算废寝忘食、没日没夜扑在工作上，该不济还是不济，白搭。论到这一层，正好有现成的例子。明朝末代皇帝崇祯，便是后一类皇帝的典型；他做皇帝十几年中，累死累活，不可谓不勤恳，可内内外外，事情一团糟，尤其不知用人，不该用的偏重用，该用的不用，或用而没有章法，明明是自己控制力太弱，临死犹未省悟，说什么“君非亡国之君”。

什么是控制力？简而言之，就是如何用人——抑或说得更黑心一些——驭人。

与民主政体将权力以制度和法律“程序化”、“客体化”不同，专制时代，权力的本质是人，是掌握及分享权力者之间的人际关系。在人际关系的基础上，专制时代的权力弹性十足，可大可小，可强可弱，可聚可散；同一个位子，由不同的人来坐，分量可有天壤之别。汉献帝是皇帝，曹孟德是他的丞相，但谁都知道那个坐在丞相位子上的人，能做得了皇帝的主。这就是专制时代权力的特征。关键在于控制力；其实专制政体的权力法则跟黑社会很相似，控制力强，能驾驭别人的人，就是老大，反之则受制于人。

别看嘉靖没根没柢，以一个外藩兼十四五岁孩子身份入主紫禁城，多年来的实践却证明，他是个控制力奇强的厚黑天才。初期，他巧妙而充分运用皇帝身份赋予自己的条件，辅以坚忍和泼辣的精神，硬是将一度占据主流位置的反对派驱逐干净。难能可贵的是，终于自己说了算之后，他迅速总结经验，悄然从前台匿身幕后，专事操纵、驭人。这一招最高明。在西内修道的他，就像一位木偶戏大师，十指提着细细的线绳，不时这儿抖动一下、那儿抖动一下，让那些前台的傀儡接受掌声或倒彩。该谁下台了，他毫不留情松开线绳；想让谁粉墨出场，他就轻轻提起线绳，那玩偶马上活蹦乱跳地开始表演。

杨廷和走后，此后整个嘉靖朝的政界重要人物，没有一个不在他如此的掌控之中。回眸望去，四十年犹如一出构撰精密、机关巧妙、峰回路转、满宫满调的戏剧杰作。先是把张璁等特调来京，打倒杨廷和，却不急于重用他们，仍让自己所衔恨的蒋冕等掌管内阁。此后，宁肯招来退休的正德老臣杨一清接替首辅，也不用在“大礼议”中立下大功的张璁等。此之谓欲扬先抑，特意地冷一冷张璁等的心，好教他们不敢得意忘形。直到六年十月，张璁才首次入阁，又过一年多，命桂萼入阁。但仅隔六个月，八年八月，嘉靖找了个由头，忽然责令张璁归乡省改、命桂萼致仕。可是，张璁离京不久，九月，马上又接到宣召他重新入阁的旨意；十一月，桂萼也同样被召再次入阁。此后，单单张璁就被这样重复又折腾过两次，分别是十年七月罢免、十一月复召，十一年八月致仕、十二年正月复召，末了，十四年四月终于让他彻底退休，不再折腾。前后算起来，从嘉靖六年到十四年，张璁（他后来被赐名张孚敬，我们只须知道张璁张孚敬是同一个人，这里不另加区分）总共三起四落。嘉靖驭人手段厉害，可见一斑。他明显是刻意的，以猫戏鼠的手法，擒而复纵，纵而复擒，“故阁臣无不惴惴惧者”。张璁自己就曾深有体会地说：

> 臣历数从来内阁之官，鲜有能善终者。盖密勿之地（密勿之地犹言禁地），易生嫌疑；代言（拟旨）之责，易招议论。甚非君臣相保之道也。[1]

这种诚惶诚恐的心情，是共同的。

除了最后一任首辅徐阶，嘉靖还来不及收拾，其余所有人，几乎都是他亲手扶起来，然后再亲手打倒。罢官、致仕已是上佳结局，死于非命也并不新鲜。“大礼议”后，正德老臣杨一清重新出山稳定大局，仅三年，在内阁首辅位上被罢归，翌年更遭夺职，老年受辱，杨大恨，疽发背卒。张璁之后，夏言成为第一红人，备受信用，但嘉靖对其再施猫戏鼠之故伎，使之两起两落，终于二十七年先罢官，再逮其下狱，斩首。因夏言被打倒而崛起的严嵩，老奸臣猾，赔着小心媚事嘉靖十几年，烜赫一时，最后解职、抄家、儿子被处决，自己则死于孤独和贫困。

严格讲起来，不是“鲜有能善终者”，而是根本没有善终者。嘉靖这么做，不是简单的性情之喜怒无常，而是保持对权力控制的一种高级手法——垂青于某人，扶上台，不久将其打倒，再重新挑选一位，不久再用人取而代之。不断走马换将，以这办法，既防止任何柄政太久、尾大不掉的情形出现，也随时宣示着他的威权。

他所精通的又一技巧，是运用自己态度亲疏远近的细微变化，挑起大臣间的矛盾，制造不和，使他们彼此牵制、损

[1] 孙承泽《春明梦余录》。

害与消耗，然后在最后时刻，由他从中选择一个对象，水到渠成地除掉。

张璁在“大礼议”立了首功，自然很想当首辅，嘉靖偏不让他如愿，把退休闲居多年的杨一清找了回来。之所以起用杨一清，也很见心计。杨正德十年后即离开政坛，与北京没有什么瓜葛，资格又很老，颇著声望，搞这么个人来出任首辅，第一无害，第二很说得过去，第三正好借他压一压张璁等人的骄娇二气。杨到任后，自以为也领会了圣上的用意，在一些问题上与张作梗。张璁便很恼火，他本来就不把杨一清放在眼里，而这是有道理的——杨一清所不知道的是，嘉靖一面让他当首辅，一面背地里经常撇开他，跟张璁说“体己话儿”。例如有一回，嘉靖就这么悄悄对张说：“朕有密谕，卿勿令他人测知，以泄事机。”[1]不啻于暗示张璁，虽然首辅是别人，可我真正信任的是你。这很歹毒，张璁见如此如此、这般这般，能不趾高气扬、根本不把老杨头放在眼里么？在嘉靖的忽悠下，张果然按捺不住，公然地指责杨一清，嘲笑他“闲废之年，仍求起用”，控诉他搞一言堂、排挤不同意见。嘉靖的反应极阴险，他既不阻止张璁的攻击，也不怪罪杨一清，而是抹稀泥，说一些“同寅协恭，以期和衷”的不痛不痒的话。[2]用意明显是鼓励双方继续争斗。杨一清果然上当，跟着上疏，反过来揭张璁的短，说他“志骄气横”，一贯“颐指气使”；一些科道官也闻风而动，起来弹劾张璁、桂萼（对张、桂等暴得大贵，许多人心里本来就不平衡）。嘉靖见状，心里笑开了花，马上顺水推舟勒令张璁“以本职令回家深加省改”、桂萼致仕。[3]谁都想不到，张前脚刚走，后脚马上接到让他回京重新入阁的圣旨。何故？盖因嘉靖的举动，纯属借端挫一挫张、桂的锐气，好让他们放聪明些，更乖更听话，绝非真想撵他们走。现在，嘉靖目的已经达到，杨一清的作用也宣告完结；所以张、桂回来不久，杨就失势，退休，一年后遭革职，死在家中。

眼下，张璁变成了当初的杨一清，于是嘉靖马上也给他找来一块绊脚石，就像当初他本人是杨一清的绊脚石一样。此人即夏言，一颗冉冉升起的政界新星。他在一年内，由给事中升为侍读学士，再升礼部尚书，升迁路线俨然张、桂翻版，速度却更快，人评曰“前此未有也”。如此重用的效果，让夏言也像当

[1]《世宗实录》卷八十一。
[2]同上卷九十。
[3]同上卷一〇四。

初的张璁一样，自我感觉极好，不可一世。张璁自然要反击。这两个人斗来斗去，其间张璁几起几落，渐渐，将原先的心气销蚀殆尽，最后可以说死于嘉靖的折腾。

但是，张璁掌阁时代，嘉靖尚未将他拉一个打一个、令其自相掣肘、隔岸观火、隔山打牛、借刀杀人这套组合拳，使到极致。在退居西苑之后，他才亮出压箱子底的真功夫，从夏言到严嵩，再到徐阶，三代内阁在他匠心独运之下，斗得天昏地暗，精彩纷呈，你方唱罢我登场，到头来非亡即败，再能翻筋斗也跳不出如来佛的掌心。这当中，嘉靖运用之妙、拿捏之准、思虑之细，都让人叹为观止。

以下就以严嵩为主角，加以撮述。

严嵩的悲喜剧

主要受旧小说旧戏影响，大家都把严嵩当做大奸臣，他在这个行列中的身阶属于最高级别，跟赵高、李林甫、秦桧齐名。很多中国人的历史知识，是从旧小说旧戏里来，我曾经也是。有一套《京剧汇编》，记得三十多册，里面有成套的列国戏、三国戏、唐宋戏等，我在上小学的时候全部读下来，还不止一遍，基本上对中国历史的了解就从这里起步。以后再去读史书本身，发现不单人和事方面存在不少出入，旧戏的历史观更成问题，是非褒贬很值得推敲。这位严分宜（严嵩是江西分宜人，那时官场上有以籍贯代称其人的习惯，所以很多书上都叫他严分宜）遭遇到的就是这种情况，小说戏剧感染力强、传播快而广，以致现在人们一提起他就想当然地相信他是《打严嵩》里塑造的那样一个人，不再费心去细读各种史料。

以史书方式规定严嵩为“奸臣”的结论，是清朝统治者做出。清代初年修《明史》，最终把严嵩列在《奸臣传》里，从此严嵩不得翻身。然而，修撰过程中间，史馆诸臣对此有过激烈辩论。阮葵生《茶余客话》记载了这个有趣的场景：

> 李穆堂绂，记闻最博，而持论多偏。在明史馆，谓严嵩不可入奸臣传。

> 纂修诸公争之。李谈辨云涌、纵横莫当,诸公无以折之。最后,杨农先椿学士从容太息曰:"分宜在当日尚可为善,可恨杨继盛无知小生,猖狂妄行,织成五奸十罪之疏传误后人,遂令分宜含冤莫白。吾辈修史,但将杨继盛极力抹倒,诛其饰说诬贤,将五奸十罪条条剖析,且辨后来议恤议谥之非,则分宜之冤可申。"穆堂闻之,目眙神愕,口不能答一字,自是不复申前说。[1]

李绂跟严嵩有老乡关系,但他之于明史馆"单挑"群僚,却并非感情用事。一则个性使然,不随同流合,更因他"记闻最博",对史事了解较多。所以,就严嵩是否入《奸臣传》一事与大家舌战时,"谈辨云涌、纵横莫当,诸公无以折之",都说不过他。然而,当杨椿发表一番议论后,李绂却突然缄口不言,就此放弃立场。

为什么?杨椿究竟说了什么而令李绂默然?

关键就在杨椿提到的杨继盛事。杨继盛是徐阶门生,他在嘉靖三十二年上疏猛烈攻击严嵩,列出五奸十大罪,这篇文章名为《请诛奸臣疏》。嘉靖得疏大怒,认为表面劾严,内里是冲他来的。下狱,严刑拷打,三十四年处死。嘉靖晚年,严嵩倒台,再后来嘉靖崩,他儿子隆庆皇帝继位,"恤直谏诸臣,以继盛为首。赠太常少卿,谥忠愍,予祭葬,任一子官。已,又从御史郝杰言,建祠保定,名'旌忠'。"[2]——此即杨椿"后来议恤议谥"一语所指。

杨继盛反严之初,即以"奸臣"称严嵩。杨先因此事被嘉靖杀掉,继之,严嵩又被嘉靖亲手搞掉。这样,否定之否定,因反"奸臣"丧命的杨继盛就成了忠臣,到隆庆时被表褒,赠衔赐谥,还在保定建了名为"旌忠"的纪念堂。这就是严嵩之为奸、杨继盛之为忠的由来。

本来,这段故事真正主角是嘉靖。他为保护(表面上)严嵩杀了杨继盛,然后,翻手又将当时的保护对象打倒、抄家,使得其中是非大乱。若无嘉靖在世时亲手打倒严嵩于前,后来隆庆皇帝也不便为杨继盛翻案,将他从罪人变成忠臣。所以,这里面的忠奸问题,都不过是嘉靖一手策划。照理说,改朝换代之后,清朝史馆诸臣可以不理会明代政坛的纠纠葛葛、恩恩怨怨,全面地考察史实本身,重新给出一个描述。

[1] 阮葵生《茶余客话》卷九。
[2]《明史》列传第九十七。

然而，要命的是，清代皇帝全盘接受了明代官方关于这段公案的结论，并把它作为自己的主张。

顺治皇帝曾经专门指示，将杨继盛事迹写成戏剧《忠愍记》，还升了剧作者的官。请注意，这部戏剧的名称就直接取自隆庆皇帝给予杨继盛的谥号。顺治十三年，还以顺治本人的名义写有《表忠录序》和《表忠录论》，旗帜鲜明地把杨继盛树为大忠臣的典范，对严嵩则做出这样评价："逆臣严嵩父子，盗执大柄，浊乱王家，威福专擅，纪纲废荡"。[1]

乾隆皇帝也多次亲自写诗或发表言论，赞扬杨继盛。他写有《题杨忠愍集诗》《旌忠祠诗》等；还亲口评论道："朕几余咏物，有嘉靖年间器皿，念及严嵩专权炀蔽，以致国是日非，朝多稗政。"[2]

清代修撰《明史》，从1645年开设史馆，到1739年刊刻告成、进呈皇帝，横跨顺治至乾隆四朝；作为官史，它的编写，始终处在君主"明加督责，隐寓钳制"[3]之下。

这就是为什么面对杨椿的质疑，李绂放弃争论的背景。杨椿的质疑，大部分对李绂不构成问题，比如"将五奸十罪条条剖析"，李绂当不难做到，他先前"谈辨云涌、纵横莫当，诸公无以折之"，显然已经在这么做，而且很成功。关键是这一句："且辨后来议恤议谥之非"，令李绂醍醐灌顶、恍然大悟——这哪里是辩"（隆庆）议恤议谥之非"？明明是议本朝皇帝已有定论为非。于是，瞬间闭嘴。

我还相信，李绂以外的史馆诸臣，不是不晓得把严嵩列入《奸臣传》，有很多值得商榷之处，然而，他们只不过较早明白了严嵩非入《奸臣传》不可的道理，不像李绂那样死心眼，还需要别人的开导。

回头再来说严嵩到底奸或者不奸的问题。

当时，"倒严"乃是一股潮流。在杨继盛劾严嵩五奸十罪之前两年，沈錬也曾参论严嵩——无独有偶，开列的罪状也是十条。沈錬和杨继盛，是"倒严"潮流中最著名的两个代表人物，事迹后来被写进明代的名剧《鸣凤记》和名小说《沈小霞相会出师表》，声名益噪，而他们美名传扬之时，也即严嵩遗臭万年之日。

对此，有几点先应该交代清楚：

第一、在古代，位居要津的官员受

[1]《杨忠愍公全集》卷首。
[2]《清史稿》列传一百六。
[3]黄云眉《明史编纂考》。

到同僚和下级的攻击、弹劾,是家常便饭一样最普通不过的事,甚至从来无人幸免。严嵩既非第一个,更不是最后一个。即以嘉靖朝的内阁首辅论,从杨廷和开始,杨一清、费宏、张璁、夏言、严嵩直到徐阶,全无例外。杨廷和那样公忠体国,照样几次遭到疏劾。杨一清被人以贪污罪名参倒。夏言被参不仅丢官还丢了性命。而荣幸地被海瑞骂过的人,除了嘉靖自己就是徐阶。因此,虽然严嵩被人骂作"奸臣"确有其事,但不是一旦被骂罪名便成立,也不是骂得越难听越表明事情真实可靠。

第二、在挨骂的重臣里面,严嵩被骂次数最多,声势也最大,这也是事实。除沈、杨二位最出名外,起码还有几十个官员向皇帝递过控诉状。这是不是证明严嵩最坏?未必。首先,爬到高位固然显赫,但同时也要清楚,呆在那儿的基本"工作"之一,就是挨骂;其次,古人一贯"只反贪官,不反皇帝",朝政不好,枢臣必然是顶缸受过者,口水全将吐到他身上,彼不入地狱谁入地狱?结合这两点,我们再观察一下嘉靖历任首辅的任期,对严嵩挨骂之多之重,当另有所感。朱厚熜在位四十五年,首辅十人。任职仅二三月者如蒋冕、毛纪,任职不过数年者如杨一清、张璁(断断续续,时起时落)、夏言、徐阶;唯独严嵩,入阁二十年,任首辅达十五年之久。十五年!若将任期除以挨骂次数,其实跟别人也差不多。

第三、古代政界指控一个人,并不像今天这样严肃,说无实据要负法律责任,会被治诽谤罪。当时着重的往往是一口"正气",别的可以不论,这口气却一定要充足,摧枯拉朽、势不可当。为着这股气势,可就不在乎牺牲部分真实性了。我们经常见到,古人给政敌开列罪状,先照着某种有象征意义的数字去比划——沈链、杨继盛给严嵩找到的罪名偏偏都是"十"项,绝非巧合。某种程度上,他们是以"拼凑"手法来构思自己的本章。里面有事实,却不必全是事实。实际上,当时就有人从第三方立场指出,"(沈链)数嵩十罪,俱空虚无实。"[1]这话出自《世庙识余录》的作者徐学谟。谈迁也批评沈链大有作秀之嫌:"欲清君侧之恶,以视请剑咏(秦)桧,尤为过之"[2]。杨继盛的"五奸十罪说",已有近人苏均炜以长文[3]逐条辨析(算是替李绂做了杨椿要求他做而没有做

[1]《世庙识余录》卷十五。

[2]《国榷》卷六十二,世宗嘉靖三十六年。

[3](美)苏均炜《大学士严嵩新论》,《明清史国际学术讨论会论文集》。

的事），结论："他所指控的，大半空疏无实。"文章写得很翔实，感兴趣的朋友不妨找来细读。

阐明这三点，接着回答一个问题：严嵩是好人么？肯定不是。自从杨廷和内阁倒台、嘉靖取得"大礼议"胜利以来，皇帝的左右便不再有正人君子。不单严嵩不算，从始至终，其他人也都不配自称正人君子。这并非对他们个人品质的品鉴，实际上，嘉靖的统治方式根本不允许你去充当什么正人君子。我们在前文已举了很多例子，说明士风大变，谀奉顺从乃是朝中基本格调。覆巢之下，安有完卵？这不是个人问题，是风气问题。

我们辨析严嵩头上是否应该戴着"奸臣"这顶帽子，不是为他翻案，把他从坏人变成好人、从反面形象变成正面形象。他不属于什么好人，可是，在好人与奸臣之间，还有着一个宽阔地带，不能说算不得好人就非得是个奸臣。所谓"奸臣"，是把国家的事生生给搞坏搞糟的人，或至少在这过程里起到相当关键作用的人。然而，倘若事情原本就糟糕，他无非顺水推舟以求自保，这样的人，算不算"奸臣"？其次，满足"奸臣"这个概念，还须一个条件，即弱势的君主、强势的臣子。君弱臣强，做坏事的臣子一方才能自作主张，对各种事情起主导作用。比较典型的例子，是"指鹿为马"的赵高。过去曹操被骂为"奸臣"，也主要是他挟天子以令诸侯。而嘉靖乃何许人也，他能是阘弱之君么？人们随口将"奸臣"这样一种荣誉赠予严嵩时，多半忘记抑或不太了解，嘉靖其实丝毫不会留给他成为"奸臣"的空间，在嘉靖手下，大家做不得忠臣，也做不得奸臣，只有做"谀臣""顺臣"这么一个选择。

因此，替严嵩一辩，真实意图根本不是为他洗污，而是要将长久地障在历史和人们眼前的那片阴翳驱开——休教一个所谓的"奸臣"，掩盖了嘉靖之恶！冤有头债有主，朱厚熜才是腐败政治、所有的不道德和沈杨之类冤案错案的真正被告。

中国历史观中的"奸臣论"，是一种非常要不得的传统，是一块君主专制的遮羞布。它隐含着这种逻辑：功德皆归于君主，而一切的败坏、损失和危机，则统统要扔给一二"奸臣"，由他们去担受骂名。隆庆皇帝一上台，"议恤议谥"，用空头表彰和追赠官职，轻而易举抹去他老子当年对沈链、杨继盛的一手迫害，只剩下那个严嵩，可怜地，孤零零地，数百年来伫立在千万人的唾液之中。改朝换代之后，从顺治到乾隆，与隆庆皇帝息息相通，巩固和加重着严嵩的罪名，让他们的

“前辈”嘉靖皇帝继续逃脱干系。

至于沈铼、杨继盛，虽然对他们不应有超越其时代的苛求，却也不得不指出，他们那样激烈地指责严嵩，客观上对嘉靖实有开脱的作用，是另一种“逢君之恶”。说实话，“只反贪官，不反皇帝”这种行为历来的副作用极大，对历史真相的掩盖非常严重；中国历史上的许多疑点，即以此而生。

离今天不太远，就有李鸿章这样一个例子。李背负近代史头号“卖国贼”骂名几近百年，直到近一二十年人们才意识到有重新研究的必要。李合肥有此境遇，当初言路上一班只忠于清室和皇权、不忠于时代和真理的所谓“清流”们，难辞其咎。当着李左支右绌、补苴罅漏之际，这些人只会唱高调，用空洞的口号抬高自己，通过损毁实干者，来掩护将天下窃为一己之私、拒绝站到国家根本利益的立场上实行改革的清朝统治者——示弱讨好洋人是李鸿章，丧权辱国是李鸿章，似乎将李鸿章从地球上抹去，中国的危机霎时便可迎刃而解。这些所谓的“爱国者”，其实是说着漂亮废话的误国者。

当然，严嵩和李鸿章不同。对李鸿章，有个重新评价的问题；对严嵩，则无此必要。但有一点存在惊人相似之处，亦即，不将严嵩之为“奸臣”的真相揭露出来，就是放跑和掩护真正的罪魁祸首。

严嵩之所以成为现在的严嵩，一大半“功劳”要归于嘉靖。

严嵩其人究竟什么样？他是原来就坏，还是慢慢变坏的？在明清官方一致坚持他为“权奸”的舆论之下，找到很多与此不同的描述不太可能了，但还是可以发现一些蛛丝马迹。

《国史唯疑》载有一句崇祯末年大学士黄景昉的评论：“严嵩雅善诗文，收罗知名士，间能抑情沽誉，有可怜恕者。”此话虽然首先把屁股坐在官方立场上，把严嵩的动机说成“沽誉”，但没有掩盖严嵩尊重人材这一事实。

偶也有人，涉及严嵩时有什么说什么，而不藏头露尾。天启间大学士朱国桢指出：“分宜大宗伯以前极有声，不但诗文之佳，其品格亦自铮铮。钤山隐居九年，谁人做得？大司成（国子监祭酒）分馔，士子至今称之。”[1]不单说他口碑不错，还说他确实品格正派（并非别人

[1]朱国桢《涌幢小品》卷九。

受蒙蔽），以致可以用“铮铮”形容。

这个朱国桢，原来也极憎恶严嵩：“分宜之恶，谭者以为古今罕俪”，但他去了江西之后，却感到大惑不解，因为在严嵩老家，当地人一直对他抱有好感，几十年过去了，“江右（江西）人尚有余思，袁（袁州，分宜县隶属袁州府）人尤甚。余过袁，问而亲得之，可见舆论乡评亦自有不同处”。[1]

严嵩在故乡的好名声，朱国桢是“问而亲得之”。略早，沈德符在《万历野获编》里也记载了同样的事实：“严分宜作相，受世大诟，而为德于乡甚厚。其夫人欧阳氏，尤好施予，至今袁人犹诵说之。”[2]

这些残存的消息，隐约透露严嵩做人有个变化过程——即便是“奸臣”，也是从比较正派慢慢走向邪恶的。朱国桢认为，这变化的分界线，发生在严嵩任礼部尚书前后。我们可以做一番查证，有无线索支持他这看法。

严嵩在弘治十八年登进士榜，然后做了庶吉士、编修等小官，不久因病去职，返乡，在钤山潜心读书，一读就是十年。正德十一年，结束读书生活，重返政坛。他学问和文才很好，可能因这缘故，一直在官方学术或教育机构工作，包括嘉靖元年升为南京翰林院侍讲以及该院负责人，嘉靖四年被召到北京任国子监祭酒（国立大学校长）。截至此时，严嵩的履历很清白，没有任何负面议论。[3]沈德潜所谓“为德于乡甚厚”，可以代表这段时期他的公众形象。

他仕途的重大改变，发生于嘉靖七年。是年，嘉靖皇帝提拔他为礼部右侍郎。这似乎是正常升迁，连攻击他的人，也不曾就这次升迁说过对他不利的话。不过，正是这正常的升迁，也许成就了他，也许毁掉了他。第一，他进入了高级官员的行列，离皇帝越来越近，以前不会碰到的事，现在要经常碰到，以前可以不打的交道，现在不得不打，有句话叫做“人在江湖，身不由己”，嘉靖是怎样一个人，离他近了

[1] 朱国桢《涌幢小品》卷九。

[2]《万历野获编》卷八内阁，居官居乡不同。参倒严嵩的关键人物邹应龙提供了相反的叙述：“今在南京、扬州、仪真等处用强，夺买人田产数十处，每处价可数千金，卖者价银才得十之四五而已，剥取民财、侵夺民利，如此类甚多。”（《皇明经世文编》卷三百二十九邹中丞奏疏，贪横荫臣欺君蠹国疏）不过，这里讲的是严嵩在南京、扬州一带的行为，不是在袁州。与严嵩相比，那个倒严领袖、扮演了为民除害角色的徐阶，在其故乡华亭，声名即极其狼藉，大肆侵夺民田，致有田产四十余万亩。海瑞在应天巡抚任上时，受理无数这类控诉。那么，就算对邹应龙叙述不存疑问，为什么“彼此彼此”，徐阶乃“贤相”，严嵩却是“奸相”？

[3]《明史》列传第一百九十六，奸臣。

会怎样、应当怎样,可想而知。第二,严嵩这个"右侍郎",不是工部、刑部,偏偏是礼部,前面早已讲过,嘉靖的威权是由主抓意识形态而来,六部之中,他一直特别重视相当于宣传主管部门的礼部,他所重用的好几个人,席书、夏言,都是从礼部起家,现在,严嵩也被安排到礼部,这个官怎么当或能怎么当,不言而喻。

不论是有意往上爬,还是只求稳妥、小心侍候,礼部右侍郎严嵩都必须开始熟悉并掌握另一种做人风格。此时,朝中的整个风气已被歌功颂德所笼罩,严嵩很聪明,他不至于搞不清楚"正确立场"是什么。上任不久,嘉靖交给他一项差事:代表皇帝本人,去祭告献皇帝(嘉靖之父)的陵墓。差毕,需要递交工作报告。严嵩琢磨了皇帝的心理,在奏疏里这样写道:

> 臣恭上宝册及奉安神床,皆应时雨霁。又石产枣阳,群鹳集绕,碑入汉江,河流骤涨。请命辅臣撰文刻石,以纪天眷。[1]

无非虚构了一些嘉靖特别喜爱的"祥瑞",说:举行仪式时,雨收天晴;新立的石碑,当初开采之时就有群鹳翔护,由汉江运输途中,河水突然变得丰沛……不必说,这些想象很不精彩,甚而可说平庸,严嵩写时自己心里恐怕也有敷衍之感。没想到,嘉靖读了居然"大悦"(他实在太爱听好听的话,哪怕一望而知是虚妄的)。就冲这几句,他决定好好"培养"严嵩,先把他从右侍郎提为左侍郎,很快,调升南京礼部尚书。嘉靖十五年十二月,礼部尚书夏言成为大学士,严嵩同时被调到北京,出任礼部尚书。

到任一年多,严嵩就受到一次严峻考验——我们当记得那个"不忠不孝,勇于为恶"的丰坊所发起的献皇帝"称宗"的提案,此建议深获嘉靖之心,随即交付礼部集议。其实嘉靖主意已定,让礼部讨论、拿出意见,不过摆摆样子、走走过场,如果严嵩知趣,他只应该有一种意见:坚决拥护。可是,此时的严嵩,显然不曾修炼到家,思想改造尚未完成,书呆子脾性没有尽去。他在礼部主持讨论后,这样向嘉靖汇报:

[1]《明史》列传第一百九十六,奸臣。

臣等仰思圣训,远揆旧章,称宗说不敢妄议。[1]

这句话的口气很清楚,严嵩知道嘉靖想要的结果是什么,他回避明确表示反对,而颇费苦心地以"不敢妄议"宛转加以搪塞,但意思还是不赞同,理由是:在历史和经典上找不到依据。当严嵩说出这番话时,他跟当初"大礼议"中的反对派,没什么两样,脑子里面想到的,也是典章制度——可以看出,这时他骨子里仍旧是一个不开窍的、讲原则的正统士大夫。这真让嘉靖气不打一处来。什么"旧章"不"旧章",还有人跟我讲这个?这姓严的老东西该不会猪油蒙心了吧?他很生气地把严嵩疏文发回,命"再会议以闻"。这时,幸亏户部左侍郎唐胄跳出来,救了严嵩一命——此人很不识相地上奏,力主不可称宗。嘉靖正愁无人开刀,却有送上门的,着即派锦衣卫把唐胄逮起来,削职为民。与此同时,嘉靖亲撰《明堂或问》一文,论证献皇帝可以称宗的道理。至此,严嵩不由冷汗涔涔,悟出险些酿成大祸。他迅速改变主张,拿出了让嘉靖满意的答卷。

事情发生在嘉靖十七年,距严嵩就任礼部尚书十八个月。换言之,将近两年的时间,严嵩作为正统士大夫的"思想残余",还未清除干净,大大辜负了嘉靖的信任。不过,这似乎是严嵩平生最后一次"冒傻气",从此不敢造次,一切以悉心揣摩圣上心意为能事。功夫不负有心人,他奇迹般地与嘉靖和平共处十几年,虽然末了仍不免被嘉靖亲手搞掉,但独占首辅之位如此之久,在嘉靖年间已属前无古人、后无来者。当然,付出的代价是成为"大奸臣"——这也许是必然的,否则试问:正人君子能与嘉靖和平共处这么久吗?

当沈鍊、杨继盛们畅快地抨击严嵩是奸臣,当后人更以置身事外的轻松姿态也用奸臣字眼对他骂来呵去的时候,没有去探问严嵩的内心世界。一个曾经淡然处世、肯闭门读书十年的人,一个在乡间、在日常生活中颇为在意自己的品行形象、"为德甚厚"的人,一个受到皇帝赏识和提拔、已在礼部尚书位子上坐了将近两年却仍然压抑不住地冒着士大

[1]《世宗实录》卷二一三。

夫傻气的人，请问这样一个人，他的内心世界原本怎样？能是一个“奸臣”的内心世界吗？

有的时候，小说（或别的艺术）比历史更真实，原因就在于，历史家目光只及于外部行为所构成的外部事件，而失诸对人的心路历程的探究；相反，艺术家却不肯只看见和注意结果，他们还忍不住去挖掘背后的隐秘的内心原因、内心逻辑。人是复杂的、能动的个体生命，跟内心丰富性相比，人的行为是过于简单的一个层面。做什么，是一瞬间的事；但在做之前，却可能辗转反侧、不知度过多少不眠之夜。历史只盯住了那一瞬间，将此前远为漫长的内心斗争置之不理。历史从来如此，但显然是荒唐的。历史的主体是人，作为主体，只有部分的真实性被描述，而另一些虽然隐秘却无疑同样真实的内容任其缺失，这是一个可怕的黑洞，它会吞噬掉许多东西，将真相弭于无形。

一旦目光越过严嵩“专权”十几年的“奸臣史”，回到嘉靖十七年，回到他最后心有不甘地对嘉靖斗胆说出“称宗说不敢妄议”的一刻，我似乎被什么东西所震撼。我在里面看到的，是挣扎、痛苦、沧桑与渺小，是理智与道德的激烈冲突，是曾经的信仰与现实的生存之间彼此的煎熬。我不光看到了自我背叛，也看到了从生理到心理的巨大恐惧。

以更高的标准，可以去责备以至谴责严嵩，但我愿意放弃这样的做法。我的问题是，请告诉我嘉靖朝官至这个级别的人中，谁比他做得好一些？我没有看见。我看见的是半斤八两，五十步与百步。那么为什么放过其他人、单单谴责严嵩？难道就因为他在首辅位置上呆得比别人长得多，在侍奉嘉靖的过程中赔了更多的小心、说了更多的谎话、暴露了更多的卑微和丑恶？

也许是吧。但其他人位子坐得不牢靠，并非因为品质较严嵩正派；根本的真相是，相比于别人，严嵩不过更善于保护自己而已。以夏言为镜鉴，会异常清楚地看到这一点。

夏言发迹，与张璁、严嵩等一般无二，俱以善窥帝意、巧为逢迎而进。张璁内阁时期，夏言被嘉靖当做制衡张璁的因素予以培植，夏言心领神会，很卖力气，在一系列重大问题上，表现比张璁更积极，更乖巧。“帝制作礼乐（指更改郊礼、文庙祀典及庙制等），多言为尚书时所议。”“谙政事，善窥帝旨，有所傅（附）会。”“帝每作诗，辄赐言，悉酬和勒石以进，帝益喜。”[1]慢慢地，争宠中夏言胜出，位极人臣。

但夏言性格里，有一致命弱点，就是胜利了便骄傲，得志便忘形。当然，这是很普遍的人性弱点，当年张璁亦然。另外，他们两人还犯了另一个共同的错误：对嘉靖的宠信，真的相信；并真的以为自己立下大功，理所当然被皇帝倚重。这比前一个错误更要命。他们不知道，来自嘉靖的宠信，纯粹是其权术的一部分。首先，嘉靖一贯拉一派打一派，在亲手树立某人威信的同时，立刻着手引入可以牵制、削弱他的力量，过了不久，就用后者打倒前者，使后者取而代之，然后再培植新的“捣乱分子”。这手法几十年不变，他从不曾真正信任过任何人，或者说，他对某人的“信任”，不过是基于对另一个人的不信任而已。其次，嘉靖深得《老子》“将欲弱之，必固强之；将欲废之，必固兴之；将欲取之，必固与之”[2]的真昧，看上去的宠信，对他来说始终是加速其人败亡的绝佳手段。他甚至纵容和鼓励志骄意恣、自我膨胀。他用各种小动作来强化权臣被无限信赖的感受：大幅度地升他们的职、授予铸有特殊表彰词汇的小银章、赐诗、故意单独说一些私密的贴心话……他就这样诱导别人，让他们忘乎所以。很奇怪，张璁、夏言本来都是绝顶聪明的人，却都不曾识破，都上了当。他俩大红大紫后，犯了一模一样的毛病：颐指气使，尾巴翘到天上去了，从而给自己快速倒台铺平道路。

轮到严嵩上台，这才终于出现一个将嘉靖心思看得比较透的人。

对付严嵩，嘉靖的手法没有改变；仍旧拉一派打一派，仍旧“将欲弱之，必固强之”。对前者，严嵩无可奈何，嘉靖是怎样培植徐阶充当对立面，对他实行箝制，他尽收眼底，唯一办法，只能是小心周旋。他之能逃出张、夏模式，任首辅达十五年不倒，关键是做人。某种意义上，嘉靖遇到严嵩，才是棋逢对手。嘉靖心法阴柔，严嵩也深谙知雄守雌之道。嘉靖设的圈套，严嵩一概不钻，很早就远远避开。

或者吸取了张、夏的教训，或者严嵩本人处世哲学使然，总之，严嵩是唯一发迹前后做人没有明显变化的人。之前他夹着尾巴，之后也没有“子系中山狼，得志便猖狂”，依然低调，甚至愈加谨慎

[1]《明史》列传第八十四。

[2]《老子》三十六章。

仔细。

嘉靖不视朝，隐居，但耳目遍布，经常派人秘密打探诸臣动静虚实。夏言和严嵩是重点关注对象。每次得到的情报，都反映说严嵩退朝后深夜仍在工作，特别是精心地为皇上写青词，而夏言却往往呼呼大睡。也许严嵩有“反间谍”知识，买通了内线；也许并非伪装，而确实是很小心地对待差事。

至少以下记述，不是出于事先伪装：入阁后，严嵩“年六十余矣。精爽溢发，不异少壮。朝夕直西苑板房，未尝一归洗沐，帝益谓嵩勤”。[1]尽管史官用了所谓“春秋笔法”，语涉讥讽，暗示终于爬到高位，使严嵩产生一种与其六旬高龄不相称的亢奋；但我的解读却是，实际上，严嵩深知“高处不胜寒”，为此他打起精神，终日悚慎，未敢稍怠。鉴于他的表现，嘉靖特颁发银质勋章(“银记”)一枚，上铸“忠勤敏达”四字。

严嵩的戒备是全方位的。夏言败后，有一年多时间，内阁只剩严嵩自己。在别人——例如张璁、夏言甚至徐阶——恐咸求之不得，严嵩却坐卧不安。他主动请示嘉靖增补阁员，后者则不予理会。总之，不论嘉靖内心究竟在想什么，他让严嵩独相一年多。其间，严嵩谦虚谨慎、戒骄戒躁，丝毫没有翘尾巴。当他再次打报告请求恢复内阁建制，嘉靖很满意地加以批准，同时还将人选定夺权交给严嵩。严嵩不曾上当，他谦恭地表示，这件事只应“悉由宸断”，“伏望圣明裁决……非臣所敢议拟。”[2]

试探与反试探，一直在嘉靖与严嵩间不露声色地展开。二十九年，嘉靖借生日之机，表示要加恩于严嵩，封他为“上柱国”。严嵩感激涕零然而却坚定地辞谢了。一切只因那个“上”字，严嵩在谢恩疏里这么说：“《传》曰：‘尊无二上。’‘上’之一字，非人臣所宜居。”[3]这不是严嵩神经过敏，事实证明，他洞若观火。嘉靖闻奏，果然高兴，表扬道：“卿敬出心腑，准辞。”

对嘉靖，哪怕一个字眼，也马虎不得。他就是这种人，抠着每一个字眼来猜忌别人。叙至此，不妨顺带交代一下杨继盛被杀的真正原因。杨之死，不死于攻击严嵩，而死于其劾章中如下数语：“愿陛下听臣之言，察嵩之奸，或召问

[1]《明史》列传第一百九十六。
[2]《世宗实录》卷三四五。
[3]《世宗实录》卷三六四。

裕、景二王，或询诸阁臣。”[1]这些言语，不啻说所有人咸知嵩奸，独嘉靖不知，“世人皆醒尔独醉”。而“或召问裕、景二王”一句，尤令继盛死定。其时，太子亡故多年，嘉靖仅余裕王、景王二子，但他迟迟未再立太子，除了对原太子的偏爱之情，身边道士的“二龙不相见”理论起了很大作用，使嘉靖颇有二位王子与己相克之疑（对前太子的早夭，他大约也会用这理论来反思，甚至视为一个例证）。杨继盛提到裕、景二王，实乃忌之大者，休说嘉靖可以怀疑他与二位王子有什么勾搭，就算不这么疑心，单因“添堵”的感受，嘉靖也不能饶他。

十五年的“信用”，是用十五年的恭顺、防别人所不防、忍别人所不忍，以及十五年的竖起耳朵、夹紧尾巴换来的。如此而已。

可以说中国式君主专制，造就了严嵩这么一种畸形政治人格，也可以说严分宜真正吃透掌握了在朝为臣及折冲官场的不二法门。一码事。

他的信条就是“柔弱者，生之徒”，“坚强处下，柔弱处上”。他聪明的极致，不在于对君上足恭、巧言令色，充分满足其虚荣心和统治欲，而在于对政敌、同僚甚至下属也不惜示弱。

严嵩步入领导核心之初，夏言如日中天，但嘉靖以其惯用手法，故意炫示对严嵩的欣赏之意。严嵩料定皇上的青睐，必招夏言嫉恨，因此，虽然论到科第出身，资历其实比夏言老，但他把姿态摆得非常低，“事之谨”。一次，严嵩特为夏在家中设宴，专程登门诣请，夏言却连见都不见。且看严嵩的做法：他返回府中，并不撤宴，竟跪在为夏言准备的座位前，展开事先写好的祝酒词，如对其人，照旧念一遍。事情传到夏言耳中，“言谓嵩实下己，不疑也。”[2]

嘉靖二十一年，嘉靖又玩“坐山观虎斗”把戏，先将夏言赶跑，随即命严嵩以武英殿大学士入阁预机务，再过两年，把首辅位子也一并交给他。一退一进、一去一升之间，夏言早就憋了一肚子气，像只涨红了肉冠的斗鸡。另一边，严嵩屁股还不曾将首辅位子坐热，翌年底，嘉靖突然重新召回夏言，再把首辅之职交还给他。这样一种挑拨离间，令夏言视严嵩为眼中钉、肉中刺，必欲除之而后快，而且他完全错误地解读了嘉靖再任其为首辅这件事，把它看成自己固宠的信号。于是，他变本加厉地排挤严嵩，“颇

[1]《明史》列传第九十七。
[2]《明史》列传第一百九十六。

斥其党”；不仅如此，还搜集严子世蕃的罪证，欲予严嵩致命一击。严嵩闻讯，二话不说，认栽服输，率子亲赴夏府，“长跪榻下泣谢”。在严嵩，忍辱纳垢，不耻此行；在夏言，要的则是虚骄心理之满足，亲见对方摇尾乞怜，便觉人生莫大享受，“乃已”。[1]严嵩龌龊，夏言假公济私也很丑陋，彼此彼此；但若论官场角逐，夏言确非严嵩对手。

勇于示弱、抑己扬人，是严嵩在官场打拼的看家本领。不单对皇上如此，对夏言如此，就连位在其下的徐阶，也可以低回眉目。在其政坛生涯晚期，徐阶上升势头明显，出于对嘉靖的“政治操盘技巧”的深刻了解，严嵩非常清楚等待着自己的是什么。为此，他完全置显赫的身份与地位于不顾，就像当年对待如日中天的夏言一样，也在家中专为徐阶摆了一桌。席间，他把家小一一唤出，让他们罗拜于徐阶之前，自己则捧起酒杯，说出这样一番话：“嵩旦夕且死，此曹惟公乳哺之。”他明知徐阶乃自己死敌，口吐此言，并非心中真存指望。但“巴掌不打笑脸人”，示弱总不会错，有朝一日真到徐阶得势之时，念及今日，下手当不至于太绝。

由这许多的细节，我们无从去想象通常是势焰熏天、不可一世的大权奸的形象。所谓权奸，可以低三下四、吞声忍气、乞怜哀悯么？在嘉靖滴水不漏的掌控下，严嵩远远没有达到权奸的地步，也不可能成为权奸。他只是一个小人兼蛀虫。在权力核心的二十年中间，他总共就做了两件事：第一，竭尽智虑保全其身家性命；第二，利用职权去捞取一切可能的利益。他从不具备虎豹豺狼的威势和力量，他仅仅是一只提心吊胆而又机灵的老鼠。而耗子的胸腔，无法长出一颗强悍的心。

严嵩一生悲喜剧中，有一个不能不提的重要角色，此即严世蕃。严氏夫妇育有二女一子，世蕃是严嵩膝下唯一独苗。但他对于父亲的意义远不止乎此。此人体肥貌丑，不仅是独苗还是独眼龙，但聪明异常，博古通今。严嵩才学，在政界已属翘楚，可比之世蕃，竟多有不及。嘉靖的中晚期统治，采取神经战术，把政治变作语言游戏，而以隐语大师自居，绝少把话说在明处，隐约其辞让人去猜，还特别喜欢卖弄学问，做出什么指示，往往夹藏典故，而且是很偏僻的典故。虽然士大夫俱是正途出身的知识分子，饱读

[1]《明史》列传第一百九十六。

诗书,却多数应付不了嘉靖,对其旨意的解读时有偏失。严嵩本来脑子就好使,又仗着在钤山苦读十年的积累,领会旨意的能力强过同僚,这是他得到嘉靖信用的重要原因。但随着嘉靖“道行”加深,竟连严嵩也渐渐觉得学问不够用了。于是,严世蕃成了他的秘密武器。史载:

帝所下手诏,语多不可晓,惟世蕃一览了然,答语无不中。[1]

“一览了然”是聪明博学,“答语无不中”是效果神奇。确实厉害。三番五次如是,严嵩根本就离不开这宝贝儿子,以后遇到下属呈上对皇上交代之事的处理意见,一律说:“先拿去问问东楼(东楼,世蕃别号)。”可是这位东楼成天花天酒地,常醉眠不醒;老严嵩纵然急得抓耳挠腮,也得等着他酒醒之后给出意见。严嵩的许多恶名,收受贿赂、侵夺人田等,实系世蕃所为,邹应龙攻倒严嵩,首先也是从世蕃这里下手。有子若此,对严嵩来说,就像一枚硬币的两面,成也萧何、败亦萧何。人云严嵩“溺爱世蕃”,可能,独子嘛。但实际上,他们之间,除骨肉父子,还是政治父子。严嵩应付嘉靖,少不了世蕃;世蕃也仗着这一点,有恃无恐地胡来,严嵩拿他没办法。从前面所述可以看出,严嵩连严世蕃醉酒误事都管不了,遑论其他?但在这一切的背后,万万不可忘记那个躲在西内,用打哑谜的方式与朝臣捉迷藏、施其掌政驭人的心理战的嘉靖皇帝,万万不可忘记将皇帝每一句话都变成至高无上真理的君主极权制度;没有这样一种制度,世上本无严嵩,更不会有严世蕃。

严嵩的垮台说明再精明的人也有软肋。嘉靖做皇帝是个高手,一辈子深得“南面为君”诀窍,他唯一犯糊涂的地方,是对道教的迷信。对于道教他陷得很深,是真迷信,不是假迷信,最后连自己的命都搭在这件事上。对于道士,他言听计从,很少怀疑,包括有人拿黄白术骗他,也不疑。晚年,他信赖一个名叫蓝道行的道士。有一天,这道士趁扶乩之机,假充神祇对嘉靖抱怨说,现在朝政不好,是因为“贤不竟用,不肖不退”。嘉靖再问,究竟谁贤,谁不肖?“神仙”(蓝道士)答道:“贤如辅臣徐阶,尚书杨博,不肖如嵩。”[2]这一幕疑点很多。虽然史无明据,但玩味个中细节,我总觉得这是精

[1]《明史》列传第一百九十六。
[2]《国榷》卷六十三,世宗嘉靖四十一年。

心构思的计策，很可能出自徐阶。蓝道士真有忧国之心，朝政不好，他可以批评的地方实在太多，哪一条也比“贤不竟用，不肖不退”要紧，他却这样直奔主题，使徐阶成为他的批评的直接受益人。其次，最最关键的是，利用道士扶乩的机会，离间嘉靖与严嵩的关系，是用心极深、针对性极强的一招，甚至借围棋术语说“只此一手”——嘉靖谁都不信，谁的话都不听，但不能不信神祇，不能不听从神的指引。嘉靖果然招架不住，“上心动”，有意摈弃严嵩。事有凑巧，不久，御史邹应龙因为避雨歇脚某宦官家，闲聊之际，宦官把那日情形当做故事讲给邹应龙听。这邹应龙乃杨继盛侄婿，对严嵩怀恨已久，听说此事，立即研读出严嵩宠衰、可以下手的信息，草疏弹劾，以严世蕃不法事为由头，清算严嵩。这次，“不倒翁”终于倒地。嘉靖批示是这样的：

人恶严嵩久矣。朕以其力赞玄修，寿君爱国，特加优眷，乃纵逆丑负朕。其令致仕予传去，岁给禄百石，下世蕃等锦衣狱。[1]

从这份“关于严嵩问题的处理决定”来看，嘉靖在政治上对严嵩是基本肯定的，甚至说他“爱国”。犯罪、负刑事责任的是严世蕃，严嵩的责任是“纵容逆子”。为此，给予他勒令退休的处分。也就是说，严嵩垮台时，没有“奸臣”的罪名；他没有革职，没有下狱，没有充军，没有杀头，而只是退休——这是极普通的一种处分，在明代历朝重臣中，司空见惯，多如牛毛。

可以说，严嵩垮台既有些偶然，嘉靖的处置也比较寻常，丝毫没有“一举粉碎”的重大色彩。不过，从另外一些方面看，又有许多必然性。由下面一个时间表，约可看出端倪：

嘉靖二十七年正月，罢免夏言，严嵩第二次任首辅。三月，夏言下狱。十月，夏言被杀。

嘉靖二十八年二月，进徐阶为礼部尚书。

嘉靖三十一年三月，徐阶以礼

[1]《国榷》卷六十三，世宗嘉靖四十一年。

部尚书兼东阁大学士，预机务。

这个时间表，极典型地将嘉靖对政局的操盘手法表示了出来。利好、利空，买进、卖出，垃圾股、绩优股、潜力股……一目了然。该抛盘时，毫不留情；该拉升时，手法凌厉；看涨时已为将来出货做好准备，并预先选下替代品种。夏言刚被杀，严嵩刚失去对手并坐稳了首辅的位子，嘉靖马上着手为严嵩培养对立面，甚至提拔轨迹都如出一辙——第二年，徐阶被任命为礼部尚书，第四年从礼部尚书过渡到内阁，完全是当年夏言、严嵩升迁路线的再版。毫无疑问，早在嘉靖二十八年，徐阶的出现，就意味着嘉靖已经为严嵩安排好了后事。

唯一的意外是，包括嘉靖本人在内，都不曾预见到严嵩这只"强势股"坚挺了如此之久。他太会炒作自己，不断对嘉靖构成新的"题材发现"，不断制造新的利好，以至于让嘉靖这样一位喜新厌旧、酷爱"短线作战"的玩家，始终难以割舍。直到严嵩罢相后，嘉靖犹意惹情牵，下令群臣有关严嵩的事情到此为止，不准再起波澜。[1]嘉靖之于严嵩，一直不能摆脱特殊的喜忧参半的矛盾心理。严嵩的恭顺、称旨，无人可比，对此，嘉靖发自内心地喜爱。但另一面，禀性、嗅觉和对权力本质的独到解读，则使他实在不能放松警觉，即便对严嵩一百个称心，他也还是会去挖其墙脚、掺其沙子，找人作梗，培植销蚀严嵩影响的力量——徐阶的价值即在于此。他一面做出"浸厌"严嵩、"渐亲徐阶"的姿态，鼓励后者对严嵩发起挑战，一面又在徐阶指使同党频频攻击严嵩的情形下，对严嵩表示宽容，"不问"、"慰留"。嘉靖希望在这鹬与蚌之争中间，独自得利。

嘉靖机关算尽，却未能使势态尽如己愿。因为任何事情总有惯性，到一定时候，必然无法控制。徐阶由挑战严嵩的鼓励中所形成的野心，最后实际上超出于嘉靖想要的分寸之外，变作一种独立的能量。谈迁说："（徐阶）阴计挠嵩权者久矣。"[2]不达目的，誓不罢休；但能达到目的，则不择手段。嘉靖四十年，嘉靖日常起居之地永寿宫毁于火，他打算再建新宫。严嵩作为当家人，了解财政状况难以支持这样的工程（嘉靖多年来在这方面已花费太多），但他一时糊涂，竟提议嘉靖迁往曾经幽禁过英宗的南城斋宫，

[1]《明史》列传第一百九十六。
[2]《国榷》卷六十三，世宗嘉靖四十一年。

嘉靖很生气。徐阶抓住这个机会，支持修建新宫，大获嘉靖欢心。在这件事上，严嵩没有愧对职守，徐阶的表现才更像一个奸臣。从此，嘉靖的天平严重倾往徐阶一边，要事基本不问严嵩。积聚在徐阶心中必欲取严嵩而代之的欲望，最后化作刻骨铭心的仇恨。我们都还记得前面提到过严嵩发现渐渐失势时，宴请徐阶，命家人罗拜于前乞怜的举动。徐阶是怎么做的呢？嘉靖四十三年十二月，从流放途中逃脱的严世蕃，潜回老家后重新被捉。徐阶及其党羽决心不再纵虎归山，他们精心草拟起诉书，一定要置严世蕃于死地。但是，当徐阶接到诉状时，却怪声问道："诸位莫非想救世蕃？"大家都摇头，徐阶指着诉状说："沈、杨之案，严嵩都是依旨而办，你们把重点放在这里，是暴露圣上的过失，结果不是救世蕃一命是什么？"一边说，一边"为手削其草"——亲自动手改写诉状，删去有关沈杨之案的内容，着重叙述严世蕃收受倭寇首领汪直贿赂、听信所谓南昌有"王气"之说而建宅于兹等谋反情状。嘉靖看了诉状，震怒，"遂斩于市，籍其家"。[1]

严嵩与夏言之间，徐阶与严嵩之间，从来都不是什么正义与邪恶的斗争。他们，同属于被嘉靖驱赶到权力这座角斗场上进行你死我活的表演的角斗士。为了生存，杀死对方，是他们唯一的选择；为了这个目的，必须无所不用其极。严世蕃腐化堕落、横行于世，确有其事，若论谋反之念，他并非其人。徐阶知道唯此方能必置之于死地，便捕风捉影加以构陷。在徐阶上报的材料中，严府被指控非法搜刮聚敛了天文数字的财产："黄金可三万余两，白金二百万余两，他珍宝服玩所直又数百万。"[2]然而实际籍没所得，远低于此数，甚至连零头都不足。嘉靖后来曾亲自过问此事："三月决囚后，今已十月余矣，财物尚未至，尚不见。一所巨屋只估五百两，是财物既不在犯家，国亦无收，民亦无还，果何在耶？"[3]再到以后，无法交差的徐阶也不得不承认，籍没财产数字确有夸大，原因是"逆党"口供乱加"指攀"。[4]到万历年间，普遍认为有关严氏父子"巨贪"的说法并不属实，左都御史赵锦指出：

（严案）虚上所当籍事（虚报应当抄没的数额），而其实不副，则又株连影捕，旁搂（通"搜"）远取，所

[1]《明史》列传第一百九十六。
[2]同上。
[3]《世宗实录》卷五一九。
[4]《世宗实录》卷五四四。

籍之物强半出于无辜之民。[1]

这是赵锦在万历十二年四月，张居正被抄家时，不愿严案的前车之鉴重演，专给神宗(万历)皇帝上的奏折中讲的话。奏折还指出：经查明，连严世蕃所谓“谋反状”也属莫须有(“今日久事明，世蕃实未有叛状。”)。由此可知，当初徐阶用来使严氏父子身败名裂的两大主要罪状，大体都是捏造。赵锦是正直的人，他非但不是严党，恰恰相反，当年在嘉靖朝，他是最早起来疏劾严嵩的官员之一。但他并不因为自己反对严嵩，而认为可以用捏造手法去陷害此人。尤其当事实证明徐阶替严嵩编造的巨额财产纯属子虚乌有之后，赵锦替严嵩感到了不平，他在去贵州就任途中，经过分宜，“见嵩葬路旁，恻然悯之，属有司护视。”[2]他牢记住这教训，当张居正垮台同样遭人倾陷时，他站了出来，抗议。这样，神宗才允许给张居正家留空宅一所，田地十顷，用以赡养张的老母。

赵锦，鉴证了正直人格的存在，但在嘉靖以后，这种人格日益稀少。

严嵩的故事，无非就是一幕卑微、卑劣人格的悲喜剧。从男一号严嵩，到男二号、男三号、男四号夏言、徐阶、严世蕃……遵循剧作家兼导演朱厚熜先生的安排，共同讲述和演绎了自嘉靖年间始大明士夫阶层冠冕荡然、名节沦丧的主题。在这台波澜壮阔的大戏之外，尚出演过无数不为人知的同主题短剧、活报剧、小品——就像嘉靖间作家宗臣《报刘一丈书》描述的那个不知名的“朝夕候于权者之门”的小知识分子官吏。虽然对于那样一个制度、那样一个社会，这一点点的堕落，就其本质无伤大“雅”，谈不上把一个好制度变成坏制度、把好社会变成坏社会。但毕竟，帝制中国的相对的正义性，确实是靠儒家伦理来维持的，也确实把相当的希望寄托在士大夫砥砺名节的操守基础之上，如果这仅有的保障不复存在，这社会就真的连一丁点的理性也泯灭了。

严嵩从“小人物”(出身于所谓清寒之士即穷读书人家庭)始，以“小人物”终(废为平民和抄家后，“寄食墓舍以死”[3])。不单命运和遭际，在精神上，此人骨子里从来是小人物，天晓得世人怎会认为这样一个人配称一世奸雄。读其史传，

[1]《神宗实录》卷一四八。
[2]《明史》列传第九十八。
[3]《明史》列传第一百九十六。

我看到的是一个人提心吊胆、担惊受怕、随时可能掉入陷阱也因此随时准备反咬一口的一生。

他不过是嘉靖掌中兴致盎然戏弄来戏弄去的一只耗子。

我们记得，嘉靖有一只心爱的"狮猫"，它的死，让嘉靖很伤心，当袁炜以"化狮为龙"的创意来纪念它的死时，嘉靖欣慰异常——他一定很欣赏这只"狮猫"戏耍猎物的性情和本领，而引为同调。

死得其所

嘉靖四十五年，公元1566年，对于大明臣民，是一个特殊的年份。

是年，严嵩以八旬之龄在老家死于贫病。奇怪的是，他一死，二十年来一直以在幕后操纵他为乐事的"木偶艺术大师"嘉靖皇帝，也赶在年底跟着去了，似乎不能承受自己最听话、最顺手、最出色的一只玩偶的消失，而倍感寂寥，了无生趣。

也是这一年，赶在嘉靖驾崩之前，突然冒出来一个数十年不遇的"胆大狂徒"，递上一份火爆异常的奏疏，指名道姓把奄奄一息的嘉靖痛骂一番，作为对他即将远行的赠别。

这位让人瞠目结舌的仁兄，就是海刚峰海瑞。

朝中士风奸猾日久，只闻歌功颂德之音，就算人格尚存者，至多也是保持沉默，事不关己，高高挂起，行使其"不说话的自由"。怎么一下子有这样一个生猛的"另类"从天而降？

话得从头说起。

这海瑞，乃当时的琼州、今之海南省人氏。琼州于中原，遥远之极，"天涯海角"；古时交通讯息又极不便捷，数千里的空间距离，足让人"不知有汉，无论魏晋"。海瑞既生偏僻之地，又出于老派知识分子之家，"不识时务"实乃必然。此外还有一点，海瑞只有半截科举功名。他在嘉靖二十八年乡试中了后，会试落第，此后就放弃了进士考试，"学位"只及举人。"学历"不高，只能从地方和政界低层干起，这一干，就将近二十年。在北京的精英们眼中，他无疑是个没见过世面的乡巴佬，对“新思想”“新动向”懵然无知，不懂“规矩”，不了解时兴什么，对首都的人情世故更是两眼一抹黑。这的确是事实。除了那年会试海瑞短暂到过一趟京城，随后就在浙闽赣一带小县城游宦，直至嘉靖四十三年，因为一个意外机遇，他被提拔为户部主事，这才把脚踏进北京城。至今，北京人仍喜欢称外地人“傻帽儿”，初来乍到而出生偏远、履历始终不超县城范围的海瑞，想必就属于一个“傻帽儿”。到北京方才一年出头，他既不静观默察，也不做深入的“调查研究”，只凭个人信念和一腔激情，冲动上书，惹下杀身之祸。自政界的京油子们看来，这大抵也算一种“无知者无畏”。《明史》这样交代海瑞上疏的背景：

> 时世宗享国日久，不亲朝，深居西苑，专意斋醮。督抚大吏争上符瑞，礼官辄表贺。廷臣自杨最、杨爵得罪后，无敢言时政者。四十五年二月，瑞独上疏曰……[1]

明确指出自杨最、杨爵后，“无敢言时政者”。杨最，太仆卿，他起来反对嘉靖崇信道教，是在嘉靖十九年，被廷杖，当庭殴毙。杨爵，御史，嘉靖二十年上疏力陈崇道之非，下狱严刑重惩，打得血肉横飞，全无人样。那时，嘉靖刚刚显示出沉溺斋醮之事的迹象。换言之，自从杨最、杨爵被镇压后，举朝上下，全都“识时务者为俊杰”，绝口不谈皇帝陛下的这点“私人爱好”。足足二十五年后，才出来海瑞这么一个“傻帽儿”，“独上疏曰……”——一个“独”字，写尽京城官场气象和士大夫中间流行的“潜规则”。由是观之，海瑞不是“无知者无畏”，是什么？

无畏海瑞，大骂嘉靖“竭民脂膏，滥兴土木，二十余年不视朝，法纪弛矣……以猜疑诽谤戮辱臣下，人以为薄于君臣。乐西苑而不返，人以为薄于夫妇。吏贪官横，民不聊生，水旱无时，盗贼滋炽。”经他描述，嘉靖统治下的大明国不是好得很，而是糟得很。从朝中到乡野，一团漆黑，无一是处。如此“发飙”已足令人大惊失色，尤有甚者，海瑞更把矛头指

[1]《明史》列传第一百十四。

向嘉靖头顶上那块“癞疤痢”——最说不得、不容人说的崇道之事。他毫不留情地概括道：“陛下之误多矣，其大端在于斋醮。”因为斋醮，“左右奸人，造为妄诞以欺陛下”，皇帝不“讲求天下利害”，而有“数十年之积误”；也因这缘故，诸臣共蒙“数十年阿君之耻”，“大臣持禄而好谀，小臣畏罪而结舌”。[1]

这就是名垂青史的“海瑞骂皇帝”的《治安疏》。

疏入，嘉靖览之大怒。史书描写他的情形是：“抵之地，顾左右曰：‘趣执之，无使得遁！’”把海瑞奏章摔在地上，对身边人大叫：赶紧给我把这人抓起来，别让这小子跑了！据他想象，写这东西的家伙，肯定于递上来的同时，就脚底抹油，溜之大吉；因为已有好些年了，他未曾见过一个不怕死的官员。可是，宦官黄锦却告诉他：此人素有“痴名”（“傻帽儿”的书面语），上疏之时，已买好一口棺材，跟妻、子诀别，让僮仆四散逃命，自己却在朝门之外安静地等死。嘉靖一听这话，反而如泄气的皮球，不知所措。很意外地，他只吩咐把海瑞送入诏狱审问，再移送刑部判决，刑部揣摸情形，自然判了死刑，但嘉靖却把这判决“留中”数月，不予执行。

海瑞究竟怎样捡了条命，以必死之罪而不死？说起来，纯属运气太好。这奏疏的出笼，哪怕略早上个二三年，十个海瑞也小命玩完。

《治安疏》之上，距嘉靖翘辫子只十个月。其时，嘉靖的健康每况愈下，长期服食丹药的恶果显露无疑，这些东西由金石铅汞等物制成，实际就是毒品，经年累月沉积体内，致嘉靖最后慢性中毒而死。死前数月，他虽嘴硬，内心却隐然有悟，情知病症系由服食丹药而来。因此，海瑞的猛烈抨击，他尽管在心理和面子上接受不了，理智上却颇有触动。史载，他不止一次悄悄拿出《治安疏》来读，“日再三”，而且“为感动太息”，对近侍说：“此人可方比干（商纣王著名的批评者），第朕非纣耳。”他召见首辅徐阶，明确承认在崇道上误入歧途，损害了自己的健康：“朕不自谨惜，致此疾困。使朕能出御便殿，岂受此人（海瑞）诟詈耶？”一副无可奈何的口吻。[2]

这样，海瑞捡了条命，嘉靖则用不杀来婉转地表示对海瑞敢于“讲真话”的赞赏。可笑的是，他非把自己搞到奄

[1]《明史》列传第一百十四。

[2] 同上。

奄一息的地步,才肯面对真话,否则就坚定不移地拒绝真话、索取假话。这倒也是古来独裁者的共通之处。

明代皇帝,大半缺心眼,智商水平不高。而嘉靖这人,是其中最聪明的一个。他享国四十五年,历来最长,国家虽然一如海瑞抨击的那样腐败黑暗,从他个人统治权威来看,却不曾出过什么大乱子。[1]这很少见。无论是他的前任或后任,好些皇帝,在位不过数年或十几年,却焦头烂额,甚至陷自己于严重危机之中。嘉靖则显示了出色的统治技巧,对局面的掌控滴水不漏、游刃有余。以他的精明,倘若用在正道上,肯做一个有为之君,原是可以寄予期待的。可实际不是这样,他把他的精明,尽数用在权术上,只对高层政治斗争感兴趣,对国与民则未利分毫。

往往,绝顶高手无人可以击倒时,人们就可以等候他自己把自己击倒。嘉靖似乎就是这样。我们看他的为君之术,门户甚严,无懈可击,永立不败之地,没人钻得了他的空子。然而任其武功再高,也不免有某个致命的命门。嘉靖聪明一世,糊涂一时,严于防人,疏于防己。当他把所有人都整得没脾气时,他唯独忘记了防范来自自己的进攻。而那恰恰是他毕生最热爱、视为理想的崇道事业。他的一生,除此可以说没有别的追求,偏偏是这唯一的追求,将他最后彻底毁掉。

他的道教信仰,据说由父亲兴献王启蒙,“根红苗正”,与半途自己发展起来的兴趣很不同。从心理学可以知道,男孩的人格长成,来自父亲的影响最重要,根深蒂固——“像父亲那样!”男孩的基本行为和意识,大多以父亲为戏仿对象而培养起来。当年,朱祐杬与道士过从甚密的情形,必然早早地在小嘉靖心中引起摹仿的愿望,而且,这愿望将伴之终生。

登基为帝以后,兴趣时有显露,也曾引起辅臣们的关切。但头十年光景,尚未完全沉湎其中,因为立足未稳,大局待定,政治斗争仍很激烈,容不得他专心致志地奉道求仙;同时,也因为他

[1]“内忧”基本没有,正统以来几乎不可避免的“阉祸”意外地消失,严重的大规模的叛乱、暴动也不曾发生。“外患”方面,蒙古部落侵扰这老问题继续存在,但因蒙古已在衰落之中,强弩之末,虽然制造麻烦,却自己虎头蛇尾,没有构成英宗、武宗时期那么大的威胁;相比之下,倒是东南海防的“倭患”相当吃紧,但几经曲折之后,仗着胡宗宪用计及其制下戚继光、俞大猷一班名将的作战,最后算是弭平。所以,终其在位的这四十五年,嘉靖的日子可以说是比较平顺的,因此才能够优哉游哉躲在西内“大隐隐于‘宫’”。

对在儒家意识形态上继往开来,兴致正浓,极欲有所建树。

及至统治期的第二个十年,“大礼议”及改正祀典等战役大获全胜,将反对派一扫而空,士大夫们被收拾得服服帖帖,闲暇渐多,从此开始大弄。而十八年和二十一年先后遭遇的两难,尤其起到推波助澜的作用。

嘉靖十七年十二月,母后蒋氏病逝。嘉靖决定“奉慈宫南诣”,与父亲同葬一穴。翌年二月,从北京动身。这是嘉靖一生唯一一次离京出巡。行至卫辉府(今河南汲县),“白昼有旋风绕驾不散”。古时相信被旋风绕身是不吉利的,于是嘉靖请随行的道士陶仲文解释此事,陶告诉他说,这股旋风是即将发生的一场火灾的预兆。嘉靖命令陶仲文用法术阻止火灾到来,后者却回答说:“火终不免,可谨护圣躬耳。”避免不可以,不过皇帝的安全不成问题。夜间,行宫果然燃起大火,“死者无算”,嘉靖也身陷烈焰之中,然而,警卫团官员(锦衣卫指挥)陆炳却及时赶到,“排闼入,负帝出”。[1]

对这件事,任何理性主义者都会本能地怀疑并非巧合,是陶仲文和陆炳串通起来,做了手脚。而且,这样的骗局,几乎没有难度。在当代“大气功师”们手中,比这复杂、巧妙、隐蔽百倍的骗局,照样成功。

效果一目了然:当年九月,陶仲文被封“真人”,领道教事、总各宫观住持,成为道教全国最高领袖。陆炳亦由此发迹,终掌锦衣卫(警察头子),与严嵩并为两大实权人物。而嘉靖本人所受的影响更深,他完全被道教的“神奇”所折服,以至于回到北京后就对辅臣们宣布,打算“命东宫监国,朕静摄一二年,然后亲政”。[2]太仆卿杨最,正是在闻悉这个谕旨后,表示反对,而被当庭杖毙。

“监国之议”和杖毙杨最,是嘉靖试图一意修玄的重要信号,但让他终于做出这一决定的,是另外一个事件,两年后的一次针对他本人的宫庭谋杀案。

案发时间:二十一年(壬寅年)十月二十一日,深夜至天亮之间。案发地点:乾清宫后暖阁嘉靖皇帝卧处。案犯:以杨金英为首,共十六名宫女。作案工具:黄花绳一条,黄绫抹布二方。作案手段:大家一齐动手,趁嘉靖熟睡之际勒死他。作案动机:不明。

此案的记述,《实录》及民间史详略不一。我们加以综合,复原如下:

[1]《明史纪事本末》卷五二。
[2]同上。

准确的案发时刻无从确定，总之是嘉靖沉睡之中，因此应该发生在深夜至黎明之间这段时间。据说，当晚嘉靖是由所宠爱的端妃曹氏侍奉入眠。等他睡熟之后，杨金英等十几名宫女，结伙进入寝室。女孩们手拿绳索和抹布，把绳索套在嘉靖喉颈处，将抹布塞入他口内(防止出声过大)，有人负责拉紧绳索，另外几个人跳到嘉靖身上，压住他，阻止他挣扎。绳索勒紧时，嘉靖喉管里发出咯咯之声，“已垂绝矣”。但是，这些柔弱的小女子，手中气力实在有限；同时，或者因为慌乱，或者因为“不谙绾结之法”，她们套在嘉靖脖中的绳索，竟然是死结，拽了很长时间，仍未令嘉靖殒命。恐惧中，有人经不住考验，动摇。一个叫张金莲的宫女，悄悄逃脱，敲开方皇后宫门告密。方后带人火速赶到，将谋杀团全体佳丽当场捉拿。随后，展开急救。工程建设部部长(工部尚书)兼皇家医院(太医院)院长许绅主持专家抢救小组，决定以桃仁、红花、大黄诸药配伍，制成“下血药”，于辰时(上午七时至九时)灌服。嘉靖一直昏迷，灌药后继续昏迷。直到未时(下午一时至三时)，“上忽作声，起，去紫血数升”。又过一个时辰，“能言”，终于说话了。

由方皇后亲督，抢救的同时，对案件的查究也在进行。当场捉住的凶手里面，名分最高的是被封为“宁嫔”的王氏。但是，端妃曹氏虽然不在现场，也被认定参与谋逆。观察家认为，方皇后于嘉靖“未省人事”之时，“趁机滥入”，“其中不无(方皇后)平日所憎”；换言之，方皇后抓住这个机会，好好地摔了一回醋坛子——实际上，她是用另一形式，也参加到对嘉靖的宣泄中来。

在后来刑部奉旨法办的案犯名单中，没有端妃曹氏。这并不表示她被放过，相反，观察家认为，方皇后做得更绝，早在移送刑部之前，曹氏已然“正法禁中矣”。最后公布的全部宫婢人犯是以下十六位：

杨金英　杨莲香　苏川药　姚淑翠　邢翠莲　刘妙莲　关梅香　黄秀莲
黄玉莲　尹翠香　王槐香　张金莲　徐秋花　张春景　刘金香　陈菊花

那个临阵动摇、通风报信的张金莲未得宽宥，也在其中，理由是：“先同谋，事露始告耳”。嘉靖决定给女孩们如下处置：先凌迟处死，再加以肢解（“剉尸”），再割下头颅（“枭首”）示众。“行刑之时，大雾弥漫，昼夜不解者凡三四日。”她们的家人也都不同程度受到牵累，有被处死，有被充为奴。

一群宫女，为何以必死的决心，起来谋害嘉靖？这已成永远的秘密。审讯是在紫禁城内完成的，真相只有嘉靖本人、方皇后和极少数内监知道。《实录》对此讳莫如深，只说“诸婢为谋已久”[1]，就这么六个字。透过“已久”二字，我们隐约猜见事情非起自于一朝一夕，实在到了忍无可忍的地步。总之，这些姑娘们于夜色中走近嘉靖卧榻时，明白地采取了荆轲式的一去不复还的姿态；成也罢，败也罢，等候她们的好歹都是一“死”。她们是决计抛别自己性命了，唯一目的仅仅是让嘉靖去死。这究竟为什么？因为宫中寂寞、青春无望？不可能。古来多少宫女遭受同样命运，却从来没有人为此去拼命。这更不是争风吃醋，十几名女子同声相应、同气相求，肩并着肩，迈向睡梦中的嘉靖——这是暴动，是复仇，是索命，是“血债还要血来还”。我们无法说出，但我们知道，她们必定经历了非人的对待，而且是长期的、看不到尽头的。

这桩谋杀案，史称“壬寅宫婢之变”。

一次火灾，一次谋杀，两度直面死神。尤其后面这次，差不多等于死过一回，让本就惜命非常、疑神疑鬼的嘉靖，惊恐万状。一只脚踏上了奈何桥却又侥幸抽身回到人间的他，无法再在乾清宫安睡，乃至对整个紫禁城都产生心理障碍。“说者谓世宗以禁中为列圣升遐之所，而永寿则文皇旧宫（西苑永寿宫，为朱棣燕王府旧址），龙兴吉壤，故圣意属之。”[2]因此，他执意迁往永寿宫，“凡先朝重宝法物，俱徙实其中，后宫妃嫔俱从行，乾清遂虚”[3]。（当他再次回到这里，已经是具尸体——嘉靖四十五年十二月死后，停柩于此。）

他丢下国家、人民、大臣和皇宫，甚至部分丢下对权力和虚荣的欲望，不顾一切地逃命去了——身体逃往西苑，灵魂则逃往道教。“上既迁西苑……不复视朝，惟日夕事斋醮。”[4]“宫婢之变”也许并不是嘉靖沉迷道教的分水岭。这以前，他的兴趣已经极浓厚。不过，他全面推掉政务，不再履行国家元首的义务，确

[1]《世宗实录》卷二六七。
[2]同上。
[3]《万历野获编》卷二列朝，嘉靖始终不御正宫。
[4]《万历野获编》卷二列朝，西内。

从“宫婢之变”开始。

此时，他三十来岁，春秋正盛，却已经生活在来日无多的恐惧之中。尽管对死亡的恐惧，不分贵贱，人所共有。但细分辨，其实并非一事。普通人所忧者，是生存之艰，他们度日如年，多活上一天便是幸事。皇帝——四面楚歌、山穷水尽者除外——却忧无可忧，生存对他们来说不构成任何压迫，而惟一不能克服和必须面对的，只是“螣蛇乘雾，终为土灰”，亦即，他们再拥有一切，却独独不能终免一死。普通人一生随时面临失去，体验失去，而帝王则只担虑一件事——失去生命。就此论，死之恐惧带给帝王的心理压力，远大于普通人。

大多数人到了精疲力衰的老年，心中才有空暇去考虑死亡。我们的嘉靖皇帝，年纪轻轻，却已经深深陷于对死的焦灼。上帝是公平的，他一面让嘉靖这种人忧无可忧，几乎找不到任何可以担心的事，一面让他才三十来岁就没日没夜地为死而牵肠挂肚、愁眉不展、心惊肉跳。就我个人而言，宁肯生活经历多一些困境，也不愿三十来岁的时候就只能操心一件事情：怎样可以长生不死。

从三十来岁到六十岁，二十多年中，嘉靖就只活在这一个念想里面。这其实是一种极其严酷的生存。严酷之处不仅仅在于恐惧，而且在于他不得不想办法来消除这恐惧。后者是最糟的。试问能有什么办法呢？请注意，他关心的并非“健康”，而是“不死”。倘若仅仅是“健康”，办法很多：好的饮食、生活习惯、心性调养……都能够起作用。但不是，他想要的不是“健康”，是“不死”——这其实根本没有办法。然而他又一定要找到办法，不找到不行。于是，麻烦、危险悄悄地走近他，而他也飞蛾扑火般兴高采烈地迎上前去。他们彼此拥抱，互相觉得可爱。这样的迷恋，一直延续到嘉靖行将就木之前。

论史者多认为嘉靖死于崇道。非也。嘉靖之死，死于自己，死于心魔。世上本无事，庸人自扰之。固然从邵元节开始，嘉靖身边的道士极尽欺骗之能事，但说到底，骗术奏效终因嘉靖宁信其有、不信其无，自家心里预设了那种期待，稍有巧合，他不觉得事情本来如此，却认定是法术灵验或虔求所致。

诞生皇储的事情就很典型。嘉靖即位十年，迟迟未生皇子，他自己急，臣子也急。行人司有个叫薛侃的官员，竟提出“宜择宗室之亲贤者留京邸，俟皇子生而后就国”[1]，语气全然对嘉靖能否生子很表悲观，惹得嘉靖“怒甚”。总之，压力很大。道士邵元节趁机劝嘉靖设醮求嗣，正中他下怀。从十年十一月开始，在宫中正式设醮坛，由礼部尚书夏言专任“监礼使”，嘉靖本人和文武大臣轮流上香。此事持续了很久，直到第二年十一月，翰林院编修杨名还上疏敦促停止醮祷，说“自古祷祠(祀)无验”[2]。谁料想，几乎同时，后宫传来阎氏——后被晋封为丽妃——受孕的喜讯。十个月后，嘉靖十二年八月，阎氏为嘉靖产下他的第一个儿子。虽然这孩子命薄，只存活了两个月就死掉，但邵元节法术奏效却似乎是不争的事实，而且三年后的嘉靖十五年，昭嫔王氏又产一子。《明史·邵元节传》说：

> 先是，以皇嗣未建，数命元节建醮，以夏言为监礼使，文武大臣日再上香。越三年，皇子叠生，帝大喜，数加恩元节，拜礼部尚书，赐一品服。[3]

耳听为虚，眼见为实。邵元节弄法之前，膝下十年无子；自打邵元节建醮，“皇子叠生”。这叫“事实胜于雄辩”！嘉靖认为，所有攻击邵元节、道教和他的信仰的人，统统可以闭嘴了，于是隆重奖掖邵真人邵大师。但他偏偏忘记，在装神弄鬼之前，邵元节早已帮助他打下了雄厚的“物质基础”——那便是广选“淑女”，例如《实录》记载，建醮当年的正月，曾有“淑女四十八人”入宫[4]；这应该是不完全的记录，因为我们发现《实录》对此类细节有时记载，有时却加以隐讳。另外，不能排除邵元节会采取某种药物来帮助受孕，高级道士身兼医药家的情形并不少见，有记载证实，这个邵元节起码在研制春药方面颇具造诣，而且确实卓有成效。嘉靖却不屑于现实地看待“皇子叠生”现象，而宁可将它理解为神迹，原因是这种理解更能满足他内心许多深远的想象和诉求。

神秘主义的东西，关键在于“信”。因信称义。信则灵，不信它就拿你一点办法没有。嘉靖最不缺的，就是这个“信”字。“皇子叠生”他相信是邵元节祷祀灵验，太子出牛痘痊愈他相信是陶仲文法术成功，连�

[1]《国榷》卷五十五，世宗嘉靖十年。
[2]《国榷》卷五十五，世宗嘉靖十一年。
[3]《明史》列传第一百九十五。
[4]《世宗实录》卷一二一。

明司礼监刻本《赐号太和先生相赞》图一，钦命招鹤相。

太和先生，即朱厚熜所宠信的龙虎山上清宫道士邵元节。图中描绘了邵元节应朱厚熜之命作法的情形。鹤寓长寿意，为道教瑞物，常与仙家相伴。

明司礼监刻本《赐号太和先生相赞》图二，钦安殿祈求圣嗣相。

求圣嗣，即为朱厚熜求子。图中，邵元节放出一只小鹤，飞向空中几只大鹤，是向上仙通其消息的意思。能够做到这一点，邵元节至少很好地掌握了驯鹤技术。

鞑边患的解除,也被他认为"实神鬼有以默戮之"[1]。

因为只信不疑,不要说半真半假的骗术,就连仅以常识即可知为虚妄的骗术,也轻易被他照单全收。甚至骗术戳穿后,还是无所触动。例如段朝用事件。段朝用,庐州(今合肥)人,先为武定侯郭勋(当时勋贵中一大丑类,从"大礼议"到崇道,对嘉靖步步紧跟)延于府中,声称"能化物为金银"[2],更进一步吹嘘,经他点化的金银,制成器皿,"饮食用之可不死"。[3]这还了得?陶仲文就把段推荐给嘉靖。神奇法术,嘉靖之最爱;兼有郭勋、陶仲文两大"最具信誉度爱卿"做担保,段朝用马上入宫,被封"紫府宣忠高士",同时赏赐郭勋。段氏自然没有"能化物为金银"的本事,最初献出的器皿,所用金银都是偷盗来的。入宫后,嘉靖索取甚多,段氏渐不能支,无奈之下他想出各种巧妙借口,奏请国库支与银两,先后达四万余两——嘉靖居然不曾想一想,一个能点物为银的人,反而伸手向他讨要银子!须知嘉靖并非白痴,智商不弱,在玩弄政治权术上我们已充分见识了他的精明。惟一合理的解释,他对于道术实在太过迷信。久之,段朝用的"科研成果",势必越来越少,嘉靖也感觉到了不满意。正当此时,段的一个小徒弟因为和师父闹意见,忿而举报真相,如此如此,这般这般;论理,段朝用完了,该有灭顶之灾,可是糊涂嘉靖先将段下锦衣卫狱,却很快又饶了他,只给他降级处分,"改羽林卫千户,又改紫府宣忠仙人"[4]——从"高士"改为"仙人",如此而已,在我们看来这种称号上的改动简直没有什么分别——继续让他从事点金术科研工作。段朝用难以为继,也走投无路,末了,狗急跳墙,做出疯狂之举:采取现代黑社会手法,绑架郭勋的一个奴仆张澜,"拷掠之,且曰:'归语而(尔)主(指郭勋),馈我金十万,当免而主追赃。"张澜不曾答应、也没法答应他,段朝用继续折磨,直到把张澜搞死。段骑虎难下,以羽林卫千户身份反咬一口,"乃上言勋奴行刺,为己所觉,邂逅致毙"。这次,当然再也糊弄不过去,"下诏狱讯治","瘐死狱中"。[5]

段朝用活该,不过比之邵元节、陶仲文,我还是略为他抱一点不平。段落得如此下场,不是因为嘉靖幡然猛醒,只是因为段在以妖术邀宠上选择了错误路线。"点物成金"类似"硬气功",一

[1]《明史纪事本末》卷五二。
[2]同上。
[3]《万历野获编》卷二十七释道,段朝用。
[4]同上。
[5]同上。

切落在实处，立竿见影，露馅儿的可能性太大；就此言，段氏作为一个骗子，有其不够滑头处。而邵元节、陶仲文之流，对这种一招一式见“真功夫”的活计，是绝对不揽的。他们云山雾罩，用无法证实（同时也不可能被人去证伪）的玄虚理论向嘉靖描绘美好远景，开空头支票，而在次要环节、局部问题上，运用魔术家和医药家——在这两方面他们是略知一二的——的技能，让嘉靖“眼见为实”，取得信任，从而长久立于不败之地。这两个人，骗了嘉靖一辈子，而且是嘉靖折寿的最大的罪魁祸首，但都安然善终，并收获高官厚禄。邵元节官至礼部尚书，给一品服俸；嘉靖十八年病死北京，得到隆重追悼，追赠少师，葬同伯爵。陶仲文更于生前就尊荣已极，嘉靖历年给他的地位和待遇共计有：光禄大夫、柱国、少师、少傅、少保、礼部尚书、恭诚伯、兼支大学士俸[1]，“一人兼领三孤（少师、少傅、少保），终明世，惟仲文而已”[2]，论地位，内阁首辅犹在其下。

邵元节死的那年，“宫中黑眚见（现），元节治之无验，遂荐仲文代己，试宫中，稍能绝妖，帝宠异之。”[3]黑眚，是古人所认为的一种由水气而生的灾祸，以水在五行中为黑色，称“黑眚”。《铁围山丛谈》：“遇暮夜辄出犯人，相传谓掠食人家小儿……此五行志中所谓黑眚者是也。”这件事，肯定是邵、陶二位老友之间串通好，联手出演的一幕魔术。邵元节临死前，需要找一个可以信任的人替代自己，继续控制嘉靖，从而保护自己的家人（其孙邵启南、曾孙邵时雍都“一人得道、鸡犬升天”，在朝中做官），而陶仲文正想接替他的事业，两人一拍即合，设计了这个节目在嘉靖面前表演，使陶轻而易举获得嘉靖信任。

读这段故事，我油然想起当初在巴黎，李斯特为了将肖邦引荐给法国上流社会所用的手法：那是一个令人愉快的夜晚，在专为巴黎名流准备的钢琴独奏沙龙上，有史以来最伟大的钢琴大师李斯特用他绚烂的技巧，迷住了在场每个人。整个大厅，只有一盏孤烛在大师的琴台上照耀，突然，一阵风吹过，蜡炬熄灭，然而琴声丝毫未断，当烛台再次点亮时，所有人都惊呆了——在钢琴前演奏的人，不是李斯特，是一个面色苍白的年轻人。这是不可思议的。试想，竟然有人可以悄然取代李斯特大师的演奏而骗过了所有人的耳朵！一夜之间，肖邦这个名

[1]《万历野获编》卷二十一佞倖，秘方见倖。
[2]《明史》列传第一百九十五。
[3]《明史纪事本末》卷五二。

字传遍巴黎……

邵元节以陶仲文代己,跟李斯特以肖邦代己,手法如出一辙,只不过需要额外玩一把魔术罢了,而这样的魔术,对邵、陶来说不算什么。比这更复杂的魔术,嘉靖年间的道士也曾成功上演过。《万历野获编》记载,与嘉靖同样热爱道教的徽王朱载埨,“尝于八月十五日凝坐望天,忽有一鹤从月中飞下殿亭,鹤载一羽士(道士),真神仙中人也,王喜急礼之,与谈大快……”大快之余,道士成功骗得万金而去;后一日,“有司擒道士宿娼者来,疑其为盗”,徽王一见,正是跨鹤自月中来的“神仙”。对方供认,他们其实是武当山道士。沈德符的评论非常正确:“总之,皆幻术也。”[1]这样的大型魔术都能玩得,可见明代中国魔术水平之高,邵、陶的“黑售魔术”岂非小菜?

当然,仅有瞒和骗是不够的,他们也必须在某些地方拿出“真才实学”,让嘉靖通过本人、在自己身上切切实实看到效果。他们可以一显身手之处,是“进方”。方者,药之配伍也。道家修行者有个别名叫“方士”,即因他们以长生不死为最高愿望,孜孜以求,不遗余力去发明“长生不死之药”,而得了这样的称呼。

他们的目标虽然是虚幻的,但在致力于这目标的过程中,却也的确对药物的种类、性质、作用有所了解,而普遍拥有医药家的知识和技能。中国古代,除职业医家外,对医药学贡献最大的,就是道家方士。例如东晋高道葛洪记述过天花、肺疾、麻风的病状,也研究出一些治病的药物和方剂,名气很大,至今还有一种治疗脚气的药水打着“葛洪脚气水”的旗号。南朝炼丹家陶弘景撰写了七卷《本草经集注》,是药物学名著。孙思邈以“药王”名垂史册,其实他也是一位炼丹家。有学者指出:“整个看来,中国古代医药化学成就主要是从炼丹的活动中取得的,人工合成的矿物药剂的最早丹方也主要见于炼丹家的著述。”[2]

然而,因为目的全然错误,道家方士的医药家这一面,真真假假,经验与邪术并存,不全是外行,但绝对不是货真价实的医生,他们在取得你信任的同时,往往把健康和生命的巨大风险不知不觉地带到你身边。

历史记载中,有几次嘉靖或太子朱载垕患病,经邵、陶等祷祀痊愈,极可能是暗中用药的结果。这属于通过消病

[1]《万历野获编》卷二十七释道,月中仙人。
[2]李国荣《帝王与炼丹》第6页。

免灾来换取嘉靖对其“法术”的笃信。此外还有一种情形，即无病状态下，以“养生”的成效，让嘉靖获得神奇体验。

其中，性体验或与性有关的生命体验，是最突出的内容。性，在人生命中显而易见的盛衰过程，本身具有对健康状况的极大心理暗示作用；性功能强劲，是生命力旺盛的表征，反之，人普遍认为自己精力趋于衰竭。正基于此，道家十分重视这方面的修炼，既以性行为为改善和增强生命机能的手段，也把改善和增强性机能当做修行效果的检验标准。因此，道家一直以来既保持着研究“房中术”的传统，同时，也从男女两性生理出发，臆想了许多奇怪神秘的理论，从中进行药物学的发掘和实验——把这两个层面简单概括一下，分别是“性交技巧”和“春药”，而这两者的一致作用，据说都有助于养生和长寿。

邵、陶之流恐怕在两个层面都有献于嘉靖，而以“春药”更突出。由于这种事特有的隐秘性质，我们实际无从确知他们提供的“春药”真实详尽的内容，因而也无法用现代实验手段证实它或否定它。不过，从当时的记载看，效果竟然是确凿的。《万历野获编》有两条记载：

> 时大司马谭二华纶受其术于仲文……行之而验，又以授张江陵相（张居正）……一夕，（谭纶）御妓女而败，自揣不起，遗嘱江陵慎之。张临吊痛哭……时谭年甫逾六十也。张用谭术不已。后日以枯瘠，亦不及下寿而殁。（陶仲文之术）前后授受三十年间，一时圣君哲相，俱堕其彀中。[1]

“行之而验”，很明确，且非孤证，嘉靖之外，尚有名臣试之见效。第二条说得更具体：

> 嘉靖间，诸佞倖进方最多，其秘术不可知。相传至今者，若邵、陶则用红铅，取童女初行月事（少女初潮）炼之，如辰砂以进。若顾（顾可学）、盛（盛端明）则用秋石，取童男小遗，去头尾炼之，如解盐以进。此二法盛行，士人亦多用之。然在世宗中年始

[1]《万历野获编》卷二十一佞倖，秘方见倖。

饵此及他热剂，以发阳气。名曰“长生”，不过供秘戏耳。至穆宗(朱载垕，隆庆皇帝，嘉靖第三子)以壮龄御宇，亦为内官所蛊，循用此等药物，致损圣体，阳物昼夜不仆，遂不能视朝。

沈德符很谨慎地指出，真正的配方已“不可知”，他所叙述的，乃“相传至今者”。但对这些春药的奇效，他相当肯定，尤其隆庆皇帝用后“阳物昼夜不仆”一语，令我们想起同样成书于嘉靖年间的《金瓶梅》对西门庆之死的描写，应该说不是虚言。

更有力的佐证，来自以下史实——嘉靖年间，多次从民间征选幼女入宫。我们在《国榷》中找到了几例这样的记载：

二十六年二月“辛丑，选宫女三百人”。[1]

三十一年十二月“配朔，选民女三百人入宫”。[2]

三十四年九月“戊戌，选民女百六十人”。[3]

仅三笔记述，即达七百六十人。这些女孩，在八岁至十四岁之间，年龄分布很符合取“红铅”的目的，有立等可取者，也有蓄之以充后备军者，同时，这时间段正好是陶仲文为嘉靖所倚重的全盛时期(陶卒于嘉靖三十九年)。

王世贞有一首《西城宫词》，阴指此事：“两角鸦青双结红，灵犀一点未曾通。自缘身作延年药，憔悴春风雨露中。”

一切迹象表明，嘉靖年间，尤其嘉靖中年以后，宫中长期、持续而有计划地执行焙炼及供应“红铅”的任务。嘉靖必定感觉“药方”奏效，方才形成如此长期的需求。但所谓有效，实质不过如沈德符所言：“名曰‘长生’，不过供秘戏耳。”亦即，在性事方面显出了效果，与“长生”并无关系。但是，道家偏偏对性事与长生之间的关系，独有一套神秘主义理论，嘉靖很容易从性事的有效而相信此必有助于长生。

嘉靖所能看到的，只是服药后床第

[1]《国榷》卷五十九，世宗嘉靖二十六年。
[2]《国榷》卷六十，世宗嘉靖三十一年。
[3]《国榷》卷六十一，世宗嘉靖三十四年。

之间雄壮有力，抑或身轻体健而已，他根本不知道吞入腹中的究竟是什么、各种成分的药理作用如何。在现代，任何受过一定教育的普通人，都懂得用药安全问题，都明白只能服用经过严格动物、人体实验，被证明确有疗效并且安全可靠的药物。可叹嘉靖身为皇帝，人间至尊，却勇于尝试一切完全不知来历的药物，承担连现代药物实验志愿者都不可能承担的风险。念及此，人们与其羡慕那些皇帝，倒不如好好地可怜他们一番哩。

世事真是奇怪。嘉靖此人，一生“图迴天下于掌上”，谁也斗不过他，但命运还是给他安排下一个劲敌，一个死敌；那，就是他自己。当把所有人收拾得服服帖帖、唯唯诺诺之后，他似乎无事可做，于是开始跟自己较劲。他把自己分作两派，一边是皮囊，一边是灵魂。皮囊循着自然和上帝的旨意，生长、衰老、走向终点，灵魂却恐惧地大叫：“不！”灵魂一边不停地嘶喊，一边搬来援兵——五花八门的长生不死之药。这些援兵，非但未能延缓皮囊老去的步伐，反而加速了它，以至于最后从结果来看，简直是引狼入室——这些援兵成了皮囊坏朽的最大帮凶。

嘉靖就这样自己把自己整死了。

不必留待现代医学的检验，对嘉靖之死，当时的看法便非常明确一致：药物中毒。“其方诡秘不可辨，性燥热，非神农本草所载。”[1]例如《明史》提到，方士所进药物之中，居然有以水银制成[2]。如此剧毒成分，都是摄服对象，危害可想而知。没有人能够回答，他这一生究竟把多少种毒素请入自己体内，但相关记载却足够让我们去想象他的疯狂：

> 帝晚年求方术益急，仲文、可学辈皆前死。四十一年冬，命御史姜儆、王大任分行天下，访求方士及符箓秘书……上所得法秘数千册。[3]

对这数千册“法秘”，他居然如获至宝，大大赏赐姜、王二人。他的确已经癫狂，连内侍悄悄放在其床褥案头的药丸，也信为天赐，郑重其事吩咐礼部举行“谢典”。[4]直到最后时日，死神走来，他才若有所悟：“朕不自谨惜，致此疾困。”

[1]《明史纪事本末》卷五二。
[2]《明史》列传第一百九十五。
[3]同上。
[4]《世宗实录》卷五四七。

《明史纪事本末》以专门一卷，单独叙述嘉靖崇奉道教之事。作者谷应泰，终篇处以如下话语具结：

> 语云：服食求神仙，多为药所误。又云：君以此始，必以此终。
>
> 吁！可慨也夫！[1]

“君以此始，必以此终”，精彩精彩。又说：

> 世宗起自藩服，入缵大统，累叶升平，兵革衰息，毋亦富贵吾所已极，所不知者寿耳，以故因寿考而慕长生，缘长生而冀翀（鸟直飞升状，借喻成仙）举。

天道诡异。历来，做皇帝能做得这么顺当，凤毛麟角。倘嘉靖无此爱好，我们看不出有何原因能够妨碍他享受“清平乐”。然而一股奇怪的力量偏偏让他自滋事端，且沉溺如此之深，在毒素的攻逼下了却残生。

其实，最终被自己所坚信不移的东西所击倒和戕害，往往是唯我独尊者无法逃脱的命运。嘉靖爱道教，我们也因为他爱道教而爱道教。感谢道教，感谢嘉靖狂热地信仰它，感谢邵元节、陶仲文等所有向嘉靖进献毒药的道士们。否则，世上还真没有其他东西，能让这个海瑞在《治安疏》里骂得狗血淋头的皇帝，略微遭到些许的报应。

[1]《明史纪事本末》卷五二。

难兄难弟

天启和崇祯，由校和由检，一对难兄难弟。在断送朱家天下方面，朱由校未必功劳最大，却属于既往一十六位皇帝中最爽快、最慷慨者。短短七年，他以近乎狂欢的方式，为明朝预备葬礼，以致“万事俱备，只欠东风”。七年之后，他把一座建造好的坟墓交给弟弟朱由检，怡然逝去。朱由检则并不乐意进入坟墓，试图挣扎着走出来，然而死亡的气息已牢牢控制了一切。

与明朝周旋十余年、战而胜之的李自成，末了，又以某种方式输给了它——至少输给了它的创始人朱元璋。明朝的崩溃和李自成的失败，同样发人深省。

明思宗朱由检。

也即崇祯皇帝，北京紫禁城龙床上的明朝最后一位君主。做皇帝一十七年，朝野内外，危机四起，一团乱麻，他于那张龙床，如坐针毡。

人类历史转眼来到十七世纪。

本世纪，西方以英国为试验场，发生和展开一系列向现代转型的事件：国会作为民主一方，与专制一方的查理一世反复拉锯；革命爆发、查理一世被处死、克伦威尔执政；共和失败、英人再次选择君主制，然而同时通过《权利法案》，以立宪方式限制了君主权力。

地球另一端，东方，明代中国也大事频生。积攒了二百年的病症，一股脑儿赶在这个世纪二十年代至四十年代这二十年间，从内到外总体发作；巨厦将倾，朽木难支，东坍西陷，终于崩解。

难题包括：阉祸、党争、内乱、外患。四大难题，无论哪个，严重程度在明代国史上都前所未有。单独一个，即足令人焦头烂额，此刻它们却四箭齐发、联袂而至，实为罕见之极的局面。

最后两位皇帝，天启和崇祯，由校和由检，一对难兄难弟。在断送朱家天下方面，朱由校未必功劳最大，却属于既往一十六位皇帝中最爽快、最慷慨者。在位短短七年，他以近乎狂欢的方式，为明朝预备葬礼，以致“万事俱备，只欠东风”。七年之后，他把一座建造好的坟墓交给弟弟朱由检，怡然逝去。朱由检则并不乐意进入坟墓，试图挣扎着走出来，然而死亡的气息已牢牢控制了一切。朱由检不思茶饭，全力抵抗，身心俱疲，终归是困兽之斗。朱由校庙号“熹宗”，若换成另外一个同音字，改称“嬉宗”，始觉般配。朱由检亡国吊死，由清朝给他陵墓起名“思陵”，似乎建议他多作反思，实际上，崇祯面临的处境，并非思索所能克服，思之无益。

孟森先生说：

熹宗，亡国之君也，而不遽亡，祖泽犹未尽也。思宗，自以为非亡国之君也，及其将亡，乃曰有君无臣。[1]

意谓，崇祯运气很差，亡国时偏偏轮着他做皇帝。天启才是名正言顺的亡国之君，可他却挺走运，早早死掉，把上吊的滋味、亡国的苦痛留与崇祯品尝。亦正因此，这哥儿俩同属一个故事情节，放到一块讲述，才算贯通、完整。

1620年

历史，确有其诡秘之处，时而越出于理性所可解释范围之外。

谁能相信，1908年10月21日，清朝光绪皇帝刚死，次日，慈禧皇太后也就跟着死去。两大对头之间，生命终结衔接如此紧密，不像自然天成，反而更像人为所致。于是，慈禧害死光绪之说油然而生。但事实偏偏并非人们所想象的，所有的病历记录表明，光绪完全属于病情自然衍化下的正常死亡。没有恩仇，没有阴谋。历史就是如此巧合。

类似的巧合，不止一次发生。并且，巧合之中的巧合更在于，它常发生于一个朝代或一个历史政治单元完结的时候。惊诧之余，人们情难自禁地把这种现象，视为冥冥中不可抗拒的运数，视为一种天启。

1620年，大明王朝也收获了它自己历史上的一个特异年份，迎来了冥冥中分配给它的那种不可抗拒的运数。

单单这一年，紫禁城两月内接连死掉两个皇帝，先后共有三位皇帝彼此进行了权力交割。

更堪怪骇之处，第三位皇帝匆匆坐上龙床后，他替自己择定的年号，居然就是“天启”！天地间，难道真有神意不成？难道无所不知的神明，是连续用三位皇帝走马灯似的登场、退场，来暗示大明子民：阴云袭来，他们的国家即将风雨飘摇？

[1]《明清史讲义》上。

因为一年之内送走两位皇帝，1620年，中国破例出现了两个年号。依例，新君即位当年，应该沿用大行皇帝年号，第二年改元，启用自己的年号。可是光宗朱常洛登基一个月暴毙，导致在中国历史纪年中，1620年既是万历四十八年（八月以前），又是泰昌元年（八月起）；进而，本该是泰昌元年的1620年，却变成天启元年。

明神宗——历史上他更有知名度的称呼，是“万历皇帝”——朱翊钧，在位长达四十八年。光宗朱常洛八月初一即位，九月初一日病故，在位仅仅三十天，不多不少，整整一个月。他们父子都各自创下记录：神宗享国之久，为有明之最；光宗承祚之短，同样是有明之最。

这对父子之间，头绪远不止此。

万历是一个自私之人，自私程度人间罕见，一生所行之事，无不在尽兴书写这两个字。依一般人看去，身为皇帝，广有四海，富足不单无人可比，简直也失去意义。然而，万历却毫无此种意识，他顺应自己极端自私之本性，根本不觉得一国之主可称富有，表现竟像举世头号穷光蛋，疯狂敛财，搜刮无餍。终其一世，苛捐杂税以变本加厉之势膨胀不已，不光小民无以聊生，连官员也是他揩油对象，动辄罚俸、夺俸，有善谄之臣见他“好货”，“以捐俸（把工资原银奉还）为请”，他居然“欣然俯从”[1]，一时成为天下奇闻。

他的自私，不仅仅表现在钱财上，待人也是如此，包括对待亲生儿子。

万历践祚十载，大婚三年，居然未生皇子。这很奇怪，他正式的妻妾，就有一后、二妃、九嫔，没有名号的宫女不计其数。三年来，朝朝暮暮，行云播雨，但除去万历九年十二月产下一女，再无硕果。

然而，皇长女出生之前的两个月，却发生了意想不到的事。

深秋十月，北京已是败叶满地的时节。这天，万历去慈宁宫请安，不意太后不在，由宫女接着，侍候他洗手。那宫女姿色其实寻常，柔顺可人而已，万历不知如何心有所触，或者出于无聊，或者感秋伤怀，或者索性是觉得在太后宫中悄悄乐一把格外刺激，总之，顺势拉过宫女，行那云雨之事，事毕即去。

孰料，此番不同以往，竟然一枪命

[1]《万历野获编》卷二列朝，捐俸助工。

中。宫女被发现怀孕,太后对儿子提起此事,后者却矢口否认。这好生可笑。偌大宫庭,只他自己是个男人,倘系别人所为,岂非是惊天大案?况且,还有《起居注》。太后命人拿来让他看,时间、地点、人物,三要素一应俱全。万历不能抵赖,备觉羞恼。

论理,皇帝乃"真龙天子",而云雨随龙,龙到哪里,哪里就会雨露润物,本来这正是他们的特征,没什么奇怪的。为什么万历会否认而且羞恼呢?原因只为一个:这是在母后住所偷腥。想必事前他依据自己极低的命中率,认定此举将化于无形,而不惊动太后。不巧,偏偏遇上一块过于肥沃的田地,种籽落下,当即生根发芽。对此,他不但不高兴,反而感到丢脸出丑。

其实,太后不曾责怪他,相反喜形于色。渴望皇嗣的心愿,令太后并不计较万历略微不合礼数的行为。她对儿子谈论了这样的心情,要求给予怀孕的宫女以适当名分。然而,万历的自私本性却表露无遗。他不怨事情出于自己的越轨行为,却深深衔恨于宫女居然怀孕,似乎这是她有意将了自己一军。在名号问题上,他一再拖延,第二年六月,因拗不过母亲才勉强封这宫女为恭妃。册封发表之后,群臣依例想要称贺,却遭断然拒绝。

也许,他在心中暗暗期待恭妃肚里的孩子并非男性,那样会让他的怨恨有所释放。但看来老天决心把这个玩笑跟他开到底。十年(1582)八月十一日,恭妃临盆,娩下一子。万历皇帝的皇长子,就这样诞生了!

万历说不准心里是何滋味。有喜悦,毕竟终于得子。然而,也极其地不爽。我们替他分析一下,不爽在于:第一,原本只想玩一把,不认为会搞大肚子,偏偏却搞大了!第二,事发,搞得很被动,心里已把那女子当做丧门星,巴不得她倒楣,结果人家偏偏有福——一次即孕,一生还就生男孩!第三,如果原先已然有子,多少好些,如今自己第一个儿子,偏偏让这女人生了去!第四,自己窝囊不说,还连累深深宠爱的淑嫔,令她永失生育皇长子的地位,而这意味着很多很多……

淑嫔姓郑,万历发现她的价值并迷恋上她时,正好是那位可怜的宫女肚子渐渐隆起的时候。郑氏于十年三月册封淑嫔,翌年八月,一跃而封德妃——这时,郑氏尚未贡献一男半女,地位却与生育皇长子的恭妃相埒。

明神宗朱翊钧。

也即万历皇帝。他在明代诸帝中，未必是最不堪的，然而“生不逢时”，与王朝灭亡干系最大。党祸、重赋两大祸根，均于他的统治期内埋下。

明光宗朱常洛。

他当太子时间最长（足足三十九年），在龙床上待的时间则最短。父亲万历皇帝死后登基，立即陷入狂欢，日夜纵欲，仅一个月而暴毙。

等到万历十四年，郑氏果然产下一男，取名朱常洵，乃神宗第三子。此前，次子朱常溆，年方一岁即夭。故而，朱常洵虽然行三，实际现在却是老二，前头只挡着一个朱常洛；倘非如此，太子之位非他莫属。这更增添了万历对于恭妃及其所生长子的怨艾。

万历几乎用尽一生，去报复无意间充当了绊脚石的恭妃母子。

郑氏生下朱常洵后，迅即晋封贵妃，地位仅次于皇后。生育皇长子的恭妃，反居其下。直到二十多年后，因为朱常洛生下皇长孙朱由校，恭妃才取得贵妃身份。

皇长子朱常洛的名分，也久拖不决，成为万历间最严重的危机。从万历十四年开始，到万历二十九年止，为朱常洛的太子地位问题，群臣，还有万历自己的老母亲，斗争了十五年。万历则使出浑身解数，压制、拖延、装聋作哑、出尔反尔……所有人都相信，皇帝这种表现，包藏了日后将以郑贵妃所出之朱常洵为太子的目的。长幼之序，礼之根本，牵一发而动全局，若容让皇帝这么搞，天下大乱，一切无从收拾。因此，太后、群臣以及舆论的抵制，也格外坚韧，万历完全孤立。僵持到二十九年十月，太后大发雷霆、下了死命令，万历抵挡不住，才于十五日这天颁诏宣布立朱常洛为太子，同时封朱常洵为福王（藩邸洛阳，若干年后，李自成攻下洛阳，朱常洵惨死于此）。

终于被立为太子的朱常洛，时年十九。可以说，从出生以来，童年、少年、青年这三大人生阶段，他都是在父亲不加掩饰的排拒、打压与冷眼中度过。“父亲”一词，唤不起他丝毫暖意和亲近之感。他逐日提心吊胆地生活，养成一副极端懦弱、逆来顺受、唯唯诺诺的性格。

迫于礼制，万历不得不加封恭妃以贵妃，却不曾让她过一天好日子。十三岁前，朱常洛尚与母亲住在一起，后迁移迎禧宫，从此母子“睽隔”，不得相见。恭妃幽居，极度抑郁，竟至失明。煎熬至万历三十九年[1]，抱病而终。病重期间，朱常洛想看望母亲，好不容易开恩准许，到了宫前，却大门紧闭，寂然无人，朱常洛自己临时找来钥匙，才进入这座冷宫。母子相见，抱头大哭。恭妃摸索着

[1]《明史·后妃传》记作薨于万历四十年，但《明史纪事本末》和《先拨志始》，均记为万历三十九年九月，疑正史误。

儿子的衣裳，哭道："儿长大如此，我死何恨！"[1]这是她对朱常洛说的最后一句话。《先拨志始》则叙为，朱常洛得到批准去看母亲，郑贵妃派人暗中尾随；母子相见后，恭妃虽盲，却凭超常听觉发现盯梢者，只说了一句"郑家有人在此"，就再不开口，直至逝去[2]——她这当然是为了保护儿子，不留把柄。其情其景，思之甚惨。

皇家人情薄浅如此，所谓金枝玉叶，过的其实乃是非人的日子。直到万历死掉为止，朱常洛没有一天能够昂首挺胸。不但不能，反而不知哪天会突然大祸临头。小灾小难不必细说了，单单搅得天昏地暗的大危机就发生过两次。一次为万历二十六年至三十一年之间的"妖书案"，此案错综复杂，牵扯人员甚广，简单说，与郑贵妃"易储之谋"有关。第二次是万历四十三年五月四日的"梃击案"，是日，一身份不明的男子，手执木棍，从天而降，闯入太子所居慈庆宫，逢人就打，场面一时混乱不堪，幸被制服。汉子的来历、目标以及如何能够进入森严的宫禁，都是极大疑团。审讯结果，又指向郑贵妃。从古至今一致采用的掩盖真相的最好借口，就是宣布有关疑犯为疯癫（精神病患者），郑氏势力也迅速想到这一点，而万历皇帝则愉快地接受了这个解释。两个事件当中，朱常洛全都忍气吞声，尤其"梃击"一案，性质凶恶已极，但他察言观色，见父亲意在遮盖，遂违心帮着劝阻主张深究的大臣："毋听流言，为不忠之臣，使本宫为不孝之子。"[3]

表面是皇太子，实际他地位之可怜，超乎想象。万历病重已经半月，朱常洛作为皇太子却始终不被允许入内探视，到万历死的这一天（公元1620年8月18日，万历四十八年七月二十一日），还是没有机会见父亲一面。《三朝野记》详细记载了这天的经过：

壬辰（七时至九时），九卿台省入思善门，候问。甲午（十一时至十三时）召见阁部大臣，寻即出，皇太子尚踟蹰宫门外。（杨）涟、（左）光斗语东宫伴读王安曰："上病亟，不召太子非上意！今日已暮，明晨当力请

[1]《明史》列传第二。
[2]文秉《先拨志始》卷上，万历起天启四年止。
[3]李逊之《三朝野记》卷一，泰昌朝纪事。

入侍,尝药视膳,而夜毋轻出。”丙申(十五时至十七时),神皇崩。[1]

也就是说,朱常洛一直在宫门外焦急徘徊,直到万历撒手人寰,还是未能见上一面。另有记载称经过力争,得到一次见面机会,但查遍《神宗实录》《光宗实录》以及《明史·神宗本纪》,均未提及,恐怕还是《三朝野记》所载比较真实。为什么见不了?大约并非出自万历本意,他这时神智不清,难做主张。所以,杨、左二人才肯定地对朱常洛亲信太监王安说,不召见太子,不是皇上的意思。谁的意思?只能是郑贵妃。这女人打算将垂危的万历一手控制。杨、左认识到事情的严重,出主意,让朱常洛第二天一大早“力请入侍”,而且一旦入内,就别轻易离开。然而未等到第二天,下午,万历皇帝朱翊钧便已驾崩。

幸而朱翊钧没有在最后关头剥夺其皇位继承人的身份,七月二十三日,遗诏公布:“皇太子聪明仁孝,睿德夙成,宜嗣皇帝位。”[2]当然,这并不取决于朱翊钧的主观愿望,围绕朱常洛地位问题,各方斗争了三十多年,若能改变,早就有所改变,不必等到今天。

可对朱常洛来说,无论如何,终于熬出了头。现在,他是皇帝。登基日定在八月初一。

有道是:乐极生悲。这句话,用在朱常洛身上,再恰当不过。

他八月初一即位为君,八天后病倒,第三十天即九月初一,便一命呜呼,独自在明朝同时创下两个记录:当太子时间最长(十九年),在龙床上呆的时间却最短。

为什么刚坐上龙床没几天就一下子死掉了?因为“幸福”来得太突然。过去三十九年人生,抑郁沮落、意气难舒,眼看将及“不惑之年”,“解放”却突如其来,于是神魂颠倒。

所有记载都指出,朱常洛一旦翻身做主人,立即进入狂欢状态,全然不顾丧父之痛,日夜纵欲,尽情挥霍着寻欢作乐的特权,似乎想要短时间内将自己几十年不快乐的人生,全数加以补偿。

替这把干柴添上烈火,使之迅速烧为灰烬的,恰恰正是他以往不快乐的根

[1]李逊之《三朝野记》卷一,泰昌朝纪事。
[2]《神宗实录》卷五九六。

源郑贵妃。

话说神宗死后，郑贵妃心神不宁，多年来就继承权问题，与朱常洛结下的梁子非同小可，如不设法化解，恐有不测风云。她想到的办法，并无奇特之处，不过是最最通俗的性贿赂，然而收效甚著。她运用自己对男人心理的深入认识，精选不同风味美女若干，于朱常洛登基之日，当即献上。

这批"糖衣炮弹"，有说八枚，有说四枚——查继佐记作："及登极，贵妃进美女四人侍帝，未十日，帝患病。"[1]谈迁记作："进侍姬八人，上疾始惫。"[2]文秉没有语及人数，却提供了更有意思的情节——郑贵妃所进，并非普通美女，而是"女乐"。"女乐"，犹日本所谓"艺伎"，乃"特种职业女性"。她们除容貌之外，都掌握较高的歌舞艺能，也要受其他媚术的培训；她们不必是妓女，身份比操皮肉生涯者高，然倘有必要，所提供的"服务"不单可以包括任何内容，质量也非普通妓女堪比。文秉甚至很具体地说，"以女乐承应"的那一天，"是夜，一生二旦俱御幸焉，病体由是大剧。"[3]"一生二旦"，指女乐中一位扮演小生的演员，和两位扮演旦角的演员；朱常洛这夜上演"挑滑车"，一人独挑三员职业青春美女，甚而车轮大战，由此病体缠绵。

对普通人而言，性生活过量而致人死命，除在艳情小说中见过，现实中很难想象。但我们不能忽视，朱常洛的情形与普通人很不一样。李逊之分析了三个原因：第一，朱常洛多年偃屈抑郁，兼营养不良，体质本来就弱（"上体素弱，虽正位东宫，供奉淡薄。"）；第二，继位前后，操持大行皇帝丧事，应付登基典礼等，劳累过度（"日亲万机，精神劳瘁。"）；第三，贪欢过度（"郑贵妃复饰美女以进。"）。[4]确应视为此三者共同作用的结果。前两条，都不足致命，美女是关键。美女甫一献上，"是夜，连幸数人，圣容顿减。"[5]换作一副好身子板的男人，尚可对付，但以朱常洛的体质，这一夜，只怕就如民间所说：被淘空了。

况且，还并不是"一夜风流"。郑贵妃"饰美女以进"，是在登基的当初；到病情传出宫闱之外，已过去了七八天。七八天工夫，确实可将打小"素弱"的朱常洛榨干，渐失人形。

[1]《罪惟录》列传，卷二。
[2]《国榷》卷八十四，泰昌元年八月。
[3]《先拨志始》卷上，万历起至天启四年止。
[4]《三朝野记》卷一，泰昌朝纪事。
[5]同上。

他的这些变化，人都看在眼里。百官顾不上含蓄委婉，直截了当加以谏劝。八月七日，御史郭如楚奏请皇帝："起居必慎"，"嗜欲必啬"。八月八日，御史黄彦士致言认为，皇帝身体本来单薄，"急在保摄(保身摄神)"，"然保摄之道，无如日御讲读；接宫妾之时少，接贤士之日多。""以练事则嗜欲夺而身益固(勤于政则无暇纵欲，从而有益于健康)。"八月九日，工科给事中李若珪就朱常洛亲政提出五点建言，第一点就以"保圣躬"为题，将话挑明："天下劳形摇精之事，多在快心适意之时。一切声色靡丽，少近于前，则寡欲而心清、神凝而气畅。"[1]

朱常洛接纳没有呢？恐怕没有。八月十六日，内阁首辅方从哲在入宫问安时请求："圣体未愈，伏望清心寡欲，以葆元气。"[2]从此话看，朱常洛病中仍未检点，行乐不辍。大臣们把这样的消息带到宫外，第二天，御史郑宗周据此上奏道："祈皇上抑情养性，起居有节，必静必清，以恬以愉，斯可祈天永命以绥，如天之福。"[3]病倒已近一旬，居然仍须群臣劝阻他节制房事！也许那几位美眉是"狐狸精"变化而来，实在让人欲罢不能；也许朱常洛心中抱定"朝闻道，夕死可矣"的宗旨，以"为人花前死，做鬼也风流"的大无畏精神，决计将享乐主义进行到底。

他确乎进行到底了，进行到"头目眩晕，四肢软弱，不能动履"[4]为止。

随后，命内医诊视。医生名叫崔文昇，此人按说也算一个名医，多年服务于达官贵人府邸，从不曾出过差池。可他给朱常洛开的药方，却教人看不懂。当时，朱常洛"两夜未睡未粥，日不多食"[5]，孱弱已极，崔文昇却开了一剂"通利之药"，也即泻药，用后，"上一夜数十起，支离床褥间"[6]。体弱如此的病人，竟用泻药？任何现代人，无须专门修过医学，也知"一夜数十起"，势必脱水，而使机能衰竭，别说体弱如朱常洛，就算一条壮汉，也禁不起这么折腾。这姓崔的，何以如此？他不可避免招来重大怀疑，又引出郑贵妃为幕后主使的推测，以及东林党与浙党的彼此攻讦——这些，都是后话。眼下要紧之处在于，经过崔文昇用药，朱常洛的病况雪上加霜。

很奇怪的是，让崔文昇来治病，似乎竟是背地里悄悄进行的。东林党方面朝臣杨涟、孙慎行、邹元标、周嘉谟等

[1]《光宗实录》卷四。
[2]《光宗实录》卷六。
[3]同上。
[4]同上。
[5]《光宗实录》卷七。
[6]《三朝野记》卷一，泰昌朝纪事。

人，乃是事后从别的途径才得知。当朱常洛由于服用“通利之药”病情加重后，杨涟专门上疏主张追究此事，朱常洛竟然还加以否认。他在八月二十二日发表上谕，声称：“朕不进药，已两旬余。卿等大臣，勿听小臣言。”[1]或许，他感到病之所起，有损脸面，于是极力避讳。但“若要人不知，除非己莫为”，他已然做下，现在却一意遮掩，以致连治疗也偷偷摸摸，贻误更甚，这可能是他终于不治的更重要的原因。

一直拖到八月二十一日，他才公开承认患病，“召太医院官，诊视、进方。”[2]但为时已晚，没有什么办法。

挨了几日，自觉大限将至。八月二十九日，召见首辅方从哲等，忽然语及“寿宫”，方等以为所问是去世不久的神宗皇帝陵寝事，朱常洛却指了指自己说：“是朕寿宫。”诸臣不敢妄答，都道：“圣寿无疆，何遽及此？”朱常洛心知肚明，又叮嘱了一遍：“要紧！”

此时，委实已是“病急乱投医”，听说有个叫李可灼的官员，自称有“仙丹”，尽管方从哲等告以“未敢轻信”，朱常洛仍命立即献上。

候在外面的李可灼被宣入内，并献上他的“仙丹”——所谓“红丸”。马上召来乳娘，挤出人乳，以之调和红丸，供朱常洛服用。服下，居然当即便觉好转。诸臣出宫等候，不久，里面传话：“圣体用药后，煖润舒畅，思进饮膳。”众人一片欢腾，以为奇迹发生。这时是中午，到傍晚五时（“申末”），李可灼出来，阁臣们迎上相询，被告知：皇上感觉很好，已再进一丸，“圣躬传安如前”，大家可以回家了。[3]

然则，这红丸究系何秘密武器？它完全的名称，“红铅丸”。一见“红铅”字样，我们马上又想起嘉靖皇帝，他为求“红铅”，曾征选七百多名八岁至十四岁少女入宫。没错，“红铅”就是经血。《广嗣纪要》：“月事初下，谓之红铅。”历史上，出现过不少春药，如魏晋有“五石散”，唐代有“助情花”；“红丸”则是宋明较有代表性的春药，以红铅、秋石、辰砂等为配伍，用时另以人乳调之。从朱常洛服用后的表现看，红丸大概会含着一定性激素，使其精神一振；药力刺激以外，也不排除所谓“回光返照”的作用。

诸臣松了口气，披着暮色，各自散归。“次日五鼓内，宣召急，诸臣趋进，而龙驭以卯刻上宾矣，盖九月一日也。”[4]五

[1]《光宗实录》卷七。
[2]同上。
[3]《光宗实录》卷八。
[4]同上。

鼓即五更时分，相当于寅时，现代时刻的三时至五时；卯刻，清晨五时至七时。旧历分大、小月，大月三十天，小月二十九天；万历四十八年八月是小月，仅二十九天，所以文中“次日”，不是我们现代人习惯理解的八月三十日，而是九月一日了。归结一下：九月一日三时至五时之间，朱常洛病危，略微苟延，至六七时死掉。

朱常洛一生：熬了十九年，才被承认为太子；又熬十九年，终于当上皇帝；当皇帝仅仅二十九天，就一命呜呼。对他，我们可用八个字盖棺论定：生得窝囊，死得潦草。

这种命运，是父皇朱翊钧一手造成。包括被几位美女淘空身子丧命，也跟朱翊钧有关——派遣美女的，正是朱翊钧的至爱郑贵妃，等于不在人世的朱翊钧，假郑氏之手，仍旧给了他最后一击。

这一击，使大明帝国在短短一个月内，送走两位大行皇帝——还让第三位皇帝匆促登场。有的时候，黎民百姓也许一辈子都盼不来改朝换代，而1620年，每个中国人却不得不先后接受三位皇帝的君临。

通常，专制制度下，人们对最高统治者的更迭，寄予特殊的希望，幻想借这样的机遇，万物更新——因为除了这种机遇，人们实在无法指望拥有别的令现实稍加改变的可能。而在1620年，人们不仅不可以做这种指望，相反等待他们的，乃是一种令人束手无策的灾难。

那第三个坐到龙床上的人，甚至自己都毫无准备。所谓毫无准备，并不仅仅因为一个月内连续死掉两位皇帝过于突然——更严峻的困境在于，从来没有人对第三位皇帝接替和履行其职务，做过任何铺垫。朱由校是在没有受过一星半点皇帝角色培训的情形下，即位为君的。祖父一生自私寡恩的连锁效应，和父亲流星一般的君主生涯，共同作用于这位十六岁男孩。当父亲匆匆揖别人世之际，朱由校甚至连太子都还不是，也不曾正式接受过任何教育，头上秃秃，胸无点墨，本朝历来没有一个皇帝如此，跟他相比，顽劣不堪的正德皇帝，也足可夸耀自己登极之前在各方面已打下了良好的基础。

惯例，传位诏书应该就皇位继承人的德行品学表示嘉许。就连朱翊钧，也能够在遗诏中这样称赞朱常洛：“聪明仁孝，睿德夙成”。而朱由校从父亲遗诏中，只得到可怜而空洞的四个字："茂质英姿"[1]，意思相当于"这孩子，长得蛮精神的"。向来虚浮的皇家文书，眼下竟也不知如何吹捧这位皇位继承人，因为他实在近乎一张白纸！

尽管如此，朱由校还是天经地义地走向龙床。1620年的中国，注定如此，只能如此。

沐猴而冠

也许，对一个新登基的皇帝不该使用这样的词汇，尤其在至今仍未从对皇帝的习惯性敬畏心理中走出来的中国。

但是，我并未试图用这个词去贬低朱由校，或者谴责他，或者暗示不应该由他接替皇帝的位子。朱由校的继位，完全合法，那座金銮殿属于他，没有人比他的血统和资格更加纯正。

问题不在这里。

我此刻想到"沐猴而冠"这个词，是被它的幽默和喜剧色彩所打动。它描绘出一种最不和谐、最不相称、对彼此都颇为勉强苦恼的情形。在古人言，"冠"是一件极庄重、极尊严的事物，例如，脱离幼稚而成人要行冠礼，此前则只好称"弱冠之年"；孔子高徒子路，"君子死，冠不免"[2]，认为如果是君子，死没什么，头上的冠是不能丢落的。然而，猴却是一切动物里，最不耐庄重与尊严的一员。把极庄重、极尊严的事实，加之于极不耐庄重与尊严的东西，这样的反差，已到极致；而且还"沐"而"冠"，先把猴子洗得干干净净，以便它看起来不那么邋遢。想出这词儿的，是太史公司马迁——他在《史记·项羽本纪》里说："人言楚人沐猴而冠耳，果然。"——也只有他这样的天才，才能在思想中凝聚如此透骨的幽默吧。

朱由校生于万历三十三年，公历1605年。很遗憾，他不属猴。这年出生的人，属相是蛇，但由此可见，人的性格与其属相实无关系。从诸多方面看，朱由校更适宜属猴。他以贪玩著名，太监刘

[1]《光宗实录》卷八。
[2]《左传》哀公十五年。

若愚亲自观察，给了他生性“不喜静坐”的描述[1]。尤其喜欢上树掏鸟窝，一次树枝折断，掉下来，几乎遇险。他并非只是性格上有猴性，命运亦复如是。做皇帝整个七年间，他基本被魏忠贤、客氏这对狗男女当猴耍，本人也极其配合、听话，任由摆布，以至连自己老婆、孩子亦不保——非不能保，竟然是置之不保，完全不可理喻。

人与猴是近亲。人类学意义上，形貌若猴的“毛孩”，被称为“返祖现象”。我们的天启皇帝朱由校先生，虽非“毛孩”，却发生“返祖现象”。他的“返祖”，不是长出毛茸茸的脸蛋儿与四肢，而是精神上重返“至愚至昧”[2]的原始状态。

何出此言？说来无人肯信：十七世纪二十年代的“中国第一人”，几乎是个白丁！我们由礼科给事中亓诗教给朱翊钧的一道奏折得知，直到万历四十七年(1619年，也即朱由校登基的前一年)三月，年已十五、作为皇太孙的他，自打从娘胎出来，迄今竟然未“授一书、识一字”！奏折原文：

> 皇上(朱翊钧)御极之初，日讲不辍，经筵时御；为何因循至于今日，竟视东宫(朱常洛)如漫不相关之人？视东宫讲学如漠不切己之事？且不惟东宫也，皇长孙(朱由校)十有五岁矣，亦竟不使授一书、识一字。我祖宗朝有此家法否？

如非事实，丌诗教绝不敢这样理直气壮地提出来。况且还有旁证。《明史》载，早此六年，孙慎行(时任礼部右侍郎)也曾指出：“皇长孙九龄未就外傅。”[3]——即，朱由校已经九岁，却还从来没有给他请过老师。

鲁迅曾说“人生识字糊涂始”，毛泽东曾说“知识越多越反动”。鲁句“翻造”苏东坡“人生识字忧患始”，来调侃“许多白话文却连‘明白如话’也没有做到”[4]；毛句，则意在推行“文化革命”。其实，人当然不会因为识字而糊涂起来，也当然不会知识越少越进步。鲁、毛两位，自己没有少识字、少读书，都一肚皮学问；对他们的愤世语，是不可以当真的。朱由校以他的一生，站出来作证：不识字，人

[1] 刘若愚《酌中志》卷三。
[2]《明清史讲义》上。
[3]《明史》列传第一百三十一。
[4] 鲁迅《人生识字糊涂始》。

必定糊涂透顶；缺乏智识却龙袍在身，也必带来很多反动的后果。

朱由校糊涂到什么地步呢？简单来说：颠倒黑白，敌我不分，把坏人当好人，把好人当坏人。

在他登基之前，出过一桩事，史称“移宫”，列有名的明末宫庭三大案之一（另两案发生在朱常洛身上，一为“梃击”，一为“红丸”，前面已有交代）。所谓“宫”，指天子所居的乾清宫。

朱常洛既死，朱由校接着当皇帝，乾清宫理应由他居住。但朱常洛的宠姬李选侍却赖在那里不走，她提出的要求是得到皇后的封号，而一些大臣则认为她胃口远不止此，怀疑她有意垂帘听政。大家起来跟李选侍斗争，费了九牛二虎之力，才使她搬出乾清宫，这样，朱由校才得以正位。京戏里有一出《二进宫》，据说即以此事为本，不过情节上却另加虚构，有很大变动。

李选侍的恶劣还不止霸占乾清宫这一件事，说起来，她对朱由校实有杀母之仇。朱由校跟他父亲一样，也是普通宫女所生，很巧，这宫女也姓王。李选侍在朱常洛跟前一直受宠，但她自己只生有一女，对生育了当时的皇长孙朱由校的王氏，妒恨交加，就运用自己的被宠，对王氏百般虐待，而朱常洛似乎也听之任之。朱由校终于即位之后，曾在上谕中多次声讨李选侍的罪行：

> 朕昔幼冲时，皇考选侍李氏，恃宠屡行气殴圣母（指其生母王氏），以致（王氏）怀愤在心，成疾崩逝。使朕有冤难伸，惟抱终天之痛。[1]

> （李氏）前因殴崩圣母，自度有罪，每使宫人窥伺，不令朕与圣母旧侍言，有辄捕去。[2]

除了杀母之仇，李选侍对朱由校本人，一贯也不放在眼里，呵来叱去。移宫之前，朱由校一度被李氏控制，形如挟持，“挟朕躬使传封皇后，复用手推朕，向大臣痛（流血之创伤曰“痏”）颜口传，至今尚含羞赧”[3]。

[1]《熹宗实录》卷一。
[2]《明通鉴》卷七八。
[3]《熹宗实录》卷一。

在整个危机中,有两个人立了大功。一是以兵部给事中而被委以顾命重任的杨涟,一是太监王安。当时朱由校为李氏控制,杨涟首倡应该当机立断,强行解救朱由校。王安则是从李氏那里亲手夺过朱由校、“强抱持以出”[1]的那个人。救出朱由校,“诸臣即叩首呼‘万岁’”,首次确认朱由校的皇帝身份,随即由王安保护,内阁成员刘一燝、英国公张惟贤分扶左右,去文华殿暂御,李选侍派人追来,拉拉扯扯想把他夺回去,是杨涟厉声喝退,君臣乃得于文华殿商议登极之事。李选侍赖乾清宫不走,又是杨涟和王安坚持不懈施压,迫其迁往哕鸾宫。

李选侍最得力的走狗叫李进忠,他就是日后改名为“魏忠贤”的不可一世的大太监。他当时把宝押在李选侍身上,看好她能够挟幼主而听政,所以坚持要李选侍抓住朱由校不松手。怎奈女人家见识不到这一层,也因胆怯而动摇,朱由校以此脱身。但“既许复悔,又使李进忠再三趣(催促)回”。其实这句话应该写作“在李进忠指使下,李选侍再三趣回朱由校”。“及朕至乾清宫丹墀,进忠等犹牵朕衣不释。甫至前宫门,又数数遣人令朕还,毋御文华殿也。”[2]由这些叙述,很清楚地看到,魏忠贤(李进忠)是帮助李选侍挟持朱由校的主谋。

实际上,“移宫案”带有宫庭政变的色彩,一切只差在毫厘之间——设若李选侍坚定听从魏忠贤主张,不放走朱由校,设若杨涟、王安不挺身而出夺走朱由校,使其摆脱李党的控制,将来朱由校这个皇帝怎样一个当法,很成问题,极可能是一个“儿皇帝”。杨涟、王安果断出手,与群臣同心协力,紧急关头“救驾”,一举扭转局面,可以说朱由校顺利即位,多拜二人之所赐。然而事过之后,这两个帮助他取得帝位的功臣,一个被他发往南海子充当净军,不久被魏忠贤害死于该处,另一个先是被赶回故里,后又在魏忠贤针对东林党人发动的大规模清洗中,投入诏狱,折磨致死。相反,曾“殴崩圣母”、“挟圣躬”的李选侍,以及助纣为虐的魏忠贤,这两人论理与朱由校有不共戴天之仇,却作了恶而未得任何惩罚。李选侍安然在哕鸾宫得到奉养,魏忠贤转而通过交好朱由校乳母客氏,成为朱由校最为信赖的人。

如此黑白颠倒,根本无法以常理揆度。我们并未要求朱由校有正义感,从普遍的善恶标准在正邪之间做出正确

[1]《三朝野记》卷二上,天启朝纪事上。
[2]《熹宗实录》卷一。

取舍。我们对他不过是从私利角度设想，谁在维护他的利益，谁又损坏和伤害着他，这总该能够分清。而事实上，他的选择竟是，与为其效命的人反目，包容直至亲近欺辱自己母亲、意欲挟持和禁锢他的敌人。这样一个人，全然不知好歹，用里巷之间的说法，就是缺心眼儿。但是原因何在？朱由校其实不痴不傻，从他擅长的木工漆活来看，简直应该算是心灵手巧。想来想去，他的缺心眼儿，只能归结到迟迟不曾接受教育，不识字、不读书。但凡读过一点书，总会有些识见，分得清眼前利益和长远利益，断得明敌我亲仇。

从其一生看，朱由校对于人生人性，基本懵懂无知，见地不及初中生。他很容易被蒙骗，甚至无须蒙骗，只要哄他一时高兴，任取任夺——江山社稷无所谓，连老婆孩子的性命也无所谓。他天赋的聪明可以打高分，而后天的心智成熟度则仅相当于幼稚园孩童。这笔账要记在祖父朱翊钧身上。这位万历皇帝不知何故，对儿子朱常洛、孙子朱由校一律采取“愚民政策”，群臣为常洛由校父子争取出阁读书权利，磨破嘴皮，朱翊钧则能拖就拖，好像唯恐他们的智力得到开发，好像并不担心将来他们做了皇帝，被人欺负耍弄。

总之，朱由校以天潢贵胄，居然有如出身赤贫的农家子，直到成人，硬是没有机会进入学堂。他的才具，全靠自己开发——在野玩中成长。

有明一代，整个朱家皇族出过两位天才[1]。一位是郑王朱厚烷嫡长子朱载堉，此人于历法、数学、地理、物理、哲学、文学、舞蹈无所不通，尤其音乐乐理上的造诣、成就，傲视前人，据说他是世界上最早解决了十二平均律的数理和计算的人。另一个天才，便是朱由校。朱由校的天才，表现在工程学方面，倘若生在当代并循正规途径培养，以他的天赋，跻身国家工程院院士之列，绝非难事。

自幼没有老师和功课约束，朱由校便有大把时间玩耍，除了寻常的爬树、骑马、溜冰、荡秋千之类，朱由校也得以在野玩之际，邂逅最适宜他天性的喜好——宫中屡有造作修葺，由校路过或于近处玩耍时得见，每驻足旁观，兴趣盎然。久而久之，心慕手追，找来工具自己摆弄。这一摆弄不打紧，天才就此被发现。他无师自通，仅因观摩便心领神会，不仅诸般技艺尽数掌握，而且水平极高：“斧锯凿削，引绳度木，运斤成风”“虽巧匠

[1]八大山人朱耷也是从皇族里出来的天才，不过他一生主要在清代度过。

明熹宗朱由校。

也即天启皇帝。他可谓工程技术天才，同时却又是一位文盲，长到十五岁，还未“授一书、识一字”。明代宫廷的溷错，程度没有超过他的。

外狭穿只得随地基所作若内濶外乃名爲蝉穴屋则
衣食自豐也其外濶则名爲槛口屋不爲吉也造屋切
不可前三直後三直则爲穿心册不吉如或新起册不
可盖舊屋棟齊過俗云新座捕舊棟不久便相送須用
放低於舊屋则日次棟又不可直棟穿中門云穿心棟

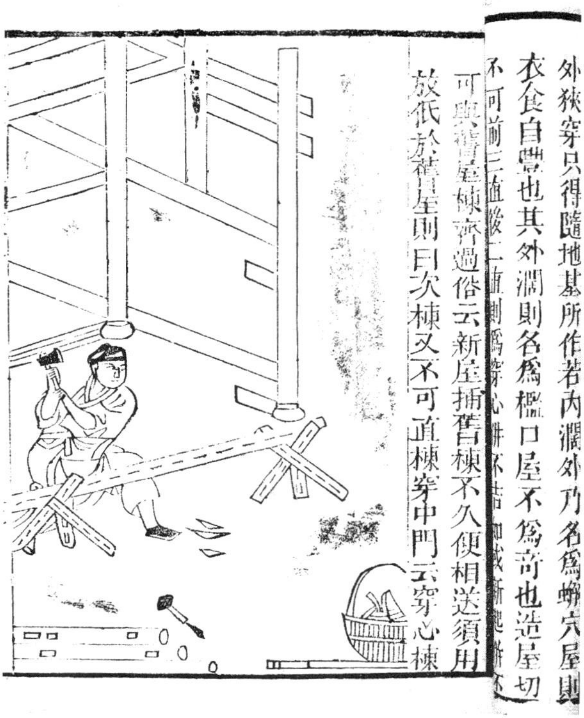

《鲁班经》。

成书于明代的木作行业书。这才是朱由校所倾心的事业，然而，他却生来注定去当皇帝。

不能及”“又好油漆，凡手用器具，皆自为之”。[1]

举凡泥瓦工、木工、漆工、雕刻工，他无不精通。但他的才具岂止单单是能工巧匠，更长于工程、机械的巧思设计，潜心琢磨并亲手完成的某些作品，虽然只是“玩艺儿”，无关国计民生，对文明进步也毫无用途，但就匠心独运、巧夺天工而言，显示了不逊于瓦特、詹天佑式的潜质。例如他曾以水为动力，运用力学原理和复杂的机械装置，设计出一种机动水戏：“用大木桶、大铜缸之类，凿孔创机、启闭灌输。或涌泻如喷珠，或澌流如瀑布。或使伏机于下，借水力冲拥圆木球如核桃大者。于水涌之大小，盘旋宛转。随高随下、久而不坠。”他常有这类制作，“皆自运巧思，出人意表。”[2]

他可不是零敲碎打，小打小闹。当时宫里目击者称，朱由校“性好营建”，领着十来个太监，颇具规模地盖房子，亲自设计，亲自施工，亲任监理，把大内变成实验他工程师、建筑家、能工巧匠和包工头理想的工地。“回廊曲室，皆手操斧锯为之”，没日没夜地干，建成后特满足，很有成就感，高兴劲儿一过，又推倒重来，不断改进、折腾，乐而不疲。（“朝夕营造，成而喜，喜不久而弃，弃而又成，不厌倦也。”[3]）

这已超乎嬉乐之上。我相信，他在其中一定感受到创造力的极大释放；单独看，他的举止和态度是严肃的、专注的、执著的，与任何沉浸在自己事业中的工作者没有分别。“每营造得意，即膳饮可亡，寒暑罔觉。”[4]干活的时候，投入程度跟民间热诚忘我的劳动者一般无二，“当其执器奏能，解衣盘礴。”[5]

倘使那时有清华大学或同济大学可入，朱由校的一生当有辉煌前景，将来修水库、建大桥、造巨厦，广阔天地大有作为，才智尽得发挥，而且一定可以跻身“中华英才”。读他的故事，我曾设想对他的最好安排，是类似于洛克菲勒基金会那样的组织，给他提供一大笔钱、一间实验室，让他随着性子去鼓捣随便一些什么玩意儿，他自己将万分快乐，社会多半也能享受到其聪明才智创造出来的成果。很遗憾，他注定去当皇帝。但是，当皇帝，我们实在不敢恭维，只能称

[1] 抱阳生《甲申朝事小纪》初编，卷十，禁御秘闻，天子巧艺。
[2] 同上。
[3] 刘若愚《酌中志》卷十四，客魏始末纪略。
[4] 同上。
[5]《甲申朝事小纪》初编，卷十，禁御秘闻，天子巧艺。

之“沐猴而冠”。

这就不仅他自己难伸其志，整个国家也跟着陷于灾难。他自己所理解的本职工作，是技术专家兼熟练工，而在其他所有人眼里，他却只能是国家元首。两种认识之间，错位太大。所造成的情形则是，朱由校异常认真地对待自己所认定的“本职工作”，对皇帝职责却敷衍了事、漫不经心。“或有紧要本章，奏事者在侧，一边经营鄙事，一边倾耳且听之。毕即吩咐曰：‘你们用心去行，我已知道了。’”[1]若频频受到打扰，难免要不耐烦的；魏忠贤利用这一点，渐渐将批硃权抓到手里。

他总共在位七年。这七年的皇帝，被他当得一塌糊涂，内政外务，无一事处置算是对的。实际也谈不上什么处置，因为身边完全被奸人所包围，他又是一个猪油蒙心、不知好歹、对是非毫无判断力的人，因此奸人对他说如此如此，他就这般这般。统治期内，外患、阉祸、党争、叛乱四大危机，同时发作，而且搅作一团，你中有我，我中有你，虽说明朝气数已尽，然若非赶上如此少见的“愚阍”皇帝，多少尚存缓解余地。

可是却又怎样指望这样一个人呢？他糊涂到自己的妃嫔被人暗中搞死都不会生疑的地步。他不是没有后代，生过五个孩子，三男二女，可谁能相信，竟没一个活下来，任何稍有责任心的父亲，都不会容许发生孩子接二连三死掉这样的事情；借此一端也可想象，天启间宫庭管理何等松懈散乱，人们都晓得皇帝是个糊涂虫，对于各自职守均抱玩忽态度，这些皇子皇女的死因基本都起于照管不周，有的事发竟十分可笑，比如，因为内操放炮受了吓惊而死、被炭气所熏中毒而死等。《酌中志》说：“中宫张娘娘等，凡诞皇子三位，皇女二位，皆保卫不得法，以致婴年薨夭，良可悲痛。”结论是“保卫不得法”。其实，那时候婴幼儿并不难养活，刘若愚也感到很奇怪，所以接下去说：“累臣（罪臣，刘当时被系狱中）于天启丁卯冬谪南之际，见沿途田里间孩儿多憨憨壮壮，易得存养。”[2]

朱由校自己的死，也很可笑：天启五年五月十八日（1625年6月22日），他带着两名宦官在西苑（今中南海）划船玩，水面忽然狂风大作（估计是雷阵雨即将到来，这季节，北京常有暴烈天气），船

[1]《甲申朝事小纪》初编，卷十，禁御秘闻，天子巧艺。
[2]《酌中志》卷十四，客魏始末纪略。

翻，落水，被救，病倒。论理，旧历五月、阳历6月，北京已经很热，此时落水一次不值什么，不致给健康造成大问题。可是很怪，朱由校的病居然就此缠绵下去，病根始终未除，两年后，突然转重，从五月初捱到八月二十二日，顺顺当当死掉了，年方二十三岁。

如果我们不把朱由校当皇帝，只当一个男人看，那么，平心论这男人一辈子很失败、很不像个男人、窝囊透了，到头来连老婆孩子都保不住，自己也是风一吹就倒、对疾病毫无抵抗力。对于他，除了作为一个工程技术天才的早逝令人惋惜以外，我们没有太多可以表示的。

天启时代中国社会的舞台，虽然皇帝是朱由校，主角却是另外一些人，重要情节也都发生在他们之间；前头约略提到而未详述的故事，下面会随这些主角的出场，一一细说。

客 氏

中国历史当中，唱上主角的女人本来不多；这有限的一群女人之中，客氏其人虽不能说前无古人，但的确后无来者[1]。因此，在描述天启年间中国几位重要角色时，为示隆重，我们特安排她首先出场。

客氏是什么人？朱由校的乳母。在下人里面，奶妈地位一般会比较高一些，但，再高也是下人。可眼前这妇人，不特没有任何人敢把她当下人看，简直比主子还主子，乃至以奶妈之身，而享不亚于皇后的尊荣。三百六十行，行行出状元，古往今来奶妈，她当之无愧可以坐头把交椅，如果给这一行点状元，非她莫属。

以往史家给予她的地位，与她的实际作用比，很不相当。提起魏忠贤，今日但凡略读过一点史的，无人不知不晓。然而，魏忠贤身边站着的这个女人，名头却相差甚远。不公平。

没有客氏，根本也不会有什么魏忠

[1] 她比较有名的前辈，数东汉时安帝乳母王圣。王圣被封为“野王君”（野王，地名），“煽动内外，竞为侈虐”，颇为了得。不过“野王君”只是弄权而已，故事丰富性较诸客氏相差不是一星半点；就为祸之烈、个性张扬之充分而言，客氏皆属登峰造极、“独一无二”。

贤。在取得客氏芳心之前，魏忠贤不单是个小毛虫，只怕在宫中还怎么混下去都很成问题——光宗一死，他把宝押在李选侍身上，追随并撺掇后者将朱由校扣为人质，事败，被杨涟等穷追不舍。客氏是他成功从李选侍阵营跳槽到朱由校阵营的踏板，更是他打开朱由校宠任之门的钥匙。

他们组成了这样一个三角关系：朱由校无比依赖客氏，魏忠贤通过客氏搞定朱由校，客氏则从魏忠贤身上寻求慰藉。这三个人之间，客氏是纽带和支点："忠贤不识字，例不当入司礼，以客氏故，得之。"[1]若非客氏，朱由校才不去理会魏忠贤是哪根葱，晚明历史就得改写。

她是河北定兴人氏，嫁夫侯二，生有一子名国兴。十八岁，被选入奶子府候用。崇祯元年正月，刑部奏呈的《爰书》（罪状书）称，是年客氏四十八岁[2]。以此推算，则她被征选那一年，当为万万二十六年（1598），其时距朱由校出生尚有七年。这里稍有疑惑，盖因明宫选用奶口，惯例为十五至二十岁之间女性，而客氏充任朱由校奶妈时，已年届二十五。或者，《爰书》抄写有误亦未可知，比如将"年四十二"误为"年四十八"，是有可能的。但这无关紧要，总之，客氏大约年长朱由校二十至二十五岁。

入选奶子府两年后，丈夫侯二死掉，客氏成了寡妇。这个情节很重要，在许多事情上可能都有关键意义。很多记载指出，这是一个性欲强劲的女人。《明鉴》说："客氏性淫而很（狠）。"[3]《稗说》给出了有关她形貌习性的更详细的描述：

> 年少艾，色微赪，丰于肌体，性淫。[4]

"少艾"，是美妙的意思，形容年轻漂亮的女子。这句话说，客氏青春貌美，肤色微微泛红，生得非常丰满，而且性情放荡。这不大像是在故意"妖魔化"客氏。人之性欲强弱，生而有别，跟遗传、身体条件都有关系；不单男性，女性亦有天生性欲亢奋者，即便所谓"三从四德"时代也是如此，这很正常。从所描述的体征来看，客氏血色盈旺，生命力充沛，又正值精壮之龄丧夫，对于这种女人来说，孤

[1]《明史》列传第一百九十三。
[2]朱长祚《玉镜新谭》卷九，爰书。
[3]印鸾章《明鉴》卷十四，熹宗。
[4]沈起凤《稗说》卷二，魏忠贤盗柄。

独当远比寻常人难以忍耐。

她用她的身体语言，对此做着证实。她对自己容颜，始终保持强烈并且过度的关注。就像沉迷于性事的男人会借助春药延长性机能、制造和获得让其自信的幻象一样，作为女人，客氏为了保持容颜也乞灵于超自然、玄虚、不可知的诡秘偏方。其中最怪异的例子是，人到中年的客氏，“常令美女数辈，各持梳具环侍，欲拭鬓，则挹诸女口中津用之，言此方传自岭南祁异人，名曰‘群仙液’，令人至老无白发。”[1]这所谓“群仙液”，肯定是荒诞的；但它对于客氏却构成巨大的想象价值——年轻貌美女子蕴含的性优势，被神秘化为她们体液具有某种青春元素，而汲取这样的元素则被想象成可以阻止衰老。透过这一举止，我们洞见了客氏的肺腑，那是一颗疯狂想要吸引男人好感的心灵。

这女人跟魏忠贤结成联盟，很可能跟政治毫无关系，而仅仅是出于性的需要。这，也许是她与其他在历史上出人头地的著名女人之间的最大不同。吕后、武则天、慈禧，都有强烈的权力欲，都在政治上有自己的抱负。但从客氏一生，似乎并不存在这根线索。尽管她对政治施加了很多很重要的影响，然而我们并未发觉她对权力有什么个人渴望。她非常像生活中那种意外地成为杀人犯同伙的女人，本身对于杀人没有冲动，可是却不在乎成为某个嗜血残暴男人的情妇，并且但能讨这男人高兴，就绝不拒绝充当杀人同谋。

我敢于肯定地说，魏忠贤结交客氏另有所图，客氏却仅仅是为着能与他贪欢。这并不可耻，相反，毋如说这个女人勇敢地亮出了她脆弱的那一面。她只是需要一个可以满足自己的男人。但以她的环境和身份，可选择性实在有限。前面讲过，她成为政治明星后，曾对大学士沈潅产生吸引力，但这样的对象、这样的机会，实属偶然；大多数情形下，她所能结识或者说“勾搭”上的人物，只是宫中与她地位相等的半真半假的男人——太监。而以这种“男人”，所谓“满足”，实在是退而求次、聊胜于无。不过，她仍然尽力在其中挑选“强者”。魏忠贤最终走近她，正乃这样一个结果。

作为刑余之辈，太监失去了男人性生理的基本功能，不过内中情形却并不如外人设想的那样，全然死灰。比如，

[1] 李慈铭《越缦堂读书记》集部，别集类，同治癸亥二月初六日，茨邮咏史新乐府。

身体残损，而男人心理仍有遗存。也有一些奇怪不可解的表现，现成的例子，是因撰写了《酌中志》而名气很大的天启、崇祯间太监刘若愚，一直蓄有胡须，《旧京遗事》记曰："若愚阉而髯，以此自异。"[1]依理，去势之人不再分泌雄性激素，作为副性征的胡须是不会生长的了，但刘若愚却一直长有胡须，且颇茂盛，以至于"髯"，难怪他会"以此自异"。更有手术做得不彻底，而在体内留了"根"的，魏忠贤据说正是如此——"虽腐余，势未尽。"[2]怎么一种"未尽"法？想必是生殖器没了，但从身体到态度仍剩余一些男人特点，以至于进宫之后魏忠贤还有嫖妓的经历[3]。

我们探讨以上几种可能性，作为太监辈仍有兴趣发展自己的"性关系"的解释。不管出于何种情形，也不管这种关系或生活与健全人有多大区别，太监存在性需求这一点是毫无疑问的，并且十分普遍，这也不单明代独然，至少自汉代起，就有记载。《万历野获编》"对食"一条，综述甚详。它提到三种表现："中贵授室者甚众，亦有与娼妇交好因而娶归者，至于配耦（偶）宫人，则无人不然。"或者在外娶妻，或者与妓女交往，或者在宫内与某个宫女结对——最后一种尤普通，"无人不然"，谁长久找不到对象，还被人看不起、笑话（"苟久而无匹，则女伴姗笑之"）。还解释说，这种情形在汉代叫"对食"，在明代叫"菜户"，都是双方一起过日子的意思。此实为中国社会的一种"特种婚姻"，虽然就像沈德符所说"不知作何状矣"，外人对其细节，诚无从设想，但重要的是，太监、宫女之间对"对食"的态度，其正式程度，与外界夫妇毫无不同。"当其讲好，亦有媒妁为之作合。"结合之后，彼此依存而至终老，甚至发展出极深的感情。沈德符曾在某寺亲见一位太监为其已故"对食"对象所设牌位，"一日，其耦（偶）以忌日来致奠，擗踊号恸，情逾伉俪。"

如果魏忠贤当真"势未尽"，则大约使他在同侪之中，有相当的优势；何况他对房中术还颇有心得[4]——因为他属于"半路出家"，自宫而成阉人之时已年逾二十，有足够时间去学一肚皮男盗女娼，这是那些自幼净身入宫的太监们望尘莫及的。客氏与他结识，缘于魏忠贤给王才人——朱由校生母——"办膳"之时。一个是奶妈，一个厨工，工作关

[1]史玄《旧京遗事》。
[2]《稗说》卷二，魏忠贤盗柄。
[3]"宦者赵进教、徐应元、魏忠贤三人，相为嫖友。"（《甲申朝事小纪》初编卷十，宦者奸淫。）
[4]同上。

系很近。不过，客氏已经名花有主，“对食”对象名叫魏朝，是大太监王安的亲信，负责照顾小朱由校的一切事宜，也就是客氏的顶头上司。而魏忠贤与魏朝是铁哥儿们，拜过把子。据刘若愚讲，魏朝忙于应付差事，“多不暇，而贤遂乘间亦暗与客氏相厚，分朝爱焉。”[1]在魏忠贤，是第三者插足；在魏朝，则是引狼入室。当时魏朝是小负责人，魏忠贤身份地位远远不及，而客氏暗渐移情于他，应该不是要另攀高枝。魏忠贤的本钱是“身体好”，客氏看中的就是这一点。刘若愚对二魏的形容分别是：魏朝“佻而疏”，魏忠贤“憨而壮”。两相比较，魏忠贤更显雄性。再加上通晓房中术，一试之下，客氏于此在二人间立分出高低。对客氏一类女人来说，这比什么都实惠。

总之，客氏死心塌地转投魏忠贤的怀抱。二魏之间，则龃龉益重，经常“醉骂相嚷”。一次，已是丙夜（三更）时分，又闹起来，而且很严重，惊动了朱由校。这时朱由校刚登基不久。他把二魏以及七八个大太监召到跟前，“并跪御前听处分”。旁人都知道原委，对朱由校说：“愤争由客氏起也。”朱由校于是问客氏：“客，你尔只说，尔处心要著谁替尔管事，我替尔断。”客氏当即表示，愿意魏忠贤替她“管事”。这样，朱由校当众下达“行政命令”，魏忠贤“始得专管客氏事，从此无避忌矣”。[2]

不少人把这件事理解为朱由校将客氏“许配”给魏忠贤。这不可能。他询问客氏时用词很清晰，是“管事”。盖因宫中女人，有诸多事情自己无法办或不便办，需要托付给某个太监，实即类似找一个保护人。所谓“管事”，当系这种意思。朱由校想必知道存在这种惯例，他所做出的决定，也只是将来客氏之事，交给谁办。如果把这决定，理解成替客魏做媒，一是违反祖制，朱由校断然不敢，二来也与他跟客氏之间隐秘奇特的关系相矛盾。

种种迹象表明，朱由校与其奶妈之间，存在秘密。

抱阳生《甲申朝事小纪》直指其事曰：

> 传谓上甫出幼，客先邀上淫宠矣。[3]

[1]《酌中志》卷十四，客魏始末纪略。

[2]同上。

[3]《甲申朝事小纪》初编卷十，禁御秘闻，客媪始末。

这句话说，朱由校刚刚进入少年，亦即性方面刚刚开始发育，客氏便引诱或教习他学会男女之事。换种说法：客氏是朱由校的第一个女人。

抱阳生是清代嘉庆、道光间人士。明季史料，因为清初统治者的查禁，多有焚毁、窜改和破坏，到清中期，文网稍弛，一些劫后幸存、复壁深藏的材料，才得再见天日。《甲申朝事小纪》，就是专门搜集、整理明清之际野史文献的成果。[1]关于朱由校与客氏是否有私情，以往的叙述藏头露尾、语焉不详，这里头一次完全说破。不过，作者还是实事求是地注明了得自于传说。

真相如何，到目前为止，谁都没有把握。然而，有很多侧面的依据。

首先，除开未成年而做了皇帝，否则，皇帝极少在大婚之前保持处男之身。事实上对此没有禁令，一般来说，脱离童年后皇家继承人可以自己宫内的范围，任意与感兴趣的女子发生性行为，这被视为将来婚育的启蒙和必要准备。清代甚至规定，大婚之前，从宫女中选年龄稍长者八名“进御”，作为婚后性生活的实习。虽然后妃必须是处女，但皇帝或太子的第一个女人却不必是后妃。具体到客氏与朱由校的私情，这件事从制度上是允许的，虽然客氏年长朱由校二十来岁，但只要朱由校愿意，他俩私行云雨之事，完全谈不上犯忌，但也没必要张扬，这是皇家继承人有权保持的秘密。

其次，朱由校本人的反常表现。

天启元年四月，朱由校大婚。对帝王来说，大婚的意义不只是娶妻，它还意味着宫庭秩序的新建与调整。对外，皇后母仪天下，对内，则皇宫从此有了“内当家”，她负有关怀皇帝从身体健康到饮食起居的全部责任；皇帝将全面开始新生活，过去的习惯和形态应该宣告结束。简言之，大婚后，奶妈客氏不可以继续留在宫里，否则就是笑话。群臣一直在等待下诏客氏离宫的消息，然而悄无声息。

两个月后，大家看不下去了。六月二十四日，山西道御史毕佐周上疏要求客氏离宫。毕佐周这道奏折，并非孤立和偶然，恐怕事先许多朝臣就此有所沟通协调，因为紧接着第二天，大学士刘一燝就领衔，也递上同主题的疏文。刘一燝等没有把话讲得太刻薄，但仍写下关键的一句：“（对客氏应该）厚其始终而全其名誉。”[2]改成大白话，即：客氏应该退

[1]参见任道斌《出版说明》，《甲申朝事小纪》。
[2]同上。

明代阉祸为历代之最。

中国历史上因宦官而起的祸乱，十分严重，大朝代中秦、汉、唐、明，都十分突出。然皇权本质所在，明知如此，仍赖此辈。此图所绘，即明代大内情形。一组太监正在过桥，有执弓箭者，有腰悬刀剑者，有提宫灯者，有抬肩舆者，栩栩如生。

鲜衣怒马的太监。

端详此画，无论人、马，遍体上下真是奢华已极。而惊叹之余，很难不意识到在奢华后面，该是怎样的骄横无忌、作威作福。

休，为此怎么厚赐她，给她多大物质上好处，全没关系；重要的是，保住她的名声。虽然说得比较含蓄，聪明人也都能体会到，话里有话。

朱由校没文化，但人不笨，不会听不出弦外之音。可是他仍然“顶住压力”，不肯送客氏出宫。他找了个借口，推说父亲丧事尚未料理完毕，而“三宫年幼”，颇需客氏的协助；等丧事结束，“择日出去”。[1]

用这借口，又拖了二个多月。九月中旬，光宗丧事彻底结束。刘一燝旧事重提，请皇帝信守诺言，送客氏出宫。不得已，客氏于九月二十六日出宫。是日，朱由校丢魂落魄，食不甘味，以至饮泣。第二天，他宁肯牺牲皇帝的尊严，传旨：“客氏时常进内，以宽朕怀，外廷不得烦激。”[2]

御史周宗建对朱由校的举动做出如下评价：“不逾宿而宠命复临，两日之间，乍出乍入，天子成言，有同儿戏。”[3]侍郎陈邦瞻、御史徐杨先，吏科三位给事中侯震旸、倪思辉、朱钦相也各自上疏。朱由校大怒，将倪、朱降三级、调外任。刘一燝、周嘉谟、王心一等纷纷谏阻，不听，反将王心一与倪、朱列同为罪。朝臣群起抗争，朱由校再拿御史马鸣起、刘宗周开刀，分别罚俸一年、半年。总之铁了心，谁再提客氏离宫之事，我就砸谁的饭碗。

可以说，朱由校是不惜一切，捍卫客氏自由出入宫禁的权利。他自己打出的旗号，是思念乳母，但实际要给予客氏的特权远超出这样的需要。如果出于思念，隔一段时间宣召她进宫见上一面，不是问题，没有人会反对；群臣想制止的，是客氏不受任何限制想来就来、想去就去。反过来，朱由校不顾脸面、坚决打压舆论，说穿了，也不是出于慰己对乳母的思念之意，同样是想达到让客氏不受约束地随意出入宫禁的目的。他深知，这是不能退让的；一旦退让，他和客氏之间就果真只剩下思念了。

他已十七岁，早非离不开妈妈怀抱的吃奶的孩子。即便用“母子情深”解释，似乎也大大超出了一个孩子正常的对母亲的依恋。我们很少听说一个人会以“朝朝暮暮”的表现与方式，去爱自己的母亲，倒是屡屡在热恋中的情侣身上才看见这种情态。

第三，外界的反应和解读。

[1] 任道斌《出版说明》，《甲申朝事小纪》。

[2]《熹宗实录》卷十四。

[3]《熹宗实录》卷十五。

朱由校与客氏的所谓“母子情深”，外界一致感到无从理解，越于情理以外。喜、怒、哀、乐、忧、惧，弗学而能。人在基本情感上，是相通的；如果是正常的情感，不会找不到理解的途径。但朱由校对客氏的情感，显然脱离了他所声称的那种范围。既然情感特质与口头标称的不一致，大家自然会依据经验对其真实性，做出自己的分辨和判断。

毕佐周敦促客氏离宫时，话就说得很不好听：

> 今中宫立矣，且三宫并立矣，于以奠坤闱而调圣躬自有贤淑在（家里已经有女主人了也），客氏欲不乞告将置身何地乎？皇上试诰问诸廷臣，皇祖（指朱由校祖父万历皇帝）册立孝端皇后（万历皇后王氏）之后，有保姆在侧否？法祖揆今，皇上宜断然决矣。……若使其依违宫掖，日复一日，冒擅权揽势之疑，开睥睨窥伺之隙，恐非客氏之自为善后计，亦非皇上之为客氏善后计矣。[1]

话不好听，不在于“有保姆在侧否”这一句所含的讥讽之意，而在“开睥睨窥伺之隙”所暗示的东西。“睥睨”，侧目而视，有厌恶或高傲之意；“窥伺”，偷觑、暗中察看和等候。什么事情能够引起并值得外界这样？当然不是“长这么大了，还离不开保姆”——仅此不足以引起这种反应——而必是更隐秘更不足道的事。对此，毕佐周虽不着一字，但上下文语意甚明。“奠坤闱而调圣躬自有贤淑在”：宫中妇女界的秩序已经确立，陛下的身体明明有人名正言顺地来负责。这话，一下子把客氏问题提升到“谁主后宫”的高度来议论，所指系何，难道还不清楚？奶妈陪皇帝睡过觉不算什么；可一旦把这么卑贱的人摆到后宫女主人的位置上，众人可就一定是会“睥睨”和“窥伺”的。

朱钦相索性斥客氏为“女祸”，把客氏与关外女真并论，列为当朝两大威胁。他喊出口号：

> 欲净奴氛，先除女戎！[2]

[1]《熹宗实录》卷十一。
[2]《熹宗实录》卷十五。

意谓客氏与女真人同为朝廷两大敌。他称客氏的存在,"传煽流言"、"浊乱宫闱",批评朱由校"忧东奴而忘目前之女戎,所谓明不能见目睫也",就像睫毛离眼睛最近,眼睛却根本看不到它。"传煽流言"、"浊乱宫闱"是什么意思,相信没有不明白的,所以朱由校览章也羞恼无地,斥责朱钦相"逞臆姑(沽)名"。

客观讲,朱钦相恐怕的确属于"逞臆",因为他不可能掌握事实;但他的猜度,仍旧符合一般人对这种情形的基本判断。刘若愚也在《酌中志》里提到,当时人们对朱由校、客氏的神秘关系,普遍存在质疑,谣言纷纷:"倏入倏出,人多讶之,道路流传讹言不一,尚有非臣子之所忍言者。"[1]何为"非臣子之所忍言者"?无非"那种事"罢了。有人在诗里写道:"纱盖轻舆来往路,几人错认是宫嫔?"语涉讥讽,形容客氏在紫禁城的待遇和风光程度,路人遇之,几乎忘了来者是老妈子,还以为是皇帝所爱的哪个小美人呢。

《越缦堂读书记》转述的一个故事,更精彩。道是有段时间客氏跟大学士沈漼相好,为此经常出宫回到私宅与之幽会,颇冷落了魏忠贤。魏忠贤怎么办呢?也有高招。"归未旬日,忠贤必矫旨召入。"[2]列位看仔细了——魏忠贤拆散客氏与其情敌的办法,是假传朱由校旨意催其回宫(那时魏忠贤已经很牛,可以假传圣旨了)!这招够损,借力打力:老魏我叫你来,你可以不回,小朱想你,你也敢不回么?可见魏忠贤这个人脑子蛮好使的,懂得以夷制夷的道理。

第四,客氏自己所采取的姿态。

人,都是有自我意识的。自我意识,由主体的自我评价和社会评价两方面内容构成;后者包含人的社会地位、所拥有的权力财富、外界特别是来自至爱亲朋的舆论和态度。人一生行事,皆下意识地遵循于自我意识,采取相应言行,一举一动均表现并符合于其对自己角色的认识,这是一定的。

故而,我们虽不掌握客氏与朱由校之间的真实秘密,但客氏所不自觉地通过行为态度呈示出来的自身角色选择和定位,还是能透露不少的消息。

当时目击者刘若愚的叙述应该是第一手的,仍以此为据。在下面的讲述之前,刘有两句感慨,一句:"夫以乳媪,俨然住宫",另一句:"僭妄殊宠极矣"。

[1]《酌中志》卷十四,客魏始末纪略。

[2]《越缦堂读书记》集部,别集类,同治癸亥二月初六日,茨邮咏史新乐府。

头一句针对客氏住咸安宫而发，一个老妈子，竟然单独拥有一座属于自己的宫殿，这种地位唯后妃才有。第二句感慨有点言不由衷，因为客氏享受的待遇并非她擅自窃取，而是朱由校堂而皇之所给予，完全合法，何谈“僭妄”？然亦可理解，刘若愚不好归咎于小朱皇上，只得批判客氏“僭妄”。而“殊宠极矣”则是直抒胸臆了，表明了客氏所受的对待带给他的真实强烈感受。发完两句感慨后，刘若愚切入非常细节化的描述：

> 按自天启元年起，至七年止，凡客氏出宫暂归私第，必先期奏知，先帝传一特旨，某月某日奉圣夫人(泰昌元年九月二十日，朱由校登基不过半月，封客氏以此爵号)往私第云云。至日五更，钦差乾清宫管事牌子王朝宗或涂文辅等数员，及暖殿数十员，穿红圆领玉带，在客氏前摆队步行，客氏自咸安宫盛服靓妆，乘小轿由嘉德、咸和、顺德右门，经月华门至乾清宫门西一室，亦不下轿，而竟坐至西下马门。凡弓箭房带筒管柜子，御司房、御茶房请小轿管库、近侍、把牌子、硬弓人等，各穿红蟒衣窄袖，在轿前后摆道围随者数百人，司礼监该班监官、典簿、掌司人数等，文书房官咸在宝宁门内跪叩道旁迎送。凡得客氏目视，或颔之，则荣甚矣。内府供用库大白蜡灯、黄蜡炬、燃亮子不下二三千根、轿前提炉数对，燃沉香如雾。客氏出自西下马门，换八人大围轿，方是外役抬走，呼殿之声远在圣驾游幸之上，灯火簇烈照如白昼，衣服鲜美俨若神仙，人如流水，马若游龙。天耶！帝耶！都人士从来不见此也。

读罢，便轮到我们感慨了。这样的排场，是一个奶妈所应有的么?“凡得客氏目视，或颔之，则荣甚矣”，“呼殿之声远在圣驾游幸之上”……我们忍不住想问一句：客大嫂，你当自己是谁?

这，只是客氏回一趟家的排场。一年三百六十五天，天启皇帝在位七年；七年当中，客氏要过多少威风，又到底把威风要到何种地步，真的是无论怎么想象，都不过分了。种种招摇之中，多少是朱由校主动降恩赐予的，多少是客氏“当仁不让”自己伸手要来的？以朱由校之颟顸，大约后者居多——“僭妄”说若用在这个意义上，就比较好理解。本来不该、不配的，也主动索取，而朱由校对她又有求必应，于是就弄到了“都人士从来不见此也”的地步。

这叫做“恃宠”。但恃宠也有形形色色。比如，要官要权，讨求田亩钱财，胡作非为、仗势欺人，一人得道、鸡犬升天……这些比较常见的恃宠表现，在客氏可以找到，但并不突出。她的恃宠，似乎更注重在身份和排场上做文章，特意让宫里宫外的人们看见，小朱对她的情意不单不在后妃之下，甚而还在其上。刘若愚所述的那个场面，很有盛妆游行的味道；设想一下，这么一支浩浩荡荡的队伍，以顶级规格，从咸安宫出发，经多座宫门，特别是还路过乾清宫，在半个紫禁城炫耀一番，不是示威是什么？兴许，只差高呼口号了：“当今天子的亲密战友客氏同志万岁！”

可以把每年定期举行的这种盛妆游行看作客氏的行为艺术，也可以把它看作具有客氏特色的政治表达。不平则鸣。盛妆游行就是客氏一种“鸣”的方式。她的不平在于，自己深为皇帝所爱，但地位却仅是一个老妈子；有的女人，皇帝内心对她不见得怎么样，却占据着“三宫”，享受天下的尊崇。于是，她借助游行，展现一种真相——为自己，也针对整个后宫的并不“合理”的秩序。她把这项活动，坚持不懈搞了七年，从朱由校登基和大婚以后开始，直到他死掉，每一年都搞那么几次，以免人们忘掉这个现实，或者不断加深人们对这个现实的认识。除此以外，她还在其他她看重的方面，努力发展自己与后妃们相当的待遇，后妃所享有与配备的，她都依样来一份，后妃的生活方式怎样，她全盘照搬。例如“红萝炭”，“皆易州山中硬木烧成……气暖而耐久，灰白而不爆”[1]，本属特供帝后寝宫（乾清、坤宁）冬季取暖之物，客氏却也如两宫例取用。

当然，这是我对于史料的阅读，史料本身不曾出来提示它背后的含义。读史读史，如只读字句，读不出字句所述人或事的情节逻辑和心理逻辑，或者不知将史料排比起来，用整体阅读的方法加以复原、找到关联，是很难走进历史的，就好似找矿者不能发现矿脉一样。

对客氏，不单要看到她做出了怎样的举动，还要思索她为什么会有这样的举动，不单要注意她的一个举动，还要

[1]《酌中志》卷十六，内府衙门识掌。

注意她别的举动、注意这些举动是否存在一致性。

客氏对天启皇后张氏，流露出极强烈的嫉妒心，是确凿无疑的。从大婚那天起，客氏就没有一日终止过对张氏的嫉妒。后者在生活上受到各种刁难，甚至于“匕箸杯碗”等日常用具也不供应[1]。这种嫉妒，远不止乎日常细节，它有时会发作成为丧心病狂的行为。

张氏乃河南祥符县生员张国纪之女，虽不出身名门望族，但也是读书人之后，知书达礼，端庄文静，入主中宫后，张氏的教养给所有人留下深刻印象，她经常在坤宁宫举行诗歌朗诵会，挑选文慧的宫女，吟诗歌赋。粗鄙野俗的客氏大受刺激。为泄忿，客氏捏造谣言，称张氏并非张国纪亲生，她真正的父亲乃是“重犯孙二”。这当然是信口雌黄，然而只要客氏及其同伙魏忠贤乐意，他们完全有能力无中生有，只是由于客氏的老母亲劝阻，加上这个团伙的核心成员之一司礼太监王体乾反对，终未掀起巨案。但事件本身，仍将客氏以皇后为“对手”的心态表露无遗，她所感受到的不平衡，不仅是地位上的，也延及彼此出身与教养的差异；她期待通过构撰张氏乃罪犯之女的谎言，将张氏从“淑女”身份拉下马来，降低到与她平行的位置。

然而，这尚非最疯狂的报复。天启三年，张氏怀孕，这是朱由校的第一个儿子，然而婴儿未曾出世，即被妒火中烧的客氏设法流产。正史记曰：

> 三年，后有娠，客、魏尽逐宫人异己者，而以其私人承奉，竟损元子。[2]

民间史的叙说，具体一些，涉及了手法：

> 天启时，客氏以乳母擅宠，妒不容后有子。……及张后有孕，客暗嘱宫人于捻背时重捻腰间，孕堕。[3]

派去的杀手，显然是穴位专家，以按摩为名，拿捏关键穴位，神不知鬼不觉导致张氏流产。流产时应该已是怀孕晚

[1]《酌中志》卷十六，内府衙门识掌。
[2]《明史》列传第二。
[3]《甲申朝事小纪》初编卷十，禁御秘闻，客祸绝嗣。

期,否则不会辨认出流产的胎儿为男性。

不过,客氏的疯狂举止,并不表示她对皇后之位心存觊觎,图谋取而代之。把这种野心强加于她,并不符合实际。尽管她内心许多地方失去理智,但在这一点上她绝不可能发生错觉,即皇后宝座会与她这种人有任何联系,就算整倒整死张氏,继而登上这个位子的,也终将是她以外的某一个人。所以,她对张氏的陷害与打击,与政治无关,只是纯粹女人间的情仇恩怨。引导她走向疯狂的,是两种来自女性本能的力量:嫉妒和潜意识。对于女人来说,嫉妒可以是无目的的,只要同性中有人比自己美丽、年轻、幸福和优秀,不论这个人是否妨碍或伤害到她,都可能唤起她强烈的嫉妒心;在女性中,这种力量无时无地不存在,普遍而且永恒。而潜意识,则指一种莫名的冲动,虽然她并不确切知道自己受到了什么威胁,或对方将给自己造成什么威胁,也就是说,她毫无证据对于自己心中恨某个人在理智上提出值得信服的解释,但是,只要她想恨,愿意恨,就可以聚集起巨大的情感,直到把它彻底宣泄、释放干净为止。这跟男性间的仇恨一般有着明确、实际的诉求,截然不同。女人可以为爱而爱,同样,也可以为恨而恨。对客氏来说正是如此。她不需要别的目的,别的理由,只要有恨,就足够了,而并不在乎这恨能够给她带来什么利益。

因此我们发现,张皇后不是客氏唯一仇恨的对象,事实上,她恨朱由校生活中的每个女人,恨她们的年轻,恨她们的漂亮,恨她们的地位,恨她们的被宠爱,恨她们的幸福……继皇后之后,裕妃成为又一个怀孕后引起客氏嫉妒而遭毒手的例子。裕妃本是普通宫女,因为怀孕进而受到册封,随即大难临头,“(客氏)矫旨将宫人尽行屏逐,绝食而死,革其封号,如宫人例焚化。”[1]此事骇人听闻之处,不在于客氏敢于将身怀“龙种”的皇妃活活饿死,而在于她这么干了之后,能够安然无恙——朱由校不仅知道此事,而且赞成和支持了客氏。为什么?无可奉告。史家亦只记其事,未道其由——谁都无法代朱由校做出解释。不久,客氏如法炮制,用同样方式对成妃又干了一次,“矫旨革封绝食饮,欲如处裕妃故事……先时成妃见裕妃生生饿死,遂平居时,凡榻瓦砖缝之中,多暗蓄食物,至此暗得窃食数日。幸客氏、逆贤怒少

[1]《先拨志始》卷上,万历起至天启四年止。

解，始退斥为宫人，迁于乾西（乾清宫西面）某所居住，仅仅得幸存。”[1]以上是后妃一级人物，身份低一些的更不必说——倘被朱由校御幸过，或引他瞩目的，多为客氏加害：“此外冯贵人等，或绝食、勒死，或乘其微疾而暗害之。”[2]

诚然，从当时直到后来，对朱由校、客氏之间的隐秘关系历来猜测纷纷，却从不曾有一个字可以坐实此事。不过，人们实在应该凝神贯注地打量客氏这个女人的一举一动，她以朱由校大婚之后整整七年的偏执表现，宣叙着一句话：“奉圣夫人”很生气，后果很严重。

不过如果把这关系完全桃色化，却并不高明。他们心理角色的性质，应该非常复杂。里面，有老女人和小男人模式的故事，有诱启和成长的线索，有类似于乱伦或曰准乱伦的原始本能，有口腔期快感的延伸——但也无疑夹杂着真正意义上的母子情深。有一段朱由校死后的感人记载：

> 七年九月初三日，（客氏）奏恳今上（即崇祯皇帝）准归私第，其夜五更开宫门之后，客氏衰服赴仁智殿先帝梓宫前，出一小函，用黄色龙袱包裹，云是先帝胎发、疮痂，及累年剃发落齿，及剪下指甲，痛哭焚化而去。

这个场面，以及客氏用心保存下来的那些东西，突然之间，使她显示出母性。这一刻，她没有伪装。只有满怀母爱，才会细心地保存着那些东西。

这是一个令人对历史倍感吊诡的女人。在天启朝弥天的大黑暗之中，她是个关键人物。然而，跟自己的权势相比，除了取得每年在宫中数次盛妆游行的好处，她却几乎没有得到太大利益。她释放非理性的怨恨，历史上最大魔头之一，竟因她寻求填补性以及情感的空虚而造就，否则魏忠贤或许永远只是在宫中当一个膳食采办员。到头来，随着亲自用乳汁喂养大，又亲自用肉体助其完成“成人礼”的那个小男人死去，她在“痛哭焚化”一幕之后，也立即赶赴鬼门关。当年十一月一日，新君朱由检“一举粉碎”魏忠贤集团，客氏被“奉旨籍没”，从家中徒步押往浣衣局，再也没有八抬大轿可乘并被数百人大型仪仗队所簇拥；审讯后，由乾清宫管事赵本政执行笞刑，当

[1]《酌中志》卷八，两朝椒难纪略。
[2]同上。

场活活打死，且不留全尸，“发净乐堂焚尸扬灰”。

古来奶妈界之翘楚，就这样灰飞烟灭了。

魏忠贤

阉祸，这自永乐以来与明王朝共生共长的毒瘤，到魏忠贤，终于发展到极致，亦就此划上句号。不过，对这样的人、这样的事，读明史读到后来，人们可能都有一种厌倦与麻木。因为实在太多，如过江之鲫，连绵不断、层出不穷，以致失去兴趣。我在提笔叙述魏忠贤故事前，就突然生出无聊之感，从王振想到汪直，从汪直想到刘瑾，从刘瑾想到魏忠贤，二百年间，到处活跃着此辈的身影，专权、怙宠、浊政、殃民，无所不为，以至偶尔不见此辈动静，反倒诧异，会单独地特别指出（例如嘉靖朝）。所以，在司空见惯的意义上，阉祸在明代确实缺乏新意，从内容到形式颇相雷同，本质不变，无非为害或大或小而已，慢慢会让人提不起兴致。

但天崇年间的政治、历史，不说魏忠贤不行。一方面不说不行，一方面阉祸大同小异又让人心生倦意，怎么办？只好落笔之前，先去思索和寻找有“魏式特色”的东西。通盘想了一下，觉得“魏式特色”表现于两点：一是登峰造极，一是造就了“阉党”。尤其第二点，是十足和独一无二的“魏氏特色”，《明史》为“阉党”辟出单独一卷（第三百零六卷）、在《列传》中拿出单独一个单元（列传第一百九十四），完全由于魏忠贤——《阉党传》除了开头拿正德年间几个人凑数外（其实不足称“党”），入传者，全部是魏氏集团成员。

一阉而可以致党，这才是魏忠贤的历史价值与分量之所在，也是这次“阉祸”不得不说之处。没有“阉党”，魏忠贤不过是一个很可恶然而也很普通的丑类，有了“阉党”，魏忠贤顿时提高了档次，一下子超越王振、汪直、刘瑾，把“阉祸”发展到一个新的水平。“阉党”的产生，可谓明朝晚期政治的焦点，是精神、道德、风气彻底败坏的标志。也就是说，“阉党”虽因魏氏而起，但所反映的问题，远为广泛、深刻，表明明朝的肌体整体溃烂。

叙表之前，还有一点尚须澄清：魏忠贤搞出“阉党”，王振、汪直、刘瑾等却不曾搞出来，是魏忠贤特别能干、才具过人么？绝对不是。魏忠贤其实是个很平庸的人，论才具，休说与“知识分子出身”的王振比，即比之同样不通文墨的刘瑾，亦远不如也——刘瑾专政期间，着实显露了一些政治能力——魏忠贤其人，既无见识，处事也相当拙劣，以他罕见的熏天之势，天启崩后居然束手就擒，其愚可知。魏氏独能在明代巨珰之中登峰造极，只是时势使然。第一条，是永乐、宣德以来形成的倚信太监的政治机制；第二条，是嘉靖以来士风严重极丧堕落；第三条，是赶上熹宗那等极度缺心眼儿、“至愚至昧之童蒙”[1]的皇帝。有此三条，魏式人物必然出现，而不在于是谁。甚至可以推断，幸而此人是憨头憨脑的魏忠贤，假若换作另一个见识、处事都更厉害的角色，朱明的天下极可能就被别人夺了去，而不能再残喘近二十年，思宗朱由检连充当亡国之君的机会都不会有。

魏忠贤，直隶肃宁人。父亲名叫魏志敏，母亲姓刘[2]。娶过妻子，生有一女。他的为人，《酌中志》和《玉镜新谭》的描述出奇一致，咸用“亡（无）赖”一词。怎样一个“无赖”法？道是：“游手好闲，以穷日月”，“日觅金钱，夜则付之缠头（客人付与艺妓的锦帛，白居易《琵琶行》：“五陵少年争缠头。”代指买欢）”，“邀人豪饮，达日不休”，[3]“孤贫好色，赌博能饮”。[4]总之，虽然出身贫贱，却生就一副纨绔子弟性情，从来不务正业，唯知声色犬马。

这样鬼混了几年，他做出一项惊人决定：自宫。关于此事缘起，说法有二。《明史》说：“与群恶少博，少胜，为所苦，恚而自宫。”[5]亦即因为赌博欠债，走投无路而自宫，以便入宫混碗饭吃。《玉镜新谭》则记为：“忽患疡毒，身无完肌，迨阳具亦糜烂焉，思为阉寺（太监），遂以此为净身者。”[6]后说虽不为正史采，却似乎更合于情理。

明代宫庭，每隔数年，会增补数千名太监，基本取自畿辅之地的河北。此地民贫，居然因此形成一种风俗，“专借（入宫）以博富贵”。本来按正常程序，应该先向官家报名，录取之后再行阉割，洪武时还规定，“擅阉有厉禁，其下手之人，罪至寸磔”。但长久以来，此禁实际已“略不遵行”，北京周遭州县，自

[1]《明清史讲义》。
[2]《酌中志》卷十四，客魏始末纪略。
[3]《玉镜新谭》卷一，原始。
[4]《酌中志》卷十四，客魏始末纪略。
[5]《明史》列传第一百九十三。
[6]《玉镜新谭》卷一，原始。

宫成风；“为人父者，忍薰腐其子，至有兄弟俱阉，而无一人入选者”，每次入选人数与擅自自宫者之间的比例，仅为十分之一，大多数自残之人只好沦为乞丐甚至抢劫犯。沈德符北上来京途中，一过河间、任邱以北，经常于“败垣”之中得见此辈，他心惊肉跳写道：“聚此数万残形之人于辇毂之侧，他日将有隐忧。”[1]

自宫的魏忠贤，便是这“数万残形之人”中一员。他显然也没有能够立即入选，度过一段“丐阉”时光。“敝衣褴褛，悬鹑百结，秽气熏人，人咸远之。竟日枵腹，无从所归……昼潜僻巷乞食，夜投破寺假息。”[2]老婆也弃他而去，不知所终。

但他总算运气不错，流浪一段时间后，进入某内宦府中充当伙伕，担水烧火，因做事“猥捷”，赢得赏识，替他打通关节，于万历十七年——是年二十一岁——入选宫中，终不致枉然自宫一回。

虽然进了宫，但魏氏一直处在太监群体底层。“选入禁中为小火者，盖中官最下职，执宫禁洒扫负荷之役”[3]，做最脏最苦的清洁工、搬运工，跟从前吃同一碗饭，无非从宫外挪到宫内而已，一干就是许多年。

而他恶习不改，在宫中仍旧与人赌博、相邀嫖妓。曾因手头窘迫，远赴四川税监邱乘云处“抽丰”（借钱）。邱乘云与他同出于大太监孙暹门下，宫中规矩，净身入宫者都要分在某高级宦官名下归其管理，其关系“犹座师之视门生”，因此魏忠贤与邱乘云相当于同门之谊，这才不远千里跑去求助于他，但因事先太监徐贵把魏忠贤素日种种无赖告知邱乘云，令邱心极厌恶，待魏到来，不但不给钱，反把他吊在空房中三天，险些饿死。这件事说明：第一，魏氏进宫后境遇基本没有改变，很长一段时间仍然维持着百无聊赖的“流氓无产者”生存方式；第二，毫无地位，邱乘云并非高级宦官，但魏氏距他尚有十万八千里，以致邱可随意取他性命——以这情形推测，魏氏本无可能爬至后来的高位，之能那样，实为运气极好的奇迹。

魏在四川被和尚秋月所救。秋月劝说邱乘云发十两银子作为路费，打发魏回京，又致书所熟识的内官监（宫庭基建处兼总务处）总理马谦。马谦是个

[1]《万历野获编》卷六内监，丐阉。
[2]《玉镜新谭》卷一，原始。
[3]《稗说》卷二，魏忠贤盗柄。

好心人，魏忠贤私自出宫，是重罪，马谦看他可怜，兜住此事，并让他到甲字库（宫庭染料供应科）落脚，仍旧干清洁工、搬运工。

魏氏时来运转，是在万历末年。他年逾五旬，在宫中打杂已三十来年，眼看这辈子就这么交待了。那时，朱由校生母王氏“无人办膳”，魏忠贤运作一番，得到这份差事。在他，跟以往在宫中纯粹做苦力相比，不失为一种改善。但绝不是什么美差。盖因当时太子朱常洛，也如同乃父万历皇帝昔年一样，由于替自己生下长子的女人身份低贱而对其极其冷漠，所以王氏才落到“无人办膳”的地步。奴才的贵贱，全视主子的荣辱而定；给如此边缘化的主子当奴才，不可能意味着有远大前程，稍有能耐和靠山的人，都瞧不上这份差事。魏忠贤愿意给王氏烧火做饭，只觉境况稍强而已，不存更多奢望。但，王氏毕竟乃皇长孙生母；由这条线索，引出其他千丝万缕的关系，不知不觉间，谁都不放在眼里乃至谁都可以踹上一脚的老魏头，命运一点一点地发生着变化。

首先，他得以“亲密接触”当时的小皇孙、日后的天启皇帝朱由校，经常设法弄来“财物、玩好，以至非时果品、花卉之类”“转献先帝（指朱由校）”[1]，在朱由校童年记忆中占据有利位置。其次，由于工作，先是结识太子朱常洛心腹太监王安手下的红人魏朝，与之八拜成交；进而与魏朝的“对食”、朱由校奶妈客氏接近，彼此除工作关系外，又有了私下来往的理由与空间，以至暗中“相厚”——这种关系后来成为他崛起的最坚实基石。第三，万历四十七年，王氏病亡，朱常洛所宠爱的李选侍认为失去母亲的朱由校奇货可居，争得了对朱由校的监护权，这样，魏忠贤作为服务人员一同进入李选侍宫中，不久就在光宗（朱常洛）去世后的“移宫案”中充当重要角色，虽然险些因此完蛋，但这番经历却是他真正走上政治舞台的开端，对扭转自己一贯的卑微心理，唤醒对权力的渴望和野心，极具价值。

这段经历的重要，不在于魏忠贤捞到多大实际好处，而在于帮助他完成从“小人物”向“风云人物”的心理转变。

魏这个人，刘若愚有几句话[2]，把大家对他的看法、印象归纳了一下——当然，是宫中那些知根知底的老相识的看法、印象，至于他发达起来以后外面人的看法、印象，肯定是另一种样子了。

[1]《酌中志》卷十四，客魏始末纪略。
[2]相关引述，出处均同前，不赘一一。

刘若愚说:“忠贤少孤贫好色,赌博能饮。”这是一个侧面的概括。好色,酷爱赌博,酒量大。这三个特征很突出,在同事中间是出了名的。

又说他平时的为人“啖嬉笑喜”,是个挺快活、挺随和或者挺没正经的人,涎皮笑脸,打打闹闹,滑稽圆通。如果把这看成一种身体语言,它通常出现在社会地位低下,意识到自己身份、能力和处境比较弱势的人身上。一方面是自我保护、防卫的需要,另一方面,也反映出主体的不自信的心理。反之,一个人感到自己很强势,断不会在人前采取这样的姿态和形容——谁见过“大人物”们的脸上,会有一副“啖嬉笑喜”的表情呢?

还有两个评价:“担当能断”、“喜事尚谀”。前者讲他够义气,敢作敢当,冲动;后面则讲他爱出风头、特别爱在出头挑事之后接受别人的吹捧。这两种表现,也都透露了魏忠贤的社会处境和内心秘密:有一种长期被人瞧不起的焦虑,很需要以强烈、引人注目的举动来寻求补救,证明自己;这些举动,时常带有轻率和刻意的色彩,目的就是取得群体的认可,并且迫切地渴求表扬。一般来说,这不是在社会或人群中享有优越、稳固地位与声望的人之所为。

他还喜欢“鲜衣驰马”,炫耀膂力和箭术,他似乎是一个左撇子,“右手执弓,左手彀弦”,且“射多奇中”。看来,这是能够带给他“英雄主义”自我感受的不多的一个方面,故而尤为热衷表现给人看。

总的来看,魏忠贤素日举止既不得体,心态也不沉稳,轻躁易激,多动少安,心虚气浮。这样的人,很难令人敬重,也不值得惧怕、避让。所以大家对他的态度,多为轻视戏蔑,从没人把他当回事,“人多以‘傻子’称之”。

“傻子”的外号,活画出魏氏发迹前的卑微可怜,以及他在众人心目中的地位。从事后看,魏的“傻”,并非智力缺陷,并非缺心眼儿,而是卑微可怜的地位折射到心理和行为上,使别人对他产生轻视。

当然也有好处。朱由校让客氏在二魏中挑一个替自己“管事”,她做了一番比较:魏朝“狷薄”,而魏忠贤“憨猛好武,不识字之人朴实易制”。狷薄是固执、偏拗、器量狭小、不宽容、难相处;魏忠贤没有这些毛病,“憨”而“朴实”。这与其说仅仅是性格不同,不如说也很符合他们各自在宫中的地位,而客氏在这里则本能地流露了一点女权意识,在两个“男人”间,挑选了比较弱势的一个。

傻人有傻福。这种“傻”,这种“憨”,不单使他赢得最有权势的女人的芳心,进而更享受着这女人亲手替他安排的飞黄腾达的前程,“逾年由小火者躐进司礼监”[1]。与一般想象的不同,这颗政治巨星的诞生,主要并不是他本人孜孜以求的结果。从对史料的分析来看,久已养成的“小人物”心态,起初严重制约了他的野心;当巨大的权力摆到他面前时,他甚至显得木讷,并没有扑过去一把攥在自己手中。

朱由校即位后,政治格局自然重新洗牌,外廷内廷都面临一系列人事变动。在内廷方面,最重要的司礼监的领导位置,显然非王安莫属。朱由校也的确发表了这样的任命。王安接到任命,上表辞谢。这本属惯例,一种政治套路。这时,不得不提到一个叫王体乾的人,时任司礼监秉笔太监,相当于第三把手,做梦都想当上一把手,听说王安辞不就任,决心抓住这不是机会的机会。他马上想到一个人——那是唯一可以依靠的人——“急谋于客魏夺之”[2]。客氏一直不喜欢王安,甚至有点怕他,因为此人太“刚直”,如果王安出掌司礼监,日后她出入宫禁以及所有其他事上,必多有不便;相反,王体乾则是一个“软媚”之人,如助他登上司礼监首脑宝座,他不会不识时务,不会不听话。客氏这女人相当有政治头脑。她的设计是:让王体乾当一把手,让相好魏忠贤当二把手。这种安排,一箭三雕——第一,送给王这样的人情,结成同盟,扳倒王安;第二,王体乾不论居何高位,总归会是傀儡,平时具体事务让他出面张罗、兜揽,更好;第三,相好魏忠贤,直接当司礼监第一把手,实在太过夸张,不好办,王体乾将二把手位子腾出来给魏忠贤,已是一步登天,将来设法让魏氏以司礼监秉笔太监兼领东厂,实权更大。客氏、王体乾之间达成协议,遂找来魏忠贤一起商量。魏忠贤乍闻此事,很不雄才大略的“小人物”心态又表露出来——他居然念及王安在“移宫案”后,保护过他,救己一命,“犹预(豫)未忍”。王体乾见状,私下又“以危言动客氏”,客氏在枕边把魏忠贤好好训斥了一番:“外边(指廷臣)或有人救他,圣心若一回,你我比西李(李选侍)如何?终吃他亏。”这个提醒很关键;“移宫”中魏忠贤站在李选侍一边,很积极,虽赖王安遮挡,安然解脱,但把柄终捏于人手,万一哪天“旧事重提”,那可……这么一想,“贤意遂决”。

[1]《稗说》卷二,魏忠贤盗柄。
[2]《明史》列传第一百九十三。

可见魏忠贤并不是一步到位，从一开始就凭作威福、玩弄事机、骄横肆纵，他也是“在斗争中成长”，慢慢地学会颐指气使、恣威擅权。

骤列大珰，短短数年，从魏傻子摇身而为“九千九百九十九岁”（只比万岁朱由校少一岁），史无前例。但表面上的不可一世背后，这位有史以来最大的政治暴发户，向来就不曾从微贱的往昔和记忆中完全走出来。有件事很说明了这一点。魏忠贤跃升司礼监秉笔太监之后，当年那个曾经困厄过他的四川税监邱乘云，撤任回京，魏忠贤故意派一名太监专程到南郊迎接，邱赏了来人三十两银子，那人回来向魏忠贤汇报，魏竟当时落下泪来，说：“我先年被徐贵谮害，止给我十两路费，今赏尔如此，便三倍我了。”说完，“叹息者久之”。创巨痛深，可见一斑。穷其一生，不管这个人怎样一手遮天，归根结底，他骨子里仍旧是“小人物”，到最最关键时刻，“小人物”心态还是让他安安静静地引颈就戮。关于魏忠贤，人们对这一点以往谈论得很不够。

大计既定，一切由客氏斡旋。她径见朱由校，“劝帝从其请（指王安辞不就任的请求）”[1]，同时，经嗾使，兵科给事中霍维华于天启元年五月十二日疏论王安，加以攻击。这开了先河，“是为奄党第一功也”[2]，霍也成为后来波澜壮阔的阉党的先驱。有人弹劾，客氏加大了嚼舌头力度，不断危言耸听。朱由校至愚至昧，分不清好歹，唯对客氏百依百顺，良心也教狗吃了，居然将一手把他从险境中救出并扶上龙床的王安，发往南海子净军；客氏“遂矫旨准安辞免，将司礼监印付体乾掌之”[3]。

王安死得很惨。先欲将其饿死，后失去耐心，一说勒死，一说纵狗咬死。王安亲手救过朱由校和魏忠贤，却恰恰由这两人联手消灭。

王安被除，内廷座次全部重新论定。由于客氏这个背景，在司礼监排名第二的魏忠贤，却是整个内廷事实上的核心人物。王体乾首先把自己位置摆得很正，“故事（惯例），司礼掌印者位东厂上。体乾避忠贤，独处其下”[4]。自他而下，内廷有头有脸的人物，咸惟魏氏马首是瞻。

应该佩服客氏这个女人，头发虽长，见识却一点不短。她拍板与王体乾

[1]《明史》列传第一百九十三。
[2]《明清史讲义》。
[3]《酌中志》卷十五，逆贤羽翼纪略。
[4]《明史》列传第一百九十三。

结盟，除掉王安。这很有先见之明；干掉王安没多久，就发生外廷请求皇上将客氏遣散出宫的事件，假设王安仍在，与朝臣里应外合，朱由校十有八九是抵挡不住的。眼下，只是外廷单独闹事，处境好很多。朱由校和客氏，一起咬住牙关，顶了四五个月，终于击退群臣。天启元年十二月，先将主要干将之一的吏部尚书周嘉谟罢免，翌年三月再驱逐另一干将、大学士刘一燝，六七月间，刑部尚书王纪、礼部尚书孙慎行分遭革职、罢免，十月，都察院两位高层左都御史邹元标、左副都御史冯从吾也被赶走。

七搞八搞，转眼间力量对比的天平就偏向了魏氏集团这一边。这带来什么结果呢？当然是“阉党”的形成。

假使在嘉靖以前，像这样力量平衡的打破，不至于成为“阉党”的温床。那个时候，士大夫气节很盛，骨头很硬，不要说一时的逆境不足以让他们俯首，就算到头破血流的地步，坚持抗争者也有人在。不妨回想一下朱棣篡权之初的白色恐怖，成百上千地杀人，也不曾把大家吓倒。即便到了嘉靖年间，“大礼议”之中，正气也仍占上风，左顺门请愿时有那么多士夫站出来，不避斧钺和大棒。可是这么刚正的一个群体，也慢慢地教明代历任君主摧眉折腰，销蚀成明哲保身、贪生怕死甚至卖身求荣的无耻之辈。到嘉靖后期，士风向劣坏方向转化，已是大势所趋；再经万历一朝，基本上都堕落了，正人君子仍有，但与整体比仅属星星之火，天启中他们与“阉党”可以歌泣的战斗，迸射了耀眼然而也是最后的火光，而其命运，则如恩格斯所定义的悲剧：“历史的必然要求和这个要求的实际上不可能实现之间的悲剧性的冲突。”[1]他们正义在手，却不合时宜。什么合乎时宜？“趋利”二字耳。道义一旦被摧毁，精神一旦无可守护，人就是唯利是图的动物。天启间的“阉党”，实起自万历间的“党争”；彼时，士大夫阶层因政见不同，各为门户[2]，此一现象本不足奇，如能良性竞争——例如现代民主政体下的党派政治——其实不失为进步。然而，由于士林的基本精神尺度和原则沦失殆尽，“党争”多以个人攘权夺利、荣华富贵为宗旨，但能达此目的，不问手段，廉耻全无，遂造成一种极黑暗极卑鄙之后果；崇祯进士李清用两句“知”与“不知”概括这种现实：“人知

[1]《恩格斯致斐·拉萨尔》，《马克思恩格斯选集》第四卷。

[2]“党争”详情，后面还将单独叙述。

明清太监陶俑。

人物姿态颇能反映宦官集团在明清两代不同的境遇。明太监眉清目秀、丰姿逸采，面容舒展而腰杆儿挺拔；清太监则身形佝偻、膝盖弯曲、步履不便，脸上满是谦恭的谄笑。

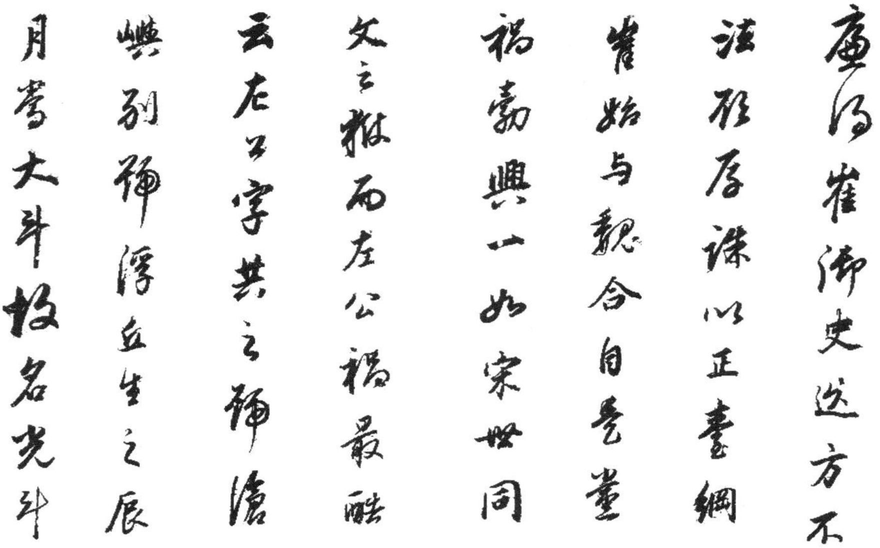

董其昌书《左光斗传》。

左光斗，东林巨魁，与杨涟并称“杨左”。被阉党下狱，严刑折磨致死，方苞名篇《左忠毅公逸事》有生动描写。

崔(崔呈秀)、魏,不知朝廷;人知富贵功名,不知名教气节。”[1]

孟森这样辨析万历间“党争”如何演化为天启间“阉党”的原委:

> 至是(天启年)凡宵小谋再起者,皆知帝为童昏,惟客、魏足倚以取富贵,于是尽泯诸党,而集为奄党;其不能附奄者,亦不问其向近何党,皆为奄党之敌,于是君子小人判然分矣。神宗时庙堂无主,党同伐异,以徼利而为之,至是以奄为主,趋利者归于一途,故只有奄党非奄党之别。[2]

自甘供客、魏驱使,参劾王安的兵科给事中霍维华,是“阉党”首位加盟者,级别不高。第二年,随着周嘉谟、刘一燝、孙慎行、邹元标等重量级反阉人士的倒台,“阉党”加盟者的档次开始提升;自沈漼(即那个据传与客氏有私者)始,档次已提至大学士级别。到天启三年,顾秉谦、魏广微入阁,“阉党内阁”形成;四年,以首辅叶向高辞职为标志,“阉党”彻底控制政局,“自内阁、六部至四方总督、巡抚,遍置死党”[3]。

“党”之一字,今义与古义有很大差别。首先,在简化字以前,“党”与“黨”本非一字,两者各为一字,前者只用于姓氏,简化后,“党”与“黨”并为一字。其次,“黨”在古时,基本是贬义,从黑,本义:晦暗不明。《说文》:“党,不鲜也。”《论语》:“吾闻君子不党”。孔颖达注:“相助匿曰党。”古人主要是在这意义上使用“党”字的。

“东林党”的名称不是东林党人自己命名的,这晚明的政治派别起源于讲学,以东林书院为学术和思想基地。朱由校、魏忠贤为了安排罪名,把有关的人称为“东林党”,意思是这些人借讲学为名朋比为奸。

今天,我们可将东林党比为政党来理解,对“阉党”不然,它仍是一种指控,甚至咒骂,直译过来,大约相当于“附集在受阉割过的人周围的那群丑类”。这不算诬蔑,在这词中,“党”比较彻底地回归于它的“相助匿”的本义,是为污浊之个人私利汇聚起来的乌合之众。

依附魏忠贤的人,不外三类。一是

[1]《三垣笔记》下,弘光。
[2]《明清史讲义》。
[3]《明史》列传第一百九十三。

渴望富贵者，一是犯奸作科欲向魏氏寻求保护者，一是品行低下、为正人所排斥而志在报复者。正应了一句话：物以类聚，人以群分。魏忠贤就像黑社会老大，吃得开，有靠山，违法的事别人干不得他干得，可以放手作恶；这样，全体的丑类就都赶来入伙，投靠他，为他做奴才和打手的同时，也吃上一份自己的黑饭。

例如，由魏氏引入内阁的顾秉谦、魏广微，自动摆到魏忠贤家奴的位置，俯首帖耳，惟命是从。“秉谦票拟（起草诏令），事事徇忠贤指。”[1]职为首辅，实则没做过一日宰相，杨涟送给他一个称号“门生宰相”，这实在还算客气，其实他从来只是魏忠贤的叭儿狗而已。魏广微一切政务，都会事先打份小报告，请示魏忠贤，“签其函曰‘内阁家报’”[2]，毫不掩饰家奴面目，对他大家也有绰号相赠：“外魏公”，意思是“在外面的魏公公”，不过是魏忠贤的一个影子，根本不把他单独看做一个人。

这个集团，只有主子和仆从两种人。尤其有个叫崔呈秀的人，当时是御史，品质极坏，他因为贪污案子事发，都御史高攀龙、吏部尚书赵南星处理他，他就跑到魏忠贤那里，摇尾乞怜，魏忠贤答应保护他，他则索性自认为魏的干儿子。时下坊间流行一语：“见过无耻的，没见过这么无耻的”，用在崔呈秀身上最恰切——崔呈秀以前，谄附者固然不少，但还没人能够发明以儿子自居的拍马屁手法。因同姓之故，魏广微原先对魏忠贤一直自称“宗弟”，后来赶紧降格，自贬“宗侄”[3]。这种无耻，竟然成为一种攀比，一种竞争。崔呈秀叫魏阉一声爸爸，或已自觉厚颜之极，无人能出其右了，没想到“青出于蓝而胜于蓝，冰为之水而寒于水”，后来更有一大堆人把他的“想象力”加以发挥，围着魏忠贤喊“爷爷”——这就是“阉党”十孩儿、四十孙的由来。

不要以为很丢人。“阉党”内部无人感觉这是耻辱，事实上，能够名列儿孙辈，已属莫大荣耀。到得后期，各地如云谄附之徒，欲认干爹、干爷爷而不能，连这点“名分”也没有了。

倘若这些人不曾接受过什么教育，也还罢了。但他们大多饱读诗书（一小部分武人除外），对圣贤之言可谓滚瓜烂熟，由此可见，社会一旦败坏起来，教

[1]《明史》列传第一百九十四。
[2]同上。
[3]《先拨志始》卷上，万历起至天启四年止。

育得再好也顶屁用。我前面曾说，历代士风从不见像明代这么正派的，现在我该说，到魏氏弄国之际，历代士风也从不见这么卑下的。知识分子因为一国一民的最优质文化资产的传承人和守护者，他们往往是历史和现实的脊梁，也应该是脊梁，然而某些时代，他们非但不起这种作用，反倒没有是非和廉耻。后来大狱兴起之时，是各地普通民众勇敢地站出来声援和抗议。杨涟被解押途中，数万人夹道挥泪相送；左光斗被捕情形亦复如此，百姓闻风而至，“拥马首号哭，声震原野”，连“缇骑”都被感动得落泪。

而许多知书达礼的官员则忙着向魏忠贤献媚。天启六年，浙江巡抚潘汝祯，率先在西湖为魏忠贤建生祠，马上诸方效尤，几遍天下。开封建祠毁民居二千余间；延绥巡抚朱童蒙建生祠，采用皇家王族才可使用的琉璃瓦；苏州所建生祠，造像全部用沉香木，腹中肠肺以金玉珠宝为之；苏蓟总督阎鸣泰，一个人就为魏忠贤建祠七所，耗资数十万……其时，辽东战事方紧，开支愈来愈大，军费短缺，致军心不稳。然而保家卫国无钱，建生祠钱花得如流水；各地建生祠，“一祠之费，奚啻数万金哉！”[1]

有一位小丑，名叫陆万龄，是个监生，他提出一个骇世惊俗的建议——以魏忠贤配孔子，以魏忠贤父配启圣公（孔子之父叔梁纥），加以祭祀。他如此介绍理由：“孔子作《春秋》，忠贤作《要典》；孔子诛少正卯，忠贤诛东林。宜建祠国学西（国立大学西边），与先圣并尊。”[2]他把这道奏疏递交司业（副校长或教务长）林钎。林钎一阅，不禁掩面遮颜，羞惭难当。将陆疏一通涂抹，即夕挂冠而去。林钎为有这样的学生羞愧，他的继任朱之俊却不抱同感，毫不耽搁，立即代奏，当然也立即获得批准。

诚然，阉祸凶猛是明代的特色，但在以往，外廷与内廷的顽强对抗（所谓“宫府之争”）也是一大特色。权阉搞定皇帝、得到其全力支持，往往不费吹灰之力，却很难摆脱士大夫的围追堵截、死缠烂打。刘瑾最得势之时，士大夫里有那么几个卖身投靠的，但这阶层整体上未尝驯服，相反，坚忍不拔的他们最终还是将刘瑾击倒。把皇帝和士大夫双双搞定的，唯有这个魏忠贤。实际上，魏忠贤现象的出现，意义已远远超出了阉祸这个层

[1]《玉镜新谭》卷七，建祠。
[2]《明史》列传第一百九十四。

面，而标志着一个社会的基本伦理结构完全失效与崩溃。

因此，不要只把眼睛死死盯在魏忠贤身上；应该把视线投向他身后，投向那里站着的一大群被称作“阉党”的人。这些人，受过最正统的教育，肩负守卫社会准则的责任，然而，他们彻底背叛了所受的教育，彻底抛弃了应负的责任。

这才是魏忠贤事件的真相。一个社会的真正堕落，从来不是以产生奸佞为标志，而是以奸佞在何种程度上遭到抵制为标志。只要人们不曾停止抗拒，恶势力的一时得逞就不足为虑，社会伦理的底线就仍然没有被突破。

坏人不可怕，可怕的是是非观荡然。

御史倪文焕，崇祯即位后，因附逆丢官归乡。朋友去看望他，见他大有悔意，就忍不住问：杨涟和左光斗因得罪权珰而罹祸，这样的正派人，当初你怎么会纠劾他们呢？倪文焕这样回答：

> 一时有一时之君子，一时有一时之小人。我居言路（御史职责，“凡政事得失，军民利病，皆得直言无避。”[1]故称言路。）时，举朝皆骂杨、左诸人，我自纠小人耳。如今看起，元（原）来是两个君子。[2]

虽属狡辩，但他的逻辑却很值得注意。正如我强调的，基本是非观已经瓦解——因此，“一时有一时之君子，一时有一时之小人”、“如今看起，元来是两个君子”这么混账透顶、恬不知耻的话，才讲得出口。“举朝皆骂杨、左”，我便心安理得跟着骂，且自认为是“纠小人”。尤其，这番话不是说在魏阉当政时，是说在那段历史已被明确否定了的崇祯年间，益发说明当时士大夫心中已无是非可言，否则，不会以为这样的话还能起替自己辩解的作用，不可能一边“若悔前非”、一边又如此谈论对自己错误的认识。

错，都不知道错在哪里。这叫无可救药。

一句“举朝皆骂杨、左”，令人寒意彻骨。说实话，跟这一句相比，魏忠贤干的那些坏事，算不了什么。不错，他滥施酷刑、残杀忠良，伙同客氏虐害后妃，以及任意伪造圣旨、广置鹰犬、大建生祠

[1]《明史》志第四十九，职官二。
[2]《三垣笔记》附识上，崇祯。

等等罪状，都骇人听闻、史所罕见，但自我看来，仍抵不过“举朝皆骂杨、左”这么一句话。没有这句话，魏忠贤再猖狂、再不可一世，也极渺小；有了这句话，突然之间，我就觉得他很强大，“须仰视才见”。

这心情，就如我在记忆中想起“文化大革命”。而今，“文化大革命”似乎只是四个丑角担纲出演的一出闹剧、喜剧，然而，只要亲眼目睹过天安门广场那上百万人壮观而可怕的红色海洋，就必不以为“文化大革命”能是区区几个“政治流氓、文痞”（郭沫若语）所折腾起来的。

将反动人物喜剧化，让曾经的魔头突然变成人人得而嘲讽的对象，的确是摆脱和走出历史梦魇的好方法。但同时我们得提醒自己，这些迅速沦为“历史的跳梁小丑”的人物，每个人身上都包含着最为沉重、严肃和不容回避的话题。倘若我们是勇敢的，应该承认几乎所有历史上著名的丑类，都得到了社会的哺育甚至拥戴。这些丑类登上历史舞台，实际上只是执行着一个任务：将本无价值的，撕破给人看。社会已糜烂至此，蛆虫方才有狂欢的机会；人类历史每一出大闹剧，皆缘自理性在一个社会或时代的沦亡。

所幸，历史终将由名叫“理性”的作者来书写；于是，丑类们最后也纷纷回归于丑类。我们的魏公公也不例外。

他的垮台，可谓纯属偶然。假使天启皇帝朱由校不年纪轻轻地死掉，我们丝毫不曾看见魏忠贤有任何垮台的迹象。虽然朱由校死了，但假使魏忠贤不犯糊涂、关键时刻由于“小人物”根性而掉链子，他也不会垮台——至少不会在天启七年十一月垮台。熹宗崩，以当时情势论，他很有成算阻止朱由检继位为君；就算他自己不去当皇帝，立个傀儡总不难，这是唐朝前辈们玩烂的把戏，有一堆的成功经验。而且客魏并非无此打算；抄家时，在客氏府中发现怀孕宫妆女子八名，“盖将效吕不韦所为”[1]，把有娠之女塞进宫去，安排机会让她们被宠幸，将来生子以冒充朱由校骨血。此事载正史，如属实，说明客魏不仅有培植傀儡的计划，且进入实施，只因朱由校过早逝世而被打断。《明史》还记载，朱由校死的当天，众目睽睽之下魏忠贤不顾一切，疯了似的派人急召崔呈秀：

[1]《明史》列传第一百九十三。

内使十余人传呼崔尚书(崔呈秀时任兵部尚书)甚急,廷臣相顾愕眙。呈秀入见忠贤,密谋久之,语秘不得闻。或言忠贤欲篡位,呈秀以时未可,止之也。[1]

《玉镜新谭》引《丙丁纪略》云其细节:

忽有数内臣,招呼兵部尚书崔家来。百官相顾错愕,齐声云:“所言公(公事),当与众公言之,天下事岂呈秀一人所可擅与耶?”于是,呈秀不敢应命,而忠贤失意,无所措手足。[2]

如此紧要的生死关头,他居然没有主张,跟崔呈秀匆匆商量几句,就选择了实不难预见到的束手就擒的结局。这再次证明,魏忠贤作为坏蛋,也是个窝囊、没本事的坏蛋。遇事不能识,或识而不能断。他所以爬上权力巅峰,并不由于他是摆弄权力的高手,而主要是靠客氏这个女人,特别是天启间本身已经朽烂得不可收拾的政局。

据说,他还有一个打算:如果不再被宠信,就带着积攒起来的财富,度过“不失为富家翁”[3]的晚年。后来,贬谪凤阳时,他果然成车成车地装载着细软前往,真的打算到那里“享受生活”。这好像不是一般的傻。

他就这样傻呵呵地等着。两个月后,新君崇祯皇帝朱由检开始收拾他。

接到弹劾魏忠贤的奏疏后,朱由检把他找来,让人一字一句念给他听,观察他的反应。其实朱由检对于啃得了啃不了这根硬骨头,心里也没底,他这么做,是试探。而魏忠贤实在草包,连试探这样的考验都经受不住。他去找自己昔日的嫖友兼赌友徐应元“走后门”。徐从朱由检做信王的时候起,一直在身边当差。他的见识一点不比魏忠贤高,居然答应帮魏忠贤的忙。这事传到朱由检耳中,一下子让他吃了定心丸;就像《黔之驴》里的那头老虎,突然识破那叫声骇人、黑不溜秋的怪物,并非三头六臂,“技止此耳”。

[1]《明史》列传第一百九十四。
[2]《玉镜新谭》卷七,败局。
[3]《国榷》卷八十八,天启七年十一月。

于是，十一月一日下旨，勒令魏忠贤去凤阳祖陵司香，也就是守陵。

跟魏氏的罪行相比，这个处分不重，但肯定不是最终处分。这一着，当属“调虎离山”之意，先把魏忠贤赶出京城，孤悬在外，失去盘根错节的依托——今天对各地大贪官的处理，也需要“异地双规”，否则案子办不下去；朱由检想出的点子，与此类似。

魏忠贤听话乖顺得出奇，老老实实上了路。

果然，一离开京城，朱由检就没了顾忌。魏忠贤虽然受到贬谪，但走的时候还是“自由身”，仆从财产一大堆。行至河北阜城县，传来消息，皇上借口流放队伍“自带凶刃，环拥随护，势若叛然”，已派锦衣卫赶来，“前去扭解，押赴该处（凤阳）交割明白”。[1]

此时的魏忠贤，就真的被打回原形：还是“魏傻子”，还是奴才。只能如羔羊一般，任人宰割。得知消息，他做出了天启驾崩三个月以来唯一正确的决定：自杀。他知道自己必有一死，甚至不会等到抵达凤阳。应该说，这一次，他对自己的前景绝没有误读。

天启七年十一月六日深夜，或者十一月七日凌晨，魏忠贤在阜城县一间客店投缳自尽。死亡确切时间不明，因为人们是后来不见动静，推门入内，才发现他已经死去。屋内一共两具尸体；另一具，属于他所宠爱的一个漂亮小太监，名叫李朝钦。

有自杀的勇气，却无放手一搏的胆量，让人无法理解。在此之前，魏忠贤有造反的机会，也很有这样的条件。他不是为了表示清白与忠诚，能反而不反；他明明有企图，甚至计划。没有干，归根结底，只因骨子里就是一个“小人物”，怯懦、不自信，无从超越。他一度成为“大人物”，乃至庞然大物，非因自己能干，是从朱由校、客氏到整体坏掉的士大夫阶层一起“帮衬”的结果。

提起魏忠贤，许多人记着他如何作威作福，如何荼毒天下，如何强势的一面。在我，首先想到的却是另一面：此人一生，先后两次亲自下手，去实行对自己的严重戕害——头一次将自己阉割了，第二次索性把自己杀掉。

我对此印象更为深刻。

[1]《崇祯长编》卷三。

党祸

党派门户之争，乃明末政治显著特色。明之亡，有诸多不可避免的必然，而党争所起作用，为其荦荦大者。孟森先生说："建州坐大，清太祖遂成王业，其乘机于明廷门户之争者固不小也。"[1]隐然有"明非亡于强敌，而亡于党争"之意。而当时之人，则依自己的体会评论道："尝观国家之败亡，未有不起于小人之倾君子一事；而小人之倾君子一事，未有不托于朋党之一言。"[2]也认为明朝亡乎此，但偏重于从正人遭摈斥也即内祸的角度来看。应该说，以上两个层面合起来讲，才是对明末党争危害的较为全面的认识。

党争发展成党祸，是天启朝的事情，而其起源则远在五六十年前，过程又极为复杂，足够专门写一本大部头的史著。刘承干说："溯明季门户之争，始于神宗之倦勤，清流之祸，极（与"亟"通假）于熹宗之庸阇。"[3]吴应箕则认为更早："极于万历丁巳，而嘉靖诸政府已开其渐。"[4]这是说，嘉靖年间，当夏言、严嵩、徐阶各自专权，而党同伐异之时，党争已经形成。这情形，我在叙述嘉靖故事的时候，曾细表过；我并且强调，那种争斗并非偶然，根本上亦非夏、严、徐等人主观有此强烈意愿，而尽出于嘉靖皇帝的驭人之术，是他一手挑拨和掌控的结果。嘉靖时代在明朝历史上的转折意味，于兹再次可见一斑。

门户意识既开，遂演变成为一种政治模式，以及官场套路，后面的人，很容易就走到这种思路里头，既是政治经营的策略，亦是做大官的要诀。张居正作为徐阶的传人，顺理成章继承这笔政治遗产，当政期间，在与高拱等人的较量中，加以新的演绎。到万历中期以后，伴随若干重大问题的争论——从"国本"之议、矿税之争，到"忧危竑议"、"续忧危竑议"、"福王之国"、"梃击案"——朝臣之间，派系林立，咸以彼此攻讦为能事；而政见分歧之外，一些人情世故也渐渐羼入其中，师门、宗姓、乡党……终于形成了齐党、楚党、浙党、东林党这四大政治势

[1]《明清史讲义》。
[2]吴应箕《东林本末》。
[3]刘承干《三垣笔记跋》。
[4]同上。

力。然彼时之所谓“党”，既无组织，亦无章程、纲领，他们自己内部未见得有“结为同志”的意识，而是自外人、尤其相敌对的政治势力眼中，这些人沆瀣一气，勾结在一起，于是拿“党”这样一个明显带有丑化意味的词相赠。

及魏忠贤崛起，各色党人都聚集到他的麾下，来打击东林党。这时，混战的局面开始简化，变成阉党与东林党之间的单一对抗；基于门户之见的“党争”，也开始走向所谓“小人之倾君子”的“党祸”。

强调一下，对“小人之倾君子”，只能从整体上作此理解，并非只要反对过东林党，便都归于“小人”类。熊廷弼就是突出的例子。他在当御史时，专跟东林党人捣蛋。他在同事中有两个好友，一个叫姚宗文，一个叫刘国缙。三个人都不喜欢东林党，经常联手攻击。熊廷弼这种行为，缘于性格，“性刚负气，好谩骂，不为人下，物情以故不甚附”[1]，用今天话来讲，属于比较“各色”的人——谁都别惹我，惹我我就骂；只要不高兴，逮谁骂谁。很情绪化，有点狂狷的味道，但并不包藏祸心和不可告人之目的。姚、刘这两位，却不同了。他们拼命向东林党开火，意在谋取进身之阶。后来熊廷弼被委重任，经略辽东，姚、刘本着同一战壕之战友“苟富贵，毋相忘”的心理，指望熊廷弼拉一把，熊却不屑搞这一套。于是这两人掉转枪口，倾力诬陷熊廷弼。不单自己干，还鼓动同类群起而攻之，指责熊廷弼欺君、专断、丧师辱国。熊廷弼果然被拉下马。具有讽刺意味的是，替熊廷弼说话、实事求是肯定其功绩和才干的，倒是东林党人。熊罢官后，不服气，要求朝廷派人前往辽东核实情况。原本打算派那些攻击熊廷弼的人担当此任，是杨涟上疏阻止，改派中立的兵科给事中朱童蒙前往；朱返回后递交报告称：“臣入辽时，士民垂泣而道，谓数十万生灵皆廷弼一人所留。”沈阳被破之后，首辅刘一燝(在崔呈秀编织的《天鉴录》中，他排在东林党第四位)出来说公道话：“使廷弼在辽，当不至此。”[2]后来也是因为东林党人支持熊廷弼复出的缘故，魏忠贤一伙把天启二年关外失守的账，记在东林党名下；曾经力攻东林党的熊廷弼，也被他们视为东林党的同路人。

这个故事，说明三点：第一，攻击东林党，未必是小人；第二，小人和君子之间，最终一定不能相容；第三，正人之间，纵然不和，也不失对事实的尊重。

以上，将明末党争来龙去脉略作交

[1]《明史》列传第一百四十七。

[2]同上。

代。然后专门说一说东林党。

东林，书院名，在无锡，始建于宋代。当地有个大学者，名叫顾宪成，流传甚广的楹联“风声、雨声、读书声，声声入耳；家事、国事、天下事，事事关心”即为他的手笔，颇透露了他的品性。万历二十二年(1594)因事忤旨，革职，还归故里。从此致力讲学，实现以教育和学术兼济天下的抱负。先是在家中辟“同人堂”，教习士子，同时也常约请常熟、苏州、松江、宜兴等处贤达来无锡讲学。那时，长三角地带已为全国文化和学术最发达的所在，凭此依托，顾宪成迅速聚拢起浓厚的思想氛围，一个学派呼之欲出。不久，倡议重修东林书院，获士绅响应，地方官也乐助其事。万历三十二年修竣，顾宪成任主持，直至八年后(1612)去世。书院既立，又有顾氏这样的名儒主持，各方学者纷至沓来，朝中一些声望素著的官员如赵南星、邹元标、孙慎行等，或遥为呼应，或亲临授学，东林书院一时俨然士之渊薮。

与齐党、楚党、浙党(更不必说后来的阉党)不同，东林党确实有了一点近代政党的影子。它是一个精英群体，有思想、意识形态上的认同，有基本的伦理和治国理念，而非纯粹出于各种功利目的达成的妥协或建立的同盟；同时，更重要的，它不仅仅是一个思想运动，一种空头学术，而明显存在用理论改造现实的强烈意愿，试图去代表和表达比较广泛的民众诉求(这是它在遭受魏忠贤迫害时能够被民众所拥护的原因)。

人们因为思想立场，汇集起来；然后又带着这立场，返于政治实践。万历晚期，东林党人的政治影响力开始显现。他们在诸多重大朝政问题上，发出自己的声音。由于当时政坛，只有东林党人形成自己的基本政治理念，别的派别都是在攘权夺势动机支配下，搞实用主义权术、机会主义政治，相形之下，东林党人看起来似乎就很原则、很执著、很不顺从、很理想主义，总扮演现实的批评者和反对派。这让万历皇帝备感恼火，严厉加以打压；反过来，东林党人在一般读书人和民众中间，却取得良好声誉，被目为“正人”。

这声誉，乃是雄厚的政治资本，藉乎此，随着神宗死去和光宗即位，东林党人遂得成为主流派。一朝天子一朝臣，当初东林党人从维护“国本”的立场出发，坚定支持太子朱常洛，阻挠朱翊钧偏私郑贵妃及福王，现在朱常洛熬出头，当然要对东林党人表示信赖。他开始重用东林党人，虽然在位仅一月便遽尔病殒，但指定的顾命大臣中，东林党人占有相当的比例。“移宫案”中，也正是有赖这些人，朱由校才脱离李选侍控制，实现权力平稳过渡。出于这种关系，刚刚做皇帝的朱由校，与东林党人之间，不但没有龃龉，反而深为倚重，刘一燝、叶向高、邹元标、赵南星、左光斗、孙慎行、杨涟、高攀龙、王之寀、袁化中、顾大章、周起元、魏大中、周朝瑞……这些东林骨干以及同路人，或居高位，或被重新起用，从而出现了所谓“众正盈朝”的局面。

“蜜月”是短暂的，朱由校迟早要跟东林党人翻脸。非因别故，就是因为东林党人以“正人”自居，试图在政治实践中坚持他们从思想理论上认明了的一些理念；反观朱由校，作为皇帝，用“私”字当头去理解、运用和支配权力，同样必然。此二者之间，一定会有抵触，一定将爆发矛盾。

“私”字发挥作用之际，朱由校自然而然与客、魏之流穿上一条裤子，而与扶其坐上龙床的东林党人愈行愈远，直至视之为仇雠。

东林党人，也因为以“正人”自居，不肯妥协，同样陷入一种历史宿命。这宿命，直接地讲，就是“梃击”、“红丸”、“移宫”这明末三大案所形成的历史积怨；欲明天启党祸的由来，三大案实为一个关键。

万历以来，东林党人不弃原则，一直与众宵小为敌，结下很多“梁子”。三大案中，他们得罪了一大批人：太监、宠妃、朝臣中的投机分子等等。这些人个个怀恨在心，但有机会，即思报复。魏忠贤本人“移宫”之际押宝李选侍，又力主将朱由校扣为“人质”。东林党人成功解救朱由校后，杨涟即曾疏劾魏忠贤，欲绳之以法。虽然在王安保护之下，使用调包之计，混淆视听，将李选侍身边另一个名叫李进忠、也犯有过错的太监(前面说过，当时魏忠贤还未改名，也叫“李进忠”)推出抵罪，但这始终是魏忠贤一大心病。后来对杨涟、左光斗等出重拳、下毒手，实在也是被这恐惧所激发——从清洗东林党后推出《三朝要典》来看，魏忠贤的目的就是要翻案，否定东林党人作为这段历史的“正确路线代表”。既然老大一马当先，带头迫害东林党，三案以来与东林党人有各种“不解之怨”的众宵小，能不欢欣踊跃、奋勇向前?

此为党祸发作之前的一些背景。然而，大狱兴起，第一位受害人却并非东林党，而是一个不相干的人。

话说天启四年，魏忠贤权力已达极盛期，阉党亦成气候，“正人”与“小人”之间，已到决战时刻。四月二十一日，有人突然上了一道折子，指控内阁中书舍人汪文言招权纳贿，而其后台正是左佥都御史左光斗和吏科都给事中魏大中。奏折递上的第二天（乙巳日），就有“圣旨”：“下文言镇抚司”[1]，反应出奇地快，恐怕是预谋安排好的。

这个姓汪的，算是当时北京政坛和社交界的一位奇人。歙县人，并非正途出身，过去在县里当一员小吏。有苏秦、张仪之才，聪明之至，脑子好使得不得了，做人也是八面玲珑、滴水不漏，而且颇具侠任之风。因为这些禀赋，万历年间，他被当地一位地方官看中，为他捐了监生的名分，派到北京“卧底”——在官场中“刺事”。由此，汪得以结交京城上层社会，所到之处，为人和才干都教人刮目。靠某种机缘，与当时的东宫伴读王安相识。据说，他经过观察，发现王安“贤而知书”，于是“倾心结纳，与谈当世流品”，风雅之间，彼此相得。后又与东林党人过从甚密，很快成为北京政界要人跟前的红人，或者说，中国明代的“院外活动家”。他以这样的身份，发挥重要作用；《明史》记有两条：一是“用计破齐、楚、浙三党”，详情不明，倘真有此事，此人巧智恍若孔明再世；一是光、熹之际，也就是“移宫案”过程中间，“外廷倚刘一燝，而安居中以次行诸善政，文言交关力为多”[2]——朝廷事靠刘一燝，宫廷里面靠王安，而刘、王之间的沟通，则靠汪文言，最后成功粉碎李选侍的听政企图。这第二件大功，非同小可，汪文言以一民间政治家，在重大历史关头发挥这种作用，也真称得上古今一人。东林党人一直很器重他，叶向高任首辅后，破格简任他为内阁中书舍人。官职虽然顶小，但对一个没有“文凭”“学位”亦即本无资格做官的人来说，却毕竟是把脚踏入了官场。

正为此，尤其汪氏在“移宫案”中扮演了那样的角色，他早已是魏忠贤眼中钉、肉中刺。

但魏忠贤绝不以整汪文言为满足，汪下狱，只是由头，以便挖出“后台老板”，揪出更大的牛鬼蛇神。东林党人意识到了这一点。当时，负责办这案子的镇抚司首脑刘侨，并非阉党。东林党人、御史黄遵素去见他，说：“文言无足惜，不可使缙绅祸由此起。”[3]以避嫌的语气，婉转指出有人想借汪文言案生事，

[1]《熹宗天启实录》（梁本）卷四十一。
[2]《明史》列传第一百三十二。
[3]同上。

把国家搞乱。刘侨果然秉公办案，不搞逼供信，“狱辞无所连”，对汪文言只做出褫职加打板子的处理。然而，数月后此案复发并在整个党祸中居极重要的位置——此乃后话，先按下不表。

汪案暂告段落，但所有人，东林党也罢，魏忠贤也罢，都晓得事情绝不至此为止。发难汪文言，只是“冷空气前锋”带来的乌云，急风骤雨还在后头，大清洗已不可避免。

面此情势，东林党几个核心人物展开激烈争论：到底要不要跟魏忠贤及其阉党摊牌？杨涟认为退无可退，坚决主张反击。左光斗、魏大中均抱同感，黄遵素、缪昌期则担心“击而不中”，局面不可收拾。

其实，黄、缪的担心极有道理，只是杨涟所见更为透彻。当时形势，无论东林党人反击与否，魏忠贤决心已定，必然下手。不管东林党有无把握，他们都已没了退路。

虽然意见并不统一，杨涟仍于六月初一，单独上疏，矛头径指魏忠贤。列其二十四项大罪，有些是拿来充数的，但大多数是事实，罪名相当严重：擅权乱政，口衔天宪，培植亲信，虐害妃嫔，堕杀皇子，倾陷大臣……

如果朱由校亲自阅读这份奏疏，不知道结果会如何。实际的情形是，奏疏首先落在魏忠贤手里，他倒不敢不呈于朱由校，但据刘若愚说，魏忠贤安排王体乾念给朱由校听，后者“心感客氏培植掌印，遂将如许参本不肯字字念全，而多方曲庇之”。[1]有称，朱由校所以不亲自读本章，系因几乎不识字。这说法很可以让人快意一笑，不过料非事实——朱由校做皇帝以后，已经请了教师的，就算不刻苦，文盲的帽子应该已经摘掉。

王体乾掐头去尾朗读的效果相当理想，而且一旁还有客氏巧舌如簧，“弥缝其罪戾，而遮饰其回邪”。故而朱由校听罢，感觉没什么大不了的，轻描淡写地对魏忠贤说了如下几个字：“尔闻言增惕，不置一辨，更见小心。”[2]听上去倒像表扬。又正式传布一道上谕（出自阉党魏广微之手），着重否认杨疏所提出的“毒害中宫，忌贵妃皇子”这项最严厉的指控，斥责杨涟“凭臆结祸，是欲屏逐左右，使朕孤立于上”。然后故作宽宏大量，表

[1]《酌中志》卷十五，逆贤羽翼纪略。
[2]《国榷》卷八十六，熹宗天启四年。

示“姑置不问”;末了,未忘记警告群臣:“不得随声附和,有不遵的,国法具(俱)在,决不姑息。”[1]

随着上谕下达,风潮表面上慢慢平息,双方的较量暂时转入幕后。东林党人努力说服首辅叶向高出面,领导倒魏运动。魏忠贤一伙则在琢磨用什么办法反击。

这边,叶向高还在犹豫不决,那头阉党已经想好对策。阉党中,有个叫冯铨的翰林,他对魏忠贤建议说,这些士大夫们你不真正给他们点厉害瞧瞧,他们是不会住嘴的;本朝的廷杖,专门用来对付不听话的大臣,如今再有捣乱的,就用廷杖——说来也怪,朱由校登基四年多,还从来没有使用过廷杖——当年嘉靖皇帝不就是用廷杖把士大夫打老实了么?

魏忠贤略一回味,就发现这是个好主意。廷杖比之诏狱,就有如无声手枪之于大炮。有的时候,大炮不如无声手枪好使;大炮火力是很威猛,但块头太大,搬弄起来颇费事,手续很多。一旦把人投入诏狱,必须整出口供,整不出来不能结案,前阵子,汪文言案就是这样不了了之。而廷杖,只须万岁爷一句话,打八十,打一百,打二百,就只管拖下去打,不想弄死他就放条活路,倘若取之性命,那也是下手轻重的事,人不知鬼不觉,很好操作。魏忠贤大喜。

看来,整知识分子,还是要靠知识分子自己出主意、想办法。

魏忠贤笃笃定定坐在家中,看哪个倒楣蛋儿首先送上门来。

六月十六日,倒楣蛋儿出现了,名叫万燝,官拜工部郎中。当时,万燝正负责光宗陵墓工程,缺铜,到处找不到,听人说宫里有大量废铜,就发文征集。可自魏忠贤看来,宫中一切,“我的地盘我做主”,一个郎中级别的小外官,磕头来求还则罢了,居然跟我公事公办,发文索要。不给!万燝虽然官卑职小,骨头可丝毫不软。索性动本参魏,所论远远超出废铜烂铁之事,想必也是受到不久前杨涟上疏的激发,破口大骂:

忠贤性狡而贪,胆粗而大,口衔天宪,手握王爵,所好生羽毛,所恶成疮痏。荫子弟,则一世再世;

[1]《熹宗天启实录》(梁本)卷四十三。

> 赉厮养，则千金万金。毒痡士庶，毙百余人；威加缙绅，空十数署。一切生杀予夺之权尽为忠贤所窃，陛下犹不觉悟乎？且忠贤固供事先帝者也，陛下之宠忠贤，亦以忠贤曾供事先帝也。乃于先帝陵工，略不厝念。臣尝屡请铜，靳不肯予。间过香山碧云寺，见忠贤自营坟墓，其规制弘敞，拟于陵寝。前列生祠，又前建佛宇，璇题耀日，珠网悬星，费金钱几百万。为己坟墓则如此，为先帝陵寝则如彼，可胜诛哉！今忠贤已尽窃陛下权，致内廷外朝止知有忠贤，不知有陛下，尚可一日留左右耶？[1]

比之杨涟措辞，更无顾忌，痛哉快哉。尤其"忠贤自营坟墓，其规制弘敞，拟于陵寝……可胜诛哉"这几句，极其严厉。

魏忠贤顿时恶向胆边生，"遂矫旨午门前行杖一百棍"，密令行刑者照死里打，"杖后，于御道前倒拖横曳者三匝，甫出而气绝矣。"[2]

好像万燝并非东林党，但后来史家还是把他算作死于党祸之第一人："此奸逆纵杀立威第一人也。"[3]意思是，魏忠贤是从这里大开杀戒，向东林党发起总攻的。

从这天起，血腥的帷幕缓缓拉开。阉党已然决意全面清算所有敢于向其权威挑战者。但谁也不会想到，下一个目标，竟直指内阁首辅叶向高。在阉党看来，叶向高是东林党人的总后台，虽然叶为人老成持重，甚至私下并不赞同杨涟激化事态的做法，但阉党仍然认为"必去叶向高而后可"[4]，不扳倒叶向高，而欲给予东林党以毁灭性打击，是不可能的。他们像苍蝇趴在鸡蛋上那样，仔细寻找着任何微小的缝隙。

终于，他们找到了。

当时负责纠察京城政纪的御史，名叫林汝翥，据说是叶向高的外甥。不久前，有两个太监虐害市民，治安当局不敢处置，事情传到"纪检书记"林汝翥耳中，大怒：岂有此理！遂绑了来，各处鞭刑五十下。受罢刑，两个太监找主子王体乾哭诉了，王听说林御史乃叶向高外甥，如获至宝，遂与客、魏一起，奏于朱

[1]《明史》列传第一百三十三。

[2]《玉镜新谭》卷二，罗织。

[3]同上。

[4]《国榷》卷八十六，熹宗天启四年。

由校，把事情说成林汝翥滥作威福，污辱内臣。朱由校这个傻帽儿，立即相信，命如万爆例，也杖一百，削职为民。

得了旨意，宦官们即扑向林宅。可是那林汝翥事先闻知此事，脚底抹油，不知去向。林汝翥一溜，众宦官正中下怀，当即奔叶向高府邸而来，以林汝翥乃叶氏外甥为由，“群珰数十围叶寓，直入内宣，喧哗搜捉”，直到叶向高紧急上奏，朱由校亲自下令，众宦官这才停止冲击首相私邸，撤围回宫。[1]

林汝翥出于畏惧逃脱，行为怯懦，有失宪臣风范，他自知可耻，不久就现身投案，被打一百棍，几乎死掉。

但这件事情根本是冲叶向高来的。“中官围阁臣第，二百年来所无。”[2]这是巨大的羞辱，发生这种事态，出于荣誉感和抗议，为全体士大夫的尊严计，叶向高必须主动请辞。于是，递上一份又一份辞呈，朱由校照例不允、挽留。但他如果确有诚意，应该处分冲击叶府的宦官，却并无表示。叶向高见状，坚持辞职。虚情假意几个回合，朱由校也就批准了叶的请求。

这又是阉党一大胜利。通往迫害的大门从此豁然，杨涟、左光斗们即将大难临头。

东林党倒也不曾坐以待毙，但他们能够应战的方式，有限而且无力。一是在一些职位人选上，与阉党争夺；一是上书皇帝，指摘和抨击阉党。八月，都察院左都御史孙玮病故，赵南星以吏部尚书主持廷推，拟由杨涟升任此职，但被朱由校断然拒绝。于是，改推高攀龙，得到批准。

结果似乎不错，处境似乎不是那么不利；东林党人紧张的心情，稍得松缓。这或许使他们错误地估计了形势，尤其是朱由校的态度。他们继续抨击阉党，试图在舆论上进一步影响皇帝。其实这根本没用。以朱由校那样是非完全混乱以至颠倒的人，就算递上一万本揭批奏章，亦无损阉党一根寒毛。至于个别职位的争夺，当皇帝本人已为阉党左右的情形之下，也是毫无意义的；何况，允许高攀龙主掌都察院，难保不是阉党一计，故意给你一点甜头，让你错判形势，助你骄纵之气。

实际上，东林党不断参劾阉党人物，确已让朱由校心烦。对于国事，他

[1]《三朝野记》卷二下，天启朝纪事，三年癸亥。
[2]《启祯野乘一集》卷一，叶文忠公传。

毫无兴致，只希望别来打搅他干木匠活、嬉玩。魏忠贤、客氏、王体乾等了解这一点。东林党人不断添扰之际，他们就在一旁挑拨，加重朱由校的不悦。他们说，这些人打着忧国旗号，目的却是拉帮结派。这个分析，很能打动朱由校；他觉得这些人喋喋不休的样子，确实像是宗派主义、山头主义。

十月八日，他第一次表态：

> 近日蹊径歧分，意见各别，爱憎毁誉，附和排挤。大臣顾昔（惜）身名，动思引去，小臣瞻风望气，依违自合。职业不修，政事隳废。当由纪纲不肃、结党徇私，以至于此。特戒谕尔等，涤虑深思，更私易辙。[1]

虽然不曾点名，矛头是指向东林党的，“大臣顾昔身名，动思引去”这句一望而知是针对叶向高。整个旨意，明显可见阉党观点的影响，“结党徇私”四个字正是阉党急欲给予杨涟、左光斗、赵南星、高攀龙等人的定性，现终于被写入上谕。这是重大信号，“事情正在起变化”。

过了几日，因为山西巡抚人选之争，再出一道圣旨，指名道姓谴责魏大中“欺朕冲幼，把持会推，以朝廷封疆为师生报德”。又有“你部院大臣，奉旨看议，何必含糊偏比，委曲（这里作不正直讲）调停”[2]之语。部院分别指吏部和都察院，它们的领导人，一个是赵南星，一个是高攀龙。这道圣旨再次提到“朋谋结党”。

受到皇帝明确指责，赵南星、高攀龙按照惯例，先后请求罢免己职，均得批准。其中，赵南星免职的旨意，径由内出，根本不经过内阁票拟，也就是不给内阁——叶向高去后，韩爌继任首辅，他也被视为东林党——说话的机会。高攀龙之罢，虽然交由内阁票拟，但当内阁认为以一件并不很严重的事，驱逐两位重臣（吏部尚书、左都御史属于“九卿”），处置失当时，朱由校——或者完全将他控制起来的魏忠贤等——便甩开内阁，直接传旨准许高攀龙辞职。

韩爌、朱国桢两位内阁大臣做了最后抗争，批评这样重大问题一个“御批径发、不复到阁”，另一个虽下内阁票拟却“又蒙御笔改移”，“大骇听闻，有伤国体”。而朱由校的回答，不仅重申对免

[1]《熹宗天启实录》（梁本）卷四十七。
[2] 同上。

职者“师生植党”“附和依违,全无公论”“不知有朝廷”的指责,还特意提到“或世庙时必不敢如此”。[1]世庙即世宗嘉靖皇帝;那是士大夫被收拾得最服服帖帖的一段时期,看来,朱由校以及魏忠贤等都对嘉靖时代心神往之,也希望亲眼看到那样的局面。

除内阁外,吏部和都察院是东林党人盘踞的两块最主要的朝中要地,吏部主管干部选用和升迁,都察院负责干部监察和纪检,因此,如果说东林党一度操天启朝组织工作大权,不为过。反之,自朱由校和魏忠贤来看,过去的吏部、都察院完全变质,为牛鬼蛇神把持,是个黑窝。赵南星、高攀龙被揪出打倒,乃端黑窝的第一步。要彻底打掉东林党人的黑线,还需要把斗争引向深入。

十月十六日、十八日,赵南星、高攀龙先后去位,仅隔两天,十月二十日,由顾秉谦、魏广微起草,朱由校批准的一份诏书,即向全国公布。[2]诏书有别于日常政务中的上谕,用以发布更加正式并且要宣达于全体国民的重大决策。与一般的简短不同,这份诏书长四百余字,有点鸿篇巨制的意思,实际上,它就相当于发动反对东林党运动的宣言书。内容分三层,首先是对朝中严峻的政治形势加以回顾和描述:

> 大小臣庶,坐享国家之禄,靡怀君父之忧,内外连结,呼吸应答,盘踞要地,把持通津,念在营私,事图颠倒,诛锄正人(阉党之自诩),朋比为奸,欺朕幼冲,无所忌惮。

第二,当前“群小”的猖狂和斗争的紧迫性:“迩年以来,恣行愈甚,忠贞皆为解体,明哲咸思保身。”提到四月份以来杨涟等踵继弹劾魏忠贤的浪潮,说:“朕前已有特谕,备极鲜明,如何大小臣工,视若弁髦(弁髦,古代贵族子弟行加冠礼时用弁束住头发,礼成后把弁去掉不用,后喻没用的东西),全不尊信?”——我明明表过态了嘛,立场很鲜明嘛,为什么这些人根本听不进去,全当耳旁风?提到山西巡抚职位会推一事“皆是欺瞒,但遂营谋之私”,提到赵南星、高攀龙的垮台及其反响:“今元凶已放,群小未安,或公相

[1]《熹宗天启实录》(梁本)卷四十七。
[2]同上。

党救，或妄肆猜忖”，意即他们“人还在，心不死”。第三，发出严正警告，表明将斗争进行到底的决心：

> 谕尔徒众，姑与维新（姑且让你们参加到改过自新的队伍中来），洗涤肾肠，脱换胎骨。果能改图（改变思想认识），仍当任用，如有怙其稔恶，嫉夫善类（阉党之自诩），甘愿指纵之鹰犬，罔虑胎遗之祸患，朕将力行祖宗之法，决不袭姑息之政矣！

曾经有人设想，赵、高罢免之后，东林党人暂作韬晦之想，俯首低眉，或能躲过一劫。其实并无此种可能。权力斗争，犹如两个互相扼住咽喉的人之间的比拼，毫无退路，谁先松手，则性命立为对方所取。职是之故，尽管诏书声色俱厉，尚存于朝的东林党骨干仍然只能硬着头皮顺惯性往下走。赵、高空下的位子，需要提出人选。起初，吏部、都察院分别提出由吏部侍郎陈于廷、左副都御史杨涟暂时代理。这两人都是东林党，不可能获准。不过朱由校还算客气，只是留中不发，冷处理，但意思并不含糊：各位，请给我知趣点儿！

东林党人并非不知趣，然而又有什么办法？如今举朝除了他们自己，都团结到了魏忠贤周围，他们倘若不推举自家人，就只能推举阉党分子，那岂非太过搞笑？因此，朱由校留中不发之后，在陈于廷主持下又搞了一次会推，报上几个人选供定夺——这几个人，还是东林党。

朱由校大觉此乃“给脸不要脸”，怒甚。十月二十八日，降下严旨，痛斥长期以来吏部、都察院为黑线人物所控制，已成独立王国（“吏部、都察院浊乱已久”），质问既然三番五次责令整改，“如何此次会推，仍是赵南星拟用之私人？”接着立刻点出陈于廷、杨涟、左光斗三人，钦定了“钳制众正，抗旨徇私”的罪名，乃至痛骂“老奸巨猾、冥顽无耻”，最末一句：“陈于廷、杨涟、左光斗，都著革了职为民！”[1]

写到这里，不能忘记交代一下。几个月来，今日一道圣旨，明日一篇诏书，似乎朱由校忽然之间变得勤于政事起来。但实在而言，谁也搞不清这些以朱由校名义发表的言论，究竟有多少

[1]《熹宗天启实录》（梁本）卷四十七。

真正出自他本人。《实录》都直截了当记在他名下，那只是因为它不便指出这些圣旨可能并非出于皇帝本人，否则历史会出现太多的混乱，太多的荒唐。但我们从侧面了解到，朱由校一直无心理国，一直抱着多一事不如少一事的态度，以便有更多的时间和精力去做所感兴趣的事。刘若愚证实，平时，魏忠贤、王体乾等专拣朱由校沉迷于自己手艺的时候来奏事，使后者感到不耐烦，挥挥手：你们用心去办，我知道了。[1]比较可靠的推想是，上述大多数旨意，都由阉党写好，念或解释给朱由校听，取得他同意，然后发表。至于怎么解释，以及念了什么，却是可以有很大自由空间的。

杨涟、左光斗丢官，是东林党人的滑铁卢。这是东林党战斗力最强、声望最高的两位斗士。他们的倒掉，就如同东林党旗帜的倒掉。

除上述三人革职，参与会推的其他官员，被降职贬外。

二十天后，首辅韩爌见局势如此，无心恋栈，求去，谕旨即准，且冷嘲热讽，给足难堪。

依序继为首辅的朱国桢[2]，既非东林党亦非阉党，算是当时的无党派人士，魏忠贤对他谈不上仇恨。但过不了多久，老先生发现自己在内阁里呆着，怎么都别扭。表面上他是首辅，权力却教顾秉谦、魏广微之流分去不少。他想不计较吧，别人觉着他还挺碍事。没意思得很。熬到十二月份，熬不下去，请辞，当然也获批准。

天启四年就这么过去了。新年来临之前，整个朝廷，从部院到内阁，原来位居要津的东林党人，辞的辞，免的免，贬的贬，几乎清理一空。毫无疑问，东林党遭受了惨败。

然而，赶跑东林党巨头，并不是阉党的最终目的。阉党分子虽然无缘知道《农夫与蛇》的寓言，但休让冻僵了的蛇苏醒后咬上一口的道理，还是懂的。打倒之后，还要再踏上一只脚、教他永世不得翻身的认识，也是有的。因此，历史掀到天启五年这一页时，“迫害”成了新的年度主题。

政治迫害，首先从圈定名单开始，排阵营、站队、确立打击目标；现代如

[1]《酌中志》卷十四，客魏始末纪略。

[2]他就是前面叙严嵩事时，路过严嵩老家意外发现严嵩乡声极好的那个大学士。

此，古时也不例外。东林党一倒，各种名单马上出笼，顾秉谦、魏广微进《缙绅便览》，崔呈秀进《天鉴录》，此外有《东林点将录》《东林同志录》《东林姓名》等。这些名单提供给魏忠贤和朱由校，作为组织清理的依据。《缙绅便览》对于列入名单者，分别以姓名旁点三点、二点、一点，区分其重要性。《同志录》与此相仿，惟将点改成圈，画三圈、二圈或一圈。《天鉴录》则将所有人分作首恶、胁从两种。御史卢承钦对提供名单作出解释：

> 东林自顾宪成、李三才、赵南星外，如王图、高攀龙等，谓之"副帅"，曹于汴、汤兆京、史记事、魏大中、袁化中等，谓之"前锋"，李朴、贺烺、沈正宗、丁元荐，谓之"敢死军人"，孙丕扬、邹元标，谓之"土木魔神"。[1]

这种取诨名、将人妖魔化的斗争手法，会让很多人感到眼熟。别出心裁、最有创意的是《点将录》，考虑到上呈的对象文化水平不高，为使其了解名单中各人的角色和重要程度，特意模仿《水浒传》"水泊梁山论定座次"：

> 天罡星托塔天王李三才、及时雨叶向高、浪子钱谦益、圣手书生文震孟、白面郎君郑鄤、霹雳火惠世扬、鼓上皂(蚤)汪文言、大刀杨涟、智多星缪昌期等共三十六人，地煞星神机军师顾大章、旱地忽律游士任等共七十二人。[2]

凑足百单八将，生动形象，寓政治于娱乐，大老粗魏忠贤一看就懂。

这类名单一时满天飞，乃至有书贾借以牟利。江阴一位书商，不知哪里弄来东林党人李应升(天启御史，《三朝野记》作者李逊之之父)之舅蔡士顺编撰的书稿《尚论录》，"凡列声气二百余人"，刻印数十部携至京城来卖。礼科都给事中徐耀听说其中有自己的名字，"恐为异己者所构"，出大价钱把全部的书买断，"秘不出"[3]，等于被敲诈一把。

后来，形成了统一的钦定的名单：《东林党人榜》。朱由校批示："一切党

[1]《三朝野记》卷三上，乙丑正月起。

[2]《酌中志》卷十一，外廷线索纪略。《东林点将录》的详细名单，见《先拨志始》卷上，万历起天启四年止。

[3]《三垣笔记》上，崇祯。

人，不论曾否处分，俱将姓名、罪状刊刻成书，榜示。”[1]

敌我“甄别”工作开展同时，再定是非，把“被东林党颠倒了的历史重新颠倒过来”。前面说过，魏忠贤在“移宫案”中追随李选侍、阻挠朱由校登基，这无法改变，也无法否认，他为己洗清的惟一办法，是推翻东林党赋予此案的是非。魏忠贤之外，阉党绝大多数人来自当年东林党的对立面，在若干重大历史问题上，与魏忠贤有同样需要。

天启五年初，这种呼声渐起。四月，刑科给事中霍维华上疏，全面推倒“三案”（梃击、红丸、移宫）。五月，吏科给事中杨所修主张正式布置官方历史编写机构，以新的观点，对“三案”历史问题重新叙述；还要求比照“大礼议”后嘉靖皇所修《明伦大典》，把“三案”中的有关奏疏编辑成书，从中传达何为正确何为谬误的立场。天启六年元月，正式决定开馆修《三朝要典》（成立写作班子），特谕明确指出，《要典》“凡例体裁，一仿《明伦大典》”，“凡系公论（阉党观点主张），一切订存。其群奸邪说，亦量行摘录，后加史官断案，以昭是非之实。”[2]

《要典》以极快速度编成，八月即刊行天下，规定：今后一切咸依《要典》论是非。彻底否定东林党，乃是主旨。因此，从万历年间立储争国本（替朱常洛争太子地位）到朱由校登基问题，长达六十年的历史，全部按照反东林党的观点重新审视。这当然符合阉党利益，但让人永远弄不懂的是，当时在所有相关问题上，东林党诤谏朱翊钧、反对郑贵妃、李选侍，均是直接间接维护朱常洛、朱由校父子的地位，然而到头来，朱由校却与当初损害他的人站到一起，判东林党为非，东林党敌人为是。即便这里无涉正邪曲直，单从常识讲，朱由校的行为亦实难为任何旁观者所理解，无怪后人称其是世所罕见的至愚至昧之人。

既然能搞出这样一部敌友不分的“历史决议”，接下来，当年两大救驾功臣杨涟、左光斗被活活整死，也就不足为奇。

东林党是倒了，被他们“窃取”的权力也都收回，但是归根结底，他们不曾谋反，也不曾叛国，没有犯任何死罪，双方只是政治斗争，套用现代语说，只是“两条路线之间的斗争”。这让魏忠贤以及

[1]《三朝野记》卷三上，乙丑正月起。

[2]《熹宗实录》卷六十七。

很多对杨、左等恨之入骨的人感到不爽。他们是期待看见东林党骨干分子锒铛入狱，甚至人头落地的。

怎么办？另找突破口。

现代的经验，欲把人整臭，就说他有“生活作风”问题。在明代这一条不灵，妻妾成群合法，寻花问柳也不丢人。那时能把人拉下马来的好办法，是指责他“招权纳贿”。一旦如此，政治问题就变成刑事犯罪。

阉党打的正是这个主意。他们重新想起约数月前那个曾被逮捕却让前镇抚司头头刘侨释放的汪文言。而今，刘侨早已被魏忠贤革职为民，让亲信许显纯掌理镇抚司。

四年十二月，汪文言“二进宫”，这次罪名是受熊廷弼委托，行贿。收受贿赂者谁？杨涟、左光斗诸东林党人也。

熊廷弼行贿，这件事有的，但行贿对象不是杨、左，恰恰是魏忠贤！《明史·熊廷弼传》：“……后当行刑，廷弼令汪文言贿内廷四万金祈缓，既而背之。魏忠贤大恨，誓速斩廷弼。”[1]熊在个性上，确有怪诞之处；讲好用四万两银子买条性命，交易达成后，却翻悔，不肯出钱，把魏忠贤气得七窍生烟。正好，想置杨、左等于死地，即把索贿的罪名安在他们头上。这才叫猪八戒倒打一耙。

熊与东林党人之间，从头到尾始终有不解之缘。朝中为官时，他因“刺儿头”脾性，跟东林党彼此闹得很不愉快。后来去辽东主持军事，被人进谗言免职，反而是东林党人（首辅刘一燝）替他说话。重获起用后，与当时辽东另一负责人王化贞，在战略及诸多具体问题上意见相左。这王化贞又偏偏是东林党领袖、时为内阁首辅的叶向高的门生。王仗着叶向高，打压熊廷弼，而实际上，王的一套都是错的，正确路线掌握在熊廷弼手中。因为不采用熊的策略，遂于二年正月酿失守广宁（今锦州）、溃退关内之祸。王化贞下狱，熊廷弼免职听勘。四月，三法司专案组确定狱词，判王、熊同罪，“并论死”，敲定狱词的，恰恰又是左都御史邹元标这样的东林党人。于是才有熊廷弼行贿“内廷”的举动发生，没想到，又因此大大得罪了魏忠贤。魏忠贤一恼，熊廷弼和东林党人，从冤家对头忽然变成同伙，死于同一桩案子。再过二三年，到

[1]《明史》列传第一百四十七。

了崇祯朝，出面呼吁为熊廷弼平反的，竟然也是东林党人，复出再任大学士的韩炉力奏："自有辽事以来，诓官营私者何算，廷弼不取一金钱，不通一馈问，焦唇敝舌，争言大计。魏忠贤盗窃威福，士大夫靡然从风。廷弼以长系待决之人，屈曲则生，抗违则死，乃终不改其强直自遂之性，致独膺显戮，慷慨赴市，耿耿刚肠犹未尽。"[1]这段历史的曲折跌宕，真让人惊讶不已，而最终来看，东林党还是做到了秉公论事。

回头再说汪文言"二进宫"。此番由大酷吏许显纯鞫治，情形自不一般。五毒备至，死活逼汪供认杨、左收纳了熊廷弼之贿。"文言仰天大呼曰：'世岂有贪赃杨大洪（杨涟，字大洪）哉！'"[2]"以此蠛清廉之士，有死不承！"[3]真是条汉子！许显纯无奈，动手伪造供词，"文言垂死，张目大呼曰：'尔莫妄书，异时吾当与面质。'"这提醒了许显纯，"遂即日毙之"。[4]

凭着捏造而且死无对证的"汪文言口供"，阉党提出长达二十余人的有罪名单，赵南星、杨涟、左光斗等皆在其内。他们从中挑选最为切齿的六人——杨涟（前左副都御史）、左光斗（前左佥都御史）、魏大中（前吏科都给事中）、袁化中（前御史）、周朝瑞（前太仆少卿）、顾大章（前陕西副使）——派缇骑（锦衣卫）至各地捉拿，投入诏狱，分别栽赃三千两至四万两不等；赵南星等十五人则命各地方抚按提问、"追赃"。

吴中为东林发祥地，有一大批东林要人。故而，天启六年春，继杨、左之后，魏忠贤为使吴中东林要人落网，又专门炮制一案。手法与汪案如出一辙：造假。他们抓住了任苏杭织造的太监李实的一些把柄。据说吴地东林党人朝中被逐还乡之后，有意效仿当年杨一清用张永除刘瑾故事，"用李实为张永，授以秘计"，事为魏忠贤所闻，威胁李实，命他以"空印白疏"——盖了苏杭织造官印的空白公文——为交换，然后由魏忠贤死党李永贞于"空印白疏"上构撰诬陷文字，呈奏朱由校，将苏、锡、常一带削职或落职在家的八位重要的东林党人逮捕归案。[5]以上只是一说，内幕则一直不明。实际上，东林党人不大可能与李实密谋，后者贪虐，屡与苏松巡抚周起元等东林党

[1]《明史》列传第一百四十七。
[2]《明史》列传第一百三十二。
[3]《三朝野记》卷三上，乙丑正月起。
[4]《明史》列传第一百三十二。
[5]《明史》列传第一百三十三。

人相冲突。刘若愚说，崇祯元年七月初四，他被提出监，御前讯问，“只辨朱墨之压否何如”，即辨认文字是不是后写上去的，据此“乃止以墨迹盖朱，即指为永贞成案，永贞虽死，真正捏砌填写此本这人，尚漏网幸免扬扬于圣明之世也”[1]，语气相当存疑。

被批捕的吴地八位重要东林党人是：高攀龙（前左都御史）、周起元（前右佥都御史、苏松巡抚）、缪昌期（前左赞善）、周顺昌（前吏部文选员外郎）、周宗建（前御史）、黄尊素（前御史）、李应升（前御史）。他们的罪名是贪污——“诬起元为巡抚时乾没帑金十余万，日与攀龙辈往来讲学，因行居间”[2]——周起元贪污公款，并用于东林党人的活动与联络。上述八人，坐赃三千至十万不等，先后投入诏狱；只有高攀龙在缇骑将至的前夜自沉园池，他在遗书中说：“臣虽削籍，旧属大臣，大臣不可辱，辱大臣则辱国矣。谨北面稽首，以效屈平（屈原）之遗。”[3]事后看，他的自杀，竟然幸免于炼狱之外。

两次大逮捕，在各地都引起社会严重反弹，甚至激成民变。这是整个天启统治期间，中国唯一令人感动的时刻。

杨涟“在朝正直，居乡廉谨，天下共知”。因此，在其湖北老家，“一闻逮系，郡县震惊”，老百姓奔走相告，“欲夺涟而禁官旂”，城外“众集至数万，府道开谕不能散”。最后，是杨涟亲自“带刑具出城”，以“恐累族诛”为由恳求父老乡亲，群众始散。等到杨涟押解上路之日，随囚车前来送行的，有上万人之多；老婆婆、卖菜的、盲人和乞丐“争持一钱以赠涟”，为助杨涟“完赃”略尽绵薄之力。各州县以及乡村，“为涟设醮祈祷生还者，至数百处”；连锦衣卫官兵，或出于感动，或示好民众，也出钱在关帝庙前为杨涟设醮。进入河南，情形一如湖北。“河南州邑，无不为涟请祷。”更有数以千计的人，自备资粮，把杨涟一直送到黄河岸边。[4]

周顺昌在故乡吴县极有声望，平时民间若有冤情，抑或事若涉及民众利益，他经常出面找有关当局陈诉，“以故士民德顺昌甚”，非常认可他。抓捕周顺昌的消息传开，一连数日，县城喧闹不止，街头到处是非正式集会，为周鸣冤叫屈。到起解那天，数万人从四面八方赶来，不期而至，向巡抚毛一鹭和巡按徐吉请

[1]《酌中志》卷十五，逆贤羽翼纪略。
[2]《明史》列传第一百三十三。
[3]《玉镜新谭》卷二，罗织。
[4]《玉镜新谭》卷二，罗织。

命。素来飞扬跋扈的厂卫鹰犬,起初没把人们放在眼里,厉声呵叱:“东厂逮人,鼠辈安敢如此!”把镣铐狠狠扔在地下,气势汹汹叫嚣:“犯人呢?犯人在哪儿?”走狗的气焰益发激怒民众,有人喊道:“我还以为是皇上抓人,原来是东厂这帮杂种!”一语甫毕,在场数万人“蜂拥大呼,势如山崩”,竟动起手来,打得厂卫鹰犬抱头鼠窜,当场打死一人,多人重伤。毛一鹭、徐吉吓得不敢吱声。直到较有民望的知府寇慎、知县陈文瑞“曲为解谕”,事态才渐渐平息。[1]另一说,现场大乱时,是周顺昌亲自劝解,加上巡抚、巡按被迫承诺,暂不押解周顺昌,“明晨出疏保留”,然后百姓亲眼看见将周顺昌安置在官署,方才作罢。第四天,趁夜半寂无人知,缇骑押着周顺昌偷偷乘一小舟,“如飞而去”。[2]逮捕周顺昌引发的暴乱,令魏忠贤“大惧”,一度不敢再派缇骑出京。

左光斗、魏大中、周宗建等人的被捕,在各地均程度不同引致骚动。

镇抚司诏狱,实为人间活地狱。里面酷刑,想象到,没有做不到的,种种惨毒,难以尽述。权以杨涟所受之刑为例,他被许显纯铁钉贯耳、土囊压身,毒打至“体无完肤”[3],“死而复甦者数次”[4]。清初桐城派泰斗方苞,作为左光斗故乡后辈,在名篇《左忠毅公逸事》中,记录史可法亲口对其父母讲述的当年潜入诏狱探望恩师左光斗,所目击的情形:“左公被炮烙……倚墙席地而坐,面额焦烂不可辨,左膝以下,筋骨尽脱矣。”

左光斗意识到,这样下去,魏忠贤、许显纯一伙势必用酷刑直至把他们整死。他不甘心这样被了结,与他的同志们商议,是否屈承罪状,“冀下法司,得少缓死为后图”[5]。这是因为,自从朱棣以来,诏狱便是超越于法律之外的秘密监狱,生杀予夺,一切可以不依程序,当犯人罪行确定之后,才移交刑部等司法部门定罪。左光斗的建议,就是抱此一线希望,先逃脱许显纯毒手,再图后举。这提议,其他五人均表同意;他们当中一半人原先职务与司法有关,显然,是依据经验认为可行。他们的天真在于,面对穷凶极恶之魏党,仍然以为程序可以起作用。于是,“诸人俱自诬服”。

可是所期待的情形根本不曾发生,六人的认罪,让魏忠贤喜出望外,益觉

[1]《明史》列传第一百三十三。
[2]《玉镜新谭》卷二,罗织。
[3]《明史》列传第一百三十二。
[4]《熹宗实录》卷六十一。
[5]《明史》列传第一百三十二。

东林书院旧址。

万历二十二年（1594）顾宪成忤旨革职，归里讲学，先在家中辟“同人堂”，后倡重修东林书院，获士绅响应。万历三十二年修竣，自此遂为士之渊薮。

周茂兰像。

周顺昌之子。天启党狱，冤深似海，崇祯皇帝决定拨乱反正后，一时间血书潮般涌来，周茂兰就曾刺血书疏，为父伸冤。

立于不败之地，继续羁押于诏狱，并迅即转入“追赃”的下一阶段——“令显纯五日一追比，不下法司，诸人始悔失计。”追比，即给完赃规定日期，到期不完者用刑；五日一追比，就是以五天为一期限，不能如数缴款，到期用刑一次。

这些东林党人，大多为官清廉，家境也很清寒。魏大中“宦游十载，家徒四壁”；周顺昌“出入京华，唯一肩行李；涉历宦途，止廿亩山田”；李应升“廉名远布，宦橐萧然”……[1]

杨涟更是家境“素贫”，所有家产充公，尚“不及千金”。他下狱之后，年迈老母流浪在外、寄宿谯楼，两个儿子以乞讨餬口和奉养祖母。“征赃令急”，杨涟根本拿不出钱来，“乡人竞出赀助之，下至卖菜佣亦为输助”[2]，仍是杯水车薪。根据许显纯的奏报，追比的成果不过是：七月八日追得三百五十余两，七月十三日追得四百余两[3]……而栽在杨涟名下的赃款数额是二万两！以此速度，最后完赃将追比多少次可想而知——他是断无活命之望的。

尤有甚者，朱由校感觉五日一追比还不过瘾，特命加重处罚，改为“逐日追比”。

> 杨涟等赃私狼藉，著逐日研刑追比若干。著五日一回奏。待追赃完日，送刑部拟罪。[4]

这个朱由校，且不说作为一国之君，即便从任何日常为人的基本道义看，都可称狼心狗肺。他宠任客氏、魏忠贤等，驱逐朝中正人，甚至将杨、左等逮捕下狱，我们皆可置之不问；然而，他竟以“逐日追比”惨毒无比的方式对待杨、左，完全超出于“愚闇”之外，惟以天良丧尽可堪解释。当年，杨涟于“移宫案”中，为他帝位不保忧心如焚，日夜焦思，“六日须发尽白”[5]。这种光景，我们仅见于阻于昭关的伍子胥，所不同者，伍子胥乃为自己性命不保、家仇难报至此，杨涟却是为他矢志效忠的君主和国家如此。对这样的忠臣和恩人，朱由校竟然似欲食肉寝皮而后快，普天之下心肝烂掉的人，他

[1]《玉镜新谭》卷二，罗织。
[2]《明史》列传第一百三十二。
[3]《熹宗实录》卷六十一。
[4]《熹宗实录》卷六十。
[5]《熹宗实录》卷六十一。

可算头一个。

有此严旨，而杨、左又无法完赃，其毙于狱中的命运已然注定。在打无可打、打得已无人形之下，公元1625年，天启五年七月二十六日，深夜，杨涟、左光斗、魏大中三人，被许显纯秘密处死于诏狱。杨涟时年五十四，左光斗五十一。人们见到他们的尸体时，血肉模糊，溃烂不可识，“尸供蝇蛆，身被重伤，仅以血溅旧衣，裹置棺内”[1]。

八月、九月，首批投入诏狱的“六君子”中余下的三位，袁化中、周朝瑞、顾大章，也先后遇害。

以吴中东林党代表人物为主的第二批遭迫害者，周起元、缪昌期、周顺昌、周宗建、黄尊素、李应升等，于天启六年四月至九月间，同样在饱受酷刑之后，尽数毙于狱中。

另有前刑部右侍郎王之寀，以另案先期死于狱中。王是“三案”之第一案“梃击案”主要办案官员之一，时任刑部主事。他坚持事实，而事实对郑贵妃等极不利。当时，万历皇帝已有二十五年不曾露面，就因为王之寀就“梃击案”提出的证据相当有力，牵涉郑贵妃，才逼得朱翊钧二十五年后首次接见朝臣，亲自为郑贵妃辩解。此事轰动一时。后来，王在党争中遭到陷害，削职。天启初复出，战斗力不减，就“红丸”“移宫”案，猛烈攻击群小。天启五年，修《三朝要典》，列王之寀为“三案”罪首，“遂逮下诏狱，坐赃八千”[2]。

细思之，天启党祸，对明朝命运并无决定意义。党祸发生，诚然起到了助纣之效；但设若不发生，谅亦无改国势颓坏之趋向。整个事件中，我们只发现一点积极因素，即民心向背，拘捕东林党人时，各地迸发出来的在古代难得一见的民间社会径直表达政治意愿的热情，十分可贵。倘使认识到民心可用，顺势而为，或可拯救国家于衰弱之中。然而，这近乎天方夜谭，以二百余年来朱明政权的极端黑暗和反动，顺民意求改革，当系世间最不可能发生之事。

朱由校、魏忠贤用骇人听闻的毒狱，将这政权的反人民本能，作了最后一次淋漓尽致、欲罢不能的宣泄。任何时候，回顾这段充斥了迫害、虐待和残忍的历史，中国人都将深感蒙羞。聊以欣

[1]《玉镜新谭》卷二，罗织。
[2]《明史》列传第一百三十二。

慰的是，正义仍存人心，而东林党人的表现也显示了极其勇敢、刚强的英雄气概。时隔近四百年，捧读《左忠毅公逸事》那样的篇章，仍令人热血沸腾，肃然起敬。历来中国人文中的这种精神和情怀，应当视为民族宝贵财富加以搜蒐，世世传诵、哺育后人。在此，特将李应升下狱后写给其子李逊之的遗书，恭录于后。其文平白，其情深挚，其心坦荡，读之可知正人君子如何处世：

付逊之儿手笔[1]

吾直言贾祸，自分一死以报朝廷，不复与汝相见，故书数言以告汝。汝长成之日，佩为韦弦，即吾不死之日也。

汝生于官舍，祖父母拱璧视汝，内外亲戚以贵公子待汝，衣鲜食甘，嗔喜任意，骄养既惯，不肯服布旧之衣，不肯食粗粝之食，若长而弗改，必至穷饿。此宜俭以惜福，一也。

汝少所习见游宦赫奕，未见吾童生秀才时，低眉下人，及祖父母艰难支持之日也。又未见吾今日囚服逮及狱中，幽囚痛楚之状也。汝不尝胆以思，岂复有人心者哉。人不可上，势不可凌。此宜谦以守身，二也。

祖父母爱汝，汝狎而忘敬，汝母训汝，汝傲而弗亲，今吾不测，汝代吾为子，可不仰体祖父母之心乎？至于汝母，更倚何人？汝若不孝，神明殛之矣。此宜孝以事亲，三也。

吾居官爱名节，未尝贪取肥家。今家中所存基业，皆祖父母苦苦积累。且吾此番销费大半。吾向有誓愿，兄弟三分，必不多取一亩、一粒。汝视伯如父，视寡婶如母，即有祖父母之命，毫不可多取，以负我志。此宜公以承家，四也。

汝既鲜兄弟，止一庶妹，当待以同胞，倘嫁中等贫家，须与妆田百亩。至庶妹母，奉事吾有年，当足其衣食，拨与赡田，收租以给之。内外出入，谨其防闲。此桑梓之义，五也。

汝资性不钝，吾失于教训，读书已迟，汝念吾辛苦，励志勤学。倘有上进之日，即先归养，若上进

[1]《玉镜新谭》卷二，罗织。

无望，须做一读书秀才，将吾所存诸稿、简籍，好好铨次。此文章一脉，六也。

吾苦生不得尽养，他日伺祖父母千百岁后，葬我于墓侧，不得远离。

尘埃落定

1627年9月30日，旧历八月乙卯日，天启皇帝朱由校以二十三岁之龄和并非致命之绝症正常死亡。

真是罕有之怪事。这么年轻，也无人谋害，根据史料，死因只是上溯两年之前发生的溺水事件——当时乃是盛夏，他受惊之外居然受凉，并且健康状况就此崩溃，缓慢而不可逆地走向死亡。他可能是有史以来身体抵抗力最差的小伙子，弱到让人无法理解，只能情不自禁地设想，必是天不佑彼，就像他所象征着的朱明王朝。

他死后两个多月，也即天启七年十一月，魏忠贤自杀。客氏浣衣局掠死。客魏两家均被抄家；魏忠贤侄魏良卿，客氏子侯国兴、弟客光先伏诛、弃市，家属无少长皆斩。

大臣中爬至高位的阉党，只杀了一个人，崔呈秀。

阉党势力盘根错节，未能一遽而除。

崇祯元年上半年，魏忠贤扶持的内阁黄立极、张瑞图、施凤来等陆续罢。五月，毁《三朝要典》，销其板。二年三月，始定逆案，分处磔、斩立决、秋后处斩及充军、坐、徒、革职、闲住等罪名，计二百余人。而阉党人数，实远多于此。

拨乱反正过程中，令人唏嘘的一幕，是遇难诸臣后代奔走呼吁，以及他们揭露出来的凶残与黑暗。噩梦般的细节，见证、诠释了人妖颠倒、法度荡然、暗无天日的现实。

袁化中之子袁勋率先上书，拉开了遇难诸臣后代鸣冤的序幕。

几天后，黄尊素之子，未来的明清之际思想巨人黄宗羲，上书崇祯皇帝，陈述蒙冤者的惨状，和冤案对一个家庭的毁灭：

> 追下镇抚司打问……酷刑严拷，体无完肤……一日，狱卒告父曰：“内传今夜收汝命，汝有后事，可即书以遗寄。”臣父乃于三木囊头之时（“三木”是脖子、手、脚上都上木枷；“囊头”是把头用口袋套住），北向叩头谢恩，从容赋诗一首，中有“正气长留海岳愁，浩然一往复何求”等语。自是，而臣父毙命于是夕矣。

> 诬坐赃银二千八百两，臣痛父血，比遍贷臣之乡商于京者，并父之同年、门生，差足交赃将完，而杀机遂决矣。[1]

由这份倾述父冤的奏疏，可想见黄尊素的遭际对黄宗羲反君权的思想萌芽，会起很大作用。

杨涟之子杨之易，拿出了父亲狱中被打得遍体脓血之时，蘸血所写绝笔书《枉死北镇抚司杨涟，绝笔书于狱神之前》。全文两千余字。杨涟自知必死，叩托于顾大章，万一得见天日呈于圣上。顾大章妥为藏匿，终于保留下来。

绝笔书将全部感受归纳于一句话：“公论与人心、天理俱不足凭”。杨涟讲述自己在狱中的情形：“一入都，侦逻满目，即发一揭亦不可得，下情不通至于如此。打问之日，汪文言之死案紥，不容辩。血肉淋漓，生死顷刻，犹冀缓死杖下，见天有日，乃就本司不时追赃限之狠打（强忍酷刑，不想自杀，以待拨云见日）。此岂皇上如天之意、国家慎刑之典、祖宗待臣之礼，不过仇我者立追我性命耳！借封疆为题，追赃为由，使枉杀臣子之名归之皇上。”[2]

字字血，声声泪。

魏大中之子魏学濂、周顺昌之子周茂兰，也各上血书。魏学濂代表“惨死诸臣之子孙”，恳求崇祯皇帝谁许将元凶魏忠贤、许显纯首级交与他们，献于“镇抚司牢穴前，呼其先人，哭痛浇奠”。[3]由于冤情似海，一时间，血书潮般涌来，以致崇祯不得不加以制止：“血书原非奏体，以后悉行禁止。”[4]

奸人就戮，阉党覆灭，忠正洗冤。

[1] 汪楫《崇祯长编》卷九。
[2] 汪楫《崇祯长编》卷九、卷十四。
[3] 同上。
[4] 《周忠介公烬余集》（周顺昌）卷四附录，周茂兰鸣冤疏。

某种意义上，明代最暗无天日的一段历史或许可说尘埃落定了。然而，事情本身虽然划上句号，它的影响却不曾终止。这样一种恶，投射于人心和社会的阴影，不会因为几个恶人受到惩罚而消失。表面上尘埃落定，内里的颓丧、不满和绝望，则留存于生活的每个细胞。

这就是新君朱由检面临的根本性的悲剧局面。他精疲力竭以求重整朝纲，却发现从人民百姓到士大夫，没有人买账。最终来看，朱由检不过是试图以一人之力，去还几代皇帝共同欠下的债。

他不明白事情是这样的，困惑、哀叹、愤怒、自怜。

他不知道，只有明朝灭亡，才是真正的尘埃落定。

这个皇帝不享福

历史，是一位喜欢恶作剧的老人。我们看到，至少自弘治皇帝之后，明朝百多年中，没有一个皇帝肯稍微认真地履行自己的职责，然而，在它行将完蛋之际，反而跑出来一位想要好好工作的皇帝。

历来都把崇祯皇帝视为悲情人物。除了亡国、吊死的下场，许多人还替他抱一些不平，嗟叹此人勤勤恳恳，一生操劳，却不得好报。只因人们久已习惯了皇帝的淫逸，一旦偶尔有个将身心扑在国事上的，大家好像反而于心不忍，觉得这样当皇帝，有点亏。

不管怎么样吧，崇祯皇帝——朱由检——真的是没享过一天的福。他的不享福，与老祖宗朱元璋宵衣旰食那种简单的勤政生涯不同。除了身体的忙碌，朱由检苦在精神和内心。登基前后担惊受怕；做皇帝一十七年，朝野内外，危机四起，一团乱麻，他左支右绌，疲于应付，吃不香、睡不安；末了，死都死得不轻松，国破家亡，带着耻辱和锥心之痛，吊死。

那张龙床对于他，如坐针毡。

光宗朱常洛生子不少，一共七个，活下来的却只有两个。一个是朱由校，另一个就是朱由检。

朱由检排行老五，万历三十八年(1610)十二月生。母亲刘氏，生朱由检那年，十八岁。朱常洛这个人跟他父亲朱翊钧是一丘之貉，都很薄情寡恩。刘氏十八岁替他生了儿子，他待人家却很不好，刘氏极为抑郁，万历四十二年(1614)死掉，只有二十二岁，还是花季妙龄。

朱由检四岁失去母亲，朱常洛把他交给西李——就是"移宫案"中那个赖在乾清宫不走的李选侍。那时有两个李选侍，为了区别，人们分别把她们叫作西李、东李。西李是一个刁蛮的女人，却为朱常洛所喜欢。东李人很好，后来，朱由校继位，请东李承担抚育五弟由检的任务。

又过五年，朱由校母亲王氏也悲病交加死掉，朱常洛又把他也送到西李宫中。这样，兄弟俩在一起共同生活了一段时间。当时，朱由校已经十四岁，朱由检九岁。

西李的颐指气使，朱由校后来忘得一干二净，反过来跟客魏一道，迫害把自己从西李手中解救出来的杨、左等人。但朱由检不曾忘记。

"至泰昌元年九月内移宫后"，刚登基的朱由校降旨，朱由检"改托光庙选侍东李老娘娘，即曾封庄妃者看视"。东李的庄妃封号，是朱由校给的，朱常洛不曾封她为妃。

这是朱由检一生中比较幸运的事。东李，也就是现在的庄妃，性格"仁慈宽俭"。逐字地讲，就是心地善良，有母性，待人宽和，生活朴素。她给了朱由检很好的照顾，"爱护关切，胜于亲生者也"。在给予母爱的同时，也把比较端正的人品传授给朱由检。

但是，一般狗眼看人的势利之人，却并不尊重她。负责服侍庄妃的太监头目叫徐应元，魏忠贤的铁哥儿们，赌友兼嫖友。他眼里没有庄妃。"应元既倚逆贤，借势骄蹇，每叩见时，或扬扬自得，或詈詈左右，无所忌。"庄妃是个内向的人，受了气全咽在肚子里，"谨重寡言，负气愤郁，竟致病薨"。死于哪一年，不详；当在天启二年以后。

朱由检从小丧母，在西李宫中度过一段无人疼爱的时光，好不容易在庄妃这里重新找回母爱，却又很快失去，痛苦可想而知。庄妃之薨，令他极"哀痛"，"未忍视慈母异生母也"，亦即，在他心中，庄妃跟亲生母亲一般无二。而是谁害得慈母过早逝去,一清二楚。所以,朱由检与魏阉之流之间,是有深仇的。[1]

天启二年,封信王,但一直住在宫里,直到天启六年,才迁信王府。天启七年,十七岁,选城南兵马副指挥周奎之女为王妃,即后来的周皇后。

前面人生冷漠孤寂的处境,养成了他谨慎多疑的心理。他很难信任人,小小年纪就懂得防范别人,用疑惧的眼光看世界。这不能怪他。那种经历与环境,谁都不可能发展出豁达敞亮的性格。做信王时就很有心眼儿,"虑左右侍从半是逆贤之党,倘被逆贤所知,或致猜防忌,畏殊未便"。身边的徐应元"每倚逆焰,屡恣肆不谨,今上(朱由检)久优容之,或改颜假借之,纤毫圭角不露也,圣度之用晦委蛇如此"。[2]

他尽力保护自己。"帝初虑不为忠贤所容,深自韬晦,常称病不朝。"[3]远离政治,也就是远离祸害。

但皇兄病重之际,他是躲不过了。天启七年八月十一日,朱由校传召朱由检。弟弟入内,见哥哥倚靠在床上,投来深深的注视。

> 熹宗凭榻顾帝曰:"来!吾弟当为尧舜。"
>
> 帝惧不敢应,良久奏曰:"臣死罪!陛下为此言,臣应万死。"
>
> 熹宗慰劝至再,又曰:"善视中宫。魏忠贤可任也。"
>
> 帝益惧,而与忠贤相劳,若语甚温。求出。[4]

这就是朱由校传位于朱由检的那一刻。恐惧,不是装出来的;眼前每一个人——从哥哥到魏忠贤——以及他们嘴里吐出的每一个字,脸上浮现的任何细微的表情,都必须非常准确仔细地辨别和了解。

十天后,终于传来朱由校的死讯。魏忠贤派他的心腹太监涂文辅,到信王邸迎接朱由检入宫。有人如此形容这一时刻:"烈皇昔由藩邸入继大统,毒雾迷空,荆棘遍地,以孑身出入刀锋剑芒之中。"[5]据说,入宫前,朱由检从自己

[1] 以上叙述,并见《酌中志》卷四,恭纪今上瑞征第四,卷八,两朝椒难纪略。
[2]《酌中志》卷四,恭纪今上瑞征第四。
[3]《崇祯长编》卷一。
[4] 同上。
[5] 文秉《烈皇小识》序。

家中悄悄藏了一些吃的在袖中，“不敢食宫中物”；当晚，“秉烛独坐”，一夜未睡，以防被害。[1]

以当时情势，戒备、担心、紧张，可以理解。但也见出朱由检多疑、心事过重的性格。将来，在十七年执政生涯中，这种性格，坏了不少事，甚至是他走向毁灭的根由。

对于解决魏忠贤，他的处置还算有力。登基后，表面上仍优容客、魏，暗中将内廷要害处，慢慢换上从信王府带来的人，魏的亲信如李朝钦、裴有声、谭敬等，一一准其辞休，所谓“逆贤羽翼，剪除一空，复遣散内丁，方始谪逐逆贤”[2]。不过，这也谈不上像有人惊颂的“天纵英武”、“聪明睿智”。所用手法，老生常谈。关键是魏忠贤缺乏勇气，心存侥幸，紧要关头为其“小人物”本质所主宰，傻性复发，而选择坐以待毙结局。

对朝中阉党分子，也用类似办法，潜移默夺，先削其势，解除他们的职务，再于崇祯二年定逆案。

过去几任皇帝失政，缘自认识昏聩，颠倒是非。朱由检的认识不成问题，知道何为是，何为非。单单这一点，他就算百余年来明朝仅有的不曾猪油蒙心的皇帝。

解决魏忠贤的当月，他指示兵部：“朕今于各镇守内臣概撤，一切相度机宜，约束吏士，无事修备，有事却敌，俱听经督（经略和督师）便宜调度，无复委任不专，体统相轧，以藉其口。各内官速驰驿回京。”[3]这是大动作。镇守制度，是永乐以来依靠宦官、重用宦官政策的主要体现，是明朝的一个祸根。

过几天，指示户部停止苏杭织造。“朕不忍以衣被组绣之工，重困此一方之民。稍加轸念，用示宽仁。”[4]这也是大动作。苏杭织造，绝不仅仅是做几件衣服的事；历来，为着几件衣服，蠹虫们盘剥敲诈、作威作福，压得东南之民喘不过气来。

指示吏部，立即着手政治平反：“诏狱游魂，犹然郁锢，含冤未伸。着该部院、九卿科道，将已（以）前斥害诸臣，从公酌议，采择官评。有非法禁毙，情最

[1]《烈皇小识》卷一。
[2]同上。
[3]《国榷》卷八十八，天启七年十一月。
[4]同上。

可悯者，应褒赠即与褒赠，应恤荫即与恤荫；其削夺牵连者，应复官即与复官，应起用即与起用；有身故捏赃难结、家属波累羁囚者，应开释即与开释。”[1]态度非常鲜明，要求非常明确，考虑也很周全：对牵涉到的每一个人，重新甄别，给出官方鉴定；该恢复名誉的恢复名誉，该抚恤的给予抚恤，被错误解职的回到原工作岗位，含冤致死而身背赃务的一律解除，其家属在押者，一律释放。

如果崇祯早生几十年，在那种时候做皇帝，也搞这么几下子，绝对是鹤立鸡群，绝对可以作为一个有作为、不平凡的皇帝留诸史册。可惜，明朝到了1627年这样的时候，这一切不顶用了，历史对于朱由检提出的要求，远多于此，也远苛于此。搁在往常，这么勇于破除陋政，已属难得；但现在，他不单要能破，更要能立，国家千疮百孔，危殆旦夕，必须拿出办法来。在“破”的方面，崇祯做得不错，然而对于“立”，他却拿不出什么办法。

就主观言，他确实努力了。他曾说：“朕自御极以来，夙夜焦劳，屡召平台，时廑（勤字的古体）商确（榷），期振惰窳，共尔位一洗欺玩颓靡之习，共收奋膺熙绩之功。”[2]这是事实，不是自吹自擂。里面提到的“屡召平台”，指皇帝亲自接见群臣，处理日常政务。这种情形自武宗起六代天子基本消失，朱由检不单把它恢复，并且一直坚持下来。他郑重承诺，除酷暑奇寒等过于恶劣天气以外，“朕当时御文华殿，一切章奏，与辅臣面加参详，分别可否，务求至当。”

他打算面对现实，动员群臣一齐来找出弊端，甚至他本人就是现实的最激烈的批评家。崇祯四年，他借遭遇旱灾为题，敦促举朝反思，一口气列举了十一种严重歪风：一、臣下“事多蒙蔽”，不讲真话。二、“用人不当”，有才干、有能力者不能进用。三、“任事者推诿不前”，尸位素餐，得过且过，明哲保身。四、“刑罚失中，而狱底多冤”，司法腐败。五、“墨吏纵横，而小民失所”，基层官吏为非作歹，欺压百姓。六、“遵、永之援军，扰害土著”，派往遵化、永平前线的军队，扰害民众。七、“秦、晋之征夫，妄戮无辜”，在山陕两地征夫过程中，擅杀人民。八、“言官之参论，修怨徇私”，负责纠察政纪的官员，不秉公行使职权，而掺杂个人目的。九、“抚按之举劾，视贿为准”，地方要员根据贿赂，来决定对于属下的荐举或参劾。十、“省、直之召买，暗派穷

[1]《烈皇小识》卷一。
[2]《崇祯长编》卷十二。

黎”,各省及南北直隶,把徭赋的负担主要加之于穷人。十一、“边塞之民膏,多充私囊”,国家用于边防军事的粮饷,被大量私吞。[1]

他对局面如此之坏的理解,落在吏治这一点上。他要以吏治为纲,纲举目张。

有没有道理?有道理。经正德、嘉靖、万历、天启四朝,毁得最彻底的就是“士”这个阶层。信仰全丧,操守和职业道德也跟着土崩瓦解。大家全在坑蒙拐骗、损公肥私。

然而,崇祯虽然知道问题出在哪里,却拿不出解决的办法。

简单讲,此时的明朝就像一间即将倒闭的公司:朝廷与官员之间,就好比雇主和雇员之间失去了信任,原来双方订立并且要彼此信守的契约被破坏了,循规蹈矩、认真负责、勤恳工作的雇员,一个接一个倒楣,而要刁使滑、胡作非为、中饱私囊的雇员,反而被欣赏和提拔,给予各种实际好处甚至荣誉。所以,每一个雇员如今都明白过来应该怎么办,不再遵守契约,也不再相信他们的雇主。

崇祯的做法,无非是重申朝廷与官员之间的契约,并要后者相信他这个主子跟前面几位是完全不同的。而对官吏们来说,他们根本不可能再相信朱家,除非彻底换一个新的雇主。

以前士大夫对于朱家,心中存着“效忠”二字;而今他们脑子里只有“博弈”意识,即大家都在玩一场游戏,你玩我,我也玩你,互相玩,就看谁玩得过谁。

十七年三月十九日,天未明,时李自成军已攻入皇城,鸣钟集百官,竟无至者。朱由检登煤山,自缢;死前于袍服上大书:“无伤百姓一人!”

一个比较理想主义、比较有激情的皇帝,赶上了一群不再相信理想主义、不再有激情的士大夫,事情就比较搞笑。

崇祯的见地不能达致这一层,所以气愤:我这个皇帝,够正派,够勤奋,够负责,够辛苦,你们上哪儿找这么好的皇帝?为什么还不振作,还不兢兢业业,还不积极进取、奋发有为?没有好皇帝,你们抱怨;有了好皇帝,你们却也并不珍惜……他很替自己不平,而益发厌恶“深负君恩”的臣子,久而久之,就有“君非亡国之君,臣皆亡国之臣”的激越之语。

[1]《崇祯长编》卷四十五。

孟森先生对此语尤不以为然，讥问："孰知用此亡国之臣者即凿然亡国之君也？"[1]这责难，在逻辑上肯定是成立的。然若仅仅以此逻辑回答一切，又未免偏颇。整个崇祯时期，锐意进取之君与病入膏肓、难挽颓势的现实之间不可跨越的鸿沟，是一对最基本最主要的矛盾。它们彼此牵制、互动，你中有我，我中有你，以死结的方式纠缠起来，一道把明王朝绞死在一棵歪脖子树上。

我们现在就不妨看一看，在何意义上"臣皆亡国之臣"算得上有感而发，而"君非亡国之君"云云，却在何意义上并非事实。

君臣之间

政风劣坏，人们往往以"腐败"二字言之。但细察其情，腐败也是有分别的，不能一概而论。

有一种腐败，钻制度与法律的空子，以权谋私；这类现象，何朝何代都有，无法根除，或者索性可以认为——权力必然伴生腐败，惟程度不同而已。制度比较严密、监管比较有效，就轻一些，反之就重一些。总之，这种腐败虽同属可恨，但我们无奈却只能以"正常"理解之，除非权力本身这东西人类可以消灭之。

还有一种腐败，已不仅仅是钻空子，偷摸以为而已，简直成了与制度和法律分庭抗礼的另一套规则、尺度。制度、法律，名义上虽在，却已形同虚设，社会的真正运行不能按照公开的合法的准则，而非得按照腐败的准则，不然就不能运转，就简直无法办任何事。这种腐败一旦发生，社会必已到崩溃边缘，因为在它背后，是人心的彻底涣散，社会没有任何公信，完全返于"人为财死，鸟为食亡"的动物状态，显示了"好一似食尽飞鸟各投林，落了片白茫茫大地真干净"的普遍而强烈的预感。

李清，崇祯年间中进士，并开始做官，历刑、吏、工三科给事中，官场见闻极广。明亡后隐居，将所历者记于著述，因为曾任职三科，故名《三垣笔记》（垣，古时也是官署的代称）。明末政坛的腐

[1]《明清史讲义》。

败，究竟到什么地步，翻翻此书，大致可以明白。

内有一条，记锦衣卫头目吴孟明，“缓于害人，而急于得贿”。其子吴邦辅“尤甚”，“每缉获州县送礼单，必故泄其名，沿门索赂，赂饱乃止”。东厂情形亦复如此。李清举了一个例子，说某知县送给翰林编修胡守恒二十两银子，求他写一篇文章，胡钱还没拿到手，仅仅事为东厂所闻，“亦索千金方已”。

这里面值得注意的，有这样几点：一，锦衣卫、东厂是当时两大刑侦部门，竟然完全变成敲诈搞钱工具，而谁都晓得，司法腐败（执法违法）乃是最可怕的腐败。二，事情的背景，应该是崇祯狠抓吏治，展开清查贪官污吏的行动，然而连这样一个行动本身都变成了腐败的一部分，时事糜烂到何等地步可想而知。三，吴孟明及其儿子“故泄其名，沿门索赂，赂饱乃止”的做法，令人目瞪口呆，但同时这做法的背后，也确实是以大量腐败现象为支撑，“缉获州县送礼单”即为明证，可见从中央到地方，统统烂掉，大家无非是在黑吃黑。

很黑暗么？且慢，仅仅索贿受贿还不算什么，更有甚者，不是什么人都能让当权者接受你的贿赂，这钱送得出、送不出，还得有门路。当时有个叫吴昌时的礼部郎官，专门充当行受贿赂者的中间人，出了名，所有被查出问题的官员，都走他的门路，“必托昌时以数千金往方免”。而姓吴的，自己不以为耻，反以为荣，“亦扬扬居功”。这是李清亲眼所见。

是不是只有东窗事发、大祸临头的人，才行此龌龊之事？非也。权钱交易，渗透到官场的每个细胞。每年政绩考核之时，便是权钱交易旺季，因为考核的结果与晋职或改迁直接相关，想高升的，或想换个肥差的，此时就全靠金钱开路。李清说：“予同乡数人，转易如流，问其故，皆以贿之增减为升降耳”。谁说金钱万能是资本主义特产？极权帝制，金钱也万能嘛。

工作中的棘手问题，同样靠钱摆平。崇祯即位以后，对赋税抓得很紧，给各地方定下额度，但这额度又很有些想当然，不容易完成。不完成，休说升官不可能，还得停发工资和降级，据说有“住俸数十次，降至八十余级者”。如此，计将安出？还得靠孔方兄出面。“时户部（财政部）堂司皆穷于磨对，惟书手为政，若得贿，便挪前推后，指未完作已完，不则已完亦未完也。故一时谣言有‘未去朝天子，先来谒书手’之诮。”书手，也即文书，负责编抄的刀笔小吏。地位虽卑微，但在这件事上意外地握着生杀予夺大权。他们所为，说白了就是做假账，现代社会的腐败分子也很用得着这种人。

上述种种，尚为可想象之腐败。李清另外所记的某些情况，完全匪夷所思，若非白纸黑字、有名有姓地记录下来，谁都无从设想那样的情节。

崇祯十一年三月，清兵深入关内，围困北京，明廷几乎覆亡，只因这一次清人似乎尚未做好取而代之的准备，仅饱掠而去。前后数月内，明军从无还手之力，而当清兵退却之时，却有人以为其机可趁，借此发一笔国难财。有个太监叫孙茂霖，朱由检给他的命令是不要放跑敌人（"严旨令无纵出口"）——这也很扯淡，人家根本不是失败逃跑，是主动退却，何谈一个"纵"字？——但更绝的是孙茂霖的做法，他领着人马，在长城关口布置好，等北退的清兵到来，先向他们要钱，"孙及部下皆得重贿，凡一人出，率予五两，乃不发炮而俾之逸"。拿买路钱，就放行，否则，打炮。当时清兵在中原劫掠数月，满载而归，而且本来不准备打了，已"无必死心"，每人掏五两银子，小意思。于是，孙茂霖居然得逞。这件事被揭露以后，朱由检极为震怒。不要说朱由检震怒，就是时隔四百年的我们，听见这等事，也彻底目瞪口呆。人一旦疯狂到只想捞一把，看来就必定是天良丧尽。

还有一个故事，令人哭笑不得。翰林院庶吉士郑鄤被参下狱之后，李清跟郑的同乡、御史王章谈起此事，王言语间极为鄙夷，李清于是问："孙尚书（孙慎行）可谓你们家乡的正人君子吧，何以他老先生会那么欣赏郑鄤呢？"王章叹气道："孙大人爱读书，但他身边的人，全都拿了郑鄤的贿赂，每次孙大人正看什么书，准有人飞速报知，过了几日，郑前来拜谒，孙大人一谈起所读之书，郑无不口诵如流，让孙大人佩服得五体投地。"历来行贿，要么为了升官，要么为了枉法，要么为了发财。为了解别人读什么书而行贿，真是头一遭听说。这个故事也许不值得扼腕，却足够让人大开眼界——连孙慎行喜欢读书这么微不足道的细节，都引得"左右数人莫不饱鄤贿"，崇祯时代政坛还能有一处干净地方么？

明末政治的涣散，并不止乎腐败一端。办事不力、不堪用命、敷衍塞责、虚与委蛇，是普遍状况。即便没有腐败到那样的地步，以当时士大夫的精神状态和工作作风，明朝离亡国亦已不远。

崇祯图谋振兴的抱负，很快受到这种现实的沉重打击。他好几次怒不可遏当面斥责大臣：

你们每每上疏求举行召对文华商确，犹然事事如故，召对俱属虚文，何曾做得一件实事来！

朕自即位以来，孜孜以求，以为卿等当有嘉谋奇策，召对商榷时，朕有未及周知者，悉以入告。乃俱推诿不知，朕又何从知之？[1]

这些批评，一针见血。一则，正德、嘉靖、万历、天启四朝，所有皇帝基本都不理朝政，凡事潦草，廷臣难见帝君一面，即有奏对，也多为虚套，一百多年不曾认真研究问题、处理问题，大小臣工早已养成大而化之、马虎含糊的习惯。二则，科举取士本身，就是从虚文浮礼中选拔人，满嘴子曰诗云，实际的经世治国才干原非所学所长，当着承平之世，这种弊端不大显得出来，一到多事之秋、国家急需用人之际，士大夫拙于实干的本质，立即彰然。

关于科举误国，我们可能以为那个时候的人认识不到，非等十九世纪洋枪洋炮把西方文明打到中国来，才认识到。其实不然，明朝人不单有此认识，而且认识之精准根本不逊于鸦片战争之后。崇祯九年，有个名叫陈启新的武举，上书论"三大病根"，列为头条的即为"以科目取人"。他是这么论的：

以科目取人，一病根也。据其文章，孝弟（悌）与尧、舜同辙，仁义与孔、孟争衡，及考政事，则恣其贪，任其酷，前所言者皆纸上空谈。盖其幼学之时，父师所教，则皆谓读书可致富致贵，故进步止知荣身荣亲，谁更思行其致君、泽民之道哉？臣所以效贾生之哭者此也。[2]

不惟指出科举所重的道德文章，"皆纸上空谈"，更进而戳穿科举的本质就是做官，"致富致贵""荣身荣亲"。后来，近代对科举的批判，也不过如此。既然

[1]《烈皇小识》卷一。

[2] 计六奇《明季北略》卷之十二，崇祯九年丙子，陈启新疏三大病根。

区区一个普通武举，能把话说到这个层次，可以推想类似的认识绝非少数人才有，很多人都心里有数。但读书人靠科举吃饭，他们不会来抨击，砸自己饭碗。陈启新因为是武举，而武举制度在明代一直摇摆不定、本身并非求官之道，所以他的角色实际上是“体制外边缘人物”，同时他“觇知上意”，揣摸出崇祯现在最头疼的问题之一就是士大夫皆好发空论，于是瞅准机会，投其所好，上此疏抨击科举，果然“上嘉异之”，破例授以吏科给事中官职。此事可悲之处在于，抨击科举而且抨击如此有力之人，其目的也在博取功名——这是题外话了，按下不表。

总之，不足任事的士大夫，偏遇见一位头脑敏锐并且在燃眉之急的煎熬下时常显得尖酸苛薄的君主，二者间错位、尴尬的局面，遂势所难免。

在《烈皇小识》中，类似场面比比皆是。作者文秉，为东林名流文震孟之子，所叙之事显出自乃父。文震孟曾任崇祯侍讲，常得亲炙圣颜（崇祯为学颇勤）。因此，《烈皇小识》的内容，有相当可信度。

自文秉笔下，崇祯皇帝朱由检展示出来的，是让人耳目一新的形象。思维非常清晰，注意力非常集中，总是能够抓住要害；性格激直，谈吐犀利，注重效率，直截了当，不留情面。就明快干练论，明代所有皇帝中，只此一人。

早在登基之初处理逆案中，他即显露了这种风格。在听取刑部官员就“李实空印案”（详前）的工作汇报时，朱由检与署理刑部的侍郎丁启濬之间，有一番对话：

> “李实一案，有疑惑无疑惑？有暗昧无暗昧？”
>
> “奉旨，九卿科道会问过，据实回奏。”
>
> “李实何以当决不待时？”
>
> “李实与李永贞构杀七命，不刑自招。”
>
> “岂有不刑自招之理？”
>
> （丁启濬无言以对，朱由检转而质询参与会审的吏部尚书王永光。）
>
> 永光对：“李实初不肯承，及用刑，然后承认。”

请看他言辞思路，何其锋利难当，三言两语即让本欲敷衍的负责官员难措其辞，只能说出真实情况。这些官僚们，从来只见过或心不在焉或愚阖昏庸的皇帝，也从来只以糊弄即可了事，不能料到眼前这位青年皇帝这么不易对付，脑瓜这么好使。

整顿吏治的号召发出，给事中韩一良上《劝廉惩贪疏》，铿锵有力，非常漂亮。崇祯命韩当庭向众“高声朗读”，并极赞之曰：“朕阅一良所奏，大破情面，忠鲠可嘉，当破格擢用，可加右佥都御史。”落实这一指示的吏部，研究后回奏：韩一良慷慨激昂的批评，应该是有依据的，他究竟在指摘谁，希望能够具体指明。意思是不能空发几句议论，就被提拔；既交代不过去，也会引起别人效尤。崇祯要的就是这句话，马上把韩一良找来，“着据实奏来”。韩嗫嚅道：“我现在不敢深言，要等到察哈尔部、辽东事平复以后才能具奏。纳贿的问题，我在奏疏中本来用词就是‘风闻’，并不知道具体人名。”崇祯脸一变，怒道：“你连一件事都不掌握，就敢写这样一份奏疏？限五天之日把情况搞明奏上。”几天后，韩一良拿一些众所周知且已查处的旧事来搪塞，崇祯一一点破，然后羞辱性地“又取一良前疏，反覆展视，御音朗诵”。

> 至“臣素不爱钱，而钱自至。据臣两月内，辞却书帕已五百余金。以臣绝无交际之人，而有此金，他可知矣。”读至此，击节感叹，厉声问一良：“此五百金何人所馈?”一良对：“臣有交际簿在。”上固问之。良始终以风闻对。上遂震怒，谓其以风闻塞责也。上即谕阁臣：“韩一良前后矛盾，他前疏明明有人，今乃以周应秋等塞责。都御史不是轻易做的，要有实功，方许实授!”刘鸿训等合词奏请：“臣不为皇上惜此官．但为皇上惜此言。”上愠色曰：“分明替他说话！他既不知其人，如何轻奏，岂有纸上说一说，便与他一个都御史?”召一良面叱曰：“韩一良所奏疏，前后自相矛盾，显是肺肠大换。本当拿问，念系言官，姑饶这遭。”

崇祯显然一读韩疏即发现它避实就虚，欲以空文邀宠。但他先假装激赏，表示要升韩的官，下吏部议处，借以观察吏部如何处理。还好，吏部未因皇上发话就遵旨照行,给出的意见,也符合他暗中的判断。这时,崇祯便把愤世嫉俗、刻薄的一面,淋漓尽致表现出来,逼韩一良非拿出真凭实据来不可,韩哪里敢?一味推托,确实很不像话。但韩是言官,不能因进言而治罪。这种情况,通常训斥一通了事,崇祯却咽不下这口气,冷嘲热讽,当众反复折辱之,让他出尽洋相;顺带儆示全体官僚集团。“他既不知其人,如何轻奏?”“岂有纸上说一说,便与他一个都御史?”这两句话就是说给所有士大夫听的,因为像韩一良这么做官的,比比皆是。

使人印象最深刻的一件事,发生在袁崇焕身上。

崇祯即位不久,接受暂摄兵部事的吕纯如建议,让袁崇焕复出,支撑辽东局面。

元年七月十四日,袁崇焕赴任陛见,崇祯询以平辽方略:“建部(即建州女真,明廷以建州泛指后金诸部)跳梁,十载于兹,封疆沦陷,辽民涂炭。卿万里赴召,忠勇可嘉。所有平辽方略,可具实奏来!”

话说得很清楚,“具实奏来”。

崇祯是个认真的人,要求臣下讲真话,不喜欢弄虚作假。

袁崇焕并未意识到这一点。他这么答复崇祯:

> 所有方略,已具疏中。臣今受皇上特达之知,愿假以便宜,计五年而建州可平、全辽可复矣。

因前已特地强调“具实奏来”,崇祯便认定这是袁崇焕周详考量之后拟出的计划,十分高兴。

他的确很细心,很认真,把袁崇焕的承诺重复了一遍,也说出自己的许诺:“五年复辽,便是方略。朕不吝封侯之赏,卿其努力以解天下倒悬之苦,卿子孙亦受其福。”

中间稍事休息,给事中许誉卿借这机会,赶紧找到袁崇焕,请教他“五年方略”究竟怎么回事。袁的回答让他大吃一惊:“聊慰圣心耳。”许当即指出:“当今皇上非常精明,岂可浪对?将来按期责功,你怎么办?”

甫闻此语，袁崇焕“怃然自失”。

过了一会儿，召对继续。袁崇焕马上设法补救。一面替自己留下后路，暗示建州问题积聚四十年，由来已久，“此局原不易结”；一面提出一系列条件，要求“事事应手”，凡钱粮、武器装备的供应，人事任用乃至不能以朝中意见纷然而干扰平辽方略等，都请崇祯给予有力支持。

袁崇焕陈述之时，“上起立”，一动不动地站着，“伫听者久之”——可想见多么专注、认真。最后留下这么一句：“条对方略井井，不必谦逊，朕自有主持。”包含的意思也是非常明白：你平复辽东的方案我都听清楚了，我的态度也很清楚——全力支持。

袁崇焕后来被杀，是冤案无疑。不过，赴任陛见时，他在一定程度上对崇祯虚与委蛇，也是事实。

除所谓“五年平辽”的方略属于想当然、“聊慰圣心”的漂亮话，更不应该的是，袁崇焕内心其实早就认明“辽不可复”。以当时朝廷和军队的朽烂，击败清人平定辽东，根本是天方夜谭。辽东问题最好的局面，不过是以军事手段为辅，以“羁縻之策”为主；“谈谈打打，打打谈谈”，维持一种均衡，把事情拖下去。

袁崇焕请求王象乾出任宣大总督，作为他的西翼，抵挡蒙古察哈尔部，即因王在上述基本策略上与自己观点完全一致。

崇祯召见时，王象乾所谈主张即八个字：“从容笼络，抚亦可成”。到任后，采取的行动也“专任插酋（对蒙古察哈尔部的蔑称，“插”与“察”音同）抚赏事宜”。当时察哈尔部落看准了明廷这种心理，乐得利用，大占便宜。其与中国贸易，各以马匹、纺织品交换。察哈尔人分马为三等。他们把母马系在山上，饥饿的马驹能够一跃而上者，为第一等，留下自用；登到半途倒地者，第二等，杀而食之；根本跑不动几步的，为第三等，卖与中国。而王象乾明知如此，照样做亏本买卖，目的是收买、安抚。但没有用。“未几，插酋内犯入大同，杀戮极惨，抚终不可成，而浪掷金钱数十万。”[1]

其实换了谁主持辽东、宣大事务，也都只能照袁崇焕、王象乾的法子办理。京城朝中诸公可以高谈阔论，发

[1] 以上袁崇焕事及引文，均见《烈皇小识》卷一。

表激越的爱国演说，真正面对现实，却除了委曲求全、含辱忍让，不再能做别的。国家羸弱如此，腐败如此，何谈外却强敌？此时明朝的情形，跟十九世纪末清朝的情形很相似，袁崇焕、王象乾的处境，跟奕䜣、李鸿章的处境也很相似。

袁崇焕可算一极端例子。他在召对时说点假话，吹点牛皮，既非成心想骗崇祯，亦非借此替自己捞点什么，是只能这样与万岁爷周旋。归根结底，这不有损他为国尽忠的实干家本色。

但话也要分两面说。连袁崇焕这样的人，也不得不对皇上玩儿虚的，嘴上一套、实际一套，崇祯的境遇可想而知。设若他一而再、再而三发现，朝中其实没有一个人肯于或认为值得跟他讲真话，个个袍服底下都藏着掖着，他，还能够信任他们么？

崇祯时期政界还有一大问题：逆案虽定，党祸后遗症却相当严重。一批官员失势了，另一批得势；得势的抱成团，为其所排挤者则愤愤不平。宗派主义成为朝中主旋律。跟天启朝东林党与阉党的斗争不同，崇祯间的门户之争，有时并不见得有何大是大非，只为争权夺利，而逐日攻讦。

崇祯元年十一月的"枚卜之争"，即是为抢夺内阁阁员位子发生的激战。几位主角，钱谦益与温体仁、周延儒，在士林中声望有好有差，但这件事本身却纯粹是权力斗争，并不关乎正邪，钱谦益入阁，不代表正义战胜邪恶，温、周得位，也并不意味着他们可以左右朝政把它引往黑暗。双方只为了权位归属，争讼于御前。这令崇祯感到，大臣心中只有门户和宗派利益，为此舌敝唇焦，心思全不放在国家大政的得失上。他对此不胜烦恼。抱着这种心理，在钱、温双方对质时，崇祯内心先自情绪化地对人多势众的钱谦益一方更为反感，最后支持了温体仁、周延儒。

温、周不是什么好东西，《明史·奸臣传》共列八大奸臣，此二人即在其中。不过，钱谦益就很正派么？《三垣笔记》载一事，说清兵南下，钱谦益迎降，留在家中的柳隐（柳如是）与一私夫乱，被钱谦益之子送至官府，杖死；为此钱谦益恨透了儿子，从此睽目，对人说："当此之时，士大夫尚不能坚节义，况一妇人乎？"闻者莫不掩口。这个故事肯定是编的，因为柳如是死在钱谦益之后，而且根本不是被官府打死，是上吊自尽。但钱谦益迎降总是确凿的。明末党争，本有正邪之辨，但到最后，恐怕也蜕变为拉帮结派，令国家徒陷内耗。温、周之得逞，实在是钻了明末政坛宗派主义太过严重的空子，将崇祯对士风的不满和绝望加以利用的结果。崇祯支持温、周不对，但他对党争的不满有没有道理呢？大有道理。党争作为导致明朝亡国的原因之一，没有疑问，中立的李清，就以切身感受论道："信哉，明党之能亡人国也。"[1]

试想，贪贿之风遍及整个官吏阶层，素日工作中又"不肯实心用事"、惯于敷衍塞责，国运多舛、群臣却把一大半心思用在争詈排陷上……这样的局面，怎么不令崇祯沮丧？

关于崇祯"有君无臣"看法的形成过程，文秉作出如下分析：

> 逆珰余孽，但知力护残局，不复顾国家大计；即废籍诸公（被罢黜的东林政治家），亦阅历久而情面深，无复有赞皇魏公其人者（像魏徵那样的人）。且长山（大学士刘鸿训，长山人）以改敕获戾，而上疑大臣不足倚矣。未几，乌程（温体仁，乌程人）以枚卜告讦，而上疑群臣不足信矣。次年，罪督以私款偾事（袁崇焕下狱事），而上疑边臣不足任矣。举外廷皆不可恃，势不得不仍归于内（宦官）。……虽圣主日见其忧勤，而群上（大官们）日流于党比。痼疾已成，不复可药矣。[2]

阉党余孽，唯图自保，千方百计阻挠拨乱反正；而早先积极进取的东林党人，如今变得世故滑头；宰相级大官居然私改圣旨，崇祯从此觉得重臣不可信；"枚卜之争"，崇祯从此觉得群臣都不可信；袁崇焕一案，崇祯从此觉得边臣也不可信。最后整个外廷都失去了崇祯信任，只得重新依靠宦官。这边厢，皇帝日甚一日地操忧勤苦；那边厢，朝廷中的头面人物也日甚一日地醉心于宗派斗争。

就这样，崇祯一步一步走向那个著名的结论：君非亡国之君，臣皆亡国之臣。李自成攻入北京前一天，情甚危，崇祯紧急召见百官，彼此相视无语，束手无策。"上书御案，有'文臣个个可杀'语，密示近侍，随即抹去。"[3]这一刻，崇

[1]《三垣笔记》中，崇祯。
[2]《烈皇小识》序。
[3]《烈皇小识》卷八。

祯对群臣的仇恨达至顶点。

上面，文秉已谈到崇祯对群臣失望的标志，是重新依靠宦官。

这苗头在他下旨撤回各镇守太监后不久，即已显露。崇祯元年五月，他重新委派内官提督京城及皇城各门。崇祯二年十月“乙巳之变”，即皇太极率十万满蒙骑兵突入关内、逼临北京之际，他又将太监安插到军营中充当特务，从事监视或稽查人员编制、军饷情况。到崇祯四年，派遣太监的范围，波及政府部门。朱由检最关心也最不放心的是钱的问题，于是挑选了两个与此有关的部门——管钱的户部和用钱最多的工部——让司礼监张彝宪总理二部。有关臣工深受羞辱，工部右侍郎高宏图上疏抗议，有“内臣张彝宪奉总理二部之命，俨临其上，不亦辱朝廷而亵国体乎？臣今日之为侍郎，贰（副之，居于其下）尚书，非贰内臣”之语。崇祯答以“军兴，兵饷紧急，张彝宪应到部验核”的理由。高宏图继续抗议，连上七疏，最后愤而引疾求去，崇祯也很恼怒，报以开除公职。[1]

崇祯回到依靠太监的老路上去，是他一生遭受诟病最多的问题。后来，打开城门放李自成军进城的，正是太监曹化淳。很多人就此对朱由检感觉到一种自食其果的快感。其实，谁放李自成进来，是次要的。若非曹化淳，别人就肯定不会开这个门么？或者，只有太监会投降，文臣武将就必无此辈么？关节显然不在这里。那个门，曹化淳不开，也总会有别的人来开。李自成攻下北京，岂是靠着一个太监替他将门打开？

崇祯的错误或者无奈在于，他感到满朝上下无人可用，于是重新信任太监。说信任，恐怕不是真信任。一来既然他一开始自己主动撤回各镇守太监，说明他对太监干预军政的危害是有认识的；二来，以崇祯的性格，恐怕很难信任任何人。所谓信任，不过是相形之下，何种人他更便于控制而已。在与朝臣的关系中日渐身心俱疲之后，他感到用太监比较简单直接、比较容易掌握，他想办实事，也有太多急事要处置，不能多费口舌与周折，虚耗不止——如此而已。他对群臣说过这样一段不满的话，很代表他的心思：

> 总是借一个题目，堆砌做作，落于史册，只图好看，一味信口诬

[1]《烈皇小识》卷三。

捏，不顾事理，但凡参过内臣就是护身符了，随他溺职误事，都不诛处，这是怎么说？[1]

这些话，是戳着士大夫痛处的；同时，非深受其害者，说不出来。

至此，我们从方方面面考量了崇祯的"有君无臣论"，感觉此论之出尚非一味自怜，怨天尤人，将过错诿于他人。官场的腐败、士风的椓丧、人心的涣散，总之，如崇祯"溺职误事"一语概括的那样，明代官僚政治机器已经处在严重的运转不灵的朽坏状态。

我们替他的辩白，或给予他的同情，到此为止。关于明朝亡国的认识，必须还以历史的公道。我们看得很清楚，百余年来，甚至更早，朱家登上龙床的每个人，都在自掘坟墓、驱离人心。现在，不过是到了它应当领受这种合理结局的时候。崇祯只说他不是亡国之君，单单不提前头理该称为亡国之君的恰有多少！据此，说他对朱明统治的罪孽既无认识，更无任何诚恳的醒悟与忏悔，恐怕毫不为过。一旦挖出这个思想根源，虽然他自评并非亡国之君，而国仍在自己手里亡了，照我看也并不冤枉。

除了思想认识说明他并非真正的杰出人物，见地、觉悟与道德都不足以挽狂澜于既倒之外，他在性格方面也存在太多瑕疵。这些性格的缺陷，置他于心有余而力不足的境地，并随时随地抵消着他的努力，使他注定不能超越命运，成为它的战胜者。

他肯上进，不甘堕落，困苦中仍不放弃而冀有所作为，这些品质是确凿的，在朱棣的那些几乎清一色污泥浊水的子孙中间，殊为难得。然而，这仅是在其家族以内比较而言；一旦出此范围，衡以更高标准，朱由检只能归于平庸之辈。

他几乎每一个好的方面，都同时伴随着致命的局限性。比如说：他有鲜明强烈的意志，却缺乏把这样的意志成功贯彻的能力；他有高昂的热情，却因为不能冷静缜密地思考而使这种热情流于急躁与浮躁；他自尊自持，却又分不清楚自尊自持同刚愎自用的区别；他有是非有主见，却缺乏对现实实际的体察和理解；他渴望效率、喜欢雷厉风行，却往往忽视事

[1]《春明梦余录》卷四十八，都察院。

情的曲折和复杂性;他明快直切,却不懂得很多时候不能相逼太急、要给人空间和余地;他很有原则性,却不解当执则执、不当执则不执,不会妥协、不善合作、不知转圜;他严于律己,却不能宽以待人;他敢爱敢憎,却没有识人之明……他这种人,能在承平之世做一个还算正派的皇帝,做不得危乱之时的英杰之主——才具不够。

固然他可以声辩,原供皇权驱策的官僚机器,这时已经像一个自我编程、有自我意志的"生命机器人",拒不执行他的指令;或单独构成了一种网络,依自己的规则运转,针插不入,水泼不进。某种程度上,崇祯对官僚机器的指挥,的确失灵,最后关头,鸣钟集百官竟无至者,形象地说明了这种现实。但是,他不是没有指令畅通的时候,也不是没有树立威望从而可以有力掌控官僚机器的机会。

当其一举扫除权阉、粒定逆案时,天下归心,很多人对他寄予厚望,以为得遇中兴之主。那时,他的声望达到了顶点。如果他对现实的认识力足够深刻,如果他性格足够健全,如果他对事务的处置足够高明和恰当,他将不难于做到统一思想、使大家团结在他的周围、锐意进取。然而,他显然未能抓住已经出现在眼前的大好时机,任性、率性、固执、偏激,一再出错,遂使刚刚复苏温暖的人心重新变得冷漠。

"枚卜之争"是非常典型的例子。他对于朝臣拉帮结派的愤怒固然很有道理,但岂能不由分说地认定较为人多势众的钱谦益一方就是罪魁祸首,乃至所谓"科场舞弊案",钱谦益与之无涉明明已有司法结论,他却一定要推翻,而且把自己的支持毫不犹豫地奉送给品质很坏的温体仁。

至于袁崇焕一案,更是他轻躁苛刻、不辨贤愚、心性狭薄的明证,当着人心涣散、满朝碌碌、充斥着空头政客的时候,崇祯能有袁崇焕这么一个干才可用,实乃福分,他却因为皇太极兵临北京城下而受到的一时惊吓,和敌方设计的一出类乎蒋干盗书式反间戏,极其幼稚、丧失理智地将自己的边疆干城拆毁、推倒。

用人不疑,疑人不用,崇祯连这起码的政治风度都没有;而目睹袁崇焕的下场,每个有才干、敢承担的士大夫,又怎能不心寒?至于后来在边防、剿"贼"之中的用人,更加一无是处——不足倚任的引为心腹,可用之才却被百般掣肘;在杨嗣昌、熊文灿与洪承畴、孙传庭、卢象升之间,他的立场基本搞错。

杀袁崇焕时,河南府推官汤开远上疏,批评崇祯不能善待臣子,并及其性格缺陷。开宗明义,第一句"皇上急于求治,诸臣救过不给"就论得很透;崇祯君臣

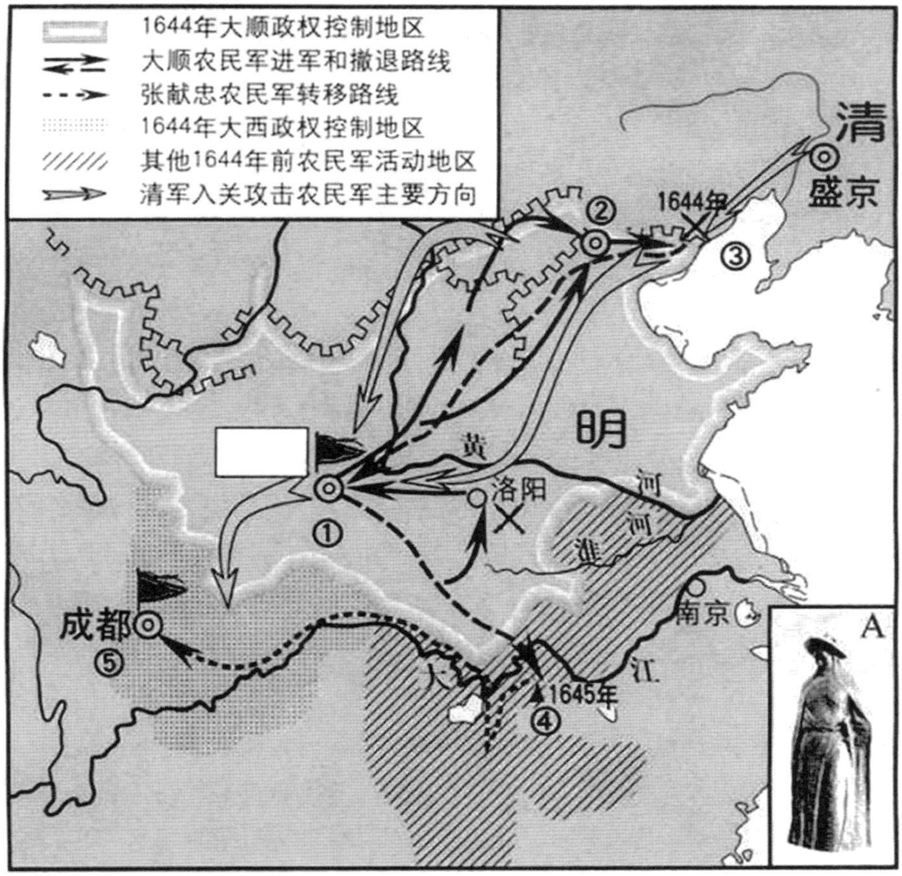

明末战争形势。

崇祯年间，明王朝积攒下来的危机，齐发并至，集中爆发，其四面楚歌境地，由此图可知廓盖。

袁崇焕像。

袁崇焕被杀，显示了朱由检轻躁苛刻。“自崇焕死，边事益无人，明亡征决矣。”

间不解之结，大致就在此句中。以下具体论述，都击中要害：

临御以来，明罚敕法，自小臣以至大臣，与众推举，或自简拔（指崇祯直接提拔），无论为故为误，俱褫夺配戍不少贷，甚者下狱考讯，几于乱国用重典矣。

皇上或以荐举不当，疑其党徇——四岳（尧有四大诸侯，分别主管东南西北四方，史书称为四岳）不荐鲧乎，绩用弗成（鲧没把事情办好），未尝并四岳诛之也。

皇上又以执奏不移（指阁臣坚持己见），疑其藐抗——汉文不从廷尉之请乎，亦以张释之曰："法如是止耳。"不闻责其逆命也（张释之乃汉文帝的首席大法官，执法严明，多次拒绝皇帝的干预，反而敦请他以法律为准绳）。

皇上以策励望诸臣，于是多戴罪——夫不开以立功之路，而仅戴罪，戴罪无已时矣。

皇上详慎望诸臣，于是有认罪——夫不晰其认罪之心，而概行免究，认罪亦成故套矣。

侵粮欺饷之墨吏，逮之宜也；恐夷齐（伯夷、叔齐，商代孤竹国两个独善其身、不肯用命的隐士，这里引申来指代比较个性化、有"自由主义毛病"的士大夫）之侣，不皆韩范（指韩琦与范仲淹，宋仁宗时两大直臣，曾共同防御西夏，时称"韩范"），宜稍宽之，不以清吏诎能臣。

今诸臣怵于参罚之严，一切加派，带征余征（官员害怕处分，不敢违抗繁多的加重人民负担的旨意），行（这样下去）无民矣。民穷则易与为乱，皇上宽一分在民子，即宽一分在民生。

而尤望皇上官府（官，宫庭；府，政府。代指君臣）之际，推诸臣以心，进退之间，与诸臣以礼。锦衣禁狱，非系寇贼奸宄不可入。如是而大小臣工，不图报为安攘者，未之有也。[1]

对崇祯执政以来，君臣之间的问题做了很好的总结。着重批评崇祯"求治过

[1]《烈皇小识》卷二。

急”，一味以严苛待臣工，殊乏宽容，甚至容不得臣工有自己的主张，或依其本分履行职责。奏疏认为，崇祯对士大夫和普通百姓，都过于严逼，这两个方面将来会有大麻烦——几年后，事实证明都言中了。其中，“皇上急于求治”、“不以清吏诎能臣”、“宽一分在民子，即宽一分在民生”和“推诸臣以心，进退之间，与诸臣以礼”这四句话，如果崇祯听进去了并在行动上切实注意，他应该会受益匪浅。

不过，从根本上说，我们为崇祯“有君无臣论”费这番口舌，意义不大。明之亡国，绝不亡于崇祯年间。君贤臣奸也罢，君臣俱贤或都不怎么样也罢，那亡国之大势早就不可逆转，能够有所不同的，无非迟速而已。

山穷水尽

暂将崇祯明昏与否撇开不论，或姑且假设他是一个好皇帝，明朝立国以来前所不见的有道明君，也一样无补于事。大明王朝到了崇祯时代，处境确非山穷水尽、四面楚歌不足以形容。国祚已竭之象，彰显无遗。

以大要论，必败征候计有四者：一曰外有强敌，二曰内有大乱，三曰天灾流行，四曰国无栋梁。

四大危机不独齐而并至，而且相互纠缠、彼此生发，紧密相扣、恶性循环，任何一种情形的恶化，都造成其他危机的加深加重，根本是无人能解的僵局，只能以“死机”了事。

辽东失陷以来，边事日急，边事急，不得不增戍；戍增，则饷益多，而加派随之沉重，导致民不聊生。文震孟《皇陵震动疏》把这种滚雪球效应，讲得比较清楚：“边事既坏，修举无谋，兵不精而自增，饷随兵而日益，饷益则赋重，赋重则刑繁……守牧惕功令之严、畏参罚之峻，不得不举鸠形鹄面、无食无衣之赤子而笞之禁之，使愁苦之气，上薄于天。”[1]崇祯自己也承认，登基七年以来，社会现实基本是“国帑匮绌而征调未已，闾阎凋敝而加派难停”[2]。

民不聊生，遂啸聚山林。内乱既

[1]《烈皇小识》卷四。

[2]同上。

生，若在平时，征调精锐之师专意对付，或可控制局面，然而偏偏边境不靖，具一定战斗力的边兵无法抽用，只能以内地戍兵进剿，这些兵卒不仅毫无战斗力，本身军纪废弛，不但不能平定地方，转过来嚣扰虐害良民，文震孟一封奏疏反映："今调官兵剿贼，本以为卫民也。乃官兵不能剿贼，反以殃民，以致民间有'贼兵如梳，官兵如栉'之谣。"[1]以"平乱"始，以祸乱终，"乱"不能平，遂由星星之火而渐趋燎原。

动乱虽起，从历史上看，中国的百姓假设未被抛至饥馑之中，犹或惜命畏法，不致率尔铤然走险。偏偏天公不作美，灾害大作。秦、豫屡岁大饥，齐、楚连年蝗旱，和沉重的加派一道，逼得人民全无活路，只有追随造反——打家劫舍，犹胜等死——所以闯军所到之处，争先以迎。所谓"贼势益张，大乱由是成矣"[2]。局部社会动荡，于是演进为天下大乱，"流寇"遂由一部分敢为天下先的"豪杰"之所为，一变而成普通小民竞相加入的社会洪流。

当此天人交困、内外并扰之际，国不得人，是又一深深悲哀。面临虎狼之秦，赵国有幸出来一个蔺相如，暂渡难关。刘备走投无路，此时说动诸葛亮出山，情势立刻改观。苻坚驱百万雄兵而来，晋人自己都感觉不能当其一击，但只因谢安在，运筹帷幄，竟然在最不可能的情形下击败前秦大军。澶渊之盟时，辽强宋弱，辽军势若破竹，直抵黄河北岸的澶渊，距东京不过二百里，志在必得；宋国举朝惶惶，纷论南迁，全赖寇准审时度势，智性应对，遂以澶渊之盟换来百年和平……这些都是危难之际，国得其人，而挽狂澜于既倒的例子。我们看崇祯时期，前后两位主事者温体仁和杨嗣昌，一个鄙劣奸恶、唯知忌人有功不说，自己除了玩弄权术一无所长；另一个虽不特别小人，却是一个典型夸夸其谈的马谡式人物，成事不足、败事有余。史惇《恸余杂记》历数列位大帅："内阁督师，只孙恺阳(承宗)少见方略耳。命刘宇亮，而宇亮以赏罚不中败矣。命杨嗣昌，而嗣昌以襄藩失守败矣。命周延儒，而延儒以受将帅赂又败矣。至命吴甡，而惮不即行。命李建泰，而未出近畿兵即溃散。"[3]全不中用。本已摇摇欲坠的时局，托付他们掌握，真可谓"破屋更遭连夜雨，漏船又遇打头风"。说到这一点，崇祯用人错误，难辞

[1]《烈皇小识》卷四。
[2]《明季北略》，论明季致乱之由。
[3]史惇《恸余杂记》东林经济。

其咎;假设袁崇焕不被杀,又假设洪承畴以守为主的战略构想被尊重,辽事并非不可能出现另一种局面。

内忧外患,天不佑彼,而人事上又一错再错。试问这样的政权,何得不亡?

两个叛投者

把明王朝送上绞架的,不是一只手,是两只手:闯军和清军。他们不单合力促成此事,而且对成果的分享,也很公平、有趣——李闯攻下北京,先在紫禁城享受权力,不满四十日,仓皇出走,将金銮殿让与清军,由后者稳居二百六十年。这个结果其实是合理的,默默反映着他们各自对于推翻朱明王明的实际贡献的大小。

关于这两股势力之崛起及发展的全过程,在此不可备述。我们只希望,于全部经过之中,找出一二个令人瞩目的瞬间,供读者形象地了解明朝是怎样彻底败在他们手下。而历史非常善解人意,它提供了这样的瞬间,且以接近戏剧、小说的令人惊讶的高度巧合的方式,加以演绎。

我们将讲述的是,分别出现在闯军和清军营前的两个叛投者的故事。

据《明史·熹宗本纪》,天启六年(1626),“八月,陕西流贼起”。越两年,崇祯元年十一月,事态扩大,白水、安塞、汉南均有起事者,称“闯王”的高迎祥即在其中。明廷初未予以重视,直到崇祯三年,始以杨鹤(杨嗣昌之父)为三边总督,专任“平乱”事。行动颇为顺利,刘应遇、洪承畴分别奏捷。但适逢去岁皇太极率大军破关而入、逼围北京(乙巳之变),各地以兵勤王,京城解围之后,山西、延绥、甘肃等几路勤王兵因无饷发生哗变和溃散,一路嚣扰西归,本来已控制住的民变,借此反而由衰转炽。这似乎是明末内乱的一大关键,计六奇所谓“流寇始于秦之溃兵”[1],是当时史著作者的普遍看法。

此后,民变明显升级,陕晋两省起事队伍,有所谓“三十六营”,二十余万众;张献忠、李自成均于此时露其头角。

[1]《明季北略》流寇大略。

在大约十年左右的光景里，镇压与反镇压之间，事态起伏不定。农民军曾经摧枯拉朽，也曾经一落千丈。官军方面，也是剿抚徬徨，首鼠两端。单以战局来论，时而你占上风，时而我居强势，很难看清哪一方终将获胜。

但是，崇祯十年[1]发生的一件与战局无关的事，却为结局预写了注脚。

其时，河南连岁旱饥，而朝廷加赋不止，许多百姓背井离乡，流浪乞讨。

却说开封府杞县有个举人，名叫李岩，人因乃父李精白官至督抚、加尚书衔，都恭称他“李公子”。家富而豪，好施尚义，在左近一带很有名。眼下，人民困苦过甚的情形，李岩实在看不下去，遂面见县令宋某，冀望以李家的影响，稍舒民蹙。他提出两个要求，一是“暂休征比”，一是“设法赈给”。宋某的回答是，第一条根本办不到，“杨阁部飞檄雨下，若不征比，将何以应？”至于第二条，也推得干干净净，“本县钱粮匮乏，止有分派富户耳。”不过，宋某所说其实也是实情，征派是上面的命令，而赈灾之事，县里穷得丁当响，无力顾及。

李岩无言而退，在他看来，“止有分派富户耳”这句话，分明是冲他来的。看来只好如此，“从我做起”。他愿意带这个头——“捐米两百余石”，不是小数——希望别的富户能够跟进。

然而，愿望落空，无人响应。

饥民愤怒了。在他们看来，李岩之举除了证明他是个有良心的人，还证明了一点，即当成千上万的人将成饿殍之际，另外一些人的庄院里，却堆着小山一样、自己根本吃不完的粮食。这个反差确实太大。

饥民开始包围富户，要粮食；“以李公子为例”，让富人们以李岩为榜样，向他学习。“不从，则焚掠”，烧和抢。

富人就找县令宋某，说：你该下令制止啊。

这是肯定的。宋某贴出告示：“速速解散，各图生理，不许借名求赈，恃众要挟。如违，即系乱民，严拿究罪。”

这可是官方表态，代表法律，不遵，就要治罪了。但饥民哪里还顾得了这些？他们砸烂告示牌，汇集到县衙前，大呼：“终归是要饿死，不如一道去抢。”

[1]《明史》记为崇祯十二年至十三年之间事。此处因叙事材料引自《明季北略》，故从之。但《明史》说似更合理，盖因十一年自成大败于洪承畴，仅以十八骑逃至商洛山中，里面没有李岩。

宋某不能禁，假意请李岩来做调解人。李岩重申先前两个条件，宋某表示接受，饥民说："我们姑且散去，如无米，再来。"饥民一散，宋某马上给按察司打报告，称："举人李岩谋为不轨，私散家财，买众心以图大举。"按察司得报即刻批复："秘拿李岩监禁，不得轻纵。"

于是，李岩被捕。宋某这个蠢才大约以为，擒贼擒王，李岩一逮，别人也就吓住了。结果消息传开之后，饥民赶来，杀死宋某，劫出李岩，把监狱里的重犯全都放跑，仓库一抢而空，成了真正的暴动。

李岩对大家说："汝等救我，诚为厚意，然事甚大，罪在不赦。不如归李闯王，可以免祸而致富贵。"显然只剩这条路了。于是，李岩将家中付之一炬，带领众人投李自成而去。

为什么说李岩是"叛投者"？他是大明两百余年来，第一个"从贼"的举人。

本朝先前造反的，都是草民，都是被统治对象，一代又一代，成千上万，人数再多，在这个方面不曾有变。李岩身份截然不同，他是有功名的人，是老爷，是政权的分享者。这样一个人，投入造反大军，成了自己阵营的"叛徒"。这件事，说明统治阶层的信念已经动摇，已经从内部发生危机；同时，也使动乱的性质有根本的改变。就此意义论，一个李岩的加入，胜过以前成百上千的参加者；因为，当叛投者出现时，人心向背、历史趋势才表现得确凿无疑。

其次，李岩是知识分子。历来，目不识丁的农民起事，一旦得有知识分子加入，都意味着重大转折。因为不管怎么说，在社会的历史阶段本身不曾发生质变时，造反的结局终将重新回到该历史条件下的主导意识形态或者说"道统"之下，农民起义的成功归宿仍将是新王朝、新皇帝的诞生。所以农民起义欲成其事，缺少不了掌握着意识形态、能够帮助他们重建秩序的知识分子。反过来，有知识分子前来投奔，也证明起事者有"王者之气"。

对李岩出现在闯军，人们有理由联想到当年李善长、刘基、宋濂等一批知识分子出现在朱元璋帐下的往事，正是从那时起，朱元璋脱离了单纯的暴动者形象，开始踏上建国之路。

李岩对于李自成，也完全起到这种作用。他对后者提出一系列重大战略建议，行仁义、管束军纪、图大事而不止以劫掠为生。比如他针对明朝廷大肆征比的做法，专门为李自成制订“不纳粮”的宣传口号，令各地百姓翘首盼望闯王到来，“愚民信之，惟恐自成不至”。这似乎是并不难以想到的对策，然而，李岩到来之前，闯军确实不晓得以此换取民众支持。

据说，随后来到闯军的另外两个智囊人物牛金星和宋献策，亦系李岩所引。

李岩“叛投”一事，在当时士林造成的震动，是颠覆性的。计六奇在清初回忆说：“予幼时闻贼信急，咸云‘李公子乱’，而不知有李自成。及自成入京，世犹疑即李公子。”在士绅阶层，竟然很长的时间里，将起义领袖传为“李公子”，不知李自成其人，可见“李岩效应”之强。[1]

说起李自成能够成就一番事业，除了明祚已尽，该当灭亡以外，他自己要感谢的方面也很多，真是天时、地利、人和都站在他这一边。李岩归附是这样一种象征，也是他事业转折的一个实际的关键点。此外，还不能不提到，清军在北京东北一带施加的巨大压力。这种压力不仅仅是在心理上给明王朝造成“国势殆矣”的恐慌感、末日感，它甚至也转化为最直接最现实的影响。

叙至此，第二位“叛投者”就出场了。

此人姓洪名承畴，字亨九，福建南安人。明万历四十四年进士。累迁陕西布政使参政。陕西乱后，崇祯以承畴能军，迁延绥巡抚、陕西三边总督，继因屡建功加太子太保、兵部尚书，兼督河南、山、陕、川、湖军务。

他虽然文人出身，却很能打仗，受命以来，大大小小历次征讨基本不曾失利，名副其实的“常胜将军”。崇祯十一年，洪承畴在潼关大战李自成，完败之，“自成尽亡其卒，独与刘宗敏、田见秀等十八骑溃围，窜伏商、洛山中。“[2]八月，洪承畴正式上报：“陕西贼剿降略尽。”[3]

洪承畴部，已是当时政府军的精锐王牌。崇祯对民变问题的严重性，一直有所轻估，“攘外”与“安内”之间，他的排列顺序，前者优先于后者。十二年初，他发表洪承畴为“兵部尚书兼副都御史，总督蓟辽军务”——跟当年袁崇焕一模一样的任命——移师东北，以为屏障。这个认识，谈不上错误，虽然更合理的应该是“攘外”与“安内”并重，情形都很严峻，但在明军善战之师捉襟见肘的现实

[1]以上叙述，据《明季北略》李岩归自成。
[2]《明史》列传第一百九十七。
[3]《明季北略》陕贼剿降略尽。

面前，舍彼就此，亦属无奈之选。

可以说，客观上清军帮了李自成一把。设若洪承畴继续留在原处，领导征剿工作，李自成的东山再起，应该很难。

现在，洪承畴来到东北边防。他是否还能够像在三秦大地一样威风八面，再建奇功？坦率地说，这不取决于他，取决于对手。

必须认清对手，正确评估敌我双方态势。彼强我弱？我强彼弱？抑或处于均衡？实际情形是，清强明弱。

洪承畴的认识是清醒的。他给崇祯的建议是以守为主，所谓“可守而后可战”。把双方解读为均势，谁都吃不了谁。严格说，这已超出事实，以明朝之弱，守并不易。同时，已被围困四月的锦州守将祖大寿，也派人传递消息，城中粮食仍然足可支撑半年，强烈主张与敌相拒，“毋轻战”。可见前线将帅对局势的各自研判，颇相一致。

然而，崇祯以及一帮不知兵、不调查研究、好发豪言壮语的文臣，不能接受对“区区”“酋奴”采取守势。崇祯提出“灭寇雪耻”的口号，兵部尚书陈新甲也错误估计形势，以为战可胜之。

洪承畴不能直接拒绝(“新甲议战，安敢迁延?”)，用后勤供应跟不上为由回复，再次要求：“鞭长莫及，不如稍待”。崇祯倒是被说动了，陈新甲却坚持前议。他致函洪承畴，指责说：“用师年余，费饷数十万，而锦围未解，内地又困，何以谢圣明，而副中朝文武之望乎?”

洪承畴无奈，只得催动一十三万人马，在与三百年后“辽沈战役”几乎相同的地点，与清军决战。

两军一旦相遇，首先害怕的人，却是陈新甲派来的兵部观察员张若麒。此人在怂恿陈新甲决意一战上，起过关键作用。真刀真枪之时，他现出好龙之叶公的原形——虽然漂亮话继续挂在嘴上，内心的恐惧却遮掩不住。他说：“我军屡胜，进军不难。但粮食补给好像跟不上，而且还要多线作战。既然如此，暂时退兵，以待再战，我看也是可以的。”

从前面祖大寿的例子可以推知，与清军决战不可能取胜应系前线将领的普遍看法。本来就认为不可战、不当战，被硬逼前来一战，结果却在大战一触即发之际,“上面来的人”忽然说泄气话,改口不战亦可。军心立刻涣散。大同总兵王朴,首先率部遁去,瞬间引起连锁反应,“各帅争驰,马步自相蹂践,弓甲遍野”。[1]

诸将并无主帅命令,自行退却,且丢下主帅不管。此之谓兵败如山倒。

十三万大军全部跑光,只剩下洪承畴及其所率一万人困守松山。即便如此,也坚持了将近七个月。崇祯十五年三月,城破,洪承畴被俘。祖大寿在锦州旋亦投降。

一场本不必要的决战,以明军主帅被俘、宁远以北尽失的结局告终。这场战役之于明、清两国,跟拿破仑败于滑铁卢、纳粹德国败于斯大林格勒这些事件在各自历史中的意义相仿。在那一刻,明清两国的命运已被彻底决定。但有一点不同,此前,明朝并非唯有决战这一条路,它有别的选择,然而却自动找上门去,邀请溃亡更早地到来。

洪承畴被俘事,明廷久不知,以为战死。这从一个侧面,显示整个战役中朝廷与其军队彼此睽隔,洪承畴完全孤悬在外。仗能打成这个样子,居然还轻言开战,闻所未闻。

被俘后的情形,明人无从记述,现在只能从清人嘴里了解一些。《清史稿》说:“上(皇太极)欲收承畴为用,命范文程谕降。”而洪承畴的表现是,“谩骂”、不从。

谩骂,是一定的,否则洪承畴无法向内心自幼承接的儒家伦理交代。但玩味一下,也许,谩骂或者别的举动在这里更多是一种“仪式”;或者说,一种“程式化动作”。

范文程不急于求成,甚至也不提劝降之事,只是与洪承畴漫谈,聊他们作为知识分子共同感兴趣的“今古事”。闲谈中,范睁大眼睛,不放过任何细节。一天,他捕捉到这样一个细节:房梁上偶然有灰尘落下,落在洪承畴衣上,后者马上用手轻轻拂去。范文程在将细节报告给皇太极时,评论道:“洪承畴一定会投降的。一个人连身上的衣服都很爱惜,更何况自己的生命呢?”于是皇太极亲自去看望洪承畴:

解所御貂裘衣之,曰:“先生得

[1] 以上据《明史纪事本末》,补遗,卷五,锦宁战守。

无寒乎?”承畴瞠视久,叹曰:“真命世之主也!”乃叩头请降。[1]

对洪承畴投降的解读,多种多样。

“汉奸”、“民族败类”是一种,常见而普通。

另一种,不凭观念,纯粹从事实出发来加以解读。这些事实是:崇祯三年以来,直到被俘为止,洪承畴始终是岌岌可危的明廷的干城,在士大夫阶层普遍丧失信心、普遍虚与委蛇、普遍玩忽职守的现实中,勇挑重任,恪尽职守,实心办事,乃极少数几个曾切实为君分忧的人物之一;担任蓟辽总督后,他的见识和战略主张,合乎实际,真正有利于明国;明知不可战,而被迫一战,虽违乎自己的理性判断,仍毅然往之,大军溃退之际,他是唯一坚守阵地者,直至粮绝。事实背后还有一个事实:所有站在道德制高点轻言开战的人,都不对现实承担任何后果;相反,正是他这个明确意识到开战没有任何希望的人,替那些说漂亮话的人承担了一切。

第三种解读,来自皇太极。洪承畴降后,皇太极礼遇甚隆,招致帐下诸将不满:

> 诸将或不悦,曰:“上何待承畴之重也!”上进诸将曰:“吾曹栉风沐雨数十年,将欲何为?”诸将曰:“欲得中原耳。”上笑曰:“譬诸行道,吾等皆瞽。今获一导者,吾安得不乐?”[2]

试想,如果降者不是洪承畴,是魏忠贤、温体仁那样的丑类,皇太极何乐之有?皇太极之乐,恰由于洪承畴是个能臣。如今,连洪承畴这样的人物,都肯投降大清,明朝还剩下什么?

皇太极击中了要害。

继崇祯十年李岩的“叛投”象征着知识精英抛弃明王朝之后,洪承畴在崇祯十五年的“叛投”则象征着政治精英也抛弃了明王朝。

[1]《清史稿》列传二十四。
[2]同上。

末日情景

前面说到，共同觊觎紫禁城龙床的两大势力之间，似有某种默契。以当时明朝之虚弱，李闯和清国，不论谁，击溃之皆易如反掌。清国势力距北京更近，实力也较李闯更强；闯军轻入，攻占北京，而清人不先得，诚可怪也。俗史夸大吴三桂的作用（所谓“历史罪人”），乃至将香艳故事——刘宗敏横刀夺爱霸占陈圆圆——敷衍为历史的决定性因素，虽然煽情，却实属笑谈。吴三桂降不降清，献不献山海关，对清人入主中原，其实是没有实质意义的；清人攻到长城以里，本非必由山海关不可，崇祯年间，清兵（改国号之前为后金）早已由各关口突破长城不知多少次；没有吴三桂，不走山海关，清人照样入得中原，丝毫不成问题。闯军之能捷足先登，恐怕出于两点。一是此前一年（1643）八月，皇太极方崩，清国举哀，暂缓夺取中原计划；二是对于明廷不亡于清而亡于李闯，清国君臣极可能早有暗谋，乐观其成，然后以此为借口，“兴仁义之师”，“剿贼灭寇”，以“正义之师”姿态入关，尽量增加自己取代明朝统治中国的合法性。这在多尔衮致吴三桂求援信的答书中，可以找到直接证据。书称：

> 我国欲与明修好，屡致书不一答。是以整师三入，盖示意于明，欲其熟筹通好。今则不复出此，惟底定中原，与民休息而已。闻流贼陷京都，崇祯帝惨亡，不胜发指，用率仁义之师，沉舟破釜，誓必灭贼，出民水火！伯（吴三桂封爵平西伯）思报主恩，与流贼不共戴天，诚忠臣之义，勿因向守辽东与我为敌，尚复来归，必封以故土……昔管仲射桓公中钩，桓公用为仲父，以成霸业。伯若率王（率先奉清为王业），国雠可报，身家可保，世世子孙，长享富贵。[1]

这一历史关头的实际过程是，清国在得到闯军已于三月十九日攻破北京的情报后，即由顺治皇帝于四月初八日在盛京

[1]《清史稿》列传五，诸王四。

任命多尔衮为大将军，南下夺取中原。次日，清军迅速兵发沈阳。中途遇吴三桂信使求援，遂折往山海关方向运动，并与吴三桂部队汇合后于此处击败闯军。这清楚显示，清兵入关的决策与动作，先于吴三桂请援和献降，是一单独行动，且明显是利用北京被闯军攻占、崇祯殉国为机会和借口。

多尔衮信还透露一点，从一开始，清人就希望以中国道统继承者的姿态，接管权力。这种认识与心态，同四百年前的蒙古人截然不同。这也就是何以元朝始终不改其“入侵者”形象，而清国却能完全融入中国正统历史与文化的原因所在。此乃题外话，不表。

1644年，崇祯坐龙床的第十七个年头，也是最后一个年头；以旧历天干地支排列算法，岁在甲申，所以又叫甲申年，后遂以此扬名史册。

甲申年的元旦——也就是正月初一——在公历是1644年的2月8日。如果现在，这天举国上下已经放假，欢度春节，不用上班。当时不同，作为新年第一天，皇帝和百官仍须早朝。崇祯又是一个特别勤奋的皇帝，当此人心惶惶之际，他很想借新年第一天振作精神，有个好的开端，所以起得比平时都早，天未明，就去皇极殿（太和殿）视朝，接受百官朝贺。

升殿后，却发现底下空空如也，只有一个“大金吾”（近卫军官）孤零零立在那里。其时，钟鸣已久，照理说，百官闻钟已该到齐。崇祯问其故，金吾支吾道也许众人不曾听见钟声。崇祯命再鸣钟，不停地鸣下去，且吩咐将东西宫门大开，让钟声传得更远。久之，百官仍无至者。

照例，本该百官按部就班，各自归位，皇帝出来接受朝拜；现在倒成了皇帝光杆司令先在那里等候群臣。崇祯面子尚在其次，这实在太不成体统。为避免这局面，临时决定把本来放在朝拜之后的谒祖提前举行，那是皇帝自己的事情。不过，谒太庙必须有仪仗车马，急切却备不齐，还是放弃，传谕仍旧先上朝，二次升座。

那天所以钟声大作，而百官不闻，据说是天气极为恶劣，“大风霾，震屋扬沙，咫尺不见”[1]。任何有北京生活经验的人，都知道当此时，满耳但闻风吼。

又候了一会儿，百官终于匆匆赶

[1]《明季北略》卷之二十，崇祯十七年甲申，风变地震。

到，现场十分混乱。当时文武官员，分居北京西城、东城，而上朝站班却相反，文立于东，武立于西。这天，因为情势窘急，许多官员赶到后，顾不得绕行，按最短路线归位。结果，文臣直接穿过武班，武将也从文班钻出；行经中央空地时，因为是皇帝视线正前方，每个人都佝偻着身子，甚至爬在地上匍匐而过，模样滑稽可笑……

大明王朝最后一年，就这样开始了。后人评论说："绝非佳兆。不出百日，上手撞钟，百官无一至者，兆已见此矣。"[1]

谈到迷信，还有更奇特的。某晚，崇祯得梦，梦中神人在他手掌上写了一个"有"字，他困惑不解，讲给百官听，请他们解释。百官当然拣好听的说，"众皆称贺"，说这个"有"字代表"贼平之兆"。马屁声中，却忽然有人大放悲声，众视之，是内臣王承恩。崇祯惊问何意，王承恩先请皇帝赦其不死之罪，而后开言："这个'有'字，上半是'大'少一撇，下半是'明'缺一日，分明大不成大，明不成明，神人暗示，我大明江山将失过半。"[2]——这真有其事，或系后来人所编捏，无考。但那王承恩三月十九日陪着崇祯一道吊死煤山，却是真的。

也是这一天，甲申年元旦，李自成在西安启用国号"大顺"和年号"永昌"。倘若四个月后，他并非昙花一现地从北京消失，是日就将作为永昌元年载入史册，而"崇祯十七年"则不再被人提及。

三天后，大顺军兵分两路，径奔北京而来。一路之上，摧枯拉朽，明军望风而降，除少数几座城池（例如代州）略有攻防，大顺军基本是以行军速度向京师推进。据载，三月一日到大同，八日便至宣府；十五日早上通过居庸关、午间就已抵达昌平，比一般的徒步旅行者速度还要快！

话分两头。虽然通讯不灵，信息迟缓，但李闯杀奔北京而来的事态，还是不断传到紫禁城。从二月起，至自杀前最后一天的三月十八日，朱由检"每日召对各臣"。单这一个来月，他的出勤率，兴许就顶得上他的天启哥哥的一生。几代皇帝逍遥、荒怠与挥霍所欠下的沉重历史债务，统统要他一个人来还，而且还根本还不清！

缺德、作孽，这样的罪愆简直可以

[1]《明季北略》卷之二十，崇祯十七年甲申，元旦文武乱朝班。

[2]《明季北略》卷之十五，崇祯十二年乙卯，王承恩哭梦。

不提，崇祯想还也还不起；眼下，一个最实际的难题，一种燃眉之急，他就无法解决——没钱。谁都无法相信，泱泱大国之君，几乎是一个破产的光棍。然而，这是千真万确的。

崇祯十六年十二月八日，一个年轻人奉调来京。他叫赵士锦，隆庆、万历间名臣赵用贤之孙。他被工部尚书范景文推荐，补工部营缮司员外郎一职，因此赶上了历史巨变一幕，在此后一百二三十天内，历经曲折，翌年四月中旬逃脱闯军控制，辗转南归。后来他将这离奇经历写成《甲申纪事》及《北归记》两篇文字，句句目击，极为真实，不啻为描述1644年甲申之变的报告文学杰作。后面我们将在很多地方引用他的讲述，这里先自其笔下实际地了解朱由检最后时日的财政状况。

赵士锦到任后，先被分派去守阜成门，三月六日接到通知，接管国库之一、工部所属的节慎库，三月十五日——城破前三天——办理交割。他在《甲申纪事》和《北归记》重复录述了清点之后的库藏。《甲申纪事》：

> 十五日，予以缮部员外郎管节慎库。主事缪沅、工科高翔汉、御史熊世懿同交盘。……新库中止二千三百余金。老库中止贮籍没史堃家资，金带犀盃衣服之类，只千余金；沅为予言，此项已准作巩驸马家公主造坟之用，待他具领状来，即应发去。外只有锦衣卫解来加纳校尉银六百两，宝元局易钱银三百两，贮书办处，为守城之用。

《北归记》：

> 库藏止有二千三百余金。外有加纳校尉银六百两、易钱银三百两，贮吴书办处；同年缪君沅云："此项应存外，为军兴之用。"予如是言。

多年守卫国库的老军，对赵士锦说：

> 万历年时，老库满，另置新库。新库复满，库厅及两廊俱贮足。今不及

四千金。

赵士锦感慨:“国家之贫至此!”

赵士锦亲眼所见,因此知道国家确确实实一贫如洗。但外界一般都不信甚至不能想象国库之虚已到这种田地。当时百官以及富绅,都认为崇祯藏着掖着,拥有巨额内帑,却舍不得拿出来。这也难怪,崇祯祖父万历皇帝当年搜刮之狠和悭吝之极的性格,给人印象都过于深刻。元旦那天早朝混乱之后,崇祯接见阁臣,议及局势,众臣都敦促皇帝以内帑补充军饷,崇祯惟有长叹:“今日内帑难告先生。”[1]然而无人肯信。明亡之后,仍有人批评崇祯小气,如杨士聪、张岱等。甚至将闯军逃离北京时携走的拷比得来的三千七百万两金银,传为掘之于宫中秘窖。这显然不可能。崇祯身家性命且将不保,留此金银何图?“国家之贫至此”,是城破之前赵士锦以目击提供的证言。

以这点钱,不必说打仗,就算放放烟火,恐怕也不够。关键在于,皇帝与其臣民之间完全失去信任。崇祯到处跟人讲国家已经无钱,所有人的理解,都是皇帝哭穷和敲诈。三月十日,最后关头,崇祯派太监徐高到周皇后之父、国丈周奎家劝捐助饷,先晋其爵为侯,然后才开口要钱,周奎死活不掏钱,徐高悲愤之下质问道:“老皇亲如此鄙吝,大事去矣,广蓄多产何益?”[2]徐高的问号,也是读这段历史的所有人的问号。周奎究竟何种心态?简直不可理喻。唯一可能的原因,就是他大概也和别人一样,认定崇祯自己藏着大把金银不用,还到处伸手索取。如果他并不怀疑内帑已尽之说,想必应该比较爽快地捐一些钱,让女婿拿去抵挡农民军的。否则,朝廷完蛋,他显然不会有好下场,这笔账他不至于算不过来。归根结底,他根本不信崇祯没钱打仗。

从二月中旬起,崇祯下达捐饷令,号召大臣、勋戚、缙绅以及各衙门各地方捐款应急,共赴国难,“以三万为上等”,但居然没有任何个人和地方捐款达到此数,最高一笔只二万,大多数“不过几百几十而已”,纯属敷衍。又谕每一大臣从故乡举出一位有能力捐款的富人,只有南直隶和浙江各举一人,“余省未及举

[1]《流寇长编》卷十七,崇祯十七年正月庚寅。
[2]《明季北略》卷之二十,崇祯十七年甲申,初十徵戚珰助饷。

也”。[1]大家多半不觉得皇帝缺钱。

然而，不相信皇帝没钱，只是“信任危机”较为表层的一面；在最深层，不是钱的问题，是社会凝聚力出了大问题。危急时刻，若社会凝聚力还在，再大的难关仍有可能挺过。

一个政权，如果长久地虐害它的人民，那么在这样的国度中，爱国主义是不存在的。爱国主义并非空洞的道德情怀，而是基于自豪和认同的现实感受。否则，就会像甲申年的明朝这样，在国家生死存亡之际，最需要爱国主义、同心同德之际，现实却无情地显示：根本没有人爱这个国家，这个国家的沉沦似乎跟任何人都没有关系，面对它的死亡每个人都无动于衷——不仅仅是那些被损害者，也包括曾经利用不公平和黑暗的现实，捞取过大量好处的人。

崇祯所面对的，正是这种处境。当他向勋戚、宦官、大臣和富人们求援时，全部碰了软钉子，他们想尽办法不去帮助这个快要完蛋的政权。搪塞、撒谎、漠然。好像这政权的崩溃符合他们的利益，好像这政权不是曾经让他们飞黄腾达，反而最深地伤害过他们。

一再催迫下，国丈周奎抠抠搜搜捐了一万两，崇祯认为不够，让他再加一万两，周奎竟然恬不知耻地向女儿求援。周皇后把自己多年积攒的五千两私房钱，暗暗交给父亲，后者却从中尅扣了二千两，只拿三千两当做自己的捐款上交崇祯。旬日之后，闯军拷比的结果，周奎共献出家财计银子五十二万两、其他珍宝折合数十万两！

大太监王之心（东厂提督，受贿大户）如出一辙。捐饷时只肯出万两，后经闯军用刑，从他家里掏出了现银十五万两，以及与此价值相当的金银器玩。

捐饷令响应者寥寥，崇祯改以实物代替现钱，让前三门一带富商豪门输粮前线部队，同时给打仗的士兵家属提供口粮，以为较易推行，但同样被消极对待，不了了之。

我们并不明白，这些巨室留着万贯家财打算做什么；但有一种内心活动他们却表达得明白无误，即：无论如何，他们不想为拯救明王朝出力。

连这群人都毫不惋惜明王朝的灭

[1]《甲申纪事》。

亡，遑论历来被盘剥、被压迫的百姓？此情此景，崇祯不得不在脑中想到一个词：众叛亲离。

人心尽失；钱，或者可以买来一点士气，然而也筹不到。没有人可以在人心、士气皆无的情况下打仗，就算去打，也注定要输。

那么，三十六计，走为上？打不赢就跑，这总是容易想到的。很多对于崇祯吊死煤山感到奇怪的读者，一定会问：他干吗不跑？惹不起，躲得起；偌大个中国，何必非死守一个北京不可？

否。崇祯当然想到过逃跑，而且这件事还成为明朝常见的空耗唾沫的争论中的最后一次。

最早是谁先提议的，已不大能搞清。《三垣笔记》说："上以边寇交炽，与周辅延儒议南迁，命无泄。"[1]周延儒下狱，在崇祯十六年六月，果有此事，则崇祯与他商量南迁的事就应该在这以前。然而，谁动议的呢？周延儒，还是崇祯本人？另外注意，引起动议的原因是"边寇"，不是"流寇"。《明史·后妃传》则记载，崇祯的皇后周氏提过这样的建议："尝以寇急，微言曰：'吾南中尚有一家居。'帝问之，遂不语，盖意在南迁也。"[2]周皇后老家在苏州，所以由她想到这个点子，比较自然。从史传所述语气看，她说这话的时候，有点旁敲侧击、欲言又止的试探状，好像是在"道人所未道"。时间不好判断，"寇急"既可解为"边寇"，亦可解为"流寇"，所以可能是在崇祯十五年底清兵再次突破长城、大举进入中原时说的，也可能是李自成杀奔北京而来之后说的。

姑且假设，最早是周皇后启发了丈夫，崇祯心中留意，悄悄找首辅周延儒商量。商量的时候，崇祯知道事情关系重大，专门叮嘱"无泄"。然而还是走漏了风声。懿安皇后张氏——也就是天启皇帝的张皇后——得知后，找到妯娌周皇后，对她说："宗庙陵寝在此，迁安往？"这话的意思就是，列祖列宗都在这里，能扔下不管么？这个质问很严重，相当于"数典忘祖"的指责。崇祯大窘，追查谁走漏消息，查不出来（据说周延儒被诛与此有关），只好暂且搁置。[3]

搁置的原因，除懿安皇后的反对，想必也是事情尚不急迫；再有，这样重

[1]《三垣笔记》中，崇祯。

[2]《明史》列传第二。

[3]《三垣笔记》中，崇祯。

大复杂的问题，崇祯也并不晓得适合跟谁谋划。

十分巧合，李自成兵发西安的那一天，朱由检也意外地找到了朝中可以谈论此事的人。崇祯十七年正月初三，即“大风霾”“文武乱朝班”的第三天，由左都御史李邦华、九江军府总督吕大器举荐，朱由检在德政殿召见新提拔的左中允李明睿，听取他对时局的意见。

李明睿有备而来，他请皇帝屏退左右，然后单刀直入：“自被提拔以来，微臣一直积极搜集情报，据微臣所知，情势非常急迫，贼寇很快逼近京畿，现在已是生死存亡关头，如要缓眼下之急，只有一个办法——南迁。”崇祯闻言，第一句脱口就是：“此事重，未可易言。”显得很紧张。接着以手指天，问：“上天未知如何？”这句话表明，懿安皇后的质问使他对此事有很大的道德压力。李明睿答：“天命幽密难知，此事目今只能请皇上自己做出决断。”崇祯感觉到他的诚恳，终于承认：“此事我已久欲行，因无人赞襄，故迟至今。”他明确说，李明睿所想“与朕合”，但也谈及主要顾虑是“外边诸臣不从”。这时，他几乎毫无必要地再次强调：“此事重大，尔且密之，切不可轻泄，泄则罪坐汝。”这一方面与崇祯多疑不能信人的性格有关，但也反映了他内心的惧怕。[1]

迁都，历史上屡见不鲜。古有盘庚迁殷、平王迁洛，晚近有宋室南迁；本朝也有成祖迁都于北京的先例。朱由检何以如此顾虑重重？他的担心有道理么？

事实很快就会做出回答。

朱、李君臣详尽讨论了计划的细节，包括路线、军队调遣、资金等问题。但朱由检没有立刻交付廷议，他想等等看，看战事的进展是否还有转机。

大约半个月后，李明睿递呈奏疏，正式提请圣驾撤离北京——这是由崇祯授意，还是李自己的行动，不得而知——立刻引起轩然大波。内阁大学士陈演、魏藻德带头反对，他指使兵科给事中光时亨激烈谏阻，全是冠冕堂皇的高调，至有“不杀明睿，不足以安人心”之论。

一位美国汉学家分析，反对的背后，是大臣们的私人利益在起作用；主张南迁的多为南方籍官员，反对者则相反，“没有什么正式理由说明为什么北方籍官员不能一同南下，但他们在河北、山

[1]《明季北略》卷之二十，李明睿议南迁。

东、山西的田产,使其难以离开。”[1]汉学家有时确实不太靠谱。

从明代意识形态看,这是典型的道德作秀风。虚伪已成习惯,人们在现实面前抛弃责任,碌碌无为甚至玩忽职守;但是,说空话、说漂亮话、把自己打扮成伦理纲常最忠实的卫士,却争先恐后。国家存亡可以不顾,所谓“名节”却务必保持。光时亨本人并非北方人(南直隶桐城人),他跳出来,与实利无关,纯属作秀。如果这种人最后真像他当初慷慨激昂宣扬的那样,为国尽忠殉道,也就罢了,事实上农民军破城,光时亨率先赶去,长跪不起迎降。可悲朱由检实际上等于被这帮沽名钓誉的伪君子,以伦常、道德(“国君死社稷之义”)所胁迫和绑架,充当他们“高风亮节”的人质。对此,计六奇痛心评曰:

> 假令时亨骂贼而死,虽不足以赎陷君之罪,尚可稍白始志之靡他,而竟躬先从贼,虽寸磔亦何以谢帝于地下乎?是守国之说,乃欲借孤注以邀名,而非所以忠君也。[2]

相反,支持南迁、当时被扣上怕死误君大帽子的人,如把李明睿推荐给崇祯的李邦华和大学士范景文,最后关头却能舍身殉国,以事实回击了所谓倡论南迁意在避死贪生的污蔑。然而,在政治道德高调面前,传统上中国人向来没有反抗的勇气。高调明明误国,大家却都翕然相随,加入合唱。此番亦然。光时亨的高调让满朝缄默,谁都不肯担怕死误君的恶名——因为他们在惜自己的名誉,胜于在惜君王社稷的命运。

崇祯碰了一鼻子灰。但他犹未死心。过了一个月,二月下旬,军情益急,崇祯召开御前会议,李明睿、李邦华再提南迁之议。两人提案有所不同;李明睿仍持前议,即御驾南迁,李邦华似乎已将卫道士们的舆论压力考虑在内,他建议皇帝守国,而由太子监抚南京。现场诸臣默不作声,唯少詹事项煜表示可以支持李邦华提案。这时,光时亨再次扮演道德法官角色,他质问道:“奉太子往南,诸臣意欲何为,将欲为唐肃宗灵武故事乎?”这是指安史之乱唐玄宗逃往成都,

[1]魏斐德《洪业——清朝开国史》第四章北京的陷落,南迁之议。
[2]《明季北略》卷之二十,附记南迁得失。

而太子李亨为宦官所拥，在宁夏灵武称帝、以玄宗为太上皇的事。言外之意，近乎指责李邦华等谋反。于是，更无人敢吱声。这种群策群议场合，崇祯只是听取群臣议论，不能直接表态，然而绝大多数人却保持沉默、不置一辞。[1]

这意味，他不难读懂。

翌日，崇祯召见阁员，正式表态。一夜之间，漫漫黑暗里，无人知道他想了什么，又想了多少，总之，此刻面目全变，说出一番毅然决然的话：

> 祖宗辛苦百战，定鼎于此土，若贼至而去，朕平日何以责乡绅士民之城守者？何以谢先经失事诸臣之得罪者？且朕一人独去，如宗庙社稷何？如十二陵寝何？如京师百万生灵何？逆贼虽披猖，腾以天地祖宗之灵，诸先生夹辅之力，或者不至此。如事不可知，国君死社稷，义之正也。朕志决矣！[2]

这就是他对诸臣昨日沉默的读解，他读懂了沉默下面的每一个字。眼下，他经自己之口说出来的每句话，都是别人心里所盘旋的想法，精准之极，分毫不爽。他知道，面无表情的诸臣，人人心中都打定这样的主意：决不让这段话涉及的道义责任落在自己身上。

崇祯大彻大悟：他非但不可能从诸臣嘴里听到赞成南迁的表示，而且，只要他流露一丁点这种意图，就将被这些人当做充分表演自己如何忠贞不屈、愿为百姓社稷献身、置个人安危于度外的高尚情操的机会，同时，会用痛哭流涕的苦谏，把他——崇祯皇帝——刻画成一个抛弃祖宗、人民，自私胆小的逃跑者。

假使崇祯是朱厚照、朱厚熜、朱翊钧、朱由校式人物，他本可以根本不在

[1] 南迁之议，见诸多书，如《明季遗闻》《明季北略》《国榷》《烈皇小识》《绥寇纪略》《甲申传信录》《三垣笔记》《牧斋有学集》等等，但各家所记，在时间与细节上颇为不一，致有人对此事的经过，整体加以怀疑，谈迁《国榷》即引杨士聪之说："邦华等未尝具疏，亦未尝奉明旨，他人何由而沮之。坊刻数本皆称光时亨沮之，厥后爰书以此而成。"我的看法，彼时危在旦夕，一切混乱，秩序荡然，这种情况下，造成史实细节的不确定（档案失佚无所本，而多由口口相传的方式被追述，比如杨士聪指出的，谁都不曾见过李邦华的那份奏疏）是很正常的。类似的例子，曹化淳究竟开的哪座城门，各家记述也不一。对于这种非常时刻之下的历史记述，态度上有一定保留，可以，但像杨士聪那样一笔抹煞却又不必。

[2] 吴伟业《绥寇纪略》补遗中，虞渊沉下。

意群臣给予什么道德压力，本可以装聋作哑或者打屁股、杀人——总之，一意孤行，不惜采取各种手段来达到自己的目的；然而他不是，他偏偏很爱惜脸面，在道德、人格、情操上自视甚高，以至于有些孤傲。

他晓得自己被捆上了道德的战车，却无意脱身，反倒赌气似的生出"虽千万人，吾往矣"的激越，于是发表了上述谈话。自那一刻起，他已抱必死之心。推心置腹地猜想，此前的夜半时分，他会独自在内心有激烈的思想斗争，与他的列祖列宗、他朱家的历史有过一番对话；他当无可奈何地意识到孤家寡人的绝境，以及由于若干先帝的玩怠失政这个家族对历史所欠下的沉重债务，那么，现在已到了还债的时候，而他就是这样一个还债人。十几天后，他在自绝时刻的每一个举动，每一个细节，都揭示了上述心路历程。

崇祯的死：大结局

三月以来，谣言纷纷。人们虽不知李自成大军确切位置，却都知道它正在逼近，有力、稳定地逼近。"京师满城汹汹，传贼且至，而廷臣上下相蒙"。京城戒严，不让进，也不让出。接替陈演当上首辅没几天的魏藻德，借口筹饷，想溜之大吉，被崇祯冷冷拒绝。他要成全他们死国的"决心"；这些阻挠南迁的人，不可以立了牌坊，再去当婊子。大家无所事事，得过且过，行尸走肉一般，困在孤城、坐以待毙。

有一个谣言，称十二日闯军即攻下昌平，计六奇在《明季北略》中还专门辨析这一点，说昌平失守确实在十二日，"载十六（日）者，十六始报上（指崇祯十六日才得到这个消息）耳。"但这的确是个谣言。昌平失于十六日中午，确定无疑。这是闯军一位队长姚奇英亲口告诉羁押之中的赵士锦的："后予在贼营中，队长姚奇英为予言，初六破宣府，初十破阳和，十六早至居庸关，午间至昌平，而京师茫然罔闻，良可浩叹。"[1]以闯军摧枯拉朽之势，如果十二日打下昌平，绝对无须七天后才抵京城。

[1]《甲申纪事》。

崇祯同样无所事事，等死。十六日这天，他居然还有心思接见一批刚刚考试合格、准备提拔到中央任职的县官，“问裕饷、安人(扩大饷额和安定人心的办法)”。此时崇祯，简直像是搞恶作剧的行为艺术家，存心开士大夫们的玩笑——都这份儿上了，还没事人儿似的裕什么饷、安什么人心？

> 滋阳知县黄国琦对曰：“裕饷不在搜括，在节慎；安人系于圣心，圣心安，则人亦安矣。”上首肯，即命授给事中。

捧腹之余，不难感受到崇祯的戏弄与刻薄。

考选进行到一半，有人进来，悄悄递给崇祯一件“密封”。

“上览之色变，即起入内。”

何故？

密函报告：昌平失守。[1]

这，就是丧钟真正敲响的那一天。

十七日，两路农民军，一路到达今天大北窑以东的高碑店(不是以产豆腐闻名的河北的那个高碑店)，一路到达西直门。“寇已薄城，每二三四里扎一营，游骑络绎相接。自是城上炮声昼夜不绝矣。”[2]

崇祯照常上班，“召文武诸臣商略”。君臣面面相觑，束手无策。“上泣下，诸臣亦相向泣。”这时，崇祯悄悄在御案写下“文臣个个可杀”之语，示之近侍，随即抹去。[3]俄顷，守城总指挥襄城伯李国桢“匹马驰至，汗浃霑衣”，他伏地哭奏道：“守城士兵都已经不肯抵抗，用鞭子把一个人抽起来，另一个人马上又趴下了。”崇祯闻言，大哭回宫。[4]

守军不抵抗，是因为根本无力抵抗。“京军五月无粮”，“率饥疲不堪任”[5]。国家无钱，权贵富人不肯出钱，倒是偶尔有“小民”捐钱；赵士锦亲自经手了这样的捐款：“十七日，厚载门外，有小民捐三百金。又一人，久住彰义门外，今避难城中，年六十余，一生所积，仅四百

[1]《明季北略》卷之二十，十六报贼焚十二陵。
[2]《甲申纪事》。
[3]《烈皇小识》卷八。
[4]《明季北略》卷之二十，十七贼围京。
[5]同上。

金，痛哭输之户部。”[1]

十八日，外城破。城破之前，李自成曾派先期投降的太监杜勋进城谈判。崇祯召见了杜勋。李自成开出的条件是，割地西北，分国而王，并由明朝赔款百万两。不知为何，未能达成协议。此事载于《甲申传信录》《烈皇小识》《甲申纪事》《明季北略》等。但不可信。设若李自成所开条件真的不过尔尔，崇祯没有理由不答应。可能李自成确曾派人入内与崇祯接洽，但内容并非如上。《明季北略》另记一条，似较真确：

> （杜勋）盛称“贼众强盛，锋不可当，皇上可自为计”，遂进琴弦及绫帨（暗示崇祯自绝），上艴然起。守陵太监申芝秀自昌平降贼，亦缒上入见，备述贼犯上不道语，请逊位，上怒叱之。[2]

这是对崇祯施加压力，打心理战。

彼时发生的事，多带有“风传”性质。包括曹化淳开彰义门（又称广宁门，清代以后称广安门）投降事。据说，这并非曹化淳的单独行动，事先在一部分内外臣中间达成了“开门迎贼”的公约，“首名中官则曹化淳，大臣则张缙彦”[3]。孤证，不可考。另外，开门时间也有两种说法，一为十七日半夜，一为十八日。除彰义门为曹化淳所开，农民军同时攻破其他几处城门。曹化淳开门只对他个人有意义，对北京城不保没有意义。

这里介绍一下明代北京城构成。像套盒一般，共四层；由内而外，依次是宫城、皇城、内城和外城。宫城，即紫禁城。皇城，若以今天地名标识，大致范围，南至天安门以外约毛主席纪念堂一线，北至地安门一线，东至王府井一线，西至六部口一线。内城，即正阳门、崇文门、东直门、德胜门、西直门、宣武门等京城九门以里。外城，为西便门、广宁门、右安门、永定门、左安门、广渠门至东便门所环抱。

外城陷落的消息，十八日傍晚传入大内。“上闻外城破，徘徊殿庭。”夜不成眠。初更时分，太监报告内城也被攻

[1]《甲申纪事》。

[2]《明季北略》卷之二十，十八日申刻外城陷。

[3]《流寇长编》卷十七，崇祯十七年三月甲辰。

破。还剩下皇城和紫禁城最后两道屏障。崇祯领着王承恩，登上万岁山（景山），向远处眺望。夜幕中，京城烽火烛天，逐渐向皇城蔓延。

崇祯在那里踟蹰了约一个时辰，回到乾清宫，发出毕生最后一道谕旨："命成国公朱纯臣提督内外军事事，夹辅东宫。"这道谕旨有无意义、能否送达，都大可疑。

随后，他把全家人——周皇后、袁妃、太子及诸王子、小女儿长平公主——召集起来，做最后的安排。

孩子们来了，仍身着宫服。崇祯叹气："已经什么时候了，还穿这种衣裳？"

即命人设法找来平民旧衣，亲手替儿子们换上。

"记住，"他这样叮嘱说，"一旦出宫，尔等从此就是小民。将来在外，遇上有身份的人，年长者称'老爷'，年轻的呼人家一声'相公'，对普通百姓，年纪大的要叫'老爹'，与你们年龄相仿的要叫'兄长'，对读书人以'先生'相称，对军人就尊一声'长官'。"

吩咐内侍把三位皇子分别送到他们的外公周、田两家。

三皇子临去之时，听见父亲在身后大放悲声："你们为什么会不幸生在我家！"

泪眼送走儿子，崇祯请两个妻子一同坐下，捧酒，痛饮数杯，对她们说："大事去矣！"相对而泣，左右也都哭作一团。

崇祯挥手，遣散所有宫女，各自逃生。对自己的妻女，令其自尽。

过去，因为已故田妃的缘故，周皇后跟丈夫的关系并不愉洽，但她仍然不假思索返回坤宁宫，遵旨而行；临别前，说了最后一句话："我嫁给你十八年了，从来不听一句，终有今日。"

袁妃是崇祯所宠爱的女人，因此赐她自尽。而这不幸的女人，自缢，却因为绳索断裂，"坠地复苏"。崇祯发现后，拔剑砍之。据说砍了三下，手软，不能再砍[1]。袁妃最后据说不曾死去，被农民军发现，"令扶去本宫调理"[2]。

其他曾蒙幸御过的嫔妃，"俱亲杀之"。

又遣人逼天启皇帝的懿安皇后"速死"。张氏是夜至晨，两次自缢未果。第一次为宫女解救，第二次又被李岩专

[1]《明季北略》卷之二十，十八夜周皇后缢坤宁宫。
[2]《甲申纪事》。

门派来保护她的士兵所阻止。李岩对这位品行端正的前国母，一直心存敬意。但是次日晚间，张后仍趁李岩部下不备，悬梁自尽。

最惨一幕，出现在崇祯与长平公主父女间。是岁，公主年方十五，惊吓和恋生，令她啼哭不止。她没有勇气自杀。崇祯素疼此女，五内俱焚，长叹一声，将刚才送别儿子们时说过的话，重复了一遍："汝奈何生我家！"遂左袖遮面，右手挥刀，砍向公主。公主惧怕用手来挡，左臂应声而断，昏倒于地。崇祯虽欲再补一刀，终因周身颤栗而止。

放儿子们生路，让女性亲属尽死，并非"重男轻女"，而是基于皇家名节不容玷污。在那个年代，这高于生命。所以崇祯杀妻杀女，凄惨无比，但不能视之为灭绝人性。

女眷们一一丧生，崇祯则神秘地从宫中消失。至少，十九日天亮后李自成部队闯入宫时，他们没有找到他。问遍宫人，无人知晓。李自成大不安，下令："献帝者赏万金，封伯爵，匿者夷其族。"然而，赏金没有能够发出去。

直到二十二日，人们才在后称为景山的皇家后苑的亭中，发现对缢而亡的两具尸体。一具属于近侍王承恩——当初那个将"有"字释为"大不成大，明不成明"的太监，一具就是大明末代皇帝朱由检。尸体被发现时呈此状：头发披散着并且遮住面孔，普通的蓝袍，白绸裤，一只脚穿靴，另一只脱落。经检查，在朱由检身上找到了以血写就的遗书，大意：诸臣误朕，无面目见先帝于地下，以发覆面，勿伤我百姓一人。[1]

那时不掌握现代尸检技术，无法推知确切死亡时间，但大致不出于午夜至清晨这二三个时辰之间。是日，大明崇祯十七年三月十九日，公历1644年4月25日，星期一。

以现在经验，这个时节的北京，几乎已是女孩们换穿裙子的气候。但1644年的4月25日，北京竟然下起了雪！亲历者赵士锦记述道："时阴雨闭天，飞雪满城。"[2]计六奇也描述说，这天一大早，"阴云四合""微雨不绝，雾迷"，"俄微雪，城陷"[3]。

二十三日，朱由检、周氏夫妇尸体

[1]各家文字不一，撮其要者如是。
[2]《北归记》。
[3]《明季北略》卷之二十，李自成入北京城。

一齐收殓，存于某庵。李自成允许明朝旧臣前来遗体告别。有人一旁观察，记下了这些人的表现："诸臣哭拜者三十人，拜而不哭者六十人，余皆睥睨过之。"[1]

睥睨，是斜着眼看，侧目而视，有厌恶或高傲之意。这里，高傲大概谈不上，那就是厌恶了。

"食君禄，报王恩"，本是士之道德。但也不必拘泥——倘若朱由检是一个祸国殃民的皇帝，"睥睨"不为过。可是，以崇祯在位十七年的情形看，似乎尚不至于得到这种对待。于是，谁都明白，这"睥睨"，未必出于对死者的厌恶，却一定是对紫禁城龙床的新主人示好。

在很多方面，新主人跟被他赶下台的旧主人的老祖宗，非常相似：起于底层，天生豪杰，百折不挠，众望所归……论得国之正，李自成与朱元璋一般无二；论器局气度，李自成在明末比之于张献忠之辈，也正如朱元璋在元末比之于陈友谅、张士诚之流。

李氏大军入城时，一派王者之师的风范。连冥顽不灵的遗老遗少，亦不得不承认："军容甚肃"[2]，"贼初入城，不甚杀戮"，"（民间）安心开张店市，嘻嘻自若"[3]，"有二贼掠绢肆，磔于市。市民大喜传告，安堵如故"。[4]

大明国工部员外郎赵士锦先生，三百六十二年前，闯军入城当天，从现场向我们发来他亲眼所见情形的如下报道：

> 十九日早，宫人四出，踉跄问道，百姓惶遽。
>
> 先是，十八晚，传召对。是早，大学士丘瑜、修撰杨廷鉴、编修宋之绳，以侍班入长安门（皇城诸门之一，在天安门东侧，今不存），见守门者止一人。至五凤楼前，阒其无人。亟趋出。
>
> 是时，大寮（僚）尚开棍坐轿传呼，庶寮亦乘驴，泄泄于道路间也。
>
> 予在寓，闻宫人四出，亟诣同乡诸大老（佬）所问讯。诸公谓："吴兵昨夜已至城外，今始可保无虞。"予答云："恐未必。"
>
> 予作别出门。予骑已为一内相策之而去。长班有一驴，予乘

[1]《烈皇小识》卷八。
[2]同上。
[3]《明季北略》卷之二十，李自成入北京城。
[4]《国榷》卷一百，思宗崇祯十七年。

之，由刑部街又至一大老所。大老尚冠带接属官，雍雍揖逊。予亟入言外事如此；大老亦如"三桂始至"之言，予亟别之。

是辰巳时候（上午九时左右）。灰烟布天。见内相策骑如飞，啣尾而来。男妇纷纷；有挈子女者，有携包袱者，有瞽目跛足相倚而走者。

至焦家桥，炮声忽寂。见城上守兵疾走如飞，乱滚至城下。

予下驴站立。有二三百男妇，自西来。云：已进城矣。

少顷，又有二三百人来。云："好了，好了，不杀人了！速粘'顺民'二字于门首！"

百姓有觅得黄纸者，有得红纸者，俱书"顺民"二字，粘于门。

少顷，复设香案，粘黄纸一条，书"大顺永昌皇帝万岁！万万岁！"

贼兵俱白帽、青衣，御甲负箭，啣枚贯走。百姓俱闭。有行走者，避于道旁，亦不相诘。寂然无声，惟闻甲马之间。

（闯军）大叫云："有驴马者，速献出！敢藏匿者，斩！"

（百姓）有驴马者，即牵出。

少顷，将大宅斩门而入，小宅插令旗于门首，以示欲用之意。

予时避于焦家桥胡同内。

至午后，百姓粘"顺民"二字于帽上，往来奔走如故。平定、阜城、崇文、齐化诸门，俱以是时破矣。[1]

从初时惊恐、逃乱，到心态渐趋平稳，再到市面很快恢复正常；仅仅二三个时辰，改朝换代的动荡，即变成百姓"往来奔走如故"。这是来自一位前政府中下层官员的描述，应该说是客观可信的。

赵士锦同样提到那两个因抢劫前门商铺遭到处决的闯军士兵："贼初入城，有兵二人，抢前门铺中细缎，即磔杀之，以手足钉于前门左栅栏上。予目击之。"[2]

这样的军队，配得上"王者之师"的称赞。

可惜，这种情形只维持了不到一天

[1]《甲申纪事》。

[2]同上。

的时间。

白天，北京市民还在为先前的恐慌暗暗好笑，感觉自己庸人自扰，以为沧海桑田之变，不过尔尔。夜幕刚刚降临，人们就意识到大事不妙。对闯军入城纪律井然做过客观陈述的赵士锦写道：

> 日间，百姓尚不知苦。至夜，则以防奸细为名，将马兵拦截街坊出路。兵丁斩门而入，掠金银，淫妇女。民始苦之。至夜皆然。

这是普遍一致的报道：

> 贼初入城，先拏娼妓小唱，渐及良家女。良子弟脸稍白者，辄为拏去，或哀求还家，仍以贼随之。妇女淫污死者，井洿（水塘）梁屋皆满。[1]

> 贼兵初入人家，曰“借锅爨”。少焉，曰“借床眠”。顷之，曰“借汝妻女姊妹作伴”……安福胡同一夜，妇女死者三百七十余人。[2]

刚进城的纪律井然，表明闯军并非不曾意识到改变流寇作风的重要性。然而，看起来这一认识仅仅是农民军少数领导人（李自成、李岩等）才有，另一些或更多的领导人，以及普通官兵，则并不真正接受。有报道称，违纪士兵将民女掳至城墙上强奸之后，惧怕被路过的将领发现受责，“竟向城外抛下”。还有报道称，军纪弛乱后，李自成曾试图制止，士兵竟一片哗然，说：“皇帝让汝做，金银妇女不让我辈耶？”[3]

士兵敢于如此，不过是上行下效。

闯军头号大将刘宗敏，便是表率。进城后，刘日夜唯以弄钱、搞女人为能事。赵士锦作为被刘宗敏扣押者，有机会目击许多这类事。“是日（三月二十日），予在宗敏宅前，见一少妇，美而艳——数十女人随之而入——系某国

[1]《明季北略》卷之二十，奸淫。
[2] 同上。
[3]《明季北略》卷之二十，四月三十日自成西奔。

公家媳妇也。”“每日金银酒器紬疋衣服辇载到刘宗敏所，予见其厅内段疋堆积如山。金银两处收贮。大牛车装载衣服，高与屋齐。”四月七日，李自成到刘宗敏寓所议事，亲眼看见三进院落之中，几百人在受刑（所谓“追赃”），有的已经奄奄一息；李“不忍听闻，问宗敏得银若干。宗敏以数对。自成曰：‘天象不吉，宋军师言应省刑，此辈宜放之。’宗敏诺诺。”实际上，李自成似无力约束刘宗敏。作为登基的热身活动，需要“劝进”，刘宗敏大不满：“我与他同做响马，何故拜他？”[1]

所以，单看闯军进北京城的头半天，颇像王者之师，颇像约三百年前攻克金陵的另一支农民军；但仅隔几个时辰，一到晚上，就不像了。

为什么朱元璋在金陵呆下去，李自成却在区区四十天后，就不得不从北京落荒而走？答案就出在进城头一天这几个时辰之间。

颇有人替李自成鸣不平，以为他冤得慌。我看不出道理何在。固然，搞钱搞女人，抢劫强奸的，不是他，他甚至还试加制止。可是“子不教，父之过”，一个家庭搞不好，做父亲的难辞其咎；何况一支军队的领袖，一个新兴国家的立国者？他如果是个称职的领袖，会早早做到根本不让类似情形发生，而不是发生了再临时去制止。

归根结底，他还没有做好夺取北京城的准备，结果却来了。

于是，北京城告诉他：不成，你来得不是时候；你还不配；你走吧。

人们本以为历史上第二个“洪武爷”已经出现，岂料，几个时辰就发现原来是误会。历史家用于描述朱元璋的那些词儿：起于底层，天生豪杰，百折不挠，众望所归……都还可以继续用在李自成身上，不过，有一个可以用于朱元璋的词儿，难以用于李自成——这个词是“雄才大略”。闯军进城后的糟糕表现，说明它的领导者缺乏“雄才大略”。

从三月十九日进城，到四月二十九日，李自成三番五次准备登基，就任全中国的统治者，成为紫禁城龙床的新主人，但也三番五次地推迟。明明水到渠成的事，硬是实现不了。当然，“非不愿也，是不能也”。

四月二十一日，李自成率大军抵达山海关，与清军、吴三桂联军决战。一败涂地。逃回北京，四月二十九日，匆

[1]《甲申纪事》。

匆在紫禁城武英殿称帝，当天晚上酉时至戌时之间（大约十九时左右）即仓皇出走。

他也仅仅坐了几个时辰的龙床。

一个农民起义领袖，一个成功把崇祯逼得上吊的传奇英雄，一个“中国”人，一个已经把金銮殿踏在自己脚下，可以说占据了天时、地利、人和的人，在争夺“中国”的领导权时，却输给了“鞑子”“酋奴”“异族人”——这样的观念在当时是客观事实——实在说不过去。

李自成推翻了明王朝，能够说明明王朝的罪恶和不道义，却不能说明由他来填补国家权力的真空是合理和正确的。历史老人的选择不会出错。清军占据了北京和紫禁城，而且在那里呆了下去，证明两者之间，它是更合适的人选。

闯军入城时，北京市民由疑惧而很快轻松，用“安堵如故”“奔走如故”“嘻嘻自若”来表示对明政权的垮台毫不惋惜，以及对新政权的拥护和支持。然而，四十天后，当闯军离开这座城市时，却变成了这样的情形（《明季北略》引述当时不同目击者的报道[1]）：

> 贼先于宫中列炮放火，各私寓亦放火。零贼飞马杀人，百姓各以床几窒塞巷口，或持梃小巷，突出击之。须臾，九楼城外皆火，贼东西驰，不得出，至暮，胥毙。

> 酉戌间，逆闯拥大兵出前门，止留残卒数千，在内放火。三十日天明，宫殿及太庙俱被焚毁，止存武英一殿，宫女复逃出无数。大内尚有重大器物，无赖小民于煨烬中取攫无遗。午间，九门亦火，止留大明门及正阳门、东西江米巷（即今东西交民巷，明清时为北京最长胡同）一带未烧，盖贼留一面出路也。其未出，悉为百姓所杀，凡二千余人。

来时风光，去时可悲。四十天的时间，北京人民的态度，天翻地覆。

历史真的很诡秘，像是有灵性。本

[1]《明季北略》卷之二十，四月三十日自成西奔。

书从朱元璋写起，结束时，不承想落在李自成这里，恍惚是走了一个轮回。轮回，因果循环；然而又非简单的重复。李自成和朱元璋，几乎完全的相似之中，却闪现出巨大的不同。

与明朝周旋十余年、战而胜之的李自成，末了，似乎又以某种方式输给了它——至少输给了明朝的创始人朱元璋。正因此，明朝的灭亡和李自成的失败，同样发人深省。

李自成逃走第四天，崇祯十七年五月初三，大清摄政王多尔衮进入北京。五月十五日，传令“除服薙发，衣冠悉尊大清之制”。

这一天，西历为公元1644年6月19日。

史家写道：“自洪武戊申，至此凡二百七十八年云。”[1]

2005年11月写起

2006年9月写毕

2012年2月修订

[1]《明季北略》卷之二十，吴三桂请兵始末。按：应为二百七十六年。

修订后记

本书欲以太祖、成祖、武宗、世宗、熹宗、思宗为视点，探论明代的历史和问题。2006年12月，它由敦煌文艺出版社初版，原名《龙床——14—17世纪中国的六位皇帝》。今借人民文学出版社新版之际，做少许的修订。一、更名为《龙床：明六帝纪》。二、对朱元璋部分作较大删改，这是全书中比较不能满意的部分，本拟重写，可惜腾不出时间，仅及以较大删改作为应对。三、其他章节也都有不同程度修改，涉及认识、叙述和材料上的不足，还有文字方面。

2012年2月末